國家清史編纂委員會・文獻叢刊

陶樓詩文輯校

（清）黄彭年 著
黄益 整理

齊魯書社

國家清史編纂委員會出版委員會

總 序

戴 逸

二〇〇二年八月,國家批准建議纂修清史之報告,十一月成立由十四部委組成之領導小組,十二月十二日成立國家清史編纂委員會,清史編纂工程於焉肇始。

清史之編纂醞釀已久,清亡以後,北洋政府曾聘專家編寫《清史稿》,歷時十四年成書。識者議其評判不公,記載多誤,難成信史,久欲重撰新史,以世事多亂不果。中華人民共和國成立後,中央領導亦多次推動修清史之事,皆因故中輟。新世紀之始,國家安定,經濟發展,建設成績輝煌,而清史研究亦有重大進步,學界又倡修史之議,國家采納衆見,决定啓動此新世紀標志性文化工程。

清代爲我國最後之封建王朝,統治中國二百六十八年之久,距今未遠。清代衆多之歷史和社會問題與今日息息相關。欲知今日中國國情,必當追溯清代之歷史,故而編纂一部詳細、可信、公允之清代歷史實屬切要之舉。

編史要務,首在采集史料,廣搜確證,以爲依據。必藉此史料,乃能窺見歷史陳跡。故史料爲歷史研究之基礎,研究者必須積累大量史料,勤於梳理,善於分析,去粗取精,去僞存真,由此及彼,由表及裏,進行科學之抽象,上升爲理性之認識,纔能洞察過去,認識歷史規律。史料之於歷史研究,猶如水之於魚,空氣之於鳥,水涸則魚逝,氣盈則鳥飛。歷史科學之輝煌殿堂必須巋然聳立於豐富、確鑿、可靠之史料基礎上,不能構建於虛無飄渺之中。吾儕於編史之始,即整理、出版《文獻叢刊》、《檔案叢刊》,二者廣收各種史料,均爲清史編纂工程之重要組成部分,一以供修撰清史之用,提高著作品質;二爲搶救、保護、開發清代之文化資源,繼承和弘揚歷史文化遺産。

清代之史料,具有自身之特點,可以概括爲多、亂、散、新四字。

一曰多。我國素稱詩書禮義之邦,存世典籍汗牛充棟,尤以清代爲盛。蓋清代統治較久,文化發達,學士才人,比肩相望,傳世之經籍史乘、諸子百家、文字聲韻、目録金石、書畫藝術、詩文小説,遠軼前朝,積貯文獻之多,如恒河沙數,不可勝計。昔梁元帝聚書十四萬卷於江陵,西魏軍攻掠,悉燔於火,人謂喪失天下典籍之半數,是五世紀時中國書籍總數尚不甚多。宋代印刷術推廣，載籍日衆，至清代而浩如煙海，難窺其涯涘矣。《清史稿·藝文志》著録清代書籍九千六百三十三種，人議其疏漏太多。武作成作《清史稿藝文志補編》，增補書一萬零四百三十八種，超過原志著録之數。彭國棟亦重修《清史稿藝文志》，著録書一萬八千零五十九種。近年王紹曾更求詳備，致力十餘年，遍覽群籍，手抄目驗，成《清史稿藝文志拾遺》，增補書至五萬四千八百八十種，超過原志五倍半，此尚非清代存留書之全豹。王紹曾先生言："余等未見書目尚多，即已見之目，因工作粗疏，未盡鈎稽而失之眉睫者，所在多有。"清代書籍總數若干，至今尚未能確知。

清代不僅書籍浩繁，尚有大量政府檔案留存於世。中國歷朝歷代檔案已喪失殆盡（除近代考古發掘所得甲骨、簡牘外），而清朝中樞機關（内閣、軍機處）檔案，秘藏内廷，尚稱完整。加上地方存留之檔案，多達二千萬件。檔案爲歷史事件發生過程中形成之檔，出之於當事人親身經歷和直接記録，具有較高之真實性、可靠性。大量檔案之留存極大地改善了研究條件，俾歷史學家得以運用第一手資料追蹤往事，瞭解歷史真相。

二曰亂。清代以前之典籍，經歷代學者整理、研究，對其數量、類别、版本、流傳、收藏、真僞及價值已有大致瞭解。清代編纂《四庫全書》，大規模清理、甄别存世之古籍。因政治原因，查禁、篡改、銷毁所謂"悖逆"、"違礙"書籍，造成文化之浩劫。但此時經師大儒，連袂入館，勤力校理，盡瘁編務。政府亦投入巨資以修明文治，故所獲成果甚豐。對收録之三千多種書籍和未收之六千多種存目書撰寫詳明精切之提要，撮其内容要旨，述其體例篇章，論其學術是非，敘其版本源流，編成二百卷《四庫全書總目》，洵爲讀書之典要、後學之津梁。乾隆以後，至於清末，文字之獄漸戢，印刷之術益精，故而人競著述，家嫻詩文，各握靈蛇之珠，衆懷昆岡之璧，千舸齊發，萬木争榮，學風大盛，典籍之積累遠邁從前。惟晚清以來，外强侵凌，干戈四起，國家多難，人民離散，未能投入力量對大量新出之典籍再作整理，而政府檔案，深藏中秘，更無由一見。故不僅不知存世清代文獻檔案之總數，即書籍分類如何變通、版本庋藏應否標明，加以部居舛誤，界劃難清，亥豕魯魚，訂正未遑。大量稿本、抄本、孤本、珍本，土埋塵封，行將澌滅。殿刻本、局刊本、精校本與坊間劣本混淆雜陳。我國自有典籍以來，其繁雜混亂未有甚於清代典籍者矣！

三曰散。清代文獻、檔案，非常分散，分别庋藏於中央與地方各個圖書館、檔案館、博物館、教學研究機構與私人手中。即以清代中央一級之檔案言，除北京第一歷史檔案館所藏一千萬件以外，尚有一大部分檔案在戰爭時期流離播遷，現存於臺灣故宫博物院。此外，尚有藏於瀋陽遼寧省檔案館之聖訓、玉牒、滿文老檔、黑圖檔等，藏於大連市檔案館之内務府檔案，藏於江蘇泰州市博物館之題本、奏摺、録副奏摺。至於清代各地方政府之檔案文書,損毁極大,但尚有劫後殘餘,璞玉渾金,含章蘊秀,數量頗豐,價值亦高。如河北獲鹿縣檔案、吉林省邊務檔案、黑龍江將軍衙門檔案、河南巡撫藩司衙門檔案、湖南安化縣永曆帝與吴三桂檔案、四川巴縣與南部縣檔案、浙江安徽江西等省之魚鱗册、徽州契約文書、内蒙古各盟旗蒙文檔案、廣東粵海關檔案、雲南省彝文傣文檔案、西藏噶厦政府藏文檔案等等分别藏於全國各省市自治區,甚至清代兩廣總督衙門檔案(亦稱《葉名琛檔案》),英法聯軍時遭搶掠西運,今藏於英國倫敦。

清代流傳下之稿本、抄本,數量豐富,因其從未刻印,彌足珍貴,如曾國藩、李鴻章、翁同龢、盛宣懷、張謇、趙鳳昌之家藏資料。至於清代之詩文集、尺牘、家譜、日記、筆記、方志、碑刻等品類繁多,數量浩瀚,北京、上海、南京、廣州、天津、武漢及各大學圖書館中,均有不少貯存。豐城之劍氣騰霄,合浦之珠光射日,尋訪必有所獲。最近,余有江南之行,在蘇州、常熟兩地圖書館、博物館中,得見所存稿本、抄本之目録,即有數百種之多。

某些書籍,在中國大陸已甚稀少,在海外反能見到,如太平天國之文書。當年在太平軍區域内,爲通行之書籍,太平天國失敗後,悉遭清政府查禁焚毁,現在已難見到,而在海外,由於各國外交官、傳教士、商人競相搜求,携赴海外,故今日在外国圖書館中保存之太平天國文書較多。二十世紀内,向達、蕭一山、王重民、王慶成諸先生曾在世界各地尋覓太平天國文獻,收穫甚豐。

四曰新。清代爲傳統社會向近代社會之過渡階段,處於中西文化衝突與交融之中,産生一大批内容新穎、形式多樣之文化典籍。清朝初年,西方耶穌會傳教士來華,携來自然科學、藝術和西方宗教知識。乾隆時編《四庫全書》,曾收録歐几里得《幾何原本》,利瑪竇《乾坤體義》,熊三拔《泰西水法》、《簡平儀説》等書。迄至晚清,中國力圖自强,學習西方,翻譯各類西方著作,如上海墨海書館、江南製造局譯書館所譯聲光化電之書,後嚴復所譯《天演論》、《原富》、《法意》等名著,林紓所譯《茶花女遺事》、《黑奴籲天録》等文藝小説。中學西學,摩蕩激勵,舊學新學,鬥妍争勝,知識劇增,推陳出新,晚清典籍多别開生面、石破天驚之論,數千年來所未見,飽學宿儒所不知。突破中國傳統之知識框架,書籍之内容、形式,超經史子集之範圍,越子曰詩云之牢籠,發生前所未有之革命性變化,出現衆多新類目、新體例、新内容。

清朝實現國家之大統一,組成中國之多民族大家庭,出現以滿文、蒙古文、藏文、維吾爾文、傣文、彝文書寫之文書,構成爲清代文獻之組成部分,使得清代文獻、檔案更加豐富,更加充實,更加絢麗多彩。

清代之文獻、檔案爲我國珍貴之歷史文化遺産,其數量之龐大、品類之多樣、涵蓋之寬廣、内容之豐富在全世界之文獻、檔案寶庫中實屬罕見。正因其具有多、亂、散、新之特點，故必須投入巨大之人力、財力進行搜集、整理、出版。吾儕因編纂清史之需，賈其餘力，整理出版其中一小部分；且欲安裝網絡，設數據庫，運用現代科技手段，進行貯存、檢索，以利研究工作。惟清代典籍浩瀚，吾儕汲深綆短，蟻銜蚊負，力薄難任，望洋興嘆，未能做更大規模之工作。觀歷代文獻檔案，頻遭浩劫，水火兵蟲，紛至沓來，古代典籍，百不存五，可爲浩歎。切望後來之政府學人重視保護文獻檔案之工程，投入力量，持續努力，再接再厲，使卷帙長存，瑰寶永駐，中華民族數千年之文獻檔案得以流傳永遠，沾溉將來，是所願也。

二〇〇四年

整理説明

一

黄彭年(1823~1890),字子壽,號陶樓,晚號更生,又曾别署“蓮池居士”、“遯翁”、“舊史氏”、“子黄子”等,貴州貴筑(今貴陽市)人。

黄彭年出身書香門第,勤勉力學,十九歲時撰《選將論》一篇,轟動京城,曾國藩稱其“宿學弗如”。道光二十五年(1845)成爲恩科貢士,道光二十七年(1847)補殿試。

黄彭年早年無意爲官,隨侍父母,游幕各地。黄彭年曾隨父親在貴州治團練,有效調和了漢苗矛盾;與父奔赴陝西,大力勸農營田,教授學子;隨父從幕四川,成功促使翼王石達開投降;入主蓮池書院,擔任山長,在陶成士類方面取得了一些成績。同治七年(1868),黄彭年安葬父母后,再次游幕。之後一段時間的游幕,黄彭年主要是在李鴻章的幕府,其事務重心仍舊是文化事業,也參與軍事和外交事務的謀劃和處理。正是此時,黄彭年再次出任蓮池書院山長,并主持修纂光緒《畿輔通志》。光緒《畿輔通志》全書三百卷,由紀、表、略、録、傳、識餘、叙傳七部分組成,是清代省志中優秀之作,體例完備、資料充實,是研究河北省歷史地理的重要資料。

黄彭年生性耿直,爲了給光緒《畿輔通志》的修纂留住人才,黄彭年不惜忤逆權貴。與吴汝綸的交悪,成爲黄彭年人生的重要轉折點。爲了化解矛盾,黄彭年選擇離開直隸,出任湖北安襄鄖荆道,正式踏入仕途。此後,黄彭年先後在湖北、江蘇、陝西等地擔任重要職務。黄彭年以百姓之心爲心,赢得了百姓的愛戴;關心教育事業,爲各地培養了大量優秀人才。光緒十六年(1890)十二月初四,黄彭年卒於湖北布政使任上,享年六十八歲。

出生於道光初的黄彭年,目睹了列强對中華民族的侵略,親身經歷了清政府内外交困的政治狀況。作爲統治階級中的一員,他對當時的狀況深感憂慮。《選將論》創作於鴉片戰争爆發後不久,飽含學子憂懷家國的赤誠。咸豐二年至三年(1852~1853)間,黄彭年兩上奏章,彈劾權貴琦善等人用兵之失。後撰《平賊議》一疏,文中痛斥了不少官員殺民充賊邀功的悪劣行徑及其造成的嚴重後果。同治九年(1870),黄彭年上《修省自强疏》,强調“修省之方,以懋聖學、戒臣工、節財用、廣言路四端爲要”,

深得同治皇帝和慈禧太后嘉許。與此同時,黄彭年再次彈劾權貴沈桂芬等人。出仕爲官之後,黄彭年亦多次參與政事討論。從關心國計民生的角度出發,黄彭年對小至種樹、鑿井,大至釀酒、鹽鐵等關係民生的事情給予了高度關注,并常常參加與國外有關的事務處理,無論是國際交流的筆談會還是輪船、鐵路的引進和修築,都有很多深入的思考。在修築鐵路方面,黄彭年的很多考慮深得嘉許,他在這方面的奏章也得到了廣泛的傳播。

黄彭年對洋務運動中摹習西方列强的工業技術和商業模式,對利用官辦、官督商辦和官商合辦等模式來發展中國,增强軍事力量、增加國庫收入、增强國力等方式和方法都不反對。但對官員挪用賑災款等其他本有正當用途的款項來發展洋務,黄彭年是極力反對的。就在他去世前,爲了阻止張之洞挪用部分水災、旱災的救濟款和瘟疫醫藥款、防洪堤壩的加固款等來建漢陽鐵廠,黄彭年不顧身體孱弱,親自前往勸止。可惜,此時的黄彭年已經有心無力,重病很快便結束了他爲國爲民操勞的一生。

黄彭年一家爲官者不少,其父黄輔辰爲清朝循吏,伯父黄輔相爲國捐軀,其子黄國瑾爲翰林院編修。其子黄國瑄於清末和民國年間也曾出任地方要員。受整個家族的影響,黄彭年從小便游學各地,交游廣泛。黄彭年在年少時與曾國藩爲忘年交,年輕時與李鴻章同榜進士,中年之後成爲李鴻章的重要幕僚,晚年與張之洞在湖北共事。可以説,黄彭年的一生是與清朝晚期政治風流人物相識、相知、共事的一生。

二

在政治上,黄彭年主要是作爲重要政治人物的幕僚,給重要政治人物充當參謀,因此很多時候黄彭年的成績無法獨立體現。和在政治上的貢獻相比,黄彭年在文化上的貢獻更是可圈可點。在文化領域,黄彭年的自主性比較强,價值的體現也比較明顯。

黄彭年以翰林院編修身份參與各地的活動過程中,一直以"陶成士類"爲己任,先後在河北、四川、江蘇、湖北等地教學并興辦教育。由他倡導而成立的學校和文化活動機構有律學館、學古堂、學治館、可園等,由他主持刊刻的書籍有《蓮池日記》、《平三角舉要》、《易犯條例》、《服制罪名圖》、《弟子集解》、《有不爲齋筆記》等。爲了勉勵學子,黄彭年不僅借助各種機會爲學校購置圖書,自己還捐贈了大批圖書,捐俸金助學子刊刻書籍。正因爲黄彭年致力於教育,他的經世致用思想影響了一批學人。《清儒學案》將黄彭年及其弟子王仁俊、許克勤、吴壽萱等人作爲一個學案加以探討,是爲"陶樓學案"。更有學者將該學案直接定爲"陶樓學派",視黄彭年爲學派創始人,認爲"此派爲學,無門户之見,折衷經術,體用兼賅,倡導實學"。總之,民國時期和現當代學者對陶樓學派的學術成就給予了很高的評價。

黄彭年在教育領域取得的成績,與其學術成績密切相關。黄彭年所處的年代,正是學術由博大精深轉向創新的時期。志向高遠的黄彭年以杜佑、馬端臨、顧炎武爲榜樣,在學術上日益精進。他的著述往往“造端宏大”,於經、史、子、集均有涉獵。張舜徽先生讀《陶樓文鈔》後评論説:“觀此諸論,可知其根本盛大,胸襟開拓,不偏不黨,廓然有以見道術之公,於箴肓起廢,不爲無補。”并認爲黄彭年“潛心問學,頗有功力,不徒空言以播爲口説,與庸常擁臯比爲山長者固自不同耳”。這些論斷較爲客觀地評價了黄彭年在學術上的成績。

黄彭年流傳於世的著述很多。刊刻流傳的有《陶樓詩鈔》四卷(外二卷)、《陶樓文鈔》十四卷、《陶樓雜著》四種、《志例璅談》及其主纂的光绪《畿輔通志》三百卷,另外還有大量稿鈔本傳世。

《陶樓詩鈔》四卷(外二卷),是黄彭年詩詞作品集,由黄襄成於其日記及其他作品中輯録而成,編排較爲零亂。黄襄成去世後,其親戚朱啓鈐、瞿宣穎將稿本稍加整理,油印出版,是爲《陶樓詩鈔》。黄彭年的詩詞内容豐富,往往有感而發;諷喻深刻,往往於細微處見精神。是集内容蕪雜,間或收録了部分友朋唱和之作及其後人作品,也録邢端所鈔《黄子壽先生日記目》、王樹枏所撰《黄子壽師陶樓文集序》等作品。

《陶樓文鈔》十四卷,是黄彭年去世之後,章鈺等人應黄國瑄之請編輯,於民國十二年(1923)刊刻完成。該書收録黄彭年的文章二百餘篇。黄彭年文筆質樸,敘事生動,不拘泥於周秦文字的壁壘,不受桐城派義法的約束,思維縝密,邏輯性强。

《陶樓雜著》四種是黄彭年生前整理、親自刊刻的個人著述,刻於光緒十五年(1889)前後。這四種著述又各自獨立成册,分别爲:(一)《明范文忠公畫像、宦蹟圖題詞》,一卷,結合《明史》等材料,對范景文後裔家藏《范景文畫像及宦蹟圖》二十四幅進行分析和考訂,厘定各圖次序。“以忠筆而寫忠蹟,尤爲可貴”的斷語,説明黄彭年對忠臣的欽佩和敬仰。(二)《明五忠手蹟考存》,一卷,《明五忠手蹟》共收録書信十二封,其中楊漣、左光斗手蹟各一封,魏大中、周順昌各兩封,鹿善繼六封。《考存》結合《明史》、《明詩綜》等材料,對書信的内容和寫信時間進行考證。通過梳理,魏忠賢專權時傾軋朝臣、義士的不少細節得以明朗。(三)《黄忠端公明誠堂十四札疏證》,一卷,此爲黄彭年對黄道周所寫十四封信札的梳理,對“載筆者設詞之謬”進行了一番辨誣决疑。(四)《紫泥日記》,一卷。此日記是作者所寫日記中較有代表性的一部分。光緒十五年(1889),朝廷召開恩科,黄彭年前往金陵監臨。日記里詳細記載了此次恩科考試的各種細節,并沿途勘察了江蘇的水利情況,爲後來江蘇巡撫剛毅修浚河道提供了翔實的資料。上述四種文獻,是黄彭年親自編訂的,以黄彭年本人的撰述爲主,其中也夾雜有一些他人著述,如第一種中就有諸可寶等人的題詞,第二種中則有其子黄國瑄的考證内容。

《志例瑣談》是黄彭年應邀參加光緒《湖南通志》修纂時完成的。通過比較十八省二十種省志的目録和凡例,研究各志书的優缺點,爲《湖南通志》實現文省事增、以類相從的修纂要求提出建議。《志例瑣談》中所體現的方志編纂思想,至今仍有不少值得我們學習和借鑒。書中關於省志編纂體例的觀點,成爲光緒《畿輔通志》的核心理念。

此次輯校,即以上述四種文獻爲整理底本,删汰非黄彭年作品,并從黄彭年的其他文獻中搜集未刊詩文,彙爲《陶樓詩文輯校》。據其内容分爲"陶樓詩輯"、"陶樓文輯"、"紫泥日記"、"志例瑣談"四部分,輯補詩文均注明出處。

本次輯校還參考了以下文獻:

稿本《陶樓文鈔》(文中簡稱"《稿本》"),共十五册。其第二册至第十五册正好與《陶樓文鈔》對應,第一册則收録《陶樓文鈔》未載之奏議、札敕和論説文,計四十四篇。這些内容,對瞭解黄彭年的生活和思想均有所助益,特分類收録。《稿本》中胡玉縉、高遠馨、章鈺等人的校字間或得見。

《陶樓文鈔定稿》(文中簡稱"《定稿》"),鈔本,計三册,收録了黄彭年的文和賦共一百一十九篇,其中重複一篇。從此鈔本用紙推斷,此鈔本很可能是黄彭年晚年爲刊刻個人文集所做的準備。與《陶樓文鈔》比較,兩書大部分文章重合,不同的詩文有十九篇。此次輯校,將《文鈔》中未見的賦收入"陶樓詩輯"、文收入"陶樓文輯"。

《先大父中丞公手稿》(文中簡稱"《手稿》"),一函十四册,黄襄成整理。該文稿以黄彭年的詩文爲主體,多有篇什重複(重複文章以"一"、"二"别之),不少詩文亦屬草創。草稿中往往有吉光片羽彌足珍貴者,如《書〈傅子〉後》體現了黄彭年參與輯佚的部分思想和行動,《上李中堂書其六》詳細記述了黄彭年交卸《畿輔通志》主纂時的情形,《選將論》未經湯海秋大筆斧削的原稿在此得見。此次輯校,筆者收録了《手稿》中的詩文。《手稿》還記録了讀《史記》、《漢書》等書的筆記以及參幕秦中時的手記,這些内容相對蕪雜,暫未收録。

《楓林黄氏家乘》,清同治至光緒刻本,收録有《營田輯要》、《特詔嘉奬循良録》、《崇祀鄉賢録》、《賢母録》、《敕祀昭忠祠黄公行狀》等五種。其中《特詔嘉奬循良録》載黄輔臣行狀、墓志及時人所撰祭文等。《賢母録》載黄彭年爲其母左氏所撰傳記及時人之題跋。《敕祀昭忠祠黄公行狀》爲黄彭年爲其伯父廣西鎮安知府黄輔相所撰行狀。

《先曾王父名宦公行述》(文中簡稱"《行述》"),不分卷,清末稿鈔本。是稿爲黄彭年爲其父黄輔辰所寫的行狀,乃黄彭年之孫黄襄成整理黄氏家族文献时,將其单独成册,并敬題册名。

《退廬叢輯》,不分卷,清末稿本,計二十六册。清黄輔辰撰,黄襄成輯。見藏北京師範大學圖書館,鈐"黄氏家藏"、"贵筑黄襄成印"、"湘丞所守先世手澤"等印。是稿紅欄,行八字不等。收有黄輔辰九種文稿,附録黄彭年《鄧伯昭先生行狀》一卷。

《議復興辦鐵路奏稿》,是黄彭年於光緒十五年(1889)奉慈禧太后懿旨,針對京通鐵路的修築相關問題所作的回覆朝命的奏稿,原稿單册流傳。該奏稿《申報》曾刊載,宓汝成編《近代中國鐵路史資料》時將其收入,但有删節。此次整理,將此奏稿全部收録。

《黄陶樓先生年譜》,玉山陳定祥撰,較爲直觀、詳細地呈現了黄彭年的一生。由於陳定祥所得信息不全,且對一些信息的處理未考慮特殊情境,以至於黄彭年及其家人的部分要事編排年代并不準確。但得力於陳定祥的編排,我們還是可以窺見黄彭年一生犖犖大者。特將該年譜附録於後。

原稿中古今字、異體字、通假字原則上保留,一些不常見的異體字及不合規範的俗體字則改爲規範的繁體字。因形近、音近而誤的字及手民之誤避諱字,徑改。原文殘缺字用□表示,殘缺字數較多,用□…□表示。底本訛字以圓括号(())標出,增補及改正字加六角括号(〔〕)標出。

在此不得不説明的是,由於黄彭年的詩文論述多保存在日記之中,而其日記文字行草兼用,加之紙張殘損,文字多有殘缺,難以辨識,故此次輯校僅收録《紫泥日記》,其餘部分僅付目録,以彰全貌。而又如《黄子壽先生遺札》之類,整理後期已轉爲圖書館内部收藏,筆者無從借閲,衹能抱憾。

本書的整理工作,自始至終得到了導師汝企先生的悉心指導,還得到北京師範大學歷史學院孫燕京先生、游彪先生、張昇先生,古籍與傳統文化研究院邱居里先生,藝術與傳媒學院鄧寶劍先生、李洪智先生和南京大學周曉陸先生等的指導。北京師範大學圖書館古籍部楊健主任及楊貽芬、高安明、董書萍、蕭亞男等老師,國家圖書館善本部及方志館、普通古籍館諸位老師也多次給予無私幫助。愛人孫淑松及師妹丁莉、師弟韓富文、師弟孫鐵楠亦在整理過程中給予我不少幫助。付梓階段,又得到清史辦文獻組及出版組王汝丰、潘憲立、赫曉琳、張秀艷等先生的指導,齊魯書社昝亮、劉强、武良成等先生的幫助。種種厚情雅意,無不讓我感激。

由於筆者學養所限,整理中難免有錯訛疏漏之處,期盼海内外方家不吝賜教。

黄　益

2012 年 10 月

目　録

陶樓詩輯卷三 ……………………………………………………………………（65）

陶樓詩輯

陶樓詩輯卷一

甲寅正月十八日，書感

去歲今朝白簡持，小臣孤憤貢丹墀。廟堂籌策無遺算，溝壑餘生笑傳尸。歸隱未忘天下事，後彫須保歲寒時。胡潤芝觀察來書，有“努力自愛，各保歲寒”之語。寸田尺宅皆虚願，暫向鷦鷯借一枝。

湖海平生百尺樓，近來豪氣付東流。能令人世皆呼馬，莫向堂前問射牛。萬里飄零身似葉，半生潦倒眼爲秋。不才何處逢知己，愛我偏多穎士奴。謂王椿年。“奴”、“秋”爲韻，本顧亭林説，古音“魚”、“虞”、“侯”、“幽”實一韻耳。

帝座光明望紫垣，逋臣無術報君恩。破棺異域懷蟲夢，孤塚他鄉感脊原。先兄及亡室兩柩淹滯未歸。匪石漫嗟心可轉，括囊翻訝舌猶存。蘭荃紉察空華美，歌些誰招楚客魂。

有　感

征程何事久羈留，萬里飄然一葉舟。故國親朋多轉徙，隔河音信久沈浮。江山閲歷催人老，文字拋殘悔客遊。摇落不堪悲宋玉，明朝屈指又新秋。

贈劉子重教諭

與子别來無幾年，聲華端不似時賢。談兵欲學萬人敵，藏帙何殊百宋廛。半世浮名魚羨鳥，中原兵燹海成田。扁舟未識歸何處，杯酒相逢豈偶然。

謝外舅惠鵞酒

籠鵞還載酒，樂話近何如？愧乏楊雄字，曾無逸少書。故鄉風味好，吾輩性情舒。便擬携壺酒，游踪滯雨餘。

雨中望銀壺山,獨晴明可喜

斷虹流水暮雲平,細雨斜陽山角明。卻笑化工工點染,須臾樓閣换陰晴。

答王椿年

季布避禍亂,髡鉗往朱家。衛青事平原,勳伐銘匈奴。壯士奮奇節,寧論斯與胥。念子固儒門,夙性耽詩書。溷迹輿臺中,慨然來從吾。吾生憨且魯,久與世情疏。落落寡所羣,決策懷歸歟。舉俗不我容,而子相持扶。我非穎士才,子如寧武愚。孤舟涉洪波,撫簡同嗟吁。

仙人屋

雲峯高插半江天,竇笈嵌空不計年。世事只如流水過,何須石室更求仙。

黔陽旅寓

獨行不覺遠,溯漵趁歸舟。山影横窗外,灘聲到枕頭。詩深緣久客,夢少爲多愁。太息龍標友,淒涼城北樓。

雨後散步

雨氣纔收夜氣清,偶携笠屐月中行。眼前不碍千林繞,胸次全無一物横。倚户老兵談故事,牽衣稚子問星名。歸來夢穩渾忘曙,閒暇方知心太平。

夜宴曲 嘲李若庵太學、何夢瀛孝廉

錦茵步障光明地,簫管遺聲彩雲墜。香車七寶排神仙,高臺但見金銀氣。湘瑟浮雲廿五絃,芝蘭臭味金同堅。思量阿嬌貯金屋,新蟬脈脈窺紅筵。秋河迢遞雙牛女,乞巧無人夜私語。青蚨飛去不飛來,恩情流水東西去。瞪目支頤可奈何,鯨吸還傾一巨水。南園風雨花狼藉,春容聚散儂悲歌。鸞咽悽愴無員節,《驪駒》一曲傷離别。紅墻隔斷會有時,東風更綰丁香結。

庚戌元旦試筆雜詩

勞勞不覺曙,獻歲又新春。爆竹雜鼓角,雷動喧城闉。道逢遊俠兒,中有毳衣人。練勇喜爲異服,有著赭衣者,亦服妖也。頭巾各異色,醉倒目對瞋。將軍正高眠,壯士多苦卒。

奉親出東門,敬謁先祖墓。小子前致詞,豐碑猶未樹。老人再三歎,此理汝未悟。東西南北人,屬藉等寄寓。矧值天步艱,念念心愴懼。吁嗟葬者藏,古訓安可牾!

入門語吉祥,親故各歡喜。盡道去年來,羣賊多於蟻。長子何蘇蘇,匕鬯止百里。暫時相往還,盈途半青紫。安得活國術,一洒平生恥。

故人頗好事,博齒何玲瓏。博齒,見《類編》。"玲瓏骰子安紅豆",唐人句。任宦有黜陟,京師以《官職圖》爲投子戲,官職升甚詳。争較紛相訌。擲罷各大笑,澹然師大空。世事盡如此,安用長夢夢。

爲鐵兒講張楊園先生訓子語,書以示之

兄弟譬手足,斯義世所昧。偏廢必弗安,駢枝必兩礙。行持與病適,罕譬爲汝誨。念昔就傅時,同氣頗親愛。弱齡遘家難,九人惟我在。踽踽賦獨行,一室有餘慨。去歲寒霜冽,祖母偶病欬。吾侍爾祖游,嘗藥尠人代。世路多荆榛,急難期共戴。形影相弔歎,一身不可再。鬩牆一何愚,親心將毋痗。枝槁由根傷,楊園語當佩。篇中"駢枝"、"偏廢"、"行持"、"病適"、"枝槁"、"根傷",皆楊園語。

醉後試高提舉、馬閱城,口占即事

三杯落口吾欲仙,本不須愁休問天。涑水有書聊復爾,方山落杖殊茫然。英雄飄泊人如海,羈勒間抛馬似船。何事老兵語將泣,告君且去吾當眠。

訓唐鄂生,見和《元旦雜詩》,集淵明句

興言在兹春,偃息得所親。貧賤有交娛,壺觴勞近鄰。衛生每苦拙,校書亦已勤。時鄂生校《荀子》。奇文共欣賞,時賴好事人。

始聞春雷,慨然有作

寒冬苦陰雨,陽氣鬱不舒。開歲得晴霽,萬物森昭蘇。我聞春雷殷,未語心先瘏。自從事鄉守,餘粟空轉輸。春作苟失時,中澤皆萑苻。所以通識人,慷慨陳訏謨。奈何牧牛羊,不爲求其芻。劬勞就安宅,震厲增嗟吁。

向高教諭乞蜀箋

表光金屑蜀中傳,知是曾從錦里旋。書笥已饒師竹頌,奚囊應貯浣花箋。頻研新墨哦春色,爲取殷紅向日邊。楊巨源《謝崔駙馬惠牋》詩:"殷紅應自日邊來。"不免向君求此物,唐人句。一苦一韻料欣然。

得川兵捷書

年來度支絀,耗餉已如山。但見郊增壘,頻聞賊叩關。至尊垂詔問,諸將棄師還。賴爾平司捷,馳書轉聖顔。

鄭廣文辭官,詩以賀之

一官羈絆纔抛去,又荷書囊出播州。大府求賢頻問訊,先生出處合深籌。莫悲遲暮逢兵燹,贏得清閒容白頭。仕隱於吾兩無分,友朋慚愧是前遊。

步出城東門

獨坐意不適,萬慮紛煩冤。草堂尋主人,步出城東門。山柴寫詩稿,低首默不言。强請起撰杖,呼兒取壺樽。出城三四武,豁若離籠樊。清風起林端,山館留斜暄。園花競新好,遠望同雲屯。傳杯坐草茵,斟酌還歡言。全生兵燹中,養拙聊自存。野外罕人至,暫得遺塵喧。日入愁閉關,趿履謀歸飧。撒手各還家,餘興仍翻翻。明日早來游,從朝至黄昏。

游螺山 並序

丙辰二月九日,天氣晴和,草樹鮮美。與唐鄂生邀同鄭丈子尹、夏丈秋丞、高丈秀東、莫君芷升、舒君文泉同游螺山,長子國璸從。憑高樓,俯城闉,金鯽躍池,羣鳥繞樹,山光適性,欣然有懷。淵明不云:“想日月之遂往,懔吾年之不留?”輒用《游斜川》詩韻,並依其例,各疏年,紀鄉里,以紀時日。乞鄭丈爲之圖。

連日天氣晴,游山興不休。昨飲城東隅,預計今朝游。侍騎有童子,招尋皆勝流。閲世江湖深,聚散同浮鷗。高樓多悲風,荒冢盈山邱。寂寞正如此,生時誰與儔?念之感人懷,满酌更唱酬。及今不行樂,知有來歲不?談諧破愁顔,域大奚獨憂。但得飽看山,舍是吾何求?

山柴古畸士,抽紱行歸休。莫子從之來,更擬去年遊。二君楚國材,非同時世流。教諭滑稽者,嬉狎如閒鷗。各抱磊落姿,慷慨憑高邱。俯視城闕中,此局誰可儔?放浪遺形骸,主客忘獻酬。借問癡貧僧,頗知此樂不?入山恐不深,出世胡更憂。爾福吾不如,而爾又何求?

昔者陽明子,身謫心自休。黔士聞其賢,負笈從之游。彬彬何陋軒,請益多名流。一朝被朝命,網羅及沙鷗。勳伐垂旂常,偉業銘山邱。當時天下士,顧瞻難與儔。讒言由之興,論功無可酬。講學居夷時,意寧及此不?汙隆信無常,從兹消百憂。石桴吾欲師,好爵非所求。

日入相與還,歸騎何休休。柴翁老畫師,拈毫寫兹遊。莫以無水嫌,遥指南明流。小池躍金鱗,野田翻白鷗。夕陽映高閣,點綴成丹邱。蘭亭繪羣賢,少長相爲儔。圖成各題誌,詩來增唱酬。出城百里間,得復如此不?南嶽有主人,忽抱采薪憂。乃知遊是福,天運難强求。高丈約游南嶽,以疾不果。

蕭孝子詩

孝子字榮齋,販布爲業。割臂療父疾,里人稱之。

蕭子好男兒,棄書託負販。日賣百錢歸,擊鮮未覺溷。一朝過我門,抱肘類委頓。再詰得其故,起敬肅方寸。刲臂療其親,割肉裹藥獻。一服親疾瘳,解帶始廢困。我讀宋儒言,深刻大可悶。如此云毁傷,乃作非孝論。奇行古所難,士夫或多遜。摳衣向爾拜,勖世亦自勸。

贈　内

八年彈指送居諸,笑爾春容我不如。詩詠泥中知婢黠,鐙挑床側課兒書。南船北馬隨飄泊,鵝服牛衣寧戚噓。近日可人惟一事,常將斗酒隔宵儲。

次鄂生韻，兼示蜀君甥

與君伯仲交，識面各先後。伯子殂京華，望雲思父母。汝立之殁，同人爲繪《望雲思親圖》。忽已十四年，遺孤一編守。因憶同學時，相期何其厚。

豚兒似叔網，鼻涕尺許長。昨作悔過詩，歡然慰我腸。善積乃成名，惡小寧無傷？孺子請事斯，言動先審量。

女壻近乘龍，況是故人兒。習之享盛名，昌黎爲之師。於詞必己出，非笑寧隨時？刻畫金與石，自稱臣能爲。隨處成文章，怒罵與笑嬉。根柢在六經，此言非予欺。他日當豁然，誨汝吾不辭。

立誠先去欺，欲發心早困。憂患出尊榮，所以安貧賤。古來賢達士，不與斗筲筭。堪笑相者言，門貴非我願。

語小

鼠矢小於粟，可以臭鼎羹。蠹蟻亦云微，梁木爲之傾。況以蜂蠆毒，而作青蠅營。形體縱么麽，禍福由兹生。孰是深識人，察微得其情。毋輕錙與銖，慎重持權衡。

寸管粟難供，寸煙薪易竭。積畚山陵移，蟻蟄江河決。槃盂各有當，一縫那可缺？所以古賢達，塗隙塞其穴。毫末寧敢欺，周身抱吾拙。

螳螂死車轍，奮臂不自量。飛蛾喪其生，趨此頃刻光。蚤蝨苟不嚙，捫捉聊可忘。抱此貪競姿，焉能逃死亡？至人觀物化，念之心慘傷。非關天運盡，稟性難久長。

示鐵兒

閱世譬長途，豈能無差跌？但恐不自覺，後車墮前轍。汝作悔過詩，即是良知説。人事紛萬端，操持固有訣。守此徑寸心，沛若江河決。惡小不可爲，保身尚明哲。願汝童子佩，從今至耄耋。

次韻和夏秋丞刺史

豪情無復十年前，寂處蓬門坐井天。乘興每如王訪戴，過書時類鄭遺燕。寂處寡儔，偶遺友朋書，每多譌字。忽然開徑來三益，況有寬懷納百川。詩稿近來盈柏櫃，一斑已見更窺全。

古意

變色不敝席，寵臣不避軒。餘桃生愛憎，庭樹求攀援。昨日承美珥，今朝委長門。蓐蟻復何爲，自言懷舊恩。

練勇

莫道士無譁，餘威肆爪牙。劍揮庭際樹，巾裹髩前花。誰享睢陽妾，空量道濟沙。阿奴錢是命，見説命能賒。“賒命”之説，出於練勇之口，而富翁不知懼也。

咸豐六年花生翼日同遊南嶽聯句 柴翁書大字題壁

五峯似衡山，柴翁。乃在城南隅。紆徑入雲霄，子壽。插脚紛田廬。江影出復没，鄂生。城聲有若無。浩浩花勝海，柴翁。蒼蒼雲亦腴。古刹窈幽翠，子壽。群鳥含清臞。虚明動方沼，鄂生。俗慮徵道區。回老去不返，柴翁。黄石今豈徂。緒風蕩酒醒，子壽。斜景追詩逋。此樂難可再，鄂生。梗泥休浪塗。柴翁。

贈賈刺史

公子參帷幄，飄然迥出羣。不期逢世難，何以張吾軍。幕府無留劄，窮邊多惡氛。誰能雨天下，遥指泰山雲。

太傅有奇策，厝薪懷隱憂。不逢今日難，豈識古人愁。莫小六百石，當爲萬户侯。欃槍何日埽，更獻治安謀。

聞紅巖兵潰，賊犯内江

天塹長江險，屯防計有餘。何期鳥獸散，竟作虎狼居。蠢爾稱戈日，于思棄甲初。逍遥語河上，百步笑何如。

聞十七日虎場、永樂雨，雹冰爲灾，大如雞子

沈陰鬱不開，硬雨俗呼雹爲“硬雨”竟成灾。屋瓦亦已震，麥苗爲之摧。況今封豕突，

而致嗷鴻哀。目慘極千里,天心何可回?

贈承子久太守齡

太守從容解倒懸,巋然一柱拄南天。欲同齊相籌鹽筴,豈笑唐臣税屋錢。時部議各省試行鋪租,太守屬予議覆。乃爲陳六難,太守遂以上達。萬里勳名魚縱壑,三山烽火海成田。廟堂定倚長城重,爲問幾時朝日邊。時太守奉觀察閩中之命。

題《吉雨三順風圖》

秋水閒看只自怡,菩提因果總難知。身如塵網初遺日,心似虚舟不擊時。未必御風同列子,有誰高枕效希夷?去來順逆尋常事,請誦髯蘇禱塔詩。

贈彭貢甫

與子相逢征戰後,挑鐙同話虎溪舟。高談有類陳驚座,遇蹇何疑廣不侯。鉤距鉶筩輸漢吏,然犀懸鏡識秦庾。貢甫近奉札緝姦。近聞鄂渚烽煙靖,曹(翽)〔劌〕方輕肉食謀。謂令弟器之。

彭貢甫邀同昆明畢孝廉、紹興馮布衣、同里劉茂才游扶風山,飲水口寺

聯騎東門外,停鞭古寺旁。兒童喧報賽,士女漸成行。風動山花落,晴烘野菜香。卅年游已徧,春早是家鄉。

寂居罕人事,巷陌競閒游。壯志輸戎馬,浮生等戲鷗。地偏塵自遠,春盡鳥知愁。莫誦招魂句,淒涼黄鶴樓。時貢甫鄉信至,官軍失利。

大地兵戈满,相逢亦偶然。何因玩山水,暫得避烽烟。甘荷劉伶鍤,生浮畢卓船。馮公雖白首,豪飲酒中仙。

賤子嗟蓬累,軒輿罕見過。故人主天末,世事付春波。章子和庶常自都中至。明月臨千嶂,明月巖在東山。扶風渺一螺。好山看未了,須藉魯陽戈。

周小湖都轉招飲東皋艸堂，賦詩屬和，即次原韻

纔抽簪紱步林皋，卜宅城東寄興高。詩律細應推老輩，功名粗可付兒曹。時功甫刺史官滇中。著書歲月門常閉，投轄賓朋余最豪。屈指重陽來就菊，更當秋社彩描糕。放翁句"彩(描)〔猫〕餻上菊(先)〔花〕黄"，原作有"應時且進菊花餻"句，故及之。

颯颯霜風動遠皋，中庭賞桂月華高。不嫌迂論驚時輩，卻喜狂吟任我曹。辭後親朋書漸少，坐中耆舊酒猶豪。閒居只合尋農圃，何事重□食鹿餻。

故人邀我過東皋，風月清談意興高。暫脱簪裾歸下里，難馴麋鹿是吾曹。多年舊雨詩懷健，近日游山脚力豪。回首燕雲同悵望，正逢重九宴花餻。

贈徐華野同年河清

四海論交久，相知不爲名。如君耳已熟，今我意先傾。指喻莊生論，胸藏范老兵。每逢杯酒夕，談笑頗縱横。

烽火數千里，干城尠武夫。始知書是膽，不信將無儒。浩劫逢奇數，艱難豈一隅。寄聲潑韓五，莫便戀江湖。

代家大人敬題《王文成公遺像》册子

册藏扶風山寺陽明祠。

距先生歿三百祀，葺先生祠三十年。千秋萬古精神在，珠還璧合兩象傳。昔人遺書蠹兹格，今時羣盗偶爲愆。道廢時艱遂如此，瞻拜空山同喟然。

祠，府志失載。螺山舊祀陽明神主。嘉慶戊寅、己卯間，楊生某説傅先生小泉、李先生他山建祠。時有敖薌坪者，實隨雲貴總督百齡，得陽明象，即公祠中所奉朝服大像也。雕象蓋即依此。成之時，予從傅先生游，親與其事。厥後寺僧不能守，大象流傳市間。王觀察復得而歸有，近事也。咸豐五年十一月並記。

遊扶風山，敬題《陽明先生畫象》

先生講官耳，敷教自彬彬。遺象衣冠肅，當年石椁陳。三書格苗猺，萬古開荒榛。太息南皋去，何人更問津？

百年同仰止，廢置復何心？兩字闕文獻，謂巡撫元展成改"陽明書院"爲"貴山書院"。新

祠式士林。傳經遺澤遠,懷古暮雲深。吾道竟誰寄,寒山自古今。

義士行,贈王理治

賊艫鈎連蔽江漢,殺人如草屋如爨。統師諸帥皆女郎,按察獨以孱軍當。帳下健兒十數輩,王生驍鋭尤可愛。曾著紅巾入虎穴,手牽羣虎毫不捩。須臾烈焰驚梟鴟,小卒便是田單師。將軍手持蘇武節,南公憤齧指頭血。月黑雲沈落將星,公子倉猝奔湘鄙。一時鳥獸皆驚散,仗劍相隨獨不悳。嗚呼!江南河北千萬軍,幾人倜儻與爾羣!

壯士王理治,湖南寶慶人。嘗隨唐按察樹義黄州軍中,僞爲賊裝登賊舟,給使艤岸而焚之。按察殉節,從人星散,理治獨護其公子鄂生奔走,忠義驍捷士也。賦詩嘉之。

蒙向少石先生借書,不與,反加桂石之賜,賦詩卻謝,兼訟諸亮[1]生、古醞兩先生

鄴侯懸籤三萬軸,寶如美玉雕藏櫝。曹倉杜庫嫏嬛居,鎮日摩挲貪不足。引領南金來獻琛,篝車待满豚蹄祝。是時江夏有黄生,所未見書思借讀。自云鄭武老無能,願學深宵明炳燭。"炳燭之明",伯厚自題,《困學紀聞》語。漢王不念臣朔飢,一勺猶吝神倉粟。枕中空羨中郎秘,便便難鼓邊生腹。秦城不與趙璧歸,又輦奇石致文木。輸巧大著墨技窮,擬效楊朱歧路哭。公有"狂突亂哭"之語。

雨中登大關

岸旁矗立萬丈垣,猿猱悲泣愁攀援。清辰競過鴨池渡,雲氣漫空雨如注。須臾疾行穿雨過,下視雲背如翻波。脚疲力盡始得上,乃覺天宇真浩蕩。回首又有上坡人,誰肯援手同艱辛。

道出黔西,香亭刺史除舍授餐,賦詩酬之,兼索其畫

霢霂連朝長刺梨,看花一路到黔西。山程漸可忌烽燧,刺史猶能静鼓鼙。每憶舊鄰春满座,故留羈客雨平谿。錦囊乞得香翁畫,更擬題詩付小奚。

---

① "亮"字前原有"葛"字,誤衍。亮生,朱采字。古醞,楊葆光字。

香海棠詩贈芝舫 有序

黔西州廨香海棠二株,百年古物也。吴蘭雪刺史顔其廳事曰"香海棠巢"。蘭雪既没,姚伯山太守爲書其額。童雲逵刺史治此州時,樹僵。補種,然無香矣。

海棠無香空有姿,譬曾子固不能詩。古人往往稱憾事,豈知造化多神奇。水西官廨兩株樹,香蘇珍重曾題句。詩人已歿樹已枯,一段相思向誰訴?長白山人老畫師,公孫文采今見之。百年韻事誰傳出,畫筆騷壇憑主持。

黔西道旁碑

道旁豐碑何隆隆,大字丹書某某公。旁列細書數百字,紀德銘勛美且備。下輿讀罷欲拜之,一叟在旁泣致辭。前年賊始起安底,大關小關旂盡靡。督師大人不肯來,□□大憝通雷台。鄉團擊賊賊方卻,兵來搜剔官徵索。大人傳令誅在緣,習教者謂之"在緣"。罪魁逃逸徒株連。罰鍰助餉金無數,吏又下鄉討逋賦。斂錢樹碑博官歡,團頭逼迫猛於官。賣妻鬻子不敢惜,脂膏凝結一片石。吁嗟乎!碑已樹兮脂膏竭,君試鞭之應見血。

和鄂生壁間韻

陰雨動經旬,不復辨朝午。山巔霧忽斂,下視人如黍。老親忘辛疲,顧惜小兒女。時呼問前途,艱難不可數。

烏西水 卻寄黔中同事諸君

烏西水,流不住。經過萬重山,流向西川去。莫道西流留不住,灌田已活人無數。

癸丑歲在京師,子和同校《淵明集》,今過大定,子和出示所校,增數百事,用淵明《丙辰歲》詩韻紀之

戢影歸田園,賃居東城隗。手此淵明詩,悠然念無懷。麇鹿含其生,木石相與諧。

羈絆爲人役，乃似憚犧雞。一朝脱樊籠，遠舉不復回。南鳥向北飛，去鄉鳴正哀。素心愜所遇，荒徑爲之開。欣賞正如此，志願焉可頹。而我今遠遊，常恐時事乖。無言謝微生，何爲長栖栖。

題龍山寺壁

龍山緲幽翠，勝擅黔西隅。古木森參天，深洞含清渠。地偏佛亦静，風高詩更癯。道人老龍鍾，拄杖睡糢糊。問我來何因，此間曾到無？

龍山五杉樹歌

落落五杉森可仰，樹如手指山如掌。不知栽種始何年，大五六抱高卅丈。勁直頗類古臣工，正己立朝絶援黨。一株楷立似烈士，身死氣更衝霄上。五松齷齪那並稱，五柳高蹤差足倣。幸不生當大路旁，風雨空山自培養。不夭札，不尺枉。不被兵燹灾，不邀匠石賞。千秋萬古柱南天，落落五杉森可仰。

自清水河至赤水道中

山頂新霽清似洗，鏡霞倒映秧水泚。十里五里花氣香，千重萬重金碧光。遠山澹沱晴空裏，瞥眼看山去如駛。斜日纔過赤水河，回首家鄉雲樹多。過河即蜀境。

恭和大人元韻

每憶橋亭别，羈懷那可禁？故鄉從此遠，何日話離衿。省門諸君餞别頭橋。

赤水河邊路，行人幾度過？不知家國感，只道旅愁多。

雨登雪山關

浩瀚真如雪满關，捫蘿躡屩百梯攀。天低欲壓濛濛樹，雲缺時看點點山。萬里咽喉争咫尺，半生戎馬得蕭閒。故鄉惆悵音書杳，多少征閨望凱還。時蜀師在黔。

山月懷鄂生

蒼龍挾雨千里走，夜夜層雲黑如黝。今夕清光何處來，隔牖青山了可數。地上横斜寫樹枝,天邊疎朗排星斗。松風謖謖三尺琴,蘿露盈盈百花酒。太虚清静本無心,山鬼招邀齊拍手。幾曾夜氣識金銀,卻笑人聲雜雞狗。晶域光明殊坦然,塵垢秕糠復何有? 遥知此月照瀘州,發興拈毫定堪偶。

恭和家君《買魚》原韻

水是池塘山是臺,崚嶒瘦石長青苔。買魚沽酒礮頭坐,大好園林自往來。自貓兒關至茶堂寺,瘦石林立。

江湖覓食諒非難,況有波濤萬頃寬。不知何事貪微餌,銜着漁鈎上釣竿。

雨中感懷,疊前韻

芒鞵草笠混輿臺,攀磴捫巖破碧苔。野鳥不曾識行客,山花何意向人來。

山似青天上本難,上來眼界似天寬。江南江北在何處,羣盗紛紛多揭竿。

病頭風

平生飽憂患,未病心已瘉。何來曰蒙風,中人如毒蠱。寒抱齊宣疾,腦夢楚子盬。不寐願言嚏,一飯頷欲吐。四體思折枝,捫胸時擗拊。因知元首尊,是爲百骸主。所主苟不安,百骸並其苦。古人戒叢脞,先期絶二豎。但得羊藥嘗,不待陳檄愈。

送江橋

自分水嶺,經瀘衝入瀘水。

江門看咫尺,橋影見山阿。路轉灘聲急,雲低雨氣多。行人携笠去,立馬望船過。最勝吾鄉處,青青兩岸禾。

江樓晚眺,懷鄂生

旅館蕭條瀘水邊,臨欄晚眺思悠然。羣飛惟愛歸林鳥,聲沸遥憐上水船。百里行程因病阻,半江風景結詩緣。故人況是多豪興,日暮長吟何處天。

江門道中

丹嶂中分亦壯哉，重門急溜勢如隤。泉飛石屋當窗下，風挾雲濤捲樹來。脚馬聽從千磴過，金牛誰遣五丁開。畏塗不盡蕭蕭感，猿鶴聲悲萬壑哀。

晚發大舟，驛有以趕船來勸者，口占謝之

一川如畫雨初晴，妓舫漁舟趁客行。未肯相隨逐波去，緑陰貪聽早蟬聲。

納谿道中大霧

輿人促宵征，昏昏墮霾霧。天地同混茫，置身向何處。聞聲識人來，欲撲知觸樹。灘急耳傍鳴，步窘脚底懼。譬如涉江湖，波濤紛吼怒。又若御空行，天風競奔湊。不辨險與夷，安知朝與暮。邇年南朔游，賊蹤先後去。任運委自然，所向迷前路。豹隱奚駭怪，狐疑乃乖誤。廓清會有期，大道安若故。

金鳳橋白荷花，用皮日休韻

寄語紅蕖莫妬欺，此花曾記在瑶池。澹然多是素心侣，清白何嫌不入時。

不受塵污一點欺，孤芳落落寄清池。錯疑鷗鷺纔飛下，正是風來月上時。

綺語紅情只是欺，波光月色映芳池。百花深處歌聲出，仙子停橈曳紵時。

別豔何能素蘤欺，日休句："素蘤多蒙別豔欺。"①相逢澹泊鳳橋池。看山須瘦花須素，看到梅花須幾時。

登玉蟾山歌

赤水西來瀘水東，黔山迫促蜀山空。平疇萬頃緑野秀，中有巍峩巀嵲之高峯。虚閣凌青雲，古木鳴天風。邨落分明似星布，修橋百丈垂長虹。身臨絶頂不覺險，儼然坐我天當中。開口忽大嘯，舉手捫蒼穹。南征昔有漢丞相，太守當年魏了翁。今人古人不相見，今時古時同不同。聖朝西陲幸無事，乃得使我遨遊開心胸。

---

① 此句爲陸龜蒙《白蓮》詩中句。

旅店阻雨

久客纔歸又去鄉,連宵溪漲没橋梁。少年那解羈人緒,不問征程問趕場。是日場期,從人皆趕場去矣。

蛩語蕭蕭夜氣涼,烹茶剪燭侍高堂。閒提三十年前事,到處悽然歎海桑。

旅店久雨,感懷

窗外波濤枕畔雷,窗外小溪已成巨浸。青蛙鳴鼓寒螿哀。空階起立雲尚黑,茅屋已破悲風來。山靈告我不須愁,河伯殷勤遮道留。雨師於我尤繾綣,相伴相尋無日休。吾生天地直稊米,席地幕天盡吾邸。千秋萬古跡已陳,當其未至皆茫眯。吾聞古有揮戈之魯陽,又有羲和叱馭迴龍光。何不手持赤羽上天去,爲掃陰霾開大荒。

旅夜

谿漲平橋幾丈尋,玉蟾山下夜沉沉。都無雞犬驚羈夢,年荒穀貴,畜雞、犬者鮮。定有魚龍聽夜吟。窗外溪漲成川。書劍溼殘苔繡長,兒童戲倦睡魔深。天涯此際難爲客,況是淹留傷客心。

曉發隆昌

隆橋侵曉促征程,西指迢遥錦里城。澍雨三旬消苑暍,膏腴萬頃望縱横。偶逢驛使探鄉信,滇、黔驛遞近改由蜀。時展圖經問地名。倦卧藍輿驚夢醒,緑陰深處鳥啼聲。

萬里坡

菰蒲葉戰芰荷喧,碧稻高低似浪翻。萬里坡前雙塔寺,一川風雨近黄昏。

江岸望資州城

江城高閣晚烟中,雲影波光相映紅。仿佛金焦好風景,不堪回憶大江東。

簡 州

地以人增重,吾懷簡憲和。片言雖近戲,萬户得除苛。

次鄂生韻

畫幀携來酒不賒,渾忘飄泊向天涯。不求仙佛惟耽睡,何必園林方是家。踏雪留鴻羈錦里,軟塵飛馬憶京華。軍書近日無消息,惆悵蠻雲萬嶺遮。

題蕭尺木畫

予以道光戊申正月至太白樓,觀尺木畫壁。逾年,太平兩陷於賊,名蹟存亡未可知矣。

下視滄波寄慨深,也思避跡恣高吟。蒼岩碧水知多少,不辨仙源何處尋。

畢影邗江作畫師,斜行細字偶題詞。但書甲子無年號,此例應摹靖節詩。

牛渚扁舟不十年,遥聞幾度换滄田。酒樓畫壁知何似,追溯遊踪殊喟然。

題馬湘蘭畫册

梅花高格悟情空,蘭韻無言心事同。料得拈毫雙黛蹙,託根無地怨東風。湘蘭欲委身百穀,不果。

接跡衡山亦勝流,可憐青眼付青樓。清翁若道楊梅句,謡詠還應一筆勾。《明史》盛稱百穀風義,而外舅寬夫先生執"楊梅"、"蘿蔔"之句,疵之未爲韻也。

練勇陳得勝死,葬之成都城東,詩以悼之

猶憶昔年忠烈寺,金槍法獨喜《陰符》。余得《陰符槍法》,教師多不解。指示少年,纔得十數人,得勝其一也。幾人陷陣摧大敵,舊練死者甚衆,李如熊死於清平,林金科死於崖門,胡殿燦死於紅崖,皆壯士尤驍黠者也。嗟爾飢軀死半途。那復騰身如健鶻,得勝解縱躍擊刺法,一躍丈餘,捷如飛鳥攫食。空令正首類邱狐。感相從意重吁歎,陟彼長吟我僕痡。山行久雨,從者多病。

次鄂生《獨卧》詩韻

世事真如水上紋，一時澂澈一時紛。不期山石危如卵，黔江山崩。卻有樓臺幻似雲。六月廿日晡時，雲氣中層樓復閣、密樹叢崖、海市層樓，移時始散。

蛺蝶能爲賓客詠，蝸牛猶戴觸蠻軍。可憐俱是悠悠者，獨卧高吟誰與羣。

題《江山送遠圖》送鄂生

寒雞膠膠啼不已，越石聞之中夜起。海内倉黄已如此，祖生先我着鞭矣。男兒仗劍走萬里，時危只合我輩死。況復出入千軍裏，一向傾心拜吾子。江山送爾去如駛，掉頭閉目不肯視。無數好山作戎壘，那得澂清似江水。投袂大笑肉食鄙，聞道春明競羅綺。悲歌莫向長安市。

簡沈松樵

忽漫相逢錦里城，壺觴兒女感君誠。無多親舊偶團聚，幸脱兵戈各再生。日月催人難可歇，江山如許不勝情。懸知郭伋重來日，到處村童竹馬迎。

代家大人贈白詩樵太守五律二首

昔年鴻踏雪，幾度雁鳴秋。離緒不堪説，長貧如此遊。周旋羈錦里，吟眺倚江樓。最喜蘭亭字，斜行書扇頭。君爲予縮臨《禊帖》於折疊扇，蠅頭細書。

爲問使君名，倚興禾利城。頗如談政事，即此是循聲。作官有家學，因貧知吏清。願同羊舌賀，珍重别離情。

小峯屬寄書述桂湖之勝，兼簡吟樵、少甫諸君

扶老携兒來衛湖，柳陰珠徑周四隅。剩殘荷蕊八九朵，開徧桂花三百株。明月斂景助幽邃，清風不到增踟躕。平生未解荆關畫，卻寄新詩當畫圖。

謁龐靖侯墓

重關近接鹿門峯，血戰何曾識讖凶。古柏從來多勁色，空山終古肅遺容。平生知

己惟司馬，未了勛名付卧龍。卻歎連年將星殞，祇今祠宇荷恩醲。近年，殉節諸臣奉詔建祠者甚衆。

道中雜景

得得征鞍傍水涯，寥寥村落草編籬。船橫淺渡依椿石，人立斜陽理(豹)〔釣〕絲。荒澗有花蜂未老，野田遺粒鳥先知。紛紛荷擔長歌去，正是人家飯熟時。

送險亭

險夷與窮通，此理將毋同。若教險可送，送窮胡更窮？賢者□受命，吾笑昌黎公。

七曲山古柏

七曲山巔有古柏，幹曲如鉤質如鐵。老禿還同矍鑠翁，鬢髮雖凋飽精澤。萬柏夾道森參天，陰陰百里雲相連。自石牛至劍門，夾道皆古柏。俱是千年百年樹，老柏親之如曾元。董生卓犖頗好事，築臺護惜有深意。勿翦勿敗比甘棠，鄭重白生爲作記。記言位置延盤陀，種植年當晋永和。文昌遺跡起愛敬，杜詩蘇句重吟哦。豈知獨立蒼崖裏，不生不滅枯禪耳。不須依傍蘄流傳，那復向人論甲子。空山寂歷天地春，無用爲用全在真。心如槁木乃非槁，請語山居學道人。

自白衛至廣元道中

雄關高聳碧摩空，遠近分明一望中。此日居然成驛道，近雲、貴驛站改由川、陝。當年誰與闢蠶叢。兩山缺處河流合，萬畝開時水潦通。莫道地形天下險，從來籌筆老英雄。

朝天嶺

天高不可上，仰首望嵯峨。人影微於蟻，山形旋似螺。籃輿頻轉折，選磴恐蹉跎。行到最高處，峯回又一坡。

逢驛騎

羽騎去如飛，故鄉音信稀。關心無處問，客淚滿征衣。

曉　行

錦城纔過夏,匹馬又秋風。片片莜花白,垂垂柿子紅。雲騰同爨甑,山語似聞鐘。何處尋中火,途詢簑笠翁。

度七盤關至寧羌州

盤行鳥道兩縱橫,曲折迴環一線縈。卻擬上邊無路去,儼從空際御風行。河心踏過水頭到,雲脚鋪齊峯頂平。入夜趨庭商畫稿,每逢佳處更分明。時家大人畫《棧道圖》,日之所過,夜輒圖之,率至夜半。

山　行

溪聲鎮日不聒耳,柳色迎人來送愁。笑我年年此時節,荒山破笠度深秋。去年九月隨侍在鄉,所歷皆深山荒徑。

鞦　韆

不知人世有烽烟,收穀今年勝去年。吏不到門租早上,家家兒女打鞦韆。

淘　沙

漢岸碧石差可異,大安驛次水河岸,沙石皆是碧色。云是沙中有銀氣。淘沙童子兩三人,下輿詢之皆走避。急呼童子爾且前,我非官人來偶然。借問得金日幾許,何不引類同披煎。童子欲語先太息,以金償工每不值。細人所計僅錙銖,隻身往往缺衣食。傳聞朝議尋礦苗,吏來口説新科條。捉人輸金得錢放,今日得放愁明朝。向時淘沙人如織,自聞吏來皆避匿。弱者轉死知何方,强者或聚爲盜賊。童子欲行不得行,淘沙苟且全餘生。常恐捉去見官府,逢人便覺心先驚。我聞此言淚如雨,天子何仁吏何武。疆臣司牧牧者誰,何不爲民紓疾苦。方今國家患多事,應代朝廷宣德意。豈容如虎吏橫行,重爲天下生民累。

自沔至褒道

自褒城而東至鳳縣，今之北棧，古之褒斜道。自沔縣而西至大劍關，今之南棧，古之金牛道。論形勢則北棧宜及寶鷄，南棧宜及梓潼。故家君作《棧道圖》，自梓潼始，至寶雞終。

暫得夷途騁轡過，平原吟眺興如何。山横遠處偏多麗，水落潭時不見波。此地中分南北棧，行人頻發短長歌。況聞插羽催飛騎，撫枕空摩待旦戈。舟人謂無水險處曰“灘”，平處曰“潭”。

青陽鋪小憩，不覺酣睡，醒，登畫眉關，口占即事

據梧偶識此鄉甜，無數好山清夢添。更向畫眉關上去，萬重山色到眉尖。

留壩

停鞭頻問路，更度武休東。歷盡關河險，飄然心眼空。人煙深樹外，秋色亂山中。虎嘯餘風在，相期訪赤松。

山行雜記

千間棧閣想玲瓏，平地今看驛道通。明棧閣尚二千二百七十五間，今鑿岩砌石，如履平地，僅數十間耳。谷口人來懸瘤紫，谷中人多病癭瘤。天心米長偏坡紅。地多赤黎。漫將樵汲驅靈石，七盤山半白石，狀如老人，土人傳會言“供漢高祖樵汲”，誇其靈異。時有文書付溜筒。驛站恐水漲，文報不得達，乃以繩横峽中半嶺，上穿竹筒。遇水漲，文報至則置筒中傳遞，謂之“溜”。蜀犬由來多吠日，多雨少晴。怕聽脚馬響丁東。脚馬以鐵爲之，形如環而微長，錘鐵爲柳葉，下附四足，兩旁微小而曲，如兩耳，以繫繩，著艸鞋外，遇雨不滑。相傳王三槐所作，官軍效之。今秦、隴、滇、黔皆有之。又，金川打箭鑪各處，凡冬日行冰上有淩爪，一名“淩”，齒形，其穎長半寸許也。

夜卧不寐，憶道中所歷，仿唐人三韻詩例 率成四章

紫柏有藁祠，林木鬱蘢蔥。空庭蔽華月，靈泉涌其中。飲此俗慮湔，寧須黄石公。右紫柏山。

古來秦蜀通，最重連雲棧。豈知陳倉道，别入英雄眼。地利本無常，天授安可限。

右連雲棧。

窈窈心紅峽,重關天削成。峰鋭石更瘦,溪深流益清。但憐往來人,路狹多囂争。右心紅峽。

昔者李將軍,登壇印挂肘。周師入唐倉,馬嶺已不守。是孰使之然,高吟重回首。右馬嶺。

九日長橋道中

迢迢雲棧馬蹄霜,鎮日看山未是忙。萬柳秋風千澗雨,助人佳興過重陽。

鳳縣嘉陵江岸行桃林中慨然有作

憶昔武陵遊,無處尋桃源。今來嘉陵側,斯境恍惚存。夾岸千萬株,成蹊默不言。頻年苦兵革,海内江波翻。漁人舊游處,乃是盗之門。向時檢軍書,聞之心煩冤。自從蜀中來,此事無人論。矧兹蔚嘉美,而可忘塵喧。即事足自欣,何必懷湘沅。

鳳縣民多穴居,賦此紀之

户牖何玲瓏,窈窕雲崖邊。借問穴居者,開鑿從何年。子子復孫孫,栖息於此間。門外嘉陵江,屋上千頃田。食飲得所欲,俯仰心悠然。於世無所求,支石常安眠。窑居多以石爲枕。而我今遠游,作宦同播遷。爾福吾不如,欲去還流連。

雨中過益門山

策馬過清澗,蕭然林木妍。半天含宿雨,百道響飛泉。此地連梁益,何人控失弦。昔年屯戍處,亭堠起蒼煙。

山中雜詩

春官送牛日,春官畫《春牛圖》,刻月建節氣於其上,挨户致送,張於門。野老始知年。引水舂山碓,緣山鑿石田。土人呼山坡瘠土爲石田。戍荒墩上草,亭堠空虚,千里不見一卒。洞老穴中天。穴居者極多。最喜餘三粟,纍纍掛屋前。民俗頗淳,山糧皆繩繫懸户外,無盗賊。

曉發寶鷄,回望雲棧,慨然有作

青山不世情,於我要平生。日夕此山中,山上我獨行。谿漲平明來,遮道留行旌。我行不可留,但聞嗚咽嗚。幾峯劍戟森,鬱勃頗不平。或抱冰雪姿,冷落開微明。感之更淹遲,此意難爲名。渭水河滔滔,混濁不敢清。出山長不歸,下流多惡聲。去去行復還,排闥仍相迎。

登良峪寺臺

十載徧天涯,餘生託舟馬。高望愁更寬,蒼茫落平野。紅葉下秋林,摘之不盈把。莫道秋風悲,兹懷一傾灑。

馬　嵬

姚苻此地迭稱雄,好事將軍正挽弓。殺卻楊妃應反轡,莫教胡騎到關中。

將帥原多肉眼人,紛紛倒旆帝蒙塵。更無一箇男兒氣,争把興亡罪太真。

當年遺韈憾難收,久涸寒泉不瀉愁。積得相思淚如許,一千年後更重流。馬嵬泉久涸。明洪武中,於舊泉外别湧一泉,即今亭畔井是也。

敬題家大人爲高秀東文畫册

平生不解畫,頗識畫中意。頻年汗漫游,粗得山水致。洞庭浩靡垠,金陵麗以粹。徘徊蓬池間,委蛇達淮泗。當時快登臨,陟險入幽邃。繩牀閉目坐,宛然徧陳□。如觀東吴繡,關河雜組織。亦似宗少文,卧遊身如寄。此樂曾幾時,干戈金满地。黔蜀囿偏隅,星緯幸不彗。去年從北來,幸得息恐惴。家君復西遊,與翁攬鞭轡。波嵐一筆收,萬里歸篋笥。嗟予悳丹青,髫年承辟咡。意法胸有竹,下筆輙不類。幸此目未瞽,家學差無墜。譬彼琴不張,聊以適吾志。

聞雁有感,約鄂生同賦

烽火纔經後,癸丑,賊陷曲沃、平陽,經過高縣、趙曲。人家笑語時。此邦多俠氣,何事少男兒。驛路迎烏帽,煙塵望赤眉。鄉關情更切,況是雁聲悲。

車箱謡,和鄂生原韻

虎奴馬上横兩股,一咤令人面如土,問爾胡爲伏如鼠? 碧雞坊外回回來,烽火連雲撥不開,何不縱突千軍排? 狼貪狐假鳶鴟嚇,一例荒榛埋道側。

道中紀事

輕裝小騎逐飛車,奴似侏儒解唤爺。鞭指前途向奴問,是誰持版接阿媽。滿語稱父曰阿媽,奴稱之曰爺。

題湯雨生將軍畫 代家大人

雨生將軍書畫擅名一時。咸豐三年,江寧陷,賦詩殉節,有"平生積罪尤"之句,蓋深於道家之言。憶道光丙戌,余於夏慈仲大令齋中一見。時公自大同總兵告歸,迄今三十二年。重來山右,距公没已四年,慈仲亦蜕去矣。此幅是周怡生孝廉所贈。每展閲,輒用喟然。率題絶句,並紀其事。

名將名儒老畫師,卅年常憶舊威儀。等閒筆墨消塵熱,想見從容授命時。

同程小松游静因寺

小松言:"釋家由虚入實,道家由實入虚。"

小聚亦前因,游踪憶蜀秦。半年常閉户,四月始知春。歷歷簷前語,茫茫眼底塵。寄聲唐季子,同護後凋身。

精營觀治兵 精營在太原城東

千官迤邐向城東,節度尊嚴自古同。銅礮雷轟塵氣暝,錦旂雲擁日光紅。傳聞海内軍書急,猶喜壇前顧盼雄。馳道忽看顛倒騎,一時歡笑徧兒童。

和次兒國瑾懷亡室劉安人韻

他鄉何事久羈連,歸棹湘江夢未圓。賦到蜀都今夕飲,騒魂猶自惜專專。

重開花朵蒂相連,春入春風箇箇圓。十五年前碧桃館,一支彩筆債誰專。道光乙酉,予居京師,盆中碧桃重開,花皆並蒂,結實二十四雙。安人寫圖賦詩,余爲題齋額曰"二十四並蒂碧桃花館"。

珠蠟枯枝巧綴連,梅花影裏鏡花圓。記得宛虹亭子畔,挑燈重樵漢人專。清苑無蠟梅,安人鎔蠟爲之。壬戌元日,余居蓮池時事也。宛虹亭在蓮池橋上。

無端西去棧雲連,曾共長安月影圓。悵望燕雲痛回首,萱堂依奉讓君專。壬戌入蜀,安人道卒。適值寇警,與先淑人同厝西安城外。

千里烽煙一夕連,亂中骨肉幸團圓。有語告君應含笑,嚴親馨膳我能專。

能文稚子興翩連,脱口詩成語亦圓。慰母更須常努力,讀書惟取一經專。

和霞仙方伯元韻

舉世勤修魑魅職,幾人能厭綺羅腥。春風盎盎公孫閣,湘水迢迢處士亭。跌宕千秋歸白社,拋除萬事付蒼冥。鵬飛卻被蜩鳩笑,渺爾安知南北溟。

鄂生綏定郡齋東園新葺小屋,來書誇其山色、竹木之勝,用樂天"得微之書,誇越州之宅"原韻奉寄

庭前花木案頭書,我亦頻年忘客居。作郡每聞多暇日,豪情爭復似當初。鄉關絡繹軍符急,歸計更番夢境虚。爲道湘山好風景,相邀卜宅定何如。

不得程伯專消息十二年矣,伯昭自皖入蜀,攜伯專書,書[①]來,讀之泣下,伯昭又以徽墨見貽,謂是到皖時伯專所贈,賦詩奉謝,兼寄伯專

故人十載斷消息,我亦飢驅走南北。昔時周道今荒榛,世事茫茫暗如墨。片雲飛下皖公山,巖翰携來路幾千。得書乃知君定在,未發涕淚先潺湲。高平老叟意真切,故

① "書"前原有"來"字,當涉下文而衍。

人遺之烏玉玦。謂我見此有如見故人,珍重歲寒不須説。徽州製墨天下無,近聖而後詹與胡。自從東南徧郊壘,銅駝飲泣桑田枯。此墨猶完幸不缺,幾番經歷紅羊劫。我因斯物重斯人,千里同心對明月。墨質黝而黑,其形矩而方。方以勵節操,黑以葆黑光。"益蓄輝光,更崇節操",伯專來書語。近來朋輩嗟零落,常把悲絲戒簪盍。今雨還興舊雨思,地角天涯共蕭索。

題鄧伯昭《聽雨圖》

小時曾讀《南邨集》,知是嶔奇歷落人。應與諸郎論行輩,偶同科第亦前因。廿年夢想風雨夕,一見願慳咫尺塵。何意蓉城逢伯子,爲談往事劇傷神。

伯子携來《聽雨圖》,披圖未竟先嗟吁。雪堂舊恨如蟾缺,泉路今悲似雁孤。離合每增身世感,滄桑況有海田殊。可憐坡老當平治,何事長吟歎屋烏。"我獨憐君屋上烏",坡公句。

我昔汎舟過赤壁,正逢君在雪堂時。長風直欲破空去,今雨翻嗟相見遲。幾輩交遊尚如此,百年世事豈勝悲。勸君滿飲心先醉,我亦傷心《杕杜》詩。

舊事逢君不敢論,八人同氣我今存。老親愛子彌珍重,四海相交有弟昆。濯錦江纔同悵望,聯珠集已誦更番。近來頻以家集見貽。齊年怡樂推先輩,喜奉高堂笑語温。聽雨山房兩老人皆享高壽,余伯父三人亦皆高年,家君今年六十七歲,精神猶矍鑠。

彭曉杭太守出守潼川,書來訂湘中往還之約,時方卜宅湘鄉也,詩以答之

聞君方典郡,而我欲歸湘。仕隱兩無與,書來卻共商。南邨方卜宅,北海莫空觴。簑笠盟長在,晤言安可忘。君常買笠寄歸,故云。

張君鼎臣招飲,適患腹疾,家人以赴席相戒,鼎臣聞之,貽書誚讓,口占奉答,借以解嘲

黄石有方良去取,更難辟穀只愁飢。來書謂"不能如黄石公有辟穀之方,戒律斷不能守"。昨宵忽抱河魚疾,久雨頻占石燕飛。時方苦雨。文酒招予君意重,醉醒由我婦言非。來書以"婦言是用"相責。可憐逃席虞鄉客,黄丞逃席,見元次山詩。怕學廉頗老見譏。

再疊前韻柬鼎臣

每思天上張公子，踏屐相尋慰渴飢。況有嘉賓春滿座，遥知呼酒興如飛。子輿未必今真愈，彭澤無端賦昨非。他日看荷君莫誤，來遲也恐壑争譏。

雨中得意文詩依韻奉和

庭前鎮日聽蜂喧，幾樹新花隔竹繁。積雨沈沈晴未定，孤雲悄悄客無言。久思好學如鱗士，更有長吟擬屈原。絶妙來書枉瓊藻，想君揮手興高騫。

君於詩律久研磨，自闢町畦脱臼窠。窮乃益工斯世少，嬾猶輸我得閒多。書刊誤字都容過，草長當門且讓他。酒債不須尋半俸，江湖隨處是漁簑。

同鄧文伯昭、張君鼎臣、蹇君子振、唐生、蜀君至滿城看荷花後，復與鄧、蹇兩君同訪譚不門布衣，即事有作

錦里周旋歷幾春，琴樽多是故鄉人。爲無山色舒青睞，聊託池臺謝碧塵。不速客來成伴侶，謂蹇君。未開花落悵前因。去年同人觀荷於此，張君薊雲在焉，今已逝矣。滿身荷氣清如許，更向城南訪隱淪。

翠微佳處地天寬，譚君所居翠微山館竹石最勝。竹逕森森夏日寒。一笏石依幽士處，數函帖當故人看。譚君工隸書，藏帖最富。得閒中趣如斯久，不介而孚無盡歡。他日求書還過訪，硯池餘墨未應乾。

伯昭和予《觀荷》詩，道及去年劉霞仙中丞滿城觀荷事，有"忽憶秦中老元帥"之句，再疊前韻志慨，兼寄劉中丞

每逢買夏早沽春，追溯游踪憶故人。落落孤芳成獨賞，是日只開荷一朵。亭亭特立總離塵。婢奴偷摘猶堪念，風雨摧殘總有因。我讀元公《愛蓮説》，劇傷君子付沈淪。

爲道秦川似掌寬，津門卧榻早心寒。中興基礎謀先定，予嘗謂"島人酣睡卧榻，當以秦

中爲中興根本”,頗然予言。千里蘼蕪忍更看。咄咄書空真怪事,茫茫對此那成歡。神洲努力須公等,指日澄清戰血乾。

艾兒隨祖赴山右,書以警之,翹兒同行,可共省也

吾家江夏童,九齡聲四馳。植基仁與孝,温席傳芳規。古今豈有殊,汝年又過之。少壯不努力,長大徒嗟咨。一語日三思,惡小不可爲。

文章豈不貴,古意誰共陳。榮名豈不好,所重惟其真。警惰心莫放,繹思知乃新。守身與守口,觀過能知仁。古來有德人,出語如春温。

六月二十日爲先蘊山兄忌日,書示鐵兒

彈指光陰廿七年,兄以戊戌卒於京師。猶如執卷共鐙前。大宗豈可殤無後,嗣子欣看世再傳。鐵兒爲吾兄後。今年,孫懌曾生。未敢多言寬白髮,何曾杯酒到黃泉。歸來慘誦招魂句,回首春明更愴然。葬京師,未歸。

次均酬鄂生

人才一例斗筲空,我亦悲時與古同。豈畏含沙工蜮射,終憐故國啓蠶叢。中興正望賢人輔,西狩寧嗟吾道窮。況是煙波無住着,那禁蒓膾悵秋風。來書有退歸之志。

鄂生見示《喜雨》詩,次韻奉答

爲政得民魚得水,一不得水魚則死。殃民適以殃吾身,此事從來悟者幾。蜀土不瘠年不飢,無端平糶米價起。財盡真同抽蛹絲,時危何啻履虎尾。民言無嘉憯莫懲,使巫監謗謗不已。吾聞大聖有經綸,但曰至誠無所倚。那知更有狠如羊,用事幾忘媢竈恥。雷聲殷殷迄未震,安得羣魔盪如洗。局外澄觀空鬱嗟,忽枉瓊瑶色然喜。浮雲蔽日犬不鳴,誰見青天有如此。

前得鄂生《東齋即事》詩,未之和也,比書來,言綏定屬得“雨庭前松竹復茁”,賦詩屬和,因並答之

枯竹行復生,旱苗遂皆活。榮瘁亦何常,天運有旋斡。老農戀新田,經夏常患暍。

一朝降靈澤,俯仰恣娛樂。能令羈旅人,顔色爲之豁。矧兹良守悦,沛然千里達。遥想東園中,興發焉可遏。

課兒偶有所觸,用鄂生《示兒詩》韻奉寄

無事底用日嗟咄,草木蒙生有由茁。盛怒寧將大杖隨,興來不須屐齒折。我讀淵明責子詩,天運可安吾意豁。人生成虧各有分,譬如月圓與月闕。時或渾然萬象含,亦現光明了能别。聖與凡民本一類,幾人持梃萃可拔。有子賢愚猶挂懷,少陵因此譏靖節。我躬不閱遑他憂,近卜居湘爲弔屈。君詩增我身世悲,長嘯一聲衆山裂。

沈意文《代借書史口占》見示,依韻奉答

萬卷紛紛如聚訟,是非真僞定誰知。憑君借取聊刊誤,勝似黄香未見時。

題顧含象所藏《劉樸齋先生詩札》卷子 並序

向在京師,余亡室劉安人爲述其祖樸齋先生官蜀時事,以爲賢。余笑謂:"女子居閨闥中,道家常耳,安知輿論?"安人曰:"若然,史傳循良,君固未目睹,豈應盡誣?"余亦笑置之。

比來成都,士夫往往稱先生治蹟。及見含老,出所爲《祭樸齋文》及藏先生詩札,始知先生治術之有本,往日所聞爲不謬。而含老之抱古心、篤友誼,亦敻不可及也。時距外舅寬夫先生之殁已四年,余之愴感於秋月簾風者,亦三見桐華矣。往事追懷,詩成無淚。案頭久擱,含老屢促,乃書而返之。

知價宬書多散軼,含象尊人所居藏書室曰"知價宬"。故交零落亦如之。飄然白髮未覺老,癡似虎頭還有誰。綴玉編珠君寄恨,鸞飛鳳去我增悲。那禁細數往年事,更是傷心天咫宧。寬夫所居齋額。

題顧含象《我我圖》

畫兩人,一劍俠,一僧。

說劍只求下劍,談禪都是禪鑽。世人說禪說劍,忘了自家心肝。
苦道自劍入禪,卻反弄禪成劍。我自不知我心,休嗔一刻千變。
聖人說個無我,漆園多了周旋。若道我禪我劍,不知是劍是禪。

人言寶氣沖霄,佛説蓮花湧現。畢竟千秋甚事,我自與我相見。

王琴仙《秋夜讀書圖》

彈指光陰幾十春,眼前俱是感秋人。後來王粲差堪慰,謂令嗣小琴。雛鳳聲清迴絶塵。

披圖册,見亡友帥逸齋、劉蕉雲詩,愴然於懷,再題廿八字

逸氣縱横憶舊僚,謂逸齋。通麋人渺恨迢迢。蕉雲自號"通眉生"。披圖便當《離騷》讀,讀罷《悲秋》又《大招》。

舟中阻雨

浮江復泛漣,久雨滯歸船。爆竹鳴春意,筒車攪客眠。檢書燈續燼,煮藥竈增烟。借問生衣楫,何時取路便。

舟中書所見

下水望長水,水長疾如矢。回頭失去岸,瞥眼就所指。上水望順風,風順帆可駛。衝濤百尺魚,噴沫揚鬣起。去來各有願,稱心無過此。筒車倚壩旁,森列比牙齒。順流偶失柁,觸石嚙其底。篷索或挂牽,紛飛等片紙。方其快意時,眴息論千里。物理固難測,禍福常伏倚。壩水灌桑田,挹注功靡涘。胡爲舟人語,怨尤生詆毁。忘其利於人,但憎害於己。篤哉古賢達,面色無愠喜。天運寧有常,澹泊相遭耳。

次彭曉杭遺詩原韻,題詩册後

憶昔錦官城,雙梧約送行。歸舟期共理,買笠話平生。君自成都之官潼郡,予與鄧伯昭餞别草堂。談次,及葆初寄笠促歸。朱邑桐鄉祀,君卒於潼川官舍。靈均湘水清。三人惟我在,潦倒竟何成。

往在霞公幕,曾聞妙論持。與戎君已老,相見我何遲。予始識君霞公幕中。時霞公督師漢南,予請君偕行。君曰:"六十不與治戎矣。"相與論文甚洽。歷數文章伯,評量大小知。老成

天不憖，撫簡有餘悲。

西蜀號難治，之官未及期。政都從學出，人惜用公遲。痛哭遺詩在，淒涼宦轍移。茫茫天上月，誰與驗盈虧。

鄭老歸舟日，携君遺集行。飄流已無著，搜采更多方。有子承先志，同人悲友喪。琳瑯待傳播，萬丈光芒長。君遺藁隨伯昭没於水。哲嗣、葆初復搜集，成十二卷，研老將采入《湖南文徵》。

梅君同鐵橋、洛君、芝生餞别芙蓉園

園林幽邃倚潭城，挐榼提壺客興横。老屋三間半塘繞，軒窗四面百花縈。寫圖欲倩王摩詰，談夢誰爲石曼卿。予笑謂："芙蓉不可自主，諸君誰當先之乎？"因相視而笑。北望茫茫塵土惡，故山慚愧是兹行。

和劉霞仙中丞《贈行》原韻

孤舟迢遞暮雲殘，世事關心早覺難。白日催人前路杳，青山笑我舊盟寒。三年已蠹枯魚索，廿載仍飄老鳳翰。遥望中原獨惆悵，洞庭秋水正漫漫。

别君一日勝三秋，況復長征道路悠。憶昔招邀共戎馬，知予心跡似閑鷗。時艱不覺離愁重，天外翻爲孤影憂。贈詩有"天邊孤影晚星寒"之句。遥寄和詩何日達，正逢摛藻詠牽牛。寄書計七夕可到。

舟次青烟望，卻寄鐵橋、梅臣、洛君

扁舟渺渺浪重重，悵望江干興未慵。風挾迅雷驅熱氣，雲來平岸補奇峯。偶然得句兒能續，翻訝良游客不從。分得長沙半規月，青烟望裏照萍踪。

陶樓詩輯卷二

健兒行

健兒身手捷於飛，結伴出營長不歸。將不在軍中，歸營何所依。將言我曾牒大府，我欲還家誰敢阻？健兒亦有妻與女，聞言淚如雨。或言軍中飢，棄甲不復疑。請看猿臂老元帥，今作長沙大賈兒。

湘陰舟中

萬柳陰中盪客舟，鳴蟬斷續動鄉愁。此時高卧陶樓上，鳥語蛙聲到枕頭。

夢侍名宦公側，天寒加衣，蒙垂詢"夜來安寢否"，比醒，兩兒猶哦詩燈下也，詩以紀之

夢裏還家親在時，天寒啓笥索衣披。似憐遊子夜無睡，囑咐諸孫爲解頤。

飢民歎

洞庭千舸尾相續，舟中之人盡鳩鵠。自言湖北破江隄，凶歲無人爲移粟。相約湖南來就食，誰知亦變蛟龍窟原作"室"。請就湘陰一縣看，六十六圍存者七。去年立春不肯晴，大雨如注星月明。今年二月又晝晦，二月二十八日事。陽伏不出陰氣盈。池魚畏殃預相弔，堂燕不知恣歡笑。猶道民間陳穀多，豈識吾鄉無米糶。傳聞燕郊苦炎暵，下土秏斁民卒癉。何不挹注使之平，俾南無水北無旱。嗚呼！天災流行何代無，要須人事相持扶。自古施仁先發政，散錢煮粥能活幾人乎！

阻雨

無數逃荒者，啼飢繞客舟。昔爲梁上燕，今逐水中鷗。況值雨風至，那堪兒女憂。

桑田頓成海，對爾涕橫流。

我在二親側，瞻依四十年。存時隨膝下，歿亦傍墳前。今日值佳節，人家皆祀先。孤兒獨飄泊，那禁淚潸然。

道逢安南貢使還國，時有詔，粤師赴援

憶昔純皇定交趾，百年誠服到今兹。疆臣近以鄰爲壑，屬國方因貢乞師。一路豸冠天漢使，千秋銅柱伏波祠。朝廷有意寬諸將，薏苡明珠總不疑。

阻　風

前日南風不放舟，今日北風卻是愁。風來未必隨人喜，枉自紛紛起念頭。

出入數重雲水身，堯夫方是任天真。破舟斷檝參禪悦，畢竟何嘗去六塵。

磊 石 書 感

洞庭秋水遠連天，劉長卿句。鏁鑰全湖石一拳。幸有山遮能避浪，每逢風轉便回船。洪荒築壩終難恃，國初於磊石築垻，費帑數千萬，未久即壞。平地開河豈易穿。近有爲長沙開河之議者，明及國初曾行之，與磊石築垻相類。多少飢軍停饋餫，卻將無益耗金錢。

舟中雜感，用少陵《秋興八首》韻

鸞鳳争栖翰墨林，冰霜一衲獨蕭森。東西處處留鴻跡，爾我紛紛箠鶴陰。銜石難填滄海恨，歸雲終抱出山心。天涯奔走空皮骨，誰識鄉關問藁碪。

峥嶸使節出褒斜，經野憂勞閲歲華。丹史有憑皆□□，青山無恙誤歸槎。故人誼重延陵劍，變徵聲悲易水笳。此日心傷原上草，他年腸斷故園花。

誰言寸艸報春暉，萬里歸喪力已微。湘浦頻揮斑竹淚，太行空望白雲飛。孤兒負罪惟哀籲，聖主深恩未忍違。八載營邱纔反葬，昊蒼垂佑是家肥。

世事真如一局棋，卅年舊事更深悲。憶從幼稺論文日，每值池塘得句時。回首鴒原虚涕淚，壯懷馬革尚奔馳。漫誇四海皆兄弟，葛藟河清不忍思。

蓬山更隔萬重山，夢影迷離咫尺間。暫把新愁歌楚些，不堪舊恨望燕關。十年錦瑟空悲語，故里金樽聊破顔。杜甫有兒號宗武，能吟差與古人班。

楚水黔山已白頭，西南天色不勝秋。是非蜀道兵戈遠，多少蠻鄉煙雨愁。待闢荆

榛探穴虎,豈須羅網到沙鷗。近來頗識攻心策,將略還應數播州。

武惠江南第一功,都歸藝祖廟謨中。額間盡露封侯相,胯下偏多國士風。仁壽宫前金鏡朗,通明殿裏朵雲紅。於今南北車書一,好作堯衢擊壤翁。

末荒松菊徑逶迤,尚有蒲荷满澤陂。儉食猶能供鶴俸,巢林應可借鷯枝。談瀛海客終虚幻,作柱中流難轉移。彩筆從今暫收拾,休教吐氣似虹垂。

觀打魚

三日北風未肯息,以風驅水水波急。前波未平後波至,前波不讓後波立。團如擁絮散作花,跳珠噴玉森飛毪。冰山雪嶺半空倒,白馬一躍茫無涯。萬馬驚雷破鴻洞,千舟收柁不敢動。忽看漁子無數來,撐突洪濤細如蠓。長繩繫羽百丈餘,兩船持之來毆魚。大網截流預設伏,揚帆左右防其疏。小魚漏網紛無數,大魚入網似奔赴。須臾一舉數百鱗,市客來遲嗟不遇。嗚呼!洞庭之險天下無,況是八月方平湖。出入滄溟毫不懼,技精於習誠非誣。世途萬變風波惡,能者當之自寬綽。眼前看取打魚人,請君早具匡時略。

先淑人生日,寄示國瑾

幼共吾兄數生日,獨在慈闈愛景中。自從公父哀文伯,且喜康成得小同。先蘊山兄與先母同日生,先兄既逝,慈懷不怡。迨瑾兒生,復與吾母同日,吾母於是過生日方有喜色。一日竟成三世慶,老年惟望少年雄。真儒力學遵遺訓,莫更蹉跎似爾翁。

磊石守風

苦逢連夜惡風波,日色纔臨天氣和。老去眼花書字大,睡餘腹藁得詩多。瓶中已罄淵明粟,枕上空横越石戈。久待南薰猶未至,扣舷擊檝奈愁何。

夜泛洞庭懷吴丈南屏敏樹

晴波穩泛似輕鷗,正是蒼葭露白秋。風力微微飽帆腹,星光漸漸壓船頭。九江舊説幾人誤,萬古洪濤一筆收。獨有延陵老居士,湖山文字兩無儔。南老有《九江樓記》。

守風磊石，遇楊息柯自京師還，維舟話舊，出《春明憶舊圖》索題，詞意淒然，詩以慰之

南向湖南北向燕，今宵同泛洞庭船。好風送我來相訪，舊雨逢君亦是緣。屈指故交三五輩，追譚往跡十餘年。予始識君於圓通觀，時君與吟樵、小宋、松生同寓，皆癸卯同年也。後與劉子重締婣，咸稱君書画之癖。今小宋官鄂，子重官京師，吟樵、松生在蜀，無復聚處之樂。若論後會看前事，知復相逢何處天。

游吕仙亭，贈松道人

咸豐中，亭燬於賊，道人重建。

坐對君山一點青，全收萬頃入疏櫺。道人手轉紅羊劫，故友心傷白社亭。無復聯吟追石鼎，誰將遺曲叩湘靈。世間但解尋三醉，岳陽樓囂，不耐久坐。我誦《離騷》意獨醒。

螺山懷王丈子壽柏心，以詩代柬，兼寄吴丈南屏敏樹

曾向芳洲繫客船，重來惟見水洄洄。無邊大澤山猶在，有限人家壁亦穿。轉徙來歸待何日，挽回乏策只悲天。懸知驚浪愁聲裏，漆室哀吟第幾篇。

賤子栖皇走京國，慙無樸學似枝官。路長更值風波惡，宦拙寧論松桂寒。鹿角昨看雲縹渺，螺山今又浪瀰漫。我於二老多親切，偏是時艱會合難。

神鴉，效石齋體

今去洞庭二百里，帆頭猶指洞庭烏。洞庭相傳有神鴉，少陵謂"迎棹舞神鴉"也。嘉魚舟中來集，舟子團飯，銜之而去。豈因大水尚無岸，遂認長江都是湖。暫欲借汝作烏使，殷勤爲我問麻姑。海中揚塵待何日，盡變桑田吾乃娱。

題郭子美軍門《思親釋甲圖》

將軍根柢異時賢，報國心因母訓虔。纔建旌麾下吴會，旋提桴鼓定幽燕。胸藏兵

甲萬人敵,背涅精忠兩字鐫。誰識汾陽勳業懋,一生知己是青蓮。

釋甲功成自古難,烏私許遂聖恩寬。黑頭早畫麒麟像,白髮仍承菽水歡。營柳風清兵氣靖,萱庭日永母輿安。廟堂正倚長城重,又見除書下紫鸞。

讀《困學紀聞》記南渡後事

呼渡河三骨未寒,臨安一局竟偏安。金牌終阻黄龍府,玉帶仍輸黑炭團。誰號牙郎專賣國,能攻僞學遂除官。議和議戰皆羣小,始信知人自古難。

金口追悼唐子方先生

毅魄森森上九霄,誓驅民劫掃氛妖。上手詔公,有"速救民劫、迅掃妖氛"之語,公在軍中大書二語於幟以自警。萇弘碧血終遺恨,公殉節後期年,其子唐炯得公尸,嚙指滴血取驗,尸口、鼻血噴溢出,人謂公忠憤所鬱積。正則《離騷》賦《大招》。彭年編公遺,附《昭忠録》一卷。猶記當年考方策,預籌未雨惜漂摇。道光戊申大水,公在監利任,時稽故牘,得乾隆戊申事,預爲之防守。洪濤浩蕩英靈在,舊部關懷沴定消。

金口寄家書

家人只道過湖難,誰料朝朝湖様寬。行徧長江近千里,金山山上寸泥乾。

書余所撰《兩湖水利考略》中二事贈小宋

流民圖上鄭監門,康濟真能廣聖恩。更爲嗷鴻究安宅,治河三策細評論。

張貽山同年贈詩,依韻奉和

曾賦陶潛歸去來,山中魚鳥樂相陪。廿年不插塵中脚,重訪燕臺又一回。

屈指春明幾輩賢,升沉今昔總茫然。大鵬翻被蜩鳩笑,莊叟《逍遥》第一篇。

南船北馬姓名淪,何意江干遇故人。記得大羅同詠日,比肩香案是君身。予與君會榜名相連,覆試日並肩而坐。

人生難定是萍踪,歧路無端兒女容。指點征夫問前路,雲山渺渺浪重重。

過熊孝感故居慨然有作

江漢人賢稱兩熊，兩熊遭際殊不同。一熊生當明運終，屯田辛苦勤邊功。白簡誤自迂儒馮，遂令碧血哀萇弘。一熊羽翼仁皇躬，聖學敷陳覞楝隆。周文訪道懷謙沖，比之散宜與南宫。孝感良臣襄慜忠，兩熊定論千秋崇。惟我聖祖亶天聰，剖析大義規羣工。薊遼之策聖所衷，至今凜凜生英風。遺疏之僞罰不容，名賢毋使惡聲蒙。兩端並□□其中，遏惡揚善□鑑空。敬繹聖訓傳無窮，以勵臣節開瞶聾。

孝感懷古

大賚不妨十日酺，施恩豈爲一人歡。如何藝祖龍興後，只把西湖酒禁寬。
南渡偏安機已兆，東湖九鼎瑞猶呈。沂公尚有天書奏，休論崇寧與蔡京。

穀貴

穀貴兼逢大有秋，一年收抵兩年收。老農待價仍奢望，隔境成災誰共憂。知罪自關求牧計，遠猷端賴重臣籌。傳聞蜀米方狼戾，應效秦輸命泛舟。時鄂乞糴於蜀。

八月十六雨中獨遊黄鶴樓

黄鶴歸來待幾時，紅羊劫過有餘悲。中秋已誤南樓月，漁帆先生招邀勝友沽酒携琴爲中秋賞月之約，因雨不果。片石難尋北海碑。北海書"月湧"二字，亂後失所在，或言修城時誤砌牆中。水則關心江又長，沿江居民各置水則。樓端極目雨尤奇。獨游不盡蒼茫感，中澤哀鴻有仳離。

楊忠烈公祠

公，應山人。

鬍子官，真忠臣。宫門五日坐，鬚髮白如銀。手奉明詔輔嗣君，大叫選侍移宫人。天子聞，再三歎，授公大官，御史中丞，公言感激皇帝恩。時有奄璫，口銜天憲侔至尊。臣思糾彈，曷敢逡巡，二十四罪當陛陳。舉朝咋舌，噤不出聲，白虹貫斗光熒熒。龍逄比干，千古齊名。鬍子官，真忠臣！

九日確山道中

我來不見費長房，笑把茱萸繫絳囊。雞犬一時盡仙去，桓家猶自問災祥。費長房，汝南人。

故鄉種菊學陶潛，卻奉徵書北向燕。夢裏尋花花欲笑，問君何事不歸田。

紀　事

刑人在君側，古訓所深忌。是以史傳中，謹嚴書宦寺。齊有漏師譏，晋懍守原議。禍烈於漢唐，殷鑒及明季。洪維仁皇帝，昭戒垂後嗣。列聖逮我皇，大孝能繼志。中涓或潛踰，驛騷至沇濟。疆吏請誅之，抗疏伸祖制。疏入遂報可，天下稱盛事。我思卯金衰，謀洩除常侍。子儀再造功，寵不如力士。大洪與三才，慷慨陳大義。所言率不行，空灑憂時淚。孰若我聖朝，君臣同一氣。家法邁百王，舉動無軼思。明良庶事康，中興成郅治。

楊統制祠

昔有楊無敵，先公死百年。金遼强寇逼，南北兩忠傳。盛氣呑龍虎，寒宵控矢弦。同賫臣子恨，鄂國淚潸然。

曉發臨潁

旅館蕭森倏款扉，征夫促駕曉光微。夜來有雨塵先斂，天際無山樹作圍。露積尚多緣屋少，劫灰纔過覺人稀。潁川自古多良吏，莫遣殘黎失所依。

和朱仙鎮壁間韻

但尋草屋便爲家，落落吾生尚有涯。大野風來涼沁骨，斷潢水驟漲齊車。雨晴終夕縈魂夢，去住由天莫喜嗟。此是英雄賫恨處，等閒休更話蟲沙。

長垣道中

晚星寥落月中天，平野徐收萬頃烟。楓葉似花紅欲墜，麥苗如草碧無邊。居人初解兵戈阸，行路俄看究豫連。檢點圖經問車子，茫然不省抱頭眠。

倦　遊

圖南知北徧天涯，不覺遊踪老鬢華。萬里黄沙風未静，千林紅葉日初斜。壯懷困似鹽①車馬，詩思②寒於古戍鵶。傍晚不知何處宿，孤③村遥指兩三家。

莘縣道中

居民歎飢饉，客子愁風沙。往日未曾識，一時相對嗟。人情類如此，天意茫無涯。但以所經歷，求之安得差。

聊城老人歌

聊城老人居河濱，自訴平生多苦辛。有子方爲戰場鬼，餘生又是荒年人。雨已過時難種麥，客來求火愧無薪。此時此地難爲計，他日他鄉何處身。

曉發茌平

夜静狂飆息，天晴驛路開。雲光扶日出，山色隔河來。咫尺皆仙境，沈淪多異才。馬周孤塚在，誰爲翦蒿萊。

宿焦家店夢還家

湘水清，河水濁。湘向東南河向北，到海終須相會合。似嫌到海會合遲，一夕夢魂飛渡之。南北相望幾千里，中隔洞庭漲秋水。我行不馬亦不船，忽然墮我五泉之山巔。僮僕驚呼主人至，所親先後走相視。孫女嬌癡牽我衣，笑問阿公何處歸。楚俗呼祖爲公。醒時卧席猶未暖，去來誰道關山遠。驅車直到黄河邊，仰視三星猶在天。

---

① 鹽:《湘雅摭殘》引作“櫪”。
② 思:《湘雅摭殘》引作“膽”。
③ 孤:《湘雅摭殘》引作“投”。

平原懷古

平原門下三千客，毛遂差殊十九人。若使時無魯連子，誰能談笑卻强秦。

北方學者江都相，排斥羣賢孔始尊。《原道》不曾稱董子，卻將楊與孟荀論。

不思禄山死希烈，見危亦有地與時。惟其義盡仁乃至，千載同心信國詩。《文山集》有《過平原》詩。

題桐雲《臺陽二景圖》

東溟接跡二名賢，謂鹿洞、石甫。潤色皇猷到海邊。已冠漢庭《循吏傳》，《漢書·循吏》首推吴公。更將奇績紀樓船。時桐雲乘海舟至京。

又題《茶半香初圖》

昔聞鄂渚清漕策，今讀閩鹽紀事書。頓使私家失中飽，俱爲天府富儲胥。齊籌禺筴資攘楚，魯峙芻茭爲伐徐。横海他年勳績懋，辛勤應憶試茶初。

郯城喜晴，柬子山

平明並轡出荒莊，詩思蒼茫道路長。且喜雲開扶日上，漸於海近覺風涼。紅花埠去海僅二百里，小河自沭陽入海。閒官誰識黄初事，治獄猶懷漢吏良。料得使君多惠政，他年郢鄂是桐鄉。

宿遷易舟南下，疊前韻，柬子山

圖南知北笑蒙莊，那管天涯路阻長。歸思忽如風勢急，詩懷更比月痕涼。連朝車馬心先倦，終老烟波計亦良。況有高朋數晨夕，相期鼓楫泛江鄉。

舟泊仰化，得句，命璪兒足成之

行罷山亭問水亭，征帆一片入滄溟。波間泛泛鷗翻白，堤畔離離草尚青。久客厭聞程遠近，舟人何事語丁寧。黄流遠徙淮流合，清濁無煩别渭涇。黄濁淮清，黄流改徙則皆清流矣。

再疊前韻,答子山

釣臺欲訪子陵莊,軀篋何須問短長。粟海芥舟憑蕩漾,顔霜肌雪總清涼。無才端合遭時棄,似子羣推濟世良。仕隱殊途兩無礙,未應泛宅老江鄉。來詩有"泛宅浮家"之語。

仰化舟中得句,使國瑔足成,就正子山,乃蒙惠詩獎,藉用原韻奉答

郵程賡唱短長亭,海學争看南北溟。嶽頂同看千丈雪,舟中時話一燈青。推敲字已逢韓愈,子弟名方附范寧。詩律如君有宗派,不教泥滓混清涇。

惠濟寺觀鰷魚骨

惠濟祠中魚肋骨,大可專車狀如笏。傳聞來自黄河濱,河濱本是蛟龍窟。蛟龍窟中嘘紫煙,巨浪排山高拍天。頑甲邪鱗弄精怪,張腮把鬣流腥涎。腥涎昏昏失旦晝,小舟吞之大舟覆。南河使者無奈何,静夜焚香禱天后。天后身居東海東,指揮龍伯驅長風。十萬軍聲夜潮上,巨魚墮地如雷轟。雷轟電掣勢泱漭,長十八丈高四丈。魚背鎸文曰鰷魚,千年靈物羅天網。天網恢恢豈有疏,况盈惡貫焉逃誅。使者貪天撰碑記,斬蛟驅鱷同欷歔。欷歔神力森可怖,蝄象鴟張尚乖忤。何不擒渠掃穴,坐使寰海清,永息鯨波敬天怒。

舟次湖口,率國瑔,同李蘭生司馬、日本東芳居士登石鍾山,蘭生賦詩紀事,依韻奉和

萬里乘風偶泊船,高巖終古峙江天。海隣遠自三山外,游跡遥追廿載前。豈料滄桑增客感,叨陪笠屐亦因緣。鐘聲夜半知何處,石竇迷茫起夕煙。東坡夜半尋聲,當是夏秋盛漲湊泊。今冬令小涸,石穴在山半矣。

和漁丈《園中見雪》元韻

江樓獨立影伶俜,江草年年不斷青。除夕登黄鶴樓。莫道浮生無往著,每逢佳處即

園亭。時以湘中不靖,方謀移居。

圖南知北孰予甹,《説文》:"使也。"《詩》:"莫予荓蜂。"《爾雅》"荓"作"甹"。又值春光柳眼青。雪裏袁安休便卧,有人爲□看花亭。

篺　洲

麥苗抽穗菜花黄,曲岸回風處處香。卧久不知船已轉,誤疑朝旭是斜陽。

答麟伯見贈元韻

歸鴻先後向南翔,咫尺山河引領望。君以去冬還湘,予今夏始至,則君已北行矣。只有夢魂依社稷,不妨蹤跡判巖廊。衡量中外憂方大,涕泣艱危意可傷。聖主四聰期更達,問君何術挽瀾狂。

過新樂,追悼虚谷

憶昔羲臺挽過車,重來又是十年餘。雪花歷亂迷鴻爪,燈火淒涼是蠹魚。都市驚看存古硯,予昔過新樂,贈君端硯。有文,竹垞篆也。去年於都肆見之,不勝愴惻。孤兒幸守未刊書。天涯知己嗟零落,況是天涯少定居。

過周公祠

屏障神京第一功,賊自臨洺關入犯,連陷城池,畿輔震動,獨正定得完,賊鋒始挫。卻將謗讟算酬庸。總督以"擅責營兵"劾罷,永不敘用。萬民郊外攀轅泣,終古城隅祀廟崇。自信桐鄉有遺愛,人從茂叔坐春風。公罷官後,講學正定,從游甚衆。當年貝錦今何在,三代猶存直道風。

偶過鶴柴,得重三山長遺扇,題句還之

昨宵同話釣魚臺,留得清風扇子開。寄予先生莫惆悵,翻空鶴影會歸來。唐人詠扇詩:"舞鶴翅翻空。"

蓮池口占即事

好風爲約半池萍，一鏡空明萬象靈。閒立橋頭談舊事，臨漪亭是再申亭。云恪敏公於乾隆壬申督畿輔，於一畝、雞距兩泉外別濬一泉，名曰申泉，建申泉亭。今歲復值壬申，合肥、溧陽重治府河，泉源復旺，池乃得水，適符"申爲兑鄉，廣淵重澄"之語。

□□□得水盈池，一葉亭亭立鷺絲。時有孤鷺來集。借問風流髯太守，今朝啓閘可相宜。髯爲保軍廳司閘事，池方需水而閘遽啓，故叩之。

題繹萱《河梁送別圖》，次抱潛韻

青山舊盟吾不守，又不痛飲長安酒。偶然浪跡蓮花池，頗類梁園盛賓友。就中髯者陳先生，當時羣推活國手。閒情擊鉢牛耳操，一舉千觴忘白首。如何方植召伯棠，便思歸種陶潛柳。人生蹤跡似浮雲，去住那須論速久。古來後來兩難見，惟有眼前休更負。請種池邊三百株，引得清風盈兩袖。春間種柳之議未成。

向大慈閣僧如晟覓金魚

聞道秖林秘化機，經年禪鉢飼魚肥。我無逸少黄庭字，也學籠鵝踏月歸。昔日晋公曾乞鶴，東坡亦有换羊書。往來住著原無定，況是心空兩契如。

疊抱潛奉答，並伯專黟縣

吾少治經惟墨守，黟縣研精許祭酒。錢唐更是人中豪，南城僦屋稱三友。世事浮雲變萬千，北馬南船各分手。總角論交未足奇，忽然□□俱盈首。去年泛跡臨西沽，君已輕舟□□柳。西沽、楊柳青，皆在津郡。今年□□文史局，剪燭宵談坐忘久。爲報皖江雙鯉來，遺我瓊篇似償負。得伯專書，并寄所撰文字。恨不携君江之南，共入深山雲拂褏。

贈子和

客裏逢君豈偶然，游踪追話廿年前。遥知此際朝天去，引領天邊月正圓。

聞合肥大拜，喜賦

正逢朝政清明日，鼎軸宣麻出帝宫。中國方今相司馬，北門久已借萊公。□□□利籌思熟，萬里梯航咫尺通。獨□□才心最切，艱難宏濟幾人同。

五十初度，合肥以石齋畫松見貽，疊韻奉謝

圖書泉石從吾好，賓館當年屬□□。□草在山忘遠志，貞松貫日仰明公。縱談世局千秋變，時疏論海事，謂“爲千古未有之變局”。遥托斜川一棹通。淵明五十有《游斜川》詩。忠節忠端兩無忝，蘇仙舉贈意應同。彭年成進士時，賡堂年丈以《黄忠節公畫册》爲賀。

叔呈自京師還蜀，訪余蓮池，爲寫《君子長生館圖》，口占答謝，並寄鄂生蜀中

笠屐飄然出上都，停車爲寫藕花圖。請君更問唐夫子，略似隖塘風景無。昔同莫君子偲、鄭君子尹觀荷塘，時回首二十年矣。

和作梅見答原韻

疇昔卧滄江，食壤甘蚓曲。閑業聊可親，登高倦遐矚。忽忽塵莽中，聞聲誤風鶴。故人遠貽書，招邀到上谷。及兹共賞析，恍若披霧宿。報我枉瓊琚，麗句燦霞縠。山池佳氣多，水清月可掬。灼灼紅芙蕖，朝來正芳馥。摘取供君詩，何殊瓣香祝。更乞大手筆，淋漓書滿幅。

吾生倏五十，雪霜侵鬢髭。先師有遺訓，假我學易時。濂溪圖太極，君子相與期。憂患豈能無，寡過當自持。韋編昔三絶，繫辭多古思。君所注《易》，用《繫詞》之體，明寡過之議。天道幽耳遠，人事恒知之。夜誦或至旦，少得良可怡。和詩愧風穆，難爲豳雅吹。

題詹氏《且讀圖》，用張康侯《律陶》法

賢哉豈常譽，顔閔相與期。同物既無慮，高風始在兹。詩書敦夙好，山川無改時。且極今朝樂，千載非所知。

古時功名士，未忍言索居。相與觀所尚，時還讀我書。素心正如此，好風與之俱。

寄意一言下,不樂復何如。

同嵩佺、聽彝、稷孫過錫侯齋中,觀齊鎛鐘,錫侯以拓本見貽,並惠方足二布,賦此奉謝,並邀諸君同作

豐潤鼎名吾未信,吉日癸巳文無證。豐潤鼎,蘇齋疑之。"吉日癸巳",西雍《貞石考》亦疑非古刻。京畿考古儔權輿,石鼓而外殊難並。

清苑城中横翠樓,寶氣上出干斗牛。聚觀乃是齊寶鎛,典重不異圖與球。

宣和四鎛今得五,《宣和博古圖》載齊鎛鐘四。齊鎛緣何出晋土。我疑賂器紀甗同,小編鐘磬紛無數。鎛出汾陰河岸,小者數十,類編鐘。

錫侯手拓齊鎛文,倒薤拳科篆刻真。隹王尊用義猶在,敬子申姜名俱存。文首曰"隹王五月初吉",與《宣和》所載鎛文同。又有曰"齊敬子乍申姜寶鎛",凡數百言。

古器多收似張籍,更有幣文名安邑。化一金與化二金,持贈珍藏過雙璧。

昔者吾友嘗有言,人千里兮物千年。一時聚集良足樂,劉子重比部語。置身虞夏商周間。舜、禹皆都安邑。

昌黎作歌患才弱,□手篇章更强作。諸君大筆濡淋漓,少陵謫仙譬鯨鶴。

癸酉荷花生日,同人重集君子長生館,分韻得"雲"字

引泉种芙蕖,終歲如耕耘。旱潦有時異,蓄洩亦已勤。值此良讌會,娟娟吐奇芬。出彼汙泥中,邈然不可羣。光華映初日,灼爍鋪紅雲。勝集得新賞,一觴聊欣欣。

梁園盛賓友,一一鄒枚羣。獻酬忘主客,班坐依韻分。搏拳競鬮令,摩壘張吾軍。談笑無厭期,明燭連斜曛。誰與調玉軫,屋角來風薰。左右千琅玕,逸氣淩青雲。

人生無定在,亦如水與雲。雲散有時聚,水合還復分。客從遠方來,邂逅何殷勤。際兹風雨時,抗懷鸞鶴群。新歡雜舊感,不酒心先醺。

以紈扇乞諸肖菊畫菊寄研君,綴以小詩

扁舟遥指水蓮莊,返棹翻嗟道阻長。料得停雲正延佇,海天愁思更茫茫。幾時叢菊共浮觴,鶴影褵褷更遠翔。予曾集《鶴銘》字爲句。研君云:"元鶴翔遼吾得逸,黄華紀壽爾真

仙。"爲恐秋風便抛擲,故將紈扇寫花黃。

答關吏

停車坐待日西沈,關吏傳呼氣象森。問我官名兩成愧,四朝黄髮老詞林。

作梅同年招陪省齋同年、梅邨先生暨志局諸君,重集君子長生館,仍用"新種竹都活,舊栽花更妍"十字,錯綜轉韻,放謌紀興謝作翁,呈省、梅二公,並柬志局諸君

君不見逸少蘭亭禊事新,俯仰之間迹已陳。又不見東坡赤壁賦前後,日月幾何還感舊。況我作客萬里來,草堂即傍蓮池開。風景十年尚能憶,天台初到花初栽。往事談何用,眼前盍簪共。疇昔之夜足幽賞,清福良因幾人種。□井投轄門多車,古來好客稱公家。鬢翁置會因嗜酒,謂繹萱太守。仲舉開樽欣對花。謂作翁。筵前翔集雙鸞鷟,彩翮錦毛互食竹。謂省齋、梅村兩公。兩鶴蹁躚忽遠颺,侑石、嵩佺是日未與會。夕陽一角挂林麓。吁嗟乎!照乘已見明月珠,連城價重輝五都。但期拔茅茹以彙,安問社櫟塗旁樗。瓦釜敢與黄鐘併,分韻强欲吟競病。須知百年三萬六千朝,昨日已去時難更。長歌短舞不成妍,且復放浪抒其天。有花有酒聊盡醉,世事於我如雲烟。諸公各抱匡時略,疏淪功成泳溥闊。作翁方興水利。輸與野老疏籬邊,葺荷飼竹爲生活。

月夜蓮池小集,分題得"笛"韻,時聞牆外笛聲也,率賦

蛩吟鳥語月初明,風動泉鳴互送迎。天上久應成寂寞,人間何自得韶韺。予懷渺渺三千里,客館蕭蕭一兩聲。悵望倚樓人不見,幾時黄鶴返江城。

將之荆襄,别蓮池,晋卿、月舫諸君送至瓦橋關,憩游終日,賦詩而别

年年鼓棹清河水,身似流雲歲如駛。偶值芙蕖笑口開,满船載香聞十里。自從戢

影栖蓮池,常傍蓮花作住持。一日捉將官裹去,山庭煙驛來文移。佛桑三日興難遣,況是十年同繾綣。買舟齊向瓦橋關,豪興諸君真不淺。昔時溏濼爲防戎,今日疊道蓮花中。十二橋前弄明月,感懷陳蹟將無同。宰官好客兼好事,提壺挈榼百里至。謂任邱林子穎大令。王陽中道忽迴車,未得中流共容裔。王晋卿至安州去。我戀蓮花未忍去,脈脈如聞花自語。人去人留花自芳,花開花落人何與。傳聞此去東海頭,普陀山色如浮漚。願將蓮花座上楊枝露,灑徧東西南北洲。時北數省苦旱。

淀河夜泊

一葉孤舟泊淀河,莫嫌踪跡太蹉跎。遥看葦蕩疑村落,大啓蓬窗卻睡魔。萬頃波光隨月入,半生吟緒得秋多。來朝風色知何似,壯志猶當擊檝歌。時邊事方棘。

西沽阻風

來欲西風去欲東,漫將私意禱天公。往來帆槳紛如織,畏逆人情大抵同。逆風終朝意不懌,誰知更有十年疾。作揖空誇濟世才,時危那見回天力。

合肥相國出示《曾文正公日記》,謂有"奇才"之目,此弱冠前事也,何至今潦倒耶,今假歸讀竟,率賦小詩呈教

宣武城南憶昔遊,風塵閱歷幾春秋。儒兼將相成千古,孟與莊韓共一流。《記》中論文語。卷裏姓名多舊識,世間滄海不勝愁。少年辜負奇才目,潦倒於今已白頭。

偶成

咫尺神都接大瀛,北門鎖鑰寄非輕。百川匯澤歸滄海,萬國來航款帝京。信似潮來波頓起,捷於風送電傳聲。如雲冠蓋紛難識,范老胸中猶有兵。

海上雜詩

海氣蒼涼夏亦秋,高憑巨(鑑)〔艦〕似登樓。萬重波影雙丸照,千里山光一覽收。

出烟臺看登、萊諸山。機括誰教持主計，船主用洋人。迂儒猶自議邊籌。讀悍伯《保小自强論》。大餐房裏如禪静，大餐房與房艙隔，客不能到。祇恐狂風撼欲嘔。

機聲隱隱似雷鳴，更有風聲激水聲。楂客無心問牛斗，神仙倏已過蓬瀛。

人如鷗客來相伴，物類蜻蜓未識名。一物出舟側，飛十數丈而没，身緑色，四翼如蜻蜓，長尺餘。詢之舟人，亦不識也。到此始知天廣大，紛紛蠻觸漫相争。

舟如芥子海如杯，浩浩長風任所之。煙似黑虬方下飲，逆風而行，煙似長龍，延數十里。濤翻白鳥欲高飛。祖龍已被求仙誤，流馬休誇藝事微。海客談瀛終縹緲，誰知無用是元機。

大餐房歌

短衣深目卷鬚郎，終日大餐烹牛羊。銀刀霍霍玻璃缸，满酌葡萄截玉肪。火食未熟腥血香，食椒飲冰别肺腸。吾生惟甘稻與粱，雜居共仰計亦良。黄蕉丹荔椰子漿，未到江南已徧嘗。

過黑水洋

看山昨日儘流連，黑水洋中浪泊天。海若應憐看山癖，層波堆作萬峯巔。

江上雜詩

千里衝濤道阻長，人家多在水中央。時江水陡漲。高林半出晴波上，小艇遥通住宅旁。海客無心論日月，英人周鵬談日、月各爲一球之説，謂日太熱，球中不生人物；月球深厚，不得氣，亦有山水而無人物。仙壇轉眼即滄桑。皖公山下堤猶固，南望悠悠鷗鷺鄉。

兩岸青山列畫屏，卅年身世尚飄零。每逢佳處思小住，奈有程期未敢停。渡口鷺鷥飛片雪，江心螢火似流星。正須六月天池息，轉徙何勞南北溟。

武昌感懷

憶昔張公子，同登九曲亭。壁間痕尚赤，溪畔草猶青。赤壁、寒谿寺皆古蹟。杯酒題詩卷，扁舟聚德星。年華閲三紀，餘劫歎伶俜。

失　題

八月鄂州秋氣清，論文重與聚羣英。棘園角逐戰方罷，得失寸心猶未明。諸君見獵興無匹，各出奇思呈妍密。黄華故事憶題餻，去年九月課試。丹桂新香好濡筆。我聞是日壽星現，《道書》："八月廿六日，壽星現，宜修齋。"道家附會神仙傳。表綫何曾識度差，青辭空自勞修薦。又聞明日宣尼生，庚子之説猶紛争。吾曹不獨重考據，微言大義須研精。好善人同千里來，本源應辨情與才。試題："乃若其情"五句。正當海寓澄清日，講學欣逢泰運開。端拱元年八月廿六日，車駕幸國子監，博士李寛講《泰》卦。事見《玉海》。

新吾賦詩見貽，老懷棖觸，依韻奉答

文字交遊略輩年，汲江烹茶試新煎。吾生衰朽已如此，之子風標殊卓然。時事關心真朗鏡，新詩脱口似流泉。卻慙攬轡成虚願，辜負龍門舊日緣。

宦途偶涉比飛蓬，落落常呼無是翁。山館猶能招勝友，梅花一例笑春風。誰如太白詩才健，不羡桓生稽古榮。《越絶書》以"終"、"榮"爲韻。隻手狂瀾待君挽，何時能障百川東。

丙戌元旦發筆，是日立春，賡甫舉百年難遇之語曰難於屬對，朝賀適得瑞雪，因有"元日雪"之句，遂足成之

記曾珥筆賦丹宸，丁未元日雪，館師以"天賜時玉"試乙巳庶常。予初授館職，仍擬爲之。今年朝班屬外臣。萬姓歡呼元日雪，百年難遇歲朝春。忠言舊政常懷楚，恩命新銜又入秦。時量移陜臬。思爲聖明除弊事，祇愁無術廣皇仁。

乃園既成，湘麋適至，招同峙東、賡甫、藍洲諸君賞雨看花，有詩見贈，賦此奉答，兼乞團扇書畫，詩以代柬①

梅放桃舒興未闌，園丁又報竹檀欒。正愁好友經年別，尚有新荷帶雨看。画景先將園景寫，去年君方②爲作《鶴嶺種梅圖》。詩懷更比酒懷寬。淋漓大筆題紈扇，他日思君便展觀。

乃園小集，遲菊許爲作圖，湘麋詩先成，即用其韻，以堅作圖之約，邀賡甫、藍洲同作③

騎鶴入雲中，遠近隨風颺。兹山偶息影，明月盈匡④床。因樹皆爲屋，好花編作牆。竹深荷亦净，主客情俱涼。名勝喜互證，各言誇故鄉。詩非擊鉢催，圖或舒錦長。鴻雪留⑤爪痕，駒隙餘妙光。五老昔嘉會，香山千載香。俯仰趣一致，此會難可忘。後來好事人，應指梅花旁。鶴山種梅三百株。

乃園即事

案頭無牘放衙還，散步從教俗慮删。新闢菜畦通水次，遥疑荷舫出籬間。朋如聚鳥偶然聚，山對閑人分外閑。蚓笛蟬琴無限好，招呼涼月照溪灣。

乃園賞雪詩⑥

丙寅前三日，蕲生、峙東、(庚)〔賡〕甫約廿六日過乃園賞雪，戲語耳。是日，點地

---

① 《手稿》詩題作“答贈乃園詩”，詩後有注：“湘麋乃園既成始至，招同峙東、賡甫、藍洲諸君賞雨看花，有詩見贈，賦此奉答，兼乞團扇書畫，詩以代柬。”

② 方：《手稿》無“方”字。

③ 此詩題，《湘雅摭殘》引作“乃園小集，遲菊許爲作圖，湘湄詩先成，即用其韻邀藍洲、賡甫同作，以堅作圖之約”。

④ 盈匡：《湘雅摭殘》引作“疊清”。

⑤ 留：《湘雅摭殘》引作“餘”。

⑥ 《手稿》存。

成花，書以誌快。

何期不速三人客，竟許同邀六出公。嶺上松蘿齊綴玉，檐前梅蕊乍舒紅。詩人亂笑含春語，稚子争摶識化工。此去朝天賡聖瑞，緋魚潤筆荷恩隆。

祈晴口占

方期萬寶告秋成，久雨如聞愁苦聲。減膳深宮廑念切，邸抄：懿旨，以節費八萬賜被水各省。救荒大府運籌精。時籌柴林河，賑汚陽飢民。昨看開霽雲猶殢，夜起觀星月未明。此際普天同望日，時暘應早放新晴。

連舉兩孫誌喜

寒家連月報添丁，有穀雙歧方降靈。時天門呈兩歧瑞穀。料得朝端太史奏，老人星下繞羣星。

老馬

老馬被羈勒，伏櫪常悲嘶。主人愛馬憐馬飢，東棧豆空牽就西。深感主人惠，慙與駑馬齊。一朝皮骨委溝壑，千里誰知名駃騠。

放歌

羅珍羞不如飲山泉，辱泥塗不如升山巔。長江浩浩蒼蒼天，一瞬滄桑六十年。

徐溝偶成

侵晨披霧出，策馬過同戈。斷岸水流急，晴雲山意多。頻年嘗險阻，好景慰蹉跎。莫悵前塵滯，荒村即澗阿。

大原無水患，汾晉忽横流。竟没城三版，誰輸粟萬舟。前知同濟伏，壽陽令陳守中因大原省城西半地城，謂"汾水伏流，將爲城患"。三年前爲張香帥言，以爲當遷满營，而不果行。失計笑朝謀。東望河頻決，同關宵旰憂。

綿山懷古

重耳天所興，出亡終返國。嗤彼狐趙徒，貪以爲己力。論功賞從者，介推獨逃匿。身隱焉用文，一語千秋特。卓哉賢母偕，深閨著明識。綿田旌善人，志過意愴惻。胡云赭其山，母子死匍匐。是以求賢心，比於捕盗賊。野語失之誣，刻論亦深惑。壁間吕大溥詩，意謂介推矯激過甚，至累其母，殊爲刻論。縣邑重其名，鄉人祀寒食。仰止高山前，過里應憑式。

文潞公故里

國以賢爲寳，榮懷由一人。彈劾先耆碩，正氣焉得伸。牽連及宫闈，立言尤不倫。聖人惡訐訕，天怒非無因。潞公進忠告，片語回陽春。謂介舉其職，納諫昭皇仁。休休如有容，大度真相臣。

郭有道碑

有道無愧色，中郎語自珍。如何附董卓，正是雄美新。奇氣鬱雙紅，作書如有神。真山既著録，蔡碑固當湮。

壬戌，侍先公自燕至蜀，道經蒙城，時龍君皡臣權曲沃令，携襆來，作竟夕談，今日重過，鳬踪已渺，慨然有作

故人同話石臺山，廿五年如指顧間。觸我思親兼感舊，深宵風雨掩柴關。

蒙城阻雨

十日九滂沱，王程阻隔多。荒村失昏曉，使節滯山河。主念時艱切，召對，蒙諭"時勢艱難"。臣思劫運過。秦關纔咫尺，晴意問如何。

聞人述太原水災,疊前韻

別出似江沱,横汾泛濫多。洪流方灌晋,衆派共趨河。饑饉憂彌切,綢繆雨又過。發棠誰爲請,仰屋計如何。

王官

陟巘得平川,羣山到眼前。草含前夜雨,鳥樂嫩晴天。已近王官谷,應斟隱士泉。浮生遊已倦,早晚罷歸田。

聞喜道中

平明出侯馬,咫尺漢疆分。漢分曲沃,置桐樹縣。樹杪棲紅果,山腰卧白雲。識途煩候騎,懷古誦碑文。忽念九原作,吾將誰與羣。

書所見

旌麾纔過太行西,人物蕭條道路悽。廟圮僧逃塵已滿,田荒穀少价仍低。食之者少。聖明軫念時艱重,撫字誰能下考題。何事司農苦箕斂,拚教棄擲等沙泥。

山行

須臾衆壑變陰晴,山色離奇畫理明。行盡中條更西笑,蒼龍玉女隔河迎。

青山長卧笑人忙,相對忘機趣亦長。鳥入稀林紅落果,馬行莎岸緑生香。每逢勝蹟詩懷健,偶得和風午夢涼。日暮停驂何處宿,蕭蕭秋色大河旁。

少華瀑布出峯頂,其明如鏡,口占紀之

飛泉如鏡挂峯巔,常溉峯頭玉井蓮。寄語蒼龍行雨罷,早從高嶺卜歸潛。華山有蒼龍嶺。

渭南道中

稻黄棉白柿初紅,種麥人人説歲豐。生聚十年今又倍,不應城壁尚虚空。

初入長安感賦

廿年接武入西秦,兩世重來有夙因。父老猶談循吏事,儒生争識教書人。勞心撫字籌無策,满目瘡痍語上陳。只恐析薪難負荷,負民負國負吾親。

獲鹿阻雨,柬錢同甫大令

奉詔馳驅百二秦,鹿泉山下駐征輪。喜瞻龍宿賡多黍,卻恐猪肝累小民。妙蹟長流先世澤,尊甫艮山先生收藏最富。賢聲齊誦宰官身。和詩久缺天教補,君曾寄詩屬和,未答。中道羈遲亦有因。

示錢生子楨

鹿泉如鹿洞,講學萃諸生。賀、許兩生皆客縣署,未見。問字嘗携酒,許生代尊甫治具款客。停車或授經。竹林多逸致,生叔恕軒與生先後肄業蓮池書院,置高等。蓮沼有餘清。他日經過便,相期業更精。"經"字出韻。古人近體詩亦間有之。

用壁間方恪敏公《獲鹿喜雨》詩韻,柬錢同甫太令,兼示令郎子楨

潢潦阻前旌,隨車帶雨行。出京後,處處阻雨。流香潤禾黍,樂語徧鄉城。此日恩波渥,來朝曙色迎。高山同仰止,携爾上蓬瀛。

秦聲

崑山弋陽今已稀,秦腔烏烏正當時。漁陽三撾衆仰泣,況聞擊木心更悲。君莫悲,酒闌城啓趨丹墀,響徹九霄人未知。

新年新霽始見終南山 時光緒十三年丁亥

祥霙初降日呈輝,開歲隨班款帝扉。羃歷連朝同豹隱,光華復旦正龍飛。十五日親政朝會。樓臺喜見含佳氣,鈞軸何曾轉化機。願祝重離能久照,艱難長念小民依。

賦得千里駒 得"駒"字五言八韻

千里稱良馬,初生已自殊。志應同老驥,家喜得名駒。本以龍爲種,真如鳳有雛。兼圻開道路,峻品是騊駼。今夕歌空谷,他年料識途。九方誠善相,八駿合成圖。程早通畿甸,情羞戀豆芻。雁行齊努力,按轡步天衢。

同人集杜子祠紀事

朝朝簿書赴期會,看山兩眼被遮蓋。昨宵微雨喜塵氛,半日偷閑出郊外。闞門纔啓萬山來,如舊相識顏爲開。雲海茫茫數峯出,又如仙人招我遊蓬萊。蓬萊雖遠樊川近,杜子祠前酌清醞。堪笑桑麻幾畝田,先生謾言:此生自斷天休問。富貴花開各鬥新,祠多牡丹,五色咸備。柏林常占四時春。柏樹四時著花,土人呼爲四季柏。千歲老槐乃神物,巖棲谷隱依詩人。古槐蟠曲,志云是唐時物。勛蔭原頭發高詠,韋曲當年亦豪姓。至今惟有少陵村,詩句江山互輝映。歸來車馬尚成行,原隰高低度夕陽。采得農歌入新唱,大麥抽穗小麥長。

題明汪文毅公贈京營屠範之序墨蹟手卷

長安市上光燭天,劍氣出土珠出淵。破紙堆中忽驚訝,乃是忠臣遺墨今流傳。忠臣者誰? 汪檢討。思陵初元致身早。政事文章兩絕倫,縣令起家作師保。序贈京營屠範之,縱談軍事多危詞。想當遼薊窮兵日,正是東宫進講時。深防外患闞門鎖,内憂豈料興閭左。任奄裁驛禍初胎,增兵加餉人愈瘴。揭竿數十如火然,燎原不絕明社遷。勦撫兩端俱失計,四十八相繄誰愆。就中長卿最叵測,排擠善類含沙蜮。羣盜如毛四海窮,閣臣笑語無憂色。降臣流寇迫都城,爲問平時誤國人。不重朝廷重門户,此時狂喙向誰伸。先生死忠婦死義,我讀遺文考其事。此篇足補《明史》遺,可珍豈獨在文字。

讀《元次山集》四首

霜雪作衣裘，日月化豺虎。草木有宗親，粱肉成糞土。一息即千秋，天地爲質斧。元子觀時化，哀思良獨苦。孰知維世心，憤激發狂語。

猛虎利爪牙，力又大於人。食人不多見，常見虎皮陳。用力力易盡，用智智則神。力一而智百，勇者忘其身。

吴王方夜讌，鵋鶀鳴樹端。謂其鳴不祥，惡之使人彈。子胥故譎諫，鳥與人參觀。有口皆能鳴，左右陳謡讕。能令人主怒，又令人主歡。願王除此妖，社稷方能安。

汎舟彭蠡澤，白日照平湖。魚蝦細可數，曠覽良清娱。陰雲起東方，狂飈震天衢。輪旋倏箕簸，俯巇神昏如。世事豈有常，安樂生憂虞。知幾早收帆，庶保千金軀。

夏至喜雨，柬同官

晴霽連朝麥盡收，桑田速駕種桑稠。時方興辦蠶桑。鶉躔正值端陽節，今年逢閏，夏至在端午前。龍見欣占大有秋。北方以麥爲小秋，黍稷爲大秋。每向庭前觀礎潤，忽然雲氣起山頭。吾皇親政天心順，玉燭時調四海謳。各省皆雨雪應時。

又一絶句

角黍家家互贈貽，官清此事亦無之。十餘年陝西餽節之風盡革。我來破例無長物，一幅蠻箋喜雨詩。

即事

連朝澍雨放晴天，寂寞衙齋静似禪。驛路文稀應阻水，訟庭人少半趨田。時從高樹來風響，偶枕殘書得晝眠。卻怪浮雲無定着，黑漫漫又蔽峯巔。

生日口占·丁亥六月廿一日①

周甲於今又五年，仕非名士隱非賢。評量史目無歸著，虚度曾無一可傳。

---

① 黄彭年生日實爲六月十一日。

鞏帨虚勞妙語宣，以詩文爲壽者，皆謝絶之。亭林生日論猶存。吾生别有傷心處，不比閒情付酒樽。

同官公讌，馬觀察佩瑶於冠山堂病不能與，柬以詩

東來瞻紫氣，高會冠山堂。徑草迎車緑，池荷入酒香。吾鄉黔首望，使者白眉良。獨抱河魚疾，長吟引領望。

酷　吏

古稱酷吏如酷暑，此非故作驚人語。暑氣雖嚴猶可逃，吏虐下民誰敢忤。虐我民兮何不仁，雷霆震兮風伯怒。東方呼起泰山雲，净掃炎威降時雨。

長兄忌日

我初識文字，兄已馳名場。朝奉孝端訓，暮聯蘇氏床。一朝羽翮摧，鳴雁淒斷行。兄丁酉鄉試後得疾，戊戌年卒。吾母慶同生，此日翻憂傷。有孫更同日，乃得語高堂。兄與母同七月廿日生。自兄殁後，吾母生朝輒悲泣。後國瑾生，復同日，乃敢稱慶。倏忽五十年，風木增悲傷。翻疑夜臺樂，吾兄能事亡。繼嗣方佐郡，予子國瓊承兄嗣。兒女都善良。遥望鳳城西，灑涕陳酒漿。

宫農山以黄癭瓢三絶册子見示，媘賦

吾家舊有癭瓢書，未見癭瓢自寫詩。又有癭瓢畫花果，未見癭瓢山水奇。此册詩書畫三絶，誰家失弓君得之？君家黄山側，來自黄山厓。黄山靈怪靡不有，何如此册光陸離。題罷還君笑相語，似鍊三黄勿使衆草迷。用《悟真篇》語。

題宫農山《叱馭圖》

賈董不以武功著，褒鄂不以文事傳。古人得一已千載，況是二者才俱全。昔我來關中，崎嶇雜腥羶。鬼蜮在左狐狸右，蝮蛇在後豺狼前。延安太守獨挺出，風雲叱咤氣萬千。天馬絶行跡，香象騰飛煙。五路發奇策，万弩張鳴弦。投筆戎軒正敭歷，卷懷十載栖林泉。神龍隱現杳難測，初潛利見殊天淵。迴車叱馭各有道，陽遵易地宜皆然。

乾坤及今思轉旋,内舒民氣外防邊。經文緯武求名賢,願君先著祖生鞭。

題宫農山《西園覓句圖》 園在延安府署

盛名追李廣,賢知有馮君。上群古循績,西園吾夙聞。拯飢書得請,卻敵氣空羣。誰識卷阿意,游歌志不紛。

題江海帆《西陲指掌圖》

誰歟投筆來從戎,手摹内府輿圖工。上稽聖治追熙隆,西越天山起瀧東。或庋高閣彝鼎崇,寒儒不見如瞽矇。江郎健者爲世雄,酇侯圖籍收關中。聚米指畫矍鑠翁,周知地利論戰攻。行省創議仁和龔,逾六十年圖厥功。受降城築重譯通,幡然持節臨崤潼。馳兵域外其道窮,請固邦本開天聰。傀言敢以質之公。

題葉挺生《課耕圖》

自從西域定諸羌,互市交鄰又朔方。籌筆忝曾帷幄計,屯田未覺鬢毛霜。傳聞塞上仍飛檄,底事山中覓舊莊。故吏到門誰見得,騎驢湖上意徜徉。

憶昔衡門賦樂飢,除書何意到湘湄。捉將官裏一無用,來自田間百不知。有客寄書詢治略,故山招隱笑歸遲。多君圖寫明農意,正是急流勇退時。

題汪叔明《夢衲盦圖》

曾遊宦海列儒林,緣是前身幻是今。百一詩篇猶在眼,大千世界本無心。生花偶著青蓮筆,得意聊陳栗里琴。頗似釋迦成道日,支那古德有遺音。

《借書乞酒圖》

桐舟畫册荒率派,予所藏朱竹西畫,舊藏鮑桐舟家,汪叔明題謂是荒率一派。柏梘文壇磊落情。初識叔明於梅伯言柏梘山房。叔明脱帽論詩,伯言稱其磊落。四十年前已心識,好書嗜酒晋泉明。

中秋,雨餘見月有喜懷

初晴又見雨如絲,寒露愁愆種麥期。忽聽兒童開笑口,月來雲破已多時。

秋分過了又中秋,只有天邊桂子稠。秦中無桂樹。千里懷人人更遠,不堪回首武昌樓。武峙東新自漢上解組歸田。

以厚成文字質懷清,承贈詩勗獎,依韻奉謝,並寄示厚孫

鸞箋璀璨墨華香,從此傳家富錦緗。巽語宛爲先路導,老懷猶憶少年場。漫誇到溉延三世,卻擬何公厚二唐。大匠裁成應勉副,安排來歲去觀光。

丁亥仲冬廿八日,大雪,贈曾懷清

朝命分憂出華省,兵虞乏餉重儲胥。豈知吏是食苗鼠,遂使民如賦芧狙。三輔歡聲同日動,百年弊政一朝除。使君信有回天力,瑞雪新占雲物書。

壽傅青餘

清芬百色老成型,學裔還應紹孔庭。一代奇才傳露布,卅年使節擁雲軿。東山絲竹蒼生雨,南浦煙波白髮星。聞得過從惟有道,高談開抱水中亭。

昔年釋褐赴中州,上相争誇際遇優。父老至今談惠政,賢能終古歎招尤。宏羊未卜烹何日,飢鵠徒聞盼有秋。欲進南山一杯酒,知君胞與量難酬。

心跡平生覺最親,偏殊出處索居頻。淮南賦已成招隱,山北文猶責抗塵。芝艸春暉偕壽侶,蒹葭秋水溯伊人。何時操杖携尊酒,登嶽浮湘互主賓。

即園課士

使宅曾開五畝園,流風餘韻到今存。使廨爲明王文恪故居五畝園,見公集中。諸君名位期元宰,自古經綸重本原。惟有守身能濟世,文恪,字濟之,又字守谿。莫將試事當空言。三吴本是人文藪,應卹時艱念主恩。

濟舫觀荷

夏駕湖湮茂草稠，當年怡老亦名流。只餘一曲泉如勺，尚有三間屋似舟。尚寶爲文恪築怡老園，枕夏駕湖。亂後，湖湮園廢，存屋三楹，題曰濟舫，種荷池中。牆外行人應共見，花中君子好爲儔。菊黄梅白隨時種，生意常教四序周。

古石軒讀碑

老夫平昔嗜文章，箋注蟲書細校量。南北舟車多宦跡，隋唐碑碣是行囊。暫營小屋居奇石，坐對新花發古香。同好若教增著録，歸途應詡鬱林裝。《隋吴巖志銘》見《寰宇訪碑續録》，《唐法澄塔銘》見《關中金石記》，《唐顯聖寺幢》見《雍州金石記》。《隋李則志》、《元普救寺幢》，未見著録。近又從虎丘得舊磚，亦魏時物也。

示學古堂高材諸生

高樓矗起對滄浪，彩筆新題學古堂。萬卷不妨區九等，專精何必擅兼長。欲知大道車同轍，縱使分條網在綱。攻木叩鐘相啓發，裁成須有斐然章。

貞　士

貞士乃是衡山徒，畫師衡山尤淡如。虎丘山下閉門居，童子來告瓶粟無。先生充然常有餘，胸中丘壑吾夙儲。聊寫一邱博明餔，鋪縑吮墨風雲驅。童携入市人競趨。吴閶有客裘馬都，來叩門挾千金俱，揮之不肯爲寫圖，至今尺素如珍符。比之乞米换鵞書，高節清風增嘅歔。

戊子十月，病起，課士即園，賦詩乞和

舊池今再經，瀕危得再生。文章關運會，俯仰由餘情。憶昔少壯時，策馬過吴城。蹭蹬四十載，滄桑亦屢更。奉使來旬宣，璽書促駪征。稻粱十年稔，婦子百室盈。黎獻萃南邦，鼓吹逢休明。維夏乃徂暑，旱魃何縱横。不聞倉箱祝，但聽水車聲。秋季仍蘊隆，予病亦膏肓。身似鶴褵褷，野嗟鴻嗷鳴。菊開補重九，濟舫羅羣英。朽木幸已蘇，嘉禾難再榮。更生固爲好，何以甦吾氓。共滋飢溺懷，蓄念攄崇閎。

即　事

問夜何其到曉分，滄浪亭側瓣香薰。誠祈南畝知時雨，盼起東山觸石雲。宅揆未咨唐四岳，負薪空憶漢將軍。蒼茫天意誰能識，燥物温飈斷續聞。

消息何須證亦詮，亦知天運有推遷。江流萬里時時曲，月照千潭箇箇圓。未信黛魚都悟道，誰知雞犬亦成仙。大椿朝菌終何異，淡泊相遭總漠然。

泖　湖

潮汐不來湖水平，此心與水共澄清。連天勢遠衣無縫，映日光浮鏡放明。白鳥何驚魚網起，黑龍欲下桶煙横。輪舟烟囱噴薄而出，如黑龍下飲，奇觀也。九峯縹緲縈清夢，何異求仙望海瀛。

登靈巖山絶頂

吴山明秀天下少，靈巖一峯矗天表。峯高三千六百尺，絶頂一覽象山小。穹窿對峙尚俯遊，太湖杯勺亦已眇。左顧天平子弟行，石筍紛紛插晴昊。當日南巡駐翠華，不數吴宫舊池沼。聞有山人披褐來，手挹天槳秋月皎。一聲長嘯閶闔開，扶桑朝暾報清曉。小坡中秋至此玩月。

高義園

憂樂關天下，仁施自近推。只緣高義重，遂使聖顔開。石以璇題貴，山邀玉輦來。宸遊非略地，末俗共敦培。

贈趙惠甫

少陵老賓客，公著就間局。鷦枝差可棲，芳池恣覽矚。高樓倚横翠，南軒隱寒緑。泠泠清風來，撲我面塵俗。新荷發高詠，秋尊動遐矚。種柳陶潛宅，藏書韋杜曲。我亦戀家山，興如癢欲沐。君今去江南，我行歸嶽麓。金焦聽夜濤，融峰望朝旭。吴楚互主賓，挂席往來熟。從兹心太平，君所居心太平室。和詩更相續。

題先名宦公畫

四十年前翰墨緣,珍儲手澤甚家傳。蓮池舊事猶堪話,每到秋風未肯捐。

世事清涼好夢成,扁舟一葉酒卮盈。孤兒忽下思親淚,紀歲逢辛將四更。

論學一首贈孔繡山,即題《致經堂圖》

祖龍燔六籍,卯金摭其遺。閩洛衍新傳,孔賈皆經師。譬猶堂與室,亦或窺藩籬。奥府終當闢,漸進豈無期?胡爲道學傳,乃與儒林歧。微言未可絶,異説徒支離。義理暨詞章,夾滓多毀訾。圖史等玩物,故訓增繁疑。四者競自立,門户争相持。海門同學人,三五晨星垂。殊塗況同歸,焉用相詆嗤。舍人古賢達,抱道常自頤。胸有嗜書癖,萬卷浸肝脾。手持架上書,摩挲如鼎彝。將使萬牛汗,浩瀚無津涯。峨峨詩禮堂,斯文當在兹。嗟予囿蠡管,敬呈論學詩。願告同志朋,篤心以相維。

有　感

長安車馬蹴飛塵,誰向城南訪隱淪?插架尚餘三萬軸,問年何羡八千春。淵明貴子安天運,賈島埋詩感故人。況是家鄉兵燹後,遥知揮淚徧湘筠。

題外舅劉大人《拜硯圖》

謝文節公卜卦硯,外舅寓憫忠寺時得之。

滄海桑田六百載,猶餘片石未沉淪。姓名自應題炎宋,甲子何須紀至元。弔古歌還同玉帶,遺編字恐誤金根。道源空負文章手,下筆終慙蔡正孫。《宋史》、《輟耕録》言公德祐乙亥事,皆用宋國號紀年。李道源撰《神道碑》,用至元年號,非體例也。因硯題"宋侍郎"字,故及之。"金根",借用公《示兒》詩語。

雕鎸强欲附銘詞,硯有程文海銘。匪石貞心未許知。堪笑鉅夫爲質子,終輸南八是男兒。海僧山鬼爲鄰目,草屨麻衣賣卜時。晞髮狂吟謝皋羽,水濱揮淚數行詩。

踏雪飛鴻亦偶然,景山重話舊因緣。褒忠遺事稽唐典,拜硯新圖效米顛。古寺夢寒雙塔月,畫船秋泠五谿煙。近聞蠻嶺軍書急,鎮撫應勞太守賢。時外舅正守辰州。

孫烈婦詞

妾本良家子,生不識六親。言辭太行路,遠嫁湘水濱。湘水何渺渺[①],雙雙逐飛鳥。君子行不歸,孤栖畏繒繳。空房生狐狸,上堂觸枳棘。薄命復奚疑,妖厲太相逼。妾身珍若璧,妾心堅勝石。愁雲鬱萬重,望君餘瑚璧。昔日爲連枝,今日委秋草。草枯心不死,淒涼思遠道。

題《蓮橋修禊圖》

春陵山水清且長,蓮花橋下蓮花香。我亦楚人戀鄉國,披圖相對眼茫茫。
戎馬驅馳成往事,一觴一咏自遨游。應知濠濮逍遥甚,何必論封萬户侯。

何子貞五十初度得翁覃谿先生《題延年益壽瓦當榻本詩册》,賦韻屬和

近時小學多榛蕪,正行譌錯況隸篆。斷碑殘瓦存萬一,用古醫俗比盧扁。芝山延年益壽當,曾供石墨書樓選。引彳爲文體詰屈,從年謂延方音轉。復初考古兼勗德,祝頌箴規意良腆。一周甲後歸東洲,玄黓著雍同大衍。古人五十始知非,豈但吉詞稱祓戩?文章事業本一貫,前輩風流足型典。大宗稚存敢言事,抱經對策苛政翦。近來更有蘇與陳,謂賡堂、頌南兩年丈。直節慨慷甘退免。先生高誼重詞林,小子企望資策勉。摳衣趨拜十載前,秋禊年年侍嘉宴。謂顧祠秋禊。徵詩末簡到淮南,屈宋在前敢云善?卻聞堂上呼兒前,笑看福壽蘇齋卷。今年家大人五十初度,彭年得翁書"福壽"字爲壽。

題孔繡山經之《淮陰聽雨圖》

話到淮陰得句新,羡君兄弟又前因。尊罍未盡平生感,風雨能邀咫尺人。若比池堂愛春草,豈同葛藟賦河漘。傷心最是黔中客,杕杜孤吟泣鬼燐。

---

① 渺渺:《手稿》作"杳杳"。

陶樓詩輯卷三

送伯兄升三之官粵東

嶺南去京八千里,念兄欲别具盤筵。酒畔聽兄説舊事,從頭一一我生前。曾祖當年有五子,家貧落拓生相捐。奉直公獨不肯去,常伴老人脚底眠。天寒月落四壁冷,釜甑往往生苔錢。經營貨殖類然蠡,負采不讓季路賢。自從楓林□筤谷,徙居富水凡三遷。伯父亢宗實冢適,相與奔走濟迍邅。生平際遇多坎坷,諸父科第如蟬聯。兄也繼志苦自勵,比歲早上孝廉船。時我幼稺始就傅,老父示我瓊瑶篇。謂汝長兄實騏驥,飛黄計日騰雲天。公車六上不得達,一朝捧檄心拳拳。以資得官良伊鬱,況乃萬里臨海邊。炎荒雷颶吁可駭,怪獸白日奔街廛。夷言鳥語不可識,鼠蛇臭味紛腥羶。男兒立志爲其難,仗劍那用頻憂煎。且是先人舊遊處,於今滄海成桑田。我歌送兄二十七,兄長於我二十年。請留此詩示孫子,常念祖德增嗚咽。

題孔經之《顧祠雅集圖》 時經之將歸山東

燕雲古寺倚城邊,銷歇風流二百年。一代儒林誰闡發,千秋文字有因緣。寒螿瘦蝶催歸興,荒草長松起夕煙。同慨殷齊老居士,謂張石州。天門山色正淒然。

答周荇農前輩元均

手把鉛丹證魯魚,有如營國辨門渠。知君刊謬勝千里,愧乏吾宗百宋書。

讀陸賈詩

陸生已飽千金橐,趙氏猶稱南粵王。功罪略將劉敬比,那堪馬上薄高皇。

冬夜感懷，書贈章進士子和

沈沈黑夜起悲風，身世飄流歎轉蓬。心畫但憑三寸管，頭銜慙愧半通銅。春秋懵懂嗤鳴蟪，泥雪因緣笑朔鴻。念子有才如聖俞，空令千載哭詩窮。

延津旅舍題壁

十里八里黄沙，一處二處人家。不見有青草，何處得桑麻。一解。

天高飛鳥絶，車行不見轍。夢裏何人唤哥哥，一聲一聲行不得。二解。

百萬帑金賜賑卹，讀罷詔書聞鬼泣。不怨阿爺入告遲，俗稱官長爲爺。怨民早死不得被恩澤。三解。

天子仁慈動天地，旱魃既死秋雨至。今年種麥明年收，門前又到催租吏。四解。

章進士買書無錢，復爲肆人攫去，賦詩自悼，因次其韻

大臨敗興輟清吟，愛士誰輸陸賈金。三阨翻爲藏籍慮，一鴟聊慰好書心。家無可賴身猶壯，事有難言感更深。羨爾才華文百卷，不須燕市碎胡琴。

次韻和子和

衆鳥歸林月上遲，鷦鷯何羡鳳凰枝。家無元亮三間屋，手把涪翁一卷詩。踏屐偶然尋舊友，抱琴何處得真知。挑鐙細説唐天寶，驚破霓裳羽檄馳。近日聞謳者演《長生殿》曲。

次子和韻

天邊孤月遞虧盈，十載沈淪客帝京。似我迂狂能幾輩，輸君詩句每先成。但期元石千朝醉，何羡蘇秦六國卿。濯足濯纓渾不辨，只今須濁不須清。

書《玉堂譜》後

誰步花磚到直廬，故事，惟學士入值，餘不得與也。徒聞月朔達天涂。吏部進月官卷，編、檢

皆得列入,翰林院每日進翰、詹名單。賦才豈盡同麟角,名士多應勝鯽魚。薦禰表今無北海,譽雄文或似相如。渾忘王後盧前意,倚枕閑眈一卷書。

戲題詩課卷後,呈梁羲初工部,毛旭初、張奉山、李子和三前輩

毛公朝卧客叩門,呼僮走僕聲號喧。談罷低頭苦吟索,蟲雕蠶食沈不言。李郎才氣今所無,下筆迅若風霆驅。毛公並駕競馳騁,張侯左轡争援桴。賤子斂手避鋒鍔,欲搏不能行且卻。圖南方以鳩笑鵬,續頭漫將鳧比鶴。就中牛耳誰主盟,關中老友梁先生。炯炯雙眸射秋月,水曹官職稱詩名。京華塵土同犇走,雪花打頭大盈手。丈夫意氣輕公侯,劍魄蒼涼嚮杯酒。戎事茫茫百不知,棄書投筆將何爲。願憑黔靈結茆屋,卧聽諸君匡聖時。

過延津縣北二十五里塔鋪,見道旁金大定十一年《馬明寺浮屠碑誌》,高度二尺許,程邦翰撰文,程穀書,額類顔平原,文亦不惡,詢之居民,是近時新出土者,委棄叢莽,風雨剥蝕,甚可惜也,書致邑侯某君,並系此詩

馬明古塔尚巍然,荒碣塵封五百年。寄語賢侯勤護惜,好編金石補蘭泉。

贈宋伯元下第還粤

重逢舊雨話因緣,人海浮沈四十年。歸馬不須更惆悵,嶺梅春色正嫣然。

題吴文南屏詩集

唐子手持詩一卷,披吟未竟意先傾。欲從耆舊論文字,猶記兒童識姓名。老友遠爲齊魯客,羽書飛過岳陽城。知君憂樂關天下,燕市狂歌老驥行。

惜緯辭

元慘黯黯陰雲黑,堂上遥聞聲太息。非關杼斷章難成,既是緯布不供織。或疑廚下釜甑空,儲粟猶供萬人食。或恐庭前使令乏,僮婢千頭豔金飾。問嫠何憶復何求,嫠亦無求亦無憶。先人敝廬在中衢,虎踞龍蟠飛鳥翼。妣祖似續百堵興,式擴前規增藻刻。踰垣小醜咸擒除,何期更有强隣逼。撓我玳瑁之畫梁,破我金雕之彩壁。藐諸弱息託豪奴,一奴輸款潛通賊。一奴持柝爲守關,畏賊如虎不敢擊。一奴痛哭一奴笑,一奴專能亂白黑。豪奴欺嫠嫠不言,拊膺長慟中抑塞。我聞此語更愴惻,問奴自計何太惑。皮不存兮毛安傅,舟果覆兮死也即。憤激聊爲恤緯辭,請執桃符驅鬼魅。

失題二首

鬥奇哆麟角,嗜古睎豹斑。同學多少年,三五相追攀。宇内鹿競逐,余生蝨其間。不廢江海遊,空嗟時事艱。潦净潭已清,秋林繁葉删。故人遺雙鯉,素書招我還。攬轡矢澄清,安知氣力孱。哀哉抗塵俗,移文來北山。

南山有耆宿,既翕歸槃阿。枚疾觀江濤,連琴師海波。壎篪競雅奏,磊落成清哦。象賢負秉持,英爽抑何多。博覽適東瀛,偉業同山峩。胸羅萬古軸,手持方寸柯。鯨鯶巨浪息,鵬擊青天摩。猶將濡筆紀,莫謂吾蹉跎。

失題四首

牙旂坐擁嶽雲興,帝簡賢能重股肱。三世百年居極品,一期兩度領中丞。飽聞先德規模壯,曉達兵機士馬騰。膽氣心源都落落,從來不詡郅都鷹。

卅年懇款動朝端,大局關心轉餉寬。馬隊搴旂昭遠略,龍庭抗疏重儒官。沈機長策如公少,若谷虚懷自古難。更有風霜成物色,置盂拔薤萬人看。

忠孝原從至性生,曾聞特詔許陳情。孺懷五十猶增慕,事業千秋只是清。方慶曲環新節度,不殊老范舊聲名。大河南北遺徽在,繼祖憑軒壯此行。

由來月旦罕雷同,誰料知音到爨桐。愧我本無經世策,如公真有古人風。勳名應共心期遠,旋轉都歸掌握中。指顧波濤隨劍息,雲臺麟閣待銘功。

奉和周渭臣尊兄元韻,即以誌别

昔出三巴道,曾登五嶺巔。雪鴻纔到處,風鶴正驚傳。壯士敦瓜詠,元戎采芑篇。

威伸不毛地,令速馭風仙。竹帛垂光耀,旌旂孰後先。初平還叱石,公瑾正華年。方豁蠶叢霧,旋驅犵獠烟。運籌前有箸,奮筆大如椽。十萬□行陣,三千盛轂軿。凱歌欣釋甲,飛鏑息鳴弦。驢影湖東去,鶯聲谷口遷。聞君蕭寺裏,憶我謝池邊。一軸詩仙佛,千秋酒聖賢。矜嚴森豹略,浩渺詫鯨川。把臂悲歌日,忘形酩酊天。永懷先世好,更結菊松緣。

壽方存之宗誠

龍山有喬松,間氣山靈鍾。深根踞大地,修影摩高穹。先生磊落蒼松格,老幹千尋髯百尺。風霜飽歷劫屢更,巖際常留太古澤。古澤無如詩與書,先生抱道今名儒。直從閩洛泝洙泗,更揖班馬追嚴徐。東南烽火諸艱試,賓客諸侯四方志。北馬南船一卷隨,勸烏歸雲兩無滯。鶴書迢遞到林間,天下蒼生望謝安。傳聞宣室虛前席,正擬丹書出釣磻。百里何能展驥足,小試烹鮮治璞玉。絃歌莞爾來武城,石室巋然起巴蜀。去年鳩鵠满郊原,上相籌策仁人言。蓴鱸遽發秋風思,蒼赤應念雲雷屯。我識先生盈兩紀,相逢寄書論文史。丹顏不解道氣春,盍戠僅有靈光峙。出入書叢似蠹魚,亦思縮瑟潛蝸居。會當倚棹滄江側,更向柏堂開秘儲。

疏漳浦手札畢,用倪鴻寶《聞黄石齋歸途偏游名山妬賦》元韻,即效其體

猶有横波賞,當時何莫容。明誠算際會,南國非遭逢。夷餓爲殷死,干墳恥周封。九京盍戠笑,相邀陳子龍。

絶粒十四朝,賦詩何舂容。孔孟不可[1]棄,文謝今相逢。大道真受授,一節難自封。欽哉契前哲,祀祭先卧龍。

幽居際世難,吾儕非默容。問業得相長,良會稱罕逢。孝陵泣奇夢,文明傷故封。仗節在敢諫,逆鱗批九龍。

校書譬論事,一誤豈[2]能容。俗見肚腸滓,古賢心眼逢。循環已百遍,遺札餘幾封。弟子駭莫贊,吾師其猶龍。

吾家右江老,抗節無餒容。餓死豈相法,稟節時正逢。伯父斗南先生以右江道殉柳州之

① 可:《黄忠端公明誠堂十四札疏證》作"我"。

② 豈:《黄忠端公明誠堂十四札疏證》作"誰"。

難，被執十日，罵賊，不食，死。片紙發粤難，粤匪既起，大吏猶諱匿，上書不答①。乃以書抵京師，朝庭始知盗賊之衆。褒忠蒙帝封。死事上聞，贈卹有加。傷哉確不拔，血膽歸潛龍。

辛酉嘉平，爲煦谷年兄審校廿一史畢，率賦，呈政

叢勝樓邊倒屣忙，一星燈火助談觴。撚髭泛論空時輩，燒燭尋詩到古皇。每嘆雄才非百里，敢云勘史擅三長。無人更訪袁安宅，高榻塵封雪影涼。

校勘甫竟，漏盡四刻，啓窗微視，銀海光摇，以月光爲雪光，枕上占七律奉寄，曉乃知其誤也，再綴二十八字解嘲

玉宇瓊樓頃刻移，眼花繚繞笑書癡。夢痕猶寄羲臺上，坡老長吟禁體詩。

酬潘心潭孝廉惠石墨

與子神交久，逢人道姓名。河間留博士，魯國有儒生。剔蘚摩碑石，投桃乏玖瓊。南皮遊樂地，何日酒杯傾。活國原無術，空言愧我曹。何緣心共賞，應是目同蒿。鴻雁啼中澤，鯨魚掣海濤。方期作霖楫，爲爾誦蒸髦。

送樊雲門

賤子忝朝籍，今逾三十年。當時文有譽，頗覺氣無前。渺渺千秋志，星星兩鬢顛。衰殘究何用，畏爾後生賢。

宣化王立勛奉其令祖少卿先生遺照屬題，敬成二律

民團廿七姓，鄉守四三年。黄柏險初失，蒼松節共堅。元戎方血戰，時曾文正師駐皖督師。義士競軀捐。不見成功日，丹心終浩然。

幼秉先賢訓，能參天地心。如公立人極，有子列儒林。事勢論常變，成名無古今。

---

① 上書不答：《黄忠端公明誠堂十四札疏證》作"伯父上書不答"。

文孫方作宰,聰聽仰遺音。

贈敬臣

與君同上孝廉船,四十年前俱少年。白髮方欣共杯酒,青鐙相約訂遺篇。老人星映文昌宿,忠武靈通渾水源。記得過庭談軼事,曾將循吏姓名傳。發宰寧武時,桑乾水溢,將嚙周忠武墓。君往禱,一夕沙壅成洲,水遂退。先名宦公嘗語彭年,使書於日記。

聞序初悼亡,詩以唁之

李恭人者,譚序初御史配也。恭人歿,御史書來,述其艱難之狀,言行之媺,輒賦五言二十二韻,備他日修《列女傳》者采録,以慰御史哀思焉。

仲卿得佳耦,激昂感牛衣。樂羊亦有婦,勗學斷織機。讜言與閫德,先後一與齊。譚君負偉抱,卓犖勤參稽。厥配隴西女,中饋甘藿藜。寒微終大啓,勤儉親操持。臼炊兆釜破,絃絶聞瑟悲。赴書來樊輿,素簡辭愴悽。謂昔室懸磬,橋柱焉敢題。婦也趣命駕,壯懷失低迷。圖南振奇翼,絡緯自營棲。不爲風鶴警,肯效嗷鴻啼。啜粥近十載,書帖傳金泥。同驂向京洛,雛稺勞提携。金門南臺上,内政資深閨。落花委明月,謝女歸何時。傷往不成賦,乞吾誄以詞。嗟哉女正内,家國理可推。純臣誓保人,艱險有時夷。平成共安樂,昊天不憖遺。然其宏濟略,百世猶懷思。願言慰哲嗣,顯揚知有期。

題陳涉江《山水册》

陳丹衷,字旻昭,江寧人,崇禎癸未進士。登第後,請纓自效。授御史,召苗兵,未遂志而明亡。自號涉江道人。

翠螺山畔萬株松,近聽濤聲望遠峯。每展畫圖如舊歷,一生遊興比人濃。翠螺在采石後,萬松森立。登寺樓遠眺,如在目前。圖景似之。

閒倚高樹坐,風動不關情。對此一溪水,在山猶自清。

不知三徑白雲封,老屋書聲接寺鐘。似有仙人來下聽,倒懸崖際樹如龍。

茅屋倚高峯,寒雲沍百重。鐘聲何處響,遥指一柯松。

人家深樹隱,雲氣半山横。料得幽棲者,關心驗雨晴。時祈雨得雨。

佛巖頗似廣元道,蜀棧千佛崖頗似此景。畫筆直追王晋卿。嘗見藍瑛臨王晋卿畫,亦用皴擦渲染,不如此之渾厚。石骨峻嶒雲氣定,不施勾勒妙生成。

山翠四圍如聚幄,飛泉百道各成谿。三谿橋畔曾延佇,聞有高人伴鶴棲。往年過沅州三溪橋,土人言山阿有居士,夜半高吟,悤悤不及訪晤。睹此圖,猶悵觸予懷不置。画法仿許道寧,其源出於李成。

陶潛宅裏松猶在，豈識人間有永初。册中題“己丑”。不用倪文尋法乳，拈毫時覺性情攄。倪、文皆善畫松，清閟疎逸，停雲蒼潤，其挺特則一。此幀停雲筆意爲多。

題傅青主《松林採藥圖》

一龕寥落記霜紅，留得前朝百尺松。閲盡繁華千萬劫，蒼蒼不解舊時容。

閒携短鋤萬山巔，采藥歸來不計年。尚有清湘老居士，相逢應話種松緣。余家藏清湘老人《種松圖》。

倪修梅以尊公寶繪乞題，予曰“此王洽、米友仁潑墨法也，滇人李仰亭頗師其意，遜此遠矣”，因紀以詩

生綃一幅留丹青，出文錦篋懸中庭。四壁殷殷驅雷霆，是法潑墨天機靈。遠宗王米近仰亭，雲氣滃浡千萬層。中有忠臣碧血凝，公之大節昭日星。畫亦精絶人孰能，珍若魏笏垂儀型。子孫永寶鐘鼎銘。

爲顧皡氏題南雅先生畫梅

鐵石心腸似廣平，當年抗疏入承明。道光初元，先生官侍講。疏陳聖學、聖治之要。召見，問：“堯舜何可及？”對曰：“心堯舜之心，行堯舜之事，即是堯舜。”上首肯。見先生手稿。賦才畫筆間評騭，都共梅花一樣清。

使君讀畫忽懷鄉，花事迷茫雪意涼。我向洞庭山畔去，爲憑驛寄一枝芳。

題戴文節公畫

文節不著書，超然絶等倫。世人貴耳食，徒以畫見珍。每觀所題畫，片語猶爪鱗。海岳詭墨戲，巨公得傳薪。清閟掩唐宋，非徒逸出塵。偶訂摩詰詩，好辭徵蘀辛。冰凝雪涷中，盎然已生春。翠竹睨臨波，見嗤石丈人。東方出諧謔，妙理擅清新。憶公值南齋，骨鯁標禁闉。歸隱逢喪亂，大義昭成仁。自此吴越間，仰望驚天神。市兒得尺楮，售以百千緡。載繹畫中語，談藝與道隣。乃知大知識，只是性情真。

題白雲先生畫稿

録方望溪《白雲先生傳》,復書小詩志快。

老人遁迹白雲間,只有白雲時往還。畫贈周吉六,號白雲。卻道山中少薇蕨,聊充翦韭畫溪山。自題"山中無以爲款,寫此以當翦韭"。

兩甕隨身下及泉,著書惟恐姓名傳。傳言先生著經説、述論史事數百卷。製兩甕盛之,曰:"吾以盡吾年耳,死則隨棺下瘞矣。"一縑偶仿倪迂筆,有似潛鱗出九淵。

題文衡山《惠山茶會圖》、《七賢三絶卷子》

農山示我《惠山茶會圖》,昔有七賢今兩吴。謂瀹齋、清卿兩中丞。當時甫田主壇坫,羣賢濟濟同遊娱。詩情畫意盡天趣,落筆寧論細與麤。以麤細論,文畫終屬皮相。九逵才調頗殊衆,子朋苛論何意來長蘆。竹垞深詆九逵,論亦未公。雅宜二仲比軾轍,心折六一爲之徒。子重子朋亦師弟,邱陵几杖相持扶。同過白氏園,先集鄭公廬。甘露茅山各攬勝,歸舟齊向晋陵趨。名士名山快星聚,分寫詩卷來合符。蒲澗標題書瘦硬,七襄組織如編珠。此會古難得,此寶世間無。延陵鑒别有真識,謗傷早屏羣兒愚。瀹齋跋中事。

題《萬曆三才詩畫册》

楊龍友畫,董香先題,陳眉公跋。

萬曆三才相伯仲,就中龍友節尤奇。有如翠篠淩千尺,不似尋常桃李姿。

書字書名强區别,世間誰是好真龍。傖父得此册,以爲董畫。人以"書無元宰,画無其昌"之語紿之,遂減價轉售,殊堪噴飯。天機愛畫饒精識,珍付裝池錦裹重。

玉女峯前雲水光,胸藏邱壑筆生芒。龍友自題:"作此册,不勝玉女峯前之感。"老夫解遊不解畫,空使千山撐我腸。

麟伯、香濤先後招同菊圃、藝生、潤民、鐵生、蓮生遊龍樹、天寧諸寺,麟伯出示周忠介畫竹,蓮生出觀唐人寫經三卷,率賦紀興

年年走馬長安道,紅塵白髮催人老。故人邀我游城隅,塔影槐陰忘昏曉。主人愛

客客盡豪，語雜諧莊競新好。明畫唐經啓櫝拈，各有千秋在懷抱。城中士女來如雲，轉眼遊踪已如掃。我輩相逢安可常，莫問明朝盡且飽。

幼樵尊兄命題柳堂先生遺稿

生知寥落幾知音，祠廟今看黛柏森。詔允薊州紳民之請，建祠。大統萬年先帝志，孤臣一疏兩宫心。鼎湖竟遂攀弓願，漆室餘傳倚柱吟。卷中有朱夫人詩。誰繼秦風咏黄鳥，三良遺集更搜尋。孝達洗馬擬合吴圭盦、謝麐伯兩編修及公詩爲《三良集》。因公更憶王文恪，尸諫同追衛史魚。太息北堂空付託，表微幸有邵堯夫。邵位西先生有《記王文恪公遺事》一篇。

夜夢看梅，覺後有懷，寄成山，兼柬繩庵

夢裡尋梅覺亦奇，遠山香氣入庭幃。每從孤坐觀羣動，只盼新花發故枝。對影成三邀月到，此情無兩許天知。陽和自有回春日，瘦骨嶙峋强自持。

游龍藏寺

甲子夏，同顧幼耕、楊軼才、余牧之游龍藏寺，訪雪堂上人。適寺後竹林架閣落成，背負緑陰，面臨緑水。灘喧滌暑，遥岑粲然，蟬噪鳥呼，唱答不絶。聲聞杳積，勾留盡歡，俱忘其在酷暑中也。賦詩紀游，兼贈雪堂。

東湖看荷興不足，赤日炎雲更來促。出門一笑塵顔開，白旃檀裏祛煩溽。卧龍橋外悟雲橋，寂寞禪房逕一條。花院那知連竹圃，危樓突見起江皋。坐對平疇萬千頃，霧廓煙銷山夢醒。因樹能教日影涼，枕流未覺江波冷。已公留客供茶瓜，醉裏先開智慧芽。蟬噪停時歌吹續，牧之度曲。蚊雷起處緑窗遮。我來一抉生盲眼，傑閣初成頗舒展。似有前身香火緣，一真頂上楞伽轉。日落驅車各自歸，虎溪偶過總忘機。何當再約青篔侶，閒度雙林敲夕扉。

録東湖、龍藏紀游雜詩寄伯昭、鄂生，書後

鶴性靈心正可侔，銜齋幕府各羈留。我逢佳景題詩句，送與先生當卧遊。

雪堂上人以《新構小亭落成》詩見示，並邀同幼耕、菶雲爲草堂之游，依韻率答，即以代簡

記昔相尋六月天，小亭初起已超然。携來詩句清如水，猶説山光澹似煙。歎我栖皇難絶俗，羡君幽寂不關禪。草堂還約同遊客，更是飄揚興欲仙。

草堂即事和雪堂元韻 八月初九日

浣溪依舊抱村流，乘興何人更感秋。草堂空餘詩卷在，桂庭驚看落花稠。今科遺才幾數千人，是日草堂遣悶者百輩。稻黄葦碧多清賞，伴鳥隨雲亦勝游。朱老東湖方有約，何妨幾日小勾留。

辛巳元日口占

五色卿雲捧日華，春光分送到山家。喜占甲子逢元日，第一仙人第一花。

王慶坨歌，寄游子岱觀察

王慶坨，水中阿。昔年商賈競輻輳，今日居民愁坎坷。夏無麥，秋無禾。水深不通楫，水淺泥成窩。三十里近桑乾河。河身高，成平坡。回流偶溢田生波。我乘冰凍驅車過，爲民告哀作此歌。寄語賢使君，尾閭不洩將奈何，豈惟王慶坨。

鄒岱東刺史爲致北海法華寺殘石，置之蓮池，率賦紀事

柏巖知我嗜古癖，偶見舊刻走相白。鄒子飛箋鑒更精，云是法華古寺之殘石。此石祖本出會稽，十峯雙澗環招提。秦斯篆法久湮滅，秦望山李斯刻石，見《十道記》。括州刺史來書題。當時碑版照寰宇，前有歐虞後顔魯。公書嫵媚如鄭公，波磔八分猶近古。天衣再刻傳亭林，《梁史》"法華"爲"天衣"，寺見《浙江通志》。再刻見顧氏《金石文字記》。道州翻本堪追尋。何子貞先生據牛氏藏本刻於山東。結體小大略有别，一文迴異疑摹臨。岱刻字體與此本間有小大之别。"知"字，岱刻作"智"。此是蒼巖已斷本，謂焦林相國。裝池失次多誤踳。"勤誠"至"垢除"十四字是碑記中語，不完。"會計"、"南山"、"秦望"六字是讚。語之首"秦望"與"北寺"爲句，皆錯

置其詞。曰"之上",蓋梁本殘貼裝池顛倒,未及改正,率爾上石。好事儔如王晋卿,謂訥公。題識摩挲類公謹。五知堂裏貞珉鎸,琴聲響拓殊紛然。山堂未暇勤考索,此帖卷首"題五知齋法書後"有周之禮柱史印。考五知齋,《梁譜》爲燕山周魯封子安撰,可知"五知"即柱史家齋名。二周皆雍、乾時人,世次則不可詳。雲麾古墨同流傳。昔宛平令得《雲麾》殘石六礎,作古墨齋貯之。我觀此本氣樸厚,岱刻失真諒非偶。塵埋百載生青苔,劍氣中宵射牛斗。主人拂拭光瑩瑩,賢侯輦致喧聲騰。書中龍象今再睹,覃谿謂北海爲"書中龍象"。巘松澗竹園新亭。五知集帖當不止此,不知何時散失。北街米肆主人掘得,藏護。岱東刺史致之蓮池,嵌置亭壁,題額曰"北海亭"。"巘松"、"澗竹",碑中語也。翁氏論書宗北海,鄉關石墨遺珠在。《復初詩集》詠北海、東林、嶽麓寺、雲麾、靈巖諸碑,獨遺此刻。欲補蘭泉《金石編》,《萃編》亦不載。譬彼招賢方始隗。

黎蓴齋星使自日本寄《古逸叢書》

唐鈔宋槧廣搜儲,海外猶存古逸書。明眼不教譌朴鼠,知心還爲寄緘魚。自從山井遺編出,翻覺張參校字疏。聖主同文原有道,豈知玉屑載盈車。

周伯晋贈《日本筆試》,書絶句

傳來《古軼》有餘香,東海焚書書未亡。日本學泰西,廢古籍,近刊《古逸叢書》,猶多佳本。濡毫試寫《太初論》,筆法聊證藤三孃。唐時,日本藤三孃臨樂毅《論墨》本猶存。

題鄒沅帆畫《内地圖》便面

伏波聚米壯心存,尺幅應須萬里論。誰爲聖明持本計,仁風早晚被中原。
三韓早已圖王會,緬服南交一概收。何事開方題内地,不勤遠略鞏金甌。

無　題[①]

六幢小築偶登臺,不饁依然列酒杯。幸有同人賡快雨,更陳名蹟稱予懷。

端陽後時日,子恭介晋卿以此幅至。適大雨,同子涵君堅、慈江竹臣顧高芬閣。閣中後臺時築六幢亭落成。六幢者,宋、遼、金、元經幢。予致諸蓮池,築亭居之。

---

① 《手稿》存。

陶樓詩輯卷四

蒼葭園四詠,示學律館諸君

去草

淹留鵠山下,承乏來西秦。官舍鞠茂草,呼童翦荆榛。慨思周任言,惡去善者伸。吾心似山谿,開塞豈無因。

蒔花

柏垣秋氣多,蒔花養春意。灌溉①須及時,向陽②先得地。愛花盼花開,惜花恐花萎。殷勤爲③護持,此理通於治。

編籬

吾愛蒼蒼葭,霜氣猶未澹。編爲幾籬落,上下隨坡④坎。聊以示範圍,亦不礙觀覽。隨時補其罅,豈畏羝羊撼。

疊石

終南隱⑤朝霧,突兀起庭中。高峻不可及,廉⑥角將吾⑦同。我乏補天術,應⑧借他山攻。諸君勤砥礪⑨,霖雨望方隆。

---

① 灌溉:《南亭四話》、《湘雅摭殘》引作"望澤"。
② 陽:《湘雅摭殘》引作"晚"。
③ 爲:《南亭四話》、《湘雅摭殘》引作"好"。
④ 坡:《湘雅摭殘》引作"陂"。
⑤ 隱:《南亭四話》引作"陰"。
⑥ 廉:《南亭四話》、《湘雅摭殘》引作"鹿"。
⑦ 吾:《南亭四話》引作"勿"。《湘雅摭殘》引作"毋"。
⑧ 應:《湘雅摭殘》引作"聊"。
⑨ 砥礪:《南亭四話》引作"勉勵"。

雜詠六首

花盆

破瓦寒英酒满尊，石家百寳不須論。月光偶照金成暈，雨瀉應妨翠減痕。菊傷水則黄。退食蕭閒尋苑譜，范成大有《菊譜》。長歌潦倒鼓莊盆。何人淡似花中隱，寂寂衙齋長閉門。

花架

鄴侯架上書千卷，陶令花香共一廬。層疊已如山曲折，欹斜還類樹扶疏。題詩筆映珊瑚色，對酒人宜桀澗居。鐙畔朵雲微彈處，鞦韆月影印相如。

花籤

插竹縛花，不使欹側，土人呼爲"花籤"。

性本傲霜應有骨，何當脆弱仗籤扶。繫援頗類范庭紡，雜濫還羞齊國竽。莫競綺羅歸淡素，頗移階石聽塵汙。君看倒卧秋千尺，落落長爲山澤臞。

花牌

春風數過牡丹牌，更喜吾廬秋色佳。誰向林泉操月旦，真如蕊榜天下街。花多偶用牙籌記，葉密休遮玉篆排。爲問品題經幾徧，時傳好雨曲應諧。

花欄

庭中植花，圍之以繩，防人踐觸，謂之"花欄"。

庭院寬閑晝掩扉，安排花事待人歸。分行略使同三徑，成列還應繞四圍。樂到南村聊與數，笑騰北隴料應稀。引繩爲謝繁華子，此處無塵好息機。

花瓶

戲取先生儲粟瓶，摘枝閒插影瓏玲。梢頭葉動因風起，壁上光分注水靈。坡老豪情方和句，退翁清約有餘馨。灌園抱甕吾將老，守口猶能忘醉醒。

采風録 樂府十八章

胡老黄 思良守也

胡君林翼守鎮遠，治革夷苗有聲。黄平、永安之變，皆君戡定。自君去，而黔始有失城下邑之事。老黄者,苗語官長也。作《胡老黄》。

胡老黄,武洸洸。死字徧泐几與牀,逐惡似雀鷹目張。草履提刀走絶壁,苗人憚之不敢出。自從老黄去荆州,城狐夜叫姜女愁。

二龍冠 紀楊元寶之亂也

楊元寶之亂,以紙剪二龍冠戴之。作《二龍冠》。

二龍冠,飾鬼魅,潢池弄兵等兒戲。吏之尷,旽其痡,以少擊衆如拉枯。徐君河清以三十人擊賊。兩書生,印挂肘,徐君河清與韓超由是知名。元戎帳飲花雕酒。

黑虎去 傷良將也

都司楊金鰲年七十餘,勇健罕儔。樹黑旗,賊望見輙避去,呼曰"黑虎"。至八寨之陷,食盡見危。作《黑虎去》。

黑虎去,廣馬來,粤呼賊爲馬仔。驚雷翳目驅塵埃。黑虎來,廣馬去,一嘯風生萬山曙。虎兮,虎兮,爾來何倏?百獸聞之皆觳觫。一朝餓倒寒山涯,神物翻被螻蟻欺。

婁山關 播始亂也

楊鳳叛,陷桐梓。遵義協副將遷延不出,遂度婁山關,圍郡城。作《婁山關》。

婁山關,高插天,路如衣縫行蝨緣。昔者劉將軍,從兹到九盤。一夫荷戈守,猿猱愁攀援。關門蕩闢,過師枕席。誰歟?守者賣絲客。協營兵籍半虧,多是絲客挂名。

戰龍山 失猛將也

遊擊保山勇而善鬥。龍門之役,陶府經履誠以新募之士往。墮賊計,又遇伏。遊擊馳救,與俱陷,而賊始熾。作《戰龍山》。

戰龍山,師寡制,市之驅,醜之計。文臣尚捐軀,武臣何惜死?將軍聞之怒決眥。老駿頹,寶刀折,將星落,霜威冽。

紅花崗 争隘也

遵義丁字口既焚,以紅花崗爲鄉米入城要隘。又俯瞰城中,故徐、韓兩君力争之。勝負雖殊,忠算則一。作《紅花崗》。

紅花崗,南之逵。奮厥武,公侯仇。一麾扑,帥折足。徐太守傷足。壯士憤激夫子朂,韓公嘗箕坐,謂總督曰:"公,大官也。超,小吏也。公自視毋過大,超自視亦不敢小。"超,壯士也。總督惡之。冒矢石,忘峻嶒。偉哉!小卒旂先登。韓軍攻紅花崗,一小卒執旂先登,遂克之。

烏江水 譏孱帥也

提督趙萬春嘗螺堰,賊來攻,擊卻之,賊自是不敢南渡。提督宵遁過烏江焉。作《烏江水》。

烏江水,何瀰漫。昨日纔濟師,賊聞心膽寒。忽傳列炬呼開關,萬山紅處將軍還。

烽子呼 遁師也

趙萬春既入遵義,夜啓南門遁。司號火者譌呼賊至,盡棄軍械、火藥而奔。作《烽子呼》。

烽子呼,嚴刀斗。但恐賊來侵,不料將軍走。將軍走,南門啓。但恐賊來侵,不料驚烽子。將軍北,士屏息。平明坐帳點軍籍,大旂慘淡日無色。

龍坪老 始挫賊也

賊酋李七分徇龍坪,鄉老持牛酒款之水口寺。潛遣人糾鄉團、迎官軍,合圍火之,盡殲焉。作《龍坪老》。

龍坪老,皤且良。從容戒子弟,賊至勿倉皇。持牛酒,峙芻茭。酒將給爾醉,芻將焚爾巢。功一炬,謀暇豫。將吏從兹得大官,老人一笑歸田去。

金錢山 賊始潰也

官軍既敗賊於櫻桃埡,賊據金錢山寺,爲雷台山犄角,引渠灌田。水環繞,獨一塍容往來。軍士束草而涉,火其寺。賊始棄雷台奔。作《金錢山》。

金錢山,峙高閣。嵎之負,圖犄角。水滔滔,自爲牢。束草夜渡光燭霄,死者枕藉生悲號。驚虎狼,走倉皇。礮聲隱隱旂飛揚,偵來已越千重崗。

雷台山 播平也

楊鳳據雷台山,官軍失機者三。會期進攻,韓軍出而萬春失期,一。韓軍已薄賊壘,而威寧裨將矯令撤兵,萬春不能誅,二。千總高君天澤先登,而萬春督後隊不進,三。及龍坪、金錢之捷而鳳始敗。作《雷台山》。

雷台山,獸之巢。豈無鋭頭兒?猛獸猶在郊。士馬環噉,厥姦大袓。高驤向前去,忽傳令箭曳兵還。戈什哈,好身手。長臂捷於猿,賭命不回首。軍中箇箇誇神武,恨不令爾撾將鼓。高君爲提督戈什哈。

牛角鳴 黔西平也

王三疟疤叛,徐君河清討之,敗於小關,退守鴨池河。潛使种家苗攻其後,官軍攻其前。至期,聞牛角聲,曰:“种家來矣。”遂舉兵渡河,復小關。趙萬春與王承璐兵至而黔西平。作《牛角鳴》。

牛角鳴,种家來。前日棄關走,今日奪關回。矢奔星火飛電,掉臂提鎗尋賊。戰勝則前,驅奔則殿。先是,徐君營小關,賊圍之數重。高君天澤以火罐射中賊酋,賊始卻。士兵折,河前横。閔雲游擊之敗,長寨兵横河死者甚衆。花門將軍髯如戟,不堪提起哈元生。

石如雨

涂令恒、李林春叛,入新城。飛石如雨,莫能當,遂連陷安南、普安。知縣朱君右賢、于君崇璟死之。作《石如雨》。

石如雨,魎跳梁。使者走匿魂飛揚。一朝陷三城,偉哉兩縣令。婦孺知忠臧獲殉,朱君夫婦同殉,于君夫婦、全家女婢同殉。十八先生無媿詞。興義有十八先生祠,明季同時死難者。于君絶命詞有“他年附入先生祀,我與秋翁二十人”。秋翁謂朱君,字秋田也。守土義如斯,逋逃安所之。

民勞止 南籠平也

賊陷普安、安南,遂圍興義。太守張君鍈知糧重之累民也,盡蠲之。民大悦,從之討賊。不旬日而事定。作《民勞止》。

民勞止,汔小愒。今年卻少下鄉隸。往歲開櫃時,穀賤翻折輸。賣得十石穀,難完一石租。守布德,歡無極,奮臂齊聲呼殺賊。恩洋洋,覃八方,中州有詔散聯莊。近讀邸抄,以河南河工加價重,爲民累,特詔蠲除聯莊,會遂解散。

台拱圍 苗始亂也

播逆方平,苗頑遂作。作《台拱圍》。

台拱圍,韓之旂。勒兵不得戰,蜀帥將西歸。望雲霓,仰膏雨。荒城一片成焦土,大府從容舞干羽。

虎狼穴 巖門陷也

彭汝瑋、陳君毓書馳入巖門,苗大至,乞兵、乞餉皆不得。城陷死之,千總邢連科闔門殉節,軍民無譙遺焉。作《虎狼穴》。

虎狼穴,險且邃,拋伴擒生入重地。手無一寸兵,如何當猛鷙?欲突萬重圍,譬若驅羊餌。食盡援絶,壯士飲血,忠那可蠛?事後,有謡言彭君逸出者。其弟汝琮得邢氏僕周朝元,始盡悉死事狀,爲書告同人。傷哉,誤入虎狼穴!

新 城 阨 哀新城也

吴大成及把總李瀛守新城,大小數十戰,斬級數千,餉絶煮馬鞍及履革爲食,城陷死之。夷我城郭,焚我廬舍,屠我人民。其倦殺也,則迫而入之河。蠢兹氛惡,莫斯爲甚。作《新城阨》。

新城阨,餐朽革。兩少年,血成碧。城郭夷,靡子遺。殺人手已倦,驅納長河湄。我聞此語心憂癙,天之所禍誰能去? 乃有剸仇王氏女。王氏女,父母被害,女給苗言:"滛城有積金。"使薙髮同入城。乃大呼曰:"此殺吾父母之賊也。"鳴之官,寘諸法。

鼓 樓 坪 師敗績也

鼓樓坪通新城、施洞要隘,總兵佘瑞麟兵潰,軍實盡以濟賊。鎮遠大震,遂失新城。作《鼓樓坪》。

鼓樓坪,樓鼓鳴,毋假仇斧借寇兵。仇伐我,寇薄城。

新繁東湖遊艸

曉發成都

夢醒藍輿曉色暝,暫抛塵網便清靈。秧深得雨晴逾碧,竹密成垣屋亦青。隔岸人聲猶隱約,臨風蟬翼總瓏玲。偶然適意神俱遠,贈答無端笑影形。

道旁止水澄瑩鮮絜,喜而有咏

纔聽橋頭嚮激湍,閑臨止水更悠然。平鋪樹影真如畫,倒映雲光别有天。此地無魚休結網,何人飲馬妄投錢。山中山外應非異,千里汪洋共碧鮮。

龍 橋

别派江流出灌城,清渠百道壤縱横。繁彭画界年非遠,雍正中始分繁彭爲兩邑。内外兼稱水異名。沱江兼内、外江之稱。惠政頗能追漢守,去年水漲橋圮,程丈小松宰是邑,葺而新之。高臺還擬築懷清。彭貞婦輸財建橋上閣道。逢人到處頻諮訪,史筆從來未敢輕。時余承修《新繁縣志》。

蕫 水 橋

千秋遺愛競相誇,此處蘇公舊放蕫。鼓吹纔聞開兩部,催租吏已到田家。

程丈小松邀同顧君幼耕游東湖園林,各紀以詩

東湖,唐李衛公故蹟,今在縣署東偏。有泉穴通城濠,所引湔水瀦而爲湖。湖岸曲折,亭閣臺榭因而成構焉。

德裕爲繁宰,樊歐紀各殊。衛公爲繁宰,見宋人樊汝霖撰記,《唐書》不載。至今懷北海,遺愛在東湖。地具平泉古,花含湔水腴。清流多曲折,亭榭亦盤紆。

三賢堂

東湖之中,其正南爲堂三楹,舊爲文饒堂,祀衛公。宋邑令沈居中增祀邑令王舜良、邑人梅公儀。

柏聳參天黛,蓮開映沼紅。千年餘故蹟,百世仰高風。功德禮當祀,思賢人所同。繁田懷舊澤,吾擬奉文翁。

清白江樓

三賢堂北爲樓曰清白江,以地名也。樓東有臺,前臨湖水,右據蝠巖。

地本因人著,樓還借地名。登臨如有興,清白此流聲。漢謂楊震"作清白吏"語宋謂趙清獻,清白江因以得名存餘韻,江山不世情。政閒官似隱,安穩道心生。

見山亭

清白江樓東聚土爲山,屹立水側,形若蝙蝠,有亭翼然。天氣晴明,彭灌諸山朗然在目。緣岩而下,東北有小橋。

蜀以山爲國,近繁偏少山。渺兹孤阜結,朗若衆峯環。碧萏雙池裏,青畦一望間。多緣觀稼上,豈獨快躋攀。

古柏亭

下蝠巖,過橋之北爲東湖之北。其東南古柏數株,植亭其旁。亭之西北疊石爲假山,其北横大石,可彈素琴。又北有小橋。

古柏幹縱横,含霜氣自清。葉香鸞鳳喜,根老蘚苔生。疊石存山意,眠琴聽水聲。不須招客醉,衹此伴幽情。

瑞蓮閣

眠琴石橋東北爲霞城,西北小閣面湖而立。夏日荷花盛開,納涼於此,取宋人《東湖瑞蓮》詩語名之。閣中置木假山焉。

荷花比美德,此語出詩箋。鄭風箋。自有《愛蓮説》,遂以君子傳。出塵先濯水,清露共承天。何必雙莖瑞,高吟《擄浩然》。唐人題荷葉上二詩曰:《泛虚舟》、《擄浩然》。

篁谿小榭

循閣而西,登榭俯臨。小澗通東湖之南,流活活有聲。篁篠夾岸,極幽邃之致。園中竹種甚繁,此爲最勝。

水榭穩如舟,叢篁夾岸稠。池通魚識路,林密鳥呼儔。急溜梳苔髮,澄波鑄月鉤。何時歸棹發,湘浦思悠悠。

懷李堂

小榭西爲堂五楹,曰懷李堂。更拓其後爲花南研北之軒,前後皆湖水,窗櫺疏敞,古木森蔭,兩松亭亭特立,尤有遠致。

籌邊久寂寥,何事憶文饒。衛公有籌邊樓。松與人俱古,花因月倍嬌。千秋雲渺渺,三面水迢迢。後日思今日,詩懷誰更超。

月波廊

自懷李堂北更爲廊,或欄或壁,或丹或素,隱顯曲折,引人入勝。

屈曲周遭處,真同亞字紋。深情如共引,好景此中分。檻密妨遮月,牆空欲貯雲。繞廊時覓句,不厭百回勤。

晚香齋

廊之北結草廬種菊數百本,右蕉左竹,其前則南湖一片也。

行過曲曲廊,草屋此深藏。地僻宜幽處,人來爲晚香。琴樽聊共適,仙佛不須商。何事一灣水,灘聲日夜忙。

珍珠船

循月波廊西,又折而北行,又東,有屋如舟。竹密如櫛,架上葡萄如綴珠,雜蒔時花。古柏一株,鐵幹銅柯,千年物也。又東爲竹西芳逕,達清白江樓。

不繫舟云爾,花猶繞四隅。是空還是色,如錦復如珠。世事嗟風舶,吾心托海桴。恍兮原有物,何事説虚無。

濟舫

仿平泉泛池舴艋之製曰濟舫。

踏波行不得，相濟有扁舟。非我安知樂，憑梁自在流。惜花時繫纜，把酒或呼儔。祇恐采蓮女，驚開雙白鷗。

題高且園指頭畫

飛泉挂壁，兩人坐觀

飛泉一縷出荒陬，萬里終歸江海流。莫待他時論清濁，閒情先與證源頭。

秋葵小鳥生動有致

疏枝微彈集輕禽，響觸金鈴意不禁。斜睨小蟲防食葉，殷勤同是護花心。

山角樹陰，小兒牽牛有強挽之意 戲代牛言

吾牛穿鼻被童欺，我欲耕田爾欲嬉。盼到斜陽騎背上，一支短笛任横吹。

老翁隱甕而卧，旁一甕一壺一勺一奚

一甕盛酒一甕空，醉憑空甕卧庭中。醒時壺杓自斟酌，童子何勞溷乃公。

鍾馗擊鬼

妙絶兩筆鬼趣圖，東坡説鬼情堪娱。終南進士何多事，捉鬼反被鬼揶揄。

山坡無樹屋，雄雞獨立，作長鳴之狀

蚤起孳孳各自營，夜來魂夢也難清。山中幸與塵囂隔，報曉一聲天宇明。

秋山行旅

圖中一客似還鄉，問客何因策騎忙。爲向龍駒山名最高處，鞭絲遥指是湖湘。

柳陰泛鴨

鴨知水暖柳如絲，正在湖南草緑時。萬疊雲山阻歸輿，何人重咏《采薇》詩。指頭生活，且園擅長。朱崙齋瀚酷似其舅，後此觀生閣頗得其法。吴僧效之，則流入惡派矣。

神塔龕曲①

錢塘(蘇州)張生金鑑,其母多夢彌勒入懷而生。家貧,鬻爲平橋張氏後。張翁歿,金鑑訪其父,已死;其母吴,已度爲尼。金鑑慫迫歸養,不可。金鑑後游武林,得周顯德三年張玉林所鑄銅塔,置龕禮拜,以報其親。余聞而哀之,爲譜此曲。

步步橋

常言父母恩無盡,論報答,誰堪聞説起?最酸辛,真箇尋也難尋,論的不論。就是佛無情,念零丁也,麽生憐憫。

折桂令

記當日小襦芳蓀,入懷彌勒,天送麒麟。母惜呱啼,父憐嬌養。入賀添丁,一家兒笑欣欣。喜極悲生,便别離,誰則道男是冬青。枝也離根,雛也離巢。爲憐我飢魄疲魂,平橋去,生做了螟蛉。

江兒女

菊干多移接桑條,有寄生論爲人後,也盡終殯。聞阿爺孤冢無人省,訪阿娘削髮空門冷。待向萱堂,温凊偏足。慈雲參透了紅塵,未肯。

雁塔兒

雖則是忉利天説法精,怎比似隨膝下閒談論?雖則是犍連作盂蘭,怎比似老萊子胡撕混?雖則是冬生接菩薩現,怎比似北堂萱千萬春?雖則是虔如范子隣,怎比似潁封人遺母羹?幸也休幸,博得這阿育塔光明境。真也非真,望斷了阿摩邪毗羅城。

澆澆令

癡心成鐵石,佛力轉金輪。但求世世長依母,學一箇善財童子傍觀音。

又

虚空徵實在,後果證前因。一千載上張家塔,好似這歸宗返本姓張人。

---

① 《手稿》存。

尾聲

常言父母恩無盡,似這樣遭際艱難,忒很。填不滿恒河沙數的恨!

讀《抱朴子》

日讀《抱朴》,輒作韻言,聊記其詞,意各有在。雖不若逍遥至樂,而誦之足以忘憂抒怨。

鷦鷯勵勁翮,意欲淩蒼煙。跛驢逐追風,飛蠅慕沖天。誰飾嫫母陋,求媒才美傳。和肆列沙礫,賤值金萬千。求魚詠呂梁,探巢登朽株。旦爲稱孤客,夕爲狐鳥餘。

仙人處高遠,清濁本異流。登遐既長往,徵驗安可求。彭生託元豕,予華降蓐收。申生言於孤,杜伯射於周。神仙假鬼物,遂有文成儔。能令智主愚,荒誕傳千秋。

鴻寶枕中秘,云須口訣傳。用藥非本名,作僞何昭然。乃有劉更生,篤信《淮南》篇。鍊金既不成,作書傳列仙。子穎造圖讖,厥考開其先。諂謀誠匪善,封事徒多言。

人中有老彭,木中有松柏。不關上藥延,自與恒流别。衆蟲學龜鶴,豈能無短折。

浮蓮龜五色,上有白雲蟠。登木鶴千歲,腦頂皆成丹。青牛起松蓋,鼠衆來梁端。得其不死法,同輩皆凋殘。眼看江河下,長生空浩嘆。

門棊棊自觸,坐石立而亡。興雲起朝霧,餐霞吸元黄。逍遥太清外,居處瓊瑶堂。勢焰攝酆羅,叱詫威棟梁。緣何子弟絶,祭祀乏承將。

蛇行鍼綴帶,兔走巾投地。水月延方諸,火日引陽燧。瓜果結須臾,魚龍幻游戲。倦人炫金丹,方術皆此類。

太清與九鼎,金液傳丹經。元放隱天柱,避地游江汀。馬跡授口訣,貧苦難爲名。富家錢如山,安能起頑冥。

銅青塗人足,入水肉不腐。金丹溉榮衛,辟穀求内補。但聞九轉方,誰共真人處。見日嗤螢觸,聞雷陋布鼓。得衮或負薪,彤弓驅鳥鼠。古有至道言,醉夫誰强語。

結伴入名山,齋沐加精潔。丹華和元膏,寶鼎爍金屑。玉女騎鳳凰,昇天九蟲絶。元子謁軒轅,親授金魚訣。神仙有奇骨,難與俗人説。藥敗尤謗生,諱言術事拙。

雙聰亂宫徵,雙眸惑玉膚。堤決水不留,燭縻火不居。欲勝精靈逝,一瀉無復餘。□鱗滌元覽,杳若潛淵魚。削斤淺務中,御漠還太虚。

裹鏡帛不灼,曇花枝不凋。冰藏暑不化,雪隱炎不消。柞柳燔爲炭,泥壤摶作陶。弱質能自强,養持非一朝。良馬斃陟峻,屢割無善刀。二豎入膏肓,猝死非天夭。

跗鵲寶鍼艾,不能保其身。五利與少翁,幾見丹藥成。避禍從赤松,商山逃其名。愚哉肥瓠兒,吮乳求長生。

寸鰌泛尺波,安知四海外。芒蠋處核中,謂盡八極界。生地逼房宅,仙山藐嵩岱。

博見求其真，偏修奚足賴。

渾茫剖清濁，昇降不自知。萬物感其氣，巨細相參差。惟人最靈秀，俯仰窺兩儀。譬猶藏與府，腹背爲包圍。芝穲產木石，翠蘿秀松枝。蟣蝨吾所生，焉有本源思。達者觀大化，大造原無爲。

冬日聞火烈，誤作殷雷聲。流雲倏西馳，謂是月東行。視聽信耳目，龍蛇失其真。赤舄售蠻越，遑論值重輕。

九有既同宅，幽荒競來仕。待次多滯官，元凱任委積。況駭盧鵲烹，將無浩然志。尹生棄襟帶，子房返闤市。景風息裘鑪，罟弆矜予智。

流尸帝庸蜀，乘鱉强鮮卑。三首炫獨目，馬閒來狗蹄。修臂雜交股，穿胸與黄池。委甲寄居蟲，弦弓兩頭蛇。機衡割文石，禹井開金泥。兩儀富形色，六宙合千奇。

入柱能出耳，肘水還控弦。奮斧不傷鼻，百病揣鍼痊。伯昏躡億仞，公輸飛木鳶。離朱覵毫芒，豎亥超累千。聖人或不同，去留純自然。

影響無爲有，萬物有爲無。億分與兆析，百慮原殊途。太虚或未足，秋毫偏有餘。計不煩隸首，察不煩離朱。頤神返粹素，淡漠還最初。精靈困憧擾，榮衛爲之枯。當風與卧濕，禱疾求其除。

鱗甲沉重淵，期遠鑽灼灾。楚靈躬自巫，乾溪亦何哀。漢文傷五柞，主父悲叢臺。終歸能知往，乾鵲能知來。盈昃固常理，有盛必有衰。入廬託尸解，徒用驚愚騃。

汝南設繩殞，捕麞得鮑魚。村里共駭怪，丹藻飾神居。辨士倏雲集，相競爲誕虚。儒生炫奇博，廣引驚盲愚。安得叩尼山，一洗千籍誣。

枳棘繞尋木，藜藿遮芝英。虬龍雜虺蜴，鸞鳳隨飛鷹。憂心愠羣小，醜正還羶腥。穆生去醴酒，仲尼還軫輪。知幾不終日，振翅淩風雲。

僬僥測滄海，侏儒傾華嵩。不謂手足短，反欲居成功。守株類局隘，聖者觀其通。

張衡聖於書，子卿聖於棊。班狄擅巧械，扁和稱神醫。延州識音律，臏起窮兵機。韋均與蘇廖，占卜尤神奇。軻政及□育，勇力世所稀。人才有極號，專精無多歧。予翼兩其足，愛博非吾師。

梁母經火化，宕人能水居。至熱耐子伯，酷寒堪仲都。兵解慈不死，休糧始猶腴。斫折范軼健，流尸鱉今蘇。長房地脈縮，張楷雲霧嘘。少干執百鬼，仲甫假晨梟。異人有奇術，不以誇吾儒。如何章甫徒，好怪傳其誣。神禹朝紫庭，仲尼識寶書。附會多此類，無是偕子虚。

尋木非猝長，廣淵起汀瀅。富若陶與朱，千百勞經營。學人如牛毛，成功似麟角。一簣積凌霄，始勤戒終率。

然燈脂暗消，去草禾忽茂。損益不自知，妄云天所授。蜉蝣炫楚衣，終朝還自壽。欲導江河源，何如塞卮漏。

衝風赴繁林,燥柯常先摧。洪濤觸峻嶺,罅隙常先頹。器鈞飲獨醉,原燎枯早煨。正氣苟耗散,大藥焉能回。瞻彼萬仞山,亦有淩冬梅。

朝日消五雲,暮風飛八石。燦燦瓊瑶華,爐雪凝未碧。夏蟲駭見冰,白駒忽過隙。少壯已衰頽,百年三萬日。世無松喬仙,詭道强違抑。終爲螻蟻糧,長夜悲罔極。

夏侯授《尚書》,賜金满私舍。安侯説《論語》,天子拜床下。大常設几杖,深巷枉龍駕。績非著旂常,勳不垂諸夏。徒以一經榮,朝野相驚詫。緣託死人言,乃令生王怕。

禱祠起秦漢,五神與八僊。穀帛罄倉府,牛羊輸萬千。終致輪臺悔,不掩魚鮑羶。匹夫執三牲,云以求長年。誦經合異藥,適楚而道燕。至人惟一誠,不息能配天。

邱垤訪尋木,蹄涔索吞舟。格限先自拘,何以副所求。軒窗隔紗幔,面牆隱長途。障蔽苟不去,空自矜離婁。求綆援墜井,尋梯防下樓。補牢猶未晚,慮善先諮諏。

假穀夷齊門,告寒矜婁室。衣必無狐裘,食不過橡栗。程偉娶方家,往求黄白術。笞撻索真傳,支解道不出。凡夫競虚誕,虎皮得羊質。迷茫路已歧,安得守貞一。

奪食乘虎出,竊珠伺龍睡。貪得忘其身,火烈不知畏。久漬膠漆開,揚沙日星蔽。衆口能鑠金,積功返成罪。

杯水救山焚,寸膠止河濁。獨自彈衆非,弱植防傾撲。惡沸增爨薪,畏濕就流濯。强酒得酩酊,傷手由代斲。

衒罏隆暑月,貢扇堅冰期。無用每見棄,非時來巨嗤。滄海感浩蕩,雲夢嗟羣迷。苟無指南針,去去將安之。

子牙昔窮居,屠釣兩無得。市傭復不售,老婦相驅逼。一朝逢後車,雲龍生羽翼。九府與六韜,製作光八極。如何殺狷華,苛虐開殘賊。所以白屋人,歸心吐哺德。

廣厦居虎豹,文繡加犧牛。物苟失所長,驚寵翻罹憂。南陽昔躬耕,不應阿瞞求。解帶寫素誠,傾心劉豫州。君自嘆魚水,帷幄成奇謀。文若辱污朝,終非鸞鳳儔。

火以扇乃熾,水非積不深。臨淵未結網,徒有羨魚心。玉琢發耀夜,良冶成美金。曲木應繩墨,沉鱗感絃音。野哉冠鷄容,知德遊孔林。博浪聚豪猾,授書爲砭鍼。載籍化頑質,愚夫通古今。

仲舒園不窺,墨翟文满車。路生截蒲寫,兒寬帶經鋤。黄霸從夏侯,桎梏受《尚書》。驥騄常駐息,不能及駘駑。良由勤晚播,猶勝終年無。

大厦已燔熾,待挹滄海流。洪濤淩寢門,造艦捐長洲。畫策非不善,近憂難遠籌。古人治國家,未雨先綢繆。

袖蜂肆巧謗,鹿馬移主威。猱升與魚貫,引類常相隨。榴立少令色,餘桃多媚姿。紫朱惡相奪,無乃好爵縻。

翔集不擇木,必有離巢禽。藏器不待時,抱璞徒哀吟。持縷綴巖霣,掬壤填江潯。

力屈身已殆,談笑來悲音。

雲酒借資口,漏脯聊救飢。非不濟緩急,疾病將隨之。赤足蹈利刃,駿馬馳險巇。顧盼方自豪,逞志忘顛危。

髫童逐蝴蝶,千金棄不顧。越人甘黽鼃,八珍不肯飫。所好苟殊尚,美言反招迕。

壯夫持鋌戟,不可縫衣裳。童子秉錐鑽,不能斷榆桑。馬牛司吠守,雞犬期騰驤。致用違其材,責短失所長。

火起乃穿井,覺飢方占田。膏肓據二豎,求醫無十全。鴻鵠乏六翮,安能飛戾天。苟不乘輕舠,何以涉廣川。

立朝患勝己,賢士每失時。上官讒正則,晁錯逢爰絲。飄風來中人,壯盛難自持。見機豈不早,此心無轉移。

益目求遠明,假耳期廣聰。柳下有遺朧,元寇挫其凶。干木方隱居,猶退踐境攻。郅象愊勁虜,由余實在戎。賓賢戒竊位,執贄稱姬公。

黼黻御剡鋒,甲冑升廟堂。德行失所用,百姓乖平章。病篤慕松喬,不如和扁方。素秋屬肅殺,冬氣常閉藏。櫛髮與割疽,去累身始康。

排冰能吐華,當春令凋顇。泥象忽登雲,靈鳥自天墜。榮辱頃刻間,勢力使人悸。俗士畏其然,朽株競求庇。一期動風摧,奔走不及避。

火水異升降,金羽殊重輕。物各適其用,焉能互爲營。曲木畏繩直,夜裸憎燭明。忌諱苟相觸,饞嫉由之生。目不覩電灼,耳不聞雷鳴。神志有奇屬,視聽兩無驚。

薰煙類雲氣,凝冰如水精。觀物得疑似,反詡秋毫明。持衡稱華岳,携斗量滄瀛。不復知深淺,强爲分重輕。

儀屏神禹興,池成辛癸亡。信陵致短折,郭珍成繆狂。巨□邱山重,置之聊舉觴。初筵誦温克,耳熱忽□揚。屢舞載號呶,顛倒無丕臧。遷怒烈火熾,弗恤人□傷。追悔駟不及,智者宜深防。

側身陷叢棘,不肯由周行。適口棄甘旨,鉤吻争咽嘗。蒼蠅據鷹頭,鼯鼠居廟堂。么魔得所憑,意氣何揚揚。災蟲害五穀,殄類驚嚴霜。

積灰欲其熾,炙水欲其燥。華居萬仞高,侏儒不能造。火烈山澤焚,隄決狂瀾倒。登善良獨難,從惡吁可悼。

巍巍百尋室,寸飆揚其灰。峩峩千丈隄,一蟻使之穨。累塵棟梁折,積羽車軸摧。薄海雖云遥,治以鄉邑推。木馬被緐纓,恐非行遠才。

數米炊不充,稱薪火易息。索瘢頻披毛,并瑕棄其璧。掣肘責善書,削足規履迹。詭遇雖獲禽,焉能枉尋尺。

罽錦麗且堅,安用誇儷皮。輜軿妍且牢,何必求輪椎。崑山發洪源,東注無已時。謂古必勝今,局談多管窺。新劍竇詐刻,敝方增僞題。耳食聞買朴,贋鼎盈階墀。

溺怨帝軒舟,燒怨燧人火。酗不關杜康,饐不關稷播。本鈞成互乖,末流計相左。是非苟不明,良謀得奇禍。

籥邱出寒焰,温谷流湯泉。水火失冷煖,難以常理詮。牂牁流沈羽,南海山浮石。萬殊難一概,重輕或倒置。楚嫗忽化黿,牛哀倏成虎。變柳有支離,化石有秦女。回旋四七間,億類相參差。暗塞期遠達,意疑無可諮。毋以黔婁貧,謂無陶與猗。勿以無鹽醜,謂無戚與施。切玉刀火浣,布典論嘗言。無此事未期,二物乃畢至。雞雛犬子能駐年,白毛轉黑與漆似。饐不關播種,酗不關造酒。斗石不足充君腸,升合之微復何有。

簫史偕翔鳳,琴高駕朱鯉。不學蟄與飛,天淵同遊止。天上多尊官,新仙多奉事。所以彭祖年,人間久遲滯。

行軍運三碁,分野推九符。六情孰錯綜,一算相乘除。根元似可考,形理原不誣。鋭思困糟粕,鑿枘何臝疏。

蛇膏連斬指,桑豆易鴨足。擣骨療金瘡,煎皮治髮禿。同類或不效,取資於異物。芰艸菟絲萎,伐木寄生枯。蛣敗蟹不歸,水竭魚亦無。金玉塞九竅,鹽滷治髓膚。能令免朽爛,此理良不誣。古來賢達人,精氣凝詩書。

讀《山海經》雜詩

光碧瓊華渺一塵,何來舍利小夫人。金剛若問金陳國,猨飲山谿了夙因。

負水擔糧費運籌,菩薩施眼又施頭。短長佛跡隨心見,擬向瓶沙訪鉢愁。

霧起雲浮星未明,空將鹽枕問龍城。幾人同下蒲昌海,醉卧氈毹聽鬼聲。

貔貅百萬下迷唐,羌種由來畏護羌。從此二榆無聚落,金城河厲任翱翔。

積卷懸巖石室牢,亭亭傑豎勢争高。□衣翻令驚唐述,空使仙人擅彩毫。

使金如粟馬如羊,都尉清名□服羌。卻笑廉城名不副,披沙破石到徼荒。

雙峯擢立道中分,高闕嵯峨半入雲。塞上不聞思朔馬,漢家新拜大將軍。

傳聞䳒鴣起雲中,一代長城萬里雄。若使天光能普照,不須遼海到洮東。

水如肉汁不堪餐,大冶遺銅訪冶官。若過雲中君子濟,便逢津長卸金鞍。

瓢飲相期學少梁,谿山石室任徜徉。欲尋芳酎河東去,有客題詩憶索郎。

紫色蛙聲值閏餘,金刀有□定□驅。未央已下銅人淚,天禄猶聞夜校書。

鉤陳壘映紫薇垣,井道逶迤溯玉門。阿母無端驚乳汁,將軍持節待誰援。

曼都應笑入仙班,幾日飛昇便斥還。更有神巫共來往,一齊採藥下靈山。

神仙新著鹿裘還,紫菀銅芸掛壁間。欲乞鴦漿向何處,攀蘿重上百梯山。

幾人投筆去從戎,敢死誰能似李同。聞到滎陽多俠客,鴻嗷鳩聚大柵東。

金山不必定金鄉,割匿何虞鬼索償。獨有清河賢太守,論錢幽訟著遺章。

葦泉柳渚浪縈洄，故苑荒凉溯釣臺。莫笑小臣飢欲死，满懷端已貯瓊瑰。

潞州新破慕容軍，張諱嚴前起惡氛。八諫洪流漸消涸，二漳清濁竟難分。

一夜罡風徙葦城，寒號日没誤呼名。磨笄祠畔雞聲壯，平野空悲二翮横。

秋河賦 以"倬彼雲漢爲章於天"爲韻，謹序①

江河之源，精見於天爲河。七月南直箕斗，北絡參井，南北始正。故言河必以秋爲候，其躔次自坤抵艮爲地紀，見《唐書·天文志》。自西法入中國，始見界外之星河，經海石南船，復抵尾宿，如周環之象，而古法云"没於七星之南"，蓋未盡見南極衆星也。又經過星次，古今間異，悉以今行次舍爲準。謹撰賦曰：

緊虚霩之氤氲，眇斡旋而靡覺。健行取象於車輪，渾圓擬形於鳥轂。惟雲漢之昭回，亘周天而攸邈。譬如②陰經陽緯，絡繹以艴赫。黄道赤道交馳於南朔，迨斗指申而秋氣盈，彌煜爚而昭倬。

夫其象著江河，德資金水。倚寥廓而中懸，剖鴻濛於尺咫。豈通派於河源，客③乘查而汎彼；矚忽荒以光明，儔推步乎原委。考箕尾之相連，肇自東而特起；區兩戒以分流，若轍跡之雙軌。

北則尾宿之界，左垣之分。天江肆樓發其耀，宗人宗正炳其文。漸臺輦道，旁羅交紛。南則傳説垂采，天舌揚雰；開籥戴弁，右旗麾雲。揮天桴以磅硠，鳴河鼓之砏磤。逮天津總匯乎南朔，儼沱潛之，或分或合，浩渺無垠。

自車府以遞推，統紫虚而共貫。王良造父，雜沓以鉤連；附路閣道，錯綜以成段。天船水府之迭經，至於闕邱之東畔。迺越海石與海山，駕南船而浩瀚。自小環馬腹以及南門，聿炳耀而輝燦。蓋環幬載以胥周，其上升而在天者爲漢。

溯赤符之初啓，倚天稷而潛滋；洎度周乎井鉞，始氣達乎坤維。景澄而新月皎，雲净而天光垂。裛露華以逾潤，訝長虹之暗移；炳案户以晃朗，迺陰陽升降之所爲。且夫兩河之界，分野之方。北紀河源，則涇渭濟瀆之濫觴焉；南紀江源，則漢水淮瀆之畫疆焉。乾與坤之迭用，固有微而必彰；稽儀象以考度，聿徵驗於保章。方秋水之始至，灌百川而洋洋。順天時以營度，詎無賴乎隄防。

是其澤周廣甸，光徹寰區。燭列躔而幕幕，滋水象以於於④。惟八線之揆測，信七緯之可圖。統南極、北極以合紀，考周環、矩度而胥符。甘氏、石氏，未詳其次舍；淳風、

① 《定稿》、《手稿》存。

② 如：《手稿》作"若"。

③ 客：《手稿》作"欲"。

④ 於於：《手稿》作"于于"。

一行,猶囿於方隅。更何論《淮南》紀事之妄、《荆楚》記時之誣。

國家兼中西以立法,置靈臺以測天。比羲和之觀象,早精義之畢宣。矧吾皇之懋勉,仰至德之淵淵。四表望其光被,既暢垓而泝埏。此所以星雲爛而呈瑞象,風雨時而占豐年也。

墨池賦 以"古硯微凹聚墨多"爲韻①

考軼事於藝林,溯遺聞於書譜。游文苑而名高,識塵窗之攻苦。毫揮珠玉,千行而繭紙紛披;架列珊瑚,雙管而虹光競吐。傾金壺之妙墨,竹簡暉騰;留雪印於方池,苔花色古。

昔漢張芝,荻畫精研,草書雅擅。臨池而揮灑自如,濡墨而淋漓不倦。右軍稱羨,增佳話於千秋;秘閣收羅,寶吉光於一片。此日風亭雨榭,搨藉雲箋;當年竹屋紙窗,穿將鐵硯。

爾其池光交映,墨瀋旁飛。虎僕三千,心毫屢易;龍賓十二,腕力非微。由是波含黛色,境證元機。映粉壁而韜暉,何殊漆室;書練裙而寫影,有類緇衣。

層雲遍蔭,涼月纔交。擬導源於雍地,殊覆水於堂凹。寶氣遥沖,儼下黑龍之飲;澄波偶動,如經烏鰂之淆。倘教象罔求來,訝元珠之璀璨;若令荆關繪就,指鐵畫以推敲。

是其書中管城,功深藝圃;筆露秋垂,文瀾津聚。回紋水面,界密密之烏絲;濯錦江頭,失重重之彩縷。鯉揚鬐而頓進,漸掩金鱗;鵠浴翼以將飛,忽殊白羽。

其外則似戒染絲,其内則如嚴守黑。發清韻於華池,宣鴻文於子墨。與墨林而對絢,盛憶昔西園。等墨井之遥穿,典稽魏國。松煙欲活,暉皇而彩徹三霄;藜火分光,灑潤而雲成五色。别有新城舊址,九域傳訛。池爲兩晋名區,猶記堂前之燕墨。則二王遺蹟,曾籠道士之鵝。

添詞林之掌故,供賞鑑之摩挱。孰若華開鳳沼,草視鸞坡。揚聖藻以含滋,禁林日暖;喜恩波之注遠,太液春多。

艾人賦 以"采艾爲人,懸於户上"爲韻②

若乃蠶布初過,鶪蹕乍改,榴開而錦纈增輝,艾結而冰臺絢彩。黍金蒲玉,佐令節

① 《定稿》、《手稿》存。
② 《定稿》、《手稿》存。

以相宜;露白葭蒼,溯伊人而宛在。爲期恰逢五日,占紀先生;不見如隔三秋,詩歌彼采。

夫其南浦紛披,東園馣馤;緑印苔衣,青縈草帶。向山根而吐秀,華茂萋萋;當地臘以迎祥,吉多藹藹。詠《棫樸》、《菁莪》之什,想見其人;譬桃弧棘矢以供,俾爾而艾。

乃闢蘿徑,爰啓竹籬;采從蕙圃,滌向蘭池。聊將五彩爲躧,英華可擷;如遇三薰而載,泥滓長辭。既别葛蕭之族,用爲門户之司。同袪毒之神荼,法從古製;擬授權於方相,禮以時爲。觀其象形惟肖,當户而陳。戴苔髮而綢如緇撮,惡莠言而緘類金人。善可同居,共芝蘭而締友。遺無在野處,草莽而稱臣。

倘教襲以艾衣,身疑挾纊;若使加之艾綬,腰欲垂銀。爾乃情如菊淡,香並楓傳。靈儼先夫萬物,求不待夫三年。喜蒲劍之堪持,竟如疾視;類匏瓜之不食,豈事空懸。

赤符既啓,朱索同儲。縶維以永,氛祲全袪。有蓬之心,所立卓爾。如蒿其目,不怒威於。異鑄金之可事,想摶土之匪虚。料應蕨正香時,拳還共豎;恰值柳纔蹢處,眉好齊舒。

是其秀擢蒿萊,光增牖户。祈福等於艾芻,翦彩殊於艾虎。木奴相伴,何妨布韈青鞋;竹馬來迎,還借朱旗畫鼓。向蘆中而御唤,競渡初歸;蔭樾下以相依,當門快覩。

聖朝桐茂祥徵,棣通物暢。茁嘉卉以欣欣,鼓生機之盎盎。堯陛則屈軼齊芳,漢苑則華平相向。際此和甘徧洽,時調玉燭之中;即看仁壽同登,頌獻鑾坡之上。

諸葛菜賦 以"蜀人呼爲諸葛菜"爲韻,謹序①

諸葛令軍中種蔓菁,事不見本傳,亮集又佚。以蔓菁爲諸葛菜,唯見《佳話録》、《兼明書》、《羣芳譜》、《雲南記》諸書。《爾雅》:"須葑蓯。"鄭康成箋《詩》、注《禮》並謂葑即蔓菁。葑、菘聲近,故《埤雅》、《爾雅翼》以蔓菁爲菘。《兼明書》辯其誤。《爾雅》有"須葠蕪"之文,故《爾雅》疏以蔓菁爲葠蕪。《本草綱目》辯其誤。蔓菁子如芥子,結角如芥,故《方言》、《本草疏》、《詩正義》以蔓菁爲芥。《藏器》、《本草》辯其誤。然《兼明書》知呼菘之誤,又以蔓菁爲蘿蔔苗,亦以形似譌矣。今北人呼菘爲白菜,蘿蔔、芥、蔓菁各依本名,而所稱諸葛菜又非蔓菁,乃豬窩草。按:蔓菁取根巨可食,而豬窩草根細,華亦不類。土俗沿譌,緣諸葛、豬窩對音字也。

漢永興中,詔郡國種蔓菁,是其佐穀食、資軍糧,由來舊矣。獨以諸葛名者,遺愛在民,遺風來世,猶《雲南記》稱廣都縣山櫟木謂諸葛木耳。覩物思人,興懷盛烈,設爲隴蜀人問答,其詞曰:

---

① 《定稿》、《手稿》存。

有物焉,或盈田間,或依巖足。葉布臺攄,烟青雲緑。華類紫山之金,根似藍田之玉。爛焉叢生,若被繪畫而施綺縟。歲一畝之所入,當十六石之粟。是前人供餱糧、養軍屬、成大功、樹芳躅者也。隴人不知,往詢巴蜀。

蜀父老曰:是名蔓菁,厥味甘醇。助百穀以蕃衍,閱四時而競春。具區之藪,江漢之濱;並汾河朔,種植盈畛。昔我諸葛相國,知其利博而宜于人也,乃勸樹蓺,闢荒榛。儲萬億之高廩,佐三百之禾囷。

想其輟耕隴畝,自許馳驅。規夷吾之官府,偉蕭相之轉輸。屯田則名齊充國,圖陣則智勝《陰符》。木牛流馬,剸掞靡逾。猶復計算綜備,備豫不虞。峙芻茭以恐後,防庚癸之交呼。

聽鼓鼙兮遐思,慨隆軌兮難追;憶定軍兮神愬,登隆山兮奚爲?桑株兮寥落,黛柏兮離披。望蒹葭以泂遡,悵蘴蕘之萎蕤;念芳華其未墜,錫嘉名以永垂。

且夫器物勒銘,户牖有書。識情好之不忘也,矧德業之餘哉。故石相立祠,商容表閭。范蠡以鑄象爲禮,任延以名子爲譽。懷澤則思其去,慕古則考其初。苟流芳之未遠,將名稱之皆虚。羌數典所不及,儔取物以方諸。

是知《采芑》彰北伐之威嚴,《敦瓜》詠東徂之契闊。歌萊臺者德長,懷榛苓者情達。緊須葰之猗儺,類籠蔥而挺豁。盤靈根以芋蕨,諒本實之匪撥。自卯金灌畦而種之,成勳名於諸葛。

乃爲歌曰:"昔日召伯棠,今日諸葛菜。深秋不可芟,留共秋蘭佩。"劉將軍聞而歎曰:"韙哉葛生!慮精以周,民勞知戴。信乎溥美,利於當時,貽芳徽於後代也。"命太史椽李興爲文,以彰遺愛焉。

隕麋角賦 以"十有一月隕麋角"爲韻,謹序①

臣謹案:《夏小正》十一月、十二月俱有"隕麋角"之文。高宗純皇帝御製詩注謂:"吉林之麋與木蘭之鹿,皆解角於夏。惟南苑有麈,解角於冬。"特命監臣於時憲書改注,仰見聖人格物之精,卓越前古。謹遵此爲賦。至"隕",《戴記》作"解",猶"隕籜"作"解籜",故訓既同,可毋辨耳。

讀《小正》之遺文,稽天章於寶笈。時憲之書聿更,月令之要可輯。即麋麈之異同,陋漢唐之沿襲。訂禮經於千有餘年,成歲功於三百六十。

考注釋於崧卿,通義類於高誘;繹熊氏之引伸,有穎達之篤守。謂澤獸得陰氣以生,而冬至爲羣陽之首。萃種類於麏麚,驗解脱於林藪;同挂角之難尋,非羸角之可偶。

① 《定稿》、《手稿》存。

伊古訓之相傳,豈以無而爲有?

然或佔畢徒伸,見聞乖實。耳食滋譌,因仍衍述。譬猶羣鳥有螢火之殊,鳴蟈致黽鼃之失。豈知吉林與木蘭,夏解角而若一。惟南苑有麈焉,乃應候於冬日。

時則東壁垂曦,北郊紀月。蚓食壤以結紆,鶡臨風而響歇。麈始生茸,象同换骨。如隱豹之深藏,如童牛之奔突;如斷尾而雉影倏譙,如鎩羽而鴻音激越;如隕葉於深秋,如蜕蟬於倏忽。

蓋賦氣者,因時而萌。在腦者,應節而隕。映月而倏影失,觸樹而聲音泯。信羣鹿之所宗,届一陽而有準。若夫《埤雅》有辟塵之稱,《名苑》助談資之敏。侈博物之異聞,猶未足證前儒之駁踳也。

惟純皇之念典,邁虎觀之隆規。羅琳瑯於四庫,正古籍之傳疑。若化鳩之譌舛,蜩鳴之非時。攻駒騐蒙古之俗,螳螂異鄭注之詞。凡物理之變化,胥親察而得之。信乎至誠能盡性,聖學先致知。固不徒考字形於佩珮,齊訓故於眉麋矣。

伊我皇之孜孜,遵彝訓之昭晫;勤乙覽於幾餘,陳經義於講幄。多士荷帝德之陶甄,仰湛恩之普渥。向圜橋而觀聽,陋朱雲之折角。豈止鐘鼓辟雍,詠文囿之濯濯已哉!

楊柳春旗賦 以"楊柳共春旗一色"爲韻①

騎徵平樂,門啓建章。迎鑾草碧,繞殿花香。調春陽於弦管,齊勝賞於羽觴。載鳶旌而路遠,馳馬埒而林長。將以屯營細柳,較射長楊。

時則苔緑鋪茵,桃紅吐綬。風回鳳沼之萍,雨潤龍池之柳。輦道逶迤,官橋左右。彈汁染衣,攀條在手。羌笛吹回,玉驄立久。

爾其七萃,鑣聯兩驂磬縱。春明修蒐狩之儀,夏諺協豫游之誦。旗筏筏於東山,旆央央於西雍。鳥焕辰旂,犀開甲縫;隼錯龍交,星移雲從。九天之閶闔遥開,十里之樓臺與共。

天臨華蓋,地轉鉤陳。纔飄禁苑,漸出城闉。五花羽騎,七寶雕輪。紅迎旭彩,碧碾香塵。聽鶯夾道,拂雉遥津。鐘鼓應節,招摇指春。

旗則九章八纛,柳則千條萬絲。或斜或整,若即若離。燕語共鸞鈴間出,爐烟偕羽葆俱移。絮團霧簇,旆卷風馳。對萬家之春雨,殊晝斗之靈旗。

既至華林,乃蒐軍實。百尺懸熊,三成射䖵。岐陽鐫貫柳之文,楚將騁穿楊之術。看的暈之重圓,誇羽林之第一。亦復貝胄羅星,干旄曜日;月動金鞍,霞開織室。已而

① 《定稿》、《手稿》存。

駐罕回輿,城遥路直。

華簇重英,香生實勒。御溝回錦繡之春,天闕壯雲霞之色。況復授几肆筵,飲和食德。同爲魚藻之依,非侈鶯花之飾。

九月授衣賦 以"霜降始寒,授人以衣"爲韻①

箕飈振地,關河欲霜;桐陰日短,篝火宵長。催萬家之刀尺,念公子之裘裳。月照千里,星明七襄。撫流光之迅疾,課卒歲以徬徨。

憶夫草長調鶯,萍生見虹。柘館春濃,桑田雨降。繅絲而樂聽隣歌,分繭而歡騰市閧。時芰柞而采蘩,或練青而濯絳。顧杼不倦於深宵,執筐相從於永巷。

俄改鶉躔,漸過蠶市。鳴蜩打麥之餘,啼鴂熟麻之始。掌縫辟纑,女師執臬。覩載績於元黄,報秋成於婦子。

時也霜鵰振翮,山鳥斂翰;木葉自脱,池水不瀾;衣抛楚葛,扇郤齊紈。有蛩虫之號野,無鰩魚之辟寒。則有躑躅田間,棲遲壟右。霑蒲襏兮煙沈,穿蘿帷兮月透。黄竹一歌,白雲雙袖。坐熊席以知温,解狐裘而孰授。

至若戍屯邊儌,跡滯江濱。雨零蠋動,渚遠鴻遵;甲冷無睡,更長嚮晨。莫不殷情繫馬,慨念征人。賦同袍而壯往,譬挾纊以懷仁。

場圃暇時,組紃自理。何上瀆乎宸聽②,遂昭垂乎帝紀。冕旒彰端拱之隆,絺綌詠澣汙之美。況复私豵獻豜,烹羊稱兕。

登衽席而皆同,報解推而曷以。皇上書頒時憲,念切民依;儀垂玉藻,箴進宵衣。猶且溯洪圖於耕織,敕聖敬於時幾。宜吹豳而奏雅,繼歌誦於周畿。

詩書敦夙好賦 以題爲韻③

陶元亮匡廬伏處,衡泌棲遲。桃源作記,栗里哦詩。耽清幽之雅況,任穎脱之襟期。話桑麻於南畝,憶杖履於東籬。五千卷撐腸拄腹,三十年物换星移。斟白酒以言歡,如聯友誼;知青燈之有味,還似兒時。

蓋其夙好之深也,性宜松菊,懷委琴書;心忘簪紱,注陋蟲魚。書溯結繩,漢魏晋非所知矣;詩歌招隱,歸去來自足相於。圖觀山海之奇,渾忘塵事;人在羲皇以上,以愛吾廬。相與析夫疑義,聊自適乎閒居。

---

① 《定稿》、《手稿》存。

② 聽:《手稿》作"聰"。

③ 《定稿》、《手稿》存。

且夫典午之際，永初之元。矜詞章之末技，逞黄老之虚言。束廣微詩補逸篇，貽譏僭妄；董景道書宗馬氏，未見本原。甚或縈縈紫綬，鹿鹿朱軒。龍門競推夷甫，高閣宜束深源。安能棲巖阿而志适，入册府以情敦。

元亮乃詩錦盈囊，書牀連屋。益望以三，經游夫六。影形贈答，真意忘言。晨夕流連，素心可卜；與古爲新，如往而復。宛停雲吟罷，促席而説彼平生。儼舊雨來時，展卷而興懷曩夙。

是蓋品尚高閑，理探幽奥。奇文共欣，中心是好。詩脱六朝之習，自道性情；書成羣輔之編，如陳謨誥。北牖迎涼，南窗寄傲。孫汲郡窟居不仕，遜此淹通；張茂先福地曾游，愧其雅操。宜乎《晋史》殿隱逸之篇，靖節稱先生之號也。

士有勵志禮園，棲心藝圃。敦行不怠，懔訓戒於九思；好古敏求，仰輝煌於四庫。幸值芸館翹材，花甎聯步。書紬東觀，覩赤文緑字之珍；詩誦西京，獻辟雍明堂之賦。

書味夜燈知賦 以題爲韻①

林霽山名高兩宋，文富五車；研耽古籍，嘯傲吾廬。插架盡琳瑯之秘，下帷忘歲月之舒。懷故人於天末，尋舊學於宵餘。兀坐一燈，值永叔驚秋之夜；侈陳三味，讀黄童未見之書。

蓋以書之有味也，今居古稽，經經史緯。渣滓消融，菑畬灌溉。心殫晝夜之勤，腹有詩書之氣。風含雅吐，訝積卷之撐腸；典酌謨斟，異嗜文之反胃。恰似千雞食蹠，愜彼心期；還如三月聞韶，忘兹肉味。

時則鏡隱晴窗，琴停月榭；銀漏傳更，金釭耀夜。明灼膏蚖，香燒墨麝；四照輝騰，雙花影射。三爵行棲，一瓻可借。蘭臺夜永，歌聲出金石之中；璧府書陳，光彩引星辰而下。

其始也，百城坐擁，雜俎咸登，燈無煩乎？鑿壁書上，索夫結繩，豈真太乙之精，來窺秘閣？翻類陳庚之日，久憶良朋。已而詞壇月朗，墨海雲蒸。非螢囊而光華不竭，如蠶食而敏捷堪稱。問誰風雨聯吟，文成擊鉢；似此色空相證，悟澈傳燈。

況復理融疑釋，心曠神怡。味曲能包，芬餘齒頰；味回愈美，沁入肝脾。笑無燭而夜行，倀倀恐誤；比然篝而夜績，軋軋抽思。取精華而遺糟粕，化臭腐以爲神奇。蓋言味者，貴得無味之味；而是知也，勿以不知爲知。

然此猶時術芸窗，游思竹素。未若聖敬日躋，皇猷遠布。歲餘冬而日餘夜，無間宸修；甲觀事而乙觀書，咸周庶務。小臣學辨虎魚，班聯鵷鷺。箴陳玉陛，誦周廷問夜之

① 《定稿》、《手稿》存。

詩;榮徹金蓮,陋唐代觀燈之賦。

擬潘岳《耤田賦》①

伊泰始之四年正月丁亥,天子親率諸侯,將有事於千畝,禮也。先是,司空度地,太史順時;農祥曜彩,天廟垂曦。陽瘴憤積以盈滿兮,土膏觑動而潛滋;錯五色之墳壤兮,辨三易之畬菑。

井里横縱,平原邐迤;河冰始開,穿渠激水。已而卜蠲吉日,瞽告協風,乃命司徒,戒百工。靈壇岌嶪以聳峙兮,輦道肅穆而遥通。休氣塞乎郊原兮,祥雲起乎幕中。

南畝負鋤,西疇緯耒。仰綺櫶之餘輝,盼屬車之下逮。時則猶未至耤田也,而望恩光者已無異百川之赴巨壑,衆山之仰泰岱。

於時禮官掌儀,太常典樂;遒人戒途,掌含陳幄。鸞路趨蹌,虎賁騰踔。命司事於陽官,即齋宫以湇濯。天子既祼鬯饗醴,執綏登輿。魚旃颯纚,鳳輦紆徐。燦琴麗於鹵薄兮,紛郅偈於旐旟。

蒼螭蠖略以效駕兮,華芝秀發以隨車;鼓鍾絡繹以訇雪兮,鈴鐸和鳴以鏗鏘。揚清聲於柷敔兮,雜雅吹於笙簧。向耤田而泣止,舉令典而有光。穆穆焉,皇皇焉,若暖氣之迴黍谷,朝暾之出扶桑也。

后稷監視,耤禮斯陳。爰耕一墢,以教萬民。發耦而溝塍鏤彩,播琴而草木生春。班三者卿士,終畝者庶人。

於是時也,音官省風,宰夫陳饗;紀農協功,慶樂行賞。海酌天施,軒鼓饕舞。市無游民,野無曠土。不待迫以形威,董以官府;已莫不盡力於耕耘,致功於場圃。

有農大夫進而稱曰:"先王因時制禮,偃武修文。君子無逸,民生在勤。自有魏之啓宇,與蜀吴而鼎分。忘農桑之本務,侈兵革之紛紜。"

陛下深用卹焉,乃詔東郊之南、洛水之右;舉三代之上儀,納羣萌於富壽。宗廟之供,茀禄之祐。固已嘉粟告虔,神人共佑矣。古人有言曰:"民之大事在農。"周宣不耤,前史譏之。立國之本,惟農爲基。故徹田爲糧,公劉所以昌也;躬耕勸穡,漢文所以强也。孝先祖,培國脈,茂矩隆規,孰有逾於斯役哉!乃作頌曰:

天眷晋室,祥光式炳。竇甕流甘,珠躔昭景。我皇受之,穆然淵静。國有與立,食爲民天。上辛祈穀,吉亥躬田。貴農敦本,爲天下先。三時不愆,羣黎仰惠。薌合明粢,殷薦上帝。上帝是享,百禄是宜。帝王有福,與民同之。

① 《定稿》、《手稿》存。

趙充國屯田賦 以“在漢中興,充國作武”爲韻①

漢宣帝承孝武之餘威,用賢能而作宰。有威謀之營平,奮奇猷於僚寀。超輕騎與嫖姚,繼貳師與横海。懾諸羌,使心降;知中國,有人在。蓋單于來朝,在甘露三年;而屯田創議,則始於神爵元載。

惟彼羌人,先零爲冠。與罕開而解仇,約匈奴以背畔。和親則懼啓貪心,征伐則難操勝算。紛介胄與縉紳,持兩端以詰難。洎義渠之行邊,激楊玉之獷悍。加以武賢之屬侈言破羌,遂使烏孫以西相率輕漢。

且夫鐘鼓震地,旌旗蔽空,孰與深溝高壘,以守爲攻;裹糧坐甲,秣馬彎弓,孰與先計後戰,慎始圖終;避嫌媮得,僥倖成功,孰與因田致穀,伸威德於湟中;顧左失右,趨利致窮,孰與順天因地,操全勝於吾衷。

充國於時,據鞌顧盼,明詔親承。謂知者貴於見遠,而老臣不嫌自矜。十二條便宜入告,二千頃耕作齊興。枕席過師,而不聞滋擾;河湟積穀,而無俟遠徵。固不待功成奏凱,而已渺强弩之許延壽、邁請斛之耿中丞矣。

既而秉律鉞,歌元戎。鯨鯢翦滅,貔貅效忠。露布馳而大常著,鼎銘勒而靈臺崇。振旅則軍容益盛,罷屯則邊穀常充。計黄羝及煎鞏,置斥候而胥通;揚武威於萬里,自敦煌以迄遼東。

然而謀畫者,將帥之功;維持者,君相之力。使非有魏相之公忠,承孝宣之盛德,則鼂錯召讒於爰絲,王恢見危於安國;李廣對簿而欷歔,條侯取箸而動色。豈復能策勝廟堂,銘功絶域哉?

後世若孔明斜谷之師,羊祜淮襄之略;杜父則智勇興歌,府軍則規模式廓。因時勢以抒籌,矩先民而有作。至若雍熙心懾岐溝,輪臺遠踰朔漠;承矩沮於羣疑,陳恕騁其臆度。何知充國之持重老成,聲施懿鑠也。

是知良法貴於得人,謀臣期於遇主。惟中興媲於商周,乃勳業齊於方虎。迄今訪上邽之遺蹤,過金城而懷古。莫不思壯風雲,聲悽鉦鼓。矧國家之需才,綏巖疆而奮武。何以上副宸懷,效折衝而禦侮。

讀千賦則能賦賦 以“巧者不過習者之門”爲韻②

惟楊子之大醇,信味道而辭飽。佩楚澤之茝蘭,采魯泮之芹茆。能文媲于相如,博

① 《定稿》、《手稿》存。

② 《定稿》、《手稿》存。

學齊於金卯。上則繼軌荀、唐,下則轢轢庾、鮑。斯賦家之專門,譬良工之呈巧。

夫以賦值爲體也,託六藝之附庸,萃羣言以陶冶;眇萬物而精研,綜千古而擣撦。文與質以相宣,辭愆義而必捨。始馳騁乎翰林,終扢揚乎風雅;非率爾以操觚,功蓋深於學者。

況乃創體於荀,揚波於屈。格屢易而愈奇,旨有伸而無鬱。若八音相應乎管簫[①],若五色相暉乎黼黻。作之者必協其宜,擬之者各當其物。學有資於見聞,形豈存於髣髴。疇汲古而功深,胡湛思而口吃。窺東觀之秘藏,信博覽之無不盡。

寓目於縹緗,守丹鉛以程課。規風騷之體裁,追周秦之制作。洎枚、陸與孔、王,遞更唱而迭和。或步武之謹嚴,或引控以頓挫。如食千雞之蹠,樂餘味之曲包;如集千腋之裘,焕華光而外播。蓋著録者千有餘篇,莫不書萬本而誦萬過。

方其承明,待詔黄門,供給秘閣,編綜文壇,講習鋪張,河東之靈示稱。狀甘泉之嶪岌,奏羽獵之壯觀,續車攻之雅什,奮六經以攄辭,恥舊文之是襲。綜一十二篇之宏文,彪炳乎八十三家之撰集。乃其悔纂刻而不爲猥,自居於述者,法言倡其正辭。渾天殫其摹寫,訓纂規乎史倉。州箴原乎虞夏,擬易象與聖言。賤黄老而輕董賈,豈知經不容誣,名不可假。究未若辭賦之工,實功多而累寡。

蓋巧生於熟,濬發於思。譬伐柯之取,則考囊篇而證之。攄中懷之杼抽,契先哲之矩規。雖雕蟲之末技,貴蛾術之因時。紛卷軸之旁羅,耽情致之所頤。宜乎桓譚歎其精學,《新論》衍其緒辭。

惟我皇之劭學四庫,蔚其縟繁,燦秘文之麟炳。殫本本而元元,駕漢廷而上擬,邁石渠之所論。小臣學慚藝苑,職備詞垣,惟簪毫而滋懼。幸珥筆以承恩,入彤廷而奏賦,謹趨步於金門。

---

① 管簫:《手稿》作"簫管"。

陶樓文輯

陶樓文輯卷一

言兵事第一疏[①]

奏爲賊氛未息,敬陳管見,仰祈聖鑒事。

竊維賊匪滋事,始不過擾害一隅,今且擾及三省矣;始不過竄踞州縣,今且攻陷省城矣。下民荼毒,聖主憂勞,將士復不能得力,苟有人心,同深憤懣。愚昧之見,上瀆宸聽,伏祈皇上採擇施行。

一、大軍宜進屯襄陽,以遏賊衝也。襄陽踞東南上游,扼南北咽喉,歷代皆爲重鎮。且界連數省,盜匪私梟出没之區。前閲邸鈔,河南署撫臣陸應穀奏報出省調度,駐札南陽。該撫自因光州、信陽與楚接壤,南陽可以居中策應。臣竊以爲,南陽無險可扼,而襄陽城堅臨水,且爲荆郢堂奥,又與鄖陽接壤。鄖陽之鄖房、竹山毗連川陜,屏蔽内地,形勢最重。大軍駐襄陽,則賊竄信陽、光州,我兵由縣黄土關足以制之;賊竄鄖陽,我兵由房縣、竹山足以制之。若琦善亦僅防南陽,既非形勢,且僅能遏賊竄河南之路,必不能遏賊竄川陜之路。嘉慶二年辦理川楚教匪,巡撫景安擁兵南陽,賊遂三路分犯河南。北路出葉縣之保安驛;西路由信陽轉應山、隨州向確山,趨淅川,奔盧氏;中路出南陽,掠嵩縣、山陽。賊匪無内顧之憂,其勢難以阻遏。前事之不忘,后事之師也。相應請旨,飭大軍進屯襄陽,即琦善到後,急籌進勦,而襄陽地方,尤須留重兵防守。

一、水兵急宜選募也。賊匪不竄河南、陜西,則必由長江順流而下。沿江地方港汊煩多,若使處處設防,兵少則寇玩,兵多則餉糜。與其孤懸戍守於荒僻之區,莫若併力屯集於衝要之處。多遣偵探,如知賊縱所向,迅即發兵馳往。沿岸有兵夾擊,水師節節策應,自足以資保固。但承平日久,軍政廢弛。水師不能涉歷風濤,其船隻則板薄釘希,不堪適用。聞金山鄱陽漁人生長江湖,善習泅没。其次則儀徵捆鹽、浙江打箬之夫及糧船停泊之水手,皆强悍習水,儘可選練,以充水兵。既足資勦賊之用,且預消其資事之患。

一、宜籌畫米糧,斷賊接濟也。現在河南調兵二萬餘,兼之各處團練,米糧必至騰

---

① 《手稿》存。

貴。兵勇領銀易錢、易米,層層朽耗,不能飽食,何能得其死力?應請查道光二十七年河南辦賑成案,免商販米糧關税,以裕軍食。至湖北,向資川米接濟。此次賊至武昌,守土之臣不能先事預防,收米入城,臨時又不能悉行焚燒,致使數百隻米船悉以資賊,可爲痛恨。應請旨飭下四川總督、荆州將軍,體察道路情形,如米船由荆襄一帶可資接濟軍營,方可放行。否則,勿令一船過荆州,誠恐奸商嗜利,貪賊重價私售,於軍務大有關係。

一、脅從之罪宜寬,間諜之罪宜重也。賊匪雖衆,其中梟黠者不過數千,其結爲死黨者,不過數十人。賊在長沙,已有投順者,巡撫張亮基給與免死牌,均令薙髮回籍。但此等亡命之徒,半已無家可歸。賊蹙則投順,賊盛則仍入賊黨,莫若因而用之。賊之虚實動静,可以覘知。故用降賊猶用鄉導也。昔康熙年間,逆藩吴三桂之變,招降其僞將軍林興珠、李本深,而賊黨遂孤。道光年間辦理逆回張格爾時,長齡等密遣黑回出卡,縱反間,言官兵全撤,喀城空虚,以誘張逆。即上年徐廣縉辦理凌十八一股,亦乘賊黨自相搆禍。蓋以賊攻賊,用力少而成功多。今若多遣間諜潛入賊巢,當賊裹脅良民時,即可乘機雜入,察其孰最獷悍、孰少柔怯、孰爲決計、孰有悔心。然後特懸賞格,以摇動之;僞爲要約,以惑亂之。賊中自相疑忌,必有同類相殘,率隊來歸者矣。至於軍營機變,全在偵探。前奉諭旨,責湖軍營偵探所司何事。偵探不明,則賊未至而先擾,賊已至而不知。前賊匪將至長沙時,羅繞典尚令人持令箭安撫城外,言賊必不至長沙,以至城外居民慘遭屠戮,非偵探不明之故哉!但間諜、偵探俱須身入賊巢,非有重賞深恩,安肯効身死地?今統兵大員不用機變,不恃偵探,徒恃格鬬之力,從古無此軍法也。

一、宜切責統兵大員,勿再遷延也。前次岳州失守,徐廣縉奏參提鎮福興等畏葸遲延,不遵調度,奉旨革職革留。臣愚以爲將弁之進退勇怯,視乎統帥。明臣沐英討緬,合戰時,左師少卻,英登高望,命左右取左帥首來,其帥遥見一人拔刀飛騎而下,麾衆復前,緬衆大敗。此由統帥親履行間,故能用賞用罰,轉敗爲勝。況兩軍對壘,進退勝負,所争一刻。徐廣縉前駐湘潭百里外調度兵將,宜其不用命矣。今特命琦善、陸建瀛俱爲欽差大臣。若謂事權不一,則河南一路責之琦善,江西、安徽一路責之陸建瀛,湖南一路責之徐廣縉。若謂兵餉不充,則國用雖絀,累次籌撥軍餉,未嘗敢後。乃徐廣縉借口土匪阻隔,臣不知向榮等何以直抵武昌城下也。琦善於十一月二十七日出京,迄今二十餘日,兼程前進,當早到豫楚交界。陸建瀛亦應到九江矣。若使三路互相觀望,向榮孤軍無援,誠恐力不能支,更無宿將可倚。應請旨飭下,三路迅速進兵援勦。如有一路先到得勝,即令兩路俱受節制,則統兵者皆有所勸懲,不敢遷延。且將權歸一,不致復蹈李星沅、周天爵之覆徹也。

一、賞罰勿循常格也。軍興以來,破格施恩之旨屢降。然如鄧紹良不避鎗傷,保全省城,僅予加銜;瞿騰龍於賊匪二次轟缺省城,最爲出力,與福興同被參劾,是奮勇効死者無所勸也。"一面正法,一面奏聞"之旨三令五申,然如福興等僅革職、革留,博勒恭武不與阿克東阿同誅,是畏葸逋逃者無所懲也。人主用罰如雷霆之威,豈能徧擊?擊其罪之最甚者,而人知所懲矣。嗣後軍營奏到,如實有賊來不擊、賊去不追者,伏祈特申乾斷,立予軍前正法,則將士知畏矣。軍營保舉,浮濫固多,然遇實在出力打仗,已著成效者,亦宜不次超擢,以儲將材。道光年間辦理回疆,諭旨:"搆擒張格爾者,爵郡王,銀十萬。"事定,阿克蘇貝子伊薩克進爵郡王。今洪逆竄擾三省,攻陷省城,罪大惡極,浮於逆回,宜仿賜金封侯故事,特懸賞格,必有奮勇圖功者矣。

一、京營宜加整頓也。輦轂重地,即使各省無事,亦應隨時整頓,有備無患。惟近曰操演,不過奉行故事,軍火器械未必足額,亦未必均屬精良。即如前次奉旨發往河南備用火藥,既據健鋭營奏稱有潮濕之處。現值冬令風高,並非潮濕之時,其爲缺數攙補,可想而知。一營如此,餘營又可想而知。應請欽派王大臣切實查驗各營所存火藥、器械,並嚴飭認真操練,以除積弊。

以上各條,謹就管見所及。是否有當,伏乞聖鑒。謹奏。

謹再片奏:現在軍務未振,固由法令廢弛,亦由士心不固。昔秦穆公投醪於河而士卒感奮,楚莊仁言動衆而三軍之士皆如挾纊。現值天氣嚴寒,士卒雨雪遄征,乞優旨慰勞,以勵士心。至軍營打仗得勝奏報到時,特旨查明某人所帶兵勇最爲出力,按名賞給銀兩。彼兵勇賤微,獲邀異數,恩賞出於望外,感激倍切於平時。康熙年間,平定逆藩用兵,我聖祖仁皇帝軫念軍士久勞於外,械朽馬斃,借貸買補,諭於凱旋之日,户部發帑,代還借貸,於是士奮馬騰,迅奏膚功。先聖鼓舞士心,曲體下情,成憲可循。伏祈聖鑒,謹附片奏聞。

言兵事第二疏①

奏爲逆匪東竄,急宜選才襄辦,以全大局,以靖贼氛,仰祈聖鑒事。

竊本月十九日奉上諭:"贼匪自竄踞武昌,疊降諭旨,令陸建瀛赴九江,會同張芾勦辦。乃由水路前進,已覺遲緩。及聞所派鎮將於上游接仗失事,該大臣輒即退保江寧,毫無布置,實屬大負委任。陸建瀛著先行革職,仍責成辦理軍務。琦善先飭陳金綬帶兵,馳赴安徽,扼要策應。乃據蔣文慶奏報,河南援兵尚未到皖。陳金綬是否起程,琦善何日前進,迄今未據奏報。皖江待援甚緊,該大臣豈竟置若罔聞邪?琦善著先行

① 《手稿》存。

革去都統銜,以示薄懲等因,欽此。”

該大臣等身受重恩,當此贼氛豕突,自應激發天良,急思報效,上慰宸懷。乃遷延畏怯,諱過飾非,糜餉殃民,莫此爲甚。凡有血氣心知,莫不同深憤懣。竊思欽差大臣陸建瀛居心誇詐,從前辦理鹽河事務,始初似有把握,及事將中變,或諉過於人,或借故他往,以爲脱身地步,數年以來,所辦一無成效。其辦理江防,業經數月,所帶兵勇不爲不厚,乃怯懦不前,一聞前軍失利,即以退保爲詞。不思統兵大員首先退縮,則沿江大小官員、民心士氣自必同時瓦解,置國事而不顧,其罪已不容誅。

彼所恃者,聖主之仁慈,總可上邀寬典耳。夫賽尚阿不即加誅,始有徐廣縉之遷延,徐廣縉不即加誅,始有陸建瀛之逃遁。内有因循悮國之庸臣,外有屢次債兵之大將,軍事安能日有起色?臣竊痛之。應請嚴旨,嗣後帶兵文武大小官員,凡匪所在,或獨當一面,或合力圍勦,總不得擅離一步。如有以退保某處,並抄往某處,致與贼蹤相左,或時值大雨、大霧,贼匪乘間奔竄爲詞者,即於軍前明正典刑。其事權,擇選在事之員暫行兼攝,仍俟簡放,以昭炯戒。庶使稍知警畏,不敢任意抗違。

且該大臣似此畏葸張皇,江寧重地豈能倚爲保障?臣竊聞雲貴總督吴文鎔忠誠樸素,馭下嚴明;福建巡撫王懿德情性忠直,平日遇事果敢;山東巡撫李僡雖求治太急,跡近操切,而强毅任事,不避怨言。此三員,均足當重任。但軍務緊急,相距甚遠。内閣學士許乃釗講求武備,前已奉旨馳赴軍營。前任浙江藩司汪本銓遇事機警,長於謀略。此二員近在江蘇,若假以事權,令其相輔而行,可期有濟。

現在贼向東南,河南防禦似可稍減。琦善累干重典,荷蒙特恩,矜全畀以重任,不思感奮以贖前愆,仍觀望遲延,難期得力。不若令專帶吉林、黑龍江官兵馳赴宿松策應。其餘所調各省官兵,均交陳金綬,尅期兼程馳赴向榮軍營,併力進勦。並查有降調甘州提督馬騰龍,與陳金綬均係楊遇春部下宿將。若令馳赴向榮軍營,自必同心協力。

但向榮等亦不得僅尾贼後,致令蹂躪之餘,或奔逸之後,始行追擊。安徽巡撫蔣文慶賦性和平,無事之日堪資撫馭,臨陣禦敵非其所長;前任禮部侍郎曾國藩秉心忠諒,思慮周詳,深明大義,若令統帶現在湖南帶兵之鄧紹良、江忠源,酌帶鎮筸營兵丁,並揀選現練之士兵馳往安徽、江蘇一接應,自必盡忠宣力,共掃贼氛,上紓聖慮。

再,陝西候補知縣江開熟諳形勢,前因開復引見,奉旨交舒興阿差遣委用。山西静樂縣知縣俞鎔練習軍情,講求制器。此二員曾歷戎行,立功邀賞。若令馳往軍營,聽候差遣,亦可得力。

臣備職詞垣,本無言責。因時勢艱難,博加採訪。既有聞見,不敢不據實直陳。是否有當,恭候欽定。謹奏。

再,官兵進勦,宜屯兵後路,以備應援。恭查康熙年間戡定三藩用兵,楚急則調安慶兵赴楚,河南兵移安慶,又調兵屯河南以繼之。蜀警則調西安兵援蜀,而太原兵移西安,又調兵屯太原以繼之。閩警則調江寧、江西兵赴閩浙,調兗州兵赴江寧,又調兵屯兗州以繼之。所以連聲勢、壯軍威、預教練,層層遞進,故能迅奏膚功。今三路進兵,聖慮極爲周密。但後無應援,稍有疏虞,俟再調兵丁,必須累月經旬始能到齊,誠恐緩不濟急。應請旨倣照聖祖仁皇帝用兵成法,各路預爲調集,選員教練。且將材亦須預選,駐扎後路,以備臨時更易,庶不致有鞭長莫及之慮。又,現在湖南教練土兵,辦理甚爲得法。請飭各省查照章程辦理,以期有備無患。謹附片奏聞。

平賊議 咸豐三年春間作,陳御史慶鏞取以入告①

賊匪滋事三載,於兹竄擾楚、粤三省,陷府、州、縣十餘城。皇上命將出師,屢申嚴旨。雖帑項支絀,而軍需浩費已不下二千萬。任不可謂不專,兵不可謂不多,餉不可謂不裕。統兵大員、在事文武豈盡無忠義之心、奮激之氣,甘心挫衂、自取罪尤?然而警報時聞,賊氛未息者,有故也。民病既亟,則民不恤官;兵心久乖,則兵不愛將。民不恤官,則團練不足恃也;兵不愛將,則營伍不足恃也。團練、營伍皆無可恃,雖使有險可扼、有城可守,其如委而去之,何哉?爲今之計,非降罪己之詔以固人心,懸不次之賞以作士氣,寬脅從之誅以散賊黨,練精鋭之卒以遏賊鋒不可。請悉言其弊與所以救其弊者,願勿以爲迂闊而置之,天下幸甚。

夫州縣爲親民之官,督撫有察吏之責。乃近來州縣地丁則加耗、加平,漕糧則浮收、勒折。清廉者尚視爲應得之規,貪鄙者更不免誅求之切。加以差徭之苛派、胥吏之把持,獄訟不決則拖累經年,蠲貸特恩則侵蝕過半,上控批回則以爲健訟,京控交審則半屬消弭。鬻子賣妻無所籲訴,顛連困苦誰則聞知?一旦賊匪竄延,措餉②練丁惟賴紳富。彼富户則取利操贏,紳衿或助官爲虐,久爲鄉里所側目、貧户所垂涎,素無恩義相聯,安能守望相助?所以賊未至則衆已離心,賊既至則轉求快意,甚或乘機剽竊,消息潛通。雖曰莠民可誅,實則官吏驅迫,孟子所謂"民今而後得反之",此之謂矣。

聞賊因長沙柏葉鋪九團之外遷延觀望,迨賊過陽湖,地方慘遭屠戮,鄉民立起十五團,賊遂解圍而去。向使賊徒狡獪,不事荼③毒,長沙之事亦未可知。常德府距賊較近,聞八月間辦理團練,經十餘日之久,僅得八十餘人。團練之難,於斯可見。又況郴州、桂陽皆係土匪嚮導。岳州失事,官出城外,火起城中,固由奸細潛藏,未必非民情渙

① 此注《稿本》、《定稿》同,《手稿》作"此議陳御史慶鏞見之,取以入告"。

② 措餉:《定稿》、《稿本》同,《手稿》作"籌餉"。

③ 荼:《稿本》同,《手稿》、《定稿》作"塗"。

散所致。所謂民不恤官，則團練不足恃也。承平日久，軍政廢弛。遷調無常則將視官守爲傳舍，紀律不著則兵視操練爲具文。演礮、演鎗不過聲響聯絡，習陣、習戰不過花法混場，徒壯觀瞻，無裨實用。兵不識將意，將不識士情。供役使則鞭責頻加，發糧餉則層層剋扣。下怨其上已非一朝，所以無事則將虐其兵，有事則兵欺其將。夫兵豈不知臨陣退縮、軍法綦嚴？但以進死於敵，死在目前；退死於法，尚待查辦。且一人先遁，百人隨之；小隊先遁，大隊隨之。軍法雖重，豈可勝誅？又況隊伍既動，隊長非因而敗北，即死於敵人。敗北則兵得借詞，死敵則兵且[①]稱快，何者？將於兵素無拊循、教訓之恩，兵於將安有護惜、扞衛之意？所謂兵不愛將，則隊伍[②]不足恃也。

今籌辦防剿，僅曰扼要。夫險要之地，豈可不扼？但由粵至楚，路徑崎嶇，山川之險有過此者乎？而賊由永州竄道州，如入無人之境。岳州背湖面山，三面臨水，一面倚山。康熙年間，逆藩吴三桂之勢百倍於今日之賊，我兵扼之岳州，三桂坐困，城郭之險有過此者乎？今賊匪甫至，城已失陷。是知天時、地利不如人和。民心宜固，士氣宜作，而後賊黨可得而散，賊鋒可得而遏也。

昔禹湯以罪己勃興，楚莊以仁言動衆。矧今飢渴，尤易爲功。凡百姓之顛沛流離，由守令之貪刻；兵丁之離主[③]解體，由將弁之寡恩。守令、將弁之失人，由督撫、提鎮之不職；督撫、提鎮之不職，由簡任之未精。特沛綸音深自引咎，切責大吏，與之更新。務令上恩下逮、下情上通，使兵民知平日之疾苦，皆仰荷聖主之恫瘝。遐陬僻壤，邸報未能悉周，宜刊印謄黄，徧行曉諭。唐臣陸贄有言："感人以言，其本已淺，言又不切，人誰肯懷？"贄又云："悔過之意，不得不深；引咎之詞，不得不盡。"故當時詔書宣布，聞者感泣。矧我國家深仁厚澤二百餘年，人心有不感奮者乎？人心大振，則民與官相依爲命，兵與將敵愾同仇，如子弟之衛父兄、手足之捍頭目矣。

軍興以來，奏保、奏陞已千百員，奮勇有功固不乏人，瞻徇、冒濫亦所不免。庸碌之才儌倖一階，足以隳將士之氣；而奇特之士循例保舉，不足激[④]忠義之忱。承平時，督撫、提鎮類多依資遷轉，或未經歷事變。目今打仗出力著有成效各員，若不早爲拔擢，俾受調遣於庸碌[⑤]之上司，安能盡其才猷、得其死力？鄧紹良礮傷不顧[⑥]，省城賴以保全，僅予[⑦]加銜；博勒恭武棄城遠逃，岳州因而失事，僅予革職。"一面正法、一面奏聞"之旨雖降，而軍法固未正也；"破格保舉、破格録用"之旨雖降，而資格固猶限也。今若

① 且：《定稿》、《稿本》同，《手稿》作"轉"。
② 隊伍：《定稿》、《稿本》同，《手稿》作"營伍"。
③ 主：《定稿》同，《稿本》、《手稿》作"心"。
④ 激：《稿本》、《手稿》同，《定稿》作"徼"。
⑤ 庸碌：《稿本》、《定稿》同，《手稿》作"庸懦"。
⑥ 顧：《稿本》、《定稿》同，《手稿》作"避"。
⑦ 予：《稿本》、《定稿》同，《手稿》作"邀"。

特頒賞格，無論大小官員、兵民人等，有能擒斬逆首，予以五等之榮、十萬之賞；其餘大小頭目分別等差，擒斬若干即邀重賞；或有才智超羣、成效可睹，特予大任，俾盡所長，則人才奮興，而士氣百倍矣。

賊匪攻陷城邑，焚掠村鎮，迫脅良民。賊愈蔓延，良民之無身家者愈衆；賊又不甚愛惜，每戰驅之前行，或抑之在後，以拒官兵。年來諸臣奏稱殺數十人、殺數百人、殺數千人，非盡真賊也，多半此無身家之良民也。此輩動以萬計，可盡殺乎？即可盡殺，亦非皇上如天之仁所忍出也。聞賊脅良民皆令蓄髮，或於臂面刺太平字。此輩一經蓄髮、刺字，自知罪無所逃，遂皆爲賊，致死與官兵抗衡。今若寬其既往，予以自新，蓄髮者準其薙髮，刺字者更刺悔字，或有著名賊目擒斬賊渠，率隊來歸，既已悔罪立功，即照所頒賞格，立予重賞，一體録用，使賊黨自相疑忌，斯賊衆易散、賊勢易衰。

至於調集兵丁，尤當精練。賊匪在粤不及萬人，兵勇雲集將及十萬，賊竄湖南，更加征調，徒耗軍餉，未見有功，而長沙守城得力鎮筸兵八百名，兵不在多，其明驗矣。今河南調兵二萬餘，若於中精選二三千名或千餘名認真教練，練其心志，使勿二三①，練其膽氣，使勿疑畏，練其耳目，使勿惶惑，一隊之卒愛其一隊之長，一營之兵信其一營之將，然後講求器械、規度、戰守。三省教匪滋事，武員得力莫如楊遇春，文員得力莫如劉清，聞其出陣皆有親兵數百，所向無前。今則將領到營派撥兵丁，面貌尚不能識，安能性命相維乎？亡羊補牢，猶未爲晚；失此不圖，後將益憊。江西、安徽水師亦令一體挑選教練，務使防堵、教練兩者相資，數月之後，勁旅得力，賊鋒必挫矣。

凡此數端，似儒生之常談，實當今之切務；似迂緩之論，實救急之方。不思所以固人心、作士氣，而徒言進攻，猶驅市人而戰也；不思所以散賊黨、遏賊鋒，而徒言防剿，猶抱薪而救火也。國家財用不足，早完一日軍務，即少籌一日餉需。欲求節財之法，先求了事之人；欲求了事之人，先求能慮事之人。能慮事或未必能了事，未有不能慮事而能了事者也。誠得其人而任之，賊不足平也。

《平賊議》後記②

再恭閲邸抄，特旨調直隸兵三千名交陳金綬管帶。嗣據署河南巡撫琦善奏，調提標、督標兵各二千名，正定鎮之龍泉、倒馬、固關三營兵共一千名，大名鎮標兵一千名，前後調直隸兵九千名。

現在河南防堵緊要，自應厚集兵力，但近畿之地拱衛神京，亦不宜使兵力單薄。

---

① 二三:《稿本》同,《定稿》、《手稿》作“貳叁”。

② 《手稿》、《稿本》存。《手稿》存於《平賊議》後,《稿本》單獨存録。

且豐工、人夫盈萬,江南、山東飢民遍野,捻匪成羣,皆與直隸接近。若使直隸空虚,誠恐匪徒乘機誘煽,不足以資彈壓,應請旨於所調直隸兵丁,酌行截留,改調山西兵丁,庶於河南防堵有益,而近畿之地亦不致有空虚之患。

修省自强疏 恭録諭旨

奏爲天時、人事日見艱難,請勤修省之方,求自强之策,以成中興之治,仰祈聖鑒事。

臣竊見今年正月以來月蝕兩次,懸象示警;亢旱淫雨,時序失調;北河漫決,被淹既寬;而四川江水陡長,十餘州縣城署、田廬多被衝刷,以至湖南、北江湖並漲,下游皆受其災,此天時之可憂者也。夷情狡獪,邊釁幾開,外患之來,頻勞聖慮。而人心不靖,敢於逞凶,山東有知府被刺之案,浙江有知縣被刺之案,兩江有總督被刺之案,京師有主事被刺之案。始而及於守令,今且及於封疆;始而見諸外省,今且見諸輦下。民慢其上,愍不畏法,履霜堅冰,誠非細故,此人事之可憂者也。

古之帝王遇災而懼,因時而惕,察已然之跡,爲未然之防。是以洪水爲患,堯用疇咨;禱雨桑林,湯先自責。誠見夫天人感應之機,捷於影響,而轉危爲安、變弱爲强①,端在勤修省而求自强也。

修省之方,最切者有四。

一曰懋聖學。人主一日親師傅之時少、接左右近習之時多。師傅能犯人主之顔,近習善伺人主之意;師傅所陳皆齊家治國之要,近習所陳多耳目玩好之娱。宋臣吕祖謙有言:"陪僕、暬御之臣,後世視爲賤品而不之擇者。曾不知人主朝夕與居,氣體移養,恒②必由之。以周室文武之聰明齊聖,猶必小大之臣咸懷忠良,侍御、僕從罔非正人,始能出入起居罔不欽,發號施令罔不臧也。則君德之所係,豈其微哉?"伏願③皇上於燕閒之地,加克治之功。未辦事之時講求事理,則事最易明;未讀書之際紬繹詩書,則書尤有味。至於内監之近侍,必慎其選;門禁④之稽察,必防其微。便辟不使近前,君德自益精粹矣。

一曰戒臣工。《書》曰:"后克艱厥后,臣克艱厥臣。"又曰:"思其艱以圖其易。"《傳》曰:"進思盡忠,退思補過。"蓋人臣求盡厥職,其事未有不艱者,而艱巨之來,非思無以窮其變,亦非思無以觀其通。一人之聰明,不敵天下之公論,故集思者其益宏;一

---

① 變弱爲强:《稿本》同,《手稿》作"化弱爲强"。
② 恒:《稿本》同,《手稿》作"常"。
③ 伏願:《稿本》同,《手稿》作"臣愚伏願"。
④ 門禁:《稿本》同,《手稿》作"宫禁"。

時之敏悟①,不若千慮之周詳,故深思者其見遠。以昔周公之聖,當周興之時,孟子猶稱其有不合者,仰而思之,夜以繼日,思而得之,坐以待旦,況不逮周公,又處時之極難者乎?同治三年以前,髮捻未平,而四海翕然有治平之望。同治四、五年以後,南朔底定,而識者隱然憂風氣之差。蓋京師開風氣之先,政府實出治之所,苟推原得失之故,即可爲轉旋之機,此秉鈞衡之臣所宜思也。比例而援成案,成案不一則書吏上下其手之弊生;遇事而改章程,章程太多則書吏繫鈴、解鈴之法出。此司黜陟之臣所宜思也。吏部於各省保奏之件,雖奉諭旨,尚有執例奏駁之條;刑部於特交速議之案②,既有專條,復開請旨加等之式。苟不守祖宗之法,何以持天下之平?此執法之臣所宜思也。至於仕宦之途,首戒夤緣奔競;任事之弊,先除推諉因循。亦既屢奉綸音、嚴切訓諭,而積習既深,未能③變革,老成重望,亦尚揣摩。蓋必有以夤緣奔競而得利者,而後夤緣奔競之徒日衆;亦必有以推諉因循而免咎者,而後推諉因循之計日工,風憲宜肅。夫紀綱督撫實操夫吏治,此又中外諸臣所宜共思者也。伏冀嚴飭大小臣工,共圖上理,力除積習,以救時艱,則庶政修明、萬方咸若矣。

一曰節財用。溯查乾隆年間庫帑充溢,至七千餘萬之多。迨嘉慶中,三省教匪滋事,軍需浩費,仰荷④仁宗睿皇帝休養生息,宣宗成皇帝繼以儉勤,故庫藏雖屬空虛,財用未聞匱乏。臣每讀宣宗遺詔,三十餘年憂勤惕厲之言,未嘗不歎聖德之深、詒謀之遠也。咸豐以來,軍務益繁,幸賴廟謨蕩平髮捻,而民間之元氣未復,洋、回之爲患方殷,屢奉諭旨黜奢崇儉,誠根本之至計、治世之良圖。而臣猶有請者,竊以爲示儉之法宜以身先,禁奢之令當自貴始。自古克儉之君莫如大禹,而孔子稱禹不過菲飲食、惡衣服、卑宫室數端,誠以人主自奉之豐約,恒關⑤國用之盈虛。歲入患其日減,歲出患其日增。在領款之人,必言所用之數甚細,不過九牛之一毛;在籌款之人,默計所存之數已虧,每憂漏卮之不塞。況中飽者多,奉公者少,尤爲耗財之端乎。夫浮冒之開銷難於杜絶,而省事以省費,則理所易明,此臣所謂宜以身先者。伏望飭下内務府,凡事考查舊章,力求撙節,不得任意加增。

至於民間習俗,全視巨室爲轉移。近來貴戚之家婚喪之事競尚浮華,動逾禮制,市廛聚覩,道路傳言,知者以爲非宜,不知者轉相倣效,此臣所謂當自貴始者。伏望特申誥誡,命禮臣頒示限制,使有遵循,則奢侈⑥除而民氣厚矣。

---

① 敏悟:《稿本》同,《手稿》作"穎悟"。
② 案:《稿本》同,《手稿》作"件"。
③ 未能:《稿本》同,《手稿》作"驟難"。
④ 仰荷:《稿本》同,《手稿》作"仰賴"。
⑤ 關:《稿本》同,《手稿》作"視"。
⑥ 奢侈:《稿本》同,《手稿》作"僭侈"。

一曰廣言路。臣竊見皇上御極之始，言路宏開，諸臣言之是者，無不立見施行；其言之非者，或示以含容、或明爲宣諭。當時有言責諸臣，靡不争自濯磨，以期靖獻。近日臺諫不聞直聲，豈人皆無可適、政皆無可間哉？蓋人臣進言有不能自已於言者，有誘之而後言者，有激之而亦言者。惟不論其言之是非而寢而不答，最足奪言者之氣而箝其口。

夫無稽之言勿聽，謂其不考於古也，若言合於古人，則不可不聽矣；弗詢之謀勿庸，謂其不訪於衆也，若言出於公論，則不可不庸矣。自來言路之取厭於人主者，或防①其有私，或疑其沽直，或惡其不切事情。是三者，亦理之所必有者也。然人主苟廣諮而詳審之，則言者之公私固不難於洞悉。且惟審其言之當否，原不必責其人之沽名。臺諫所得者名，國家所收者實也。至言之不切者，必②籌度乎再三，博詢乎衆議，果於事情不協，然後置之。

《論語》曰："不以言舉人，不以人廢言。"千古求言之法，不外乎是。蓋不以言舉，則進言者絶揣度冀倖之心，而所言皆正矣；不以人廢，則聽言者無猜嫌厭棄之意，而取言益宏矣。臣愚伏願皇上循初元之盛，廣達聰之懷，切責言路諸臣，使之指陳闕失，並隨時召對部院大臣以廣忠益，則下情通而庶政和矣。

凡此修省之端，實爲治平之要。譬如人之一身，主德懋如天君之泰然，庶績熙如百體之從令，財用節如起居之有常，言路開如血脈之流貫。正氣既充，外邪自不能入；内政既飭，外侮自不能來。然而夷狄爲患③，伊古有之，防患未然，不可不豫。今日治回之策，無如屯田、耕戰兼資，戰守悉便，既無征調之苦，可免轉運之勞，斯亦策之至善者矣。治洋人之法④，無如造船製器，盡彼國之長技，壯中國之聲威。謀之於無事之時，試之於既成之後，斯又策之至工者矣。臣猶以爲末而非其本也。

夫自强之策⑤，惟在民心與人才而已。民心之良，本乎天性。自古聖王修道、立教，無非因其性之自然，故其爲道至常，而其爲教可久。回民之入中國千有餘年，漢民視之終若異類，以其教與聖人異也。今洋人入中國，不如回民之久，而强民以從其教甚於回民，恃教以欺百姓又甚於回民。良民之惡邪教，固其本性使然，亦由我列祖聖訓昭垂，有所遵守。今朝廷以西事未靖，不欲更開兵端。天津一案不惜委曲求全，乃一時之權宜，原未嘗以爲經久之至計。特恐各省官吏見天津府縣獲咎較重，預存避禍之

① 防:《稿本》同,《手稿》作"疑"。
② 必:《稿本》同,《手稿》作"猶必"。
③ 患:《稿本》同,《手稿》作"害"。
④ 法:《稿本》同,《手稿》作"策"。
⑤ 策:《稿本》同,《手稿》作"本"。

念，致忘拂性之譏。遇有民教交涉事件，一意袒護教堂，致使良民離心、莠民[①]藉口。夫莠民有可假之名，則煽惑嘯聚尤易；而良民有乖離之意，則練團措餉皆艱，可慮之端不在邊隅，而在心腹。顧成事不説，而來者可追。伏願密飭各省督撫，轉飭各該府州縣地方官，固須保全一時之局，尤不可稍涉偏枯致傷民氣，以奠萬世之基，則本固不摇而外侮可禦矣。

人才之興，視乎事變。事變之來，必有才以濟之。蓋身之所習，志之所嚮，則才自出也。往者髮捻倡亂，民不知兵。我文宗顯皇帝[②]經晝憂勞、鋭意剿辦，天下咸知朝廷意之所嚮，是以人才奮興，智者獻謀，勇者效力，不過十餘年間，各省次第戡定，卒成大功。至於夷務之興，幾三十年矣。事變既已迭更，而人才仍虞不足。蓋以撫局已定，天下但見各國條約之通行[③]，未能仰體朝廷羈縻之深意。夫卧薪嘗膽之志不堅，則精神智慮之用不遠，故開館以習算學，設局以造輪船，雖屬意於求才，暫難收乎實效。

臣竊以爲知人之哲，無如文宗。從前平定髮捻宣力諸臣，皆文宗用之以遺我皇上佐成大勳者也。或簡自卿貳，或擢自道府，或由軍旅洊陞，或由田間特拔，惟取之不限一格，故用之得盡所長。今欲求宏濟之才，惟有遵先皇之法。

至於戰勝之餘，才氣已洩；振興作畜[④]，尤貴及時。臣聞近來軍營人員擢至一二品，其賢者固益加勤奮，其不賢者則不免怠荒，甚或廣營田宅，無復遠圖，蓋鋭氣已過而衰氣乘之。後進之士不及見其方鋭之時，但效其已衰之後，是以謀利[⑤]干進者常衆，而建功立名者恒稀。苟非激厲多方，不能使之興起。又，部中之章程屢改，軍功之得缺較難，人多中材，無由自奮。聖主念切旁求，誠使奇才得邀鑒拔，而中材有所陶成[⑥]，則人存政舉，不必議更舊制，自然足振國威矣。

凡此固民心、求人才兩端，實爲自强之要務。臣愚伏願皇上於自强之策，務探其本；於修省之方，必慎其微。鑒天時人事之可憂，而不忘兢業；慰天下蒼生之仰望，而必致中興，實我國家億萬年無疆之至幸！

臣職列詞垣，本無言責，惟因目擊時艱，敬陳愚悃。是否有當，伏乞皇太后、皇上聖鑒。謹奏。

同治九年十月二十四日，奉上諭[⑦]：

---

① 莠民：《稿本》同，《手稿》作“亂民”。本文下同，不另出注。
② 文宗顯皇帝：《稿本》同，《手稿》作“文宗”。
③ 通行：《稿本》同，《手稿》作“頒行”。
④ 畜：《定稿》同，《手稿》、《稿本》作“育”。
⑤ 謀利：《稿本》同，《手稿》作“貪利”。
⑥ 陶成：《稿本》同，《手稿》作“淘成”。
⑦ 奉上諭：《稿本》同，《手稿》作“内閣鈔出，奉皇上上諭”。

翰林院編修黄彭年奏時事艱難請勤修省一摺。本年時序失調,水旱迭見,江湖盛漲,下游受灾,天時示警,良用惕然,而各省慢上逞凶之案層見迭出,人事尤屬可憂。夙夜祗懼,若涉大川,罔知攸濟。

兹覽黄彭年所陳"懋聖學"、"戒臣工"、"節財用"、"廣言路"各條,剴切詳明,於修省之道大有裨益,惟當孜孜求治、重道親師、慎侍御僕從之選、屏耳目玩好之娱,期於[①]天下共臻上理爾。内外大小臣工亦當恪共厥職,共濟時艱,力戒因循推諉、奔競夤緣,庶幾積習湔除,諸事可期振作。至黜奢崇儉,迭經誥誡諄諄,猶恐奢侈相沿,動踰禮制。朕躬行節儉,爲天下先,嗣後該内務府大臣於一切用款務當查照舊章,力求撙節,不得任意加增。凡百臣工,尤當懔遵法制,毋尚浮華。言路通塞,實爲治理所關。在廷諸臣於政事得失、人材賢否,如確有所見,總當直言無隱,以副朝廷廣開言路之意。

民爲邦本,本固不揺,爲治之道以固民心爲要,而宏濟艱難,尤惟賢才是賴。願與中外諸臣朝夕圖維,共求長治久安之策,有厚望焉。

原摺著留覽,欽此。

請翰林院掌院學士代奏呈[②]

呈翰林院掌院學士,爲呈請代奏事。

竊職詞館備員,本無言責。因見時事艱難,區區愚忱不能自已。謹就管見所及,繕具摺子一件。所言係"爲天時人事日見艱難,請勤修省之方,求自强之策,以成中興之治"等語。不敢摭拾浮詞,亦不敢□…□,先呈院長中堂查閲,伏乞代爲轉奏,爲此謹呈。

請川督據情代奏呈[③]

具呈,翰林院編修黄彭年爲呈請據情代奏事。

竊彭年恭閲邸鈔,同治元年九月二十七日内閣欽奉上諭:"編修黄彭年,著吏部迅即行知該員原籍督撫,給咨調取,來京引見等因,欽此。"

伏念彭年邊隅下士,忝列詞垣,恩光常切。夫就瞻宣召,尤驚夫異數。矧國家多事之日,正臣子致身之時。應即遵旨,請咨起程赴部。惟彭年於咸豐三年二月告假送母左氏回籍,六年五月由貴州本籍請咨入都。七年三月行至山西,患病。九年十月病痊,

① 於:《稿本》同,《手稿》作"與"。

② 《手稿》存。

③ 《稿本》存。

復由山西請咨入都供職,奉母北上。行至直隸清苑縣,親母左氏於十年三月二十八日在寓病故,彭年當即報明丁憂。旋於同治元年二月由清苑起程,扶柩回籍,亦經報明在案。本年四月,行至陜西西安府地方,適值髮捻、回匪滋擾,道路梗塞,即於西安城外擇地,將母柩權葬,隨侍親父入川,扣至同治元年六月二十八日,彭年母憂服満。竊念母喪未歸,負咎方重。現在暫寓成都,一俟秦隴肅清,道路通暢,即當馳往,遷取母柩,回籍安厝。

伏惟朝廷以孝治天下,凡人於難言之隱,皆得直陳於聖主之前。理合據實呈請代奏,仰懇天恩,俯准彭年歸葬親母事畢,再行呈請給咨,起程赴部。伏乞德便施行。

請修《畿輔通志》疏 代

奏爲設局重修《畿輔通志》,仰祈聖鑒事。①

竊維爲政之端,必稽方策;惟民所止,首重邦畿。《周官》"邦國之志,小史掌之",以別於外史所掌四方之志。誠以近畿之地,治化宜先,故尤重其事也。

溯查《畿輔通志》成於雍正年間,迄今百四十年。聖聖相承,典章明備。凡水道之遷改、輿地之并分以及裁置官員、增減兵制,國家因時損益,既事例之繁②興,士庶仰沐甄陶,亦人文之日盛,自應及時纂録,垂示將來。又舊志之中體裁未備,如陵寢應當專紀而附入京師;河渠須考源流而瑣記枝節;藝文不詳書目、僅列詩文;釋道本屬異端,竟躋人物。若斯之類,踳駁殊多。至於河工、漕運、兵事、海防皆屬大綱,略而不紀。闕者應補,譌者須訂,歷年既久,文獻難徵,若非詳慎考求,無以信今傳後。

臣自去年履任,遇有興除政務,檢尋老年卷宗輒多霉壞,稽之舊志則紀述疏略,亦不足以備考查。思欲重修,因遇水災,未遑兼及③。今幸仰蒙聖訓,辦理賑撫,漸次就緒。與司道等籌議,於保定省城設立總局,延請翰林院編修黄彭年總司其事,遴派樸學員紳襄同纂校,移檄郡縣,頒發採訪條款,分門别類,加意搜羅。凡官書所記、案牘尚在以及故老傳聞、私家紀述,採訪不厭其詳,編擇④必極其慎。務使巨綱細目,秩然有條,酌古準今,堪資法式,庶幾官司從政,得所取裁。首善之區,益光聖治,以仰副我皇上體國經野之至意。至志局章程、需用經費,由臣督飭司道,隨時籌辦。

---

① "奏爲"句:《稿本》同,《畿輔通志》作:"協辦大學士、直隸總督、一等肅毅伯臣李鴻章謹奏,爲設局重修《畿輔通志》,仰祈聖鑒事。"

② 繁:《稿本》同,《畿輔通志》作"煩"。

③ 兼及:《稿本》同,《畿輔通志》作"暇及"。

④ 編擇:《稿本》同,《畿輔通志》作"徧擇"。

所有設局重修《畿輔通志》緣由，理合恭摺具陳[1]，伏乞皇上聖鑒。謹奏。

議復興辦鐵路奏稿[2]

奏爲遵旨奏事。

竊臣於光緒十五年正月二十二日奉軍機大臣傳諭，正月十五日欽奉慈禧諭："△△△△△△△。[3] 欽此。"並鈔録會議各摺片，發給閲看前表。臣查在廷諸臣論列各摺，守經之言也。海軍總理各衙門會議一摺，達權之説也。立議不同，其爲忠於國家則一。竊爲聖主審天下之大勢，以斷天下之大疑，必達權而仍不失守經之意，而後足以濟變而不失其常。

今日歐亞通商之局，從古未有[4]也。中國風氣因之而開，亦四千餘年未有之變局也。當其未開，不能强之使開；及其既開，不能遏之使不開者，勢也。輪船、電綫、軍械、學堂，既事事講求，期盡敵人之長技矣，所未行者，獨鐵路耳。輪船利行水，火車利行陸，電氣[5]以通水陸之氣。三者，西洋各國長駕遠馭之術也。英、法、俄、美[6]諸邦皆有鐵路，國勢駸駸日强，而謂獨不可行於中國，亦非知時變之論也。惟是勢有輕重，事有緩急，經費有贏絀，定議之初，皆當熟思而審處之。

臣竊觀天下之大勢，鐵路之宜亟[7]辦者二，可緩辦者一，不妨試辦者一。

方今英據緬甸，法據越南，皆已抉我藩籬，窺我疆埸。然地處僻遠，尚可徐圖。獨俄羅斯包絡中土，而東三省迄新疆尤爲切近。俄國西卑利亞之鐵路，自彼得堡[8]抵潮浦[9]，緜亘新疆、蒙古、黑龍江之北、吉林之東，長約萬餘里。逼我兩邊，左盼高麗，右耽回部，其志蓋不在小。我雖於東邊屯兵，新疆置省；而吉林僅有電綫，新疆則并電綫并無之[10]，設有軍事，東西應援，形禁勢隔[11]，非兵家之利。計東北應由津出山海關，開至黑龍江爲一路，又開至吉林之寧古塔爲一路。西北應由陝西、甘肅開至新疆北路之伊

---

① 陳：《稿本》同，《畿輔通志》作"奏"。

② 原稿爲单册稿本，扉頁題"先祖中丞公《議復興辦鐵路奏稿》手蹟"，宓汝成編《近代中國鐵路史資料》（中華書局 1963 年版，下稱《鐵路》）有節引。

③ 三角符號爲原稿所用，代指聖諭内容。

④ 從古未有：《鐵路》引作"從古所未有"。

⑤ 電氣：《鐵路》引作"電線"。

⑥ 英、法、俄、美：《鐵路》引無"美"字。

⑦ 亟：《鐵路》引作"先"。

⑧ 彼得堡：《鐵路》引作"彼得羅堡"。

⑨ 潮浦：《鐵路》引作"浦潮斯德"。

⑩ 電綫并無之：《鐵路》引作"并電線無之"。

⑪ 形禁勢隔：《鐵路》引作"形格勢禁"。

犁爲一路,又開至南路之喀什噶爾爲一路。東西鐵路告成,則徵餉調兵,旬日可達。且口外荒地甚多,屯墾最便,一有鐵路,内地無業之民襁負而至,膏腴日闢,邊備日充,商旅漸集,大有利於民生。而遼闊荒漠之區,並無毁壞田廬、墳墓之慮,又非腹地及沿江、沿海之可比。風氣既開,徐及雲南、粤西及他省有礦廠之處。此邊防鐵路之宜亟[①]辦者,一也。

漕河日就湮淤,每年試辦河運,開浚必須預籌,渡黄回空又須停船待汛,所運無幾,耗費實多。海運沙輪並載,費雖較省,然如上年法人發難,漕艘幾不能放洋。毖後懲前,能無顧慮?鐵路一成,可免海運沙礁之險,永絶河運淺阻之虞,且可省漕項屯田之浮費。委員紳董之蠹蝕,舉而歸之公家。利國便民,莫善於此。由清江至通州,運道幾二千里,一時難於集款,或逐節辦理。如徐會澧等摺内所稱,設於德州、濟寧之間,以通南北運河。計自南運河之尾接至北運河,相距不過四站。有鐵路相通,則參用古人轉般之法,以收水路迭運之功,亦可無慮海運意外之險[②]。此漕運鐵路之宜亟[③]辦者,二也。

腹内及沿江、沿海之地,人煙稠密,貨物咽填。鐵路之利未能驟見,民間必駭,以爲奪我生業,毁我廬舍,夷我墳塋。小民不可强説。又以爲鐵路一開,洋人必將朘我内地之生,擾我内地之民,使我内地之以運載爲生者,一朝失業。比諸元季[④]之散河夫、明季[⑤]之裁驛卒。雖百喙以解,謂"車路開通,貿易日旺,用人益多,民生必無窒礙",而小民固不信也。且驛路交馳,輪船日駛,於調兵運餉,均無阻滯。即如長江自宜昌至海口二千餘里,今開鐵路不過如江身之長,其旁開小路,不過如江之支河港汊[⑥]。火車雖較輪船稍速,而裝運不如輪船之多;載卸停餐,不無躭擱,其速有限,而創建需費浩繁。《書》曰:"疑謀勿成。"語曰:"利不百,不變法。"此則可緩辦者也。

津通創辦鐵路,言者競起。一以爲利,一以爲不利。查天津開平已有鐵路一百八十餘里,再由天津接至通州,不過多二百餘里。工匠物料,因利乘便。就中邨落、墟墓所在,仰墾皇仁,飭令量爲迂繞,雖須增費,當亦朝廷所不恤。果其一氣築成,人情安悦,利益宏多,則可信爲有益,而足解衆人之疑。設或擾民失業,而人情弗順,則以一隅而益知各省之難辦,補救非遲。臣非爲依違兩可之説,誠知争以[⑦]空言,不如驗之實事之深切著明也。此則所謂不妨試辦者也。

---

① 亟:《鐵路》引作"先"。
② 險:《鐵路》引作"變"。
③ 亟:《鐵路》引作"先"。
④ 元季:《鐵路》引作"元"。
⑤ 明季:《鐵路》引作"明"。
⑥ 港汊:《鐵路》引作"汊港"。
⑦ 以:《鐵路》引作"之"。

抑臣更有請者。因時舉事,當爲久遠之謀;量力程功,尤嚴欲速之戒。未有事關重大而可以急遽圖之者也。考火車輪路之興,歷歷八十餘年,率皆分年接築,在泰西各國,亦未能倉猝立辦。美之鐵路後於英者數年,法之鐵路後於俄者數年,俄、法鐵路後於英者且十餘年。而英國創辦之初,亦屬經議院集議,而後從事。以彼國俗相同,猶復審顧遲廻,不敢存急起直追之見,況中國之大乎。

以鐵路每一里需銀萬兩計之,運道二千里約需銀二千萬兩。東西兩邊[①],不下萬里,則需銀萬萬兩。今茲水旱頻仍,小民生計日蹙,即遇豐稔,而國家歲入有常,何從籌此巨款?查英、法兩國鐵路均由豪商巨賈集腋而成,號曰公司。法國至窮,又[②]以國帑助公司之不及;德與美亦參酌用之。間有借貸於民而爲之者,謂之國債。未聞稱貸鄰邦而興作者。有之,則日本[③]之小國,而非大國之體也。

今中國驟欲舉辦,必有以借洋債爲挹注之妙術者。不知洋人行息多衹三釐,中國之借自外洋有八釐者矣,有一分者矣,甚有一分一釐者矣。經手中飽,無從根究。重息促期,指關税以償洋款,不待鐵路之成,而中國已困,非計之得也。往年輪船招商局招民湊股,至數千萬之多。今宜倣照,招集股分,擇要興辦,次第籌畫,以要厥成。有敢[④]以洋債之説進者,伏乞乾綱獨斷[⑤],勿爲摇惑[⑥],以絶耗蠹之端。至於洋人包造,以若干年爲期,收完車税,以路還我,則尤必不可行之事,不待智者而知其難矣。

惟造辦之初,議者以爲必用洋人,甚至墊路[⑦]之鐵條、脂車之油水,亦必自外洋購辦,則中國之銀,仍不免於外溢。且一國[⑧]搆釁,他國之洋人、工匠相率引嫌而去。油、鐵等項,比於軍火,禁斷接濟,我雖已修鐵路,與未修同。則欲興鐵路,工匠不可不夙儲也。

中國設立船廠,創造兵、商各輪,業已著有成效。應仿照設立鐵路學堂,延致洋人教習,招募民間聰穎子弟,講求製造汽車、油水一切事件;並挑選年少心靈之匠役,學習築路之法以及軋造鐵轍[⑨]。歲會月要,嚴定期限,務求事事精通。數年之後,推廣興造與逐段歲修,一律專用華人,則利權悉由自操,即耗費巨款,而涓滴仍歸中土,不致

---

① 邊:《鐵路》引作“達”。
② 又:《鐵路》引作“猶”。
③ 日本:《鐵路》引作“日本、土耳其”。
④ 有敢:《鐵路》引無“敢”字。
⑤ 乾綱獨斷:《鐵路》引作“聖裁”。
⑥ 勿爲摇惑:《鐵路》引作“勿允所請”。
⑦ 墊路:《鐵路》引作“墊車”。
⑧ 國:《鐵路》引作“旦”。
⑨ “學習”句:《鐵路》引作“學習築路以及軋造鐵轍之法”。

出洋。且與修[①]某處之路,凡木石鐵工,即用某處之人,尤屬便於民情,可以無虞梗阻。

凡此勿借洋債,勿用洋匠,皆塞漏於無形,防患於未然。臣所謂達權而仍不[②]失守經之意者,此也。

小民可與樂成,難與慮始。然非明示之於始,則非常之原,黎民所懼,其成終不可期。似宜特頒諭旨,宣示中外,使中國臣民咸曉然朝廷自强之本意、不得已之苦衷,斷不至擾民失業,則食毛踐土,具有天良自必相與圖成。並宜特派重臣,專司督辦,准其隨帶司員,會同北洋及辦鐵路省分所派委員往來履勘,體察民情,預防流弊。總之,時會所趨,不得不通其變;利害所繫,不得不慎其微。

臣昔官京師,亦疑機器、輪船、電綫、鐵路非當務之急;及服官各省,澄觀事變,則知今日之時勢[③],實有不得不然者。惟其中利弊緩急,不敢不就愚慮所及,詳悉縷陳,以備采擇。

至於自强之本,惟在節用恤[④]民。察吏選將,則皇上嚴恭寅畏之一會,即我國家綏内攘外之要圖,又不僅區區鐵路[⑤]一端已也。

所有微臣遵旨議奏緣由,理合恭摺具陳,伏乞皇上聖鑒訓示。謹奏。

乞旌望都縣耿孝女詳文 代[⑥]

爲貞孝出於肫誠,至行可勵末俗,詳請奏旌事。

竊據望都縣採訪册稱,該縣孝女耿一圭係已故舉人耿恂之女。耿恂娶妻劉氏,未有子嗣,僅生該孝女一人。少有至性,劉氏素患哽咽痿痹之症,女按摩抑搔,兼治飲食,嘗六七晝夜不眠。母病稍輕,女始困卧床下。恂自外至,誤踐女手,指甲脱落,血流及肘,而女不知。時僅十一歲也。

嘗議婚於容城某紳之子,女聞之有憂色。及某紳子死,女泣曰:"吾得終事父母矣。"遂矢不嫁,恂允之。

劉氏久病,齒脱,不能進食。女嚼食反哺,得以延生。恂以教讀,流寓省城。同治元年病故,家無一錢。女徧告門生,求其資助,隻身扶病母,返父喪。鄉里觀者如堵,鄰邑聞風來吊,同聲嗟歎,榜其門曰"孝昭閨闈"。逾二年,劉氏亦故。書禮盡哀,逾於男

① 與修:《鐵路》引作"興修"。
② 仍不:《鐵路》引無"仍"字。
③ 時勢:《鐵路》引作"事勢"。
④ 恤:《鐵路》引作"惜"。
⑤ 又不僅區區鐵路:《鐵路》引作"不僅鐵路"。
⑥ 《稿本》存。

子。常從父恂學書，及葬父母，自製碑文，讀者莫不墮淚。方其隨父母在外也，有饋遺者，父在室則禀命辭受，父不在室則悉卻之，其處事精審類此。

本年三月二十九日，因己生日赴父母冢上，久而未歸。女叔耿怡趨視，則女倒卧冢側，氣息僅存。冢有新土，女十指血出，地上多手掬痕跡。詢之，女曰："人生有不才子，不過十年，墓就泯矣。我父母無子，我即子也。貧不能役人，當身操其勞，孰意無力若此乎！"因涕泣不止。掖之歸家，以四月初九日卒。

據生員陳步瀛等開具事實禀，經該縣册報前來，本司道等竊維不字守貞，本屬至奇之行；事親竭力，尤徵賦性之純。嚼食請嘗，反哺不殊於孝鳥；題碑灑血，蠹銜增感於枯魚。況復歸喪故里，倍極艱難。負土成墳，因而哀殉。略舉一行，皆足千秋。在孝女至性夙成，固不求邀乎榮譽。而朝廷旌揚盛典，允宜表式於鄉閭，理合詳請憲台察核，奏請旌表。伏候批示遵行。

奏懇將已故順天府府尹李朝儀事蹟宣付史館詳文①

已故順天府府尹李朝儀，貴州貴筑縣人，由道光乙巳科進士分發直隸，即用知縣。歷任平谷、三河、饒陽等縣知縣，歷升大興縣東路廳同知，署順德、廣平府，升大名府、永定河道、山東鹽運使，署直隸、山東按察使，特擢府尹。光緒七年三月，因病出缺。

竊維吏治以民生爲本，畿輔乃首善之區，政煩役重，民力凋罷。操切固難以圖功，因循不免於廢事。李朝儀律己甚嚴，而治行則不求立異，知交甚寡，而歷官則輿論咸孚。

其在饒陽，周歷四鄉，盜風斂跡。其在三河，建置書院，文教以興。在南路廳，創辦民團。在東路廳，督捕蝗孽。凡親民應爲之事，無不竭力舉行。至其在通州也，值外侮憑陵，土匪四起。其在順德、廣平、大名也，值軍務方亟，風鶴頻聞。或資民團，或募練勇，籌畫防堵，綏輯地方，皆能辦理裕如，民間故以無恐。歷經故科爾沁忠親王僧格林沁、直隸總督劉長佑保舉留案。

曾文正公之來督畿輔也，整飭吏治，薦舉賢員，謂李朝儀"明練耿介，表率有方，督率辦理地方事宜，不致懈弛，亦不苛刻，士民稱之"，開列薦章，褒獎居首。欽奉聖諭旨："該員才具、政績，均有可觀，實爲直隸出色人員，深堪嘉獎。飭令益加策勵，勉爲循良。欽此。"旋蒙特擢。

在永定河道任者凡十年，搶護險工，稽查料垛，勤勞廉正，衆所共知。永定號稱難

① 《手稿》存。

治,常有潰決之虞。李朝儀隨同中堂籌修灰壩、金門閘,河患稍減。中堂以其"樸誠廉愨,講求吏治",奏權臬篆。旋擢山東運使,晋秩京尹。昔漢黄霸治行第一,徵守京兆。以古方今,無以逾之,誠曾文正疏所謂"循聲達於聰聽,光寵逾於華衮"者矣。

竊以爲李朝儀既荷褒勉於生前,允宜垂於史策,表揚宦績,即以激勵後賢。伏惟奏懇,將已故順天府府尹李朝儀歷官政蹟宣付史館,爲之立傳,庶使邦畿之内,樹之楷模,仕宦之途,知所勸勉。是否有當,仰候鈞裁。謹上。

代江布政爲兄弟蒙恩追賞世職,請川督代奏謝恩詳文①

爲詳請據情代奏,恭謝天恩事。

竊本司恭閲邸鈔,同治三年月日内閣鈔出,欽奉上諭:"本年江寧克復,已將在事有功之臣,渥沛恩綸,酬庸錫爵。因思從前有功死事諸臣,或臨陣捐軀,賫志以殁;或鞠躬盡瘁,未竟前功。業經分别加恩優、予卹典,亦足稍慰忠魂。而其間封疆將帥,功績尤爲昭著者,追念前勞,尤堪憫惻。允宜再沛恩施,用光泉壤。前任安徽巡撫江忠源,著加恩,賞給三等輕車都尉世職;前任湖南候選道江忠濟,著加恩,賞一雲騎尉世職等因,欽此。"

本司跪誦之下,感激涕零。當即恭設香案,望闕叩頭,恭謝天恩。伏念胞兄忠源始練鄉兵,誓平盜賊。洊登開府,遂死封疆。胞弟忠濟,楚贛從戎,通城殉節。歎兄先而弟後,同志決以身殲。先帝特詔褒忠,備荷飾終之典。皇上初元御極,更蒙賜祭之隆。又承特沛殊恩,予謚忠濟"壯節"。將士争傳爲異數,朝廷表式乎人倫。

兹者天戈所指,露布遥馳。捷書方奏於金陵,恩旨重頒夫玉殿。昔漢以定蜀,而論來歙之勳;晋以平吴,而念羊祜之績。況逢聖世,更極周詳。何期一門叠沾光寵,在忠源、忠濟賫志以殁,能無感慟於九原?而本司報稱毫無,益懔冰兢於方寸。惟有勉竭駑駘,以冀仰答高厚鴻慈於萬一。所有本司感激下忱,理合詳請憲台據情代奏,恭謝天恩。實爲德便。

① 《手稿》存。

陶樓文輯卷二

蓮池院長簡明學規①

一、院長每日午正以前在院,午正以後辦志局事。諸生欲見者,在院接見。

一、每逢朔望,詣先聖座前,住院諸生隨同行禮。

一、齋課在院扃試,院長同提調守候。交卷諸生如實有事故不能到者,準其請假,亦不得連請三次如故。無故不到,及三次請假者,定行查照舊章辦理。其課期遲誤,於三日内補交者,文字雖佳,亦列附課。

一、雷同、録舊、甄別、官課一並榜示。凡我同人稍知自好者,決不肯爲。或有冒他人名,不甚愛惜,妄録希冀者,熊次侯文有云:"人必自忘其廉恥,而後謂他人之廉恥不足惜。"嗣後有犯此者,非吾徒也。切宜痛戒。

一、購存書籍,資諸生肄習。添設齋長二名,專司收發。月給薪水銀四兩,每年由提調選擇保送,院長查看。必須品行端方,性情和平,能耐久坐者,方可派充。院長自派司書一人,幫同經理,不支公項。設茶鑪一座,供給茶水。茶夫一名,月支飯食工價京錢伍千文,茶葉、煤炭共京錢四千文,燈油京錢四佰文。諸生欲飲茶者,就近自赴茶房索取。

一、齋長二人輪流,一人住院。其不住院之日亦須天明到院,夜静散歸。有事兩人輪换,不準同時外出。諸生取書籍者,隨時填單發給,不得故延。酉刻收書,填單封鎖書柜。每十日將收發書單彙訂成册,以備查考。諸生出院時,必須交清,不得携書出院,亦不得於書上動筆批點。小心擱放,以防水溼墨污。所看之書未畢,只許夾簽,不許折角。翻書時勿用重力,致損篇葉。

一、設諸生看書房三所,條案排坐,毋得擁擠喧譁,不得在院飲酒。親友相訪,出外酬接,不得於看書之所會客,致滋煩擾。

一、看書有三法,而記誦不與焉。一曰論著,或獨抒己見,或折衷衆説,以及規摹前人名作,講求義法之類。一曰校勘,或以諸本對勘,或據佗書校定篇章、字句之不同,意

---

① 《稿本》存。

義各别,在學者詳考精審。校出譌誤,夾簽書内。一曰纂録,或采輯諸書,自出手眼,或專輯一書,歸諸簡要,務須條理分明。以上三條,看書之法略具。看書者,人給日記格式紙,按日填注功課。論著、校勘載入疑義條下,纂録載入節鈔條下。十日一交,以備院長稽核評答。同看書諸人,亦可互相印證,得切磋之益。

一、讀書不可存門户之見,如學分漢宋,漢之中又分鄭、王、劉、杜,宋之中又分程、朱、陸、王之類,門户中又分門户焉。要之殊途同歸,毋庸互相牴牾。然門户不可太分,門徑則不可不識,是即所謂殊途也。如經學自《十三經注疏》、《欽定七經》外,欲爲考據、訓詁之學,則求之《古經解彙函》、《小學彙函》、《學海堂經解》及《説文》、《玉篇》、《廣韻》、《音學》諸書;欲明義理,則求之《通志堂經解》、《經苑》及《正誼堂叢書》、二程、朱子、西山、陽明諸書。如史學,欲讀紀、傳、表、志則觀二十四史;欲知編年則觀《通鑑》、《續通鑑》、《綱目》諸書;欲知紀事,則觀《通鑑紀事本末》、《宋》、《元》、《明紀事本末》諸書;欲徵文考獻,則觀《通典》、《通志》、《文獻通考》、《五禮通考》諸書;欲考輿地,則觀各史地理、河渠諸志及《讀史方輿紀要》、《天下郡國利病書》、《海國圖志》諸書;欲習筭學,則觀各史天文志、律曆志及《曆算全書》諸書;欲講經濟,則自三通外,觀《大清會典》、《歷代名臣奏議》、《皇朝經世文編》、《大學衍義補》諸書;欲知本朝掌故、人物則自《會典》外,觀《聖武記》、《滿漢名臣傳》、《國朝先正事略》諸書;如論文,欲知文章源流,則觀漢魏名家、唐宋諸家、國朝文録以及湖海文傳、詩傳諸書;欲知文章體要,則觀《文選》、《古文淵鑑》、《古文詞類纂》、《駢體文鈔》諸書;欲學詩賦,則觀《歷代賦彙》、《全唐詩》、《五朝别裁》、《詩選》諸書。至於應制,詩賦則有歷科同館詩賦;舉業則有《欽定四書文》、《百二名家制藝》、王罕皆《八集》;文章取材則有《佩文韻府》、《淵鑑類函》、《子史精華》諸書。凡新置書及舊有殘書,分厨存積,編成書目,俾各擇性所近者習之。粗舉義類,不過爲初學言其實。旁推交通,在善學者。限於經費,書不能備。學者由此而入,他日檢《四庫總目》依類求之,常看《四庫總目提要》,即可得讀書門徑。可以博學詳説,然後返之於約。朱子云:"《大學》是羣書架子。"常看西山《大學衍義》、《朱子語類》,可得要領。課之於身心,推之於實用,不患不成第一流人物。

一、學之於文,猶蠶之於絲,非飽飼不能成也。今課諸生以讀書之法,暫勿試以經史、古作。每月先就日記所得,酌定等差,以爲獎勵。

整頓襄陽義學條規①

爲整頓義學事。

① 《稿本》存。

照得襄陽義學甚廣，日久廢弛，積弊已深，亟宜整頓。今先就縣城各義學擬定條規，其鄉鎮各義學稍後，再次第清理所有。現擬各條，開示於後。

一、每年書院甄别，投考生童中有年逾三十，願就義學館地者，先於卷面注"願就義學教讀"字樣。甄别發榜後，將願就者挑出，訪詢平日品行，再行考試榜示，儘取列在前者延請。如有事故出缺，挨次擇延。次年甄别榜出，則儘新定前列延請，每年一换。如有功課十分認真，曾經查學記功五次者，亦准酌留。

一、學生所讀書、所寫倣本，均標月日。道府縣每月不拘時日赴學抽查，如背書熟、句讀清、稍知講解、字畫端正者，學生酌獎紙筆，塾師記功。如查有游蕩曠功及酗酒、賭博、吸食鴉片等事，立即辭退。

一、塾師以立品爲先。官署節壽送禮、掛號等事，概行革除。官府查學後，亦毋庸赴署謝步。倘有號房、門斗人等向索使費，許查學時面禀，立予責懲。

一、束脩，城内四學由府經管，每節按照應得之數，於節前十日查學時帶往面交。如府不得暇，即交道縣帶往，應具墨領，亦即面呈，以杜丁書人等勤掯剋扣之弊。其六一義學向由紳董經理者，束脩令紳董面交，取墨領，交道存案。

一、義塾只准塾師居住，不准出租，亦不許借住。差役及搆訟之人，其從前租住者，概令搬出。如有盤踞不去，由縣驅逐。

捐置鹿門書院書籍條規[①]

爲書院籌添書籍、設立齋長，擬定條規以資鼓勵事。

照得荆襄名勝，古稱多才。耆舊之傳，萃美於前；文藪家鈔，遞衍於後。今之視昔，大較不殊。夫人才由學術而興，學術以經史爲本。而藏書之家，秘不輕假；寒素之士，有志無資。美質雖多，局於聞見，欲廣造就，宜先置書。

本道以官兼師，節省脩金，購覓書籍，置齋設長，俾有專司，嚮學之倫，許就鈔閲。數年之後，必有大雅宏達之羣出其中矣。規則宜嚴，乃能經久。擬定如左：

一、願入院看書者，無論甄别取否，向齋長報明，俟朔望本道至院，帶見。其甄名未取者，准其看書，日記功課，仍不應官齋課試，以杜希冀。齋長則無論取否，俱一律應課。

一、每年終，院長將生童中常考優等前列，及看書已得門徑者，開十名交監院，呈道存記。次年如甄别未取，未准應課，以資造就。

一、設齋長二人，每歲畢課，院長舉學行優者四人交道，酌派二人。其二人存記，以

① 《稿本》存。

備更替。若本年經理得宜者,亦可酌留。齋長每月各給薪水錢六千,又共給紙筆錢一千,備開單訂簿之費。又給錢四千,備雇齋夫及燈油、茶水之費。齋長之職,掌收發書籍,登記號簿,凡購書則記書名、卷數、本數、著書人、時代、姓名,分別部居。凡看書人則記姓名、書名、卷第。辰發酉收,入柜封鎖。凡住院生童安分與否,齋長得稽察之。朔望則偕住院生童,隨院長、監院詣先聖位前行三跪九叩禮;歲終則隨監院、首士查點書籍,封固以俟交替。

一、齋長二人,均應住院,否則輪流。一人住院,其不住院之日,亦須天明到院,夜静散歸。有事,兩人輪换,不得同時外出。諸生取書籍者,隨時記簿發給,不得故延。酉刻收書,填單記簿,封鎖書柜。每十日開單送院長查考。諸生出院時,必須交清,不得携書出院。院存書籍,無論官紳,概不出借。有須查閲者,各自赴院閲鈔。凡看書人,均不准於書上動筆批點。小心擱放,以防水濕墨汙。所看之書未畢,只許夾簽,不許折角。翻書時勿用重力,致損篇葉。

一、設看書房。條案排坐,毋得擁擠喧嘩。院中只供茶水,不許飲酒。親友相訪,出外酬接,不得於看書之所會客,致滋煩擾。

一、書須博覽,尤貴精專。如看一經,不妨取他書引證。但此一經未畢,不得遽及他書。初看之時,或纂録,或校勘。間有疑義,博考旁稽,引申論著,編爲日記。每日將所看何書,起止共幾頁,疑義共若干條,簿記備查。十日一交,齋長收存,送院長閲看,每月榜示一次,如有勦録前人經説、札記之類,希冀朦混,是謂自欺,查出後屏斥。

一、每逢課期扃門考試,戴帽、應名、雷同、録舊,查出除名。有酗酒、賭博、遊蕩不歸、吸食鴉片者,均不准住院。有涉訟者,無論原被、曲直,亦概令出院。

一、讀書之法,考事宜詳,析理宜精,博約相資。未可遽分門户,而從人途徑,各有不同。看書者宜知此意,則言博者不失之紛歧,言約者不失之固陋。

一、本道朔、望祭廟。宣諭畢,赴書院率生童拜先聖後,生童欲謁見質疑者,三四人一班。相見時,自道姓名,無須手版。不許單見,不許至道署謁見。初見行禮,平時長揖。無論年節、喜慶,均不致賀。

正誼書院學古堂開辦章程 代①

照得蘇州省域正誼書院課試經古,創自嘉慶年間。自遭兵燹,講舍雖經脩復,而書籍尚少存儲。紳富之家,力能自備。寒畯之士,購借維艱。本部院飭令司局籌款購書,並建藏書樓一所。現在書樓落成,應用書籍陸續購備,所有經理收發及士子入院

① 《稿本》存。

看書章程,悉心斟酌,以期垂諸久遠。共酌定章程十一條,合行開單,札發該司,即便遵照辦理。如有未盡事宜,隨時酌核,議詳察辦。

一、向來正誼書院由院長課試,經義、古學,悉仍其舊。今設學古堂藏書樓,專仿古人經義治事遺意,令士子就所看逐日條記,另設專席閱看、日記。仿粤東學海堂之例,名曰學長,其實亦師道也,每歲甄别後送學。學長位在院長之次。學古堂近在書院,學長一席,兼通者不妨並領,專精者亦可分延。即屬分延,看書等事,院長亦可查考。每歲學長束脩銀二百四十兩,聘金八兩,每節節禮八兩,由藩司按月節發,交委員致送。

一、藏書樓由書院監院兼辦,無需另籌經費。惟設齋長二人,每人月支薪水銀八兩。學書一名,隨同齋長清繕,月給工食四兩。長班二名,供給齋長役使;茶夫一名,供給看書人茶水,每名月給洋三元,均由齋長雇覓。齋長每月共給紙張、筆墨、鐙油洋二元;學書月給辛紅紙張洋一元;茶夫每月給煤炭、茶葉、河水、鐙油,共洋五元。又派委書局委員會同教官、紳董督飭灑掃,會士子。每月朔望前,將文廟掃除,務須潔净,並會同書院紳董查點書籍事宜,亦毋庸另給薪水。惟事務較繁,應酌給委員轎錢十二千文,監院轎錢六千文。以上各款,均由善後局發給,委員支放。仍附入書局,另册報銷。

一、每年由司庫籌發銀四百兩,由委員、監院具領,呈交學長,作爲日記獎賞。諸生有作日記者,均於每月朔日交齋長收齊,彙呈學長閱看、開單,定期傳見、發落。每月每名多寡、有無,均由學長酌定,每名幾兩幾錢,交齋長轉給,總期均攤,足敷一年之用。

一、樓上藏書。現製二十四架,每架三笥。凡舊存、新購各書籍,由齋長陸續票寫書籤。第一行寫某部某書若干卷,第二行寫第幾函某卷至某卷,第三行寫子目。分别部居,裝笥編目。續購之書,隨時增入。其書目繕寫七分,一呈院署,一呈藩署,一存善後局,一存府署,一存院長,一存學長,一交齋長。初次票籤太多,由委員與齋長添雇善書者幫同,繕寫費由書局酌發。嗣後續添,由齋長票寫所購書籍。應配夾板,亦由書局支銷。

一、樓下爲博約堂。中祀漢高密鄭氏、宋新安朱氏。栗主旁列長案,爲諸生看書之所。兩旁套間爲齋長住宿之所。學長傳見指授,諸生請謁質疑,或於博約堂及學古堂正中設坐,或赴學長家謁見,均聽。

一、齋長經管書籍,不得擅離。即有家事,亦必有一人住宿齋中,以資照料。諸生願來看書、作日記者,先謁學長報名登簿,領課程單。專經專史,治事專門。一本未畢,不得索取全部,即取旁書考證,亦不得過五本,以示限制。日出發書,日落並單收回,悉由齋長經手。看書者不得自行翻取。如兩人同看一本,儘先到者先閱,後到者另看佗書,不得争競。書上不准動筆,有須鈔者,各帶另紙,就案抄録。如本日所看未畢,只許夾籤,不准折角。翻書勿用重力,不准飲酒、吸煙,以防污損。不准喧嘩、滋鬧,並不得於看書之所會客。有相訪者,出門應之。欲飲茶時,自赴茶房取飲。

一、每月逢六之日停止看書,俾齋長得稍休暇,亦古人藏修息游之義。書院點名散卷之日,人數衆多,亦停止看書,以防擁擠。

一、是樓原備諸生平日揅摩,非供臨時勦襲之用。但每逢課期檢查出處,亦屬人情。嗣後逢課,接題紙後,由齋長將題目緊要關節摘出大略,黏貼題目牌下,不得擁至書樓索取原書,並不准再索佗書以供襲取。

一、看書之法。曰校勘。或一事而紀載各殊,或一書而前後互異,以及諸本之譌誤衍奪,須爲證明。曰纂録。或節取一書精要,或兼采群籍參稽,非徒鈔胥,自有經緯。曰疑義。言考據者必衷於義理而考據始精,言義理者必加以考據而義理始確。欲求精確,先在虚心。書須博覽,尤貴專一。如治經者,一經未畢,不得更治佗經。治事者,一事未終,不得更治佗事。參證可羅衆説,專治只要一端,逐日分别條記,每月匯爲一編。課程單内只列幾條數目,呈諸學長批閲。學長指示,敬謹聽受。如有疑難,静聽查考。學問之道無窮,或持門户之見以相抵牾,或引偏僻之書以相詰難,皆學人之病,諸生戒之。

一、士以立品爲先。如有招摇、鎗替、遊蕩、酗酒、唆訟、滋事等弊,由院長、學長、委員、監院、齋長隨時查實革除。甚或縱放不羈而蔑視官長,才能自詡而侮慢老成,衣服不衷,禮儀失度,均當痛戒。各衙門年節慶賀,不必預聞。

一、在樓下看書,不得携書出堂。所藏書籍,無論院司、道、府衙門及縉紳人家,概不出借。有須查考,自行遣人就樓下抄録。每年終,委員會同監院、紳董、齋長盤查一次,具結稟藩司存案。有應修補者,開單注明,由書局修補。每日所用課程單,由書局刷印,交齋長聽用。委員、監院、齋長遇有更替,亦須交清。

正誼書院學古堂增定章程[①]

照得正誼書院建學古堂,藏書樓購書六萬餘卷。本護院前在藩司任内,詳請前撫院崧頒發章程,由藩司善後局籌款開辦。申明未盡事宜,續行增定。兹據司局共籌銀二萬兩,青浦縣錢志澄捐銀二千兩。先後發蘇州府存典生息,歲取息銀一分,府收而納諸善後局,委員每月由局領銀開支。又,增修齋房十五楹。經費有常,規模漸備。辦法與前略殊,宜增定章程,以垂永遠。其前撫院章程已詳者,仍遵守勿墜。

規制:學長一人,師道也。教諸生立身修行,授以經史治事,考其日記而等差之,示以門徑,課以程途,獎其善者,而規正其不善者。齋長二人,掌書籍、住宿、典守。分别部居,標籤編目。諸生看書,則辰發而酉收之。收諸生學記,呈學長,司發落、獎賞。諸

---

① 《稿本》存。

生有不檢者，規之，不聽則告諸學長、監院。堂中書役歸其約束。内課生十人，經費充裕再行議增。學長拔諸生之尤者，監院查訪品行，詢明願住齋房，開送院司，酌定補額，謂之内課。寧缺毋濫。看書而不住齋者，謂之外課。委員一人，以書局提調兼充。監院教職一人，以書局管書籍人員兼充。委員之職，司經費領放，察功課勤惰，修治房屋器用，清查修補書籍。監院之職，堂中事皆得稽查。每月萃諸生日記，獎賞開單呈院。諸生有不檢者，得告諸學長進退之。書吏一人，隨同齋長清繕。長班三人，供役使。茶夫一人，供看書人茶水。由齋長進退，委員、監院稽查。每歲十月，委員、監院請於院司，爲學長具關書。齋長繕札諭，以定次年之局。

經費：學長束脩每年二百四十兩，聘金八兩，每節節禮八兩。齋長每人月支薪水銀八兩。内課生每人月支膏火銀三兩。委員、監院已支書局薪水，委員津貼銀十兩，監院津貼銀六兩。書吏月支工食銀四兩。長班、茶夫每月支工食洋三元。齋長紙張、筆墨、鐙油，洋二元；學書一元；茶夫月給煤炭、茶葉、河水、鐙油洋五元。以上各款，皆由善後局於生息款内支銷，每月委員具領、致送、散放。其裝訂書籍小費，由書局開報。每月日記給獎，學長主之。多至銀三兩，少至銀八錢而止。内課既有膏火，獎銀減半發給。月獎以四十兩爲度，由委員具領，錢店開票，交齋長轉發。

學規：博約堂祀高密、新安兩先生。每月朔望，學長同監院率齋長、内課生行禮畢，齋長、内課生均向學長三揖。書籍不許出院；房屋不許借住；吸食鴉片不許住齋；二鼓閉門，不許輕啓；看書不許喧争。内課諸生出一日，必告齋長登記。月毋過三日，歸毋過二鼓。應試、省親、謁墓、家有婚喪疾病，赴監院告假，不扣膏火。不得逾兩月。内外各生如有唆訟、造謡、冶游、聚賭、交結匪類，滋生事端，查出除名。

看書日記：毋假名，書院借名、一人兩名，是爲假名。令其更正查銷。毋曠功，每月必交日記，或作或輟，是爲曠功。毋泛騖，專經、專史，治事專事，考證不妨旁及，所治必有專門。不能專門，是爲泛騖。毋陳言，有心得則記，有疑義則記。雷同勦説，是爲陳言。毋苟同立異，附會游移，無定見實義，是爲苟同。門户之見，隱怪之詞，無所折衷，是爲立異。毋滯實蹈空，考據不衷諸義理，則滯於實。義理不加以考據，則蹈於空。毋鹵莽叢雜，無次序則鹵莽，無條理則叢雜。毋毛舉細事，毋好爲大言。理貴反躬，學期濟世。取友親師，求歸於是而已。

以上各條，諸司遵照辦理，學者互相砥勵，必有樸學鴻儒、經綸偉業，以應我國家休明之治矣。

學古堂致祭鄭、朱諸賢札文[①]

照得先賢祀學，《禮》有明徵。學古堂奉祀高密、新安兩先生，允宜春秋致祭。届

① 《稿本》存。

時擇日,學長、委員、監院率齋長、内課生行禮。書院與學宫祭祀不同,不必備牲醴祭品,衹具香燭及與祭茶點。每祭,准銷銀一兩。同日祭可園之沈歸愚先生祠,滄浪亭之蘇長史、韓蘄王祠。委員、監院行禮。三祠香燭,亦准銷銀一兩。所費無多,其餘均賞給看祠、灑掃之人。

又,生日之禮起於後代,而功令以八月二十七日祀孔子於學。崇聖致敬,人無異詞。考新安九月十五日生,見於《宋史》本傳。高密先生,惠氏棟引《别傳》"永建二年七月戊寅"之文,胡氏培翬證以《後漢書》,是年七月甲戌朔,定爲七月初五日。今定兩先生生日,學長、委員、監院率齋長、内課生致祭,備麵二桌。每祭,准銷銀六兩。此項銀兩,均於月内報銷。

蓮池書院籌添書籍,增設經古齋課示 代①

爲書院籌添書籍,增設經古齋課,以資鼓勵事。

照得書院之設,原所以培養人才;而人才之興,必資學術。苟學術不根於經史,斯人才難底於純全。即爲科舉之學者,亦非博考羣書,言之有物,佗日服官從政,豈能以所言見諸施行? 所慮寒素之儒,家少藏籍;有志之士,苦乏師資。

本閣爵部堂數年以來,每遇書院課試,政餘披覽,中多可造之材。欲使向學有成,必先儲書以待。兹于志局儲款發商生息項下酌提息銀壹千兩,由院長酌定應購書籍,分經義理學諸書附、史學經濟諸書附、論文子集並入文章三科。設立齋長二名,專司收發書籍,每日辰發酉收,登記號薄。肄業諸生入院讀書者,各就齋中閱看,毋得喧嘩、出户閒遊。酉刻還書時自記所閱書卷起止於簿,以備院長查考。不得携書出院,亦不得汙溼、折損。每月照常月課之外,院長出題、考試經古。所取之卷,傳令謁見面覆,酌給獎賞,以杜頂名、鎗替諸弊。

每年再由志局生息項内酌提息銀肆百兩,除發齋長薪資及煤火、茶鑪等費外,作爲二至十一月之需。每月獎賞有無、多寡,由院長臨時酌定,不必預擬成數。上項動用銀兩,均由院長開單,交書院提調經管,報清河道存案。

諸生漸摩,經年自必日有起色。但恐甫得門徑,次年甄别,或以一日短長未經録取,遽令輟業,殊爲可惜。應於年終由院長核取所學最優者,開列十名送清河道存記。如次年甄别未取,準其列入附課,在院肄業。本閣爵部堂加意培植,至周且詳,諸生諒必互相砥礪,講求實學,力戒虚浮,大雅宏達之選,有厚望焉。

---

① 《稿本》存。

蓮池書院增添經費、書籍札文 代①

照得人才之興,如木之茂,在培之者加之意而已。本閣爵部堂前經酌撥千金爲蓮池書院購置書籍,並歲籌銀四百兩,爲獎賞之資。

近聞肄業諸生甚爲踴躍閱看,每月選刻課藝、日記,不獨文采斐然可觀,且能考史窮經,講求根柢之學,深堪嘉尚。惟念風氣漸開,人才日聚,每歲四百金,除齋長薪水、茶爐經費外,僅餘二百餘金,不足以資分獎。又,應用書籍亦須隨時增添。

兹酌於志局生息項下再提銀二百兩,存儲書院,由院長隨時添購書籍。每年再提銀二百兩,由院長擇肄業諸生能爲樸學者,酌量加獎。用竣開單,交清河存案。諸生其益加淬勵,以副期望。

捐置鹿門書院書籍,並刻撰石、額諭帖②

照得本司前在安襄鄖荆道任内,課試鹿門書院,置書九十七部,約近萬卷。業徑首事製櫃存儲,交齋長經管。兹又捐購經、史、子、集適用之書,共八千零三十四卷,訂二千零九十五册,供諸生博覽。又,官書局新刊《童蒙必讀》、《童歌養正》二百部,王子泉太守贈《字類標韻》五十部,共裝十二箱。

除《字類標韻》聽候道台、山長隨時發給優等生員,《童蒙》二書聽候道台分撥各義學學生肄習外,所有各種書籍,仰齋長劉、楊兩生照單收清,由首事製櫃安放,酌定收管章程,勿致污損。借取遺失,稟明道署存案。並將前後所置書名,分經、史、子、集,開目懸示講堂,俾衆共知,以資經久。在院諸生其各殫心努力,毋負本司成就期望之殷。

又,首事、諸生乞書講堂匾額。現書就"觀略堂"匾一塊,撰《觀略堂記》一篇,刻石。並交首事懸堂嵌壁,用示本司不忘舊治之意。特諭。

擬湖北臬署設學律館,發書候補丞倅州縣批點詳文③

竊照州縣以刑名爲重,審斷以律例爲憑,非經平日講求,難免臨時錯誤。況在省候補各員,與其賦閒而嬉遊曠日,何如讀律而致用將來?

本司察吏明刑,責無旁貸,擬於臬署設學律館,派員充當提調。候補丞倅、州縣中

① 《稿本》存。

② 《稿本》存。

③ 《稿本》存。

有願學者,赴司報明,發給《大清律》一部,令其在寓點閱,同官考究。遇有疑難之處,許各抒己見,簽注批明,以便互相印證,並令注明何日批點至某條。每逢初二、十二、二十二日,攜書入館,由提調稽核、本司查驗,當日發還,接續點閱。本司仍隨時酌傳,面試批點,相與辨論,考其實際。其有批注細心、始終不懈者,未入發審則令歸額外學習;已歸額外者,遇有學習缺出,先儘推補;年終擇尤,開單移知藩司,以備異日差委之選。其或一二月不加批注,即屬漫不經心,不堪差委,應追繳所發律書,以儆怠玩。似此分別激勸,於吏治不無裨益。

倘蒙俯允,本司奉批後,即移咨官書處,取局刻《大清律例彙輯便覽》五十部,及局刻刑名各書各數十部,以憑核發。相應詳情,查核批示祇遵。

移覆通志局咨查本司各署修建情形由①

爲移覆事。

案准貴總局咨開。照得敝局重修《湖北通志》,凡文武各衙署,爲聽政出治之所,所有修建年月、工程,例應載入建置門,以備稽考。相應備文移咨,請煩查照飭承,將貴公署自嘉慶八年以後,迄光緒九年止,某年某月係派何員估修,動何經費,署内地基曾否擴充,房屋曾否添造,有無改置增損,有無古蹟碑記,以及首領各署庫科、監獄等房修建工程年月,均請逐一詳晰開録,賜復過局備纂是荷等因。

過司准此,當經分别轉飭查覆去復。兹據本司經歷方朝佐申稱,查卑署在平湖門内武當宫左側,嘉慶八年以後至咸豐元年,無從查考。咸豐二年城陷,爲賊所燬。同治五年四月,前經歷祝應燾稟請前藩憲唐,發銀四百兩,興工重修,是年十一月竣事。光緒五年十一月,又奉善後總局發給經費五百串,前經歷高禮經手,補修署内大小房屋十餘間。地基窄狹,並未擴充,亦未添造、改置、增損。並無古蹟及科房修建工程年月。理合具文,呈請察核彙咨。抄呈碑文一道,内開按察司之名,昉於唐景雲三年:

本朝仍明制,與都察院爲内外。臺司屬有經歷,蓋漢之長史、唐之參軍,秩卑而體崇,非尋常曹掾比也。湖北會居天下之中,獄訟滋繁,故臬掾之職綦重。自咸豐壬子以後,粵逆三陷省垣,焚毁公府且盡。歷十餘稔,始漸舉廢墜。而是署在武當宫側,故址僅存。涖斯篆者,率僦屋居,庖代數月即去,屢議重建未果。

同治癸亥,杭州鞠舫祝君應燾以部選至,輒慨然曰:"有官無署,如國體何?"顧是時度支方絀,工甚鉅而俸入微,尚有待也。越二年,乃告之方伯唐公際盛,籌撥帑銀四百兩,不足則貸諸同官,又不足則節縮衣食以佐之。始丙寅四月,訖十

① 《手稿》存。

一月,規制大備。凡工貲千數百金,君獨任者十之六焉。得斷碑於榛莽中,知昔以水患傾圮。乾隆五十八年前,任會稽徐君彩重葺,因以拓本示予,而請續爲之記。

於虖!天下之患,中於因循,而事之在官者尤甚。宦轍所經,視若傳舍,其自安簡陋者無論,即或奮然有志,往往困於勢之無如何,太息束手而止。顧亭林先生論孫樵《書褒城驛壁記》,而歎後世人情之苟且,十百於前代。由今以思,匪特人情不古,亦物力有以限之也。州郡猶然,況閒散瘠苦如臬掾者乎。祝君是役,距徐君七十年,其難十倍,而苦心瘁力,卒底於成,是可爲居官法矣。

抑思韓文公之記河南同官也,若河東裴公,若范陽盧公,若滎陽鄭公,若天水趙公,若吴郡顧公,莫不由簿尉致卿相。而其稱裴公則曰"行茂於家,事修於官"。夫仕宦之遲速,誠不可料,而識量所存,有不待時至而後知者。君豪俠好義,隱於一官。夙精醫術,時時以濟人利物爲念。今即此一事推之,見義勇而任事專。他日膺方州之任,其必爲民禦菑捍患,不以艱險自沮可知也。

然則區區率作之勞,固不足以盡君已。予與君兄蓮舫同鄉舉,比來鄂中,尤與君周旋久,知君莫若予。爰詳記顛末,俾後之人思締構之艱難,庶幾以時繕完,克成君志,並舉遠大之業。素所屬望於君者,書之爲左券云。是歲彊圉單閼同治紀元之六年二月望日,湖北補用道、前翰林院編修、國史館協修張炳堃撰。

又,據司獄管簣由稱,遵即查明,卑署在漢陽門内崇文三四鋪,嘉慶八年至咸豐二年,城陷,爲賊所燬,無從查考。於咸豐八年前,司獄陳兆貴任内,因咸豐八年修司府兩監並衙署等工,經前武昌府如陞憲委員修理卑署監獄、卑署大堂三間半。作倉房,内修房屋五間,並客廳所有。署後係内監,共有五廒;獄神殿官廳鐵門左係外監,連有三廒。循環廟,署前關帝廟、土地祠,署後福神祠等處工程。

又,於光緒五年十一月内,前司獄李爾熾禀,經前陞憲姚移知善後局,發經費五百串,飭前司獄李爾熾經手補修。兹查卑署並監獄,與府監獄連界共處,地基窄狹,並未擴充房屋以及添造、改置、增損,並無古蹟。

科房理合具文申請,查核,彙覆各等情前來。查本司衙署坐落平湖門内,黄鵠山前。嘉慶八年以後至咸豐元年,有無修理,因兵燹,案卷燬失,無從查考。咸豐二年,城陷,衙署爲賊焚燬。咸豐七年,前升司羅任内,委員候補同知唐際盛重建大堂,二、三、四、五堂,客廳,書齋,官廳,科房,後山亭。其在何款内動支錢,文司中無案可稽。嗣於同治十三年,前升司王任内移,由軍需局動款,委員補用知縣李澤芳修砌圍牆。又,先緒六年,前升司姚任内,由善後局於一成項下動款,委員候補通判劉秉懿於大堂後添盡蓋川堂。又,先緒七年,前升司龐任内,於一成項下動款,委員候補同知史悠慶於客廳西側添修積案局。又,光緒元年,前署司何移,由軍需局於善後項下並藩司在扣存臬司廉銀款内動支,委員補用後九張晋德、典史範錫祺。又,光緒四年,前署司惲任内移,由藩司在扣存臬司廉銀款内動支,委員補用典史範錫祺。又,光緒七年,前升司龐任内移,由善後局在一成項下動款,委員補用同知史悠慶。先後量加修補,各在案。署前左側向有家廟,尚未修復。署後僅有陳將軍古墓一塚,山神祠、瑞公祠各一間。並無古蹟,亦未擴充地基、改置增損。准咨前因,合亟移覆。爲此合咨貴總局,請煩查照備纂是荷。

計移送碑文一紙,移通志局。文已録入。

曉諭襄陽西南諸山居民領種松秧告示①

爲出示曉諭事。

照得襄郡西南諸山向不種樹,民間缺少柴薪。經徐前升道捐廉購買橡子松秧,發給鄉民,在於各山佈種,並派委官紳暨城守營高守備前往督率,認真栽蓄在案。兹據高守備禀,上年雨雪過多,已種之樹間有損壞。該守備現又捐廉,專丁前赴房縣,購買松秧三千餘觔,裝運到襄。擬即發給鄉民自行栽種,並將領樹、種樹條規,開折呈請示諭,飭遵前來。本道核閱開呈條規,均屬周妥。該守備勤理樹蓄,與民興利,可嘉之至。除札飭襄陽縣查照會督辦理外,合行出示曉諭。爲此示,仰西南諸山附近軍民人等知悉。

爾等如有山麓、曠土未經種樹,及前已栽種而有損壞者,務各赴局,將松秧領回,趕緊如法佈種,加意灌溉,務期生長暢茂,永享其利。領松秧時,書役如果刁難、需索,即指名禀縣,拘究團甲。首士亦當查照條規,勸諭鄉民,一體遵辦,毋任違延,有干查懲。

所有條規,開列於後:

一、山地、平地各有所宜。山地宜松,平地宜榆。各量地基寬窄,酌定種樹多寡,按數領取,並不需索分文。

一、松苗種法,栽時將根株理直,用濕泥作團。團好,然後下土,再行用水澆灌。十種九活,此法屢試屢驗。

一、榆樹此地頗多,種法較易。凡牆屋前後左右,皆可栽植。不限多寡,一體分給。

一、凡有家山者,團甲、首士務必勸令種樹。

一、凡有山之民,亦不限定多寡,但各量其力,能照應許多者,即領許多,以示寬便。

一、種樹之人,各將姓名、住址報明樹局,以便注册清查。不得濫領轉賣。如敢故違,一經查出,照所領株數加倍示罰,仍責成本人領種。

---

① 《稿本》存。

一、領樹後,如有附近愚民踐踏、拔毁情事,准其據實稟縣請究。如敢挾嫌妄稟,嚴究不貸。

一、樹局分設西、南兩局,西設鐵佛寺,南設八腊廟。領樹時不必進城親見官府,書役並無刁難情弊。

勸速葬示[①]

爲曉諭事。

雍正十三年欽奉上諭:“朕聞漢人多惑風水之説,講求風水,以致累年停柩。漸至子孫貧乏,數世不得舉葬。愚悖之風,至此爲極。嗣後守土之官,必多方勸導,俾得按期埋葬,以妥幽靈,以盡子職。此厚人倫、美風俗之要務也。務各懔遵毋違,欽此。”

定制,職官、庶民三月而葬。若惑於風水及託故停柩在家,經年暴露不葬者,律杖八十。

詳繹聖訓及律意,士民以已死之親,爲未來之利,不孝已極,論心宜誅。而必令勸導,罪止加杖,施罰從輕者,朝廷厚待臣民,望其懲改。以爲虆梩知掩,窀穸不忘;屍寒未安,顙泚難忍。親喪固所自盡,人心可以復初。苟理喻能動其情,不刑驅而迫以勢,豈煩督過之嚴,始知送死之道也。

吴中停柩極繁,本司前困旱疫,思理幽滯,示令速葬,冀消沴災。乃今數月,風聞停柩尚多。推原其故,在貧寒送葬無力,情實可矜;在有力之家,邀福有心,風則稍薄。愚民可恕,士林可羞。第舊俗相沿,已非一日。不明大義,難望頓更。本司思息邪説,以正人心,不憚考古證今,先以正告。

夫青烏之術,擇日擇地,趨吉避凶,不足信者,約有三端。

宫宅地形之書,見於《漢志》而不傳。今所傳葬書,謂始郭璞。璞身膺顯戮,子孫衰微,其術不能自善。璞受《青囊書》於郭公,謂出赤松子,趙載竊讀未畢而焚。今《葬經》所引經文,注家謂即《青囊書》。如“氣感而應,鬼福及人”諸語,頗涉淺俚。不惟不似漢文,且復不類晋人言。其書不見史志,度亦僞託。溯其作俑,已絶真傳,而末俗盲巫,祖述煽惑。其不足信一也。

《孝經》所謂“卜其宅兆而安厝之”,不過如《周禮》之正墓位而已,所以不辨昭穆、左右也。程子以爲卜其地之美惡,因有五患之論云:“不爲道路”,“不爲城郭”,“不爲溝地”,“不爲貴勢所奪”,“不爲耕犁所及”。朱子亦有“山水環繞,略成氣象”之論,稍異經旨,後儒已多議之。俗士傅會,遂專爲富貴利達之謀。其不足信二也。

---

① 《稿本》存。

古者,諸侯五月而葬,大夫經時而葬,士及庶人逾月而葬。既禮有所限,年月不擇也。《春秋》:"丁巳葬定公,雨,不克葬,至於戊午襄事。"《禮經》善之,日不擇也。柩不蚤出,不暮宿,時不擇也。周之葬地,冢人、墓大夫司之,諸侯居前,卿大夫、士居後,庶民以族葬,各序昭穆,地不擇也。然而傳位食禄,秦漢以後,士大夫世澤之長鮮及焉。其不足信三也。

況乎子孫修學好古,賢而有立,孝悌可通神明,則歆祀降祥,理如操券。若忘親圖利,顯爲輿論所薄,隱亦天理難容,安望康强逢吉乎?死者幸能啓手啓足,全受全歸。身體髪膚,詎能無愛?若以久置殯亭,不能就封馬鬣,風瀟雨晦,既甚淒寒,水厄火災,尤堪警惕。生者能無惻惻,幽魂亦應含悲。夫人有子孫,貴當大事,今求遺骸之安,而即土無日,何如死於道路,見收於仁人善士哉?宋司馬康伯葬親,不信葬師傅之言,以己意處分年月日時、葬地,而兄弟高年,位至卿相,宗族子弟從仕者二十三人。故君實爲諫官,奏乞禁天下葬書,又著《葬論》云:"欲知葬書之不足信,視吾家。"由今思之,惑亦略可祛矣。

本司目繫心維,深用歎愍。瞬届春令,又當掩骼埋胔之時。爰定章程,頒亦各屬。吴郡,文物之邦,士盡通經,人皆識字,庶相勸勉,錮蔽同除。以氣脈論,則地勢坱圠,山川周衛,層岡重阻,多是佳城,何煩過擇;以閥閲論,則古所稱虞魏之昆,顧陸之裔,繼體歧義,不聞其先卜有吉穴。所願巨室倡其端,學子明其理,勿令蚩蚩之氓假口於某官某人停其家、某某喪不葬,則人倫之厚,風俗之美,官吏與有榮幸焉。

一、先按圖造册也。各州縣分諭鄉紳董督,同地保先將本圖停棺未葬者若干口查明,編列號數,分别男女,插牌標記。一面照造清册,注明"有主"、"無主","主有力"、"無力","有地"、"無地"及"本籍"、"客籍"字樣,送縣核辦。一圖之人,各辦一圖事。地方小則停棺之數少,易於稽核得真。該州縣官於明年清明節後,將城廂及四鄉勸辦掩埋棺數、未埋棺數,彙造總册,加具無捏印結,送呈本司,以憑派員訪查。

一、宜籌設義冢也。一邑之中,義冢不過數處,多不過十餘處。宜令官紳酌量添設,定立界碑。凡有主而力不能置地,與無主之柩,由董保查明,分别男柩、女柩,列號標記,爲之瘞埋。棺木如朽,宜加繩縛或别易木篋盛骨瘞埋。入土宜深,築土宜實,免致野獸窟穴傷殘。

一、宜籌定經費也。無主、無地之柩,既須掩埋;有地無力之棺,亦須津貼。葬時所用人工、石灰、繩杠、木篋、檢骨盛骨之器,並須籌備經費。除各州縣本有善堂自行經理外,官紳商酌,有款提款,無款勸捐,不可藉端擾累。擇端正廉勤之士司其收發,使歸實濟,不可虚糜中飽。

一、葬期勿更遲延也。限明年三月爲斷,將停棺埽數掩埋。有力有地之户,催令下棺;有力無地之家,催令置地。其客籍無主與有主遠行者,代爲標記權厝;客籍有主不即扶回,令其自行權厝。若有主有力之家,過三月不葬,董保查明,令本家自具呈,將以後葬期報縣存案,届期再查,所冀全其體面,感以仁心。如更抗不謀瘞,則是天良澌滅,該州縣先將喪主姓名及所停某喪榜示通衢,以懲薄俗,復不自悛,治以應得之罪可也。地師術士妄稱山向不利,勸人緩葬,訪聞,以左道惑人治罪。

以上四條,爲貧民謀,爲紳衿勸。昔張清恪公深痛東南此習,著《親喪不可久停説》,擬酌爲定例,童生、生員親喪不葬者,不准應試;舉人、進士親喪未葬,不准入官。凡生童之考試,科甲之遷選,俱令鄰佑具甘結,地方官具印結,並無停喪者,乃爲合例。若有停喪,則應試謁選,俱不准行。本司則惟推本聖訓,先以教諭,是以詳稽古義,敬述朝章,欲令黌序同觀,性情相感。如經年以後,停柩仍復不少,積習不肯湔除,則惟有詳請撫憲,照張清恪公之説,奏定著爲令矣。特不欲自我吴會發之。凡紳、商、士、庶人等,宜體此意,顧全大義,爲桑梓先。爲此出示曉諭,其各懔遵毋違。切切。

爲貴陽府議復鋪稟稿[①]

竊某奉憲札,傳付户部《鋪租章程》,飭某遵照。即便會同貴筑縣察看省城情形。如可照辦,即照《鋪租[②]章程》辦理;如不能辦,亦即據實申復核辦等因,奉此。

某查現在國用未充,司農仰屋,即黔省兵餉孔亟,籌撥無方,但使法行無弊,於庫項軍餉可以有濟,自應急速遵行。當即會同貴筑縣某訪察情形,實有碍難辦理者,謹略舉數端,爲憲台詳陳之。

取資於民,必須民有餘力。黔省山多田少,物産不豐,商賈利微。其難一也。

京師都會之區,商賈輻輳,收租自易。即近黔地方,如湖南之常德、四川之重慶,水陸衝途,百貨雲集,貲本既厚,亦易徵收。黔省鎮遠、銅仁,水陸可通,已少巨商大賈。省城則山程,脚價所費不貲。雲南貨物,又自川省徑達雲南,不經黔省,即關税之爲數甚微,可徵商賈之力不厚。其難二也。

省城地面甚狹,兼木石本賤,賃值亦廉。除正街數條,行棧、字號、房租,每年或數十金,或數金[③]。餘皆零星貿易,餬口尚艱。房租有每年制錢一二千文者,有每年制錢數百文者,即普遍徵收一月房租,所獲無幾。若增限加租,則恐擾閭閻。若按照原租數目部示章程,則無裨寔用。其難三也。

黔地瘠苦,全仗外餉協濟,借以流通。近來撥餉無多,支發短絀。而每歲棉花、布匹等項,皆民間所必需,紋銀入省甚少,出省甚多,民間已形匱乏。其難四也。

① 《稿本》、《手稿》存,以《稿本》爲底本。
② 鋪租:《手稿》作"收鋪"。
③ 數金:《手稿》作"十數金"。

省城貨物多半來自常德、漢口。去年春冬，武昌被擾；六月間，武漢一帶譌言遷徙。上游一聞風鶴，則貨值頓增；一聞道路通暢，則貨值頓減。屢增屢減，商賈出入不能操權，貲本虧者已衆。其難五也。

年來捐修城工，復捐助軍餉，不惟富家踴躍，即餬口有貲者，無不竭力輸將。而民力既[①]窮，勢難多取。即爲[②]捐輸一件，省城捐數尚不及大省一府一縣，而且書捐尚易，收捐甚難。拮据情形，已可概見。若再收鋪租，必致驚惶。其難六也。

總之，軍餉宜裕，本小民愛戴君父之誠。民困宜蘇，亦地方保全元氣之意。凡此六難，皆係實在情形。

查户部原奏稱："各督撫察看情形，如可照辦，即先由省城試行，再議推廣。其有應停、應緩省分，分別[③]奏明。"是部議原令分别辦理，並非不准緩停。理合將難[④]遵辦緣由據實申復，伏乞憲臺鈞裁，轉詳奏辦。

咨川督抽井竈鹽釐[⑤]

爲咨請委辦事。

案准貴部堂移開，"同治二年八月"云云。查照，計抄送原摺一紙等由，准此。竊維籌餉之道，固貴有以裕其源。而生財之方，尤當有以通其變。川省鹽産於井，井資於竈。井以水之鹹淡，定鹽質之厚薄；竈以鍋之大小，定鹽斤之多寡，而價值因之取則焉。故井竈爲鹽利之源，而商販承鹽利之流。

按引配鹽者，名曰官鹽；接濟楚省者，名曰餘鹽。官鹽則有行商、坐商之分，餘鹽則無論何項商販，皆可採買運行。而井竈則乘鹽路之滯銷，□□昂其價值。故有虧本之商人，而無歇業之井竈也。

蜀中原辦抽收鹽釐，概係取之於商。而井竈户之坐收其利者，從未議及。本部院前在藩司任内，訪查情形，曾與現署敘州府孫守籌商，本有按鍋計鹽定釐之議，未及舉行。蓋井竈散處四鄉，稽查不易。原擬仿照編聯保甲之法，派委官紳，分别地段，查明竈户、丹户姓名，開列籍貫，懸諸門首，注明某户有井若干、有竈若干、有鍋幾口，核計每日所出之水、所煎之鹽，約可賣銀若干，即可按其數目，以定抽釐之多寡。每十户令出具連環保結，遴派委員妥紳不時稽查，如有一家偷漏，責使九家連坐。初辦頗費曲折，

① 既：《手稿》作"盡"。
② 爲：《手稿》作"如"。
③ 分别：《手稿》作"亦即分别"。
④ 難：《手稿》作"礙難"。
⑤ 《手稿》存。

而辦成之後,即可一勞永逸。似較諸毛藩司傍關就廠,專抽官鹽、餘鹽者,眉目區别,略無混淆,更可收實效而無窒礙。此就井竈抽收之法也。

川省各廠井竈,秦人十居七八,蜀人十居二三。若將所抽井竈釐銀,專濟陝省軍餉,而不兼顧川省籌撥之難,亦非所以昭公允。今既就井户、竈户注明籍貫,即可分别秦、蜀兩商資本抽取。如所抽係秦人資本,則釐銀即歸陝餉;所抽係蜀人資本,則釐銀即歸川餉。似以量爲區别,則於變通之中,仍寓兼顧之義,實於秦、蜀兩省,均有裨益。

溯查湖南抽釐章程,每百貨資本銀百兩,得計抽銀三兩。嗣因籌辦東征局,協濟江南大營軍餉,又議加抽釐銀三兩,共計每百兩抽銀至六兩之多。而商販踴躍,並無阻礙。即湖北所收,每百兩亦約計抽銀三四兩不等。現在下游水、陸各軍,即恃此項接濟。查上年川省舉辦鹽釐,核計所抽不及一兩,較湖南、北兩省所抽之數,多寡已屬極殊。

兹則取諸從未議抽之井竈,於商販毫不增加。查各井竈坐享大利,因鹽致富者,實不乏人。如能曉以大義,獎以商學,必皆樂於從事,其所獲必大有可觀。要在主持大計者認真督率,竭力經營。如毛藩司所奏:"欲圖遠略,難計近功。不在事之成不成,須問事之辦不辦。"實爲扼要之論。

第創始維艱,各井竈慮成定例,必將多方阻撓,甚且有以財賄行求者。苟非專委守正不阿、任勞任怨之大員承辦,實難期其有成。查川東吴道現署鹽篆,井竈是所統轄,呼應必較靈通。應請貴督部堂,即檄委該道親赴各廠,督率舉辦。遴派廉幹官紳,詳定章程,各分地段,剴切勸導,次第舉行。但肯顧念時艱,必能有裨軍國。貴督部堂夙秉公忠,必能仰體朝廷眷念西陲之意,加惠隣封,闕輔官民,同深叩禱。萬一或以□涉創始,憚此煩勞,即又不如按照原奏,即就現辦章程,□加一半之爲簡捷。

至於毛藩司奏"將前此曾繳陝捐者,於釐項之内扣還"、"其未收之項,免其捐繳"等語,自係指井竈捐輸而言。現查尚未辦有端倪,應無庸議。

除專摺具奏外,相應咨明。爲此合咨貴督部堂,請煩查照,檄委迅籌辦理,並祈見發施行。

觀風策問鎮遠縣屬生童　代①

問:人才本出於山川,士習可成爲風俗。然人皆不自樹立,則地靈之説亦虚;士尚不飭廉隅,則鄉党之型安在?

鎮邑萬山環向,一水中流。靈秀所鍾,名元疊出。何今寥落,不及從前?豈諸生學

---

① 《手稿》存。

術之未精歟？抑教化之不講歟？

實學實行，有體有用。聖賢讀書，豈爲文藝？即論文藝，亦應講求切實，豈可全無根源，宜何如切磋歟？

儒者説經，宜有師法。鄉塾講課，宜有恒規，能詳言之歟？

鎮邑山多田少，土瘠民貧，固限於地利，尚有開墾力作未盡之利歟？

水低岸陡，亦有渠堰、架車以資灌溉者，某村、某墟之田能得其水利，可縷指歟？

山陡岸狹，每遇暴漲，沖塌堪虞。今即不能大議更張而捍水患。灑水怒，以救一時之急，爲不虞之備，豈遂無策歟？

邑爲滇黔門户，水陸交衝，五方雜處，兼之下游不靖，奸宄潛蹤，稽查匪易。保甲團練宜如何而後可收實效？

本署縣開示各條，尚未能詳盡周密，能舉其遺漏格礙者，直言之歟？

匪類當入另册，開報□宜，何以許其自新？

盜竊已令村墟盤查，宜何以除其窩頓？

畸零小户依山而居，偏查歸並之法，何爲便民？

苗巢穴來，蹤在何地？宜何以禁絶於未萌歟？

文德關爲滇、黔大路，稱爲天險。此外，山僻小徑凡幾，其形勢何若？

由某處至某處，道里遠近、險易，能分别言之、繪圖以明之乎？

興利如理財，行一分則增一分之益。除害如去病，早一日則得一日之安。所宜興者何事？所宜除者何端？

本署縣勤求吏治，思患預防，且願諸生童等學爲有用之才，故親切諮詢。其各勿存私見，勿摭浮辭，思議所及、確寔可行者，箸於篇。既可廣本署縣耳目之見聞，亦可征諸生童器識之高下。務盡所長，勿辜厚望。

觀風告示

照得學校爲教化之本，文章開風氣之先。入境問俗，陳詩觀風，古所尚也。鎮邑山環水抱，靈秀所鍾；水陸交衡，見聞廣闊。歷稽前哲，若張應吾之直憨，周良翰之忠貞，雲祥之孺慕可風，廷正之清操不愧，固皆輝光志乘，式里閭。即論科第，二張一沈，皆以名手，先後掄元，豈以無繼起之人，足稱後來之秀？

本署縣幼承家學，留意人材。猥奉檄文，來權名邑。欲知利弊，宜廣諮詢。矧當時勢之艱難，思共名流而講論。兹定於某月某日在某處考試，爾生童其依期，黎明齊聚，毋悮。

駮内邱縣請將先賢程本、子華子奏請從祀文廟稿 代[1]

伏查原稟,據舉人魏紋等請將先賢從祀文廟,以《家語》所載孔子稱“程子天下賢士”一語爲據。

《家語》一書既系王肅僞撰,裒積古書而成,自應詳考古籍。按,“程本子”之名見於《韓詩外傳》、《説苑》諸書,“子華子”之名見於《列子》、《吕氏春秋》諸書。《韓詩外傳》“程本子”上有“齊”字,則固以爲齊人。《列子》“子華子”上有“宋陽里”字,則又以爲宋人,皆與今本《子華子》題晋人者不同。又,《吕氏春秋》引子華子與韓昭、釐侯語,或以爲韓哀侯。按,韓哀侯、昭侯、釐王皆在三家分晋以後,非與孔子同時,故《欽定四庫全書總目提要》斷其本非一人。高誘注《吕氏春秋》兩稱子華子爲“古之體道人”,則古原有《子華子》一書,而今所傳本,《四庫提要》斷以爲文士託名。

綜而論之,程本天下賢士之稱,雖非無據,而其人爲齊、爲宋、爲晋尚無確徵,誠如憲札,與公孫僑、蘧伯玉之屢見經傳者不同;《子華子》一書又決非孔子時人所作,事蹟、著作均難論定,遽請從祀,義有未安。至《欽定子史精華》本係類書,其中如韓非、莊、列諸子之流,不過録其佳辭,以資文士儉腹。該令謂“先帝鑒古之精”,遂援爲從祀廊廟之據,亦屬附會。

本司道等公同酌核,内邱王令稟請將先賢程本、子華子奏請從祀之處,應毋庸議。

---

① 《稿本》存。

陶樓文輯卷三

上李中堂書

二品頂戴、原署貴州巡撫韓公在籍病故，孫生員韓方炳來省，言奉韓公遺摺赴津，求賜轉奏。竊思疆臣告歸，不比卒於官所，非得附摺論其勳績，朝廷或以尋常忽之。韓公有功於黔，至今黔人懷之不已。晚既所深悉，不敢不爲中堂詳陳。

查黔省之亂，起於粵匪東竄之時。維時東南數省兵事方殷，黔省僻在一隅，始猶恃有川、滇近鄰可以援助，迨後川、滇兩省各有兵事，黔以本省之力，辦本省之事。胡文忠首倡義聲，練勇擊賊。迨胡文忠奉調赴楚，黔事益艱。其能支撑十數年，俟粵寇蕩平，巴蜀肅清，移師援剿，以有今日者，皆文武數人力戰之功，如提督孝順趙德光、按察使福連與韓公先後輝映，而韓公爲最久且著。

初，隨胡文忠擊粵賊於懷遠，平烏沙苗於九萬寨。及其專將，擊擒獨山土匪楊元保，所向有功。桐梓賊楊漋之圍遵義也，滇、黔兵壁遵義城下者數十營，動輒敗衄。韓公馳至，冒雨疾戰，立解城圍。進攻雷台山，賊巢破之，楊漋潰走。晝夜窮追，殲之葛彰司。是役也，賊環省城而趨，相距不過數百里，而省城晏然無虞，由韓公追之急，賊不暇他顧也。

楊漋之亂息，而苗匪之亂興。苗地險惡，叛亂後塹山斷道，以阻官軍。羣苗猱升鼠伏，伺便要襲。援師不至，韓公以所部奔命於箐谷之中，屢瀕於危而意氣自若。

自咸豐六年以後，黔省上下游州縣大半失陷，思州以北及石阡、銅仁、思南諸郡爲教匪，鎮遠以南及黎平、都勻諸郡爲苗匪。韓公孤軍撑拄其間，使賊不得合，遏其由潕下沅之路，以蔽湖南。是其力輓危局功，又不僅在於黔也。

韓公爲人賦性剛鯁，忍苦習勞，在官在軍，儉約刻勵，有非尋常官吏將士所能堪者。雄心遠略，出之以堅强。自將先不過數百人，及官道員，奉命幫辦，所統亦止二千人。大小六百餘戰，往往當賊衆數十倍，糧盡援絶之時，左右死亡略盡，而喋血鏖鬬，得以復振。胡文忠稱爲"血性奇男子"，"沈勇慷慨，一步百計，非泛讀兵書、侈言將略者可比"，疏請飭雲貴督撫，假以事權。駱文忠亦疏稱其"廉樸耐苦，能得民苗之心，爲濟月餉"。超權巡撫，出自異數。爲時未久，因病乞歸。而馭悍將，任良吏，擊走石達開大股，攻克尚大坪、玉華山兩賊巢，肅清大定、安順、遵義、思南、銅仁諸郡，迄今黔疆底定。韓公遺烈，婦孺皆知，嘖嘖稱道，誠宜垂諸簡策，昭示將來。

陳上事略，並鈔録胡、駱兩公奏章、書牘，撮取大要，上塵清覽。伏冀采摭入告，仰邀上恩，俾獲宣付史館，庶勞臣偉績，不至淹没不傳。

晚與韓公無一面識，惟以黔人言黔事，亦屬義不容辭，伏希鑒督。

其　二

日昨承示某君籌洋三策。挑燈讀之，戰、守兩策迺是襯筆，仍和之一策而已。

其議戰，言以海外制海外，派熟諳洋務之大員，周歷金山、葛羅巴十數埠頭，爲之設領事官，就地抽税，練兵勇，造船械，使受中國節制而禦外洋。果能如此，不煩一兵，不費一錢，而增雄師數十萬，固中國之藩籬，豈不甚善？惟此等①獷悍精健之人，我力不能制之，不爲我用；我餉不能濟之，不爲我用。即幸爲我用矣，用之而不能勝，我不能救，則終歸於叛；叛而不能討，是增一敵也。某君言"不爲中收，必爲外用"，亦必然之勢。各埠本中國人，得賢員諭導之，使以情相聯而求内附，庶乎可行，終難望其禦侮耳。

其議守，以重兵守産茶、絲之地，設官局，收買官，與夷人交易，此即古人互市之法。果能行之，足制夷人死命。但經理不得其人，則官局勒收，守兵滋擾，易於生變。至欲以内土敵洋煙，開煙禁而嚴洋煙之誅，則勢所不能，亦無此政。

體某君之意，二策不過文字波瀾，故亦不深究其利弊，大旨固在於和也。所陳諸條，皆自和議中籌畫。如"纂條律"一條，欲同中國於夷狄，似不可行。"勤聘問"一條，恐我往而彼不來，幾同屬國，亦未可遽行。"重官守"、"廣和約"，則調劑之要務。然官守必先通商衙門，殆周旋總理之見，非有意於求材也。至"酌教規，使天主同於耶蘇，娶妻生子；别教堂，使男女不混"，此深明亂源之論。"平貿易"一條，剔奸商以安遠人，尤爲近日最要。總之，自治而後可以治人，中國所以見輕外夷，由於事無實濟。但使上下各舉其職，自足懾服遠人。以和則可久，以守則必固，戰則非旦夕所可議及，往日中堂論之詳矣。

彭年不熟夷情，拘墟之論，未知當否。謹此奉復，附繳全論。不盡。

往聞某部郎論貿易，欲乞帑數百萬開官行。固難籌此巨款，且恐華商之奸私如故，夷人之獲利較豐，而其害盡歸之公家也。自以招商爲宜，不知高明以爲然否？

總論中，借法國言"堅持清議，至於亡國"，此希世苟合之説。某君號稱熟悉夷情者，而熱中所迫，遂不覺其立言之謬。然方今之世，有此鬼谷之術，安能禁其人之不用。

① 此等：《稿本》作"此等皆"。

偶爾放言,勿宣是荷。

其　三

接奉手教,並鈔件一册。諷誦再四,並與同局諸君籌商升祔廟制。

當路援奉先殿增修龕座成案,創爲併龕之議。節經費,免更張,一時權宜,非不甚便。而將來龕满,仍須另議。古人設祧法,原爲孝思有窮時。今將遷祧,世室兩層作爲禁體。題本枯窘,無怪其出於併龕也。然無論如何改作,終不能無遺議。併龕之弊,在祖孫同室。雖加界牆之隔,終有并處之嫌。況帝、后主並列乎? 兄終弟及,義當同室。别嫌明微,似難併龕。分作兩代,則昭穆又紊,將來礙難之處甚多,不僅如諸另奏所譏“背古”及“簡略”而已。

論朝廷諮議之意,原欲取決於老成,而内外分際之間,未可立異於當路。承命撰擬節略,祇好敷衍,就併龕略爲引申,而久遠之意亦須委曲達出。鄙見如此,仍俟卓裁。

局中諸友所作言人人殊,並録呈閲。第四兒國瑄初學作考據文字,亦令擬一篇。書房學生泥古私見,惟斥教之。是幸。

其　四

接奉二十五日鈞答,並示摯甫刺史《祔祧議》。虚公之懷,采擇之慎,以此議禮,何患不精。顧猶詢及芻蕘,真乃量如山海矣。併龕之議,簡陋背古,祖孫男女逼處之嫌,如諸公另奏所指摘,及彭年前書所陳,誠不能免天下後世之疵議。不過因現在時勢,既不可議遷祧世室,則只好暫時權宜。

又,中堂所處分際,既不便立異廷臣,則亦只好約略其詞,言外見意。彭年籌及增室兩楹,非謂禮之必當如是,謂較之併龕,猶爲彼善於此耳。此論本發於玉初,今證成其説。復爲私議,其中惟此附世室昭穆,似可不必,餘或有可采也。

《祔祧議》文筆奇宕,洵屬擅長,而大旨近諛,未敢附會。以彭年私見,謂“併龕爲一時之權宜”則可,謂“併龕爲萬世之定法”則不可;謂“王大臣未能拘泥古法”則可,謂“王大臣智出千古聖賢之上,而一概抹煞”則不可。方子謹書論其疏失,並以奉呈。

竊謂言之所必争者,是非與利害而已。利害較切,是非尚可徐明。如中堂前議變法,以關中國之强弱、社稷之安危,不可不急争也。廟制之得失,於是二者無與,一時不能定,後世人必有能明之者。端揆立論,天下之人將觀仰焉。此事非關强弱安危之大計,亦何必毁古聖之成法,冒天下之不韙哉? 知大疏必有權衡,不惑於諛誕之説也。

醇邸疏籌久遠,爲復古之漸,實有合於窮變、變通之旨。《祔祧議》於王大臣之去古遠者，則揚其波而助其燄；於醇邸之與古近者，則阻其善而遏其機，亦可謂好爲新奇之至者矣。區區愚忱，無當於禮制，而有關於令名，惟恕其愚直而詳察焉。

其　五①

今年災區甚廣，直隸災尚輕。又有麥稔之餘，已岌岌不可終日。均糧、打旱魃，皆奸民唱而飢民和，地方有司又治之不善所致，亦由飢迫之耳。若再不雨，麥不能種，民情可見。

側聞籌款賣米，方伯亦遵辦法，且藎慮及山西運糧二千，仁人用心，爲已至矣。但官項非有鉅款，何能徧及？昔齊彦槐爲金匱令，值大旱，定爲圖賑之法。以各圖所捐賑本圖，計得錢十二萬四千，飢民賴以全活者無算。今若責成州縣，選擇耆紳公正者，各辦各鄉，或捐或借，俱令本鄉自爲經理。其捐者，官獎之；其借者，俟麥熟，官爲追還。惻隱之心，動於其所目覩，施於其所親近。勸導得法，似亦不無小補。

又，燒鍋一項，耗穀甚厲。以晚所聞，霸州約燒鍋百餘家，以日耗十石計之，一州之地，日千餘石矣。新城最少，日耗亦以二百計。荒年當禁，人咸知之。特以部税所關，恐不能行耳。

查燒鍋一項，本由地方官吏陋規過重，故臺諫奏歸户部。自奉部牒之後，一牒歲收不過十餘金，而影射包庇，何止十餘家。今若請蠲此利，部中必不肯許。若指陳利害，疏請暫禁，則部中亦屬無詞可駁，而生民受福氣多矣。

查康熙三年十月二十六日諭："聞畿輔穀價翔貴，遣户部筆帖式一員，往諭直隸巡撫，令其於所屬地方，以蒸酒糜米穀者，其加意嚴禁之。"我聖祖規模宏遠，而恭讀歷年聖諭，於救荒之政，除發帑、蠲租外，亦惟勸捐助、禁糜穀爲最急。祖訓煌煌，部中曷敢持原議駁難？

但一禁之後，不肖官吏或置民隱於不顧，而視爲利途，則惟公之明威，足以制懾之耳。官不卹民則亟去之，亦救荒之要務也。若以現在旱荒，檄飭道府考查各屬，以警動之，當分其營私之心，講求濟民之術，或可弭患未萌。局外妄談，不盡事理，惟采擇可否取節焉。是幸。

其　六②

接奉手書，欽聞至論。朝士分黨，風氣囂繁，互相擊挑，良非佳兆，正宜儉德避難，

---

① 《稿本》存，原題名"上李中堂書"。

② 《手稿》存，原無題。

豈拔茅彙征之時?

蓮池猿鶴,定可無恙。志局經營十年,亦欲始終其事,不負初心。層不見替人,自係預留之地。據彭年所云,或文筆甚超,而實事求是,尚非其選;或學術甚著,而因謗生望,恐難相安。惟筠老明於體例,走筆縱横;次則青餘、穎叔。如奉中堂招致,皆可勝任愉快。若以志稿垂成,無煩遠致,則就局中各人中分派專司,而以趙君桐生領其事,不過年餘,繕清可畢。若後來者必更前稿,以見己長,則文人相輕,自古已然,書成無日。桐生誠篤雅淡,君子人也,可保無此。

唐鄂生入都過此,勾留旬日。本擬引見,復趨叩台垣。彭年勸其改由水程,以避塵熱。李藩舟京兆柩眷南返,弱女書來取别。舐犢之愛,亦擬前往送行。遂約下月朔並舟到津,遂彼瞻韓之願,晚亦得面罄所懷。由津入通上水逆挽,又值剥船满河,尚須奉借長龍,不知可否?先此奉達。

上丁宫保書

半年未貢書,意謂歸里從容,上達乃未遂所請。今軍事日棘,不復可言退矣。

去年蜀中水旱火灾,加以驕孱之帥無理取鬧,非公老謀重望,何能安定如是?内中不知外間情形,曾外任者又局於所見,眼光不長。古人云:“知己知彼,百戰百勝。”知彼固難,知己尤難。今之爲政,皆苦於不自知。故徵兵調餉,無不可慮,不獨夷情詭譎難測也。鄂生竟與城北同科,亦坐不知之故,而罪及舉者、言者、救者。言莫予違而左右不能匡救,則將焉用彼相矣。國家之事,皆誤於苟禄之人。平時高自期許,得位百無一能。持籌握算,戕賊民生。吾道爲之短氣,我公當亦心焉傷之。

黔中的餉解撥關外,易以鄂中萬不能解之餉,吾黔何以支持?與菊公書,謂當就鹽釐設法,非公主持不可。近電澄海、馭遠兩船被轟,石浦被圍,法船易俄旂,似有窺蘇之意。

彭年始奉檄籌江防,阻船之物,軍火應用,皆須猝辦。聞蜀中機器局洋鎗、大小銅帽甚多,能賜接濟百萬顆否?鄂不能造購,存者僅三十萬。已定者,南洋有警,恐不能來,則洋鎗俱廢物矣。洋火藥,此間尚能造,亦不多。洋鎗亦止一響來福,非利器也。

上吴江相國書

年晚生黄彭年謹上書中堂執事:

違教數年,頃來春明,值時事方艱,執事藎勞,未敢以閒適之身,瀆擾左右。顧念執事負天下之重,當艱鉅之投,外間責備疵議之煩,彭年忝同譜誼,交雖未深,而相識垂三十年，有所聞，不可以不告。又念執事位高權重，在朝之士或未敢直言，言亦未必能盡。彭年既不在仕宦之途，輒妄效野人之獻，請畢陳之。

執事居不求廣，食不求豐，敝車羸馬，至儉也；恭約自持，至謙也；遺賂屏絶，至廉也；巨細必親，至勤也。當此風氣日靡，貪侈成俗，如公清德，誠不多見。而衆望猶有未慊，是爲刻論。然所以致之者，豈無故哉。

彭年之在保定也，間出都，人述執事爲巴酋所詬，因而致病。比來都，又聞傳言，執事至夷館，凱酋拒而不見。兩事如確，執事，中國之相臣也，相臣而見辱於夷酋，執事之辱，國家之辱也；國家之辱，天下之共恥也。一人而兩犯天下之所共恥，雖援"主憂臣辱"之説，不足爲執事解。蓋往拜之詞，必有未能審慎於先以致此辱者，故衆論不恕耳。

俄約之更，非急下遣使之詔，則懼啓戎心，但使行太速。以凱酋之微末，尚敢拒公，使者至彼國都，豈能以禮接待？前使之往，冒頭等之名，約猶未準。後使爵雖通侯，官職較遜，疑爲藐視，亦勢所必然。若非與國駐俄使臣先爲通款，誠恐輕往見拒，國體攸關。且朝廷不與限制，使者無所遵循。昔寇準執政命，使臣以過三十萬必斬，富弼之争獻納，晏殊執政不能堅持。得失昭然，前史可鑒。

夫疆埸之事，不能力征經營，徒乞靈於口舌，亦不可必得之數矣。我苟有備，無隙可乘，或者漸就範圍，仍敦和好。如或乘虚，便虞内犯。俄方强盛，性狠而貪，今日縱戢狡謀，異時終爲我患。邊防之設，未可稽遲。執事與在廷諸公疊次籌商，自臻周備。彭年所慮者，條款雖極精詳，奉行難期實力。甲乙之年，曾議防海，文移往復，動經歲時。撥款不能到齊，辦理每多竭蹶。此次設防，倘存希冀無事之心，必多視爲具文之意。各省疆吏意見各殊，此方刻意講求，彼或敷衍了事。一隅有失，膽氣同摧。外省之虚實、遲速，惟視朝廷之賞罰、勸懲。況水陸邊界，萬餘里之遥，若非主持有人，豈能一律完固？此則責之貴嚴、持之必力，不可稍示寬假者也。

兒子國瑾述公謁時，執事諭云："富國强兵在用人、行政。"兩語誠握自强之要矣。彭年竊以爲，我國家兵非不强也，國非不富也。

各省緑營額兵五十餘萬，粤捻、回匪未能資以剿平；楚淮各軍皆募鄉里愚氓，範以營規，遂成勁旅，卒夷大難。兵無强弱，惟在將得其人。今者宿將猶存，成規具在，沿邊募練，易於曩時。東三省蒙兵昔强今弱，稍資其餉，得人教練，可復舊觀。至於損外洋水師之費以增兵輪，聚營汛散處之兵以資操練，令各省購後門洋槍，練洋槍隊，以備調用。講求精切，勝算可操。故曰兵不患不强。

咸豐、同治以來，歲入之款，自漕項、地丁、常税、鹽課之外，釐金、洋税約二千餘萬。入款較前加增，例銷出款之減成者，至今亦未盡復舊，而各省猶形支絀，司農仰屋而籌。非獨西餉、海防費用之鉅也，無事省分防營未撤也，冗員薪水太多也，内務織造浮冒未除也,利歸中飽,國與民兩受其病。前此山東嚴辦交代,司道庫儲遂增三百萬;四川整頓鹽務,歲增課將及百萬。即如河南武陟一縣,夫料差繇,民間歲費十二萬緡。吴清卿延公正紳耆經理民間,歲費僅二萬餘緡,而公私皆便,尚餘六千餘緡辦理積穀。此旭初尚書爲彭年言之者。足見綜理得人,事事核實,決無匱乏之虞。至於開煤鐵於山,以廣利源。通商舶於外國,以收利權。規畫既宏,收效自遠。故曰國不患不富。

夫得人則富强,失人則貧弱,此國家之常理也。朝廷日求人才,而臨事輒有乏才之歎,由於資格太拘,保舉太濫,捐例雖停而捐班尚衆,内外仕宦之途,無不壅塞。間有脱穎而出者,不曰誰之門生,則曰誰之親舊,不曰誰之同鄉,則曰誰之情託。展轉譁傳,非盡無驗。君子以爲不足深論,中人則將因而改圖。夤緣奔競之風,因之而啓。敦品自守之士,恥與爲儔。風尚之衰,人才所以不出也。

猶記己巳冬間到京,執事枉顧,詢及某同年。彭年述某同年言某公巧滑,執事曰:"吾於某有一日之長,某同年與鬭心眼,如何鬭得過?"當時深服執事知人之明、持論之正。乃未幾而疆吏矣,未幾而都人譁傳將入政府矣,未幾而果入矣。政府者,通天下之志,成天下之務,必廣大純正而後足以居之。豈有鬭心眼之人,而可任天下之大任者哉!某公贊助得力之處,外廷無由聞知。但傳其習尚浮侈,齋戒期内演戲數日,賀客盈門,貽人話柄。大僚如此,何論末秩;京員如此,何論外省;文職如此,何論武官。平日推轂,本不期盤根錯節。一遇遺大投艱,明知不能勝任,既恐誤事,又惜其人,此所以徬徨瞻顧,而歎乏才也。人存政舉,人亡政息。當軸若不早圖變計,國事將有不可問、不忍言者。

彭年輒因執事"用人"、"行政"之語,妄益兩言曰:"用人以公,行政以誠。"

公則爲國擇人,不爲人擇官;量才授事,不以事困才。愛人之長,而必知其短;知人之惡,而不掩其善。不以淺智小忠而付之重寄,不以微失小眚而没其大端。不憑一己之愛憎,不徇同官之好惡。勤於延攬而干謁必懲,廣爲諮詢而游譽必察。簿記而參稽之,隨時而考核之,因事而磨鍊教戒之。巧詐圓熟之徒無所售其技,而善類得以保全,則人盡其才,事無不舉矣。

誠則不事虚文,必求實濟;不持己見,必集衆思。利害所關,不容含混;得失共見,不待彌縫。論者謂"中國所行皆王道,而不免於假;外國所行皆霸術,而事事皆真",果能去假見真,何至中不敵外?非積誠而出以大力,百年積習,旋轉甚難,履霜堅冰,良爲可懼。譬如治病,遣使防邊,治標也,一藥不慎,外邪深入;用人行政,治本也,藥非真品,元氣難培。

當今日而言,自强必須真自强,且須時時自强。自强而不息,何患乎貧弱。如其徒託空言,雖有智者,不能代爲謀矣。聖主冲齡,兩宫焦勞於上,宗社之倚賴政府者甚重,天下之責望政府者不得不殷。此則草野愚忱所以不能自已者。

訐以爲直,古人所戒。忠告之語,則近刻深。語曰:"惟善人能受盡言。"倘蒙諒其戇直,少垂省覽,苟有裨於執事,即有補於國家。

彭年衰病,侵尋眼花手涷,不能肅楷。即日出都,恕不上謁。公事繁重,不敢仰勞答簡,惟鑒納是荷。

上賀麓樵先生書

冬至自保定墓祭歸,得夫子手書,辱以大著先淑人誄文見寄,並示以制文意旨,體例甚備。彭年受而讀之,則信乎夫子之文足以傳吾母也。文章稱述,如寫真容。有一毫之不似,則在作者爲鞶帨,而子孫爲自誣其先人,故乞者、作者兩俱必慎。駢文之隸事遣詞,則寫真之設色也。濃淡淺深,惟其稱而已。天地之道,一陰一陽;《易》之道,一奇一偶。古文以奇勝,駢文以偶勝。面貌雖殊,其精神、體制豈有異哉!

誄文規倣子山,敘中步驟[①],則古文法度也。敘述先淑人刲臂一事尤當。鄙私自宋人《中庸》之論發,奇行往往不傳,謂是過高,不可以爲世法也。實則激於天性,篤於倫理,明知無益而出於不得已之苦衷。即間有一二爲名,非先淑人比者,亦爲人所難,而必以《中庸》繩之,乃所謂"過高"之論耳。且奇行足以感人,自先淑人後,寒家如此事蓋又兩見。雖未知其果出於至誠與否,而人倫之間得此,不猶愈於相視恝然者乎?

至敘中用柏舟事,蓋非事實,由彭年撰事略未詳耳。先祖妣匡太淑人與先祖考同享高年,其歿相距祇數載而已。"汎柏"、"牽蘿"兩句,擬節之。誄詞首句某字某字,乃是慈諱,敬易數字,倣言"徵"不稱"在"之例。至誄敘兩某字,則二名不偏,古有明訓,亦仍其舊。"超宗鳳毛","超"字譌"趙",涉筆偶誤,付刻更定。此皆無關文體,非彭年敢爲游夏所不能也。

頭風大作,困臥繩牀,伻來已五日。恐勞廑念,時復躍起,作數十字,意不宣展,惟鑒恕不莊。大稿二册,借以奉還。彭年明歲浪跡蓮池,郵筒甚近。全稿録成,敬當浣漱諷誦,不勝企望。冬寒,伏惟起居珍衛。

上張石卿星使書 代[②]

竊某奉到還章,始知前次肅函郵遞未達。幸芝岑觀察録稿寄呈,深荷優容,彌深感篆。旌麾至,敘正值髮逆犯川[③],仰賴德威,於楚軍未到之先,指揮扼擊。是大人雖

① 驟:《稿本》、《手稿》作"凑"。

② 《手稿》、《稿本》存。以《手稿》本为底本。

③ 川:《稿本》作"州"。

未入滇,而已大有造於蜀也。

來[①]滇東道阻,自宜暫住蜀疆,徐圖前進。竊維滇省大勢,杜逆負隅迤西,乘國家多事之時,憑洱海、蒼山之險。觀其《復楊振鵬》一書,欲效南詔竊據,料事詭譎,多中窾要,不可謂無人。是其悖逆之罪,不容稽誅。其根蒂已深,殊難驟拔。至若馬岑盤踞昆明,陰蓄不臣之志,外託受撫之名。徐某既黨附於前,而潘制軍復輕入虎穴,勢必爲人所制,豈能制人?如此者,欲羈縻之而不可必,豈能戡定之哉。夫羈縻之在内猶可也,戡定之宜在外,審矣。

前奉詔書,有"不可深入"之旨,是廟謨早洞見萬里矣。然不履滇境,終無以繫屬人心。驟以兵壓滇境而兵力不足,餉運不繼,則不足以定亂,而適足以速變,均非計之得者。爲今之計,莫如擇滇屬之近蜀而稍可憑藉者,權宜布置,庶措施有方而號召亦易。迤西南所謂崇山、巨川足資保據者既爲花門所占,僅昭通一路介滇、黔之間,分川、貴之險,地勢尚可憑依,所産銅、鉛亦略資接濟。近漁帆觀察昭通置行省一議,誠爲識時務之大者。

誠據昭通、東川,因以號召全滇,目今雲南州縣之聽命於花門者,未必人人帖服也。特以省城本根[②]之地,花門入處其中,州縣力難抗衡,且稍有參差,不以爲伸大義而以爲壞撫局,誰復敢起而異議者。一經改置,則人人耳目一新,轉環[③]自易,不獨臨安之拒回者可招徠馴服,使爲我用,各州縣亦必復有響應矣。然[④]規畫進取,得寸進寸,得尺進尺[⑤]。所復州縣,擇良有司拊循之,全滇可望次第肅清。西南邊陲,不至淪爲異域。元老壯猷,當必卓有先見。滇路現今暫阻,敘郡成都,相距甚遠。伏乞星軺辱臨,與大府面商措置進取機宜,謀定後動。

某與漁帆、芝岑兩觀察熟商,意見相同。謹肅寸丹,恭迎憲駕。

辭張星使見召啓[⑥]

彭年頓首再拜,奉書星使大人執事。

讀惠家君書,以若渴之盛心,辱蒙詢及。下走趨庭奉誦,既感且慚。彭年本無學術,濫厠詞垣,乞假侍親,犇馳數載,衹以年少嗜書,謬多談論,遂使友朋浮譽,上達長者

① 來:《稿本》作"比來"。
② 本根:《稿本》作"根本"。
③ 轉環:《稿本》作"轉圜"。
④ 然:《稿本》作"然後"。
⑤ 得寸進寸,得尺進尺:《稿本》作"得寸則寸,得尺則尺"。
⑥ 《手稿》存。

之聰聞。竊念時值艱難,正士人投筆戎軒之日,况執事推誠下士,家君昔邀薦辟,彭年又荷垂詢,兩世見知,彭年即才質駑下,豈不願供驅策,借附驥尾,以致青雲,而區區愚昧之忱,有不得不上陳者。

彭年自去年五月奉侍□…□在清鎮,慈親□失跌傷足。在蜀調理兩月,甫□…□月,行至祁縣,又復失跌。彭年侍奉不謹,内疚已深,現在調理將及一年,慈親雖痛楚稍紓,而步履仍須扶掖。彭年别無兄弟,未能遠離。是以今年夏間,即將在黔所領赴京供職咨文,請晋省中丞代爲咨繳。辱承下問,既感知己之深;而烏哺私情,不能自釋。

謹附家君函尾瀆陳,仍望長者見原,不勝愧悚感激之至。彭年謹上。

與方存之書

接復緘,所以開示奬勸之者甚至頑鈍之姿加以憂鬱,其能於身世有裨耶?自别良朋,不復聞直諒之語,離索之感,益用愴懷。中丞欲高才,佐軍此時隱無可隱,爲無可爲,得假手,使人不疑儒生無用,亦快事也。有志之士,不官可耳,何必不與聞政事,亦何必定期有效而始爲之?孟子於滕欲行仁政,亦明知其無濟於滕之存亡,而猶云"新子之國"。聖賢用世之心,固不可以一日已也。

河南辦團,輒謂"聯莊不完錢糧",遂相率不辦。竊謂民無不完錢糧之理,必官之收糧不得其平,又平日不能得民心也。誠能選良吏,從根本處梳櫛之,則團自團,糧自糧。往年侍家君治黔中鄉守,民間亦有以糧爲言,勸之即解。其一二漁利,慫恿鄉民,欲滋事者,得其鄉端人爲團首,治之有餘矣。今日良吏惟在能知其境内紳民之善惡、邪正、能否而已。制梃御敵之效,須從尺布斗粟中求之。此等事得其平,乃可以言守。若戰,則兵練之事。團民征戰,言之美觀,實未能當敵也。

軍營勸懲,全在賞罰。今之到處瓦裂,賞濫而罰不能行也。時勢難支,人情涣散,誠有借保舉牢繫人才之時。然必其果才也,若其不才,則去之唯恐不速,何用維繫?今之借口"維繫人才",幕友也,屬員子弟也,權貴親友也,同官請託也。雖真履行間出死力者,未必遂遺,然使豪傑之士,與若輩同一薦剡,必羞之不屑矣。

中丞剛毅篤實,未必有是。然此固向來積習,足下宜爲言之。彭年前言固守河北,爲河南根本。來書云:"防河已派有人。"其人可恃乎?此等處,直須着實辦,不可以簡派"有人",稍存形跡。河北所恃者,賊未渡河耳。今賊已渡河,防河使者守彈丸之大名而不足,安能顧全局也[①]?若中丞不亟圖三府,將不可保。三府不保,則河以南更不可問矣。欲保三府,仍惟有擇良吏,訪端正紳士治鄉守,以助官軍。此事全在躬行實

① 也:《稿本》同,《手稿》作"耶"。

踐,故以得人爲首務也。勉足下力言之。

其　二

得書,知爲嚴公所遮留,惟胡宫保相望之殷,終不可不一往。否則,須以書詢之。得其報書,乃可改圖。久要之義,固如是耳。

去年往來燕趙,見各省勤王之師,行無隊伍,止不宿營,帶勇者沿途添募,以此不練之兵當[①]敵,安有不敗之理?今爲將者,但云"調度"。不知調度者,練成後之事也。訓練者,軍事之根本也。是宜選數百之卒,日日訓練,以爲諸將倡率,使皆能如書房子弟作課程,則勁旅可成,用作親兵,亦可親冒矢石而督諸將。此時談兵,直須躬行實踐乃可。

嚴公欲兄相助,何不以此意爲言之?書院館政久弛,今以禮範之,使漸就規矩。來見者與談,欲引之於道,而嚮學者甚寡。都緣不能積誠以身教,益自刻勵而已。竊謂人倫不明,人乃惑於邪教。即逃將、逃官,皆由不明君臣之義所致。故近來自勵,與生徒相勵,只"皆所以明人倫也"及"篤行之"兩句,不顧人笑其迂也。

其　三[②]

承勸家君,兼勗彭年"毋存執一之見",非敢然也。古之仕者,易退難進。其退也,不待終日。其進也,量而後入。豈不欲仕?惡不由其道耳。

家君之去晋,本以避某公之讒,衆所共知。今某公之尊人一敗,而去者復返,則似快意怨耦。其難一也。晋之官場,賄賂公行,各植私黨。隱忍隨俗則素守有乖,稍立崖岸則讒疾仍舊。其難二也。此老人所以決然潔身也。

至彭年,别無昆弟,惟以養親爲事,本意亦思薄宦養親,無如京職。未能自贍,而策名委質,身非己有,恐於侍養相妨,故亦決然不作彈冠之想。此又區區之心,本不因時勢盛衰起見也。

其　四[③]

當今士大夫通病,只是苟且捱去。臨難見危,昔人所謂"捱不去"者。故《中庸》

---

① 當:《稿本》、《手稿》作"嘗"。

② 《手稿》、《稿本》存,《稿本》原題名"與方存之書二"。

③ 《手稿》、《稿本》存,《稿本》原題名"與方存之書三"。

"素患難行乎患難"。"素"字最有工夫。無平日工夫,則無見在力量。伊川有言:"臨大震懼,能安而不失其正者,惟誠敬而已。"

其　五[①]

先生學問之正,文章之純,行誼之篤,弟惟有趨步,不能贊一詞。至所以相勗者,則危行言孫之説耳。遠道寄書,偶及世事,但據事實,勿着議論。知者自能悟,不知者不須與説也。明哲保身之要,惟留意焉。

其　六[②]

此間自三月下旬聞三路告警,即已張皇失措。布總兵守陽平,聞賊自昭化來,不戰而潰。西川匪自寧羌趨沔縣,張觀察自沔縣退入漢中,川匪尾之,踞南壩,擾城固、洋石泉、定遠數縣。此間初遣孔軍門擊之。及聞商州洛賊勢頗熾,乃改孔軍門赴援,而川匪無問及者矣。

商洛之賊自豫竄入者,劉逆僅數百人。始圍商南,又圍商州。孔軍受調,遷延數日始出省,至藍田則借口"夫、騾不備",至牧護則所攜勇大半逃散。孔折回藍田,聞商州解嚴,賊趨鎮安,遂進軍商州。迨四月初間,賊連陷鎮安、孝義而省城戒嚴矣。賊之將至孝義也,張司馬連日六百里告急,四至而不見答。迨孝義陷,復不爲備。十三日,猝然閉城登陴,則以烏都統自尹家衛聞賊出山,遁歸;咸寧令出城勸團,聞警逃回也。賊既焚牛頭鎮,踞尹家衛,距城五十里。大吏拘守城中,無敢出城一步,賊遂得次第搜掠東南鄉村寨。孔軍由商自華州回省,營於城外,亦不擊賊。

窑頭者,長安東南鄉民之悍者。其民習於械鬥,聞賊,三詔羣起拒之。前四川嘉定府經歷梅錦堂爲之謀,教師石蒼田某統其衆,又有鄠縣舉人梁冀之率團屯余曲。十六七八數日,連獲長髪捻賊。孔軍以爲賊易敗也,遣所部阿參將擊之,敗於紅溝。參將受傷,團民馳救,始得生。賊亦退,營尹家衛。

賊之焚掠村寨,所遣不過十數人,或數十人。土匪乘隙剽掠,民舍無得完者。然實畏官軍,官軍惟不與戰,乃恣意所向。及十九日三詔一戰,而賊拔營宵遁。二十日,梅君率衆至尹家衛,則已無賊踪矣。近聞由藍田竄渭南之綵子嶺,爲渭勇所敗,獲其輜重數十頭,不知復當何往。

---

① 《手稿》、《稿本》存,《稿本》原題名"與方存之書四"。

② 《手稿》存。

省垣之可危者有三:偵探不確也,將吏恇怯也,守備無實濟也。

川匪自陽平入,始聞而懼,繼言"乃勇與勇鬥",遂置之,而其實川賊也。捻匪之擾商雒也,始報"商南失守",繼報"商州失守",其實皆未失也。賊入境已久,不知賊首姓名,不〔知〕賊衆多寡。豫省探報移咨,乃知賊首爲劉姓。至賊出南山後,或以逃難飢民誤指爲賊,究不能實指賊營所在。若非鄉民出力,至今如在夢中。大約怯弱之人,未親見賊,詢之道路,以爲偵報。此偵探之所以不足恃也。

警報初至,大吏互相推諉。劉廉訪以不知兵自解,官場傳爲笑談。實則與署方伯皆嗜好過深,弱不堪任耳。張帥議出省矣,適有交審之案。案結,亦終不出。孔軍始終不敢見賊,一見賊而遂潰。獨所部華州勇尚可用,而受制於孱帥。孔與李觀察、顏總鎮同一示弱引賊。此又將吏之不足恃也。

至於省城團練,向無章程,又早經撤團養勇。勇既不足用,而團散之後,倉卒登陴,僅令鄉約傳鋪民。不集則誘之以利,日給錢百文。趨利而來者,率皆窮民,多有無賴子弟混雜其中。輪班者不俟换班人到而已散,自巳午及暮,城垛空有鎗銃、旗幟,而蕩無人守。委員因大吏惰玩,亦相率效尤,如署藩臬皆諉病卧城樓中,不出查詢,委員亦遂不出。在城紳士,身家念切,頗知焦急,而督辦不得其人,亦不過相對欷歔,往來奔走,具文而已。所幸賊不來攻,若果攻城,恐未必能固守也。

與章子和書①

兩得手教,辱荷見懷。名論雅思,入我寤寐。心藏神契,如何可忘?承示大撰《太安人行略》,體絜詞摯,孝思藹然。情至生文,迥殊世構。就中詞義,亦或一二可商。

如文首開載姓氏,古者姓統而氏分,自《史記》以來不復分别,動云"姓某氏",此大謬也。姓之與氏,今不可詳。但既云"姓某",則不宜復贅"氏"字,若云"某氏",亦宜删去"姓"字,庶不悖古。

又,先大夫之稱,或從父官,或以子貴。庶吉士封典,視編檢加級,得封秩曰"儒林郎",未得稱"大夫",則宜改稱"儒林"或稱"先君"。

又,驗封事例,以子贈母,皆加"太"字。生母、繼母、嫡母同,則陳、謝二母宜與諶母同稱,不應諶獨稱"太安人",而陳、謝稱"安人"也。

又,如孫某下書"某子出",此尤乖謬古人。書孫名,並不分别某子之子。即或贅書,亦不宜書"出"。凡言"出"者,婦人之詞。世俗於斯,懵然已久。大雅名作,時蹈此愆,亦宜更易。

① 《手稿》作"與章子和"。

委撰墓志，文筆凡劣，不足闡微。然紀實取信，或免諛墓之譏。初脱藁時，有子、孫、壻名及官職。唐子鄂生見之謂："子、孫已詳上文，不須重出。壻名可略，無待附書。"檢《金石例》，其言良然，遂删去。足下精於義法，知不訝也。

秋風蕭瑟，素心不來，離索寡歡，益增孤陋耳。

與舒文泉書

昨日匆匆，未得暢談。頃得寬夫先生書，貴郡賴黔兵得稍安定，且探知賊據常德，爲遏雲貴援師，尚無急急上竄意，稍慰目前。

然愚竊有過慮者，賊據常德以窺荆州，爲入蜀計也。若夔門防禦嚴，而城口石硅①稍疏，將取道辰州、酉陽，則銅仁、松桃皆所必經。其可慮一也。

賊意在得糧，漵浦魚米之鄉，洪江、浦市皆大鎮市，難保無覬覦之心。既至洪江，則銅仁相距咫尺。其可慮二也。

洪江、麻陽、漵浦皆素有著名土匪，而洪江尤甚。兼之道路梗塞，船隻不通。麻陽船户、水手不下數千，無所覓食，難保不乘機起事，勾結粤匪。麻陽逼近銅仁，而會同界連天柱。其可慮三也。

吾黔惟倚楚、蜀爲屏障，今蜀事尚緩，而楚事已迫。辰州實吾黔門户，次則黔陽、卞水，又其次則玉屏、青谿。譬之居室，辰州大門也，黔陽、卞水則中門也，僅保院落而已；玉屏則寢門也，鎮遠則室中矣。故論禦賊，以守辰州爲要，而黔陽、卞水次之。論本境設備，則銅仁爲急，而思州次之，鎮遠又次之。論鎮遠之形勢，則天柱爲要，而鎮遠縣又次之。然天柱土匪甚多，宜早圖之。若會同有事，則守天柱又不如鎮遠之萬全也。銅仁則馬脚巖、大魚塘、盤石，思州則雞鳴關、三家橋、焦谿，鎮遠則文德關，天柱則白崖、甕洞，皆形勢之地。

承索拙著《銅仁、思州、鎮遠道里考》，仰見留心時務。拙著尚未經删訂，先録草稿呈閲，並攄愚見。是否有可采擇，共當道談論時，曷一及之，不必斥爲鄙人之言也。

再，閔游擊駐兵貴郡，值官民交困，又搬徙一空。集腋捐餉，恐難爲繼。向來官軍出省，例不關餉。但守楚境，即所以保黔，疆事貴權宜，並關大局。惜彭年與足下皆處嫌疑，且不可以妄預。想實心實力爲國守境、留心大局者，必有卓見也。匆匆作此，意不宣展，惟垂察不備。

① 硅：《稿本》同，《手稿》作"柱"。

與賀復齋書

前年在廣元,見所與少元書,心儀久之。比來秦中,備聞行誼,則歎學有本原,而少元所稱"不淫"、"不移"、"不屈"者,非虚譽也。

昨由羲初致家刻數種,未敢率爾貢函,遂荷先施,勗以"知言養氣"、"閑衛聖道"。彭年薄劣,何足語此?而敦勉之勤,期許之重且遠,則固欲罷而不能者。

閣下"闢陸、王,斥管、晏,以明聖道",所以持之者甚嚴。彭年則有所不能,不獨陸之辨義利、王之斥佛不能不服習其訓,即管子之功,亦嘗反復考證,而求其所以至此而見許於聖人,未敢概以"功利"兩字薄之。竊以爲聖道至大,即管、晏未嘗不在道中,而陸、王更不待言。

又,異端之日出,而爲吾道害者,甚大且衆。而吾道之學者,且日以寡。故區區之心,不欲吾道更立異同。往年在京師,友朋争漢、宋門户,彭年輒舉鬩牆禦侮之義,以相規諷。今承指示,乃更儳言及之,得不斥爲妄耶?

來書論《賢母録》一段,將來擬摘刊録中,永佩教言,以自策勵。

南歸之計,天寒道滯,須俟來春。數月之中,或尚可一接光輝,暢聆雅誨,曷勝快幸。

與耿立齋書[①]

承示所撰性、道、教文字,細讀數過。

説"性"字處,本朱子陰陽五行及"氣成形而理亦寓"之説,而以《太極圖解》敷衍之。朱子非不讀《太極》者,此注只從陰陽五行説起,正朱子示人切實處。彭年平生最喜魏環溪先生言:"開口便説太極,差了。還是從五倫做起的好。"大著推原無極、太極。此未敢附和者,一也。

大著又言:"一理即一氣之理。"按朱子云:"若無此氣,則此理如何頓放?"理與氣原相離不得,但氣是理之所生,竟認氣爲理,則整庵舊説之弊。此未敢附和者,二也。

説"道"字處,如以五事、五倫動念處爲道心,此等所見極是。而忽雜"三教聖人"一語,將援儒入二氏耶?則彭年未嘗讀二氏之書,未足喻所言之旨。將暢二氏之旨耶?則何不向禪室、道院共相參證也?此未敢附和者,三也。

性善之説,義理之性也,張、程補出氣質之性。足下謂"義理之性不離,氣質之性

---

① 《手稿》作"與耿孝廉書"。

似也”。然氣質不免有偏雜，終不能强合爲一。大著“纔覺是二，放下即一；纔欲合一，執着則二”，純是口頭禪。且既曰：“義理、氣質一矣。”又曰：“别乎人之心而曰道，則非指氣質之性。”又曰：“義理之性，道心也。氣質之性，人心也。”道心、人心，可謂一乎？執子之矛，刺子之盾。此未敢附和者，四也。

修道之教，朱子禮、樂、刑、政之屬，最爲切實。大著專就心上説，則竊明季心學之説而演内典之旨也。“修”字訓“飾”、訓“治”，朱子訓品節即“治”字，意已明白了當。大著“養”、“除”兩義，轉覺支離。且云“除此非道之穢雜”，不知率性之道，安得有穢雜耶？此未敢附和者，五也。

大著又云：“一物不攖，即一念不起，並去不起念之念。”此朱子所謂“寐時之心如木石”者，不可以爲未發之中，直是釋氏寂滅之旨。大著又云：“即覺得是理念而此時用不着，若不急捨此念，則爲理障。障我之虚，障我之靈。”不知所謂“虚”、“靈”①者何境？朱子所謂“虚”、“靈”，固指具衆理、應萬事而言也。欲念可除，理念亦可除耶？道心惟微，方持守擴充之不暇，而顧可捨耶？此未敢附和者，六也。

大著又言：“良知二字，發自孟子，吕氏啓其端，王氏暢其旨。欲求良知之説，宜讀陸、王之書。”然陸至鹿洞，惟講義利之辨，王氏文集特著《諫佛》一疏，其立説雖與程、朱稍有不同，而終不背乎聖人之道者，大端不錯也。足下老而好學，勤勤於性、道、教之辨，不可謂非有心人。而專欲爲無心之解，豈有所激而言耶？抑真惑於他歧耶？

又，“命”字從口從令，朱子解作“猶令”也，尚得造字之意。而大著云：“從人，從口，從耳。”望文臆造，殊非古義。“卩”本作“㔾”，即“節”字，非“耳”，篆文亦不象耳也。

縷悉布復，附繳大著，惟恕其愚直是荷。

與梁羲初書

伻來奉書，承詢葬禮。得孝之本，今世所希。

喪不用樂。程子時，洛下人家皆能之，以有賢者爲之式耳。《左傳》之虞殯、莊子之紼謳、田横客之輓歌，皆柩出於途，勞者助力之詞。吴荷屋侍郎以爲不可施之喪次。今俗所謂“鬧喪鼓”，士大夫之家固罕有之。至於儀從、鼓吹則不能免，不知鼓吹乃是軍樂也。彭年昔在保定權厝先淑人時，家君命勿用鼓吹，道旁觀者誚爲啞損。誠如尊書，世俗驚駭，恐不能無。惟守禮之正、行心之安而已。

至送葬之儀，考《通禮》：銘旌前導，次儀從，次明器，次靈車，次功布，次轝櫬。外

① 虚靈：《稿本》、《手稿》作“靈虚”。

親分輓，引布在前。今世俗所謂“開路神者”，即方相遺制，《通禮》不載而《家禮》有之，用似無妨。鞍馬，四品用三匹。轝轝，四品用四十八人，皆今制也。塋地自塋心數，至四旁六十步，封一丈，圍垣三十丈，《會典》：“六十庹。”五尺爲一庹。置守塋户二人，設石像生。用石馬、石虎、石望柱各二。碑身高七尺，廣二尺八寸，員首方趺，首高二尺四寸，趺高三尺，皆四品之制。

汪鈍翁議篆蓋不加“暨元、繼、配某某”等字，此泥“統於一尊”之説。其實墓下埋文，不過欲後人有聞知，則不可不詳。況《通禮》有“合葬則並書”之文，是今制宜書也。唐碑合葬並書甚衆，是古法無不可書也。述狀本係附見，與誌墓不同，則簽題似只可書府君一人，而不必題“元”、“繼”、“配”等字。

復齋諸君篤於守禮，又通知古文法，可以近商。年丈隨時斟酌，有須變通處，但於古有所本，於情可以安，皆可損益行之。

至“百日内先行謝孝”之説，則斷不可。《通禮》但以書謝賓，無喪主往謝之禮。《曲禮》“非弔喪，無不答拜”者，則弔喪不答拜明矣。吴侍郎以爲：“受弔之日，喪主稽顙謝賓。是既謝之，何必他日踵門?”是直謂不必往謝也。惟古經又有“拜君命及衆賓”之文，注謂“尊者加惠，必往拜謝”。徐健庵尚書以爲“所謝者，曾來賵賻之人，非盡弔客而謝之”。是謝孝之説，亦有時必不可已者。然惡車苴絰、奔走道途，且今制百日方薙頭，豈有出離喪次，酬酢之禮無已則百日後乎？今世士大夫大率百日後易墨絰，亦或因治生人事，不得不然。既有不得已於人事之故，則爲親而謝客，或不見斥於聖人耳。

命撰墓銘，苦文筆拙劣，無能闡揚盛德，仰遂孝思。但至交如此，亦不敢辭。日來小孫患風癇之疾，日夜守治，精神頗憊。屬即脱藁，恐思筆不屬，稍遲何如？南歸在即，然起程前必有以報命。

穎叔鐫級去官，俟新任至，始得交卸。霞老亦然。家君俟彭年起程，亦即當引疾還楚。十餘年闊别，竟恐不得走談，可勝悵悵。附上家刻兩種，又在蜀代唐鄂生校刻《弟子職》一册。知居憂廢業之時，無暇流覽。請置案頭，他日如見故人耳。又書三本，乞致復初先生。雖未得見，而神交已久矣。

其 二

兩奉惠書，未及肅復。

承詢行狀内加“暨顯妣某某”字，此今日通行文式。惟先有嫡母者，並載則無此體例，單載則嫌於無嫡。鄙意謂統於一尊，而兩母皆從附傳之例，於義始可安。墓銘因合葬，而書則不妨單載。漢碑不書“配”，惟侯成、馬江、夏堪碑因合葬書之，且及卒年、月、日。用此例推,則題目書"配",似亦無妨。

古人合葬蓋多於文中見之,而題目不盡書。但既有書合葬之一法,則書之於人子之心得當;而因①合葬而起,亦不嫌於無嫡,故鄙意謂與行狀題目不同。精於義法者以爲何如也?

來書又以懸棺縋葬,恐其喫力,別②於墓前開引道,似亦可行。前陳品官墓制有石像生之屬,方今寇盜日熾,墓制不宜過崇。當留隙地,俟大定後爲之。彭年歸葬先母,意亦如此。未識尊意以爲然否?

墓銘撰就,文筆弱劣,不足闡揚。惟於存歿三十餘人名,頗難安置。以《左傳》義法行之,前後不可移動。其他字句未妥愜處,均望改正。

穎老明日交卸。天寒,其太夫人不能登程,亦須來年仲春起程。篆蓋已代乞少元爲之,緩再寄上。或用穎老銜,或竟用少元銜,似均可,酌之。

① 因:《稿本》同,《手稿》作"例因"。
② 別:《稿本》同,《手稿》作"則"。

陶樓文輯卷四

與毛旭初書[①]

去年驂從過保定,後王子繁述及雅念,曾肅函交方君存之帶呈,藉伸謝悃。又以足下需才左右,而方君者學宗程、朱,文法方、姚,忠義慷慨,踐履篤實之君子也,樂爲足下言之。比聞其應胡、曾兩帥之招,又爲嚴中丞遮留,不知此書得達否?

去臘在唐邑得惠書,並以先慈大故,仰賜奠儀。軍書旁午之中,篤念故交,憐其失恃,含哀感結,且佩足下性情之篤。由所以待朋友推之將士,則諸葛所謂"知人"、"惜人"者,古名將何以過之?比閱邸鈔大疏,以捻竄通許,深自引咎,尤有純臣之誼。顧以彭年獲交足下,非世俗之泛然者。足下當此鉅艱,而不爲足下言,則無貴乎友矣。

足下,剛直正大人也。彭年竊謂:氣之剛者,宜劑之以柔;志之直者,宜達之以曲;識之正者,宜出之以奇;心之大者,宜慎之以小。足下之爲御史也,彈劾貴近,朝右側目,不可謂非剛、非直矣。然此所以立朝,而非所以御下也。足下之於河南,分則王人,宜在諸侯之上;誼則桑梓,宜有恭敬之心。而軺車始至,衆情怫然,遠近宣傳,徒以微儀末節。雖悠悠之口,不足爲憑,然聖人於《謙》卦言利用侵伐,集思廣益,從謙始也。示之以柔,而後得伸其直。[②] 衆情協合,然後舉貪狠、滑懦者罷誅一二,則軍政肅矣。

河南,天下之中;歸德,三省之衝,而河南之門户。足下駐兵於此,不可謂非正正之旗,而竟不能遏逆氛之東來,作中州之屏障,得無未盡奇變之方乎?夫捻之來,號數十萬,或百萬,其行也,蔓延遮蔽數十百里,此古人行軍所忌,而捻犯之。則以吾無精騎横突其間也,使得數旅勁卒,用鶻剿之法,彼不知吾意之所向,則狐疑猶豫,安能恣其所之?河南,四戰之地,有戰法,無守法。今劾諸將曰"防堵不能得力"。曰"堵"、曰"防",則宜乎其不得力也。

聞足下之受命而出也,慨然以蕩平爲己任。當時某告子繁:"君見旭帥,謂當從小處着手。"萬仞之牆,一畚一築之積也。鄉里尺布、斗粟之事,精心體察而得其平,然後相信深而團練可恃。今天下辦團之章程衆矣。所謂立章程者,欲其從我也。我不能從

---

① 題名《稿本》同,《手稿》作"致毛旭初書"。

② "示之"句:《稿本》同,《手稿》作:"示之以柔,而後得行其剛;體之以曲,而後得伸其直。"

人,而欲人從我,其可得乎?議者動曰"將非其人,兵不得力",夫將非其人,有用人者也;兵不得力,有練兵者也。足下受事以來,奏調諸人皆有聲於時。足下亦宜與諸人上下議論,陳輿圖,指畫形勢,規度進取,以竭盡其心思,而增長其智慮。其自偏裨以下,皆日夕延納,以收愚者之一得,且人人而見之,日日而記之,聽其言,察其行,事久之而真才見矣。

賞罰進退,尤激勵人才之機。近來人心涣散,或維或縶,保舉有不能不通融之時,通融漸多,則戰士隳氣;軍政久弛,或參或罪,有不能不寬縱之處,寬縱太甚,則孱將苟容。至於練兵,久成虚套。帥以語將,將先不悦。其面諾者,皆陽奉陰違,未有能如書房子弟作課程者。以不練之師,當至多之寇,無怪其望而卻步也。往者往來燕趙間,遇各路勤王之師,獨河南所遣彝勇、楚勇精壯矯捷。然行無隊伍,止不宿營,盤帶勇者,或沿途添募,此烏足當小敵,何論大敵哉?足下何不簡數百之卒,日自練之,以爲諸將倡率。此數百人者,練成一心一氣,以作親兵,則可以親冒矢石,而督諸將。此又兵事之尤急者。但待之厚薄,有以結死士之心,而不致使招三軍之妬,則操縱權宜,亦須斟酌耳。

平野之地,山西王雁翁尚書所創銅礮陣似尚可用,銅礮亦多。山西現無軍務,其大吏亦絶不以此事介意,若足下調取用之,亦化無用爲有用也。

彭年出位而言,無補於高深。顧念昔年蕭寺同居,卧談時事,與足下皆有不可一世之概。今足下宏濟艱難,不欲使天下後世稍有不慊於足下者,是以聞見所及,縷悉奉聞,知不以爲戇。家君近已引疾,彭年主蓮池講席,借資奉養,幸抒遠念。肅書敬達,惟爲國自愛,天下幸甚。

與倪豹岑書[①]

前在保陽,謬承過訪,暢聆高論,具識剛方之概,忠諒之忱。當時與存之書,互相印證,頗謂所言不謬。比得門人方培聰來書,盛稱處己與人,守正不苟。而莘雲每晤,則又亟亟道宏濟之才,恬雅之志。人之於君若此,而君之所以自立可知已。

渭春中丞毅然有爲,步武胡文忠公,又得賢者助之艱難攸濟。所謂"身江湖而心魏闕",雲雷經綸,固不必定建侯也。彭年[②]去年隨侍嚴親入蜀,過秦時,因道路梗阻,慈親靈柩因而旅葬。年來蜀事大致都定,家嚴卜宅湘山,擬即辭纛帥而歸。適霞仙中丞固約彭年爲秦中之遊,本以三月爲期,即當返蜀,侍嚴親歸里,再圖入秦搬取慈靈。

---

① 題名《稿本》同,《手稿》作"致倪豹岑書"。

② 彭年:《稿本》同,《手稿》作"某"。

又值川援先挫,未可遽去。

月餘以來,霞翁汰孱弱之將,汰無用之勇,添調勁旅,重募新軍,嚴守蜀疆,布畫粗定。將移師寧羌,爲規復漢中之計。竊念邇來東南之禍似可少紓,西北之禍勢將日烈。苗逆蔓竄於中州,宋逆鴟張於燕晋。秦中起亂,不過年餘,被禍尤慘。西北大局,關中最爲形勝之區,漢南又恢復秦、川之根本。此間一日不靖,秦、楚、蜀三省騷然不安。且島人陰蓄詭謀,必須秦隴肅清,方能遠海疆而立國。去年蜀中教人之案,霞翁每一言及,則相對欷歔,慨然思奮。適奉撫秦之命,遂乃不辭艱鉅,自許馳驅。而事會所值,萬難措手者,約有數端。

從前督辦漢南者,不籌餉源所出,但思張大其軍,如靖逆、奇勝各軍,名目至二十餘軍之多,勇丁幾及數萬。就中惟果健一軍,稍能撐拄。而此次首先敗潰,拔營宵遁,以誤川援各軍者,即果健也。此軍欠餉已二十餘萬,其餘各軍或棄城而遁、劫掠而逃,所欠餉銀亦五六十萬。留之則無益戰攻,遣之則慮其譁譟。現已陸續裁撤,惟果健一軍尚在經營。此散勇之難也。

川援有湘果、中右、桂字、嚮導四軍,鄂援有毅健、義勝、凱字三軍及水師礮船,霞翁又有親兵彝字、果毅副前兩營,統計所部在二萬以外,兵不可謂不多。然川援聽命於川,鄂援聽命於鄂,節制雖歸陜撫,餉權則在鄰封。疆吏雖無畛域之分,將士則有主客之見。即如此次鄂中有警,援軍勢須調回,而興安郡城竟至無兵可撥。此集軍之難也。

秦中自遭蹂躪,田野荒蕪,商賈裹足,無人民可以耕種,無錢糧可以征收,無富户可以捐輸,無釐金可以抽取。本境無可籌畫,悉皆仰給鄰封。川援取資於川,鄂援取資於鄂。兩省餉項不至,援軍譁潰堪虞。而霞翁自部親兵,新募楚勇口糧及遣散各軍路費,尚不在此數内。點金乏術,煮石無方。此措餉之難也。

一省之中,多帥督辦全秦,椒翁暫權撫篆。將軍職司滿營,奏事自當專摺。而雷軍門則以幫辦奏事矣,德都護則以督帶奏事矣,李京堂則以督辦奏事矣。近奉諭旨,李京堂歸霞翁節制,而通省專摺奏事尚有六人。衆人輿瓢,其瓢必裂。此又事權不一之難也。

散勇之難,漸次料理粗畢。事權不一,只有開誠,即必不能諧,仍可直達,皆無足慮。獨集軍、措餉事須仰人,幾難自立。若非川、鄂兩省救患分災,則秦疆陷没,更不知伊於胡底。

夫天下之事,得人則興,失人則敗。合則勢重,分則力輕。往者東南大局壞不可支,賴數賢人支拄輓回。凡治東南之事者,湘其根本,而鄂其樞轄也。胡文忠公創之於前,渭春中丞肩之於後。近以餘力援秦,不惟維持東南,而且兼籌西北。苗捻竄擾鄂境,僅調凱字水師。鄂之於秦,豈不甚至?而霞翁復請留礮船扼守茶鎮,則懼秦賊之下竄,而苗逆之合并也。

方今如滌帥、籲帥、渭帥、霞帥,皆忠勤懋著,屹然爲朝廷重臣。戮力同心,以匡王室。患難相顧,有無相通。兵餉雖艱,自有騰挪之法;賊焰雖衆,必有殄滅之時。彭年與閣下同係作客之人,同有世外之志。而關心時事,不能不轉相告語者,則以秦、鄂關天下之大勢,兩賢負天下之重望。卜君子之道長,期師克之在和也。

區區私忱,覼縷奉達,幸勿斥爲蘇、張游説,幸甚感甚。

答張生書

辱書,以雨暘不若,爲人事所致,責僕不能省刑。辭意勤勤,甚善甚善。

僕陳臬於鄂,於兹兩載。兹土不乏人才,而得聞此言蓋寡。今生能責不足於僕,此僕所汲汲求者。抑猶媿不能如生所稱道,如云"小過不察而煩苛無,大罪不赦而姦逆止"。此居官之職道當爾,不足爲賢。然必簡而難犯、寬而能制者能之,僕則安能?

僕固非苟且樂安佚,於生殺出入委諸幕僚,不一盡吾心者。計清結新舊案,出死罪二十餘人。然累年案牘猶山積,被纏索關、桎梏者猶累累也。雖嘗有所平反,亦不敢謂此二十餘人外,凡殊死以下悉詳當也。州縣胥吏之擾,班館之設,未盡除也,煩苛豈無哉?盜竊、誘掠、習邪教者踵相接也,姦逆豈止哉?

訟獄之繁,月報千起。文致於胥吏之手,獄造於州縣之堂。檢之逾精則下逾巧,安必無深致①之罪?奇請他比之法,雖日日按訊,有無從辨證、難云定讞者。及物之道未盡,按吏之術未周,偷浮之源未清,薄惡之俗未化,僕惡得辭其過哉。僕惟是慄慄,不敢自暇。事不干本,職者得失不敢問。職所當爲,無不速爲,誓心則然,非謂能也。

春夏之交,雨淫水溢,隄防潰決,牒報紛來。近苦久晴,疫興苗槁。襄穀風灾,至於壞城傾屋。非常之眚,有不僅如來書所云者。變不虛生,益用惴惴。生既能以不足責僕,必有所見。凡僕舉動有未合,即何惜仍以尺紙之議,爲僕直言而亟告之。柳子厚有言曰:"凡居官,思直其道。道苟直,不可回也。如回之,莫若速去其位。"僕雖不敏,心竊韙之。重生來意之勤,聊述所懷爲報。如生惠然肯來面質而辱教,尤所深願。非博好賢之名,冀得聞讜論耳。

答張香濤書

接奉手教,所以啓牖之者甚至。事須縷析奉答,並與當事籌量,未敢率爾,當屬京叔致聲,想先達也。鄂生雖未能來,而京叔已至,嫂夫人懷鄉之思,應可稍慰,貴恙亦應

① 致:《稿本》作"改"。

復元矣。足下家事雖煩,而條論志例乃爾精密,此由養之有素,非吾輩所能仰及也。束脩之奉,當事敬禮之意。足下任其事,而卻其脩,高節清風,尤所欽佩。

采訪由局費多,由尊處費省,誠爲確論。已與當事諸公言定,隨時由公示知,即便寄呈闕内。雖書順屬,其實十府、六州、三廳,但能辦到,均乞宏慮及之。現在各郡邑采訪册陸續到局已三百餘分,大約節婦、殉難兩項爲多。其能徧及而有條理者,不過數處。因其采訪册而索其人,因以推廣,京東則託之史香崖先生,京南則託之王榕泉先生及鍾以三茂才。其他各邑紳有學行者,咸與通函,就中采獲較衆。局中須用書籍不能全購,亦可商借。食貨、方言兩門,極應增添。食貨應爲專門,方言或即附風俗之中,何如? 此兩門,即求撰定。

金石略,趙惠甫已任之。藝文略,彭年亦勉爲之。惠甫或能勝任,然官事既煩,考校或慮疏略,將來仍須核定。彭年所撰藝文略,則當隨時録呈,敬請删削也。

又,另示十一條,除食貨、方言已經議增外,如"各門詳載官文書、案牘",極爲當時要務,惜各署年久無存,惟當就可徵者録之而已。

藩封録,爲藩封可傳,而表不能盡載,故别爲録。今承指示,當並宦蹟,歸入列傳,只於子目内分别藩封、官司。省卻録之一類,較爲得體。列傳賢否並載,鄙意亦如是,但别入雜傳中耳,卓見以爲何如?

大事略現是編年,尊意析兵事、災沴各爲一篇,亦無不可。其不在兩端内者,自爲首尾,使閲者易尋本末,俟成編時酌之。

旗租一門,但能據《通考》、《會典》、《八旗通志》所載,益以藩司。公牘中總數不能詳悉分載,緣旗民交産、黑地、飛糧諸弊,地方不能盡查,查則紛起訟端。志載不確,而訟者援爲口實,此最難置筆者也。

繇役一門,直隸賦輕繇重,前人論之詳矣。上陵巡幸,屢奉"不得派累民間"之文。其實非派之民間,則費無所出。其歷年辦法、定章,與形諸公牘者迥不相侔。如照實紀之,則與例不合;如照公牘官樣文字,既非實録,又或執以興訟,亦後患所當防,此又難置筆者也。孟子有言:"諸侯惡其害己也,而皆去其籍。"今欲盡復其籍,勢所不能。故初議,於旗租尚擬略存梗概,繇役則相率斂手,仍俟通識議定祇遵。

又諭"卷首之紀,似宜别易一稱"。案,史之有紀,肇於《吕氏春秋》、《十二月紀》,遷、固而下始用以載述帝王行事,倣《春秋》之舊法。其中多載詔誥號令,則又雜《尚書》之體,不盡紀年。《新唐書》始用大書之法,則持律乃益謹嚴。方志撰紀,章實齋云:"備外史之拾遺,存一方之祇奉。"所謂循堂楹而測太陽之照,處牖隙而窺天光之通。期慎輯詳誌,無所取於《春秋》書事之例也。鄙意如此,未知當否,仍乞詳考論定。彭年學識甚陋,任此巨製,深慮貽譏識者。幸得有道可以就正,又承諄切講求,但有疑義,不厭往復,期於允當而已。

同局諸人分任纂輯者，彭年現辦藝文略；陳松泉大事略；崔芋堂河渠略；丁聽彝古蹟略；陳繹萱宦蹟略，俟成歸入列傳官司；吴儀臣封爵表；沈心梅列傳；施敬齋選舉表；陳小鐵職官表。現皆略理頭緒，俟所辦專門粗成後，再及其他。

至各書中散見，及公牘所載可備志料者，則寫官分册書之，以備取用，周惺吾上舍專司其事。其各路采訪上者，分類分郡縣，用巨册黏貼，鹿杏儕教諭專司其事。繹萱出守，所辦宦蹟一門，使其姪弼臣孝廉代竟其業。提調則易濮壽君太守矣。拉雜奉復，餘俟續陳。

答何小宋書

九月二十日將自汴梁登車，子和中丞遞到手書，欣悉移藩山右，並有即赴新任之命。山右頻年吏治墮壞，朝廷擇賢而使，眷篤望隆，行當開府名邦，可爲國家蒼生賀也。

自豫入晋，不識旆從何途之？從由懷慶入澤潞，肩輿可達，車騎難行。由河陝入蒲解，車雖可通，路卻迂遠。自不如循驛路至正定、獲鹿入平定，較爲直捷。

相招入晋，先人舊治，本所願從。重以雅意殷拳，虚懷若谷，誼當遵約，更無可辭。惟旅舍既難久棲，又在此僅與和、賡兩老往來，過久亦啓外人窺伺。而展轉太行之間，已是隆冬嚴寒，莽莽風沙，賤體弱不能受。大兒在京專候，一見彭年，回鄂禀到。渠到鄂後，尚須乞假還湘，换次兒入京鄉試。家事部署前定，一經變計，諸多掣肘。仰承摯愛，欲往不能。

竊維尊意謂彭年昔年隨宦，當有見聞。置之座隅，可資顧問。惟是離晋十載，情形不同。加以質本愚蒙，性復健忘，何足以備諮詢？謹就昔年庭訓所得，臝陳梗概。

查晋省風俗儉樸，民氣安恬，地方尚未大受蹂躪，官場分際尚嚴，錢糧亦少拖欠，爲治較他省爲易。因其易也，故十數年間賢者忽焉，不肖者恣焉，吏治之隳壞，民生之疾苦亦有難言者矣。

吏治之壞約有三端：

一曰虧空。從前山西錢糧年清年款，州縣交代即有閒雜款項不清，無敢虧正供者。自王應昌之在臨汾，劉登雲之在平遥，虧挪正款皆六七萬。彼時上司不能自潔，爲所挾持，令後任兑挪接收。此風一開，接踵而起。昔王雁汀先生撫晋時，一汾陽令虧正款盈萬，王公必欲寘之法，司道爲緩頰。王公曰："吾非好刻者，顧國家捐例銀數屢減捐，一知縣而虧萬金，獲利倍矣。持之不嚴，何以警後？"山西州縣有錢糧至十萬之多者，本係肥缺，上司嚴正，則州縣少入私橐數分。即庫款正供無缺矣，至清釐雜款，雖屢經設局，不能清結，則積習使然。而巨款全在正供，不可一毫鬆勁。此吏治之宜整飭，一也。

二曰操守。晋省官貪,不外做壽、棹面兩途。做壽徧請行店、村寨,爲人所共見,稍有知識者,尚不敢爲。棹面則蹤跡秘密,往往肆其貪狼。晋民雖嗇於訟費卻又不吝,其平日鄉論輒謂“打官司,花錢爲上策”。故以魏獻子之賢,而梗陽之獄尚難屬饜,此邦風氣,自古然矣。欲矯官貪,先清流品。正途未必無貪人,畢竟讀書,稍知理道,則廉恥、畏懼之心尚未盡泯。近日捐輸、軍營兩項,班次優而又優。晋省大弊,尤在候補班一項。凡入此班,固須勞績,而夤緣巧滑之徒亦正不少,自有各色花樣與候補班對補,而正途永無到班之期。若不設法澄敘,何以清其源?至於隨事勸懲、訓戒,使不貪者加勉,貪者知所儆畏,則視乎上司之加意而已。此吏治之宜整飭,二也。

三曰緝捕。關北之盜多自外來,關南之盜多出土著。外來者,回民較多。嚴行保甲,以清窩户,可期斂跡。土著之盜則在官,人役亦所不免。不嚴捕役縱庇之誅,盜不可治。其要惟在地方官精神周到,無定法也。彭年所見張石翁以星使過境,被竊洪洞矣;薛子新還陝,被劫北相矣;先君入蜀,被竊霍州行館矣;小鄉廉訪代先君取書箱,被竊聞喜矣。官車如此,民間可知。涓涓不絶,將成江河。從前粤捻之亂,始而盜竊,繼而打單劫寨,遂成叛逆,積漸然也。此數處州縣官有久任十餘年者,或則衰庸,或專事酬應,其心不在地方,無怪其不能治盜。此吏治之宜整飭,三也。

民間之疾苦亦有數端。如遼沁等處則丁糧爲累,緣丁攤入地,當時尚未盡攤者。今丁既逃亡,而無著之糧不得不累及民間。先君與王公籌之經年,集有《丁册源流》頗詳,未及辦而王公已擢川督去任,後遂無問及者。太汾所屬水利不修,旱潦不能蓄洩,田地收成歉薄,職此之由;民間巨案,或數十年不結,亦職此之故。先君權冀寧時,曾經刊布條款,因係五日,京兆屬員見覆寥寥。此二事關民疾苦最大,而其事最難。世俗視之以爲迂遠難行,念切民瘼者姑存其説,待時而動可耳。

晋地瘠磽,專以商賈爲業。其富商大賈買賣皆在外省,本境商販爲利甚微,故抽釐所得無幾,而民間受累已多。先君昔與英中丞力争,不得,乃改請只税大宗,出示曉諭,其關民間食用者,概不抽取。近聞釐金課則加密,不知確否?此處寬一分,則民受一分之賜。晋省錢糧幾三百萬,益以河東鹽課,用非不足,特京餉既巨,協餉指撥繁多,必不得已,與其增釐,不如勸捐。晋省勸捐,與他省異,除大户外,中、下户可以不派。近來各省平靖,商賈通行大户所入既豐,取之不爲太過。視釐税之病及貧民,則所謂“利取其重,而害取其輕”也。

至晋省之風俗,則《毛詩序》中“機巧計利”,實係確論。利之所在,父子、兄弟至不相顧。轉移風氣,是又在大君子德教矣。總之,民生休戚,視州縣之賢否;州縣之趨嚮,視長官之勸懲。

雨亭中丞雖未謀面,而其人廉介,有力量,則渭翁、申甫屢道及之;小鄉通達謹慎,人極熱腸,皆君子人,可與共事。首郡俞信卿明敏正派,亦難得者。閣下與數君子聚處一方,自然小人道消。晋事轉機,當在此時。前任永濟縣阮棻字蕡山者,其人學識皆優,先君初至山西,曾與書詢問地利,其兩次答書,皆瞭如指掌。凡言地形者,必得緣督之經而後可循縫而理。蕡山於此,似有微長,招置幕府,或派文案,不無裨益。又,陽曲令高崇基者,前在壽陽,英中丞因辦差,將其撤任。時彭年單騎由直赴晋省親,每至村市,居民聚論,如失慈母。先君爲英公言,始得解釋。夫不善事上官而能恤小民,此真循吏也。閣下於屬吏之賢且能者,奬之勸之;其不肖者,擇其聲名最劣去一二人。法行自近,則通省官民曉然,於上官志之所向,風氣爲之一變矣。屬吏幕友,廣爲諮訪。好問則裕,邇言必察。大智有餘,豈待彭年之儳言哉。

敬覆此函,聊塞下問之意。惟照不宣。

答唐鄂生書

承示《康成傳注年譜書目弟子目》。舊題書名,不足該括,今擬二名,取小同《鄭志》之義,題《續鄭志》;取《鄭志》、《鄭記》之例,題《鄭學録》。清泉李君鏡軒云《鄭學録》似較勝也。

原本敘次,以年譜置卷末,今移置傳注之下,以類相從。卷中應避廟諱字多,未及逐一更正。譌誤如"韓益"之誤加"正"字,《禮議》之云"《隋志》不著",皆必須糾改者。又如斥劉氏《起廢疾》、《發墨守》、《箴膏肓》諸評爲多事,門户之見過重。又如《漢紀》諸書,足爲證佐,應須補入。

又,鄙見有相發明者,既簽識卷中,更用别紙録呈。尹老云亡,不敢輒改。足下與伯更商定,或逐條補入,期便檢閲;或即用此紙附刊序後,亦於原書不無裨益。

彭年頓首拜啓。

補正附録

"得休歸",《續漢書》作"得休不歸"。注"元少爲鄉嗇夫"條下。

袁宏《後漢紀》:"玄,字康成,北海高密人也。爲嗇夫,隱恤孤苦,閭里安之。家貧,雖得休假,常詣校官誦經。太守杜密異之,爲除吏録,使得極學。"補"引《黨錮傳》"條後。

《别傳》:"元,故兖州刺史也。"補"遂造太學受業,師事第五元"條後。

按:據《别傳》,則"元"是名。《續漢書》、《史碑》作"先通京氏《易》",無"始"字,是也。注謂"元先"是字蓋誤。後凡言"元先"者,"先"字當衍。注"珍按:第五爲京兆平陵大姓"條下。

按:史碑是金承安重刻,易"恭祖"爲"欽祖"者,阮氏元以爲金避顯宗允恭諱改也。

注“珍按:恭祖”條下。

惠氏棟曰:“《鄭志·答炅模》云:‘爲記注,時就盧君耳。先師亦然。’盧君即子幹也,先師謂張恭祖輩。鄭先通《韓詩》也。”注“盧植傳”條下。

《後漢紀》:“玄之右扶風,事南郡太守馬融。融門徒甚盛,弟子以相次受,至三年不得見。講習彌篤,晝夜不倦。融甚奇之,引與相見,自篇籍之奥無不精研。歎曰:‘《詩》、《書》、《禮》、《樂》,皆以東矣。’”補“引《别傳》扶風”條後。

《後漢紀》:“會黨事起,而元教授不輟,弟子數百人。”補“及黨事起”條後。

《後漢紀》:“中平初,悉解禁錮,元已六十餘矣,始爲王公所命,一無所就。”補“引《續漢書》大將軍何進闢鄭玄”條後。

《後漢紀》:“黄巾賊數萬人,經玄廬皆爲之拜。高密一縣,不被抄掠。”彭年按:此條與范書《别傳》所載小異。補“引《别傳》建安元年自徐州還”條後。

按:史碑“徵爲大司農”及“與袁紹之會”數事,皆次於《與子益恩書》。前阮氏元曰:“《戒子益恩書》乃歸老疾篤時事,而范書反載於前,使事蹟先後倒置。”注“元後常疾篤”條下。

按:阮氏元曰:“‘爲父母羣弟所容’者,言徒學不能爲吏以益生産,爲父母羣弟所含容,始得去厮役之吏,游學周秦。故《傳》曰:‘少爲鄉嗇夫,得休常詣學官,不樂爲吏,父數怒之。’夫父怒之而已。云‘爲所容’,此儒者言也。范書因爲父怒而妄加‘不’字,與司農本意相反。”阮氏此説似亦可通。注“珍按:《史承節碑》”條下。

《後漢紀》:“玄身長八尺,秀眉朗目,造次顛沛,非禮不動。”補“時大將軍袁紹”條後。

按:惠氏棟曰:“‘遠’字當作‘瑗’。具本傳注。”注“時汝南應劭”條下。

《後漢紀》:“建安三年,徵鄭玄爲大司農,不至。”補“公車徵爲大司農”條下。

《後漢紀》:“袁紹遇玄而不禮也,趙融聞之,歎曰:‘賢人者,君子之望也。不禮賢,是失君子之望。夫有爲之君,不失萬民之歡心,況於君子乎?失君子之望,難乎有爲也。’”當去“《九州春秋》”條,載此條。下注云:《魏志·袁紹傳》引,《九州春秋》同。

按:史碑載康成所注書,與范書同,惟多《周官》,無《論語》。又臨“孝存”作“孝莊”。阮氏元以爲唐碑本行書,石或剥落,金時不省,而誤“存”爲“莊”。“莊”是漢諱,未有不避者。注“珍按:康成一生”條下。

右《傳注》補正,凡十七事。

按:乾隆中,王氏謨從賈、孔二家《正義》鈔出《周禮目録》六條、《儀禮目録》十七條、《禮記目録》四十九條,共爲一卷,刻入《漢魏遺書》。注“《三禮目録》”條下。

按:《隋志》“鄭康成撰《禮議》二十卷”,此云“未著録”,蓋失考。又,汝上王謨云:“諸經正義多引鄭氏《魯禮禘祫志》,本傳作《魯禮禘祫議》,《隋志》俱不著録,而别有《禮議》二十卷,則《禘祫志》乃《禮議》中一篇目也。”合二書爲一,似亦未確。注“《禮議》”條下。

今本《世説新語》作“遂”，爲服氏注。此注之説，不知所據何本。注“《春秋左氏傳注》”條下。

《起穀梁廢疾》注：“未見有勝，殊多事也。”擬改“蓋逢禄專家之學，不無異同云”。

按：余蕭客《古經解姓氏書目》據《周禮疏》，列《爾雅注》，檢《周禮疏》十八，鄭注云：“天皇北辰耀寶魄。”阮氏《校勘記》曰：“此鄭注文耀鉤也，上引‘文耀鉤’可證。因文承《爾雅》之下，而或云鄭有《爾雅注》，誤讀此疏矣。”注《書目》卷末。

右《書目》補正，五事。

《舊唐書》：“《尚書釋問》四卷，王粲問、田瓊、韓益正。”此“正”字謂正粲問也。《隋書·經籍志》：“韓益爲魏大長秋，著《春秋三傳論》十卷。”可證韓益名無“正”字。注“韓益”條下。

張氏澍《養素堂集·記鄭弟子》，以陳鏗、陳鑠爲二人，似誤。又，張《記》有應劭、馬昭、張融諸人。考本傳，應仲遠北面稱弟子，蓋一時戲言；昭、融雖宗鄭學，而年載相距既遠，皆非親受業於門下。今目中不録三人，特恐後人復爲張《記》所誤，附識於此。注《弟子目》卷末。

右《弟子目》補正，二事。

答唐鄂生問葬禮書[①]

早間榮波來，奉按察公章疏，命彭年校栞。俟酌定體式，再以奉聞。

承詢墓石、神主尺寸。彭年竊意殉難在官按察使時，詔書賜卹又照按察使例，則葬禮宜視三品。雖詔有“開复二品頂戴”之文，而葬禮則以卹典爲斷。

今據吴中丞榮光《吾學録》所載，主用栗，方四寸，高尺有二寸，身博三寸，厚寸二分，身趺厚一寸二分，剡上五寸。爲圓首。寸之下勒前爲頷，而判之。一居前，二居後。前四分，後八分，陷中長六寸，闊一寸，深四分。合之植於趺。除趺在七寸二分之上，竅其旁以通中。粉塗其前面而以書屬稱，旁題主祀之名，陷中書姓氏及行，左書生卒年月日時，右書葬地方向。加贈易世，滌粉面改書之，外改中不改。櫝高以容主爲度，此神主尺寸也。

塋地，三品七十步，封丈有二尺，圍垣三十丈。《會典》：“三品以下六十度。”度音托，兩腕引長之謂。五尺爲一度，六十度，三十丈也。石像生，用石馬、石虎、石羊、石望柱各二。碑身高七尺五寸，廣三尺。天禄辟邪首龜趺，首二尺六寸，趺高三尺二寸。此塋地及碑石尺寸也。

孔子云：“葬之以禮，祭之以禮。”今以卹典準葬禮，毫無疑難。幸無惑時俗之

① 《手稿》存。

見,以僭飾爲榮親也。《吾學録》所論招魂葬,文繁别録。如所言"領下定白綾"條,長短自應與外褂齊,宜敬謹親書,庶幾靈爽式憑。至云"用緞絹作朝衣",未知即用朝服,抑於朝服之外别製朝衣?須與知禮意者酌之。鄙意則謂亡於禮之禮,用似覺心安理得也。

答勞玉瑳書

奉讀大著《勸富民出貸貧民議》,誠爲救荒上策。國帑既無可請,官力不能徧給,非由民間酌盈劑虚,惟有仰屋束手,坐視嗸鴻飢鵠之待斃而已。

但就所籌之中,尚有須詳慎體察、斟酌而出者。如設立總會各貸各會,雖有餘力,誰能貸出會外?而貧户之等差既殊,富户之大小亦異,有富甲一村者,有富甲一鄉者,有富甲一邑者,應如何酌量分合,得挹注之平而無偏枯之歎?此其宜酌者一也。

會曰公貸,此項錢穀,令貧民自往領貸乎?則德怨之情,法所難禁,富者或借口,夙嫌貧者,或如有所挾,難免不滋事端。令富户交至公所,自配搭放,則一收一放,經理稍不得宜,百弊叢生。此宜酌者二也。

無田、赤貧、鰥寡、孤獨、廢疾力不能償者,官爲賑粥。此項粥廠之費,請帑乎?官墊乎?帑不可請,官無力墊,富者已出貸矣,肯再捐乎?竊料一經辦賑,此項最多,若先不籌此款,則仍是畫餅,能救力能償債之次貧,而不能救無力償債之極貧。此宜酌者三也。

昔人有云:"保富民即所以保貧民。"今甫有歉象而均糧,喫大户之謠已四起矣。或曰:"此官不經理所致也。"但恐公貸之令一出,姦民乘機搆煽,必有不待經理而千百成羣麕集於富户之門者。前此之均糧,猶自知爲作亂。此時之强借,則直謂之奉官。禍患之來,籌之宜豫。鄙意此議但可由首郡縣函商,不可形諸公牘,列之示諭。此其宜酌者四也。

鄙人本不在官,閣下雖在官而不在事,但使於事有濟,則越俎言之,未始非仁人君子之用心。惟立法必期盡善,而慮患不可不周。尚乞再四籌,維千妥萬當,然後告之當事,勸其施行。愚慮尚恐未盡,惟詳究是幸。

答王星階書[1]

《天發神讖碑》尚是原石,較吴、粤兩翻本爲勝。"皐"字下直尚存,"日"字下横已

---

① 《稿本》作"答王星階"。

損,“億”字已失。褾手將殘字悉割去,致難考證。可存,不甚可珍貴。

王子壽跋金石本非真鑒,此又僞作王書,宜剷去。

答竇蘭泉先生書

唐父臺至,奉手書。不以卑幼狂瞽之言,俯賜采納。且進而教之以德才之辨,用君子、小人之微權。義至精也,志至廣也,出而應明詔、佐中興。儒術之用,同道同志,孰不拭目以俟?

然細繹來書,尚有未盡愜者。如謂“用有才之君子,有德之小人”。夫君子信有無才者矣,小人則安有德哉!如其有德,不得謂之小人矣。古者德與才一,後世歧而二之。十六族之才子,皆有德者也。四兇之不才,皆兇德者也。鯀之方命圮族,堯以四岳之言而試之。知人則哲,惟帝其難,當時不能爲堯諱也。堯不能去,後人亦不能爲堯諱也。而所以致堯有此遺憾以俟之舜者,四岳也。後之法四岳者,法其薦賢,而無法其舉鯀以累堯則善矣。謂此不足爲堯累,而姑且舉之,姑且試之。不幸而無如舜者出,方命久而朝命廢,圮族甚而人類絶,可不爲寒心哉。

來書又言:“盜嫂受金之陳平,苟能安漢,則四百年之人民受其賜。當日若用四皓、兩生,不知能安漢否?”彭年竊謂兩生謂“禮樂百年然後可興”①,不知人不可一日無禮樂,亦無日不可興禮樂。兩生之迂,誠不足以安漢。四皓之語言氣象,葢策士之雄,亦不足以安漢。至於陳平,小智巧言,幸而依附陵勃②,乘吕后之死③以成名耳,謂“四百年④之人受其賜”,亦太過。盜嫂、受金⑤,不足爲平玷汙,謂“并此可以取而用之”,則魏無知一時辨詞,何遽爲定論也。

彭年⑥既無學力,更事又少,於世故惘然若無所知。然就生平所見,治事⑦須才,而事之成與否,則不在才之大小,而在心之到與不到。其阻於天時、格於人事者,又非心所能强。故嘗持謬拙之見,以爲方今用人,不必苛求其才,惟當先考其心。心至而才或不至,事未必遽壞。即壞,而其理尚存。才至而心不至焉者,事未必不成。即成,而其人不可復。去十年之間,往事可睹,何待援千古以上事爲例也?

素蒙長者垂愛,來書又復勤勤下詢,許以直言而不吝教誨,故敢抒愚見所至,惟垂

---

① “彭年”句:《稿本》同,《手稿》作:“鄙意亦竊疑之。兩生云:‘禮樂必百年而後興。’”
② “幸而”句:《稿本》同,《手稿》作“依附周勃”。
③ 死:《稿本》同,《手稿》作“亂”。
④ 四百年:《稿本》同,《手稿》作“四百”。
⑤ “盜嫂”句:《稿本》同,《手稿》作“盜嫂、受金,莫須有事”。
⑥ 彭年:《稿本》同,《手稿》作“某”。
⑦ 治事:《稿本》同,《手稿》作“治世”。

聽而是正之。

秦中爲中興基本。入朝建策,似宜從此著手。此處肅清,則可以遠海疆而立國,然後自强之術,次第可舉。精於謀國者,謂然否也?秋水方漲,北行約在何時?家君思歸甚切,而湘中卜居,一時未能就緒,明年定可歸矣。

答張振軒中丞書[①]

頃由兒國瑾馳遞手教,詢及芻蕘。仰見公忠之懷,沖挹之度。彭年遠離鄉井將及廿年,近日情形未能深悉,謹以所聞於鄉人者,縷析陳之。不必其言之盡,當惟執事留意焉。

竊惟致治之道,不外用人、理財兩端。今日談黔事者,莫不以乏財爲憂,愚見則謂用人爲急。黔省山多田少,物産不豐,水路不通,商賈尠利,公家歲入不敵出款之多,向資外省協濟。咸豐年間,海内多事,協餉久停,黔亂之興,州邑屢陷,粤捻既平,中原底定,乃有餘力及於邊隅。川楚赴援,次第剿辦,肅清之後,朝廷籌撥巨款,飭辦善後事宜。若使經理有方,何至今日尚努藎,慮無如散勇之補領半屬空糧。開墾之牛具、子種多歸私橐,以及局委薪水之濫、上下應酬之豐,其實用實銷於地方者蓋無幾也。巨款既罄,借資濫捐。今既停捐,能者束手。

夫理財之法,惟在開源節流。源難驟開,流當先節。黔地穀賤,勇糧向輕,每名月餉不過二兩内外。川軍入黔,增至三兩有奇。楚軍入黔,增至四兩有奇。較之黔勇,餉幾加倍。又因餉絀明短,勇額至僅五成、三成,其實所募仍多黔人,食長夫之餉,應勇丁之名,司庫有欠發之款,將弁未嘗不綑載而歸也。亂之既平,遣撤未盡。竊謂留防只宜查照咸豐初年舊章招募黔勇,黔人短小精悍,未嘗遜於楚、川,而需餉則較省。此勇餉之宜節者一也。

軍興以來,保舉冒濫,捐輸減成。黔省狹小,候補至數百人,道府亦數十人,其至黔者莫不各有因緣,則莫不給與差使、薪水,甚有朝領實收,夕奉委札。在當事者以爲招徠妙術,在捐納者私幸本小利豐。此薪水之宜節者一也。

實缺人員各有缺内向章以養之,所難者,獨勇丁、候補兩項而已。兩項果能節省,辦法自少寬舒。黔省額征十六萬有奇,川鹽撥款九萬有奇,入款約二十五六萬,百貨釐金,加意整頓,亦可數萬未報。肅清以前,候補求釐差者,甚於求缺,其乾没可知。即如川鹽入黔,聞從前實收釐二十七萬,而報明者僅九萬餘。故川中援以立言,黔中無可置喙。若執事剴切爲川中當事言之,彼見此項滴滴歸公,實於地方有益。公忠體國

① 題名《稿本》同,《手稿》作“答張振軒中丞問黔省情形書”。

者,自無畛域之分,又此款本出自銷黔之鹽,諒不難慨然見允。且聞稺璜宫保及鄂生觀察改鹽章時,原有兼顧川、黔之議,特未遇如公之開誠者耳。丁、唐二君改鹽法,爲國家歲增百餘萬,裁夫馬局,爲川民歲省二三百萬。利國便民,所不便者,官、紳、商之中飽及游客、京員之漁獵其中者耳。謗口沸騰,二君之風力實可佩服,非彭年阿私同鄉也。

從前協黔之餉,若將實在情形奏咨,雖不能如數撥解,或亦不至全虚。又礦産雖乏金銀,而水銀則源源不絶。除民間已開各礦外,尚有礦苗甚旺之區,可以試辦。亂定之後,荒田尚多,從前墾荒大員有領經費而先還家者,敷衍已可概見。若認真招墾叛絶各産,倣陜省營田辦法,租入不無小補。黔本瘠區,近日風氣,如窮人而效富家舉動,若能約之入儉,經流有常,來源亦可不竭。故曰非乏財之可憂也。

時事艱難,需賢共治。仔肩既重,臂助尤須得人。有下筆千言、應對圓捷者,其才可喜,其中不可測也。有閲歷甚深,貌似老成者,其諳練可任,其詭滑可虞也。用人以心術爲本,心不可見,於事見之。合數事以參觀,而心之邪正、公私不能遁矣。其或才疏志大,行不掩言,而質地實堪造就;或遇事敢爲,謗口交集而居心尚宜曲原。執事衡鑒素精,但於大員中得相助爲理之人,下吏自知觀感。候補人數太多,擇其有學有品、片長足録者,簿記任使,餘者聽其投閒。就中或有激勵奮興,可以隨時察用。如其不知自奮,但解營求,則亦不值耗難籌之餉以養無用之人矣。

實缺州縣,久於其任,乃能官民相信,可以有爲。而黔省調署太紛,每屆一年,輒即更調,名曰"過冬"。佐雜或時署州縣,而實缺到本任者甚稀。數十年以前,吏治之壞多由於此。近來此風尚未盡革,故州縣之賢者,亦視在官如傳舍,而興利除害有所不遑。不肖者則巧取豪奪,以飽食壑而已。民困焉得蘇,禍亂焉得弭?故曰用人爲急也。

從前黔民之亂起於納糧折色,黔苗之亂起於刻薄苗人。雖其間不無邪教匪徒煽惑,而所以能惑愚民而聚衆者,實有可借口也。請以昔年家居目擊之事言之。咸豐初年,穀價市石值銀四錢有零,而倉石折色每石二兩八錢至三兩二錢不等,倉石二當一市石,則售穀十餘倉石,不足完一倉石之糧。此民怨所由深也。高宗特恩永免新疆、苗人租賦,垂諸令甲。而後來廳縣借兵糧不足之名,領款采買。始則賤價,繼則無價。久之,而苗人交采買,亦變折色矣。台拱之亂,因廳員欲於折色二兩八錢加增,以致激變。是叛者苗人,而罪不盡在苗人也。既經剿辦之後,宜行寬大之條,欲圖久遠之安,宜鑒前事之失。廳縣借資辦公,此弊原難盡革,而官稍寬一分,則下受一分之福。裕民、苗之生計,即所以弭患於未形。

至於釐穀之捐創於田中丞,尤爲厲政。張石卿中丞奏豁後,聞近日又事重征。若蒙仁者蠲此煩苛,全黔實感大德。黔中士習樸謹無華,從前賀中丞待士甚優而過於寬,喬中丞矯之以嚴,皆不免有流弊。又地處邊遠,購書甚難,習科舉者多,爲實學者鮮。鄭子尹、莫子偲既逝,繼起乏人。若倣鄂文端故事,爲書院增置經史,使生童得廣見聞,將來人才之興,皆出自甄陶之内矣。

凡此諸條,自知迂淺,無當高深。特以下問之殷,不憚煩瑣之瀆。如有一二可采,尚乞博訪周咨,但期裁酌之得宜,勿以鄙言爲足據。

答清河道葉觀察書

昨奉手教,令檢《阿文成集》中辦教匪成案。敝齋無《文成集》,僅有《年譜》。檢查中有金川、緬甸用兵,回疆河工諸政,無辦過教匪事。惟那文毅曾任畿輔,《奏議》三十二、三兩卷皆飭緝匪黨事,籤出呈閲。

愚民無知,喫齋事魔、免劫祈福之説則有之,謀逆作亂之事則未必有。前在京聞有倡拿邪教之説,以希進用者,果如願而償,而民間掩累死亡,不知凡幾。此等富貴,恐未必能久。文毅疏有"查辦一處,則處處人心疑懼,轉致不安,關係非小,應請恩旨,概免追究"。睿廟甚是其言,謂"愚民雖有從教之實,並無謀叛之心"。大哉王言,可謂君臣同德矣。伏惟我公仁厚宅心,救民水火,必有大異乎某公之所爲者。

承命檢書,附陳鄙見,質之高明。

致王晉卿書

賢友足下:

别三年矣,兩得來書,念我何切。道義相洽,犯隱俱忘。豈以千里相違,遂爲浮言所奪耶?君與月舫料理志事,主持有功。傖父妄參,可用者姑聽;其必不可從者婉商。期事有成,不能不委曲,不獨文字之役也。

僕自入柏垣,終日兢兢,惟恐冤人。計平反二十餘起,活數十命,竟有格於勢力,不能如願,如鄖獄者。然以去就争之,不入情實,不爲人作劊子也。就所察覺者平反之,其不及覺者,能必無耶?所以日日求去,非曰高蹈,懼作孽耳。

紀綱久弛,整頓殊艱。法師遇魔,持以定力。貪吏稍稍斂迹,民氣得以上通。若謂吏治遂可澄清,則猶未也。近以海氛日熾,奉檄覈軍實,中華舊有利器,尚多朽敝[1],何論洋製?至於選將治兵,則非職分所及。以地形敵情度之,未必深入。如其果至,則致身之義,能自爲政。

---

① 敝:《稿本》作"弊"。

終日碌碌,夜静稍休,輒披舊籍,借束身心①。無暇縱觀,間招文士談論,亦無深入處。惟得宋拓《圉令碑》,差堪自娱。友朋來書,多置未報。存之貽書相責,謂曾、胡殊不如是。僕答書言:"胡不敢論,若曾於敉定之後,治行處處踏實,安有今日?"可以知僕之苦衷矣。

月舫有書未答,請足下録此寄之。共保歲寒,他無足論。同學諸子有見詢者,亦止此數語。乙酉仲春八日。

致汪仲伊書②

自送歸帆,倏經一載。側聞臯比談經,信從者衆。宋朱漢鄭,以古方今,何多讓焉。李新吾來,言《合肥志》大稿已成,足垂不朽。他所撰箸,當益富矣。

《逸禮大誼論》以經世之大業寓於説經,如郊祭之在南郊無北郊,在春月非短至之月,社稷之本一,五祀之有二,三年喪之三十六月,皆微言大義,確有根據,力闢群僞,誠爲卓論。尊旨兼以資世,非徒補逸。故援及後世之事,疏通證明。此自康成以今律證禮之法,不獨祥道大昌爲然也。鄙意則謂宜稍示限制,如軍禮、葬禮及於西人,似可從删,或别爲一篇述之。瞽談囈語,無當高深,勿責其妄。

原書二册,交令姪附繳。

致劉霞仙方伯書③

逕啓者:

敘南軍務尚未得手,川北雖有周鎮之捷,而漢郡軍捷,防不勝防。正遣籌兵入秦,靖鄰氛以固吾圉。

昨城口忽報,鄖西之賊經湖北,多帥扼擊,復由竹溪竄撲平利。查邊境毗連地方,犬牙相錯,均只兩省相連。惟陜之平利、楚之竹谿與川之大寧爲三省交錯。《鄖志》稱:"舊有三十三隘,最爲險要。"嘉慶年間,教匪竄入,官兵勦辦,八年之久,而後平定。

今端遵啓三僞王,攻撲平利,僞扶王尚據竹谿,是三縣之隘,髮逆已據其二。自竹谿之豐谿、平利之鎮坪,皆可直達大寧之雞心嶺、徐家垻,皆極要隘之地。城口太平山徑亦處處可通。一經攔入川境,則夔屬可虞,而川省出入之路皆阻。鹽貨不能通銷,所入益少,而增兵、增餉,所出益多。大局所關,防患未萌,當局必有遠慮。所幸者,賊號

① 心:《稿本》作"志"。
② 《稿本》存。
③ 《手稿》存。

四王,未必相下,如連雞不能高飛,尚易制耳。

昨宫保札飭嚮導、護軍兩營開綏定,探賊蹤所向,迎頭截擊。但嚮導必不能疾趨,而護軍亦恐其退後。若僅以孤軍前進,尤未足恃。護軍一營用以剿賊則不足,用以鎮定則有餘。不如調回省城,以桂字營往,合嚮導,守城口,而果毅千人近留夔,以防大寧。果後一營則以劉鶴林五百人往益之,作鵬勦之兵,並以備城口、大寧之急。不知卓見以爲然否?

現在東北空虛,不能不借資民力,全仗好官。綏、夔兩守及大寧令當此吃緊之時,似不足恃。即有礙難,更易之處,亦宜於守牧中迅選得力幹濟之員,前往激勵民團。機相佈置平利,於上月二十九日被圍川中。此時籌辦,已恐緩不濟急。

所有遣將擇吏,閣下明日堂期,宜與宫保即行商定,幸勿稍延爲要。

復劉蓋臣方伯啓[①]

彭年頓首,謹復蓋臣方伯閣下:

世風不古久矣,好善惡忘勢,今於方伯見之。

奉讀賜書,不以開籓尊顯爲榮,而以時局艱難爲慮,以求賢共理爲心。肫懇之誠,謙約之度,至欲以北面相施。下走雖非其倫,所謂載鬣驚鵠者。而方伯之忠國禮賢,則誠空谷之足音、廣陵之絶響也。彭年少無學術,謬竊虛聲,解組歸來,又不能閉户讀書,逐逐征塵,學益荒落,將以何者仰贊高深。

奉書以來,未嘗不慨然思奮,冀得時親左右,習覩韜鈐。縱未能借手有爲,而私益已復不淺。顧以家君高年,時懷歸思。彭年别無昆弟,未敢遠游。頃者霞軒中丞、穎叔方伯以關中講席相召,亦未克赴。此不得已之至情,久爲方伯所深諒。然相知之雅,結感已深;公忠之忱,佩服尤甚。家君命筆,敬謝拳拳。

滇事棼如亂絲,誠如尊論。屬詢當事諸公,定議未有所聞。朝廷以隴事最棘,責餉責兵,蜀中已無以應。比聞鄂中告警,益增蜀中之憂矣。

肅此祗達,並謝盛意。彭年頓首再拜。

致諸遲鞠明府書

苗先麓先生所著書未刻行者,惟《歌麻古均考》最爲完好。近有竊其書,參以肊説,刊以行世者。此本文小坡所得,先生寫本不可不亟付刻,其式擬照北方所刻《苗氏

① 《手稿》存。

四種》,以便異日合併。閣下如有訂正,可附於後,並乞代製序文。

彭年曾數謁先生於河間會館,時方自山東學幕歸,躬自執爨,硃墨竈烟,霑[①]濡衣袖,津津道古,雜以諧語。時先生年已七十矣。老輩風流,迄今猶在。魂夢間,時往還。最密者,平定張先生、道州何先生,而彭年以少年隨三先生講論,至足樂也。在蓮池求其遺書,《歌麻古均考》其一也。

① 霑:《稿本》作"沾"。

陶樓文輯卷五

釋 性

性善之説,不自孟子始也。論者動曰"孔孟之言性不同",所以紛然而歧出也。《易》曰:"一陰一陽之謂道,繼之者善也,成之者性也。"陰陽之理爲太極,其分爲五行、爲四時,在人爲仁、義、禮、智,在天爲元、亨、利、貞。[①]《文言》曰:"元者,善之長。"則四德之皆善可知也。本朱子説。《書》曰:"維皇降衷,若有恒性。""衷"者,中也。《春秋傳》曰"民受天地之中以生",即此中也。《詩》曰"民之秉彝,好是懿德",孔子曰"人之生也直",《中庸》曰"天命之謂性",皆是也。是《易》、《書》、《詩》、《禮》[②]、《春秋》、《論語》,言性善也。本程子、真西山先生、顧亭林先生説。《書》之言"恒",《詩》之言"彝",猶言常也。人性果不善,則烏可以常?《易》又曰:"成性存存。"又曰:"順性命之理。""存"也,"順"也,猶《書》之言"若",《中庸》之言"率若"者,順也。"率"者,循也,是孟子"故者以利爲本"之説也。人性果不善,則宜如荀子所謂"矯而正焉",烏有存之、順之、循之者哉?且孔子謂"性相近"者,爲其善也,猶孟子"堯舜性之,湯武反之"之説也。若有善、有不善,烏得云相近乎?衛先生嵩、顧亭林先生説。然則孔子曷言"中人以上可以語上,中人以下不可以語上"?唯上智與下愚不移也。曰:此之謂智愚,非所謂善惡。惡者之於善,爲之斯善矣[③];而愚者之於智,不能也。王荆公説。

性有仁、義、禮、智,猶身有五官、百骸,其愚智、上下,猶强弱、長短、肥瘠也。然則人之生而不善,若越椒生而知其必滅若敖,食我生而知其必滅羊舌,何也?曰:五官、百骸人所同,亦有生而不具,或生而易位,此其變也。君子道其常,孔孟之言性,一也。顧亭林先生説。

荀子之言性惡也,猶告子杞柳之喻也。夫人而知其非也,孰知其所以非?彼謂"可以見之明不離目,可以聽之聰不離耳",孰知夫聰明之生於耳目?彼謂"器生乎工

---

① "陰陽之理"句:《定稿》、《手稿》一、《稿本》同,《手稿》二作"陰陽之在天爲五行、爲四時,在人爲仁、義、禮、智,在《易》爲元、亨、利、貞"。

② 《定稿》、《稿本》、《手稿》一、《手稿》二均無"禮"字。

③ 爲之斯善矣:《定稿》、《手稿》一、《稿本》同,《手稿》二作"爲之則足"。

人之僞僞猶爲也”,孰知夫埴之可以爲埏？彼謂“枸①木必待烝矯而後直,鈍金必待礱厲然後利”,孰知夫木之可直、金之可利？且謂“生而離其朴、離其資,必失而喪也”,將以朴與資之過乎？抑離之者之過乎？是不待舉孟子戕賊人之喻而其説已窮也。杜牧之曰:“愛怒生而自能,爲性之根、惡之端。”其荀子之徒歟?《荀子·正名篇》:“生之所以然謂之性。性之和所生,精合感應,不事而自然謂之性。”又曰:“性者,天之就也。”然則性惡之説,殆有激而言,荀子亦不專言性惡也。

董子曰:“性比於禾,善比於米。米生禾中②,而禾未可全爲米;善出性中,而性未可全爲善。”又曰:“性如繭,如卵。卵待覆而爲雛,繭待繅而爲絲,性待教而爲善。”又曰:“性有似目,目卧幽而瞑,待覺而後見。”董子知夫無禾不可爲米,無繭不可爲絲,無卵不可爲雛,無目不可爲見,則知性善之説矣。而又曰“聖人言中,無性善名”,夫“繼善成性”,非聖人之言歟？聖人言善,人不得見。自其成德言之,猶言成人,成人不易得,不可謂未成者之非人也;成孝者爲孝子,孝子不易得,不可謂人生而不孝也。執斯言以疑性善,不亦泥乎？揚雄曰:“人之性也,善惡混。修其善則爲善人,修其惡則爲惡人。”司馬文正公伸之曰:“譬之於田,稻粱藜莠,相與並生。”是董子“兩有仁貪”之性、告子“湍水”之説也。土之未墾者,吾不得而知;既曰田矣,固以爲稻粱也。不能治田③而有藜莠,乃曰“田之生”,無怪以習之不善而誣性也矣。

韓文公曰:“性之品有三,所以爲性者五。”既曰:“仁、義、禮、智、信,是爲性矣。”又曰:“下焉者,惡焉而已矣。”五者而可謂惡乎？曰“反於一而悖於四矣”,則何以謂“五者爲性”乎？三子之言之各異也,而强同之,學者何所折衷乎？皇甫湜論謂孟、荀、揚殊趨而一致,尤爲騎牆之論。

王荆公之言曰:“性者,五常之太極也。而五常不可謂性,吾所以異於韓子。”“性生乎情,有情然後善惡形焉;而性不可以善惡言也,吾所以異於孟、荀。”又曰:“揚子之言爲近似,猶未出乎以習而言性。”荆公謂揚雄以習言性,是也。然荆公之論,又竊善惡混之説而求勝孟、荀、韓者也。離五常而言性,太極果何物乎？太極動而爲陰陽,今性動而爲善乎、爲惡乎？動而爲善則性善矣,若有善、有不善,則何以謂五常之太極乎？且有情而善惡形,然後命曰仁義、曰不仁不義,然則仁義其皆在外乎？

吕子④歷舉《易》、《書》、《詩》、孔子、孟子、周子、程子之言,謂“皆不專言性善”。其稱孟子之言曰:“聲色、臭味、安佚,性也。”孟子之言“爲世有以數者爲性”,若告子“食色”、荀子“聲色飽煖”之説,故舉其説而斷曰:“君子不謂性也。”何反以是疑吾孟

---

① 枸:《定稿》作“曲”。
② 米生禾中:《稿本》同,《定稿》、《手稿》一作“禾生米中”,《手稿》二作“禾出米中”。
③ 治田:《定稿》、《手稿》一、《稿本》同,《手稿》二作“治其田”。
④ 吕子:《稿本》同,《定稿》、《手稿》一、《手稿》二作“吕新吾先生”。

子乎？周子:“五性感動而善惡分。”五性,善也;感動而分善惡,乃其情也,非謂五性有惡也。惜也！性善之説,孟子明之,程朱持之,而程子又有“惡亦不可不謂之性”之言,後儒因是,論説又紛然矣。

釋氏以寂滅爲見性,又以作用爲性,不知性也。李翱學於昌黎,其言性乃曰:“動静皆離,寂然不動。”白雲郭氏斥爲異教,蓋昌黎所謂“雜佛老而言”者。

荀、董、韓、李①、司馬、吕之數子者,皆古之大儒、賢者也。曷爲不言性善？將以明先生之教而勵學也。若以爲性已善,則安用教與學？豈知夫率性修道之不可以已,非若今人之言性也。今人之言性者,空言也。空言者,無以異晋、宋之清談也。孟子言“堯舜性之”,而繼以“動容周旋中禮”。又曰:“堯舜之道,孝弟而已矣。”真西山《大學衍義》以天理、人心之善爲致知之要。知性者,盡心之本也。羣言淆亂,衷諸聖言性者,亦衷諸孔孟而已。

釋　情

《記》曰:“感於物而動,性之欲也。”又曰:“喜、怒、哀、懼、愛、惡、欲七者,弗學而能。”《易》曰:“觀其所感,而天地、萬物之情可見。”又曰:“正大而天地之情可見。”是性善則情無不善。然而有惡焉者,何也？物交物而心隨之,心交物而氣隨之。

氣有正有偏,心有真有僞,而善惡分矣。是故舜喜象愛兄,孟子喜樂正子好善,喜之正也;樂而淫,非喜之正也。文武怒而安民,顔子怒而不遷,怒之正也;忿而亡身,非怒之正也。哭死而哀,哀之正也;哀而傷,非哀之正也。孔孟之懼,懼之正也;不慊而餒,非懼之正也。仁者愛人,愛之正也;愛而不知其惡,愛而欲其生,非愛之正也。惡莠、惡鄭聲、惡鄉原,惡之正也;惡而不知其美,惡而欲其死,非惡之正也。臭味、聲色、安佚,欲之正也;欲所不欲,非欲之正也。若夫令色、諂笑,則僞喜矣;色厲内荏,則僞怒矣。由此推之,凡七情之出於僞者,何所不至哉。

聖人知其然也,故備物以養之,制禮以節之,爻象以窮之,《詩》、《書》以牖之。史以示之戒,刑以示之防。官師之所程式,父兄之所詔告,凡以去其偏與僞而已。《記》曰:“以陰陽爲端,則情可覩也。”《易》曰:“吉凶以情遷。”《荀子》曰:“兩情者,人生固有其端焉。”

情之發也,或失則縱,或失則塞。縱而莫爲之閑,塞而莫爲之竇,終歸於惑。於是有以殺爲喜,臨喪而歌,變而反其常矣。其始也,苟求其端,則以陽制陰,化凶爲吉。且《易》之情,近而不相得則凶,求其端者固不在遠也。孟子曰:“人見其禽獸也,以爲未

---

① 李:《定稿》、《手稿》一、《稿本》同,《手稿》二無。

嘗有才焉。是豈人之情也哉!"夫情之惡而入於禽獸者有矣,曷於平旦而省之? 省之而發、而中節,即天下之達道也。

或曰:"情之偏者,矯而正之;若僞,則固已喪其良心。"曰:是不然。其僞也,喪其良心也;其所以僞也,正其良心之不没,而假焉者也。著其誠,去其僞,而正大之情見矣。①

欲者,七情之一。情之中有欲,不得以欲爲情。譬之水,性,源也;情,流也;欲則流之支派也。支派污下,或泛溢横決而奪水之正流,人見其汪洋也,以爲流固如是,豈其然哉! 荀子之言性惡也,以欲爲性,儒者咸知其非,未有知以欲爲情之誤者也。《書》曰:"惟天生民有欲。"又曰:"民之所欲,天必從之。"孔子曰:"富與貴,是人之所欲也。"孟子曰:"欲貴者,人之同心也。"皆舉情之一端言之。世人以欲爲情,於是淫亂狎褻之狀、夤緣奔競之私,皆以爲情之不容已。己借以自解,人亦因以相原,或且尤而效焉,禮義、廉恥之防遂蕩然無存矣。朱子曰:"欲動情勝,言欲之縱恣而害情也。"故治欲如治水。治水者,導其流則源不滯,而支流②無横溢矣。治欲者,導其情則性常存,而欲無縱恣矣。喜、怒、哀、懼、愛、惡、欲七者,人情也。人能無以六者爲一用,則善用其情矣。

釋　心

草木無心,禽獸有心而無心,惟人有心。知覺③之心,人與禽獸同;理義④之心,人與禽獸異,故曰良心。耳能聽,目能視,口能言,手足能動,心無能也。然是數者不得心,則若聾、若瞶、若嚚、若痿痺,故無能而無不能。其生也蒙蒙,其寐也默默,心無有也。然君臣、父子、夫婦、昆弟、朋友之義,禮樂、刑政之文,日用、飲食之節,六合之廣,秋毫之細,知無不徧,思無不周,故無有而無不有。

古之喻心者,如天、如日、如水、如鏡、如翻車,故無動而無不動。智者此心,愚者亦此心;賢者此心,不肖者亦此心,故曰"固有"、曰"皆有"、曰"同"。然宫室、車馬、衣服、飲食、聲色、貨利、玩好之物,富貴、貧賤、生死、險夷之形,或交於外,或引於内,於是有忿懥、恐懼、好樂、憂患,於是心有出入、有存亡。其始也違,其繼也失,其卒也喪。其

---

① "其僞也"句:《定稿》、《手稿》一、《稿本》同,《手稿》二作:"孟子謂非爲人此中心達於面目,且出於至性者,不以僞而没善。謝安中庖折屐,光武枕上淚痕。(光武、謝安之僞,與小人作僞不同。然即此可見情之難没。)"

② 支流:《定稿》、《手稿》一、《稿本》同,《手稿》二作"支派"。

③ 知覺:《定稿》、《手稿》一、《稿本》同,《手稿》二作"存象"。

④ 理義:《定稿》、《手稿》一、《稿本》同,《手稿》二作"知象"。

弊之小者,則飽食終日無所用心;其弊之大者,則淫詞邪説作於其心,甚至無所不爲。總而究之,則放而已矣。

雖然放其良心,未嘗梏亡其良心也。惻隱、羞惡、辭讓、是非之在心者,其發見則爲無欲害人,爲無穿窬,爲乍見孺子將入井而怵惕、惻隱,爲平旦之好惡。故曰"仁、義、禮、智根於心",曰"有是四端"。"根"者,本也,枝幹雖彫而本未即死;"端"者,緒也,治絲雖紛,而緒固仍在,患不能培之、理之耳。故學者莫患乎失其本,莫要於求其端。求端莫先於致知,故哀放心而不知求;既知之則宜知恥,故戒心不若人而不知惡。由近以及遠謂之推,由小以及大謂之擴,由虛以及實謂之充。猶懼其出入也,於是乎言操;猶懼其多欲也,於是乎言養;猶懼其或忘也,於是乎言盡。其用力之始也,曰困、曰苦、曰危。其用力久而有得也,曰廣、曰慊。閑邪而存誠,下學而上達,如是而已矣。

聖人之"從心所欲不踰矩",不得而聞也,而矩可知也。"十五而志於學",志此矩、學此矩也。矩者何? 道也,即所謂仁、義、禮、智也。仁之實,事親是也;義之實,從兄是也;智之實,知斯二者弗去是也;禮之實,節文斯二者是也,即所謂"必有事焉"也。凡孔孟之言,心皆實也。惟實,故能由身而推之家、國、天下也。

荀卿之言曰:"養心莫善於誠。"斯言也,有合於《大學》所謂"誠意正心"者。而儒者猶或非之,不亦過乎? 老子之言心也,曰"虛"、曰"恍惚",猶有物、有象也。莊周譬之死灰,欲無是非、掊仁義。心齋坐忘皆周寓言,非孔子、顏子①之言也。釋氏以心法起滅,天地不能窮則謂之"幻妄②",張子所謂"疑冰"也。《易》始八卦,惟《坎》言心,其中實也。張子之言心,大乎道;程子之言心,主乎敬;司馬文正公之言心,繫乎中;王文成公之言心,求乎己;皆實也。

朱子之言曰:"心具衆理,應萬事。體無不備,用無不周③。"大哉言乎! 若夫程子言"傳授心法",謝氏言"非有所存",語偶同於釋氏,義或高過《大學》。蓋因俗沿謡,未可遂爲詬病。而唐仁卿遂謂"古有學道,不聞學心",斯大謬矣。

釋　意

統包萬慮謂之心,心之所發謂之意。《易》曰:"入於左腹,獲心意也。"朱子以爲:"左腹者,幽隱之處。"然則意其不覩、不聞者乎? 危乎,危乎! 之善而善,之惡而惡。微乎,微乎! 善獨知之,惡獨知之。

周子曰:"誠無爲,幾善惡。"劉念臺先生曰:"卜動念以知幾。""幾"者,動之微也。

---

① 顏子:《定稿》、《稿本》同,《手稿》一、《手稿》二作"顏淵"。

② 妄:《稿本》、《手稿》一、《手稿》二同,《定稿》作"忘"。

③ 體無不備,用無不周:《定稿》、《手稿》一、《稿本》同,《手稿》二作"説無不備,理無不該"。

人言:"懲忿窒欲,如堆山①填壑。圖之於蔓,何若慎之於微?"心本無忿,而有忿也吾知之;心本無欲,而有欲也吾知之。知而誠懲窒之,是謂自慊;知而不誠懲窒之,是謂自欺。② 故誠意莫切於慎獨,慎獨莫切於閒居,勿謂"幽鬼神通"焉,勿謂"隱指視叢"焉。

物格知致者,意循理而出,是謂"誠意"。未能格物致知者,意不循理而出,是謂"私意"。孔子"毋意",絶於意未發之前也;"毋自欺",禁於意已③發之後也。聖人之意不可見,於是設象以盡意,推之家、國、天下也。"書不盡言,言不盡意。"以意逆志,學者之事也。

釋 志

人之生耳、目、口、鼻、百骸同,所性仁、義、禮、智同,然而或爲聖人,或爲賢人,或爲庸人,或爲小人。其始混然,其卒判然,豈不以其志哉?

程正公未冠上書,遂談王道;朱文公十八對策,欲措大事,卒能上承絶學,垂法萬世。終軍請纓、班超投筆、范滂④攬轡、祖逖擊楫、劉琨聞雞而起、王猛捫蝨而談,莫不奮志青雲、聲流丹史。蘇秦、韓非志在游説,商鞅、王安石志在變法,一身蒙其難,天下被其災。又如管寧、華歆同學而異操,陶潛、周續之共隱而殊節。人之有志也,猶田之有種也;其行也,若種之熟也。種稻粱者,熟則人食其利;種烏附者,熟則人被其毒。本張爾歧説。故孟子言尚志必本仁義,必辨"殺一無罪"之非仁、"非其有而取之"之非義,而後可言仁義,而後可言志。

所謂"知止而後有定",若射之於的焉爾矣。求也者,求此志也;致也者,致此志也;立也者,立此志也;篤也者,篤此志也。得志,澤加於民;不得志,修身見於世。常則居仁由義,變則殺身成仁,故曰志爲氣之帥。《柏舟》婦人能矢其志,矧在丈夫?匹夫不可奪志,矧在君子?志不可欺,故君子内省不疚,無惡於志。

志不可苟同,故子路、冉有、曾皙、公西華各言其志,子路、顔淵、孔子又各言其志。如適王畿者,或自秦晋,或自楚豫,此衆賢之所以異也;或計日而至,或計月而至,此聖人、賢人之所以異也,歸於道而已矣。

人或言:"聖賢不可及,王道不可成。"此孟子所謂"自賊而賊其君"。賊者,害也,害志也。故"士志於道而恥惡衣、惡食者,未足與議"。《禮》曰:"凡學,官先事,士先

① 堆山:《定稿》、《手稿》一、《稿本》同,《手稿》二作"摧山"。

② "知而誠"句:《定稿》、《手稿》一、《稿本》同,《手稿》二作"知而誠,是謂自慊;知而不誠,是謂自欺"。

③ 已:《定稿》、《手稿》一、《稿本》同,《手稿》二作"既"。

④ 范滂:《稿本》同,《手稿》一、《手稿》二、《定稿》作"黄憲"。

志。"《易》之言志者屢矣,言其體則曰"剛"、曰"正"、曰"信"、曰"固"[①];言其用則曰"遂"、曰"通"、曰"定"、曰"合"、曰"行";言"得志大"、"得志者一",而言"未平"、"未得"、"未變",言"不同行"、"不相得",言"末",言"窮",言"窮災"尤詳,孰謂志可苟哉?

釋　思

《易》之无思也,猶人之始生也。道之體也,而非其用也。[②] 思在五事猶土在五行,無往而不入焉。其作聖也,心得其職,而物不能蔽;其曰蒙也,心失其職,而物來蔽之。[③]

凡心之有條理者謂之思,其無條理者謂之淫凶。人爲不善,計利遠害,掩著未嘗不周且密。其本不誠,精氣不能以自固也,於是有忿怒、眩惑、恐懼之心。善思者怨而不怒、疑而不惑、憂而不懼。思之動也,若女之抽絲;思之止也,若農之有畔,蓋言慎也。其慎也,誠也。其誠也,近也。"近思"云者,以類而推也。

君子之思有九,各專其一也。各專其一,則不獨九也。凡人勞則思,開而弗達則思,求而弗得則思。《詩》三百篇,無非思也。季札之論《詩》也,惟《王》言思、《唐》言思、《小雅》言思,皆衰亂、勤苦之尤者也。禹、周公、伊尹、伯夷之聖也,其思也。凡人不能思,則仁、義、禮、智之固有者而不知也。故近思者,學之要也;不思而得,思之至也;三思之惑,不學殆也。

釋　命

性命之命與禍福之命,有以異乎?

曰:劉子有言,民受天地之中以生,所謂命也。是以有動作、禮義、威儀之則以定命也。能者養以之福,不能者敗以取禍。天命善不命惡,故福善而禍淫。

然孟子於耳、目、口、鼻、四肢,則曰:"性也,有命焉,君子不謂性。"於仁、義、禮、智,聖則曰:"命也,有性焉,君子不謂命也。"又曰:"求則得之,求在我者也。得之有命,求在外者也。"若析而二之者,何哉?

曰:天道福善而禍淫。世人舍善惡而言禍福,舍其所固有而求其不可知。聖賢懼

---

① 固:《定稿》、《手稿》一、《稿本》同,《手稿》二作"深"。

② "道之體"句:《定稿》、《手稿》一、《稿本》同,《手稿》二作"《易》之始也,而非其至也"。

③ "其作聖"句:《定稿》、《手稿》一、《稿本》同,《手稿》二作"其作聖也,心得其職,而物不能蔽,是克念也;其曰蒙也,心失其職,而物來蔽之,是罔念也"。

求之不已，而貪縱巧奪以成世變也，故安命、俟命之説出焉。人見聖賢之罕言命，又以其私心所禱畏而不盡然也，則謂禍與福皆氣數之適然，而善無以勸、惡無以懲，益肆其惡而無所忌憚矣。於是有爲立命之説者曰："人爲善則美報隨之。"有一善必有一報，天將絜其多寡、長短、輕重以酬，不差爽厥分。明袁氏了凡《立命説》。

儒者或非之，以爲人臣而矜功伐、邀寵利，不可謂忠；人子而顯勤勞、邀厚分，不可謂孝；藉小惠微勤邀福報於天，不可謂善人。濟陽張氏之説。非之誠是也，吾懼其塞中下爲善之路也。《記》曰："無欲而好仁者，無畏而惡不仁者，天下一人而已矣。"上焉者，天地清純之氣之萃而間有者也。下焉者，天地濁駁之氣之萃而間有者也。常有者，中人耳。中人之好仁惡不仁也，誠、不誠雜，而其於欲畏也無不誠。斯其良知良能之見端，可牖馭而充之者也。羅氏有高説。故舉人之所甚欲而誘之爲善，舉人之所甚畏而使之去惡。《書》曰："惠迪吉，從逆凶。"《易》曰："天道虧盈而益謙。"左氏傳《春秋》，於一言一事、動作威儀之間，而卜國家之興廢與人之生死[1]禍福，無不應者。故知孟子所謂"莫之爲而爲，莫之致而至[2]"，非覜髳闊略，偶會其適之謂至神、至精。肖類應辨，若刻符契，眇不睹其朕，故曰："各正性命，保合太和。"羅氏有高説。

今夫天之生人也，理至而氣亦至焉。天地猶江海也，人猶魚也，氣猶水也。魚腹之水猶江海之水，人之氣猶天地之氣。天不必伺察乎人，而爲善，天必知之；爲惡，天必知之。理有以相通，即氣可以相觸也。人之一身、一髮之痛，一肢之癢，心無不覺者。天之於人，猶心之於四體爾矣。張氏鉿《天人篇》。人之不可絶於天，猶草木之不可絶於地。根荄不屬，非地故奪之，而自不生。人之受是氣也，其本在天，其末在人。持其末以動其本，爲善、爲惡必有相及者矣。相反而逆其常然之性，則自爲竭絶之道也。張氏爾岐《天道論》。

《本命》曰："分於道之謂命。"又曰："命者，性之終也。"命與性爲終始，未有離性而言命者也。夫人之生死必有其期，然精明、强固，每得之淡嗜欲、平心氣之時，知生之可引以長也；昏惑、疾病，每得之恣歡娱、極思慮之時，知生之可迫以短也。有時養者未必長，而不養者未必短。其及是，適止也，安知不養之不先是止也？其能及是，乃止也，安知善養之不更進於是也？禍福之來，亦若是焉。君子於其可知者，以自勸也；於其不可知者，以自威也。可知、不可知，交信其必有而已。張氏爾岐《天道論》。

惟信其必有，故畏天命；畏天命，故安天命，是之謂知命也。世儒求其故而不得，乃曰："人事有順逆，天命有治亂。"以堯舜湯武之迪吉、桀紂幽厲之逆凶爲治命；以羿篡夏、秦伐周、咸陽之士無孑遺、長平之屍數十萬爲亂命；跖修而回夭、牛疾而鯉亡、孔窮於魯、孟老於鄒爲命亂而不可復治。其言曰："理得其衡則氣效順而天命治，理失其衡

① 生死：《稿本》同，《手稿》一、《手稿》二、《定稿》作"死生"。
② 至：《定稿》同，《手稿》一、《手稿》二、《稿本》作"致"。

則氣侵權而天命亂。”張氏望《原命》。

嗚呼！天曷嘗有亂命哉？臣賊其君、子誹其父，啓小人無忌憚之心，必自此言始矣。知命者，不强其所不可知以爲知，乃可以堅爲善去惡之志。

釋才

才有發於性者，有稟於氣者，有成於習者。

發於性者，在天爲陰陽，在地爲剛柔，在人爲仁義。此孟子爲“不善非才之罪”之説，本於《易》“三才”之義也。

稟於氣者，陰陽、剛柔有輕重、純雜之不同，人遂有沈潛、高明、智愚、善惡之各異。此程子“才稟於氣，氣有清濁”之説，本於《中庸》因材之義也。

成於習者，君相、父師之所教，鄉里、家庭之所尚，耳目之所濡染，心思之所觀感，或善或惡，莫不有料事之智、任事之能。此吾之爲説，本於孟子達才、盡才之義而引申之也。

發於性者人所同，全之而已。稟於氣者人所異，有省察矯①揉之功焉。成於習者，其相遠也，若南北之異轍、霄壤之懸殊。則維持世道，豈非君相、師儒之責哉？舜臣五人、武王亂臣十人，孔子歎曰：“才難。”古之稱才子者，曰“齊聖廣淵”、“明允篤誠”、“忠肅恭懿”、“宣慈惠和”。然則古聖賢所貴乎才，必如五臣、十人、八元、八愷而後可也。慶父之材也，而亂魯②；酆舒之有儁才也，而亡潞③；盆成括之小有才也，而喪身④。非教之不明、習之不善，而不得聞君子之大道，何以至此？

世之論才者曰“吏才”、曰“文才”、曰“將才”、曰“辨才”、曰“肆應之才”，皆未聞大道之才。且使貪使詐而曰“吾愛其才”，是舉掩賊隱義、毁信廢忠、侵欲崇侈。古所謂“不才”、所謂“凶人”，而謂之“才”，不亦悖乎？寇萊公之於丁謂、司馬温公之於蔡京，皆稱其才，卒改二公之政而傾軋之，況賢明不及二公者乎？

今上御極之始，重臣有言“君子無才不可用、小人有才可用”者。臺諫論之，詔書斥之，上之所以教者至矣。於是而不慎所習，且以號於人曰“有才”，則是自賊其性而甘爲小人也矣。孔子曰：“如有周公之才之美，使驕且吝，其餘不足觀也已。”況其爲小人乎？

---

① 矯：《稿本》同，《定稿》、《手稿》作“撟”。
② 魯：《定稿》、《稿本》同，《手稿》作“魯國”。
③ 潞：《定稿》、《稿本》同，《手稿》作“潞子”。
④ 身：《定稿》、《稿本》同，《手稿》作“其身”。

釋　恥

世道之變，莫患於人心之無恥，尤莫患於士人之無恥。古人可恥之事，後人習爲之而不覺也。即以四子書語，舉史册之遺事與今人之風尚證之，亦足以激羞惡之良心而知所自立。

孔子言："邦有道，穀，恥也。"以霍光之輔政，而蔡義備位苟容；以唐太宗之好賢，而封德彝久無薦舉。又其甚者，則有若范質、馮道身仕數姓而託於老成者矣。孔子言："邦無道，穀，恥也。"以王莽之篡而有孔光、揚雄；以董卓之暴而有黄琬、荀爽。又其甚者，則有若劉歆、華歆，躬圖篡弒而忘其爲名士者矣。至於"巧言"，則如張禹引聖人"罕言命，不語怪神"，使成帝不疑王氏；馬融爲梁冀誣奏李固。"令色"，則如何晏之粉白不去手；褚淵之微行緩步以得宰相；張融之危膝曳步，翹身仰首。"足恭"，則如丁謂爲寇準拂鬚。"匿怨而友其人"，則如公孫弘爲相，常與弘有隙，雖陽與善，後竟報其過，殺主父偃，徙董仲舒膠西。"機變之巧"，則如吕夷簡於富弼出使，國書與口傳異詞。"行不逮言"，則如范蔚宗之"庶同夏侯色"。史册所載若斯之類，不可盡數。予所舉者，皆讀聖賢之書而有文章之稱於當時者也。

今之士大夫以語言圓妙爲應世之宜，以趨蹌便捷爲立朝之要，以脅肩諂笑爲事上之儀，以豪奪巧偷爲取榮之策。其干進也，或至無所不爲；其交友也，未聞誠心相與。夫士大夫無氣節，則天下無風俗。上見輕於朝廷，下無以式於鄉里。教化不明，盜賊蠭起，至有膠庠之士入於萑苻，豈非廉恥之道不明至於此極哉？

善夫管子①之言曰："禮、義、廉、恥，是謂四維。四維不張，國乃滅亡。"顧亭林以爲"四者之中，恥尤爲要"。亭林又言："士大夫之無恥，是謂國恥。"夫松柏不彫於歲寒、雞鳴不已於風雨。有志之士奮乎千載之下，超乎百世之上，必先知恥而後能行己有恥，而後可讀先儒之書，上溯洙泗之原，未有不知恥而可入於道者也。故采亭林言而衍之，使誦孔孟之書者知所警焉。

原　師

人有詆程子鴻詔之師者②，程子拒之。黄彭年聞而歎曰："善哉，程子之於師也！"欒共子有言："民生於三，事之如一：父生之，師教之，君食之。"非父不生，非食不長，非

① 管子：《稿本》同，《定稿》、《手稿》作"管生"。

② "人有詆"句：《定稿》、《稿本》同，《手稿》作"人有詆程子鴻詔之師者於程子前"。

教不知。生之族也,故一事之,唯其所在,則致死焉。是故師者,明經術,正人倫,提人之良知、良能而暢之者也,故次於父而重於君。昔者叔孫毀仲尼,子貢拒之;子禽論仲尼,子貢以爲不知。《論語》十九篇,次弟子之語而終於此,非所以重師道乎?

漢時經學相傳,學者各守一先生,至死不二。故鄭氏譏應劭,邊生斥門人,誠尊乎其義,不欲悖師弃禮者之介於側也。自是之後,風俗陵夷,教術紛裂。郭象之於向秀,蔽其善而攘之;二程之門人間有背師説而淫老佛者。獨朱文公得古聖淵源,篤守二程,爲之表章,然後入學之士知所嚮往,故文公門人之盛比於孔子、康成。由元而明,復失其旨。迄於今日,遂不可言。

古之師也以道,今之師也以利;古之師也以經文,今之師也以科第;古之師也來學,今之師也往教;古之師也有德,今之師也達官;古之師也名弟子,今之師也字弟子;古之師也不答拜,今之師也卑其禮。彼其執質受教之時,初非中心説而誠服也。彼其師非足法於弟子,弟子亦非真能宗其師也。徒[①]以一旦苟且希幾之心,甘出門下,無惑乎其違之之易也。

夫釋氏之爲教,異端也,而歸之者守[②]其法而不二[③],矧儒者乎?《詩》曰:"言告師氏。""言告",言歸。后妃,婦人也,而尊重師教,矧丈夫乎?夫名丈夫事儒者之事,執經講學,以天下爲己任。而離宗畔道,自詭其師,人方詆之,己且和之;人方疑之,己復質之。是猶證父惡以爲直,訐君過以爲讜。是異端之所不爲,女子之所心賤也,不亦羞哉?

吾故曰:師之道起於上古,隆於周,嚴於漢,衰於晋魏[④],復於宋而大亂於今。故學者之從師也,慎之慎之,毋輕委其質也。既已師矣,致死焉可也。嗚呼!由今之師,其不至胥天下而爲逢蒙乎?若程子者,可謂不忘本矣。喜而爲之説,且以告世之爲弟子者。

雜　説[⑤]

雷之擊人也,《論衡》意言辨之,而人不之信,以擊者之不絶於天下,皆不孝不弟、有隱惡者也。天下不孝不弟、有隱惡者衆矣,雷固不能殷殷然日索而徧擊之。然而人莫不畏,則以其不測而果於擊也。使雷而不擊,僅爲是殷殷然者,則不孝不弟、隱惡之

---

① 徒:《稿本》、《定稿》同,《手稿》作"顧"。
② 守:《定稿》、《稿本》同,《手稿》作"奉"。
③ 二:《稿本》同,《定稿》、《手稿》作"貳"。
④ 晋魏:《稿本》、《定稿》同,《手稿》作"晋唐"。
⑤ 《定稿》、《稿本》存。

人聞風之聲、見雲之變、電之光,走而匿諸牀下,俄傾之間,雷止而雨降。夫雷而果擊也,則擊一人而雨天下。風也、雲也、電也,皆雷之威,猶虎之牙爪①也。其不果擊也,則是數者,猶狐之威也。

抑吾聞泰西之術曰:"雷者,電氣也。"布以收之,竿以引之,琉璃以隔之,於是不能擊物,而雷之用窮。嗚呼!竿、布、琉璃非一術也,雷烏能使之不測哉!

瘞鹿説

囿鹿六,其一偉軀幹,修角矯首,目睒睒挺出,而身有文采,遠近觀者莫不稱曰"英物"也。性好鬭,主人别爲之檻。他日逸出,鬭而斃其羣。執而縛之,不食,死。

或曰:"烹諸?"

主人曰:"不忍,棄諸野。"

曰:"不忍有説乎?"

曰:"有鹿秉陽德,行健且疾,馳於廣莫,千里瞬息至。其踰巉巖、越谿谷,萬仞之峰,倚天壁立,猨猱之所不能攀,飛鳥之所不能至,未嘗畏艱險而阻其壯往之志。歧角翼張,材武且强,虎豹望而卻走,熊羆犯而必傷。囿而檻之,既不能適其性,又無以盡其材。豢畜禁制,非其本懷,羝羊猶且觸藩,而況英摯之物哉?"

或曰:"見食相呼,鹿之美德;同類相殘,有罪可殛。"

主人曰:"不然。奇材而庸遇,生獨而羣畜。方其鬭也,怒目盡赤,竭百壯夫之力乃能犄其角而絏其足。其就縛也,躍起數尺,欲絶其吭,不飲不食,以底於亡。"

律以樂天安命,馴養至性。鹿之自處道,誠有所未盡。然而取之違其材,置之非其地,養之失其宜,執之乖其義。主人蓋有過焉,而不敢自諱,迺坎而埋諸庭,表其角以誌吾過,而哀鹿之遇,上植松焉,以達其抑塞挺特之氣。

歌曰:馴千年兮忿一朝,昔跔踳兮今逍遥。

賡曰:松盈尺兮勢千丈,億萬齡兮氣猶壯。

記魚孽②

咸豐五年冬十二月癸卯,去鎮遠六十里曰施洞,有白魚與黑魚鬭。自朝至夕,黑魚死。里人張起鰲以告,知府吴登甲曰:"苗尚黑,白,金也。苗其亡乎?"

---

① 牙爪:《稿本》作"爪牙"。

② 《手稿》、《定稿》存。

彭年聞而歎曰:"侵邊竟輕百姓。金不從革,又焉能克?"夫政猶水也,民猶魚也。水失其性,魚失其養,於是乎不鬬之物而相鬬焉。《易傳》曰:"白黑烏鬬於國。"白黑之祥,其又何常?吏務養民,孽不自作。

巧孝篇[①]

晋人有寵優者,以爲子,與之券,且戒其子曰:"汝以爲弟。"其子從之。晋人死,乃鳴諸官,奪券而逐之。燕人有昵外婦之子者,以爲子,將爲入貲求仕。其子恥與爲昆弟,又慮人之訟其父也,争之不得,走告鄉人,而後語父。父慙且恚,自縊。

論曰:晋人之子,僉任之行也,而親稱順焉。燕人之子,志乎聖賢,終身憾焉矣。二子所遇,非人倫之奇變乎?《傳》曰:"孝子惟巧變,故父母安之。"巧者,誠之至也。

選將論

陸賈有言曰:"天下安,注意相;天下危,注意將。"凡將之材有五。[②]

一曰勇將。潁考叔取蝥弧先登;秦瓊躍馬挺鎗,刺驍將於萬人中,勇在力也[③]。李廣以百騎遇胡數千,下馬解鞍,堅卧不動;趙雲以數十騎遇敵,開軍門,偃旗息鼓,勇在膽也。樊噲見項王頭髮上指,目眦盡裂;張飛據水斷橋,瞋目横矛,大呼決戰,勇在氣也。[④] 力勇則不屈,敵雖强必折;膽勇則不摇,敵雖進必退;氣勇則不縮,敵雖猛必懾。然其人也,能動而不能嘿,能發而不能慮,可用爲偏裨而已。

二曰謀將。張良之運籌帷幄[⑤],薛公之策英布,李左車[⑥]之説陳餘,馬援之聚米爲

---

① 《定稿》、《手稿》存。

② "凡將"句:《稿本》、《定稿》、《手稿》二同,《手稿》一作"三代之時,寓將於相,故牧野之戰,吕尚仗鉞;淮夷作亂,召伯專征。中軍之重,必領以上卿,至於左右皆卿士。秦漢以來,文武别塗。以相兼將者,自諸葛亮、裴度外,不過數人。是以人君多求將于武臣,不知國家創業之初,人思自效,將材恒聚於軍中。承平既久,戰備不修,士不習武。驟以求將,詎可必得?而矯其説者,又欲專用文臣,斯亦難也。夫將固不擇地而生,不待時而出,惟人主取之有其道,用之有其法,則可以必致。今泥文武以求之將,武人以驕悍債軍,文人以空談誤國,未見其利,轉見其害。夫取之不得其道,用之不得其法,而謂天下無將材,豈不誣哉!凡將之材有五"。

③ "潁考叔"句:《稿本》、《定稿》同,《手稿》一、《手稿》二作"潁考叔取蝥弧先登;史萬歲遇突厥,七百餘戰,轉鬥千里;秦瓊躍馬挺鎗,刺驍將於萬人中,勇在力也"。潁考叔,《定稿》作"穎考叔"。

④ "樊噲"句:《稿本》、《定稿》同,《手稿》一作"樊噲見項王頭髮上指,目眦盡裂;項籍暗啞叱咤,千人皆廢;張飛據水斷橋,瞋目横矛,大呼決戰,敵無敢近,勇在氣也"。《手稿》二作"樊噲見項王頭髮上指,目眦盡裂;張飛據水斷橋,瞋目横矛,大呼決戰,敵無敢近,勇在氣也"。

⑤ 幄:《稿本》、《定稿》、《手稿》二同,《手稿》一作"屋"。

⑥ 左車:《稿本》、《定稿》同,《手稿》一、《手稿》二作"佐車"。

山、指畫形勢，謀之正也。侯生爲魏無忌奪晋鄙軍救趙，陳平多陰謀秘計，謀之奇也。田忌救韓，孫臏教以減竈誘龎涓；周亞夫擊吴，趙涉教以走藍田，出武關，抵雒陽，謀之譎[①]也。謀正則能以始定終，謀奇則能以少制衆，謀譎則能以禍得福，可以爲畫策之臣。

三曰才將。剛毅之才善斷，斷則嚴；沈雄之才善持，持則固；縱横之才善變，變則通。嚴則法立，法立則不可犯；固則衆定，衆定則不可[②]誘；通則用神，用神則不可窮。孫武斬美姬，田穰苴斬莊賈，李光弼斬張用濟，狄青斬陳曙，此不可犯也。臾駢深壘以困秦，司馬懿閉營而困諸葛亮，此不可誘也。韓信背水而結陣，虞詡增竈以懼賊，檀道濟量沙以全軍，此不可窮也。

四曰賢將。持己欲静，待士欲寬，臨事欲謹，治軍欲節，貧毋盗，富毋溢，毋侵有司、毋虐百姓，静也，曹彬近之。同甘苦，問疾病，卒伍和睦，上下一心，寬也，吴起近之。微必親，暇必整，勝必防，敗必律，毋輕其豫，毋怠其既，謹也，吴漢近之。鼓而進，金而退，出入無違[③]，内外無譁[④]，節也，程不識近之。

五曰大將。勇而能抑，謀而能決，才而能斂，賢而能讓。勇能抑則剛而不挫，謀能決則深而不疑，才能斂則宏而不肆，賢能讓則盛而不侈。如山嶽之鎮而不可撼也，如江海[⑤]之深而不可測也，如風雲之變化而不可擬也。[⑥] 昔賀若弼之言曰："楊素，猛將，非謀將；韓擒虎，鬬將，非領將；史萬歲，騎將，非大將。"[⑦]史稱弼意自許爲大將，夫弼何足以當之也？

今天下多故，誠得大將如趙充國、諸葛亮、郭子儀、岳飛而任之，天下不足定也。大將不可得，得賢將可矣。賢將又不可得，則必得才將、謀將，而後可與論事。僅有勇將已不足任矣，况又并勇將而無之哉！且夫取之不得其道，用之不得其法，而謂天下無將材，是誣也。昔者子玉治軍，蔿賈不賀子文，曰："過三百乘，不能以入也。"莫敖伐羅，鬬伯比曰："莫敖必敗。"趙孝成王以趙括爲將[⑧]，藺相如曰："王以名使括，若膠柱鼓瑟耳！"夫此數君者，方其任將專征，豈不謂其得[⑨]人？然而子玉敗於晋，莫敖敗於

---

① 譎：《定稿》、《稿本》、《手稿》二同，《手稿》一作"遠"。本文下同，不另出注。

② 可：《稿本》、《手稿》一、《手稿》二同，《定稿》作"足"。

③ 無違：《定稿》、《稿本》、《手稿》二同，《手稿》一作"毋違"。

④ 無譁：《定稿》、《稿本》、《手稿》二同，《手稿》一作"毋譁"。

⑤ 江海：《稿本》同，《定稿》、《手稿》一、《手稿》二作"河海"。

⑥ "如風雲之變化而不可擬也"句後，《手稿》一有"由古迄今，趙充國、諸葛亮、郭子儀、岳飛數人而已"句，《定稿》、《稿本》、《手稿》二同無。

⑦ 此句後，《手稿》一有"大將豈易得哉"句，《定稿》、《稿本》、《手稿》二同無。

⑧ "趙孝"句：《定稿》、《稿本》、《手稿》二同，《手稿》一作"趙孝成王七年，秦、趙兵距長谷，趙王以趙括爲將"。

⑨ 其得：《定稿》、《稿本》、《手稿》二同，《手稿》一作"已得其"。

羅,趙括敗於長平,卒不出蔫賈諸人之料。使當日務明選將之道①,其敗固皆可以勝。

然則選將之道,何道也?曰舉、曰察、曰聽、曰試。舉之道二十,察之道三十,聽之道三十,試之道二十。

何謂舉之道二十?曰:魁梧之壯士或外彊而中乾,委鄙②之野夫或懷奇而負異,無以貌舉也。馬援矍鑠,尚思馬革以裹尸;終軍少年,即欲請纓而擊越,無以年舉也。寮宷震驚之士或嵬瑣以博稱,才術深富之人必韜晦而不顯,無以名舉也。爵位高則重性命、薄勳名,尊貴久則樂安燕、惡危險,無以顯宦舉也。公侯讀兵書,衹圖應試;世爵習騎射,僅供校獵,無以世家舉也。奇門幻術未必能軍,六甲正兵終以隳國,無以術數舉也。策非凡近,則有獨得之妙,貌無崖異,則有混處之迹,無以同異舉也。游説論事多中意旨,豪傑論事不識忌諱,無以喜怒舉也。一言倖中,一事注措,雖徵方略,未覩大全,無以細微舉也。見其淺未廉其深,聞其辭未徵其行,無以率略舉也。君已親之,臣又叮之;君已信之,臣又順③之。望隆則非阿,能著則非諛也。君所疏,臣所優;君所去,臣所取。明其可用則非黨,保其不失則非私也。山林之隱逸、州郡之豪俠,令以聞於守,守以聞於大吏,大吏以聞於朝廷,不以卑廢也。衛青爲人奴,去病爲假子,身辱而志大,品汙而才卓,不以賤棄也。定天下不斬壯士,屬大事不録微瑕,不以辠放也。爲國不修家怨,爲公不惜私讐,不以怨匿也。大公不別小嫌,薦賢不避衆議,不以親諱也。布衣可爲元戎,吏卒可爲閫帥,不以資限也。一舉而君不用,可使再;再舉而君不用,可使三;三舉而君不用,可使争於朝廷④,舉益力也。舉當則有賞,舉不當則有罰。賞毋吝,罰毋貸,舉益慎也。舉得其道,則意必正、途必廣、責必重。意正故不苟,途廣故不遺,責重故不濫。不苟故虛憍不能冒也,不遺故左右不能蔽也,不濫故奸吝不能緣也。虛憍不能冒則實學進,左右不能蔽則寒微登,奸吝不能緣則正人出。先軫之舉郤縠,蕭何之舉韓信,吕婆樓之舉王猛,曹彬之舉曹瑋,皆可法也。是謂舉之道二十。⑤

何謂察之道三十?曰:氣淩雲漢,雄超山海,慷慨磊落,有不可一世之概者,懼其輕也。捷若流水,迅若犇電,才思發越有不可遏抑之勢者,懼其迫也。奮然自持,矯然不羣,可以臨危不懼、見難不避者,懼其愎也。厚重其容,敦篤其行,可以久而不怠、高而不弛者,懼其拘也。其容藹然,其心怡然,仁慈惻怛,能恤其下者,懼其柔也。言不輕

① "使當日"句:《定稿》、《稿本》、《手稿》二同,《手稿》一作"使當日早聽其言,務明選將之道"。

② 委鄙:《稿本》同,《定稿》、《手稿》一、《手稿》二作"矮鄙"。

③ 順:《定稿》、《稿本》、《手稿》二同。《手稿》一作"訓"。

④ 朝廷:《稿本》同,《定稿》、《手稿》一、《手稿》二作"朝堂"。

⑤ "是謂"句:《定稿》、《稿本》、《手稿》二同,《手稿》一作"夫人君高處深宮,自數大臣外,希得進見。其勢固不能周知天下之士。而一二大臣苟且固寵,又不能爲其君亟求之。小臣雖知之而不敢言,言之而不見聽。此天下之士爲裹足而不前也。《兵法》曰:'將相分職而各以官名舉人。按名督實,達材考能,令實由其名,名當其實。'善哉,是言也"。

發,事毋妄舉,慎重周詳,能慮其後者,懼其緩也。勤於立功,鋭於求勝者,懼其貪也。廉不妄取,潔不受汙者,懼其刻也。識足以別可否,明足以料成敗者,懼其中怯也。予奪必信其期,行止必誠其約者,懼其偏聽也。察其不輕矣,猶恐慷慨實荏弱也。察其不迫矣,猶恐發越實迂滯也。察其不愎矣,猶恐矯奮實委靡也。察其不拘矣,猶恐敦厚實佻憍也。察其不柔矣,猶恐仁慈實殘忍也。察其不緩矣,猶恐慎重實躁妄也。察其不貪矣,猶恐鋭勸實懈惰也。察其不刻矣,猶恐廉潔實苟且也。察其不中怯矣,猶恐明識實闇弱也。察其不偏聽矣,猶恐誠信實詐僞也。至於衆所謂輕,則當察其英特;衆所謂迫,則當察其激切;衆所謂愎,則當察其果毅;衆所謂拘,則當察其嚴謹;衆所謂柔,則當察其寬裕;衆所謂緩,則當察其養固;衆所謂貪,則當察其□□[①];衆所謂刻,則當察其精詳;衆所謂中怯,則當察其持久;衆所謂偏聽,則當察其卓識。是謂察之道三十。[②]

何謂聽之道三十?曰:與之言古法以觀其學,與之言時事以觀其能,與之言將帥得失以觀其志,與之言古今成敗以觀其識,與之言天地陰陽以觀其精,與之言山川形勢以觀其博,與之言賞罰號令以觀其治,與之言進退攻守以觀其審,與之言出奇用間以觀其巧,與之言操縱出入以觀其矯。學慮固,叩以運用之妙。能慮竊,叩以措置之煩。志慮虚,叩以效法之實。識慮泛,叩以紛騰之説。精慮元,叩以盛衰災祥。博慮剽,叩以設險用伏。治慮執,叩以變通權宜。審慮疑,叩以因利乘便。巧慮淺,叩以深思遠慮。矯慮浮,叩以緩急遲速。猶慮其疏也,反覆曲折以難之,疑惑怪誕以眩之,微意隱語以嘗之,急語蹙訐以驟之,温巽其言以啓之,嚴切其言以震之,告之安樂以餂之,告之危殆以悚之,設爲人言以諷之,傾吾至誠以感之。如是而其言不亂者,可以將。是謂聽之道三十。[③]

何謂試之道二十?曰:飲以酒而不亂,定也。予以色而不淫,莊也。賜以珍玩而不喜,介也。寵以服物而不驚,坦也。加以高爵厚禄而不盈,大也。語以盛名衆譽而不

---

① "衆所謂貪"句:《定稿》同,《稿本》、《手稿》一、《手稿》二均無。

② "是謂"句:《定稿》、《稿本》、《手稿》二同。《手稿》一作"夫人主之接於其臣至暫也,臣所舉之人,君非習與之處也,猝焉而付以大權,不有術以察之,其何能不失?故人君之始用人也,莫不曰'吾得之'。及其敗也,莫不曰'吾不能知之'。非不能知也。夫欽明文塞如堯之克明俊德,誠不易及也。故皋陶曰'在知人,在官民',又曰'亦行有九德',亦言其人有德。乃言曰'載采',采夫先別其人之德,而後從而采之,非察之謂乎?孔子曰:'視其所以,觀其所由,察其所安,人焉廋哉,人焉廋哉!'人君明乎察之道者,不能知人矣。《兵法》曰:'將有五材十過。'又曰:'士外貌不與中情者十有五。'此可以察將"。

③ "是謂"句:《定稿》、《稿本》、《手稿》二同。《手稿》一作"昔者房琯疏闊大言,以天下爲己任。肅宗用之,再至大敗。宋欽宗時,金人入寇,范致虚會師入援,任軍事于宗印。宗印徒大言而實不知兵,卒潰師于鄧州。彼一君一帥,非不聽也,聽之不得其道,則反受其蔽。夫人之行事、容貌皆有所不可揜,獨于言也,變幻而無窮。然使深悉其弊而究其本,僞者固不可飾,而真者亦不可匿。光武之于鄧禹,立談而引爲謀臣;諸葛亮隆中之對,歷數十年三國之事,卒如所言。何者?彼其韜略素裕于胸中,故言之適中其要害也。人君即明不及光武、先主,誠得其道而聽之,則有鄧禹、諸葛亮之人,未嘗不可以識"。

矜,淵也。居生死禍福而不動,堅也。激羣疑衆謗而不顧,誠也。坐終日而不怠,强也。置閒居而不樂,奮也。處公卿之間而和,能輯衆也。出入人主而近臣不侮,能拒邪也。使主事而有司用命,能使人也。首鼠兩端而能決,能制事也。衆之所進而能退①,不可啗以利也。衆之所避而不辭,不可沮以害也。任以一而能旁及,不可乘以隙也。煩以數而能不擾,不可牽以勢也。投以間諜而不誤,不可欺以似也。示以幾密而不洩,不可伺以疏也。是謂試之道二十。②

求材者欲其多,擇材者欲其精。舉者所以多也,察者、聽者、試者所以精也。③ 苟明夫舉、察、聽、試之道者,④當有大將出而應之。即不得大將,吾知賢將、謀將、才將之必不失也。

苟爲得將材而任之者,則又慮用之無其法。用之無其法,雖有將,與無將等。漢王拜韓信爲大將,蕭何曰:"王素慢而侮人,今拜大將如呼小兒,此乃信所以去也。必欲拜之,擇日齋戒,設壇場具禮乃可。"夫將之不尊⑤,則天下之視將不重。今之大將與奴隸等耳,左右奔走之臣得以呼其名。此其分過卑,一矣。周亞夫軍細柳,文帝往勞軍。先驅至,不得入,曰:"天子且至。"軍門都尉曰:"軍中聞將軍令,不聞天子之詔。"宋太祖遣曹彬伐江南,以劍授彬曰:"副將而下,不用命者斬之。"夫將之權不重則令不貴,令不貴則下不畏,下不畏則軍必敗。除一軍吏必請於朝,誅一侯尉必待廷議,士卒固有以輕量將軍矣。此其權過輕,二矣。敵數方來寇,遣將數出應之。一將持異議,數將之心皆不固。此其任不一,三矣。將出居外,人君居内操算⑥,稍有不合,廷臣引文書劾之。劾之不已,必讒之。至於讒之,而將不能自安矣。此其誠不至,四矣。分過卑者

① "衆之"句:《定稿》、《稿本》、《手稿》一同,《手稿》二作"衆之所争而能捨"。

② "是謂"句:《定稿》、《稿本》、《手稿》二同,《手稿》一作"《堯典》曰:'敷奏以言,明試以功。'夫試之不可以已也久矣。今夫富家之奴,使負千金,其主必有以試之。況將者,三軍之司命,國家安危所繫哉。唐太宗聞程名振善用兵,詔,問以方略。嘉其才敏,勞勉之,名振失不拜。上試責怒,以觀其所爲。名振謝曰:'疎野之臣,未嘗親奉聖問。適方心思所對,故忘拜耳。'舉止自若,應對愈明辨。上乃歎曰:'奇士也。'拜右驍衛將軍。若太宗,可謂知試矣。彼《兵法》之八徵,烏足盡試之道哉"。

③ "試者所以精也"句後,《手稿》一有"四者皆兵家之常談,儒者之習論。然其爲術也不備,其爲説也不詳,是以終莫得其效。於是建議之人,或曰:'陸之將當求習于陸者,水之將當求習于水者。'是論兵也,非論將也。或曰:'科舉。'以取之夫科舉,不過策以兵法耳。如陸機、趙括之流,使之論兵,雖千萬言,何患不侃侃動聽,豈盡足憑哉。又曰:'士有奇材異能則可將矣。'使自投于軍,此可求壯勇之夫耳。奇材異能則可將矣,能復爲將用乎?即使爲將用,能復盡其材乎?且士而自媒,君子所恥,吾又以知士之必不致也。執是三説,與夫泥文武以求之者,皆得其近似而未見其大也"句。《定稿》、《稿本》、《手稿》二同無。

④ "苟明夫舉、察、聽、試之道"句後,《手稿》一有"不過五年"四字,《定稿》、《稿本》、《手稿》二同無。

⑤ "夫將"句:《定稿》、《稿本》、《手稿》二同,《手稿》一作"夫將之分不尊"。

⑥ 操算:《定稿》、《稿本》、《手稿》二同,《手稿》一作"操其算"。

豫挫,權不重者内侮,任不一者勢分,誠不至者士惑。豫挫者,敵得而陵;内侮者,敵得而窺;勢分者,敵得而間;士惑者,敵得而動。[①] 是故聖人[②]之立將也,重恩隆禮示其厚也,解衣推食示其卹也,先以齋宫[③]示其敬也,授以斧鉞示其斷也,軍事不問示其信也,小者[④]不疢示其容也,二三勿聽示其專也,讒忌不入示其固也。夫如是,則將上感其君,下得其衆。知者爲將盡其心,勇者爲將效其死。然而寇賊不平、天下不坐而定者,未之有也。[⑤]

趙生字功甫説

趙生覲恩請字於予。予惟古者二十冠而字,而趙生童子。顧趙生自十二歲舉縣學生,之太原鄉試,巡撫以下莫不稱重,有聞[⑥]於時,成人不逮也,因字之曰"功甫",而爲之説曰:

昔有虞敷奏以言,明試以功。《周禮》:"秋覲,以比邦國之功。"古者諸侯覲於天子,非徒近天子之光爲榮顯,蓋以述職而考功云。夫諸侯之國,大不過百里,其小者纔七十、五十里,而百官備焉。今一邑廣數百里,而其爲治者,自牧令而下,丞尉、教官不過數人。之數人者,又多不與牧令之事。則是以古者君相百官共治之事而責之數人,又責之一人。今人之知能非能加於古人,而什百古人之事,宜其爲功也,於古爲難。

然古者諸侯以世及,而今之官流銓,士人釋褐大半官縣令。其官翰林、六部者,又或資深出爲郡守。則束髮受書,即人人有治國子民之責,而上之所取、士之所習,不越四對八比之文。及其試之寡[⑦]效,則共孏笑,以《詩》、《書》爲無用,豈不誣哉?夫四對八比之文,所謂代聖賢立言者,僭也,妄也。然使果沈潛於六經、四子,由聖賢之言以窺聖賢之心,而確然見所當爲,有不容已於天下之故。因以考四方人情風俗、政治得失、形勢利害,而上下、古今剖析所以致治、致亂之機,則其爲言也,必能自樹立;而其異日之事功,亦必有過人者矣。趙生勉之,歸致而功,毋欲速成可也。

---

① "敵得而動"句後,《手稿》一有"夫求之數年而不能得,得之不能用。搤其吭,掣其肘,使至于必敗,其安能有濟"句。《定稿》、《稿本》、《手稿》二同無。

② 聖人:《定稿》、《稿本》、《手稿》二同,《手稿》一作"聖王"。

③ 齋宫:《定稿》、《稿本》同,《手稿》一、《手稿》二作"齊宫"。

④ 小者:《稿本》同,《定稿》、《手稿》一、《手稿》二作"小過"。

⑤ "然而"句:《定稿》、《稿本》、《手稿》二同,《手稿》一作"然而不能決勝于千里者,未之有也。今論者輒曰'無將材',豈不誣哉?故人君明乎取將之道、用將之法,寇賊可以平、天下可坐而定也"。

⑥ 聞:《稿本》、《定稿》同,《手稿》作"聲"。

⑦ 寡:《稿本》、《定稿》同,《手稿》作"不"。

余既爲《字説》以貽趙生，又念所以期趙生者功之極致，而未明夫致功之本，或疑學之無序。古者十五入大學，趙生今其年也。昔朱子注《大學》，言"序不可紊，而功不可闕"。是則"功"者，必循序而漸進；而所謂"序"者，非一事終、一事方始也。今語趙生以治平之要，乃所謂"物"也。講明而切究之，乃所謂"格物而致知"也。夫《大學》者，内聖外王之大綱，亦即群書之大綱。朱子又嘗教人讀書之法，以《大學》爲架子，而以群書實之。西山、瓊山用其言，其書、其人遂皆不朽。趙生求其書而讀之，庶不爲俗學所誤哉。

《易》用九、用六説

《易》之用九、用六①，何也？

或曰：三奇而三偶。朱子説。三奇則三三而九；三偶則三二而六。或曰：函三爲一，兼三爲六，三三爲九。説出《算經》。或曰：卦之數生於一，偶於二，成於三，而其中所含之二即爲坤之偶。三一而三，推之三三而九。數極於九，而其中所含之六即爲在中之坤。此葉佩蓀説。即九終數、六中數之説推衍之。此皆以三起數，而未括乎數之全也。

數之奇一、三、五、七、九，數之偶二、四、六、八、十，何獨取乎九、六？或曰：九，陽之終數；六，陰之中數。其説以乾不用一而用九，爲"无首"之義，則用六之象不曰"以大終"乎？終之不繫乎十，則首之不繫乎一也明矣。不以一爲首，則不以九爲終，而六爲中也又明矣。葉佩蓀説。一者，首也，乾之所本，而非所用也。由一而至於九，浸歷一、三、五、七之全，中包二、四、六、八之配，用以終陰而始陽，乃可以貞。既往之全功而復釀方來之元化。是九爲陽之終，乾用在九，故陽爻皆用九。用九而不見其②一，所謂"見羣龍无首"而"吉"也。陰之道乃順承天，无成爲能順，有終爲能承。若究而極於十，則已在九終之後。十即一之所藏，而不可以爲順。或微而起於二，則伏於一始之下，物猶不得其養，而不足以相承。惟六者，前已進於二、四，後未過於八、十，居陰數之中，起而從陽，於光大之時長養萬物，以極陽之大生。是六者，陰之中數，坤用在六，故陰爻皆用六。用六以承天時行，所由"利"於"永貞"。彭年按：葉氏此説與用六象詞"以大終也"句不合。

然則何以用九、用六也？曰：釋所以不用七、八也。何以言七、八、九、六？曰：一者，數之始；十者，數之終，而將復其算也。《説文》："惟初太極，道立於一。造分天地，化成萬物。"《算法》：十、百、千、萬，皆一數冠首之名。故《算法》乘除必終於九。五者，陰陽交午，而二、三、四皆積數也。《説文》"五，五行也，從二"，象天地。"陰陽在天地間交午也。"若六者從入而八分，七則微陰從一衺出，八象分别相背，九象屈曲究盡，此七、八、九、六之義也。張惠言説。本《説文》。或以爲七、八、九、六已含全數焉。皇侃《禮記義疏》：金、木、水、火得土而成。水

① 用六：《稿本》同，《定稿》、《手稿》無"用"字。

② 其：《定稿》、《稿本》同，《手稿》作"以其"。

數一,得土數五,故六也;火數二,得土數五,爲成數七;木數三,得土數五,爲成數八;金數四,得土數五,爲成數九。其不用七、八者,或謂《連山》、《歸藏》皆以七、八爲占,《周易》則用九、六。今二易並亡,不可考。賈逵、鄭康成、杜預、韋昭說並同。襄九年《正義》云:"揲蓍求爻,繫詞有法。"其揲所得有七、八、九、六,説者謂七爲少陽,八爲少陰,其爻不變也;九爲老陽,六爲老陰,其爻皆變也。《周易》以變爲占,占九、六之爻;《連山》、《歸藏》以不變爲占,占七、八之爻。二易並亡,不知其實然否。賈、鄭先儒相傳云耳。彭年按:《左傳》、《國語》筮,或言《周易》,或不言《周易》。其不言者,必二易也。惟九六爲老、七八爲少之説,傳之既久,《説文》:"《易》之數,陰變於六、正於八。"又云:"七,陽之正也。"《孟氏章句》、《易正義》引張氏注、歐陽修《易童子問》、朱子《本義》、《啓蒙》説並同。老變而少不變,《周易》以變爲占,不變者占彖,變者占爻。金榜曰:《乾鑿度》謂七、八爲彖,九、六爲變,故彖占七、八,爻占九、六。一爻變者,以爻辭占,是爻占九、六也;六爻變及變兩爻以上者,占之彖辭,是彖占七、八也。後世以錢卜,則爲重、交、單、坼。

占變之説,徵於蔡墨之論《乾》龍。昭二十九年《傳》。蔡墨曰:"《周易》有之,在《乾之姤》,曰'潛龍勿用';其《同人》曰'見龍在田';其《大有》曰'飛龍在天';其《夬》曰'亢龍有悔';其《坤》曰'見群龍无首,吉'。《坤之剥》曰'龍戰於野'。"《乾之坤》者,六爻皆變也。所謂陰陽相爲用,張行成曰:"用九以六,故《乾》之用在《離》;用六以九,故《坤》之用在《坎》。"《參同契》云:"《坎》、《離》者,《乾》、《坤》二用。"惠棟曰:"十二消息,不見《坎》、《離》象。《朱子語類》解《參同契》,二用即《乾》、《坤》用九、用六,殊誤。"彭年按:《坎》、《離》即九、六,虞翻所謂"《乾》、《坤》,二、五也"。惠駁朱子未當。"二用無爻位,周流行六虚",乾道變化,各正性命。性命者,《坎》、《離》也。剛柔相推,變在其中也。虞翻曰:"十二消息九、六相變,剛柔相推而生變化,故變在其中矣。"

七、九之義,徵諸《列子》。雖非聖人之書,然所傳周以來古義也。《列子·天瑞篇》:"《易》無形埒,《易》變而爲一,一變而爲七,七變而爲九。九變者,究也,乃復變而爲一。一者,形變之始也。"

六、八之義,徵諸公子重耳,筮得貞、屯、悔、豫皆八,韋昭解:"内曰貞,外曰悔。"震下坎上,《屯》;坤下震上,《豫》。"得此兩卦,震在《屯》爲貞,在《豫》爲悔。八,謂震兩陰爻在貞、在悔,皆不動,故曰'皆八',謂爻無爲也。"董因筮得《泰》之八,韋昭解:"陰爻不動,其數皆八。"故得《泰》之八。與"貞、屯、悔、豫皆八"義同。穆姜筮遇《艮》之八。史曰:是謂《艮》之《隨》。朱子曰:五爻皆變,惟二得易,故不變。林堯叟曰:用九,故老陽變而爲少陰。不用七、八,以少陰、少陽不變,此言遇《艮》之八。蓋三、上以九變,初、四、五以六變,惟二得八不變。

或以爲九、六、七、八,老、少之名不見於文、周、孔三聖人之書。夫書不盡言,聖人未言者多矣,徵以《左》、《國》,固知去聖言未遠也。葉佩蓀謂:《易》之取象,陰陽、俯仰、遠近,靡物不備。又列八卦,以父母、男女長中少之分,而不聞一言及於九六爲老、七八爲少,則必非文、周、孔之含意未申,而有待於後人之發所未發也。彭年按:葉氏之言辨矣,第不知所謂六爲中數者,三聖人言之否耶?

或又言:陽數既極而謂之老猶可,若陰六之後尚有八、十,律吕相生,以五、六爲天地之中合,安得以方中之數而顛倒之爲既老?此又未明乎陰陽進退之言也。《乾鑿度》:

"陽動而進、陰動而退,故陽以七、陰以八。"

然則所謂用者,自爻例而言之,則剛柔有體;陸績說:"純陽,用九之德。"劉瓛說:總六爻純陽之義。九言純陽,則六純陰可知也。自爻變而言之,則剛柔相濟。《易童子問》:"陽過乎亢則災,數至九而必變,故曰:'見群龍无首,吉。'物極則反,數窮則變,天道之常也,故曰:'天德不可以爲首也。'陰柔之動多入於邪,聖人因其變而戒之,故曰:'利永貞。'"大哉,《易》乎!分陰分陽,迭用柔剛,非天下之至精、至變、至神,其孰能與於斯乎?葉佩蓀謂:以无首爲剛而能柔者,本於王輔嗣"老氏尚柔"之旨。而以變坤附會之,則《易》所謂"剛來而下柔,柔來而文剛"者,皆老氏言耶?至十五、三十之數,世爻、遊魂之辨,猶非九、六、七、八之要義云。七、八數十五,九、六亦相應,四者合三十,本《參同契》文。劉禹錫辨九、六用世爻,張行成用遊魂,本鄭康成"精氣遊魂"之說。

《豳風》夏正、周正、中星辨

《豳風·七月》之①詩,當如張子言"專以夏正爲斷",而後人誤以爲兼用周正,則以誤會經文及傳義也。

凡經文之可疑而不必疑者有三。

一則因"一之日"、"二之日"、"三之日"、"四之日"之文而疑也。此篇自夏之十一月至二月以數配日而稱之,自夏之四月至十月以數配月而稱之。其"一之"、"二之",朱子以爲"一陽之月"、"二陽之月",戴氏震以爲"子一、丑二、寅三、卯四",皆有實義。而《毛傳》云:"一者,十之餘也。"尤得《詩》辭之旨。《尚書·泰誓序》:"一月戊午。"劉歆《三統曆》引《武成篇》:"惟一月,是子月可稱一月。"但《泰誓》、《武成》專紀周事,與《豳風》述夏時事者不同,且史家紀實必以月,而詩人因事託詞②,體有不同,亦可稱日也。《正義》"一月之日"、"二月之日",解最直捷;又云"物成稱月,物生稱日",則甚鑿。何氏楷以冬至爲日長之始,本天而言主日;孟春爲建寅之始,本歷而言主月,尤爲附會。經明言"三之日"、"四之日",何謂建寅主月耶?善夫戴岷隱之説曰:"十者,數之窮也。"明夫十之數窮,則知"一之"爲十餘。知"一之"爲餘,則知"三"、"四之"爲蒙上便文。"三"、"四之"不言正月、二月,猶古書蒙十二月而謂正月爲"十三月",無他義也。知此而周先用此紀候,遂爲正朔之説,可無惑矣。此不必疑者一也。

一則因曰爲"改歲"之文而疑也。承上文,十月之後言"改歲",自指十二月歲終後而言。故《鄭箋》云:"歲終而'一之日觱發'、'二之日栗烈',當避寒氣而入所穹窒墐户之室。"《正義》亦云:"過十月則改歲,乃大寒。"言"過十月"則非十月改歲也。非十月改歲,則仍夏正也。而吕氏乃曰:"十月改歲,三正通於民俗,自古已然。"儒者遂以

---

① 之:《稿本》、《定稿》同,《手稿》作"一"。

② 因事託詞:《稿本》同,《定稿》、《手稿》作"因詞託事"。

此爲豳用周正之證,誤矣。首章"二之日"始言卒歲,則十月歲尚未卒,何言改哉?此不必疑者二也。

一則因《豳風》所記與《月令》參差而疑也。《月令》仲夏鳴鵙,《豳風》七月始鳴;《月令》仲春倉庚鳴,《豳風》蠶月始鳴;謂三月。《月令》季秋草木黄落,《豳風》十月隕蘀;《月令》季秋令民入室,《豳風》改歲入室;《月令》季秋嘗稻,《豳風》十月獲稻;《月令》仲秋嘗麻,《豳風》九月菽苴;《月令》季冬取冰,《豳風》三之日納於淩陰。後人因二書不同,有疑豳非盡夏正者,不知箋、傳三言晚寒,蓋地氣不同,難以齊校《月令》。總舉大概,《豳風》專言一方,其不能盡同,理固然也。若因紀候之殊,疑爲周正,則條桑、其獲、食瓜、剥棗、肅霜、滌場之類,何不異邪?此不必疑者三也。

至傳文之可疑者,則首章傳云:"一之日,周正月也。二之日,殷正月也。三之日,夏正月也。四之日,周四月也。"此不過指類以曉人。胡承珙説。何嘗謂通用三正?果通用三正,則何以二之日言"卒歲"?《禮記》一書屢舉三代通言,不過欲人知源流耳。《孟子》論田賦亦通言三代,何嘗謂貢助徹一時並舉哉?此又傳文之不必疑者也。

經、傳皆無可疑,則夏正、周正之辨已明。而猶有可疑者,則中星之説也。《堯典》"日永星火,以正仲夏",而《月令》"季夏之月,火星始中",《豳詩》"七月流火"。周氏洪謨謂是歲差,劉安成謂堯至周公千二百四十餘年,歲差當退十六七度,故六月而後,日在鶉火,七月則日在鶉首,而昏時大火西流。此詩上述豳俗,而"七月流火"蓋據周時所見而言。其言歲差,誠爲有據。但《鄭志》謂日永星火,是大火之次;季夏中火,是火之心星。《正義》則謂《尚書》總舉一月,《月令》舉其月初,故有不同。未嘗以《七月》所言必是周初星宿。

《詩》三百篇皆用夏正,無《七月》一詩獨雜周正之理。《七月》既用夏正,亦無舉周時星象以述夏時之事之理。以經證經,參之傳注,確有可徵,無煩聚訟也。

庶母慈己,不得同慈母服制對

某大夫,妾出子也。三歲生母死,育於祖母。十歲祖母死,育於父之别妾,未嘗受父命爲母子也。大夫欲以慈母之服服之,問禮於家君。彭年承庭命,檢《禮經》、《律例》以對曰:

《禮》:"慈母如母。"傳曰:"父命妾曰:'女以爲子。'命子曰:'女以爲母。'若是,則生養之終其身如母,死則喪之如母,貴父之命也。"疏云:"《小記》云'慈母不世祭',見輕之義。一非骨血之屬,二非配父之尊,但惟貴父之命故也。"

《禮》又云:"士爲庶母緦麻。"傳:"何以緦也?以名服之也。大夫以上,爲庶母無服。"又云:"君子子,爲庶母慈己者,小功。"傳曰:"爲庶母,何以小功也?以慈己加也。”又,《通典》引譙周説云:“妾不得有繼母名,慈母但慈己無父命也者,不過小功也。”是慈母之服所以三年,爲父命,不爲慈己。慈己之庶母,自有服制,不得比於父命之慈母明矣。

《國朝律例》:“庶母,謂父妾有子[①]者。爲[②]嫡子、衆子齊衰杖期。慈母,謂所生母死,父命别妾撫育者,斬衰三年。”曰“父命”者,亦明非父命不得謂之慈母也。

稽《勳司例》:“官員慈母病故,准離任丁憂二十七個月。”又云:“如有假揑,照例議處。”丁憂而防其假揑,是教人重父命而抑私恩,非獨防作僞也。范氏説《穀梁》,謂“以妾體君則上下無别,雖尊其母,實卑其父”。彼僖公於生己之母尚有尊母卑父之譏,況於慈己而無父命者哉!

或曰:“士爲庶母緦麻,君子子爲庶母之慈己者小功,古人爲慈己者則有加矣。今律庶母已加至齊衰杖期,則慈己者宜有加也。”

曰:“禮無二斬,故期服以下有加,至期則無可加也。”

“然則慈己恩之篤者,宜如何?”

曰:“先王制禮,不敢過也,是所謂‘厭於尊而絀於服’。絀於服者,心喪可也。”

“心喪何如?”

曰:“期服不去,官例也;心喪則解官可也。期服,終三年不飲酒食肉,不處内,不聽樂,如是而已矣。必變國家之定制,而伸一己之私恩,亦非敬父事君之道也。若夫八旗官員,則庶母出殯後七日,剃頭當差;撫養庶母,兩月後剃頭當差。自有制度,不得援古以請也。”

大夫曰:“諾。”

① 子:《定稿》、《稿本》同,《手稿》作“子女”。

② 爲:《稿本》同,《定稿》、《手稿》均無。

陶樓文輯卷六

紀將軍傳

咸豐三年八月，粵賊攻長沙，八十日不下，解圍奔武昌。程千餘里，行三十日，諸大帥統兵尾賊，無與賊戰者。湘潭居長沙上游百里，自長沙至寧鄉，二日可達；至益陽，三日可達。大帥既駐湘潭，七鎮追賊至寧鄉，聞賊在益陽，乃詭言“賊奔湘潭”，相率返兵。而副將紀將軍獨率所部兵趨賊戰，戰不勝死，而賊遂快意東下矣。

先是，將軍爲貴州提標右營游擊，日召士卒練技藝、察虚伍。提督惡之，使出權平越、鎮遠游擊。吴文節公總督雲貴，知其賢，檄權大定協副將。會湖南徵兵，將軍請行。提督定部伍，千總、把總或二百人，或百餘人。將軍秩二品，所部僅百人。至軍，湖南巡撫使守城，將軍請戰，乃改隸總統麾下。又請戰，總統曰：“汝欲戰乎？”予百人。請益，又予百人。將軍乃慨然曰：“吾固知戰必死。”遂率二百人戰死於益陽之三里橋。事聞，詔賜䘏雲騎尉。

將軍諱冠軍，卓山其字，山東登州府海陽縣人，以道光十四年武進士授三等侍衛，遷山西神池營都司，累官至副將，卒時年四十八。子化崇、化魯。

舊史氏曰：胡公[1]林翼爲予言：“將軍性豪邁，馭下嚴。”其在安順、平越、鎮遠、大定，靡日不簡練士卒，所至兵如額。惜哉，其死速也！軍興以來，知勇才略之士，或未竟其用而死，或用之不得其當而死。如將軍者，雖古名將何以加焉？悲夫！

洪西林傳

洪君調翰，字西林，湖北江夏人也。武昌始陷之明年，貴筑唐公樹義奉詔起家，撫輯楚邦，專意延訪豪俊，號召鄉兵擊賊。應辟而起者雲附景從，君與荆州林君天直最知名。唐公既失意，大府掎扼之至死，天下聞而悲之。未幾，而君與林君相繼死難，聞者益歎唐公之賢，而多二君忠節無愧於公，爲可悲也。

① 胡公：《稿本》同，《手稿》作“胡觀察”。

先是,賊自長沙東下,君從①城中父老治守備。度不可守,乃秘爲儲畫。城陷,置家人複室中,脱身走蔡甸。比賊去,洪氏别居死者十九人,而居複室者獲全。人故奇君,君益自諱匿,挈家之漢陽櫧山湖上。

唐公跡得君,檄君團練。君感其義,爲禦賊,以功授州同。賊再犯武昌,君督鄉兵守薛、禮二堡,擒馘甚衆。賊忌之,攻益急。巡撫遣參將烏齡阿率兵三百②援君。賊及蔡甸,烏齡阿③遁,賊乘勢焚掠。君奔告巡撫,更④遣守備鄭寶泉率兵二百與君偕。招集潰亡,仍屯薛峯堡。賊自黄陵磯據櫧山,分軍爲二以拒之。而賊潛渡出山下,鄉勇驚潰,官軍亦潰。君猶奮呼力戰,重創死,咸豐四年五月十三日也。

自粤賊興,朝廷屢詔直省舉行團練助官兵,紳衿黠者或借以干進,大率忠義慷慨之士爲多。而牽掣敗壞於貪吏、懦將者,往往事未及成,或假他事去,或憤激死若君者蓋衆矣。君死時年三十有八,距唐公之死僅百餘日云。

黄彭年曰:予讀君弟調緯所爲狀,言君"孝友"、"儉約"、"好施與"。嘗捐千金不惜,急人之難。唐公之知君,豈偶然哉!士未有不立行於平日而能遂志者也。故撮舉殉節始末著於篇,而他⑤善行不詳。

三孝女傳

同治十有一年春,河間知府陳崇砥始到官。以彭孝女大姑殉母狀牒總督,請旌於朝,報可。於是燕趙間嘖嘖稱孝女事。

大姑者,名詠春,安徽懷寧人,景州知州彭爵麒之長女也。幼嗜文史,喜聞孝義節烈事。侍母柯,從父之官,未嘗離左右。同治六年,母病,刲臂和藥以進,有瘳。越五年,母復病,侍湯藥,不解衣寢者期月,又刲股療之。母卒,不起,痛哭觸棺,不死。大姑慮父之傷己也,居食如平時,父亦安之。及百日,蚤起沐浴,更衷衣,密紝,告父,率家人奠母殯於開福寺。

開福寺者,在州署北,有古塔高二十八丈有奇,凡十三級。大姑佯言禮佛,戒家人守塔前,獨偕小妹登至十一級,西向拜者三,南向拜者三,復西向呼母者三。妹覺有異,驚起,持之不及,遂躍而下。寺人遥見衣袂飄然,辟旋而墜。急趨視之,膚革無所損傷,側坐支頤,含笑而逝,春秋二十有六,時同治十二年正月二十四日也。袖遺筆二,一屬

① 從:《稿本》、《手稿》一同,《手稿》二作"隨"。
② 率兵三百:《稿本》、《手稿》一同,《手稿》二無。
③ 烏齡阿:《稿本》、《手稿》一同,《手稿》二作"參將"。
④ 更:《稿本》、《手稿》一同,《手稿》二作"乃更"。
⑤ 他:《稿本》同,《手稿》一、《手稿》二作"它"。

張塔前,明殉母之志;一戒斂時勿更衷衣,殯必母側。篋中遺書別父及諸老幼。死前數日,潛以母在時所治家事授家人,一婢稍長,召其父遣之,其精密如此。所墜之地,赤暈不散,土人即其上祠之。

未幾,而有陳氏二孝女之事。

慧莊、慧敬者,福建侯官人,七品小京官陳寶廉之二女,河間知府崇砥之姪也。寶廉卒,二女從母依崇砥,待之有恩。寶廉女三,妾林出者二。慧敬其季,妻林出,與寶廉生同日,期年而孤,母絶愛憐之。十二歲,從兄授女學,讀曹娥、饒瓊諸傳,輒感歎流涕,諸兄異之。母病喘,每秋冬達旦不寐,敬奉湯藥,躬祈禱,恒經月廢食寢。疾少間,則取古忠孝事,爲母稱説以娱之。同治十一年,母病篤,敬懷藥,誓以身殉,爲家人所覺,母亦旋愈。逾年,母喘復作,敬禱於神,祈以身代,奔走藥餌,手足盡腫。母取鏡自視,顧敬曰:"吾神亡矣,汝焉依?"敬曰:"生死從母耳。"母病革,趨出飲藥,復入跽榻前,哭曰:"母寧不能爲兒一回顧耶!"母開眸頷之,遂卒。敬亦死,春秋二十有一,同治十二年十一月十六日也。河間知縣陳金式、編修許業香以狀聞總督,請於朝,得旨旌表。

莊亦通書史,性篤摯,七歲而孤,事二母以孝。嘗曰:"女子無可報父母,能自盡者力耳。"母病,莊事之如敬之虔。同治十一年,生母病失血,莊持厠牏,號咷幾絶,侍藥禱祠,刲臂以進,與敬事母同。逾年,生母病瘧,侍奉愈謹。及遭母及慧敬之喪,生母大慟,病加劇,莊亦色枯神慘。家人鑒前事,防之加密。崇砥泣諭以大義,且告其生母曰:"若女即吾女,無以爲念。"生母卒,莊從容哭泣如禮,旦夕趨侍崇砥,勞問家人,家人安之。會崇砥出治事,乃乘間飲藥,家人趨救,莊曰:"吾與敬約,生死從母。自三年前吾母病蓄藥。向不遽死者,以伯父撫我厚。幸速斂我,無重伯父悲。"言訖而逝,春秋二十有七,時同治十三年二月十一日。距敬之死未三月、大姑之死僅再期,於是燕趙間稱"三孝女"云。

黄彭年曰:三孝女之死,烈矣。考其平時,皆能盡事母之道。其侍母之疾,刲體進藥以冀其生,既不得生則誓殉以死。故其視死也,若飴之甘,居處之適。或取決於俄頃,或濡忍以俟時,而終遂其志,若一轍然。非至誠,而能若是乎?嗚呼,可以風矣。

吕烈婦傳①

夫臣道、妻道一也。婦人之力,非强於男子,又非若士大夫之多讀書聞道也,而古今婦女之烈,繁於忠臣,何哉?載籍所傳以身扞主,若由于之受戈、嵇紹之血濺帝衣,或死或不死,而忠義之忱、浩然之氣,至於今爲烈。

① 《手稿》存。

予仕湖北，與修通志，網羅遺文軼事，有傳吕烈婦詩，事類由于、嵇紹，表彰之足以扶翼世教。其傳曰：

吕烈婦者，江夏盛朝運女，嫁同邑吕律。聞粤寇起，歎曰："吾屬死無日矣。"咸豐四年春，賊再犯武昌。烈婦舉男方彌月，從律奉姑，居危城中。母家避京口者，遣車間道來迓，不去。

六月朔，城外軍潰。翌日，巡撫跳，城陷。律兄從自城上歸，將謀匿母。賊尾之，戕諸庭。見律於室，刃之。烈婦抱兒奔律前受刃，劃肩斷臂。猶傾身捍衛，被十餘創乃踣。懷中兒已冒刃腦裂。律傷股，亦踣。賊意律斃，且似微感烈婦者，捨去。律匍匐匿他室。烈婦稍蘇，問姑曰："夫免乎？"姑泣應曰："免。"乃死。律夜舁三尸瘞後園，遂絜家扶母出。

武昌既復，鄉人爲歌以哀之。其歌曰："禍將臨兮吾先知，姑處危兮安忍去之。賊揮刃兮我良人，良人喪兮安用子爲。白刃可蹈兮身獨當，抱嬰兒兮與偕亡。念良人兮絶復甦，聞姑言兮目方瞑。"

亂定，律歸營葬，啓坎，烈婦面如生。江夏縣上其事，得旌於朝。

舊史氏曰：史稱馮婕妤當熊，謂"猛獸得人而止"。烈婦之視賊，與猛獸何異哉？宜其以身當之也。彼擁節旄、承天子命守土者委而去之，卒亦不免於死，而烈婦之死，千古爲昭矣。

常州二子傳

自予領畿輔志局，共事者多常州人，而蔣君侑石從事最先，方君子謹年最少。二君皆能文，皆工篆、隸，其爲學徑途、趣嚮又一致也。蔣君殁，請於合肥，爲刊其遺書，屬方君審校。刻甫竣，而方君不禄。悲夫！好學之難得，而天道之不可知，作《二子傳》。

蔣君曰豫，侑石其字，世爲常之陽湖人。十歲時，詠詩效長慶體，塾師驚歎曰："此詩中飛將也。"從父宦游越中，北至燕趙，皆有文譽。父喪，棄舉子業，納粟得知縣，分畿輔。咸豐中宰雞澤，值兵燹後，上官以軍事，督催科甚厲。君愀然曰："民困如斯，柰何重迫之！"乃稱貸供億。旋權涞水，值海事棘，洋人投刺，欲立天主堂。君又愀然曰："柰何拂民心！"乃堅拒之。同治中權元氏、蔚州。元俗疲，爲之清訟除弊；蔚俗僿，爲之課士勵學。民有製蓋頌德者，君又愀然曰："幾許恩澤，重煩吾父老也。"乃力卻之。其居官行事類此。

君之爲學，大都以實事求是爲宗，以聲音、文字爲窮經之要，其於故訓遺書、單詞隻義，搜羅裒輯，惟恐墜失。嘗慨經學失宗，世道貿變。考兩漢傳經，家繫人部，表而出之。然其論學之言，則曰："純内不克以宗事，純表不克以闡道。"又曰："綜變知貫，庶不爲形象蒙然。"則君之博學詳説,固將反而説約。使天假之年,詎能測其所至也。

纂《通志》諸傳,自正史外,旁摭羣書,細字分注。予謂史家網羅放失,當成一家言,君則於古人之言不敢易一字,其篤謹類此。從事畿南戎幕者十餘年,露布封章,倚戈立就。將吏疊以戰勝論最,君未嘗一言。及蕆事,當事者上其功,始一遷同知直隸州,賜花翎。元氏、蔚州皆膴仕,去官之日,囊無餘貲。其卒也,猶資友朋之力歸葬。君之爲人,即是可見矣。君卒以光緒元年三月,年四十有六。哀其遺稿爲《滂喜齋學録》十一卷,詩古文詞五卷。

方君恮,子謹其字。其先大興人,康熙中徙常州,遂占籍陽湖。父駿謚,知河南靈寶縣。婦翁趙君烈文,知直隸易州。君以故嘗客燕、豫間,與予子國瑾遊處。見其詩翰,異之。

蔣君始卒之年,君來與修《畿輔志》。君始好泛覽,至是知其寡要,乃求古文義法於桐城諸家,以爲未足。進求之聲音、訓詁,以爲未足。進求之典章、文物,期致諸實用。君之志廣而氣盛,嘗與人論禮制不合,爲書諗予,累數千言,若挾風霜而出芒刃。予深規之,乃幡然而改。其用力之勤,朋輩莫不畏憚。予嘗以歲除夜半循池行,至君所居,鐙熒熒然,據几檢書,羅列層積。立其旁,若無覩也。

常州自北江皋文、淵如以經術倡導,後進宗之,蔣君守其遺風者也。君獨嗜會稽章先生之書,以爲能推原官禮,深窺六藝之精微、羣言之奧旨,而部次條列比之劉向、鄭樵,而得其精,可謂專家之學。

君既肆力,性又精敏。初不解算術,見勞君玉初筆籌算略,數夕即能通其法。予丐君校蔣君遺書,補正凡若干條。光緒四年四月,以疫厲暴卒,年三十。哀其遺文,僅一卷。

黄彭年曰:方君謂"侑石似其鄉方立董先生,學人短死,千古遺恨",詎知予之以是哭君哉!昔者吾友殷齋張先生卒,吴君履敬校其遺集,亦書成而死,可傷也已。故取方君遺文,附蔣君以傳。

大多山人小傳[①]

大多山人者,曹其姓,善其名,復堂其字。先世居黄岡,順治間有國史院侍讀學士本榮者,以儒行稱,是爲山人高祖之世父。本榮弟錦,河南彰德知府,解組後,徙家漢陽。生凱,陝西白河知縣。四傳,生山人。

少穎敏,有至性。蚤失怙,家貧,因外氏世傳篆刻,乃棄舉子業,鎸刻摹印,籍以自

① 《手稿》存。

給。見古今金石文字,手摹心求,不遺餘力。凡士有能辨三蒼、五雅、《方言》、《説文》者,必下之,冀盡所長。遊京師,主蕭編修崑田家。海寧暎山查先生愛其才,招致,處以精舍。故多藏秦漢碑刻、鐘鼎圖印,悉恣觀覽。學益進,大興覃谿翁先生亟稱之。不數月,名噪都中。

生平足跡半天下,所至交賢士大夫。如冶亭尚書、梧門祭酒、古香學使、淵如兵備及其鄉先達小松、仙舟、秋岩三侍郎,皆延譽之惟恐不及,去則贈言以寵具行。觀當時士夫之好賢樂善,即山人之爲人可知矣。晚居漢陽之奓山,故自號大多山人。

所摹刻《老子》、《成陽》、《堂邑令》碑埋會垣古刹階下,予移置乃園。訪其孫仲悝,因悉始末。采諸家詩文所載,以爲傳。俾後之覽是碑者,有所考焉。

李忠武、勇毅兩公家傳

忠武公諱續賓,字克惠,一字迪庵,湖南湘鄉縣人。先世自五代時,由江西泰和徙居湘鄉之橋頭。九世祖諱添宗者,仕明,官祭酒,移居葩石。曾祖本桂,祖白詩,皆以公貴,贈榮禄大夫。曾祖妣張、賀、王,祖妣戴,皆贈一品夫人。父登勝,封榮禄大夫,特賜光禄大夫。母蕭,封一品夫人。

公少讀書,端凝沈毅,器識過人。及長,身長八尺,能挽强弓,射百步外無虚發。道光中,羅忠節公以諸生教授鄉里,講程朱之學,用忠義氣節相切礪。湘中學者多從之游,公弟勇毅公受業爲弟子。公每至塾,聽講甚恭,忠節雅重之。今大學士兩江總督曾公與忠節友善。咸豐三年,粵逆竄長沙,曾公以侍郎憂居,奉詔治團練,忠節率生徒召募爲之助。遂自湖南轉戰贛、鄂、吴、皖間,規復東南,號稱湘軍。先後爲將領死事者數十人,而忠節與王壯武公及公兄弟爲最著云。

公始從忠節援江西,佐謝邦翰營。師次南昌,謝公陣亡,遂領其衆。賊陷太和、安福。忠節趨安福,命公趨太和。不逾月,平之,論功授府經歷。所部勇僅三百六十人,還趨衡州,平油榨墟,克永興。駱文忠公時撫湖南,奇之,益其營爲五百人。

四年,平湘潭。七月,賊自下游上駛,犯岳州。曾公督舟師,忠武公塔齊布以提督督陸師禦之,公與忠節所部屯大石橋。戰始合,兵勇驚潰。公持刀堅立,徐步陟山岡,顧左右舉旗。潰卒還集,分軍爲五,奪賊旗而突之,賊駭奔。追逐十餘里,各軍連日數十戰,殺賊近萬,不傷一人。公言於塔齊布公,賊壘可撲而破也。明日並轡出,風雨驟至,麾士卒急進曰:"天助我矣。"賊鎗礮皆不得施,遂連踏壘數十,岳州平。擢知縣,賜藍翎。塔齊布公由是知公,曰:"國家樑棟也。"

遂乘勝連敗賊於長安驛虎爪、石柱口、羊樓峒。賊望見公所載白旗,皆棄壘遁,軍中號白旗爲"無敵"云。克臨湘、蒲圻,直抵武昌。破花園、八步街、鮎魚套諸賊壘。八月,克復湖北省城,擢直隸州知州,賜花翎。

九月,追敗賊於鹽埠,克興國州,遂逼半壁山賊壘而營。時公與忠節所部及寶勇僅二千六百人。而賊十餘萬,據北岸田家鎮,賊船蔽江數十里,其據南岸半壁山下者六萬餘人,深溝高壘,以舟承鐵索,通兩岸往來。興國州亂民復助賊,伺官軍後路。弁勇怯,有逃者,公追斬三人以徇。衆皆死戰,遂克半壁山。火其巢,斷其鐵鎖,凡殪賊二萬有奇。

先是,塔齊布公分路,期自富池口以浮橋濟,爲賊所阻,至是乃會師。而楊公岳斌、彭公玉麟將礮船載鑪斧及火毬、火箭,盡斷横江鐵索,焚賊舟,於是北岸田鎮、蘄州之賊宵遁。曾公疏言:"續賓手刃逃勇,臨陣誓師,有古名將風。"擢知府,賜"摯勇巴圖魯"名號,旋授安慶府知府。公之受上知始此。

初,官軍之東征也,議以曾公、塔齊布公循南岸而下,謂之南軍;湖廣總督楊霈循北岸而下,謂之北軍。田鎮之賊既遁,與據廣濟之賊目羅大綱合,勢復張。北軍不能禦,南軍渡江追賊,敗之栗木橋,克黄梅、廣濟。又敗之灌港、孔隴,復渡江而南,遂攻九江。九江賊目林啓榮既據郡城,築對岸小池口及湖口、梅家洲三城,相爲犄角。我師攻九江不克,定議先攻梅家洲,移舟師泊内湖,期與外江水師夾擊。十一月,金陵、安慶之賊大至,自北岸上犯。蘄、黄外江水師爲賊所乘,南軍與舟師守内湖不能出,賊遂復據下游江面,公憤甚。除夕,請於曾公,獨率所部渡江,攻小池口。塔齊布公與忠節聞公已渡,遣軍救之,至暮乃還。曾公疏言:"九江之敗,士卒多逃,獨右營丁勇依依不去,由將能得士心也。"

五年春,賊上犯,北軍走德安,武昌復陷,陶文節公死之。於是天子以胡文忠公撫鄂,與曾公并力規畫東南。是時,漢陽、崇陽、通山、蒲圻、咸寧皆不守。武漢餉道既阻,南軍仰食江西。而廣信、饒州失陷,南昌戒嚴,公與羅公急率所部赴援,連克弋陽、廣信、興安、德興、浮梁諸郡縣,軍於南昌。有議以其師攻湖口者,公謂:"賊上據武漢、下據江皖,即一戰克湖口、九江有之,腹背受敵不能守。又,東征之師倚兩湖,江西爲根本。今賊得義寧、崇通,實湖北、江西之内患,而湖南邊陲之憂。烏有舍其本而可圖功者乎?"遂與羅公上書,願挾數月之餉,搗義寧,擊崇通而趨武漢。胡、曾兩公壯之。七月,攻義寧,克之,擢道員。時忠武公塔齊布卒於九江,哭之哀,移師克通城,敗賊於桂口。克崇陽,敗賊於壕頭堡、羊樓峒。克蒲圻、咸寧,詔加公鹽運使銜,賜公父母三品封典。

十一月,師次洪山,武昌賊壘礮臺既密,而鮎魚套、花園、八步街、壇角諸壘阻我餉道,又黄州、興國、大冶賊舟往來如織。公乃與忠節分軍扼窑灣,聯水師斷賊接濟,大小七八十戰皆捷。六年,江西告急,撫、臨、吉、袁、瑞諸郡皆陷。方議赴援,三月,忠節中礮卒於軍。胡文忠公謂公曰:"統此軍者,非君而誰?"公泣受事,激勵將士,共成羅公之志。旬日,盡破城外賊壘。公之專將始此。

四月,分軍江西。賊乘我軍之分,出城劫糧,迎擊敗之。助水師攻漢陽賊舟,敗之。五月,僞翼王石達開將援武昌。城賊遣間諜與援賊約期,公捕誅之。至期,設伏使數百人,僞與賊戰者,誘城賊出,殲之。及援賊至,我師戰於魯家港三日。城賊鑒前敗,疑不敢出,遂勝援賊。大小二十八戰,連破數十壘,詔加布政使銜。於是增勇,募民夫開壕,引江水入湖,環武昌爲長圍。十二月,克之。記名按察使。公既再克武昌,軍聲大振。分軍爲三,徇[1]黄州、大冶、興國、蘄州、瑞昌。

七年正月,進圍九江,開壕如武昌。九江賊負恃三城,梗我江路者數年矣。公既會將軍都興阿公敗賊於童司牌,八月會水師克小池口,公弟勇毅公大破賊於黄梅,以師來會。九月,公渡湖口。兩岸城賊所恃者礮船,礮船所恃者水壘,非破其所恃,兩城不可得。與楊公岳斌、彭公玉麟定計,以水師攻其外,而陸師聲言將剿宿松,夜自八里江濟,銜枚疾進。比曉,聞水師礮聲自山上大呼馳下,遂克水壘,連拔兩城。内湖、外江水師於是復合。詔以公出奇制勝,記名布政使,旋授浙江布政使。連克彭澤,破小姑山。胡文忠公疏言:"埽踞險之老巢,通久梗之水路,僅見之戰功也。"天子嘉之,益嚮用公。十二月,分軍定興國州。八年二月,進逼九江,因山岡爲壁,穿地道。三、四月,用地雷轟陷東南隅,克之,盡殲城賊萬餘人。詔加巡撫銜,賜黄馬褂。於是天子知公可大用,一以東征之事委公,俾公專摺奏事。

是時,公弟勇毅公建議增兵,分爲五路,以一軍趨中路,而左右前後四翼夾輔並進,節節埽蕩,以規金陵。議者以爲緩,廷旨數促公,公亦鋭自任。既敗皖逆陳玉成之衆,連克麻城、黄安。七月,遂進兵征皖。八月,破楓香鋪、小池驛賊壘,克太湖、潛山。九月,克桐城、舒城。

公所部既分防九江、湖口、小姑、彭澤、華陽,又留勇毅公駐鄂,征皖之師僅八千人。又遣副將朱品隆、唐義訓率千人從曾公於蘄州,又分兵留守桐、舒。及至三河,從公者不過五千人。三河者,水陸之衝,廬州之要隘。賊建僞城一,爲壘九,聚糧設險,以濟廬州、金陵。公謂欲圖金陵,必先皖北;欲圖廬州,必先三河;欲圖僞城,必先破壘。親督諸軍分攻九壘,一鼓下之,斬馘七千有奇,城垂克矣。忽賊首陳玉成、李世賢、捻逆張落刑自江浦、六合、廬江分道來援,號稱十餘萬,營三河三十里之金牛鎮白石山。公念我軍攻壘血戰,精鋭損傷,即調防兵策應。未即至,而賊已來逼。十月初十日迎擊金牛鎮,戰樊家渡,斬馘二千有奇,賊大奔矣。忽旁出數萬賊,乘霧鈔我軍後。參將彭友勝、胡廷槐、饒萬福等死之。僞城之賊復出,與援賊合,踞我軍虚壘,斷河隄,以絶我軍去路。遊擊鄒玉堂、杜廷光,守備趙國幹等死之。

---

① "徇"字後,《手稿》有"武昌縣"三字,《稿本》無。

是時,有勸公突圍退保者。公曰:"軍興九年,皆以退走損國威,長寇志。吾前後數百戰,每出隊即不望生還,今日固必死此。"衆皆感泣,願從死。公具①衣冠,望闕九叩首,取所奉廷旨、硃批奏摺焚之,曰:"不可使宸翰爲賊所得。"二鼓向盡,怒馬直出,赴賊而死。曾國華、何忠駿、何裕、王揆一、李續藝、吴立蓉、萬斛源等死之。道員孫守信、同知丁鋭義等猶獨守孤壘四晝夜,壘破,死之。十九日,桐城復陷,李存漢、趙友材、謝嗣湘、李景均等死之。凡湘軍員弁、兵役隨公死者數千人。

事聞,上爲隕涕。手詔曰:"惜我良將,不克令終。尚冀其忠靈不昧,他年生申甫以佐予也。"皖民得公屍,歸葬於湘鄉。胡文忠公、曾公先後以公死事狀上聞,詔宣付史館,追贈總督,賜卹,入祀昭忠祠。賜公父登勝光禄大夫,銀五百兩;子光久、光令舉人。

公自隨羅忠節征伐,循循弟子,退然若無所知,不自表異。及其見義勇爲,凡事之艱巨、人所畏怯不敢前者,無不毅然引爲己任。遇賊則以弱者讓人而自當其强,分兵則以强者予人而自攜其弱。馭下極寬,終年不見喜愠之色,而弁勇有罪,揮涕手刃,故刑人無多,軍令肅然。俸餉贏餘分②他軍,不以一錢入私橐。楚軍之興,計事受糈,皆有定制,歷時既久,或多變更,獨公始終五年,守法不變。嘗曰:"立法者但求大端妥善③,行法者當於小處彌縫。"其教士以知恥爲先,以樸誠爲貴。其明足以察情僞,而出之以和平。身經大小六百餘戰,克復四十餘城。方其戡定舒、桐,吴、皖、江漢之間無不翹首望捷,以爲東南底定直指顧間事。不意將星遽隕,遠近同悲。

公平居未嘗以激烈自許,而忠果之氣見於眉宇。取義成仁,與忠節後先輝映,蓋得力於聽講者有素矣。部議卹典,既與騎都尉兼一雲騎尉。同治二年,天子追念先皇藎臣,遣官賜祭一壇。三年,克復金陵,旌錫前勛,復賜二等輕車都尉,合前爲三等男爵。

公死,而弟勇毅公代領其衆。

勇毅公諱續宜,字克讓,一字希庵。兄弟五人,長續宦,次續家,次續寬,次忠武公,公其季也。沈毅簡默,寡交遊。受業羅忠節公之門,盡棄所習文藝,致力於躬行,顔所居曰"恥不逮齋"。讀書精思力索,反復辨論,必使無纖微疑似而後已,其治事亦然,忠節稱其篤學。

忠武公隨忠節起義勇討賊,公以文童隸部下。咸豐四年十一月,論克復江西泰和、安福兩縣功,授從九品。五年克義寧州,擢知縣。六年從湖北剿賊,擢同知,賜花翎。七年三月,湖北巡撫胡文忠公疏言:"續賓才堪濟變,而整飭營務、和輯士卒,亦賴

① 具:《稿本》同,《手稿》作"乃具"。

② 分:《稿本》同,《手稿》作"分贍"。

③ 妥善:《稿本》同,《手稿》作"安善"。

其弟續宜之力。克復省城,續賓不言,其勞不可掩。”詔以知府用,加道銜。是年,公隨忠武圍九江,曾忠愍公圍瑞州。忠愍奉父喪,公適以他事至瑞,遂解兵柄付公。皆忠節舊部,樂爲公用,遂掘重壕圍瑞。

六月,皖賊自宿松、太湖傾巢上竄,號十餘萬,烽火達於蘄、黄。湖北諸軍退保黄州,扼巴河以待援師。公慨然曰:“湖北不利,大局之憂也。”選千七百人,率之赴援。忠武欲分兵益之,公曰:“黄州兵非不足,顧調度何如耳。”

七月,至黄州,胡文忠公亦至。相與審度形勢,移營逼賊壘,誓於師曰:“戰者,機也,勢也。緩急在機勢,審度在將帥。令必肅一,而後可以戰。今與諸將約:凡陣[1]未進,不得一人先進;既進,不得一人先退,亂者有刑。”於是轉戰三旬,百壘皆下。八月,黄州平。胡文忠疏稱公料敵決勝,智勇深沈。上嘉之,賜“伊勒達蒙額巴圖魯”名號。連破賊於黄梅、廣濟,與忠武會師。先是,忠武頓兵九江,衆僅數千,不能分剿。及公赴援,上游得勝之師建瓴而下,遂乘勢連克湖口、彭澤,拔小池口、梅家洲兩岸僞城、姑山賊壘,論功擢道員。

十一月,破援賊於湖口之蝘蜓山,又破於彭澤之太平關,置守兩城而還。八年三月,皖賊竄陷麻城,公奉檄率二千人往剿。而安、六、潛、太、英、霍之賊分擾於黄梅、廣濟、蘄羅之間,又别出光商,疾馳陷黄安,冀分我兵力而解九江之圍。公所部既寡,又分兵救黄安。忠武既克九江,胡文忠促使援公於麻城。公曰:“麻城,羣鼠耳。大軍宜趨黄安,以固武漢。黄安破,則麻城一鼓而下。”忠武乃移兵攻黄安,五月克之。與公同擣麻城,又克之。越境窮追二百里,斬級六千,楚江之患由是稍紓。詔加按察使銜。

是時,胡文忠規畫東南,謂宜先清皖北,爲擣金陵之計,以忠武督師征皖,而公統步軍,與副都統舒保統馬隊駐鄂。公於是有五路進兵之議,既格不行。又慮忠武克四城,留兵置守,僅以五千人孤軍深入,犯兵家所忌,欲將所部繼進。則文忠奉喪歸里,防鄂之任悉以委公,不能捨之而去。及聞三河之變,拊膺大慟,悔不力主五路進兵之議。收集潰勇,得數千人。文忠亦以墨絰馳抵黄州。數月之間,軍威復振。進屯宿松石牌,將規太湖,以圖皖北。

九年四月,授湖北荆宜施道。五月,逆酋石達開率衆數十萬,自江西南安犯湖南,掠祁陽,攻寶慶甚急。胡文忠檄公赴援,駱文忠公盡以湖南諸軍隸之。時賊匪精鋭悉萃於寶慶之東南,今直隸總督劉公長佑營高家沖,當其衝。公謂兵法擊虚,擣西北,陽趨劉營,使賊備東南,而潛渡資水,銜枚疾進,逼匡家嶺賊壘而營。自田家渡至白田清水塘三十餘里,賊壘皆背水而立,殊死戰,竟日乃大潰,賊多溺死。奪其卡,官軍之在圍中者,始通聲息。是夜,偵知東南之賊卷旗暗渡,將襲公軍。公謂劉公曰:“明日必破

---

① 陣:《稿本》同,《手稿》作“列陣”。

賊矣。"比曉,賊果大至。公嚴陣以待,而多設疑兵於山嶺曲凹間破賊伏。陰遣敢死之士,間道焚賊巢,命水師扼浮橋,斷賊歸路。日中,麾軍進擊,賊屍枕藉,連破賊壘數百,復邀擊之鴨婆山。是役,擒斬數萬,脅從解散十之七八,寶慶圍解。石達開率餘賊走廣西,楚境肅清。詔以公赴援神速,加布政使銜。

十年,曾公與胡文忠公建議分道征皖,遣公自商、固規廬州。公方因母病告歸,奉檄即發。三月,諸軍既克潛山、太湖,而金陵大營潰敗,丹陽、常州諸城不守,統帥和春、張國樑死之。五月,上命曾公扼長江援蘇、常,都興阿公扼江北,於是在皖北者惟曾公國荃攻安慶,多隆阿公規桐城,公軍於青草堝以待援賊。九月,授安徽按察使。

十月,逆酋陳玉成糾定遠、六安賊,與捻逆龔瞎子、孫葵心自舒、廬趨桐城之掛車河、望鶴墩、香舖街、尊士庵、棠梨山,爲壘數十,衆十餘萬。公與多隆阿公禦之小松園,敗之新安渡。議以兩軍上自掛車河、下自新安渡,會期夾擊。公度賊勢倍蓰,非據地利,無以制勝。又慮溪溝紛歧,先期率騎十、步卒百往覘,近賊巢始返轡,而追者至。公令士卒徐行,賊疑有伏,不敢進①。夜乃歸營曰:"吾入虎穴,知所以取之矣。"黎明,分其軍爲八,卷旗並進,奪據山岡,與賊相持,俟其怠而後動。別遣一軍,繞出賊後。多隆阿公乘之,賊遂大潰。官文公、胡文忠公疏稱公"與多隆阿公和衷共濟,聯兩軍數萬士卒爲一心,出奇制勝"。詔加二品頂戴。十一年正月,遂奉巡撫安徽之命。

時陳玉成出英山,犯黄州,分竄麻城、黄安,意在乘虚深入,絶皖軍餉道,而胡文忠公病篤。公慮鄂垣有失,自下巴河渡江而南,先保武漢,繞出賊前迎擊。朝廷以苗沛霖與壽州團練搆釁,命公籌壽州。公疏言:"鄂居皖之上游,圖皖必先保鄂。若使鄂中不保,則皖省無恢復之機,臣軍亦無可立之勢。壽州雖古名城,較之安慶,究有輕重緩急之别。本朝舊制定安慶爲省會,誠以上通楚、蜀,下控三吴,江表咽喉莫此爲要。咸豐三年,安慶失事,當時諸臣不識地勢,遽遷省會於廬州,而全皖淪陷,至今金陵無收復之望。是通籌全局,應先復安慶,而後可規進取。至若壽州,地險足恃,民氣素强。髮逆蹂殘皖地前後九載,莫之敢犯。前撫臣翁同書退入此地,蓋資民力以爲守。並非省會重地,撫臣應駐之所也。苗沛霖未敢遠離巢穴,請敕②漕臣袁甲三就近辦理。"從之。

三月,敗賊於孝感,克其城。四月,營黄岡之新州。五月,營武昌之魯家港。七月,逆酋李秀成陷武昌,攻拔之。八月,安慶克復。詔以公襄籌有功,賞黄馬褂。陳玉成自宿松上犯,公扼之黄州。十月,克黄州。十一月,連敗賊於光化、穀城、均州、棗陽、襄陽。時胡文忠卒於軍,上以公爲湖北巡撫。公乃疏言:"皖中軍事百倍於鄂,未可避難就易。且皖爲鄂之門户,皖賊一日不滅,鄂即一日不安。臣兄續賓戰没三河,殉難者逾

① 進:《稿本》同,《手稿》作"近"。
② 敕:《稿本》同,《手稿》作"飭"。

五千人。國憤私仇,尤臣伏干枕戈、寤寐不忘者也。籲懇天恩,仍回安徽本任。”詔公駐湖北、安徽交界地方督辦軍務。

同治元年二月,黔匪陷來鳳。逆酋石達開窺施南,遣將擊走之。苗沛霖潛結捻、粤各匪,合攻潁州已數月,圍急。公遣提督成大吉、總兵蕭慶衍渡淮往援。大吉軍至大橋,賊以步騎四萬餘,張兩翼圍我軍。我軍殊死戰,殪悍賊千餘,賊乃卻。是夜,賊悉衆圍慶衍。開壁縱兵擊之,大吉應之於外,賊大潰,斬馘二千。逆酋張落刑復盡驅攻城賊來拒,我軍轉戰而進,潁圍解。得旨褒獎。

是時,苗沛霖攻陷壽州,詭詞乞撫。欽差大臣勝保方主撫議,朝廷既命公幫辦勝保軍務,因以剿撫情形詢公。公覆疏言:“臣愚以爲,得民之心必助順而後逆焰可息,用兵之道必能剿而後撫局可成。當苗沛霖謀叛之初,附近各圩豈無深明大義之士忠憤鬱結,思與爲難而隱忍不發?亦謂髮逆未平,朝廷方事羈縻,故不敢顯與之抗耳。而苗沛霖恃此以爲得計,詭謀日密,煽脅日多,羽翼已成。陰受僞職,假名報仇,陷我壽春名城。仍復詭言求撫,並有暗襲蒙潁之計。正氣鬱而不振,志士聞而灰心。伏念順逆之理不可不明,剿撫之機不可不定。臣前派援壽之師已至霍山,並飭道員蔣凝學一軍馳駐六安,培城濬濠,藉爲牽制。苗沛霖頗知顧忌,未遽猖獗。雖一時兵力甚單,壽州公正紳民多願齊團自效,即脅從之衆亦欲戴罪圖功。際此人心效順激勵拊循,如果機有可乘,得以殲厥渠魁,固屬朝廷之福。即使刻難殄滅,而人人得以誅之,苗勢必孤。伸天討以快人心,終當不遠。非然者,壽城既陷,我仍墮其術中。彼得樹黨自益,恐自此蠶食鯨吞,異日之患,更有甚於髮捻者。臣非不知時勢孔艱,兵力遽難兼顧,然不能不辨明順逆,亦謂不剿而撫,正賈誼所謂‘抱火厝之積薪之下’,火未及然而以爲安,何以異此?”疏入,上韙其議。尋調安徽巡撫,諭曰:“苗沛霖心存叵測,張落刑尚未就擒,李續宜身任皖撫,宜量力之能否,酌事之是非,謀定後動,朝廷一切不爲遥制。”

公覆疏言:“苗沛霖鬼蜮伎倆,陽以就撫爲名,陰逞蠶食之計,如壽州、鳳臺、懷來、蒙城、潁上、阜陽、霍邱、光州、固始、息縣、商城十一州縣之中,苗圩約計三千,每圩或千餘人,或二三千人。四月間,逆酋陳玉成窮竄壽州,苗沛霖擒渠獻功,即陰收其死黨二千餘人分布各圩。去冬勾結髮捻,共犯潁州,迨郡圍既解,乃以剿張落刑爲詞,蠱惑官軍。張落刑黨羽亦非不衆,如亳州、蒙城、宿州、潁上、阜陽、永城、夏邑、虞城、蕭縣、碭山十州縣中,築圩近二千,每圩人數亦與苗圩約略相同。其所以不獲逞志於苗者,以連年在皖、鄂受重創於楚師也。此時苗之蓄奸,亦何嘗不思乘機以除捻首而暗收其衆?植黨日積而愈繁,人心久附而彌固,再緩數年,苗患恐在粤匪以上,苗沛霖之必須急剿已無疑義。臣豈自信力能制苗,然職分應辦之事,斷不敢稍有趨避,而存旁貸之心。臣亦非嗜殺而主剿也,蓋必剿而後可收撫之實效。去冬今春,疊示曉諭,無非殲厥渠魁,脅從罔治之意。是以姚有志、文占魁等先後乞撫者一百餘圩,當即平圩繳械,散其羽黨。王庭用、陳連清等乞撫者三十餘圩,仍舊安輯,復業歸農。又盤踞三河尖之潘塏及其子潘立勳倩人乞撫,尚未攻剿。倘亦心懷觀望,計在緩兵,惟飭諸軍痛加剿辦,以寒苗黨之胆而堅解散之心。"又疏言:"苗、張搆釁,事緩則不相下,事急則其交易固。"又疏言:"解散苗黨幾及其半,再緩數月,苗勢必孤。[①] 然後大伸天討,彼時苗即欲與張合,張必不遂其謀。縱令互相串通以拒我師,臣亦無難審量緩急、次第剿辦。"

先是,苗沛霖之黨張大佩、黄毛獸等分踞六安、霍邱,公既解潁圍,遣蔣凝學攻下之,並剿撫附近各圩。由是,苗沛霖畏公聲威,有願退出正陽關、壽州之請。及主剿疏入,詔褒諭曰:"該撫爲李續賓之弟,國憤私仇,曾經自任。朝廷察其勇敢樸誠,堪勝重任,足以伸李續賓未竟之志。"七月,授公欽差大臣。

旋丁母憂,上以安徽軍情緊要,命公在軍營穿孝百日,改爲署理巡撫,賞銀治喪。公疏陳哀悃曰:"臣自咸豐三年效力戎行,歸省時少。九年,寶慶班師,便道省親,臣母即患風痺,呻吟床席;臣父齒髮亦衰。而曾國藩、胡林翼等羽書疊至,臣母知其然,呼臣謂曰:'軍務方殷,速出以報國恩,毋以我病羈家。'語畢,母子痛哭不能禁。其後臣在軍營,屢接家書,皆云臣母病癥反覆無常。久欲乞歸,顧以時事多艱,欲陳復止。因循四載,卒至大故,此臣不孝之罪。每一念之,中心如割者也。聞臣父近年血氣益衰。臣自去年咯血,本年七月聞訃,既慟臣母之棄養,復憂臣父之更衰,百病俱發,遇事昏迷。臣年甫四十,報國之日方長,母逝逾五旬,居喪之日漸短。籲懇天恩,准臣回籍,稍伸[②]哀慕之情,慰臣父倚閭之望。"是時,苗沛霖請退出正陽關、壽州。上以公情詞懇切,出於至誠,賞假百日,回籍治喪。

八月,又以尚書羅公惇衍、大學士賈公楨先後疏言皖省軍情緊要,飭公旋任視事。二年三月,詔以苗沛霖顯行叛逆,聲罪致討,促公會剿。公疏言:"强病赴皖,不敢稽延,懇開皖撫之缺,專辦軍務,完臣名節。"從之。途次,復陳病狀危劇,並陳公所部已解六安之圍,克太湖[③],規巢含。賞假四月。十月卒。

公自撫皖,力主剿苗之議,與袁端敏公志同道合。端敏之卒也,遺書曾公"勿輕苗逆爲易翦,勿視淮地爲易收"。公之將歿,遺書曾公,亦以苗逆爲言。曾公録其書入告,謂"有荀偃付託、士匄死不瞑目之風"。及苗沛霖伏誅,澄清淮甸,而兩公賫志以歿,不克親歷行間,一紓生前忠憤,論者悲之。

公自治嚴,生平未嘗有跛倚之容,而砥礪磨礲,期底於無過。昭大義,植綱常,求如古人之挺然特立,蓋得力於忠節之教爲多。其在軍,日以忠義禮讓訓勉士卒。其居官,儉以自奉,廉以率下,苞苴之餽,供應之煩,悉屏絶之。歸里之日,行橐蕭然。其初撫

---

① "苗勢必孤"句後,《手稿》有"待其勢孤"句,《稿本》無。

② 伸:《稿本》同,《手稿》作"申"。

③ 太湖:《稿本》同,《手稿》作"太倉"。

皖,值凋殘之餘,民無治生之策,仕宦視爲畏途。公選任賢能,還定安輯,墾荒減税,使民歸農。牧令之貪汙者罷之,書吏之作弊者誅之,良民之爲苗逆煽誘者撫之。爲政不過期年,而規模粗定,漸臻於治。其慮事之深,力行之果,自微時在宗族鄉黨間已爲人所敬憚。及當軍國艱鉅,朝廷所信任,詔書屢稱其志慮忠純,中外翕然,交章論薦。公益鋭自刻勵遠大無窮之志,百不償一。而就所樹立,與兄忠武並駕[1]齊輝,求之史傳已不多見。遺疏入,上震悼,照總督軍營病故例賜卹。湖南、湖北、安徽省城,寶慶府及原籍湘鄉縣城並建專祠。歷年戰績,宣付史館,予謚“勇毅”。賜公父人參肆兩。三年七月,金陵克復,加恩有功諸臣,賜公子光瑜直隸州知州。

黄彭年曰:忠武、勇毅之從羅山討賊也,父光禄公實命之。忠武將征皖,請治舍迎養於鄂,光禄公以書諭止之曰:“盡乃職事,以答君恩,即爲事親之大,豈尚以依戀膝下爲孝哉!”及忠武殉三河之難,光禄公復寓書胡文忠公曰:“遣子討賊,本不望其生還。昔人以馬革裹尸爲壯烈,以今視之,與身膏原野等耳。”勇毅之自寶慶將母也,太夫人實促之行。及其奉母諱養疴山中,猶時以君親之恩未報爲恨。故朝廷於兩公之歿,皆推恩及於其父。《傳》曰:“子之能仕,父教之忠。”又曰:“求忠臣必於孝子之門。”豈不信歟!予入史館,見兩公列傳不詳,故雜采狀疏、文集著於篇,備采擇焉。

武昌府知府富察公家傳　代[2]

嗚呼,粤賊倡亂,武昌陷而東南數行省潰。忠臣志士相率犯難授命。俗所傳《咸豐二年武昌殉節諸臣録》,深文掉陋,不足以傳,然大較多事實。其于當時諸公有微詞;無者,自布政使梁公而下數十人,武昌知府富察公其一也。

公諱明善,初名賡繼善,字熙仲,一字韞田。先世盛京齊賓哈達人,太祖時以族來歸,隸满洲鑲藍旗。父昌宜泰,河南開封知府,濬賈魯河以利民。道光元年,詔祀名宦祠。公自筆帖式,歷官步軍統領衙門筆帖式、司務至郎中。京察一等,出守湖北荆州府。以廉潔薦,召見養心殿,調武昌府。履任未數月,而武昌陷。

其爲郎也,軍校多假鈎緝,横恣婪索,公一裁以法,人稱廉明。其治江隄也,首輸金錢爲民先,數旬而萬城大隄工畢,詔加道御。逾年,道光戊申江水泛溢,武昌迄金陵,患潦者幾千里,而萬城大隄屹然。荆州民益德公,相率酬錢製衣蓋爲公壽。公謝卻之。

其守武昌也,築土城、濬濠。先是,大吏倚岳州爲障衛。及岳州陷,提督遁,倉卒登陴。公既位卑,事權不屬,又國家治平久,大吏罕習兵事。咸豐二年十有二月初四日,

---

① 並駕:《稿本》同,《手稿》作“雙駕”。

② 《手稿》存。

城破，賊自文昌門入，公隨大吏率衆巷戰，死。事聞，上震悼，詔加等賜卹，特贈中議大夫，祀昭忠祠。湖北建專祠，賜騎都尉世職。次年七月，天子愀然卹死事之臣，賜公子慶純官郎中，慶紳官同知。

嗚呼，烈哉！余昔至武昌，土人或言公刎頸死，或言戰死。今讀紳所爲狀，獲公屍，首創四、頦下刀創，蓋戰而創，甚而伏劍死也。年五十八。

妻蒙古蘇特氏，先公卒。妾葉氏，聞城陷，自經死。子慶純，郎中，卒；慶紳，湖南長沙同知，今山西知州。孫恩寶，襲騎都尉；恩壽，官學生；恩厚、恩濤、恩茂。

余昔與公從子岳同官吏部，今又與紳同官山西。嘗及見公，故敘次行狀及余所聞楚人者，爲之傳。俾藏於家。

黄□□[①]曰：公少好李衛、田文鏡、汪輝祖所爲書，以爲切於時用，常刊以詒人。在荆州時，爲《明倫堂解》示諸生，以明倫爲實學。又謂王刑部柏心爲諸生矜式，聘主書院，用文章、行誼相切磋。公歿後，而有林生天直者，刑部弟子也，其諸生。號召鄉兵擊賊，名聞於朝，亦以戰死。嗚呼，觀公所自立與其所成就者若此，孰謂學可已哉。

贈知府銜、大冶縣知縣倪君小傳

君姓倪，諱應頤，鼎和其字，雲南昆明人。道光十九年己亥舉於鄉，咸豐二年壬子成進士，選授湖北大冶縣知縣。七年，至湖北，權恩施。九年，始之大冶。

是時，粤賊竄東南，胡文忠公巡撫湖北，統兵駐太湖以圖皖。賊畏之，遂繞出其後，冀牽制，竄據黄州。而隨州、麻城、興國、大冶之間，羣盜相聚響應。大冶距黄州僅隔一江，無城垣。君方率鄉兵扼黄石港，籌江防，突有盜夜入縣市。君聞警，會把總蔡紹陽、典史李啓泰馳還，擊走之。賊復聚於縣之東方山梅山寺。君與紹陽復會興國參將温發魁進剿，擒斬二十餘人。乘勝追擊，單騎深入，中槍墜地，遂遇害，時咸豐十一年三月十三日也。賊去大冶，民葬諸北郭。事聞，詔建專祠，贈知府銜，賜卹雲騎尉。

咸豐之初年，賊勢方燎原。督師者扼其衝要，而旁出横掠之賊，則守土之吏率鄉兵治之。羣策羣力，助成耆定之功；或仗節死義，以維人心而勵士氣。大冶一邑，前則有汪君榮基，後則有君，皆文忠疏稱“奮不顧身”者。嗚呼，烈哉！

君兄弟應觀、應復皆善書。君殉節後，手蹟散佚，子濤得所書《聖教序》以示予。予嘗觀世所傳人帖，謂“書以人傳”，深嘉其義。乃考官私書，敘君大節，俾後之觀者有所考焉。

---

① □□：當作“輔辰”，此文爲黄彭年代其父所撰。

記唐敬亭

吾黔自咸豐四年遵義楊漋作亂,逾年始平。而苗變起,教匪繼之,蔓延徧數十州縣,失城喪師者屢矣。而田興恕率楚師自銅仁轉戰數百里達貴陽,興恕始顯名於時,未幾而以驕敗。興恕敗,而唐敬亭之名乃大著。

敬亭者,湖南澧州人,舊事辰沅道王葆生。興恕,故葆生部卒也,敬亭識之。興恕以副將入黔,延敬亭與俱。事無大小,取決於敬亭。敬亭畫策多奇中,才思敏贍,爲興恕治官私文字,皆可傳誦。

興恕既擢專閫,被朝命爲欽差大臣,權巡撫事,乃引用宵人,恣意聲色。敬亭屢規之,不聽。則封興恕向所與金及所爲捐監生執照,留書責之而去曰:"吾不忍見若死也。"時興恕已薦敬亭知府,不顧;追及鴨池河,餽贐五千金,亦不受。楚黔之間聞者,莫不高其義。

記高陽兩孝子

李清泰,高陽人,世居縣之迎恩關。父鏞,增生,教書京師東北諸邑,患瘋疾出走,不知所之。清泰時年十二,兩弟幼,家貧,爲鄰傭以養母。弟稍長,教之生計,嘗磨麥至夜分不休。家稍裕,遂留兩弟奉母,獨出尋父。母驚泣,止之曰:"汝父布衣,誰知名者?且以病狂走,安知存亡?吾老矣,不欲汝遠遊也。"清泰泣曰:"父在,兒從之歸。儻不測,不能歸葬,何以子爲?"言已,伏不能起。母乃許之。

身負榜文往父授徒時常所往來之區,徧求不可得,遂出山海關,還欲自畿甸、越大河南下。是時,孝子名聞燕趙間。肅寧城南三十里某寺老僧寄書言,往年有客死,形狀類是。清泰往,僧言:"客所書格言數十事,故在寺壁也。"清泰幼失學,苦不能辨。歸家取父書,與同族生員李鈞往。將行,母曰:"父腦後骨大。啓棺驗,始可信。"比至,較之皆合。囓指血滴骨上,透入,乃痛哭易棺歸葬,時乾隆四十年也。邑中紳士聞者,欲舉孝行。清泰力辭,人益重之。

事母數十年,未嘗拂其意。母病痰喘,輒爲按摩肩背,晨夕不倦。及母老,侍疾,衣不解帶者三年,緣是不得治生產,家復落不顧也。又體母心,迎養舅及從母,終其身。嘉慶十年四月,無疾終。二十一年,邑人上其事,大吏以聞,得旨旌表,入祠。

楊玉相,亦高陽人,世居邑之李果莊。年甫六歲,父死,兄出亡。乞食供母,母不食。玉相泣曰:"家貧,兒當竭力,母無憂也。"稍長,販火石,得少利,以間歸,儲菽水之奉。玉相有從祖父,老無子,見玉相勤且喜其孝,以爲己嗣,爲之娶婦,使迓其母就養。

母李,寡居三十餘年,年[1]六十有一,以完節終。

將葬,玉相泣曰:"母氏撫我艱苦備至,我不得終子職也。"於是舍妻屏子,結廬墓側,朝暮上食,事死如生。不飲酒,不茹葷,口不見齒,髮鬖鬖然覆其面,行路哀之。

同治九年秋,河溢。十年夏,霪雨爲灾,水及廬側,終不去,水亦竟不入其廬,人謂誠感所至。邑之紳士齊玉麟、韓光緒、李金城以聞,縣令趙秉恒遣人造其廬,諭以禮制,使歸家復業。玉相年四十,秉恒既表其閭,復爲母李詳請旌表,以慰其孝思云。

記柏鄉五烈女

柏鄉吕鵬遠者,尚書吕兆熊之裔也。子等早卒,婦黄氏早寡,不嫁。撫幼女,勤織紝,事翁姑以孝聞。咸豐三年,粤匪之亂,城陷。鵬遠駡賊,被害。黄氏奔救,負尸歸,且行且駡。賊怒,逐而獲之,剖其腹死。

楊宏聲者,亦柏鄉望族也。城陷之時,其族三女携手投井死。獲尸,面色如生。

同時,又有生員楊夢麟之女謙姐,年十五,慮被辱,整衣投井死。

記高陽王烈女[2]

高陽王志和之女經姐,生員允升之姪也。端重寡言,年十八,未字。同治七年,捻賊之亂,家人逃散。中途遇賊,强劫之。大駡,不屈。賊怒,連刃之,未死。

允升至,奪賊刀,斃二賊。賊來益衆,允升戰死。母邊繼至,以身覆女。女大呼曰:"兒聞烈女可殺不可辱,今日死志已決,母速走尋妹,勿戀兒也。"賊益怒,殺其母。女駡益厲,遂割女舌,焚之。尸焦灼,僵立不仆。賊大驚異,始舍去。同里有自賊逸出者,言於志和,尋骨葬之。賊,平邑人。

以貞烈上聞,九年,得旨旌表,並其母與叔同時入祠。

記灤州顧氏女[3]

顧閼姐者,灤州顧家莊農女也。年十四,字同邑李氏。父母惡其貧,改字諸周。婚有日矣,女遁而之李,遂合巹焉。

知州游智開聞其事,召而訊之。女曰:"吾既許李矣,夫死猶不可嫁,況夫存乎?"

---

① 年:《稿本》同,《手稿》無。

② 題名《稿本》同,《手稿》作"記高陽烈女"。

③ 題名《稿本》同,《手稿》作"記灤州顧閼姐"。

問:“何以不告?”

女曰:“告則不得行吾志,是以逃也。”

智開曰:“婦人從一,義也。俟父母命,禮也。闕姐不告,權也。行權以守義,鄉愚弱息動而合於聖人之道焉,非生質之善,而能若是乎?”

賜錢二萬以旌之。

記謝大、黄把總事

謝大,南寧人。道光三十年,粵西盜賊蠭起,稱渠魁者數百人,而潘其泰爲最雄,横行南太間。其泰者,本名七太,粵言謂其帥也。謝大軀偉有力,能扛五百觔大礅而趨。家貧失業,從潘其泰爲盜。咸豐元年,其泰率其黨降於布政使勞崇光,時予伯父斗南先生權南寧府事,白巡撫,用其泰爲把總,統其衆。謝大遂依其泰居南寧城。

盧六者,亦其泰黨,舊爲其泰僞先鋒,尤悍黠。三年三月,率三千人寇南寧。伯父語其泰,使招盧六。不降,且誅其泰。其泰率衆出城,與盧六臨陣而語,盧六乘間擊其泰墜馬。方舉矛欲刺,謝大大呼躍出,盧六駭而奔。追及之,盧六反矛刺謝大,洞腹,腸潰而出。乃手提腸納所穿孔中,解裩裹創,復追二里許,又及之。砍馬足,盧六隕。遂斬其首,而謝大亦遂殭仆死,死猶提盧六首不釋。

是時,予伯父及總兵率兵登城觀,盧六所統三千人咸瞪目木立,無敢當謝大鋒者。謝大死,而三千人亦散。伯父上其事,請卹於朝。會巡撫諱南太盜爲械鬬,伯父緣是去任,遂止。

黄把總者,亦南寧人,忘其名。從廣西提督、今欽差大臣向榮剿九江,三戰,殁於横州陶旺墟。黄君殁後半載,而予伯父敗賊謝長腰於陶旺墟,盡殲其衆。先是,長腰之將至也,鄉人見夢黄君至,言“將助官軍戰,苦士馬飢”。及明,走相告。異之,遂煮米汁及豆傾山坡前。會長腰與官軍戰敗,衆經山前,足濡滑,咸仆,自相踐踏。官軍至,大勝。

舊史氏曰:國家用兵久矣,將帥率尾賊後,或未見賊而遁,議者輒謂“無將材”,豈知材固不乏。惜哉!其淹鬱也。謝大之勇悍,尚矣!如黄君者,殁猶不忘戰,豈畏避苟生者可同日語哉!

記新城、樂亭兩壽母

京畿之南有隱君子焉,曰新城王先生重三。篤善好學,不仕以養其親。京畿之東有隱君子焉,曰樂亭史先生香巖。篤善好學,不仕以養其親。彭年以修《畿輔通志》之役來居蓮池,得見王先生,年六十餘矣,方主蓮池書院,奉母杜太夫人以居,母年九十餘。時當事以禮延史先生,年六十餘矣,方奉母王太夫人家居,母年九十餘。史先生守遠遊之戒,不至,而以書與彭年討論志事。彭年雖不得見史先生,而不啻其克見焉。

同治十年春,史先生元孫生,牒禮部,請以五世同堂旌異。十一年,王先生元孫生,合肥相國上其事於朝,敕禮部以五世同堂旌異。於是畿輔嘖嘖稱兩家門閥、兩母之高年,以爲熙朝盛事。

王先生稱杜太夫人之行曰勤、曰儉。自其初嫁貧時及子貴富,登上壽而女紅不輟。嘗教王先生曰:"人生不可無事,吾樂此不疲,且使子孫世世知艱難也。"史先生稱王太夫人之行曰孝、曰節。自其夫亡守貞,奉親教子,奉敕旌異而守禮施仁,恬澹深識。嘗教史先生曰:"人生窮達有命,不可强爲。"又曰:"人子盡孝,自有所在,何用浮文?"

是時,兩先生設教京東、南門,徒各數百人。德行、文學卓越當世,龍潛豹隱,翕然爲一時儒宗。而兩母期頤之壽,嗣續之長,鬱鬱綿綿,如松柏之茂,庇本根而蕃枝葉,尤爲人所稱頌。

黄彭年曰:予與修志,觀各郡邑采上事,如撫寧周氏壽踰九十而五世同堂,蓋不乏人,其中興之祥氣歟?先見近畿矣。然獨史、王兩母之賢名聞海内,則子之賢且孝有聞譽於當時也。《經》曰:"立身行道,揚名於後世,以顯父母。"其兩先生之謂也乎!

記静海、新城兩孝子

予友方君存之言:"静海縣人毛士者,不見容於後母,爲父所逐,終身不娶。教授靈壽、大名間,著書甚多。而《春秋説》爲最精,大旨宗《公》、《穀》,間采《左氏》及百家之言,其自爲説則題'大初子',以歸美於父。書成,絶粒而死。古之傷心人也。"

王君重三言:"新城任孝子者,父爲鄰馬氏所殺,孝子方襁褓。稍長,微聞人言,詢諸母。母泣告之,孝子亦泣。遂自名曰'騎馬'以自誓。先是,馬氏殺孝子父以四月八日廟會。孝子母死,乃造利刃二,置懷袖間,會期伺馬於廟。自朝至日中,不至。廟去所居二里許,歸,蹤跡之,遇諸塗。一刺不中,再刺之中腹,連刺二十有四,如其父被創之數。遂自首實,論罪如律,遇赦得原,古之烈丈夫也。"

毛,乾隆朝人。任,道光朝人。一時聞兩孝子,皆奇行,因並記之。

記何氏三世刲股事

道光初年,先名宧公病,先母左淑人嘗刲臂,和藥以進。厥後,亡室劉安人爲予病,亦爲之。淑人病,安人又爲之。事載《家乘·賢母録》。

同年何君小宋見之,有蹙其容,喟然而歎曰:“是豈所謂奇行哉!吾視之則庸行矣。”因述尊上雲陔先生病,母孫太夫人刲股事,亦在道光初。厥後,其妻吴夫人爲姑孫太夫人病,爲之。其女弟嫁於章者,爲夫病,爲之。其子輝章[①]爲母吴夫人病,爲之。其女嫁於吴者,未嫁時,爲母吴夫人病,凡四爲之。

彭年嘗考古之論者。鄂人之對曰:“毁傷絶滅,黷政妨義,不可以爲訓。”韓愈之文曰:“母疾,止於烹粉藥石以爲事,未聞毁傷肢體以爲養。苟不傷於義,聖賢當先衆而爲之。是以刲股爲不合於道也。”姚淶著論非之曰:“出於至誠,發於忠孝,肝腦可塗,腰領可斷,何況於一股?且視其親之疾,痛瘠痍而大不忍之心生焉,無可奈何而自殘以求其親之生,是必篤於義烈,而非詭與激者所能襲也。”侯朝宗申之曰:“忘身事君,竭力事親,而必謂之詭與激,則世之誦詩讀書之人,所謂誠然而安然者,果何爲也?”汪琬又申之曰:“相縻以虚名,相塗以文具,此風俗所以日媮,而急難危亡之時所以無臣子也。顧以毁傷滅絶議孝子,論者之過也。”姚鼐又申之曰:“至情不可抑遏,豈尋常義理辭説所能勝哉!故曰:‘求仁得仁。’”

由鄂人、韓氏之説,是不敢毁傷之義也,常也。由兩姚氏、侯氏、汪氏之説,是不敢有其身之義也,變也。不守其常,是戕賊也。賊[②]其生,非孝也;不盡其變,是坐視也;坐視其親之死,非孝也。夫不忍死其親之心,人皆有之,特賦性有緩有急,故其見於行也有庸有奇。行其心之所安,而各得其性之所近,固不必其盡同也。婦人之於夫也,亦然。

善夫朱子之言曰:“割股,若誠心爲之,不求人知,亦庶幾。”斯言爲得其中矣。國家定例,割股或致傷生,恐民仿效,不準旌表,而仍許奏聞。是以百餘年來,子爲親、婦爲夫與姑,往往有邀恩於常格之外者。聖人之教人也,示以經常之要道,而曲諒其遇變之苦心。猶之烈婦捐生,不在旌揚之例,而無不邀破格之褒。仁之至,義之盡也。或者因朱子“不求人知”之言,輒詆奇行爲要譽。夫孝誠非爲名也,然使爲名而孝,不猶愈於不孝者乎?《經》曰:“非孝者,無親是固,不足與辨。”

偶閲邸鈔,見何君爲孝女汪韓氏請旌疏。記憶前事,輒論述之,寄何君,且附《家乘》後焉。

書周誠事

奉天王治成曰:

---

① 輝章:《稿本》同,《手稿》作“耀章”。

② 賊:《稿本》同,《手稿》作“戕賊”。

周誠者,江寧鹽法道、死事陳公克讓奴也。金陵之難,公死之,公弟死之,公妻與妾、與子、與女①,皆從死。始,賊之順江東下也,總督敗匿,巡撫逃②,民驚潰,公從人稍稍散去。誠慨然曰:"平日所爲委身而事者,今患難欲相棄耶?"

城陷,公授誠印,使達於朝。公死,賊突至。誠倉遽埋印,遂見執。三日逸,跡公尸,出印枕公首,埋之。又徧求公家人尸,獨公妾及女死水中,不可得。封瘞畢,賊邏者至,又見執。月餘又逸,乞食走奉天,徧告公族里。具牒府尹,聞於朝,得建專祠。將復之金陵出公尸,族里沮之。

錢塘許尚書高其義,爲納貲,得千總。誠年未壯,王見諸鄉,向人述公死事狀,猶涕泣噎咽云。

書郭氏妾事

山西知府郭樟病,語其妾曰:"女少,無子且貧,及我之未死,其行乎。"弗從。召妾父至,使挈之去。父曰:"未也。"樟病益篤,促父語妾③。妾曰:"父然主言乎?"時歲暮,乃佯應曰:"諾。"度歲朝去耳。

咸豐七年正月元日,易衣服拜樟,徧拜其家人,入室飲藥死。逾月,樟卒。《詩》曰:"德音莫違,及爾同死。"其是之謂乎?

---

① 與子、與女:《手稿》、《稿本》作"與女、與子"。

② 逃:《稿本》同,《手稿》作"遁"。

③ 促父語妾:《稿本》同,《手稿》作"更語父,許之。語妾"。

陶樓文輯卷七

先府君行略

曾祖考朝瓚,皇貤贈中議大夫、鹽運使銜,陝西鳳邠道。曾祖妣張、王,皇貤贈淑人。祖考承譔,皇贈中議大夫、鹽運使銜,陝西鳳邠道。祖妣羅,皇贈淑人。考運裳,詹事府主簿銜,皇贈中議大夫、鹽運使銜,陝西鳳邠道。妣匡,皇贈淑人。

先君諱輔辰,字琴塢,貴州貴筑人。由縣學生中道光壬午科舉人,乙未恩科進士,殿試引見,以主事用,籤分吏部,補文選司主事,升驗封司員外郎、考功司掌印郎中,京察一等,截取記名,以繁缺知府用,分發山西。告假回籍,特旨以道員仍發山西,賞戴花翎。[①] 加鹽運使銜。[②] 調直隸軍營,調回山西軍營。告假回籍,寓居成都,特旨簡放陝西鳳邠道。同治五年十一月初六日申時卒於官,年六十有九。

先世自宋代肖三公有子二十一人,遣居四方,授之以詩,所謂"三七男兒總熾昌"者也。明代貴海公自江西瑞安遷湖南醴陵,十五傳至先祖經林公,遷於貴筑。經林公子四人:長兑楣公安泰,以先君官,封奉直大夫;次石香公輔廷,山西垣曲縣知縣;次斗南公輔相,廣西鎮安府知府,署右江道,殉節,贈卹如例;次即先君。

嘉慶壬戌年,先祖母匡太淑人有疾。先君時方五歲,侍枕側,至夜半不寐,先祖驚抱持之。先是,外祖左望亭先生遇先君逆旅中,奇其貌,及聞姻家述先君天性至孝,遂以吾母左淑人許字。

丁卯,先祖自楚移家入黔。貧甚,不能延師,先君失學。丙子初受業於傅筱泉先生璜,始學爲詞賦。[③] 應童子試,取古得佾舞生,恥之。入樓上讀書七閱月,未嘗就寢,倦甚則斜倚案上假寐而已。次年丁丑三月學成,應縣試第一。府試時,太守周公於廣坐中謂先君曰:"論文仍以汝爲第一,特不欲汝多占人地步耳。"先君終身誦其言。是年

---

① "賞戴花翎"句後,《稿本》、《先曾王父名宦公行述》(下簡稱《行述》)有"兩次署理山西冀寧道"句。

② "加鹽運使銜"句後,《稿本》、《楓林黄氏家乘》本、《行述》有"戊午、己未兩科山西鄉試臨試官"句。

③ "丙子"句:《稿本》、《楓林黄氏家乘》本同,《行述》作"丙子初學爲詞賦,受業於傅先生璜"。

入泮。

先君院試時,先祖患噎嗝[①]之證[②]已篤,侍疾目不交睫者數旬。先祖棄世後,家貧無以爲葬,先君徒步走雲南,訪李都司德普,貸得三十金營葬。先君體素孱弱,甫抵安順,足瘇困卧,夢先祖來撫摩患處。驚覺,痛立止。往返三千餘里,無所苦。

己卯,先祖母匡太淑人棄養。先伯父兑楣公、石香公遊粤,斗南公館於花氏,以家事屬先君,僅遺錢四百,米兩斗。[③] 家中至和麥麩[④]作餅,煮糠爲粥以食,衣不蔽體。先君恬然安之,誦讀不輟。先慈左淑人勤女紅,與先君共一燈,率至夜半。鄰有孔先生餘三者,亦貧而好學,與先君讀書聲相聞。嘗兩日不舉火,孔先生襭庭中桃奉先君,其妻亦呼先淑人共食,意甚得也。是時,惟傅先生及徐丈毓東時周先君之急。

家貧不能置書。與唐子方丈樹義[⑤]往還,勸先君博覽。時携小童負書簏置几上,因得縱觀。道光壬午舉於鄉,座主光律原先生[⑥]聰諧謂先君《漢書》精熟。先君嘗自言:"吾學得力於子方者爲多。"乙酉,館清鎮丁懷甫大令[⑦]良嗣署。丁[⑧],皖人,蓄書亦多。先君手鈔數十册,所學益博。

先君嘗[⑨]自言獲交徐丈,始相規以謹言。一語偶失,面責無所寬假。丙戌,隨先伯父石香公至晋。鄙官場積習,遂有志爲經世之學。又力行功過格,日之所爲,夜必簿記。數年之後,乃能有以自立。

乙未通籍,觀政吏部。讀例有疑,輒加籤記。後逢修改則例之歲,依先君所記更定者凡若干條。崔國民丈佪、陳勿齋丈士枚,例案極精熟,夏一卿丈恒尤憨直。三君在考功皆以老輩自處,與先君一見即相得甚歡。

書吏舞文,往往舍例援案。先君與同司搜輯舊案,分别存銷。存案分門别類,用大簿書之,懸於司堂。遇有疑事當援舊案,舉手可得。先君又自録一册,時時檢閲,書吏之弊少息。

先君在銓曹,務持大體,不阿長官。咸豐初年,陝西巡撫張公祥河糾一縣令。其人伺張公入覲,詬之於途,疊訴於功司。先君批駁而堂官受其詞,其人遂咆哮堂上。先君使吏拘之,白堂官謂:"督撫舉劾之權不可撓,參員訐告之風不可長。"遂具稿請交刑部

---

① 噎嗝:《稿本》同,《楓林黄氏家乘》本、《行述》作"噎膈"。
② 證:《稿本》、《楓林黄氏家乘》本同,《行述》作"症"。
③ "米兩斗"句後,《行述》有"先君極力搘擋"句,《稿本》、《楓林黄氏家乘》本同無。
④ 麥麩:《稿本》、《楓林黄氏家乘》本同,《行述》作"麩"。
⑤ 唐子方丈樹義:《稿本》、《楓林黄氏家乘》本同,《行述》作"唐丈子方"。
⑥ 光律原先生:《稿本》、《楓林黄氏家乘》本同,《行述》作"光先生"。
⑦ 丁懷甫大令:《稿本》、《楓林黄氏家乘》本同,《行述》作"丁大令"。
⑧ 丁:《稿本》、《楓林黄氏家乘》本同,《行述》作"丁丈,字懷甫"。
⑨ 嘗:《稿本》、《楓林黄氏家乘》本同,《行述》無。

治罪。又,直隸易州某以賄逮問。得實,交吏部議。侍郎某公陰左右之。侍郎與易州,皆先君同年進士也。先君與侍郎争論,不少假借,卒處分如例。竇蘭泉丈垿時掌功司,鐫“硬黄”二字小印貽先君,先君述懷詩“蹉跎十九年中事,贏得人呼作硬黄”,蓋指此也。① 又嘗與尚書長白恩桂公争渭南縣令武訪疇議叙事,忤長白公意,七年不遷員外。後長白公病亟,尚書陳文恪公往問之,至吏部堂宣言曰:“小山將死矣,謂黄君淹滯久,當遷。”其言也善。先君嘗言:“長白公治事精覈,吾以忤公故,凡事益加慎。他山之石,可以爲錯,吾受其益不少也。”

尚書祝公慶蕃嘗請,令官員罰俸概繳實銀,以充軍餉。事下部議,先君立②持不可,議遂寢。鴻臚少卿劉公良駒疏請删減則例,謂書吏舞弊由於例文太繁。先君謂“不清治原,但知減例,弊將益甚”。擬覆疏,略云敢有骫法之吏,自有懲吏之法,不得因吏之壞法,遂減例條。劉公見之,語先君:“吾兩人所言,一則本原之論,一則救時之策也。”大學士陳文恪公奉詔議陜西回民拜雙文罪名,以屬先君。先君據刑部秋審,比擬條款,擬入情實,人謂“老於刑律者不能過”云。

咸豐癸丑,解組歸黔,爲蜀遊。甲寅,返自蜀,而遵義楊漋之亂及上下游苗匪、教匪先後並作,乃會官紳治鄉守,先城而後鄉,先保甲而後團練。分城中爲八段,統以總紳;每段分街道,統以散紳。编甲審户,手持簿書,遍歷衢巷,陳説利害,曉以大義。夜則率諸紳巡察,有警登城,事皆宿辦。建倉三十八厫,積穀二萬餘石,鑄大礮百六十尊,他城守之物稱是。練親兵五百人爲遊騎,策應城内。既定乃治,四鄉合寨爲團,設之長;合小團爲大團,設之總。察形勢,建碉卡,勸輸粟,製器械,簡丁壯,定操期,設偵探,置傳遞。鄉之善士,嘉勸之;不善者,董戒之;土豪、積匪之最著者,執送有司。誅一人,餘則榜其名於通衢,交團管束,予以自新。期年之間,衆情翕然。時賊環省城,四面擾遵義、黔西、貴定、龍里、平越、開州、清平,而百里之内屹然保固,至今通省糜爛,省城謹守成規,尚能支持,皆先君創辦之力也。

貴陽之長寨八寨與平越之王卡八寨、開州之蒲窩八寨夾峙清水江側,皆苗民,與漢民積不相能。下游苗變之後,漢苗尤相猜忌。先君遣彭年偕過君瑞雲入其寨,親勸諭之,盡得漢民侵欺狀,爲蠲除之,使合團③。後,賊犯清水江,苗民無從賊者。賊退,先君召之來,勞以牛酒。苗民以手自指其心,泣曰:“苗只憑此一點耳。”其誠感如此。

丙辰二月,貴東道兵潰於清平,遁入清水江。賊尾之渡河,焚掠數十邨寨。先君既調團隨官軍擊卻之,馳往,招集流亡,籌辦善後。時賊甫退,土匪四出剽掠。先君與唐

① “竇蘭泉”句:《稿本》、《楓林黄氏家乘》本同,《行述》無。
② 立:《稿本》、《楓林黄氏家乘》本、《行述》作“力”。
③ 使合團:《稿本》、《楓林黄氏家乘》本同,《行述》作“使與漢民合團”。

鄂生炯[①]分兩路抵巴香,先君擒斬三人,唐君擒斬十四人,亂始定。富民倉厫存穀未被焚者,悉爲封識。比其返也,勸輸以助賑。是役也,被難千七百户,大小五千餘口。人給兩月糧,用穀三千餘石,尚存穀二千餘石,爲團内修復之費。出省時,實不持一錢也。又查出叛産約值三萬金,爲籌招種取租。以巴香去城邑遠,請以所入租穀置汛官,率兵五十人戍守,擬定章程呈當事。會先君去黔,官有利其租者,置汛之議遂廢。先君聞之,深爲太息云。

武生羅憲章者,种民之尤黠者也。賊入清水江,團民多脅從巴香龍丹山,與憲章實應賊。憲章美鬚髯,賊至薙去,以爲人不識也。賊退,仍治團事。丹山既伏誅,先君移書督防知府徐河清[②],請除憲章。徐答書言:"環羅家寨种民數千户,慮摇動生變。"先君頷之。至落掌,憲章來迎。先君與款語,若不知其應賊者。

次日,大合團衆赦脅從導被惑入教之民,使具悔狀。事畢,詢於衆曰:"鄉中獨無仗節死義者乎?"衆曰:"有羅燦奎者,憲章叔父也。賊至其家,使具食。燦奎曰:'吾不能豢賊。'入厨下,自經死。"先君聞之,泣問。燦奎有子三人,則遣練勇牽馬迓以來,撫摩慰勞,予功牌頂戴,樹坊通衢,旌燦奎之忠。衆皆感泣[③]。遂厲聲斥憲章曰:"燦奎細民,汝武生;燦奎散丁,汝團長;燦奎死,汝作賊,罪不可赦。"憲章懾而跽,汗出如雨,滴階下有聲。

先君顧團衆:"有保憲章不復叛者乎?"衆皆默。先君又宣言:"憲章果叛,保者同坐。願保者進,不願保者退。"衆咸退,獨羅家寨與苗寨三人留。先君先詢苗寨二人,對曰:"憲章雄踞一方,慮公縱之出,吾屬無噍類。"詢羅家寨,則曰:"法固當誅,同族畏其强,不敢不保。"先君諭以無恐,則亦退。

乃縛憲章斬之,爲易團長,种民卒無敢動者。歸,具牒當事,爲燦奎請卹於朝。是行也,巡撫蔣公蔚遠假先君便宜,故捕誅謀逆之王登學、姜洪,皆不煩用兵而弭亂未形云。

丙辰十月至山西時,捻逆往來豫中,晋疆戒嚴,大府檄先君籌防。先君披檢輿圖,稽之方志,委員查勘,手自摹繪。每文報至,指示形勢,道里遠近,較他人親履其地者爲詳且確。河東道黄公經嘗欲移紅渠之兵進防盧氏,先君言:"防盧氏,兼防永寧。"因指二邑距陜州道里遠近,皆以紅渠爲總匯,黄公心折。凡所措置,多類此。又嘗爲恭襄公恒福草疏,請復盂壽營舊制;又嘗建議裁北鎮兵益南鎮,當時未見用,後皆施行。同治辛酉去晋時,冀寧道鍾秀公出防潞澤,來詢方略。先君刊一册與之。越數年,公來書,猶以守先君言,邀敘加秩相勞謝云。

---

① 唐鄂生炯:《稿本》、《楓林黄氏家乘》本同,《行述》作"唐考廉炯"。

② 徐河清:《稿本》、《楓林黄氏家乘》本同,《行述》作"徐公河清"。

③ 感泣:《稿本》、《楓林黄氏家乘》本同,《行述》作"泣"。

晋省平定州設立户部寶泉分局,原議移鑪就鐵鑄錢運京,以濟銅錢之乏,繼因錢質過低,復令就地行銷。除工本外,將每歲餘息解部。咸豐七年,分局以每年鑄錢十九萬餘串,平定一州難於行使,請各府州縣一律行使鐵錢。八年,更添三鑪,鑄錢愈增。平定紳民呈請漸次搭用銅錢,分局遂以阻遏爲詞。

先君建議謂:晋省鐵錢難於暢行,實因銅幣尚敷周轉。嗣平定、壽盂諸邑因鐵錢時值較銅錢甚賤,商民惑於小利,凡以銀易錢者,均取鐵棄銅,奸商復將銅錢藏匿居奇。由是銅錢日少,鐵錢日增,而銀價日貴,分局增鑪鼓鑄有加無已。直、豫兩省以爲平定鐵錢暢行,紛紛載運入境,鐵錢愈多而愈滯,銀銅日少而日昂。小民逐末,所得鐵錢不足償本,則百物騰貴,貧民無以聊生。民間請銅鐵並行,不過欲借銅錢以減銀價,並非棄鐵錢不用也。

分局所重,惟在餘息易銀。計每歲解部不過三萬餘兩,而鑄錢則無限制,欲將[①]行布於通省,則征收錢糧必至鐵多銅少,難於易銀批解。晋省錢糧爲數甚鉅,以數萬兩之餘息,致礙數百萬之正供,利害相懸,固屬不值。若止平定一州行使,則一州之用銀有限,而分局之鑄錢無窮;銀竭害生,即欲嚴法重刑勉强行使,其勢有所不能。

況利害相因,利所在則衆争趨,害所在則衆争避。争趨之而利固難久,争避之而害更可虞。平定在萬山之中,設鑪以後,匠作夫役並挖鐵、運鐵及外來趁利各項人等日聚日多,匪徒混跡其間,易聚難散,恐歲出之利甚微,流貽之害甚大。

議上,巡撫英桂公屬先君爲草疏入告[②]。疏再上,分局始撤。

咸豐三年,賊入封門口,連陷郡邑。時承平久,晋中大吏未諳軍旅,官幕亦無曾理糧台文案之人,而征兵調餉刻不容稽,供支遂多逾例。又任事之大吏以爲事後可以補奏,而不料其去官之速,繼事者又諉非任内之事,未經陳奏。及咸豐六年改軍需爲報銷局,承辦之員見銷數絀於用數,則增車馬、口糧之數以益之。

七年,先君領局務,悉令罷去,使依十二奏案,分户部之口糧、兵部之車馬、工部之器具,計用銀百八十餘萬,僅銷百二十餘萬,歸各營自行報銷者十餘萬,其不能報銷者尚三十餘萬,議歸外銷。有請州縣攤捐者,先君曰:“州縣累重,非侵盗庫帑,則朘削民生,非策也。”謀之河東道黄公,由鹽觔加價,分六年彌補。事竣,先君以給核得宜,奉旨嘉獎。

晋中當事以籌餉艱難,議抽釐税。先君謂:“晋民商賈在外,且山程也,與東南諸行省通舟楫者異。釐金所入無幾,而病及貧民,不如勸捐之病在富民,而足以濟餉。”争之數四,不能得,且謂非先君督辦,不可。先君又言,必不得已,謂[③]除細碎,只取大

① 欲將:《稿本》同,《行述》、《楓林黄氏家乘》本作“將欲”。

② “屬先君爲草疏入告”句:《稿本》、《楓林黄氏家乘》本同,《行述》作“采以入告”。

③ 謂:《稿本》同,《楓林黄氏家乘》本、《行述》作“請”。

宗。初定八宗，繼增成十四宗，其布帛菽粟關民日用者，概不抽取。後以事與當事争論，布政使常績公謂[①]先君："宜少遜謝，不知大府有肝疾乎？"先君答言："吾官雖微，五臟豈獨不全也？"持正不阿，大率類此。

先君以伉[②]直數忤當事意，然當事雅重先君，嘗語先君："人言相見恨晚，吾則相知恨晚。"先君去晋，挽留至再。及先君以病閒居保定，猶遣弁往迓。先君答書謝之，並自陳云："起家寒素，先世無一命之榮；賦性迂疎，朝右無一剌之納[③]。"生平風節略見於此。

先君究心輿地之學，在黔則請戍清水江，以固省城；在晋則請駐兵紅渠護會興鎮，以固鹽政。己未至大沽、海口，則請北塘置守，繪圖貼説，言之邸帥，不見用。後卒以北塘失守，致潰全局。

壬戌至蜀，佐總督駱公幕，用兵三載，隨宜布置。粤逆石達開寇川東南兩載，我軍扼之江畔，不得渡。則繞滇疆，先遣中旗自寧遠入蜀，疾趨漢中，日數百里，引官軍北向，達開乃乘虚而窺黎雅。一夕，先君覽文報有魯甸地名，謂駱公曰："此入蜀要道也，過大渡河則無險可扼矣。"急調振武軍總兵唐君友耕回軍，扼河而守。甫至，賊舟已近岸，擊卻之。會河水盛漲，夷酋助官軍擊賊，遂擒達開。向使唐君稽遲半日，賊已渡河登陸，則蜀患方殷。事機之順天時、人事，若相湊泊云。

同治癸亥，劉公蓉[④]奉命撫陜，慨念秦地荒蕪，民食維艱，鋭意興辦屯田，而以書詢利弊，先君爲陳十二難。因采輯官私書，爲《營田輯要》，凡言成法者十有七，言積弊者十有四。於制田物土之宜，悉博采而詳言之，大旨在於用民而不用兵，爲民興利而不與民争利，皆集前人成説，著於篇章，使人自酌而不參以己論，識者稱體要焉。及簡授鳳邠，乙丑[⑤]五月履任，則以所言者見諸施行，劉公亦深相倚重。

時軍事方亟，議者多以軍餉爲急，則有設屯、招佃諸議。先君既歷言其不便，因謂："與其急籌繕兵，存奢望於閭閻而餉需終歸無著，不如寬以待民，使樂趨[⑥]於隴畝，而餉源或可自充。欲使民樂於墾荒而無畏難，必使民得爲世業而有餘利。"於是爲之正經界、定限制、緩錢糧、定租穀。

章程既立，劉公以聞於朝，遂檄各州縣次第舉行。其或狃於積習，或未得肯要，則於公牘内手自批答，語之不憚其詳，言之不嫌其複。又慮其懈弛也，爲之嚴考課，以示

① 謂：《稿本》、《楓林黄氏家乘》本同，《行述》作"請"。
② 伉：《稿本》同，《楓林黄氏家乘》本、《行述》作"抗"。
③ 一剌之納：《稿本》、《楓林黄氏家乘》本同，《行述》作"片詞之納"。
④ 劉公蓉：《稿本》、《楓林黄氏家乘》本同，《行述》作"湘鄉劉公"。
⑤ 乙丑：《稿本》、《楓林黄氏家乘》本同，《行述》作"丙寅"。
⑥ 趨：《稿本》同，《楓林黄氏家乘》本、《行述》作"趣"。

勸懲。行之期年,計查出叛絶産三十餘萬畝,已認墾田十八萬餘畝,並有一年期滿陸續輸租者。

丙寅秋①間,病勢日增,因念征收租穀弊竇滋多,力疾續擬章程,詳請咨部。及至十月病篤,稟請開缺,猶以接辦營田,須擇不徇情面、不事更張之員爲請。先君殫心於國計民生,功施未竟,蓋不能無遺憾焉。

甘肅大吏請變賣陝西叛産以濟甘省餉需,事下所司。先君謂:"籌辦營田事雖紆徐,然漸次開墾,一二年後,銖積寸累,不無補於倉儲。六年之間,辦理得人,成效可以預計。若變賣之舉,欲以數千頃之荒地,遽變爲數十萬金,名雖足以動聽,而實不足以贍軍。迨歲月遷延,章程紊亂,欲變價而田無可售,即欲復限年交租之議,而法亦難行。"因條上不能行者一,不可行者四。其略曰:

陝省殷實之户,惟西同鳳較多,而受回逆之害,亦惟西同鳳最烈。蓋因事起倉猝,幾於靡有孑遺。本年籌辦營田,酌量等則。準俟一年後,每畝按則交租。以六年爲限,限满交足,换給契紙,作爲永業。計租之所值,較民間尋常價買,不過十分之三,而又寬以年限,不致迫促。其有力之家,不待六年補足租額,亦即作爲永業。果有富商巨賈,不難照數呈交,無論招佃、轉售均可護利。乃迄今半載,認種寥寥②,多因厚實之家焚掠殆盡,事後逃歸,雖自有之田,荒蕪甚衆,何暇別圖良産?所謂不能行者,此也。

至所謂不可行者,量地售賣,必待富民。本省無人,則將求之鄰省。鄰省富民安土重遷,未必肯離鄉井。間有其人,亦必合計往來資斧及牛具、子種、棚舍、人工、坐食之費而尚有嬴餘,乃肯認買。官欲速售,則定價不得不減,價減而良田先售,則瘠地之價不得不再減。在官日有減價之議,奸民愈存希冀之心,歲月躭延、抛荒,更無人種。其弊一。

地之肥磽,惟里胥、糧正知之最悉。平日早欲侵吞,冀乘急售之時,圖遂平時之願。其私既遂,則又必借故展延,田地日久日荒,更無人問,何能以濟急需?其弊二。

兵差絡繹,供億繁多,雖征存正款,尚虞州縣虧挪。此項變價之款,陸續投收,恐徒以濟各州縣之急,未必果濟軍務之急。其弊三。

地方官不盡可恃,勢必揀派賢員,設局招買。現報有叛産二十餘州縣。既無此多員派委,而一切薪水局費,就變價中提取。歷時既久,所入不敷,事必中止。彼時再議③招墾,則良田已去,瘠土猶存。農民藉口有詞,限年交租亦必沮格。其弊四。

有此四弊,陝省變賣荒産,所以必不可行也。

議上,劉公據以入告,變價之議遂止。

---

① 丙寅秋:《稿本》、《楓林黄氏家乘》本同,《行述》作"八九月"。

② 寥寥:《稿本》、《楓林黄氏家乘》本同,《行述》作"廖廖"。

③ 議:《稿本》、《楓林黄氏家乘》本同,《行述》作"讓"。

關中書院舊設膏火六十分;道光中,朝邑縣生員劉學寵捐增六十分;嗣各官又捐廉給膏火六十分;統計百八十分。故月課常至八九百人。軍興後,庫款不充,各項生息本銀,大半提用,以供餉糈。彭年主關中講席時,僅存官捐之六十分而已。育嬰堂兼管種痘局、義學,尤省城善舉,向歸鹽道經理。所有經費,前官[①]虧挪,每歲所入幾不敷四義學之用。育嬰堂漸形支絀,牛痘局遂已停種。

先君既同當事諸公倡捐,先開痘局施種,復於咸、長兩邑各撥叛産六十頃,招種取租,爲彌補書院、育嬰堂經費。在家見孫曾呼寒加衣,輒念堂内嬰兒,爲增衣褲。視四義學,亦如家塾,時往查考塾師功課,勤者嘉奬[②],惰者更易。彌留之際,猶慮租穀需時,預籌來歲痘局錢五百緡,送交董紳。蓋實心實政出自至誠,故始終不懈如此。

又,劃撥叛産取租,歲修灞岸隄工。又,省外各郡邑書院及養濟院、渠工之屬,由叛絶産内湊撥,借資整頓,全活者不一而足。

丙寅四月,有以撫回之策干陝甘總督者,劉公與先君皆難之。先君博采衆論,同布政使林公上書總督,以爲逆回之投誠斷難憑信,陝省之可慮更復多端。其詞曰:

大凡賊之乞降,勢先窮蹙。去年回竄平固以來,尚未開仗。今且陷我靖、寧、隆、德,横亘東北,窺伺汧、隴、邠、鄜,較前猖獗。即使懾於軍威之盛,亦非網張圍合,無可遁逃。忽然摇尾乞憐,豈真甘心帖服?自滇回滋事,屢撫屢叛,習爲故常。彼聞我兵方謀大舉,帖耳來歸。將來督師西馳,勢仍復叛,若非苟且緩兵之計,即是圖入腹地,逞其詭謀。犬羊之性貪而無親,貪則其亂易成,無親則其衆難一。目今乞降之頭目阿渾,即係真心,及事定解散,不復能統其衆。既不能與該回一一要盟,則一人倡亂,羣吠復興,謂可永遠革心,誠恐必無其事。所謂斷難憑信者,此也。

至於陝省自遭回亂,或全家屠殺,或十存二三。廬舍盡焚,田園荒廢,蕭條千里,斷絶人煙。民間受害既廣,怨隙難解。即使臨之以威,强之以法,令挾不共之仇,權爲同居之侣,而人懷前忿,如火易然,未可相安,時虞生變。可慮一。

逆回就撫,豈能裹糧入秦?秦中荒無數年,迄今土不備懇,得糧無幾。豢此殘黎,既供本省各軍,又籌甘肅兵食,亦望早殲醜類,長享太平,誰肯罄餬口之餘糧、養百年之仇敵?回民無從得食,勢必劫奪相仍。納飢虎於室中,難以禁其不噬。可慮二。

回禍數年,陝省幸未陸沈,貽聖主以西顧之憂者,以内外不相應也。省回五千餘户,現無外援,尚稱安靖。萬一就撫之後,歸鄉之回潛相勾煽,肘腋禍生。滇省前車,可爲殷鑒。且省中回漢猜疑,全賴官爲彈壓,至回民出城一步,即有性命之虞,是鄉民之積恨甚深,將來斷難安插。日昨藥局灰燼,灾由雷火,紳民惶懼,已以外回勾結内回,暗

① 前官:《稿本》、《楓林黄氏家乘》本同,《行述》作"前官者"。
② 奬:《稿本》、《楓林黄氏家乘》本同,《行述》作"賞"。

穴地道爲疑，互相驚擾。若聞歸陝之謀，先有瓦解之勢。可慮三。

陝西以彫殘之區，籌辦接濟甘糧。倉儲不足，繼以采買；采買不足，兼行勸捐。以及車羸之屬，無在不借資民間。而民間驟聞陝回就撫，懼其歸巢。新集之民，易散難聚。驚逃之後，辦理轉運亦覺艱難。是不惟於陝局攸關，亦於甘事大有妨礙。可慮四。

逆回之難信如彼，民情之可慮如此，蓋陝回與甘回情形不同，辦理陝回，亦與甘回有別。陝回少而漢多，甘回多而漢少；陝回既已離巢，甘回尚在本境；陝回倡亂在先，甘回煽動在後。論其情罪，度其事勢，甘回尚可剿撫兼施，陝回則斷難言撫。非不知盡誅之難也，既撫之後，無可安置，故除剿之外，無可設施也。考古人徙戎之策，原有遷置關外之條。現在玉門内外警報時聞，亦未能遽議及此。而陝省廓清之後，總不宜更召禍端。苟貪目前之暫安，必貽無窮之隱患。況暫安並不可得，而隱患則可立呈。萬不得已，或如撫院所籌。該回久在平固，即令暫就該處呈繳軍械，權宜安置，自圖生理。俟數年後，如果陝民疑慮漸釋，再行開導，徐令陸續東歸。若此時遽許入秦，既非所以保漢，亦非所以全回。陝境如果重遭糜爛，甘肅亦難望其肅清，西北大局何堪設想。

某等職司地方，公同商酌。既見後來之弊，不敢不爲先事之防。伏冀俯采芻言，通籌全局，豈惟陝民之幸，國家實利賴焉。

書上，未幾逆回果舉寇鳳、隴，如所言，以陝西有備，不得入。

嘗謂："多言不如力行。"在晉時，按察使某公以保甲公牘來商。先君曰："事不躬親，欲以一紙檄委員，使羣情聯絡，豈可得耶？"某公難之，所行卒無效。先君在黔治鄉守，則親歷邨寨衢巷；在秦奉檄治省城保甲，亦會合官紳漢回，開示誠信。故能衆志成城，奸宄屏息。咸寧令柳君坤厚爲先君言：自保甲局開，縣中數月無竊案云。

在京佐陳文恪公治部員張某之獄，詞連承審之楊君彤如、馮君志沂。二君，皆端人。刑部既訊無賄託，復以"難保無"三字故爲周内。先君從容爲文恪言，外間以"難保無"對"莫須有"。公瞿然曰："何至是？"二君得釋。

在晉佐星使，治臨汾令某濫刑斃命之獄。某令故狡獪，時有移尸抵换之謡。衆情疑慮，不敢啓驗。先君曰："讞已具矣，尸果易，更究易尸者耳。"遣員啓棺驗之，杖傷宛然，獄遂決。先是，按察使以下皆左袒某令，先君持之力。及奉廷旨詰責，咸謂先君有先見云。

先君自少至老手不釋卷，自視欿然，如未嘗學者。怡情山水，遊踪所至，輒圖其意。辛酉乞病後，自撰聯云："書因少讀辭官補，山未全看託夢游。"即胸次可見矣。

嘗言："廉退乃士人本分，非難事也。"故生平出處進退、辭受取予，倍極矜慎，而未嘗以廉退自高。咸豐庚申，山西巡撫奉詔入都，與當軸議巡幸事宜，檄先君自隨。嘗告先君："當軸雅重君，數問君名，宜往見。"先君對曰："以公事召則見。"卒不往。京師派修工程，視爲堂司調劑常例。先君在考功時，堂派督脩八旗營房，與同司慶約公論工頭毋得至私宅，人皆難之。在晋時，有以千金求列門下者，卻其金，勵以名節，其人卒改行爲善。彭丈崧毓《漁舟紀談》記《清操》一篇，謂先君暮夜之卻千金之辭，不以爲名，絶口不道，蓋紀實也。

與人交，坦白簡易，不設城府。或有疑先君者，開誠語之，其人卒相信無他。急友朋之難，官考功司時，同僚有死以後事相託者，延其妾及子女於家，命先慈左淑人爲之經理，無世俗禁忌焉。

先君事無鉅細，熟思審處，徹始徹終，好爲深遠之慮，緣是心血虧耗。然天性淡泊，屏棄嗜欲。平居簡默寡言，自治公牘文字、日課鈔録外，惟怡情前人書畫名蹟，否則閉目静坐，故雖體弱多病而神氣湛清。七月二十八日，感激時事，心火上炎。二十九日，陡患癃閉，轉成遺溺。八月間，調理漸痊。

九月初間，復感風寒，醫者誤投涼劑，元氣遂至大虧。二十日，忽然暈厥，急進附桂重劑，幸得蘇醒，遂命舉鳳邠任内所治事逐一條列，具詳移咨。二十七八日，書遺囑，呼家人徧加訓飭。

十月十一日，自診脈息甚微，强起取爲人所作畫，署款還之。十五日，氣息僅屬，自書挽聯。又書賜次孫國瑾聯曰："讀書有種子，立志爲名儒。"十八日，召國瑾至前，諭曰："務名非所以示子孫。"爲易書下聯曰："力學爲真儒。"

十一月初三日，夜半起坐，聞鴉聲，欣然作《古木寒鴉》小幅。擲筆仰卧，遂并穀食不能進。初四日，譫語，多海國事。良久，顧不孝曰："吾所言皆夢囈乎？"不孝涕泣言："此吾父憂時迫切之念，搆成幻象者也。"先君閉目不語，旋呼紙作"不如意恒如此"六字。嗚呼！孰知遂爲吾父絶筆哉！

先君自十月望後，自知不起，不肯進藥。劉公遺書相勸，連遣醫來。先君感其意，進藥一器，旋復飭斷[①]。十一月初六日申刻，遂棄不孝長逝。嗚呼，痛哉！以先君高年久病，近百日而志氣如神[②]、書畫不輟，使非不孝誤進醫藥，未必遽至不起。不孝不知醫，往歲既誤吾母，今又誤吾父也，可勝悔乎！

配左淑人，事詳《賢母録》，先先君七年卒。子五人。長葆謙，國子監生，早逝，以彭年官贈儒林郎。次即彭年，翰林院編修。次晋龤，次又龤，次葆恒。女三，皆殤。孫四。國瓚，湖北候補同知；國瑾、國璪、國瑄，皆幼。孫女四。曾孫康官，殤。曾孫女一。

嗚呼！以先君潔志精行，深慮遠識，宜若爲時而生，顧以介直數忤於時，又淡於仕進，上官、同僚稍不合義輒投牒引去。獨晚歲起家入秦，同官並見尊禮。而湘鄉劉公、閩縣林公[③]尤能以誠心大義相切劘，廼得抒其所欲爲。而高年疾作，厥功不竟，此林公

① 飭斷：《稿本》、《楓林黄氏家乘》本、《行述》作"敕斷"。

② 志氣如神：《稿本》、《行述》同，《楓林黄氏家乘》本無。

③ 閩縣林公：《稿本》、《楓林黄氏家乘》本同，《行述》作"侯官林公"。

所以有"莅事衰遲"之歎也。咸豐以來,事變紛紜。凡先君爲疆吏區畫,多關天下大計,其事涉機要者不敢著。又稱人之過而後彰己之美,先君生平戒之至切,尤不敢詳。謹臚其大略可傳於世者,伏惟當代有道君子、知言之士,紀述而表章之。①

先妣左淑人事略

先妣淑人,湖南長沙左氏。外曾祖諱本有,舉人,官衡陽教諭。外祖諱光南,以諸生教授鄉里,學者稱望亭先生。淑人幼賢。外祖善相人,家君數歲時,遇諸逆旅舍中。外祖奇之,執手詢族里,遂以淑人許字。

淑人年二十三來歸,性篤孝,逮事先祖妣匡太淑人,僅年餘,無不得其歡心。侍疾兼旬,目不交睫,中帬皆躬自浣滌。匡太淑人於諸婦中,愛憐特異。病亟時,執淑人手不釋,遺言屬諸婦善護惜之。

常以遠嫁未得歸寧爲憾。外祖父母歿,不能視含斂。舅氏歿,又無子,時形憂泣。及彭年官翰林,遇覃恩,體淑人意,貤贈外祖父爲儒林郎、翰林院庶吉士,加一級;外祖母魏爲安人。又得左氏族子世延爲舅氏後。淑人聞之,憂始釋。

來嫁時,衣僅數稱,悉分諸姒氏。伯母陳體故頎長,而淑人衣短,不可衣。淑人亦遂不衣也。久之,家益困。嚴冬披破絮,夜則藉草而卧,和麥麩作餅,煮糠爲粥。或食而吐,飢則更啖之。時家君雖奇窮,閉門誦讀不輟。淑人勤女紅,與家君共一鐙②,率至夜分。

孔先生餘三者,比鄰居,亦貧而好學,與家君讀書聲相聞,有疑則就短牆語,共析之。孔先生嘗襭庭中桃奉家君,其妻亦呼淑人共食。食已,天已曙。蓋兩家不舉火者,兩日矣。後家君教書松桃廳,寄金歸。淑人先分貽孔先生家,且爲衣,衣其子焉。

家君嘗疾篤,淑人刲臂和藥以進,病旋愈。虔供先祀,祭必躬上食,浣濯祭器不假僕婢手。延師課彭年及孫輩讀,供饌必精腆。家君官京師,賓客過從,淑人手自烹飪。後彭年與同志會文講學,淑人猶親治具。彭年請曰:"家人非不給,而令吾母勞耶?"淑人曰:"汝不聞陶母事乎?顧汝擇交賢者否耳。"比年傷足,步蹇,需人扶掖,猶時至廚下省視,曰:"婦人職也。"佐家君理内政數十年,未嘗自治一衣一食之奉,而歲積所餘,分寄親黨。

咸豐甲寅三月,黔中譌言有變,紳富多遷避。時家君在蜀,彭年奉淑人里居。淑人

---

① "紀述而表章之"句後,《行述》有"上之史館,藏諸名山,則斯民直道之公。豈惟不孝世世子孫感且不朽。孤哀子黄彭年泣血謹述"句。《楓林黄氏家乘》本有"不孝世世子孫感且不朽。孤哀子黄彭年泣血謹述。姻世愚姪唐炯頓首填諱"句。

② 鐙:《稿本》同,《楓林黄氏家乘》本作"燈"。

諭以無輕動,已而言者果妄。乙卯,遵義楊濕之變,省城戒嚴。彭年隨家君治鄉守,淑人質衣飾,得金與粟,分親友之貧者,使無恐。家君有僚友死,延其妾及子女於家,淑人力贊成之,無世俗禁忌。嫁其女,教育其子,若已出。

然性嚴重而寬惠,家人侍側,語言儀節有誤,輒閉目不語。家人肅然自悟,終未嘗疾聲訶責也。獨於彭年讀書,訓之嚴。自兒時爲文,聞家君言稍有進益則喜,否則恚憤,至廢寢食。淑人意有不適,彭年取稗官說之。至忠孝、節義事,則欷歔涕下。寢疾彌留,呻吟轉側,備極艱苦,而衣縫偶有不正,輒顧侍者爲整理之。

未卒之前十數日,呼家人與訣,且各規其短。語彭年曰:"汝以事親家居固善,然男子志在四方,久則與婦人、女子何異?"少間,又曰:"仕否聽汝所志,其善體吾言。"自是遂不復語家事矣。嗚呼,痛哉!

淑人歸家君二年,生男葆謙。又三年,生彭年。又三年,生女香齡,殤。又二年,生晋齡。晋齡生而慧,未能言,教以字,能以手指識别之,四歲而殤。晋齡之殤也,淑人方妊,哭之痛,夢晋齡而生,故名曰又齡。踰年生女玉。又踰年,生女常。玉、常皆未期殤。又齡六歲又殤。是年,生保齡。越二年而葆謙卒。踰年而保齡又殤。淑人悲之曰:"吾爲多子病,而育者一。"故於彭年鍾愛尤至,彭年亦遂不敢遠離淑人。

葆謙之卒也,聘而未娶,未幾而所聘女亦死。淑人憫其大宗,長殤無後,又其生與淑人同日,尤悲焉。逮彭年娶婦,生國璸。次孫國瑾生,復與淑人同日。先後得孫男女八人,淑人意少慰。彭年謂母顧而樂之,色笑永承,期頤可冀。孰知欲養之不留也。傷哉!

淑人既苦多子不育,且閱歷艱窘,調和娣姒,苦心堅忍,晚年又以傷足,舉步蹇滯不樂,肝脾受病已深。己未春夏,感患傷寒,經秋乃愈。失於調攝,冬間痰喘。入春木氣乘土,吐瀉交作,脾胃益傷。迨家君歸自海上,急投温補重劑,亦已無及。而淑人亦自知不起,不肯進藥,以咸豐十年三月二十八日卒。距生於嘉慶元年七月二十日,年六十有五。

彭年侍奉無狀,無以悦淑人心;淑人病,又不能察脈知證,早爲施治,不孝之罪,其可逭耶?天乎痛哉!

彭年初爲啓,述淑人事不備,乃請於家君,爲事略。質之當代立言之君子,庶幾哀而憐之,賜以傳誌銘誄,俾後世傳列女,有所取焉。①

陶、劉兩淑人事略

陶淑人琭,字幼雲,玉田縣知縣、同里陶菉泉先生之長女也。先生與吾父名宦公

① "有所取焉"句後,《楓林黄氏家乘》本有"哀子黄彭年泣血謹述"句。

交甚篤，遂以幼雲許字。年十七，來歸。

吾母左太淑人生予兄弟姊妹八人，先後殤。兄藴山先生歿，吾母尤悲戚不自勝。吾日就外傅，暇輒歸，取説部忠孝節義誦説，冀以解憂。及幼雲來侍，得歡心，吾始得專意嚮學。

吾父常教吾博覽，顧念吾父貧，不敢多置書。幼雲傾嫁貲，得百金，購經史，置妝閣。吾晝從塾師受舉子業，昏定入室發書，侵曉乃罷。逾年，閱《學海堂經解》、《十七史》、《通鑑》略徧。幼雲每夕蓄飯一器，夜半以湯沃之進。一夕，吾倚案假寐，比覺，則飯已三沃。如是者三年，未嘗間，而幼雲病矣。

幼雲性純孝。自菉泉先生之喪，傷母家中落，憂損致疾。道光二十三年五月六日，吾授館職祀先，幼雲病已篤。吾母强掖使坐，披以品服。幼雲舉手及額曰："得長事膝前爲幸。"以是月二十三日卒，年二十有二，權厝京師城南老君地。

幼雲婉順寡言，雖極哀怒，至堂上色頓愉。吾母絶愛憐之，嘗語親戚曰："吾子婦如飛鳥依人。"人争傳其語。曾文正公爲輓聯云："得見夫君爲文學侍從之臣，雖死何憾？但觀人言於父母昆弟無間，其賢可知。"蓋紀實之辭。

封恭人。以子國瓚，今官湖北襄陽同知、候補知府加三品銜，贈淑人。女適主事唐我垣，今寡。

劉淑人尹玉，字季瑜，辰州府知府、大興劉寬夫先生第四女。幼雲之卒也，媒者衆，請卜之。吾父名宧公曰："學人必能教，家擇也，何卜爲？"後與寬夫先生遇顧亭林祠松樹下，論學甚洽，遂定盟。故先生爲吾父題《雙松》卷，稱爲"松緣"云。

季瑜耽文史，嫻繪事。道光戊申九月來歸。結褵之夕，吾被酒卧，季瑜據案作畫，以壁懸張君石洲贈聯，有唐人"陶然共醉菊花盃"之句，因作《菊盃圖》。逾年，庭中碧桃重開並蒂，結實二十四雙。吾取以名齋，使季瑜圖之。歎曰："古人言：'根之傷者木再華'。妾謂並蒂者，生氣已分，不如其一也。"賦詩相警勗。其明識類此。

咸豐癸丑，侍雙親歸黔。泊舟白茅灘，吾於岸上獲奇石，四周雲繞，中微凹，背文如水波。吾父曰："此天然硯材也。"季瑜爲寫《雲波石研圖》。庚辛之間，吾在蓮池，季瑜圖《十二勝景》，録前人吟詠於册。暑夕乘涼，待月宛虹橋、笠亭。天忽晦，吾戲爲檄，書箑上。俄傾月出，季瑜喜而圖之。

時吾父乞病來就養，晝則選石灌園，夜則觀書作畫，以自娱樂。吾與季瑜歸，漏逾三下，吾父猶未寢，見箑微笑。逾二十年，吾復來蓮池，而此樂不可復得矣。

季瑜性伉爽，與吾辯論，嘗不相下。又不喜米鹽瑣屑，吾母因事督教，不少寬假。後得博野尹氏《太夫人年譜》，季瑜手自寫録，遂委婉和順，勤於操作，刀匕筆札常相雜也。

吾母病經年，晝夜侍湯藥，滌厠牏不怠。病亟，刲臂和藥以進，得少延。先是，季瑜曾刲臂療吾病，得瘥，故又刲臂以進母。及吾母棄養，乃悲感致疾。同治壬戌，吾父入蜀，吾奉母柩以從。季瑜以四月三日道卒，年三十有六。回亂道梗，寄厝於秦。丁卯，始隨親喪歸葬於湘鄉。

季瑜之卒，值西安戒嚴，未及寫遺像。季瑜嘗爲予述母家藏陳南樓夫人繪大士像。卒後十年，予得之海王村中，果肖，爰命諸子祀之。

子國瑾，今官翰林院編修；國璪，監生，早逝；國瑄，國史館謄録，議敘通判。女三，適普洱府知府彭念宸、監生李端楷、生員蹇念恒。封恭人，以國瑾官再贈恭人、國瓚官贈淑人。光緒六年十一月，同鄉以孝行牒禮部，請旌如例。

鄧伯昭先生行狀

同治四年，先君自蜀之官鳳邠。時湘鄉劉公撫秦，詢人才，先君以新化鄧君對。劉公[1]故知君，即奏辟君。君在蜀奉詔，遂浮舟東下。將歸請於叔母而之秦，至宜昌，舟覆。先君聞而傷之，他日語彭年曰："吾死，而返葬於楚，則之鄧君墓而弔焉。"

比彭年奉親喪歸，鄧君之子光繼以所撰《年譜》來，請爲狀。彭年方讀禮廢業，然鄧君，先子之所懷也，不敢辭。

按《譜》：君諱瑶，字伯昭。其先世自江西泰和縣遷居新化。有諱文才者，當明季鼎革之際，孑身避亂，僅而獲免。《寶慶府志》傳所稱爲遺民者也。曾祖諱勝逵，縣學增生，贈文林郎。祖諱長智，國子監生，贈修職郎。考諱顯鵾，麻陽縣教諭，學者稱耘渠先生。自嘉道間，耘渠先生與其弟湘皋先生用文學顯名當時。湘皋博綜典籍，以楚中文獻自任，著述宏富，幾埒船山王氏。耘渠則篤守經義，味道秉禮，務趨簡約。昆弟之間互爲師友，怡怡白首，里黨稱之，而多君與弟仲源及從弟孟華、仲權爲能繼其志。

君生有異秉，初入塾，讀《爾雅》，通解大意，即爲兩先生所鍾愛。湘皋撰《楚寶》時，君纔逾舞象。侍左右，搜考羣籍，間有辨論。湘皋輒詩示黄虎癡、沈栗仲兩君，謂"當飼以銅盤"，其爲老宿所稱賞如此。

年十八，補郡學弟子員。道光十七年，與從弟仲權同充選拔貢生，明年入京師應廷試，孟華送之行。報罷，仲權南歸，而孟華與君留太學肄業。又逾年，孟華病卒，君護其喪歸。脊令之慟，行旅之艱，詳君所著《潞河紀程》。二十一年，丁父憂。侍疾，衣不解帶者數月。二十三年，仲權舉於鄉。明年，送仲權北上，遂留應京兆試。方罷歸，而仲源又舉於鄉，將北上。

君侍母家居年餘，復爲鄂遊，以謀養故，入貲爲校官。三十年春，除麻陽縣教諭。

---

① 劉公：《稿本》、《退廬叢輯》本同，《手稿》作"劉君"。

會新寧逆匪李沅發之亂,留辦善後。事竣之任,甫兩月,而母李太恭人赴至,奔喪抵家,哀毁骨立。咸豐元年,湘皋先生卒於濂溪講室,君馳治喪,盡哀盡禮。逾月,仲權以毁終。逾年,君爲粤遊。四年,聞仲源得心疾,自粤馳歸。匝月而仲源又死。君篤於天性,常以貧故遠遊,不獲時定省。湘皋於君教養篤至,君事之不異所生。其於昆弟之間亦如耘渠、湘皋之相師友。兩先生嘗畫《聽雨》、《耦耕》兩圖,一時名流題詠殆徧。君之在黄州也,亦作《雪堂聽雨圖》以寓己意。自仲權之死,連遭家難,獨叔母曹者存。君自皖遊蜀時,曹年八十餘矣。君感念之,往往泣下。嘗書示其子孫曰:"吾夢叔母以家蔬餉我,其甘如薺,拊我如嬰兒,稱我爲孝子,而我忽爲萬里之遊,舍吾叔母以去,世有如是之孝子乎?"其言沈痛。及奉詔調陝,急圖歸省,竟緣是覆溺以死,良可悲已。

君自數歲喜爲古文,稍長,爲之益勤。然不苟作,每一篇出,必有關於倫紀風教之大、學問心術之微與治亂得失之故。而援引古義,以挽末俗。事無巨細,不少假借。

邵陽祀唐妖人申泰芝,君據《唐書·李謜傳》辨《明一統志》、《湖廣通志》之妄,請毁其祠。

某縣諸生有冒喪應試者,君援古期功奔喪及宋郭稹緦喪赴舉爲同輩所訟故事,移書縣令,謂某生斬衰重喪,天良澌滅,請糾其罪。

里有憫其女之寡者,將以孫爲女後。君以書規之曰:"禮,姑姊妹,其夫死而夫黨無兄弟,使夫之族人主喪,妻之黨雖親弗主。夫若無族,則前後家、東西家。無有,則里尹主之。妻黨既不宜主喪,其不得以妻之姪爲嗣明矣。晋太常博士秦秀曰:'昔鄫養外孫莒公子爲後,《春秋》書莒人滅鄫,謂立異爲後,滅亡之道也。'《春秋》之義甚嚴,不孝之罪莫大於改姓。欲愛寡女,而使夫族有亂宗之嫌、繼者有改姓之罪,非禮也。"

里有其妻喪母者,逾月思召之歸而懼於違禮。君以書告之曰:"禮,女子適人,爲父母服期。《傳》云:'不貳斬也。'《喪大記》曰:'喪父母,既練而歸。期九月者①,既葬而歸。'注云:'歸,謂歸夫家也。'其既葬而歸,乃婦人爲祖父母、爲兄弟之爲父後者耳。先王之意,以女子舍其父母而從人,既已易斬爲期矣,既練而歸,所以達其情也。朱子門人葉味道之婦喪母,既葬而歸。味道後讀《喪大記》,乃知其誤,令反終其月數,蓋古人用情之厚如此。婦人遭父母喪,若遇姑舅有疾,或夫病亟,但已視含殮,宜即遄歸,所謂權也。如夫家幸無事,何不使既練而歸,而必令其銜恤藴憤,急遽離父母几筵乎?"

君又以鄉人惑於堪輿之説,葬不以時,且有已葬而遷、再遷至三四遷者,著論曰:"古者葬有定期,久亦不逾七月,蓋人死以入土爲安,不忍遲也。大夫三月、諸侯五月而葬者,俟同位、同盟之至,未聞爲營求兆域至於曠日持久也。今人經年不葬,或更遲至數年、數十年者,己之富貴未必即得,而親之骸骨則甚不安,人子之心安乎?"

---

① 者:《稿本》、《退盧叢輯》本同,《手稿》無。

君又謂:"鄉俗治喪,戚友來弔,喪主答以錢幣,沿爲陋習。中人之産,至有鬻田稱貸、竭蹷治喪以邀鄉黨美譽者。"著論曰:"古者弔喪,有含襚賵賻之禮,珠玉曰含,衣服曰襚,車馬曰賵,貨財曰賻。《記》曰:'弔人不能賻,不問其所費。'賻之云者,蓋恐人子不能舉喪,而貨財以爲助。若范純仁以麥舟助人舉三喪,風義篤且摯矣。至漢陳平居鄉,貧不能賻,以先往後罷爲助,則貧者不以貨財爲禮也。徐穉所知喪,以隻雞絮酒爲儀,則不以菲廢禮也。稽之於古,嘗聞賻人之喪,未聞利人之喪也。今俗於貧窮之家,往往昧扶服相救之義;一聞富室治喪,則蟻附鶩趨,惟恐其後。豈真有知生則弔、知死則傷之意哉?孔子曰:'禮,與其哀不足而禮有餘也,不若禮不足而哀有餘也。'夫喪以哀爲主,禮義[1]尚可從寬,何論財物酬答之厚薄哉!"

君又以鄉俗死[2]於外,喪歸有不迎入門者,著論曰:"禮,曾子問曰:'君出疆有三年之戒,以椑從。君薨,其如之何?'孔子曰:'入自闕,升自西階,如小斂。柩入自門,升自阼階,君大夫、士,一節也。'《雜記》:'諸侯行而死於館,喪至於廟門,不毁牆,遂入,適所殯。大夫、士死於道,至於家,載以輲車,入自門,至於阼階,下而説車,舉自阼階,升適所殯。'此皆喪歸入門、事死如事生之明證。聖人準情定禮至當,不易之道也。又《周禮》殯在西階之上,惟死於外者殯在兩楹之中,亦[3]不忍遠之也。蓋待死於外者,尤有加禮焉。《左傳》載齊莊公以襄公二十五年葬諸士孫之里。二十八年,齊人遷莊公殯於大寢。此則死已三年,以其先殯不成禮,猶從郭外出而遷諸路寢,爲之改殯。齊人卒無所忌,以爲必如是,臣子之心始安也。今制,以王事死於外者,許入城治喪。都邑之有城門,猶人家之有大門也。朝廷於臣子之喪,曲加恩卹,許令入城;子孫於祖父母之喪,乃不許入其家,悖孰甚焉。此仁孝之心未篤,故利害之見得淆之也。"

凡君之立言,深病末流之失,而折衷於聖言,蘄進乎大道。其意肫篤,而言之深切著明,大率類此。所著《文集》二十五卷,《潞河紀程》一卷,《北歸紀程》一卷,《蜀遊日記》一卷。予撮其要者著於篇。

君官麻陽教諭僅兩月,以勞績保知縣,遞加至運同銜。同治元年,用兩江總督曾公薦,交軍機處記名,旋以知縣發往江蘇。是年,直隸總督劉公奏調,皆辭未赴。四年,將赴入秦之詔而未果遂死,未竟其用。

然在麻陽清理藏書,召諸生告以爲學之要;謁懷忠祠,彰明麻陽縣知縣朱瓚之忠;議建四烈祠,彰明向氏姑嫂之節,爲能舉其職。其在鄉也,嘗奉詔襄辦本籍團練,又佐郡縣治籌餉、積穀、捕蝗、救荒諸政,所規畫皆卓有條貫。咸豐九年,粵逆石達開之圍寶慶也,新化富家大室盡逃,君獨守不去。防勇潰退,索餉大譁,按劍向君。君厲聲叱之,

---

① 禮義:《稿本》、《手稿》同,《退盧叢輯》本作"禮儀"。

② 死:《稿本》、《手稿》同,《退盧叢輯》本作"親死"。

③ 亦:《稿本》、《手稿》同,《退盧叢輯》本作"示"。

人以是服君名①勇。

君於天下事,無所不留意,其視世之治亂、賢人之進退,不啻其身之休戚。或幽居深念,愴然涕洟。江公忠濬布政皖蜀,招君與偕。用人行政之方,處己接物之道,君娓娓言之不倦。或有所爭論,至面赤疾呼。而語及軍士飢困、民間流離之狀,則哽咽不能成語,人以是信君之誠。

先君嘗言:"任事者不患才之不足,而患心之不到。"鄧君其近之矣。故蜀中邂逅,即深相契洽焉。君以同治四年三月十九日没於宜昌之東湖,十日尸出,光繼自家奔赴,以喪歸。年五十有五。

元妻陳,先卒。繼妻陳,其娣也。子光繼、光紹,皆縣學生員;光緯、光綸、光綏。

同治六年八月,年家子黄彭年謹狀。

① 名:《退盧叢輯》本同,《稿本》、《手稿》作"之"。

陶樓文輯卷八

浙江提督、振勇巴圖魯、謚襄恪、蕭公行狀

公諱福禄,字雲霞,甘肅蘭州府河州人。世習武事,自曾王父以下,皆逮行間。新疆大、小金川之役,代著功績。及公始貴顯,由行伍擢循化營千總,從征金川,列超等功。銃傷右足,高宗純皇帝賜白金二十兩,公之受上賞始此。

乾隆四十六年三月,從征蘭州,矢石傷面及右足,大府以公始終奮勇聞,賜藍翎。居三年,從征鹽茶廳,擢守備。補松山營守備,遷金塔營都司,調涼州鎮標後營兼城守營都司。嘉慶元年,大府薦公游擊,引見,高宗嘉其功,賜花翎。是時,白蓮教並起爲亂,擾竄於川、湖、陜之間,離合聚散無常所。諸大帥分路勦捕,公以偏裨從事,所向輒有功。

六月,征商雒,往來大小米谿、光頭山間。數十戰,補延綏鎮標中營游擊,奉檄入川。明年九月,戰花果園,論斬級功,賜“振勇巴圖魯”名號,白金百兩。居二年,遷川沙營參將,調陜西撫標城守營參將。明年,擢甘肅莊浪協副將。

明年三月,賊酋冉學勝糾其黨竄棧道,渡渭而北,陜甘總督長麟邀截之隴州。賊方渡渭南,而渭北汧陽之賊起。遣公勦之,斃千餘人,生擒千二百,填崖死者三百餘。捷聞,加總兵銜。四月,擢涼州鎮總兵。六月,詔以公誅戮過多,恐有株累,命盡釋所俘千餘,改官參將。初,教匪之起,率千百人。官兵畏葸觀望,賊虜脅日衆。迨撲滅,一路殺傷已不勝記矣。是役也,公懲前弊,又以渭南賊衆,懼煽動,倉卒不暇,計招宥。甫至,即合圍攻殲。雖緣是左遷,而奮勇有功,上固知之諗也。

九月,復率兵由楚入川,追高見奇於川北。冉學勝者,張漢朝餘黨也。尤悍黠,嘗與大臣那彦成相持於老林,數月不下。見奇窺嘉陵江不遂,與其黨魏學盛竄棧道,復爲官軍邀擊,至是遂與冉學勝合於南江。公與總督勒保、副都統阿哈保三面合攻,公奮力直前,大兵隨之,遂生擒冉學勝。總督奏加公副將銜,而遣別將追高、魏二賊焉。明年,擢甘肅、寧夏鎮中衛協營副將。

明年七月,率西寧、寧夏減撤官兵歸甘肅,往西寧彈壓黑番。明年,權寧夏鎮總兵,調静寧協副將。明年,擢巴里坤鎮總兵。丁母憂。黑番入掠,請自效。上以公久歷戎

行,詔率兵往藏事,歸,守制服闋。授直隸宣化鎮總兵。居二年,①罣吏議,改官副將。五月,補江西南昌城協副將。八月,權九江鎮總兵。十二月,擢宜昌鎮總兵。居六年,丁父艱,服闋。授狼山鎮總兵。海故多盜,公督兵巡緝,獲盜百餘,洋面爲之肅清。

道光四年,擢浙江提督。居四年,原品休致,以功食半俸,表謝。上優詔答曰:“今而後,更望身體康强,優游自得,常承恩眷,卿其隨時珍重,俾君臣共享昇平之福也。”歸里一年卒,年七十有六,道光九年二月十六日也。遺疏入,上惋惜,賜全葬,遣官致祭,謚曰襄恪。

公從事軍旅數十年,經數十戰,未嘗敗北,聲名震川陝。官軍常與賊相持廣南、通巴間,屢挫衂。公以師至,賊望旗幟即奔竄。所事非一帥,皆見賞異。歷三朝,賜予逾於諸將,詔書屢稱其奮勇,以功名終。方之古名將樊、酈之儔也。

子三人。銘,陝西河州鎮標營千總;鐸,陝西河州城守營唐家汎經制外委;鏞,二品蔭生,户部主事。以②公歷官行事來請,復③爲考之方略及私家紀載,謹撰次如右,謹狀。

誥授光禄大夫、湖北巡撫、予謚文節、陶公行略

曾祖諱元藻,廩貢生,皇贈光禄大夫。曾祖妣孫,皇贈一品夫人。祖諱廷珍,乾隆乙酉科拔貢,辛卯科舉人,官甘肅肅州同知,皇贈光禄大夫。祖妣何,皇贈一品夫人。本生祖諱廷琡,乾隆乙亥科舉人,辛丑科進士,歷官貴州清平、江西鉛山縣知縣,皇贈光禄大夫。本生祖妣朱,皇贈一品夫人。考諱軒,歲貢生,候選訓導,皇贈光禄大夫。妣王,皇贈一品夫人。

公姓陶,諱恩培,字益芝,一字問雲,浙江蕭山縣人。弱冠補縣學生員,中道光五年乙酉科副榜,由教習選松陽縣教諭。十三年,中順天鄉試舉人。十五年,登張景星榜貢士,改翰林院庶吉士,散館授編修,遷山東道御史。丁母憂。服除,補江西道御史,權禮科給事中,轉掌廣西道御史,協理京畿道,京察記名,簡授湖南衡州府知府。

當咸豐初元,粤逆初起,煽結徧寰區。衡陽左家發者,聚徒黨,謀爲賊,李丹内應。公廉知其事,捕誅左家發及其黨七十餘人。二年,賊自粤西省城陷全州,犯湖南境,陷道州,將犯衡陽。湖廣總督程某駐郡城,聞警欲逃。公止之曰:“衡,吾楚藩籬也,不守,將入腹地,大局壞矣。”厲聲責之,終不聽。乃與約,假其兵符、糧臺。遂閉門大索,盡鋤内奸,勵士卒,置守備。賊不得逞,别取道江華、寧遠,連陷桂陽、郴州,趨長沙,而

---

① “居二年”句後,《手稿》有“會直隸提督薛公大烈與麾下守備盧明善約爲婚姻,公爲之媒”句。《稿本》無。

② “以”字前《手稿》有“與時,馨爲同官”句,《稿本》無。

③ “復”字前《手稿》有“馨”字,《稿本》無。

衡郡獲全。是時,文武恬熙久,猝遇事變,多失措,或望風引遁。自公以大義責疆臣,守土之義始著。厥後,曾文正公國藩得練兵衡郡,規復東南,由公守衡完固也。

御史黎吉雲疏聞,尋特擢湖南按察使,討衡山土匪曹戭、瀏陽徵義堂土匪周國愚及安仁、醴陵諸邑匪,悉平之。四年,擢山西布政使,調江蘇布政使,旋奉巡撫湖北之命。先是,賊匪由湘東竄,再陷武昌。曾文正公與忠武公塔齊布既克復武漢二城,即議東征,以舟師爲中路,湘軍循南岸、鄂軍循北岸而下。

武昌城池殘破,户口流亡,總督楊某駐師廣濟,文武争往依之。公受命撫鄂,城中自布政使以下僅二十餘員,兵不满千,餉不逾萬。有爲公畫駐節他郡者,公曰:"疆臣責在守土,知其危而不進,吾不爲也。"乃以十二月二十有六日入武昌規畫守備,如守衡時,乞援於曾公。會楊某以除日敗績於廣濟,退走蘄州。公召黄岡義勇萬人赴蘄,與楊某書,指示方略,使整軍復進,楊不能用。五年正月五日,退師漢口,次日又退德安、棗陽。賊遂入漢口,據漢陽爲犄角,武昌勢益孤,援師又不即至,官民惶擾逃避。奸人乘之,一夕火光數起。公拊循激勵如平日,衆始少安。

初七日,李武愍公孟羣奉曾公命,以艇師至,屯鮎魚套。公命武昌府多山募六百人屯塘角,遊擊陶得壽將千人屯襄河口,使水陸相輔。俄而守備石清吉將千人;胡文忠公林翼時爲按察使,將三千人繼至。賊城沙坡,公曰:"是將潛襲我也,盍先之?"十九日,命胡公節制諸軍持三日糧,分三路,水陸並進。議既定,值大風雨雪,不得渡。二十五日,濟師諸軍,慮軍分力薄,併爲一路。翼日,公登黄鶴樓望我軍取小龜山,艇師礮箭,屯發雷震。勢方盛,忽漢口馬步賊數千人來綴我師,漢陽賊又鈔我軍後。無應援者,遂敗退六十里,至大軍山乃止。

二月初三日,楊某自德安遺書,言分三路攻漢口、襄河口、漢陽,而自統大軍策應,約初六日火起會師。公語李公、胡公整軍以待。初五日,小龜山後火起,艇師千總孫大用燒賊沿灘籤栅應之。詰朝,火又起,艇師又馳。日晡,漢陽西門火又起。艇師屢爲所紿,皆小勝,而楊所部二萬人卒無一至者。

詎大股賊自興國通山直趨省城,曾公所遣赴援之王國材頓兵九江者逾月,十五日始至山坡驛,十六日至紙坊驛,兩日所行,不及六十里。公知不足恃,乃命都司海隆阿屯青山,副將景輝、參將文彬、文全、劉攀桂嬰城固守。十七日,大股賊陷青山,襄河口又出賊舟撲唐角,公率陶得壽於望江樓遏之,得壽陣亡。賊圍草埠、漢陽各門。青山之賊亦逼大東、小東二門。公以西北屬多山,而自當青山賊。方戰,忽飛騎報賊入漢陽門,知府多山死矣。言未已,賊幟满埤埧間。公裂眦一呼,士皆殊死戰。薄暮,賊麕至,左右悉被創。公知事無可爲,至蛇山下紫陽塘,整衣冠,投水殉節。年五十有四,咸豐五年二月十七日也。

是時,李公、胡公方戰於小河口、鸚鵡洲、白沙洲,遥見省城火起,鮎魚套水營被焚,急馳援,而已無及。王國材軍至蛇山,始與賊遇,斂隊而出,於是武昌三陷。事聞,上震悼,照一品官陣亡例從優賜卹,予謚"文節"。

公在圍城中,與子守怡、守恒書,略云:進城籌防,總督敗回,人心涣散,均有委而棄之之意。惟我定主守城,立將城門封閉,明知萬難堅守,一息尚存,不容少怠,天下後世自有公論。又云:盡瘁鞠躬,死而後已。有至我前據近理之言聳聽者,或以危言恐我,悉以懔然處之,成敗利鈍,所不計也。

同治四年,給事中高延祜録其書上聞,以爲"忠肝義膽,百折不撓,堅守危城至五旬之久,較倉卒捐軀,尤爲無愧疆臣",乞宣付史館。尋奉詔,湖北及原籍紹興府建立專祠,賜守怡鹽運使司運判,守恒七品小京官。

公生而英敏,七歲能屬文,操筆立就,人謂"能嗣篁村先生",即公曾祖也。在詞垣,屢持文柄,嘗奉命督學福建。丁父憂,未行。典試四川,充順天鄉試同考官,會誠同考官,所取士多以文章、氣節、治行著聲。

公頎身長髯,凝重有威望。官御史,嘗言漁山盜事。每語人曰:"言必其可行,空文無爲也。"守衡時,有清泉民李榮茂子組得、組青殺人,置諸李朝貴之汪而誣之。獄具,公疑焉。盡拘榮茂家人,而釋其養媳鄧氏,别訊得實,人稱神明。

妻潘,封夫人。側室劉、沈。子守怡,襲騎都尉,兩淮鹽運判;守恒,中書科中書。女二,適陳、陸。

彭年於公爲年家子,京兆試出公門下。公言在闈閲彭年經藝,調取鄭、孔注疏勘對,始評薦,知己之感爲最篤。公殉大節,彭年方里居,欲纂輯公行事而未果。比守恒出示門人尹耕雲所撰《行狀》,始得據以參之官私書所記載,證以平日所聞,述其崖略,備史傳採擇。

武昌之初陷也,置守未備;其再陷也,委而不守。公獨堅守於萬難守之際,而敗於總督之非其人。胡文忠公繼之,乃得據武昌以規東南。所遇之幸、不幸也,豈非天哉?悲夫!

皇清誥授中憲大夫、記名道廣西鎮安府知府、署右江兵備道、敕祀昭忠祠、伯父黄府君行狀[①]

曾祖考朝瓚,皇貤贈中議大夫、鹽運使銜,陝西鳳邠道。曾祖妣張、王,皇貤贈淑

① 題名《稿本》,《楓林黄氏家乘》本封面題爲"皇清誥授中憲大夫、記名道廣西鎮安府知府、署右江兵備道、敕祀昭忠祠、黄公行狀"。

人。祖考承謨,皇贈中議大夫、鹽運使銜,陝西鳳邠道。祖妣羅,皇贈淑人。考運裳,詹事府主簿銜,皇贈中議大夫、鹽運使銜,陝西鳳邠道。妣匡,皇贈淑人。

國家自平定川楚,而後海内晏安。雖有邊隅之警輒撲滅,未嘗燎原,民不知兵者六十年。至道光之季年,賊起粤西。時承平久,宿將凋謝,疆吏恬不能治軍,則率郡縣相與諱飾。吾伯父右江公以一縣令,屢發其難,治團練禦賊,左右支拄,精忠偉烈,天下莫不聞。而統不過偏師,治不過一隅。及賊竄長沙,連陷數行省,蹂躪徧東南。楚軍起而搏之逾十年,卒乃盡殄。《傳》曰:"始事者難爲功。"豈不信歟?公始終粤江左右,以身殉國。及粤賊之平,公不及見。今距成仁之日十有三年矣,而誌、狀未具。恐久而就湮,不得不及時撰述,以備史館采擇。

公諱輔相,初名杞,斗南其字,貴州貴陽府貴筑縣人。先世自江西上高遷湖南醴陵。及公考經林公徙貴筑,遂家焉。經林公有四子:長諱安泰,封奉直大夫;次諱輔廷,山西垣曲縣知縣;次即公;吾父陝西鳳邠道,諱輔辰,其季也。

公性至孝,事經林公及母匡太淑人,竭力致養。家貧勤學,年十四補縣學弟子員,喜爲瑰麗奇宕之文。督學使者李公宗昉初至黔觀風,得公卷大怒,置下等,榜示生童曰:"無或如某之破壞文體者,可以爲戒。"及歲試,得公卷則大喜,置高等。俾食餼,復榜示生童曰:"如某之改過能文,使者猶憚之,可以爲法。"由是,名噪黔中。年四十五,始中順天鄉試舉人,五十有三始成進士,以知縣分發廣西。

公自少負奇氣,能任人所不敢任。道光中,遊歷燕、晋、粤東,知天下將亂,常挾《登壇》、《武備》諸書自隨。既困躓場屋,積不得發攄,至是始慨然思有以自見。

方出都時,咸①告以自京朝之官宜備載饋贈之物。公笑曰:"君子不爲也。"單車就道,抵粤西兩載,治銀牌峽盗有聲。

道光二十七年,權陸川。湖南新寧土匪李沅發犯全州西園,粤省戒嚴,檄公赴援。六晝夜,馳千餘里,抵興安,擒斬甚衆。奉旨以應升之缺升用,公之從戎自此始。

二十八年,權博白。時粤西盗賊充斥,因條上保甲章程。兩廣總督徐公檄郡縣倣行之。公至博白十日,擒賊渠馮大毒十於水鳴圩,境内肅然。

張加祥者,江南提督、幫辦欽差大臣、殉節丹陽張公國樑之始名也。時在羣盗中,號爲魁首,率其黨三千餘人寇博白之安定堡滑石麓。公率練剿之,營福壽堂。食頃,加祥來襲,迎戰,擒其酋張亞保,加祥遁合浦。二十九年七月,加祥合羣盗,勢益熾。公擊之那裸圩,追敗之石梯隘,獲其酋李積英。加祥後降於提督向忠武公,易名國樑。公以其忠且勇也,與交歡焉。

三十年正月,權横州。横州地勢險阻,屏蔽嶺西。大吏以公威望既著,故以屬公。

---

① 咸:《稿本》同,《楓林黄氏家乘》本作"或"。

抵横未匝月,靈山賊劉志遠、姚有高、紀珠海犯横之大虚村,敗之鶴堂嶺,賊遁南坪。迫諸河,賊遁貴縣。

三月,靈山賊李自逵犯横之西凝新圩,分擄舊圩、沙坪。公軍於平塘。會陰雨,不得進。密遣善走三人潛出新圩門外。夜半,伺賊守者卧,移賊礮向圩爇之。又遣三十人匿三浪汛林中,聞礮聲,鼓角齊鳴。賊驚潰。比曉,賊屍枕藉,自逵遁。

四月,自逵復糾温亞旺、牛兒三、閔亞五諸賊寇靈山楓塘圩,公禦之勒竹圩。賊竄那鳳圩,公敗之平嶺,又敗之靈山河垻村。回軍那陽,偵賊復竄西凝新圩。公至南鄉,獲賊覘者,言賊將襲州城。公乘賊未發,率輕騎搗新圩,下之。擒牛兒三,追獲自逵於六吉村。事聞,詔褒録。

五月,賊謝長腰四自賓州犯横之旺安圩,合貴縣賊沙爲大、陳亞明據[①]校椅。公趨校椅,賊竄鄧圩,敗之六藍村,又敗之青銅圩,賊竄大灘司,將與寧金響合。金響者,會匪之魁也。其黨胡榮、李貴糾衆數千,宵聚晝散。公詭言會哨瓦塘,舟泊平福。夜半突起登陸,焚其巢,獲金響及榮貴,走長腰四。

八月,貴縣賊許士哲犯横之劉公圩。時賊酋謝甲六屯平福,麥世杰屯大灘,蘇三屯博合圩,長腰四屯永淳之震龍圩,相去十數里,互爲聲援。兵至輒退,兵退則復出肆掠。公度所部寡,不足分布,乃定計以賊攻賊。命大灘巡檢彭邦疇招降世杰,而士哲及甲六亦相繼投首,遂使擊長腰四於校椅,賊遁大山。

十月,長腰四糾巨盜王斌號九江三者,與其弟九江四及志遠、有高等大舉寇横之陶圩,攻蓮塘、張村。公率世杰禦之,敗績。調水口、黄村團練嚴陣以待,會向忠武公軍,至古蓬合擊,斬馘千餘。追及之鄧圩,又敗之宿龍村。長腰四遁,擒其妻子及九江三兄弟等百三十三人。是役,斃賊三千有奇,於是横之西南稍靖。

博合圩者,界靈山、合浦、貴縣之交,横東北之大都會也。圩背自陳山、獨竹、上石十餘村,並合浦之蘇村、靈山之土狗村,皆山寨奇險。賊渠蘇三、陳阿珠满、莫達國、韋亞裕、大莫踰私、閔福垂五、鄭亞海、謝成龍、謝成虎、林亞二、林巨光、韋亞五、李善長十三人聚黨六七千分據[②]之,附近村圩多從賊者。公患之,聲言閱團,潛出馬山,召諸生閔麟書等語之曰:“作官不爲民除害,是尸位也。紳士不能衛民命,是虚生也。村圩諸匪盤踞,諸君豈無意乎?”公泣,諸生亦泣,矢曰:“有不與公同心者,毋使令終。”公遂授以計。

咸豐元年二月,公從十餘騎至那陽,麟書等以團八千一夕至,遂圍陳山。賊出不意,遁獨竹。獨竹僅小路,背倚高山,壯練進攻者輒殞,莫敢前。募死士八十人,自高山攀籐而下,夜縱火焚之,擒斬千五六百人。餘黨竄上石,上石高二里許,不利仰攻,環山

---

①② 據:底本作“擄”,據《稿本》、《楓林黄氏家乘》本改。

麓守之。賊糧盡,突圍,因而擊之,得脱者僅百餘人。陳阿珠满及蘇三等九人走匿巖谷,薰之,斃三人,擒六人。是役,不調兵,不請帑,不動聲色,不假時日,殪賊數千,横邑安①堵。返署之日,父老扶杖郊迎,歡呼雷震,公未嘗自以爲功焉。

麥世杰之降也,公知其非誠,特羈縻之。世杰亦陰懷叛志,自駐大灘,使甲六駐平福,梁世猶駛扒船二,士哲駛扒船五泊城外,其親黨館衛衙前伺公。公既平博合圩,陰遣諸生胡濟邦、雷雲書殺世猷,武生吕復之殺士哲,白步雲殺世杰親黨,公駛舟平福,甲六逃,殲其徒十三人,抵大灘,擒麥亞四,世杰率妻子遁。四月初一日,上特褒公出奇制勝,有膽有識,擢直隸州知州。十四日,詔授鎮安府知府。公自以受知,深益自奮。

五月,世杰糾貴縣賊徐康二、興業賊吴士養及金田會匪,自下而上,水陸並進。又糾謝江甸、盧亞相,自南寧下撲州城。城中民欲逃,公自校椅馳還,立大雨中呼曰:"我在,無恐。必欲遷者,賊去無復入也。"人心既定,乃遣舉人鄧岳霖、諸生吴從善、武生吕復之等調團萬餘,分駐平福、謝圩,嚴諭堅守,毋争功輕進。

久之,羣賊盡聚南岸村,樹木城。南岸廣里許,袤五里,負山臨河,東西萬山叢雜,東南小徑,西南大路,西北沙灘。賊列數百斤巨礟守之,環數重。公密布諸團分守上下流南北各隘,遣公子韶年率練伏村東巖澗中。夜半,用火牛、火箭自大道衝賊巢,陰遣人於小路縱火,選勁卒五百自沙灘進。賊守者奔移礟,向村爇之。木城破,殲賊及溺死者無算。逃賊躍入大舟,爲下流守者所截。以金錢抛擲兩岸,公諭士卒曰:"賊滅,皆汝曹有也,毋爲所賣。"遂焚世杰、亞源於舟,斬其首以徇。賊酋余亞鋭走村東萬山中,爲韶年所獲。是役,悍賊數千,無得脱者。横邑自是肅清,商賈往來如舊。詔賞花翎,與韶年六品藍翎。

九月,剿廣東靈山賊於陸家村。十月,剿蘇凝三於欽靈界之板城,誅之。十二月,權南寧府,兼權左江道。

二年二月,剿謝宣仁於吴村圩定邑②南。時三岸村、蒴刀圩、東門圩、蘭村、六塘之間,羣盜並集。艇匪自梧州連陷桂平、桂縣,圖犯左江。公率四百人馳横州,斬其先鋒十六人。賊震懾,不敢入境。城中奔告吴村雷志勇叛,將襲沙街,馳還剿之。糧盡軍潰,盡括署中衣物,質金四百,不足則貸諸紳商,得金三千有奇。命舉人雷嘉樹攻亭子圩,武生謝岳生自玉崗進,文生徐俊光自那馬進,自率壯目潘其泰攻吴村之南。志勇乞降,公諭之曰:"吴村圩百有五村,吾克二十有六,能如約縛渠魁以獻,吾豈好殺戮哉!"志勇許諾,而私於各村糾衆拜臺。"拜臺"者,粤賊入會之名也。潘其泰之練多爲所誘,諭其泰遣散。志勇故與其泰有隙,遂假殺其泰爲名,圍攻南寧。公堅守百五十

① 安:《稿本》同,《楓林黄氏家乘》本作"按"。

② 邑:《稿本》同,《楓林黄氏家乘》本作"邕"。

日，城中糧垂盡，毁銅、錫器爲礮子，出城力戰，賊始解圍而去。

八月，勦平樂土匪，平之。四年九月，權右江道。諭“土匪自來投首者，即爲良民，編入保甲”，右江平。五年三月，奉旨記名，以道員用。

六月，粤東賊李文茂自梧犯潯，公禦之武宣，屢有捷獲。而賊衆日增，提軍會勦之師遷延不進。又軍無見糧，時虞譁潰；何松亭新降之衆，尤慮生變。連牒布政使乞餉，不應。乃遣[①]書桂林府李君子昜，陳四難四易，使達於巡撫。其略曰：

碧灘至潯城下水不需兩時，上水必需一日。灘高水急，可進不可退，勝則直入賊巢，敗則全軍俱没。其難一也。

往年馮雲山竄踞永安，不過萬人。李文茂三倍其衆，陷潯郡。後又增二三萬，礮火貲財皆十倍於雲山。其難二也。

賊匪每戰，驅新脅者前行。我軍殺賊千餘，焚船數十，可云大勝。而老賊無恙，如平南屢勝，賊猶愍[②]不畏死。其難三也。

提軍不來，必添兵壯。添募之後，提軍復至，經費難支。其難四也。

然賊勢雖猖，究有可辦之法。潯城穀米已罄，賊赴四鄉擄糧。今惟四路斷其接濟，賊愈增，糧愈易盡，不戰自敗。此一易也。

平南之捷，賊鋒已挫。貴縣團練追賊，東津城池已復，是南河有備矣。今委李邦禄禦賊蒙墟，若再有經費，可派壯一千至南木墟，使謝丞駐大黄江、劉孟三駐新墟，然後何松亭之誠勇自水路直抵弩灘，廖光華之楚勇、黎廣忠之勝勇分駐兩岸，約期大舉，可以一戰成功。此二易也。

逆匪雖多，究係烏合。若不惜貲財，購覓内應，然後四面夾擊。此三易也。

被脅之人，立功贖罪，予以重賞。土匪既散，賊黨自孤。此四易也。

然此四者，若無經費，皆無可辦。駐宣半戰，力竭心殫，經費不能支持，僅有一死報國。不獨賊不能平，死有餘恨。即招安之，何松亭將欲何爲，不能預決矣。

書上，未報。六年二月二十四日，兵勇果以飢譁，松亭爲其下所殺。公急調二塘練守城，未至。次日黎明，叛卒啓宣武城納賊。自賊中逸出者言，公被執，絶飲食。賊日具酒殽，公駡不絶口。輒毁其器，至三月初九日以餓死。據公子鶴年等訃啓[③]，是“二十九日申刻”，粤西公牘云“三月初九日”。賊瘞公屍河畔，春秋六十有四。

公之始至粤西也，遺鳳邠公書言：粤西虧空幾三百萬，羣盜如毛，官吏匿不以聞，深歎憂之。及權博白，牒上官，言盜不治，粤將大亂，巡撫某批其牘曰“荒唐”。公憤甚，再具牒，鑿鑿言之，謂“如不信，將上之鄰封”，乃不復斥責。公疏盜首姓名百三十

---

① 遣：《稿本》、《楓林黄氏家乘》本作“遺”。

② 愍：底本無，據《稿本》、《楓林黄氏家乘》本補。

③ 啓：底本無，據《稿本》、《楓林黄氏家乘》本補。

餘人,書告鳳邠公曰:"吾以文官殺賊,濟則君之靈,僅治一邑,不濟則以死繼之,於大局無補也。"

久之,言者以公所疏盜上聞,詔切責巡撫,而反者已數起。周文忠公撫粵西,始倚公辦賊,公亦鋭自任。始終十年,身經數百戰,殺賊數萬計,常有蕩平西粵之志。功業未竟,中道殂壞,被執不辱,絶食捐生,卒踐平生以死自矢之言。

嗚呼!使疆吏早聽公,則數賢守令足以辦賊,不致禍延天下。即公在武宣時,苟無某布政使掎扼之,少資其餉,則四易之策行,粵西之民亦早出水火之中矣。

禍亂之來,忠良之殞喪,豈天實爲之,抑果遇人之艱難歟?公擢鎮安,出自特旨。未幾而請補天河縣,題本入,上批本曰:"黄輔相已授鎮安府知府矣。"咸豐三年春,鳳邠公自吏部郎中截取召對,上詢公年貌、履歷甚悉,意嚮用公。六年春,粵督某惡公伉[①]直,思中傷之。有旨調引見,而公殉難疏入。上深憫之,賜卹如例,予雲騎尉世職,入祀京師、廣西、貴州昭忠祠。

公少從張香塢先生遊,倣北溪、西山讀書法,撰《四書字義》。喜爲制舉文,宰陸川、博白,設義學賓興會。軍書少間,輒召諸生講藝,不屑規橅前人。嘗戒子弟曰:"爲文傍人門户,其人不足重也。"故生平所自樹立,時或激切而毅然、浩然,無所撓於其心。

其治團練也,民間一錢一粟、片語之争,綜核至精。而推誠心,委曲調濟之,故所至民樂爲死。其用兵也,能洞知賊情而操縱離合之。刺横州時,周文忠公與之一,故勳業尤著。

性嚴急,鳳邠公事之謹。兄弟共學久,尤相親愛。公盛怒時,鳳邠公一語輒解。嘗製帶,飾以采色。鳳邠公微規之,遽起自斷其帶,其勇於自克如此。及公殉節,鳳邠公言及,未嘗不流涕也。

配賀氏,封恭人。子鶴年,候選訓導;書年,縣學生員,四川試用,從九;韶年,廣西升用知縣;逢年,廣西荔浦縣知縣。女二,長未嫁卒,次適貴州都匀知縣趙大松,殉興義之難,贈卹如例。孫男、女十五人。

同治七年十月,姪彭年謹狀。

清故四川三臺縣知縣陳香農先生墓表

同治初元,詔大臣薦舉人才,於是大學士祁文端公以獻縣知縣陳崇砥名上,特旨引見。曾文正公督畿輔,復疏舉循吏,詔書褒異,天下榮之。彭年自咸豐中遊燕,崇砥

① 伉:《稿本》同,《楓林黄氏家乘》本作"抗"。

遺諸子來學。比重遊蓮池,與崇砥同修《畿輔志》,朝夕聚處,得讀所撰《家傳》,然後知崇砥之爲學與治皆有淵源,而其父香農先生之賢爲不可及。

先生之宰鹽亭也,始到官,即以"飲冰茹蘗"牓其門,修學校、治水利,百廢具舉。其在秀山修城郭、建書院,創西、秀、黔、彭四學試院於酉陽州,士人德之,事見《酉陽州志》。其在三臺立保甲,緝姦宄,懲豪强,凡所設施,隨宜盡善,而尤勤於聽訟,吏民畏懾,而未嘗以刑求。嘗語人曰:"觀牘得其半,聽詞察貌又得其半,安用刑爲?"故夜治文書,晨起視事,聽訟畢而後朝食。或有疑不能決,則蹙然曰:"吾今日負此一飯矣。"先後爲四川總督若蔣公攸銛、戴公三錫,學使若俞公恒澤,知府若楊公希銓,皆一時名流,雅重先生而先生介然自守。三臺有土豪侵人墓域,廉而治之。大府某惑於人言,欲改獄詞。先生持不可,曰:"吾不能戀五斗米,使窮人暴骨。"卒以力爭忤上官,調奉節,旋劾罷。

先生以嘉慶五年舉於鄉,逾十八年始以大挑得知縣。又二年,始之官四川。自權鹽亭、秀山,除三臺,中間嘗一護潼川府知府印,一充道光元年鄉試同考官。在官不過六七年,而仁心善政不可殫述。以直見黜,時論惜之。有欲爲人貲復官者,先生曰:"吾歸而設教,使訓子有成,即異日報君親地也。"今崇砥果以治行優異受知朝廷,名聞當世。《記》曰:"良冶之子,必學爲裘;良弓之子,必學爲箕。"豈不信歟?

先生家故貧,既登賢書,饔飧猶不繼。逮事王父母,無以爲養。父客死,無以歸葬。每夜誦,則淚涔涔漬書上。及服官,不妄取一錢。歲時家祭,則陳所得廉俸曰:"使祖宗知吾無苟得也。"其廉孝類此。

諱登華,字堯峯,香農其別號。世居閬縣。祖宏棟,縣學生員。父騰[1]源。皆贈文林郎。母張,贈孺人。元妻石,繼妻張,皆封、贈孺人。子二,長即崇砥。石孺人賢而無子,疾亟,先生慰之曰:"異日生子,當以砥名。"謂有"石氏"兩文也。道光二十六年舉人,今官保定府同知,候補知府。次寶廉,道光二十八年拔貢,咸豐元年舉人,兵部七品小京官,卒。孫師顔、與同,監生。文冏,同治□年舉人。吉庚、以尚,監生。先生以道光十五年三月十八日卒,張孺人道光二十一年卒,合葬於閬之高沙車坪山。

自先生之卒越三十有七年,而貴筑黄彭年表其墓曰:先生罷歸里居逾十年,濬西湖,建李忠定公祠;修義倉,設粥厰。見義必赴,日爲鄉黨解紛排難。又以其間,與諸名流聯社賦詩。易簀之前,自定殯斂喪葬之用,爲輓詞,謂天下事爲之不能盡,故終之以未濟。嗚呼!無窮之志,非賢子繼之,曷由慰哉?

---

① 騰:《稿本》同,《手稿》、《定稿》作"勝"。

誥封中憲大夫、贈道銜、世襲雲騎尉、知縣蹇君墓表

咸豐初，粵寇起，南北騷然，黔亂稍後。朝廷以南朔軍事棘，不暇計邊遠，黔中兵餉常不繼。於是士庶起，治鄉兵，助官軍擊賊。迨南朔既平，遣將入黔，凡二十年而後定。黔亂自遵義始，黔士卒、團練剿賊死難者，自遵義蹇君一士始。

咸豐三年，詔天下舉行團練，以縉紳在籍者總其事。君父光禄公方奉詔舉辦，遂有桐梓賊楊隆喜之亂，破縣城，將圍遵義。君時罷禮部試，客陝西巡撫王文勤公幕，聞警馳歸。四年八月抵家，未解裝即四出，助光禄公修戰守之備。賊至，命弟誾入守城，獨與光禄公糾東南兩鄉團，爲殲賊計。謁提督趙萬春、布政使炳綱於螺獅堰，陳利害，請速進。時賊已據雷台山，君請由石盤嶺扼賊糧而制其背。十月始得兵、練四百人營馬家河，復募二百人益之，十餘戰皆捷。僞帥李七王者尤獷悍，阻大營入貴陽大道，踞龍平水口寺。君率所部圍攻，盡殲之，七王自焚死。賊自是氣奪。

委員葉如松、守備王敦倫率兵來會，至櫻桃埡，爲賊所扼。君走間道出賊後，至中平場，燒賊積聚，乘勢奪羊耳埡，遂抵櫻桃埡，合兵進屯老蒲場，約期攻金錢山。金錢山近雷台，賊用爲饋道，且倚以截我援師。據寺爲營，引渠水灌田，僅留一塍容人行。君使葉如松、王敦倫進石盤嶺，攻其左，而自與知府朱右曾、守備胡見龍出婁子坎，攻其右。左軍中伏少卻，賊併力來撲右軍。君白知府，謂："今日困守則萬無一生，何如奮勇直前。且賊營四圍皆水，可焚而盡也。"因令人持草一束，涉水田，聚草焚寺。逸賊陷泥中，無得脱者。克金錢山，而雷台亦下。

逾年三月，楊隆喜授首。石阡復有餘黨舒裁縫之亂，自湄潭、婺川上竄，君迎擊於大溪里，又敗諸窑上場，擒之。於是捕餘孽，查逆産，佐守令治善後。十月，桐梓餘匪鄒神保復起爲亂，圍縣城，據婁山關。君率官、練援剿，復婁山。至桐，賊圍桐七晝夜，方擬分股由梳匠棚走高平，趨遵義，猝聞君至，解圍去。君營城外，進剿黎思壩，又進至木上，林箐深密，無敢前，君身先之。賊伏三面突出，左右僅數十人力戰，後隊繼至，賊始敗，遂進屯寺岡。賊數千大至，君分軍爲三，己當其右。山路陡峻，騎不得上，乃舍騎登，前隊僅二十人，後隊四百。行未半里，伏起，中、左兩軍敗卻，賊萃於右軍。衆寡不敵，兵、練死傷過半，猶揮戈力戰，手刃數賊。賊聚益衆，矢石交下，君力竭，死之。隨行之王世洪、曾名標亦奮鬬死。時咸豐四年十一月初十日也。

君死後，寺岡至桐梓諸隘復爲賊據，誾卒討平之。求君屍兩月，始得諸近村王叟。王蓋嘗爲人所誣，而君釋之者也。喪歸，重斂。面，石傷五；身，刃傷七；頸、腹①皆洞

---

① "腹"字前《定稿》有"腸"字，《稿本》無。

穿;顔色如生,春秋三十有二。

君諱諤,一士其字。明尚書忠定公後。先世遭明季之亂,流寓川黔間。至曾祖誠九公,乃家遵義之白田。祖青岡公,副貢生。考儀軒公,婺川縣教諭。三世皆以誾貴,封光禄大夫。君年十六補縣學生員,道光二十六年丙午舉於鄉,咸豐三年癸丑科會試,大挑二等。遵義肅清,詔以知縣,儘先選用,加同知銜。殉節事聞,詔部議恤,追贈道銜,世襲雲騎尉,賜祭葬。九年,詔遵義建立專祠。

弟誾,布政使銜,四川候補道;詵,四川候補同知。妻楊,封恭人。子念典,覺羅官學教習;念猷,刑部主事;念勛,光禄寺署正。女一。孫男、女,各四。

君殁後,弟誾繼起,治軍黔、蜀間,積功官監司,秩至二品。殁而建祠黔、蜀,列傳國史。君子三人先後登賢書,於是蹇氏始大。以咸豐□年□月□日葬遵義某鄉某原。

越二十有九年,而貴筑黄彭年表其墓曰:君未服官,可不與戎事。用鄉兵剿賊,可以不深入。然屢犯重險,卒成其仁。非剛中而常德,行其能然乎?吾黔士之死難者,日以多也。悲夫!

王重三先生墓表

重三王先生卒於蓮池講舍,返葬於新城。彭年會葬,道相逢,皆往會者也。至其鄉,親戚、門人咸制衰麻,遠近男婦哀號奔赴,所居村舍爲满,假旁村以居者千餘人。漢之郭有道、陳仲弓不是過焉。嗚呼,是可觀先生之德矣。

先生舉進士,彭年猶童子。大人舉先生名,詔之曰:“是進士第一人,不仕以養其親者,小子識之。”比來蓮池,先生方主講書院。居相鄰,易子而教。習之既久,乃得觀其性情、學術之深且大。先生里居數十年,不謁選。人以爲無意世事,孰知其究心天下利病,凡兵、農、禮、樂、河渠、地理之屬,靡不考其源流,察其得失。如論開蘆僧河、置閘蓄洩,謂“永定挾泥沙入清河,水大則奪正河之全溜,清河下游必淤;水小則勢緩力弱,泥沙留滯,蘆僧下游必塞。土性鬆懈,建閘必決。”後果如所言。又建議以蘆僧河□□□①河,使定、興諸水專歸雄縣,即受水之區收水田之利,築圍隄以捍外水,建石閘,以時啓閉。開引河,以分水勢。事未施行,論者韙之。其通識有如此者。先生制舉文爲士林誦習,得其緒餘,莫不掇巍科、登膴仕。孰知其教士以躬行爲本,嘗揭“顧亭林恥作文人、王白田戒爲名士”二語於壁。窮經考古,如論周公相踐阼而治,謂相助踐履阼階之事,攝政非攝位;而下文“周公踐阼”脱“相”字,遂啓明堂位周公踐天子位之説,馴致新莽居攝篡漢之禍。論魯之郊禘,據《左氏》、《公羊》、《史記》及《意林》、《紀

① □□□:《稿本》同,《定稿》作“爲大清”。

聞》之説，斷爲後世僭用，非成王賜。論井田之制，謂邱甸之法，禹之所定，後之王者不過因其成蹟，所謂五十、七十、百畝者，名雖異而實則同，必不改畛涂、易溝洫以就之。諸所辨議，率皆實事求是，其精博有如此者。

同治中，先生母杜太宜人百歲，五世同堂，得旌於朝。人以是爲國家之祥，稱先生之孝。孰知其竭力致誠，侍父病衣不褫帶，目不交睫，嘗藥餌，滌厠牏。侍母病，晝則舁肩輿，遊園里；夜則説書史，以博歡心。臨喪哀毁骨立，葬祭皆遵通禮，有非人所能及者。是時，欒亭史先生夢蘭同以奉親家居設教，同以五世同堂見旌。於是京畿東南，學者翕然向風，浸浸乎仁孝之行徧庠序間矣。

先生諱振綱，字重三，道光十一年辛卯科副榜，十七年丁酉科舉人，十八年戊戌科進士。以知縣用，未之官，加同知銜。所著《羣經筆記》二卷，《禮記通義》二十卷，《儒先語粹》四卷，《選擇備用》二卷，《地理擇言》十卷。光緒三年十月初八日卒，春秋七十有一。逾月，葬新城登甲莊南原。

曾祖謙，妣杜。本生曾祖謹，妣楊、張。祖允恭，妣李。本生祖允中，妣陶。考懋，妣杜。祖考、妣皆以先生貴，封奉政大夫、宜人。妻田，封宜人。妾焦，封孺人。子鑑、銓，皆舉人；錫，千總，加都司銜；鈺，廩生；鍔，拔貢。銓，先卒。孫樹枌，庠生；樹枏，舉人；樹槐、樹桂，皆庠生；樹梓、樹棫、樹榮、樹榻、樹模、樹楷、樹樸、樹森、樹杞、樹檀、樹椿、樹檝，凡十六人。孫女，十二人。曾孫維莀、維芑、維芷。

先生卒後，彭年繼之主蓮池講舍，儲書籍，勸經學，而鍔、樹枏同以經義冠其儕。《詩》曰："君子有穀，貽厥孫子。"先生有焉。樹枏述先生行甚備，特著其犖犖大者，俾刊石，使學者觀感焉。

山西河東道楊公墓表①

鐵臣楊公之卒也，命其子樞孫曰："吾生平落落難合，獨子壽知我，得子壽一言足矣。"將葬，樞孫以狀來，且致遺命。嗚呼！予何足以知公？顧公直者也。獨以身後之文屬予，非謂予能直書乎？予，舊史也，曷敢辭？

在昔咸豐之初，國用支絀，軍事繁興，司農仰屋，於是議變圜法，自鈔幣外更鑄大錢、鐵錢。京師置官肆五，命之曰宇，别於民肆，謂之五宇。鐵錢之設局也，簡重臣領之，不隸户部。肅順爲户部尚書，惡權不己出，多方撓之。公時爲監督，謂"局存廢錢可用"，躬自檢擇，得錢七十萬緡。又謂"鐵錢雖一時權宜，鼓鑄不精，行之必不能久"，整治益力。中尚書忌，益作威福，紊章程，意叵測。公於是伏闕上書，列款十，斥尚書病

① 題名《稿本》同，《定稿》作"山西河東道楊公鐵臣墓表"。

民誤國、蒙蔽聖聰。疏入,詔王大臣治其獄。公侃侃直陳,語及尚書名。訊者詰之,公對曰:"王大臣奉詔訊獄,對者君前臣名。"又訊主使,公痛哭曰:"列祖、列宗之靈啓牖小臣,使之盡言,孰主使哉?"訊者知不能屈,乃抵以他罪左遷。

先是,公以入貲爲户部郎中,深自韜晦,人無知者。翁文端公總理户部,見所爲《石鼓歌序》,奇之,詢知爲屬官,愕然曰:"我曹有人而不之識。"遂命公權知宇豐官錢肆事,鈎稽釐剔,勞怨不辭。商人劉甲餽金數千,曰贏餘也。公卻不受。自是與同官不合,公亦辭職。迨五宇事敗,惟公獨免。文端以"清廉第一"密薦於朝,始有鐵錢局監督之命。

其初罷官也,舉朝震駭,而公夷然自得,賣藥燕市,若將終身。及尚書以他罪誅,而公之直聲乃大顯,中外交相推薦。胡文忠公、巡撫劉公蓉與公無一面識,薦之尤力。同治元年,特詔引見,授山西河東道,緝私以暢銷引,減課以恤商情。規費悉裁,鹺政大治,加鹽運使銜。陝回、豫捻並起,晋疆戒嚴,督軍防河,時值嚴寒,茅津冰合,賊將乘之以渡。公禱於河,冰頓開,河防以固。加布政使銜,賜花翎。未幾以病乞,免官居京師。

公寡交遊,在京師獨與晋江陳給事慶鏞、光澤何刑部秋濤、馬平王副都御史拯相友善。予童子,時常一過。予取案上《開元占經》爲校定,麟德歷百餘事。越十餘年,相遇保定市中,則公方自監督罷職。數過予旅邸,袖中出疏稿,有手寫《申徒蟠傳》在焉。時或張目大呼,繼以痛哭,同舍驚訝,以爲狂。同治九年,予至京師,則公已自河東告歸。猶時步行至予所居寺中。語及時艱,輒欷歔泣下,其秉心忠諒類此。精算學,嘗著書伸中抑西。舟覆,失其稿。光緒四年正月元日卒,年七十有三。

公諱寶臣,字湘芸,以言鐵錢事去官,因自號鐵臣。先世江南人,明時有以功授福建邵武府同知者,遂家焉。祖煐,祖妣王。父兆璜,直隸廣平府知府,妣劉。皆以公貴,封通奉大夫、夫人。配章,封夫人,先卒。子樞孫,工部郎中。孫一。女二,孫女四。五年□月□日,將與章夫人合葬於順天房山縣東北之小幼營村。

其友黄彭年表其墓曰:公,古之遺直,善行治蹟爲世則。略而不書,書其大者紀其實。是則史官之職。

刑部員外郎何君墓表

嗚呼!此吾故人何君願船墓也。同治元年,彭年自燕之蜀,君代爲蓮池書院院長。比入蜀,聞君喪。逾十年,重來蓮池,始知君之旅葬於此,悲夫。

君諱秋濤,願船其字,世居福建光澤福民坊。祖長敦,直隸博野縣知縣。考高華,國子監生。

君少負異禀,過目成誦。自爲兒時,能舉天下府、廳、州、縣名,數其四境所至。年二十,舉於鄉。逾年,試禮部,爲貢士。又逾年,殿試授刑部主事,益廣交游,博覽傳記,學乃大進。道光中,京師言宋學者,則有倭文端公、曾文正公、何文貞公、吴侍郎廷棟、邵員外懿辰、丁郎中彦儔;言漢學者則有何編修紹基、張州判穆、苗貢生夔及君鄉人陳御史慶鏞;言古文詞者則有梅郎中曾亮、朱御史琦、王都御史拯、馮按察志沂。君專精漢學,而從諸公游處,未嘗以門户標異。

其於經史百家之詞、事物之理,考證鉤析,務窮其源委,較其異同,而要歸諸實用。刑部奉敕撰《律例根源》,多君手定。陳御史壇嘗得匿名書,例當毁,疑以質君。君言軍國重計,宜上聞,援引故事。御史據以入告。其通識類此。

咸豐三年,李侍郎嘉端巡撫安徽,奏辟君自隨。侍郎罷,君還京師,益究心經世之務。嘗謂俄羅斯地居北徼,與我朝邊卡相近,而諸家論述未有專書,乃采官私載籍爲《北徼彙編》六卷,復增衍圖說,爲八十五卷。陳尚書孚恩言於上,命以草藁進。上覽而稱善,更命繕進,賜名《朔方備乘》。召見,晋君員外郎、懋勤殿行走。庚申之變,書亡。上詢副本,黄侍郎宗漢盡取君所藏藁,將繕寫重進,而侍郎居焚,是書遂不復存,君亦以憂去。

君故貧,至是饔飧或不繼,而講誦不倦。彭年去蓮池,薦君自代,不虞君之奄逝也。君卒以同治元年六月四日,年三十有九。其門人監生沈丙墀買地,葬之保定西郭外馬池村。其友河東道楊寶臣育其二子。十一年,彭年與布政使孫觀,按察使范梁,清河道陳鼐,君鄉人同知陳崇砥、邱銘勳,知州沈枚,各輸錢,爲置守塚。竊傷君之博學能文,深識遠慮,而窮困以終,遺藁散失,百不存一。《備乘》一書,乃至再燬於火,亦可云奇阨矣。懼後世之無傳也,爲之表其墓。

貴筑黄彭年表。

唐母姚夫人墓表

夫人姓姚,湖北漢陽人,浙江杭嘉湖道姚公小山之女,四川建昌道遵義唐君鄂生之妻。唐與黄世相好也,道光中,謁威愍公於武昌,夫人方于歸。公告予曰:"吾兒得佳婦矣。"鄂生舉於鄉,夫人從至京師,吾母左淑人愛之如女,夫人亦事吾母如母。咸豐三年春,予奉二親南歸,鄂生亦輟禮部試而返。是時,粵逆陷武昌東下,楚、豫騷動,行旅戒心,夫人輒袖刃夜坐。一日遇雨,借宿道旁馬厩。吾母及吾妻劉與夫人席地坐,兩家小兒女縱横卧地上。平明登車,二親顧謂:"他日毋忘此行。"抵家,威愍公殉節金口,鄂生自鄂奉喪歸。

黔亂,予與鄂生治鄉守。未幾,先名宦公奉詔之官山西,鄂生宦蜀。先公仕晋、燕,不合,乞病去。應駱文忠公聘,入蜀。鄂生方率師剿賊,夫人爲僦屋,治具咸備。時吾

母及吾妻劉先卒,夫人對家人語及,未嘗不泣下也。

夫人賢明仁孝,姑劉太夫人待子婦素嚴,夫人至前,則顔爲之霽。鄂生性剛毅,夫人規之以和。鄂生服官治軍,不暇計家事,夫人綜理内政,資用得以不乏,内外秩然。鄂生守綿州逾百日,常居城上。夫人治衙内,無敢囂譁。鄂生遭際屯艱,屢爲人中傷掎扼,卒得免於難,夫人輔佐匡諫之力爲多。

亂後,母家中落,迎母汪夫人,養之十三年,如爲處子時。病亟,執母手,一痛而絶,光緒四年六月九日也,春秋五十有四。以其年十月乙未葬於貴筑隴上梅花林。

子我墉、我圻,爲兄公汝成後;我城、我填,殤;我圭。孫爾銅、爾銘。女三,早殤。

自先公起家分巡鳳邠,卒於官。予奉喪,攜家卜居湘鄉,北遊燕趙,凡十有五年。予女,鄂生猶子婦也,書來告喪,家人皆泣。無何,鄂生書至,乞表其墓。乃敘而銘曰:車有轂輻之利,家有壼德斯聚。歷坎坷兮不敝,昌爾後兮百世。

陶樓文輯卷九

江忠烈公墓表①

道光之季年，寇起西粤。咸豐三年，竄踞金陵，蔓延十六省，陷城數百。起天下兵擊之，楚軍爲最著。同治三年，湘鄉曾公國藩、國荃卒以楚軍克金陵，定東南。論者歎成功之難，因念創始之不易。慨然思當日力戰死事之臣，新寧江忠烈公爲尤烈云。

公自蚤歲能文章，好讀經世書。甫冠，補縣學生員。道光十七年丁酉，充縣學拔貢生，中是科鄉試舉人，屢試禮部不第。甲辰，大挑二等，得教職歸。心念天下之亂將起，集新寧父老爲團練。月朔，會鄉村子弟，教以親親長長之義，陰用兵法部勒。未幾，有雷再浩之變。爲文諭邑中子弟散其黨，告縣令李博發其謀，率團丁與把總方開甲焚其穴。再浩走粤西梅溪口大埠頭，脅鄉民，勢復熾。長寶道楊炳堃、總兵英俊下縣辦賊，議調鎮筸兵。公言："賊易平，不足動大衆。"卒率團丁，剿擒再浩。湖廣總督上公功，以知縣用，賞藍翎。是爲公以鄉勇討賊之始。

道光二十九年，揀發浙江。吴文節公文鎔方撫浙，倚公治海盜，多所捕獲。秀水大水，公往賑，全活甚衆。秀水民德之，乞公權知縣事，吴公許之。在官九月，事大治，除麗水知縣。咸豐改元，詔中外大臣舉才德出衆之士，吴公將疏薦公。時曾公爲侍郎，以公名上。得旨，赴部引見。會海塘壞，吴公奏留公辦工。閲四月，工竣。歲貢君之赴至，公歸營葬畢，遂有廣西軍營差遣之命。

初，粤西多盜，大吏不能治。及金田賊首洪秀全、楊秀清起，尤兇狡，屢敗官軍。至是，上命大學士賽尚阿出督師廣州，副都統烏蘭泰爲參贊大臣。都統忠勇善戰，慷慨負氣，與他將領多不協。一見公，深相引重，用公畫策，常有功。遂敘公勞，請以同知直隸州升用，賞换花翎。又使選新寧團丁五百人爲一軍，自將之，號稱楚勇。是爲公以湖南鄉勇出境之始。

先是，賊在新墟，公力主圍賊之議。及賊據永安，不滿萬。公從都統軍其南，廣西提督向公榮軍其北，復議鎖圍法。向公謂古法圍城，缺一，必縱賊出乃可擊。公爲都統

---

① 題名《稿本》同，《手稿》、《定稿》作"江忠烈公神道碑"。

作書争之,不得,引疾歸。已而賊果自北路竄,敗官軍於大沖口,四鎮死焉。賊乘勝趨桂林,都統以刀刺臂,灑血盤水中,呼將士共飲,涕泣誓師,率之援桂林。公在新寧,亦力疾起,捐貲募千人,倍道赴援。中途聞將軍橋之戰,都統滕中礮,歿於軍。仰天泣曰:"吾來,欲倚以有爲,且報之也。"至則戰於桂林城東。賊解圍趨全州,追之不及,全州陷。公守蓑衣,渡伐木,爲堰營西岸,連敗賊,殲其渠馮雲山。請統帥營東岸,不聽。賊果自東岸走,陷道州,連陷永明、嘉禾諸邑。公疾追之[①],敗之桂陽。賊棄桂陽,陷郴州。公與諸軍壁郴州城外,偵知賊酋蕭朝貴分股疾馳,襲長沙,請於統領[②]和春公,選千五百人倍道追之。賊已由永興、茶陵、醴陵犯長沙。時湖南巡撫駱公秉章候代未去,潘公鐸爲布政使,守備先具。公至,以天心閣在城東南,地勢高,力戰奪據之。俄而賊大至,黔兵稍卻。公奮臂前,傷腓,猶臥將兵,爲大帥籌方略,議扼土牆頭龍回潭,不聽。賊果舍長沙,遥趨岳州,陷武昌、漢陽,東南大局於是始壞。

巡撫張公亮基奏留公湖南巴陵。賊晏仲武反,公與鄧公紹良討平之。瀏陽亂民周國愚假團練防寇,號徵義堂,實通賊。公受張公計,晝捕反者斬之,用兵十二日而事平。三年正月,賊棄武昌東下,張公署湖廣總督,特疏調公。時公已積功至道員,抵鄂即權湖北按察使。討通城賊,蹶之。

旋奉江南大營幫辦軍務之命,疏陳兵事得失。大略以爲軍法不嚴,則將士畏賊念重、畏法念輕。提鎮積資較俸,洊至高位,則顧恤念重,進取念衰。弁兵不汰,則巧猾怯懦之流、疲乏敗殘之卒徒糜金粟,無益戰攻。又言"人但知勝賞敗罰,不知所賞非真勝,則不如無賞;所罰非真敗,則不如無罰",以及"浪戰宜戒約束,宜嚴察地利,寬脅從",凡數千言。又疏請四川、湖南、湖北三省分造拖罟船,習水師,令廣東籌款鑄礮。是爲公籌畫東南大局之始。

遂率師赴江南,道經廣濟。適廣濟賊宋關祐抗糧爲亂,戕守令。公誅其渠魁,解散脅從,事定[③]。會金陵巨賊分黨自滁北竄,詔公赴安徽,自蘄州取道九江。忽金陵賊船二千餘上駛,前隊抵彭澤,將犯南昌。江西巡撫張公芾飛檄,調公率所部赴援。疾馳四日,先賊半日至。見城外屋舍鱗比,遽令火之。火未盡,而賊至。其後賊卒踞德勝門外未焚之屋,穴地道達城下。凡五六里,旁穿斜出。公遣卒循聲迎掘,破所爲隧道數四。又壘石爲内城,環其一面。

一日,賊轟城,坍十餘丈。公弟忠濟督兵百餘,以布囊盛土築之。俄而城大圮,築者皆陷,忠濟逃免。復前立,督築益急,城得完。越數日,賊復左右爲隧道,轟城坍八十餘丈,譟呼乘城。忠濟率將士冒煙迎截之,先登之賊盡殪,賊始卻。公命百長李光寬爲

① 疾追之:《定稿》、《稿本》同,《手稿》作"追"。
② 統領:《定稿》、《稿本》同,《手稿》作"統帥"。
③ 事定:《定稿》、《稿本》同,《手稿》作"事甫定"。

隧道而出，鑿濠城下，引水注之，賊所爲隧道盡廢，城守益完。

時太和土匪起，陷太和、安福，攻吉安。公弟忠淑方自楚募勇，侍郎曾公亦遣將分道赴援。公檄援兵駐樟樹鎮，防吉安土匪與賊交通。分剿太和、安福，既定南昌，賊亦解圍遁。方公遣援時，巡撫以下皆持不可。公曰："南昌兵逾萬，今留三千人，不見多。令太和賊稍張，與南昌賊鉤連，上下路絶，此危道也。"已而獲賊諜，得賊往來書，果約急攻吉安如公言。上嘉公功，賞二品頂戴，賜翎管、搬指。

賊自南昌退據九江，襲富池口，陷興國。湖廣總督張公檄公援田家鎮。比至，而半壁山先爲賊據。鄂軍結巨筏，載礟爲水營，適當半壁山。賊自山上駕巨礟俯擊，水營不能支。賊舟揚帆，沿半壁山水陸並進，防兵大潰。湖北糧道徐公豐玉、漢黄德道張公汝瀛死之。公突圍出，上疏自劾。詔鐫四級留任。

湖北按察使唐公樹義時駐軍廣濟，盡以所部隸公，謀自黄陂間道渡江援武昌。聞賊陷德安，馳軍擊之，賊逸。遂自漢川濟，拜巡撫安徽之命。時武昌解嚴，而廬州事急，率所部行至六安，病甚。賊已由舒桐趨廬州，知府胡元煒詭言廬州兵餉已辦，公力疾馳至。問糗糧、軍火及守備具，元煒不能對。城廣三①十六里，雉五千。公所部僅千餘人，又留守六安，赴廬者纔數百人。乃下令廬民助守城，得萬餘人，部署稍定。越日，賊大至，環城架雲梯，薄而登。官軍屢擊卻之。賊穴東城威武門，爲隧道。公募死士迎隧②出，斬黄襦賊於隧口，賊驚譟。官軍自城上擲火彈，賊始慴，稍退。公守水西門，賊據城外高山，矢及公幄。公病久，益不支。偶宿城下，賊復穴水西門，伏地雷攻城，崩數丈。公躍而起，手大旗，緣陴上，連斃賊，城卒完。疏陳守禦狀，乞援師。上特賞公"霍隆武巴圖魯"勇號。

時陝甘總督舒興阿援師萬五千人駐岡子集，屢敗不前。總兵音德布自六安馳援，亦敗於棗林。公弟忠濬及今直隸總督劉公長佑自湖南募勇至，營西平門外五里墩。賊衆，勇止千，力戰不得入。城益孤，賊攻益急。元煒所募勇首徐淮守拱辰門，爲賊内應。賊再穴水西門，城崩，公麾衆拒之。拱辰門守者先逸，賊緣城上，城上兵殊死鬬竟夕。左右血刃擁公行，公手劍自刎，不殊。追者將及，或强負公馳，公嚙其背墮地。擁至水關橋古塘，奮然投水死。春秋四十有二，時咸豐三年十二月十七日也。事聞，上震悼。追贈總督，予謚忠烈，賜祭葬，命廬州及湖南、江西建專祠。褒公三代如其官，賞騎都尉，兼一雲騎尉世職。

公生平以節義自許。居京師，其友鄒君興愚病，親爲經理醫藥。死，爲棺斂，歸其喪陝西。其師鄧君鶴齡病，身護之南歸。鶴齡道卒，亦爲棺斂，歸其喪湘鄉。同年曾如

① 三：《定稿》、《稿本》同，《手稿》作"二"。

② 隧：底本作"隊"，據《定稿》、《手稿》、《稿本》改。

鑴死京師，又爲歸其喪武岡。蓋性情篤厚，有過人者。始終兵閒，其爲治，獨在秀水辦賑濟，編户口，均捐輸，禁强糴，洩積潦，勸補種，禁游惰，懲奸猾，躬節儉爲最著。至爲安徽巡撫，籌用人、措餉、練兵三事，大略具見與吕文節公、周文忠公書，皆未及施行。

公諱忠源，字岷樵。先世當宋度宗時，由江西遷新化。五世祖楨祥復遷新寧，遂爲新寧人。曾祖登佐，國子監生。祖獻鵬。父上景，歲貢生。母陳，生子四。長即公。次忠濬，今四川布政使。次忠濟，即選道，咸豐六年死通城之難，追贈按察使，同治元年予謚壯節。次忠淑，即選道，自楚軍興。公弟三人常從公將兵，世號江家軍。夫人陳。無子，以忠濬子爲後，曰孝椿，候選員外郎。妾楊，舉遺腹子，曰孝棠。

公歿八日，忠濬募人出公屍。部卒周昌發得之古塘，面如生。解衣裼之，展轉賊中，卒負以出。以某年某月某日歸葬於新寧之某山。越十二年，而年家子黄彭年表其墓[①]曰：

公嘗疏請飭曾公督水師，從洞庭蔽江而下。又爲書遺曾公謂："以難自阻，則天下巨禍，誰其弭之？"蓋曾公初建合四省剿賊之議，及聞公所部在南昌，索賞譁譟，頗疑勇不可恃，故公以書相勸勉也。初，公以舉人留京師，嘗過曾公語。移時去，曾公目送之曰："生平未見如此人。"既而曰："此人必立名天下，然當以節烈死。"曾公信知人矣，公亦能以大義規輔曾公。及曾公成功，而公已不及見。君子聽磬聲則思死，封疆之臣聽鼓鼙之聲則思將帥之臣。吾觀東征之役，自公而外，尤愴然於胡文忠也。悲夫！

浙江分巡寧紹台道史公神道碑銘 代

予自道光中通籍翰林，以年家子謁溧陽史君士良於京師。同治初元，撫吴，奉詔節制浙東兵事，君方權寧紹台道，謁予滬上。逮予自吴入鄂，秉節畿甸，君以老歸，優游林下者數年。十一年春，聞君之喪。越六年，子恩綬以狀來，乞爲碑文，置諸墓隧。予素知君不可以無述，序曰：

君諱致諤，字士良。先世崇，京兆杜陵人。漢世祖時以功封溧陽侯，因家焉。四十四傳際，明嘉靖中太僕寺少卿。又六傳爲君高祖，諱貽儉，湖北安陸府同知，文靖公從弟也。曾祖勝，妣管。本生曾祖范，妣潘、管。祖汝樠，妣蕭。本生祖汝楫，妣管、繆。考錫祺，妣楊。皆以君貴，贈貤至通奉大夫，妣皆夫人。

君生有至性，八歲侍父疾，抑搔承奉，有若成人。年十四五，以幹局聞里中，寄籍宛平，補縣學生員。道光十四年，舉京兆試。十八年，登王振綱榜，成進士，改翰林院庶吉士。丁父憂，服闋，散館授編修，掌院倚以辦院事，兼國史、方略諸館職。凡鉅製盛典，

① 表其墓：《稿本》同，《定稿》作"題其神道"，《手稿》作"題其神道之碑"。

進奉文字，一以委之。

二十八年，授江西廣信府知府，決留獄，捕土豪，除賦額蜚詭，修考棚，增號舍，築隄護田，設閘蓄瀉。鄰郡有灾，集貲濟賑，以安流亡。爲政期年，百廢具舉。咸豐元年二月，調權南昌，冬還廣信，二年復調權南昌。

是時，粤西賊起，竄圍長沙。江西接壤，會垣震動。君治團練，稽保甲，製軍械，除德勝門外積沙，築礮臺，修城垣，改造章江門，濬城濠及豫章溝，設懸門，布渠答。厥後，粤匪圍南昌近百日，江忠烈公督師赴援，轉危爲安，人始知君守備先具之力。

十月，復還廣信，練信新軍。會浙師，屏蔽撫、饒，自貴溪犨守，具濟南昌，復調守南昌。籌浙鹽餘息以充餉，增月城礮臺，汰章武軍入信新，以備緩急。時粤匪自九江上犯興國，陷武寧，君率信新軍偕浙江遊擊常海敗賊於紫鹿嶺，連敗之箬田，復武寧。楚軍失利於九江，援師集南昌，乏餉，主客交閧，君爲之解紛弭釁，籌軍火餉需。

逆酋石達開自楚入陷瑞、臨、袁、吉、撫、建諸郡，環省皆賊，君處以整暇，賊不得逞。六年夏，丁母憂。將軍福興奉詔援贛，駐軍廣信，奏乞君自隨。八年春，君以乞餉抵常山，值石達開竄圍廣豐，牒請以同知李元度一軍會浙師解廣豐圍。又上書當事言："廣信，浙之外蔽；衢州，廣信之後勁。宜緩急相濟。"厥後，全浙淪陷，湘陰左公奉命視師，借衢爲規復計，人始知君得兵機、地利之要。

君既至浙，將軍解兵柄，遂歸營葬，旋奉江西檄調。服除，擢道員。十年春，入覲，詔仍發浙江。上書當事，謂金、嚴、衢諸郡悉爲賊窟，杭州危急，請以圍寧國之軍下擊嚴州，以徽州諸軍應之，閩中簡勁旅會衢防之。師擣蘭谿，以廣信防軍應之，賊勢中斷，杭圍必解。時當事各分畛域，策不果行，杭州陷。

同治元年，左公撫浙，奏君權寧紹台道，謁予上海。予稔知君才，假以便宜。君請挈洋將華爾同行。華爾者，美國武弁，願隸中國，予用之立常勝軍者也。時廣艇與法國兵搆釁，引賊陷慈谿，寧波、鎮海、餘姚皆警。君至寧波簡軍，實籌釐捐，率居民固守郡城。推誠結洋將，嚴約束，檄華爾率常勝軍攻慈谿。華爾中銃，而所部鼓勇登城，遂克慈谿。奉化復陷，君遴得都司楊應龍，使募忠勇軍，會郡人李鍔義勇，連敗賊於横溪、石橋，克奉化。合兵擣上虞，復之，嵊、新昌相隨而下。乃謀規紹興。

賊合七酋之衆，與我軍夾曹江而軍。我師渡江，敗賊於東關，又敗之夏家埠，直抵紹興城下。會洋將勒伯勒東死，諸軍稍卻。蕭山、諸暨之賊來援，我軍再戰，盡殲之。再薄紹城，時左公大軍克金華、諸暨，賊方蒂桂降。遂復紹興，進克蕭山，與大軍會於錢江，浙東平。君於是親歷所部，飭吏治，撫瘡痍，雇輪艇以擊海盜，設安瀾局以護海商。稽旬月報，以清釐稅。左公大軍饋餉，每取給焉。積功賞按察使銜，賜孔雀翎。

經營數年，海邦綏定，而君精力亦減耗矣。自陳衰老，左公每慰留。五年冬，詔以原官致仕。先是，君本生祖静香先生以就姻故，遷居常州。君歸常州，以十一年三月卒,春秋七十有一,權厝於陽湖定西鄉龍游河徐家村先塋之次。

君起自寒素,知民間疾苦,又博覽史宬,以明史近而有徵,昭代科律尤究心焉。故在官多援故事,條便宜。

在廣信時,部牒開廣豐、宜春諸礦,君議以爲乾隆九年廣豐開采得銀三萬,礦徒滋事,捕剿之費乃二十餘萬,得不償失。礦事遂罷。

在寧、紹時,臨海匪徒金得利竄南田,君乞兵於巡撫討平之。或謂南田故海島,禁山,饒沃宜屯田。君議以爲兵燹之後,腹地荒蕪,遽於海外設防闢土,所費不貲,且恐未能安靖。條上五難六弊,開墾之議遂罷。

左公議禁革官府規費,君議以爲地丁徵收章程不一,不宜釐銀價爲一,定辦公經費與節壽名分公私,其取諸州縣則一。他日二者兼取,爲累更深,二十年後必弊之。政若燭照焉。

予奏減江南漕賦,君議以爲減正額尤宜革浮收,各縣情形,歷年辦法大者,宜奏咨餘,並著爲省例,以盡通變之法。其慮事謹密皆此類也。

識性絶人,所與遊,一面即記其爵里名字,久而不忘。而宅心厚慎,嘗與友人書言"五十年不作欺人語,不爲負心事"。故身没之日,朋族遠近莫不嗟歎涕洟。

夫人蔣,贈恭人,晋淑人。蔣,封恭人,晋淑人。子恩綬,福建厦門同知。恩緒,舉人,内閣中書。孫定盤、奎聯。女一,孫女二。銘曰:

肇姓自周,錫封自溧。亦越有明,揚聲太僕。煌煌文靖,興彼駟門。偉哉安陸,實維諸昆。諸昆有孫,君子有穀。克昌厥閭,觀書天禄。儒術吏治,事異理同。能禦非常,才乃不窮。粤匪之猖,東南禍烈。有執干戈,亦資籌策。自贛及越,懋績丕彰。變而能通,精以致詳。既奏膚功,歸娱泉石。五福考終,令聞無斁。龍游之側,鬱鬱豐岡。予文其傳,以鴻厥慶。

清故二品頂戴、湖北按察使唐公墓誌銘

咸豐四年正月癸亥,湖北按察使唐公戰死武昌金口江中。黔人聞公死,相率出迎恩門,集昭忠祠,舉招魂禮。逾月,子炯自武昌歸,遵公治命,倣漢李燮追葬故事,具衣冠,帛書姓字如主式。既歛葬有日,聞楚人獲公骸骨者,乃匍匐奔跣,復之武昌。五年二月戊申,喪歸。衣冠之柩不敢毁,乃祔葬。以彭年於公爲故人子,公生平喜彭年所爲古文,來請銘。謹敘而銘之。

公諱樹義,字子方。先世諱一元者,避張獻忠難,自重慶徙遵義,遂家焉。曾祖惟格,增生。祖鎮,庠生。考源準,廣東陽山縣知縣。

公狀貌魁偉,氣蓋當世,而節操甚嚴。年二十四舉於鄉,道光六年大挑授知縣,始

至湖北，權監利縣。監利江隄決，乘單舸，涉洪濤，察災民户口，擒治剽掠。又以江隄緜亘五六百里，既一切殘破，非大修治不可。而尺八口江流湍急，歲屢圮，改築宜退徙二千七百丈，費金計二十七萬有奇。請於大府，得帑十二萬金，復募民出貲財，度形勢，董徒役。凡五閱月而工畢。已而江水大至，隄不没者三尺。公趨隄上，西南風急，巨浪歕薄，吏民驚走，公獨立水中不去，捧土負薪，身當其衝。天忽反風，水南趨，立減二尺餘。見者驚爲神，歡聲雷動。

總督盧坤至監利，公與論修隄事，不合，投袂出。盧公怒，乃閱所治隄，還驛館，復召公。公至，則降階迎，謂："賢父母，何得民若是?"蓋閱隄時，巴陵、華容民赴愬者，皆願質成於公，稱爲"唐青天"云。盧公緣是深相契，密疏薦於朝，尋調江夏縣，遷漢陽同知。宣宗特旨召見，諭樞臣曰："丞倅中幾見有此人?"公受先帝知始此。

遷甘肅鞏昌府知府，權平慶涇道。固原兵譟，總督檄公[①]往，提督迎郊外，倉皇問計。公笑曰："官誤耳，若屬好兒子，豈有他乎?"參將某得軍心，公特引與語，慰勞甚至。某出，使人隨而覘之。某大言曰："我固謂唐公來，必活若屬，今果活若屬矣。"事遂寢。

遷蘭州道，總督富呢揚阿攻西寧野番，檄公轉餉。事蕆，賞花翎。已而野番復深入，殺鎮將，總督被議，公遷陝西按察使，入覲。人皆爲公危。及見，上問番事，公直陳不諱，上亦不之罪也。遷湖北布政使，權湖北巡撫。是年，戊申大水，自荆州迄黄州千有餘里，州縣三十有一、衛九。公巡行既徧，反言於總督某，撫賑修築，當八十萬金。某難之，公慨然曰："堯舜在上，忍令吾民失所乎？即有嚴譴，請獨當之。"争四五日，疏始發。是時，武昌城中水深者數丈，居民多露宿城上，某公坐堂皇，燕樂如平日，出則騶從前呼。而公乘竹輿，日夜省居民，揮涕撫慰。及請帑疏入，未奉詔即啓鑰出帑，已而詔可。楚人以是益德公，某緣是益與公不合。

道光二十九年冬，公遂引疾歸。咸豐三年正月，粵賊東竄。武昌殘破之後，流亡未復，瘡痍未平。今上知楚人之慕公也，詔起公赴湖北。是時，金陵賊糧匱，仰給江右；江右賊勢蹙，待援金陵。長江上下往來，莫肯攖其鋒。公甫至，即請進兵湖口，毋徒防田鎮。又請之襄陽，募餉練兵，爲進攻計。皆不果行。未幾，河北之賊自羅山入楚，公率健卒二百四十人追擊，敗之宋埠，又敗之鵞公頸、辛家沖，又敗之馬鞍山，斃賊渠僞三王，礮傷僞二王中肩，擒斬千人，楚境平。整旅還，詔公權按察使。猶持湖口之議，不可。

賊上竄，公將兵自陸路援田鎮，至廣濟而田鎮潰敗。江公忠源單騎至，公與俱進，次黄陂。德安告急，公往援。賊奔漢陽，遣千總劉富城追襲之灄口，聲言大軍十萬且

① 公：底本無，據《手稿》補。

至。賊奔巴河,劉富城追擊之陽邏。會有詔,以江公巡撫安徽,公以二品頂戴,除湖北按察使。乃分兵與江公,公率餘衆屯黄州。凡十日,大小十一戰皆捷。

賊盡鋭來攻,城中食竭,火藥亦盡,乃用計燒南門,還。詔奪職,仍專命督師,請兵巡撫崇綸,不與。及總督吴文鎔奉嚴旨,自將陸軍,更命公將水軍,巡撫僅與小礮船五十。屢牒乞兵餉及火攻具,皆不應。公計無所出。有彭汝琮者,江夏生員也,輸錢萬三千貫,佐公治艦步、備火器。公乃抗疏言撫臣掣肘,又言"以身許國,誓不生還",遂行。

四年正月乙卯,總督兵潰於堵城,公泊羅家溝,方馳救,而賊大至,軍不能支,退泊鮎魚套。戊午,賊舟至漢河,公流涕誓師,士卒咸跪言:"巡撫潛使持令來,改隸楊昌泗,不屬公矣。"楊公又不即至。己未,軍潰。公至金口,收合餘衆,遣林天直,將屯沌口。癸亥,東北風大作,賊舟連檣上,公持令督親兵數十人迎戰。久之,知事不可爲,草遺疏,向北稽首言:"臣力竭死此矣。"遂投江殉節。事聞,上震悼,賜卹按察使如例。

公受兩朝知遇,服官二十餘年。忠君愛民,出於天性。宣宗嘗問理財,公言:"在用人。"問西番用兵,公言:"毋[①]勞師深入,糜餉招寇。"粤賊犯中州,公疏言:"神京根本,乞示鎮静。"殉節遺疏猶勸上乾綱獨斷,委任專一。其懇誠類此。而負氣豪邁,勇於任事,即所處危疑坎窞,不少損其氣。先是,公銜命至楚,若主客然。及除按察使,屈於職分,束縛牽制,忌公者始得快其意。公始終不撓,卒全大節。嗚呼!死有餘恨,公豈虚語哉!

公之死也,炯求其尸不得。四年五月,彭汝琮書來,言武人蕭逢春者得公尸,創十數,缺右目,聞者疑焉。炯至楚,訪之居人,言公尸漂流沙岸,賊駢矛刺之去。居人感公惠,乃藁葬。炯既得尸,卜諸神曰是。炯嚙指血取驗,血入骨,炯乃抱尸哭,尸口鼻血噴溢出。嗚呼!其忠憤之所鬱積歟?春秋六十有四,咸豐五年□月□□日葬於貴陽府貴筑縣西北之成山,衣冠柩並祔。葬禮之變,情之至也。

夫人王氏,先公卒。後夫人劉氏。子焯,監生。煒,四川布政使司庫大使。炳,監生,皆先公卒。炯,舉人。煦。女四。孫我垣、我墉、我坊、我圻。孫女四。銘曰:

介石之孫,陽山之子。勳在旗常,名書柱史。澹災郢鄂,惠政洋洋。嘬鋒宋埠,筴漢啜黄。功緒卓殊,大僚噎媢。不能正辭,是生媒孽。人無千年,公死而壽。草疏書詞,從容以就。胥濤奮怒,海内同傷。豈惟楚人,懷公不忘。衣冠既斂,骸骨來歸。禮緣義起,祔葬奚疑。成山兩棺,惟公之域。鑽石埋詞,止後世惑。

① 毋:《手稿》、《稿本》同,《定稿》作"勿"。

贈通奉大夫、直隸候補直隸州知州喬公墓誌銘

公諱邦哲，初名溥，後易今名，乃字溥泉，山西徐溝人。曾大父某，國子監生。考某①，縣丞。大父某，縣學生員。父某，湖北按察使。公，按察第五子也。

按察既没，公與同母兄邦憲方幼，依朱太夫人居京師。家貧，就史館傭書。敘功得府經歷，分直隸，權清苑縣丞、冀州州判，除滄州吏目。道光二十三年，海事起，積功擢大城縣知縣，移寧河，遷通州知州。左遷，引見，復原官，權滄州知州、海防同知，除延慶州。時有寧河巡檢訐令事，語連公，解職聽勘。事白，再復原官，再權海防同知。咸豐三年，粵賊北竄，以防禦功，進直隸州知州，賜藍翎。七年，奉檄天津，佐治海事。夷船退，而公病。上官謂"夷船明年且復來"，留公天津養痾待之。八年正月，夷船未至而公卒。

公自爲尉官刺史，與海事相終始。總督琦善之備夷天津也，遣公出海偵夷，得實歸報，又遣之夷船傳語，再往。察總督專意款撫，遂謝不能。乃改遣武人白含章。後總督被譴，白至逮問，人始服公先見。

嘗以意制水雷炸礮，會粵東亦進水雷火器，詔試之天津海上。所制遠勝粵器，總督大喜，令制數百具，置大沽協營。然始終言款，迄未一用。公之卒也，以留治海事。卒未久，而夷船果復至。當事者不能當上意，更遣重臣治之上海。如公尚在，官不過丞牧，所設施未可知。然以公往日事觀之，其毅然有所不爲者無疑也。

公爲人性伉爽，意所不可，雖上官乃叱折之無所畏。然惡衣粗食，習勞苦，受託急難，不避艱險。方率勇禦賊，時聚列曠野，大雪深數尺，間日得一粥，與卒伍更番遠哨，意氣彌厲。其出海則飄風烈日，浮小舟驚濤巨浪中，酷暑毒溼，侵入肌骨。若是者數矣，卒以海風致疾死。死後，總督、布政使議爲請卹於朝。會皆罷去，不果。年六十二。

夫人蘇氏先卒，繼室李夫人。子松年，蘇夫人出，江蘇常鎮通海道。初，公以松年爲兄後，及李夫人所生子夭，松年遂兼祧兩宗。公卒後，請於朝，以松年官，贈公通奉大夫。某年月日，歸祔，葬公及蘇夫人於某鄉某原先塋之次，具狀來請銘。公自滄州尉有廉直聲，及爲牧令，所治皆繁劇、濱海之地，治蹟多可傳，略不著，著其大者。銘曰：

時匪逢，心則雄。任匪隆，名則豐。不阿不撓慷其風，不變其初於其終。是宜有後昌其宗。

---

① 某：《稿本》、《定稿》、《手稿》作"授"。

皇清誥授中議大夫、贈光禄寺卿銜、户科掌印給事中陸公墓誌銘

同治元年七月四日,户科給事中陸公卒於河南歸德軍中。特詔褒公在諫垣稱職,優卹,賜祭葬,贈光禄寺卿銜,蔭一子入監讀書,蓋異數也。

先是,公在諫垣,有傳言内務府召民間優伶演劇者。公密疏,諫言其不可者五,且劾近習之人藉端獻媚,左右大臣陽爲不知,略無匡救。語甚切至。及庚申圓明園之變,内府文籍散軼,五不可之疏始漸流播。由是天下咸仰先皇帝聖量之宏,而公之忠直亦大著。

公又嘗言:"福建邵武府城陷,守將逃避,當誅。"又言:"浙江捐款名目多,旗民日困,當裁。"又言:"夷情叵測,當以剿爲撫。"又言:"議撫諸臣不得爲無罪,隨帶之司員不得爲有功,當罷其議敘。"又疏京師設立夷館,又再疏諫巡幸木蘭。他如請復京倉舊制、請懲餘姚姦民、請禁候銓官假稱親老告近以及議團防、獎忠節、劾貪吏諸疏凡數十上,予約舉其大者。

自咸豐初元屢詔求直言,有"言不逆耳不爲諫"之諭。其時内而卿貳、臺諫以至百僚庶司,外而封疆大吏以至司道,言事者蠭起。國家有大事或專疏、或公疏,紛然上陳。先皇帝受之,若巨海之納細流,峻嶽之加撮壤。是以默運睿謀,廣諮方略,宏濟艱難,迄於我皇而大功耆定。後之人視公之言與公之所遭際,足以知當時言路之宏開、中興之所由致,而公之言亦可謂不朽矣。

公生十年而孤,禀承母教,夙慧能文。年十三,補縣學生員。道光二十三年舉於鄉,二十七年成進士,改翰林院庶吉士,散館授編修。咸豐二年,上親試翰詹諸臣,公居高等,蒙文綺之賜,有"遇缺題奏"之命。六年,授山東道御史,歷官掌貴州道、江南道御史,工科、户科掌印,禮科給事中,巡視中城、西城,充己未科會試同考官。臺垣資深,截取繁缺道,召對稱旨。同治元年正月,公方丁母憂,特詔起家赴河南軍營,勉以"移孝作忠"。將大用,而公遽卒,故上深軫卹焉。春秋四十有二。遺集若干卷,藏於家。

公諱秉樞,浙江桐鄉人。先世在宋爲象山先生。傳五世諱震祖者,始遷湖州之神墩,湖州嘉興鄰郡也,故占籍桐鄉。曾祖世封,妣趙。本生曾祖世埰,河南密縣知縣,妣施。祖元鏸,山西介休知縣,妣徐。生祖妣陳。考清瑞,四川大足知縣,妣顧。皆以公貴,封贈如例。妻汪,封淑人。子榮昶,恩監生,辛酉順天鄉試挑取謄録直隸州用,河南候補知縣;榮曦,山西候補巡檢。孫均驊、均驥、均騏。女二,一適舉人、户部主事、秀水錢榮增;一適舉人、户部郎中、祥符鄭思贊。

公之卒也,東南阻兵,權殯京師。同治十四年某月某日,汪夫人率榮昶奉棺歸葬

於浙之某縣某鄉某山,來請銘。銘曰:

不渝司直邦之彦,柱後惠文公獨健。於戲!君明臣忠兮,百世爲憲。

西漚先生墓誌銘

西漚先生姓李,諱惺,伯子其字,四川墊江人也。先生自春坊告歸,主講眉、瀘、劍、潼諸州郡及錦江書院者三十餘年,蜀中學者無論及門不及門,相語稱西漚。卒,無子,門人爲之立後,治喪。具事狀,請諸官,使達於朝,祠之鄉賢。及葬,率嗣兹蠖來請銘。嗚呼!師道不立久矣。蜀多君子,其風義有近古者,而先生之德與所以爲教,於是亦可見。

按狀稱先生奔父喪,哀毁盡禮。其歸養也,祖母袁年九十餘,母傅年六十餘,先生亦將五十矣,猶時率諸弟舁輭輿,冀得祖母歡,而其母從旁相與笑樂,用是大慰。推之兄弟,冠婚課誦,爲之謀者靡不至也。推之朋友,則爲故人羅文光養親,爲孝子巫志修立後①,捐潼州館穀歸知府張志忠之喪於漢中,而同里蕭秀棠奉田二百畝以養未嘗受也。樂道人善,在瀘州嘗表馬氏一門三節。蓋篤於人倫,見義必爲,非道不取,若其性然。

其爲教也,先德行,後文藝,躬爲之率,加以誘掖箴勸之詞。嘗慨謂:"自聖人而下,世無無病之人,亦無不可治之病。"又謂:"人於天地間,不有益於養,則有益於教。即不然者,是蠹也。"於是都古人垂訓之語爲《藥言》。懼其缺也,又爲《冰言》,又爲《藥言賸稿》,又爲《冰言補》,又爲《拙修録》、《老學究語》,最後爲《蠹餘》四種。其他雜著尚十餘種。所爲詩、古文、詞,門人次之,凡若干卷。

彭年自總角誦世所傳《七家詩》,識先生名。時先生已退居教授,中外交薦,堅卧不出。咸豐中,詔直省遣使團練,用御史趙樹吉薦,加五品卿銜,爲四川團練大臣,先生具疏辭。厥後,他省治團練者多不當上意,人咸稱先生先見。彭年來成都,數過先生,盡讀所著書,乃知先生入道之深、與人之誠。斯世斯民,固無日不惄然於其胸,肫然於其口,而非徒守孤介、耽空寂者比也。嘉慶戊辰舉於鄉,丁丑成進士,改庶吉士,授檢討。屢遷國子監司業、詹事府左春坊、左贊善。道光十二年,丁父喪歸,服除,遂乞終養。同治三年二月二十三日卒於成都,年七十有八,是年某月某日葬於仁壽某鄉某山。

祖振音,井研縣教諭,貤贈文林郎。祖母袁,贈孺人。父如連,縣學增生,封奉政大夫。母傅,封宜人。弟三人:恂、愷、愭。妻董,繼娶何,先卒。又娶馬,以愭子兹蛃爲

---

① 立後:《稿本》、《定稿》同,《手稿》作"立嗣"。

後,早死。更繼愃子,即茲蟣也。先生卒後,茲蚋所聘閬中孫氏女來,居喪守貞,鄉里稱之。先是,彭年爲文祭先生,有曰:“淡定生明,遠慮則智;無私利心,有悲憫志。”先生之徒以爲足以知先生,故乞銘。銘曰:

静而方,與類行也。躬則約,其心長也。古之先生,歿而祭於鄉也。

清故詹事府右春坊右中允馮君墓誌銘 代

東南經寇亂,逾十年而後定。故家文籍蕩然,猶賴碩望耆儒,若伏生、申公者,抱遺經,蓄道德,後學奉爲依歸。而官其土者,有大政,或遇事變,得所諮度焉,中允馮君桂芬殆其人矣。

君生有異稟,幼擅文譽,工制舉業及駢體。中年以後,乃肆力於古文,探源《左》、《國》,下及唐、宋,説經宗漢儒,亦不廢宋,精研小學,嘗手摹《楚金説文韻譜》,敘而刊之。喜疇人家言,師事李申耆、李尚之兩先生。嘗以意造定向尺及反羅經,用以步田繪圖,試行於川沙。又以江南清丈用部頒五尺步弓田多缺額,考《會典》、《皇朝文獻通考》及户、工事例,定用舊行六尺步弓量舊田,新頒五尺步弓量新漲沙田。

君於學無所不窺,而期於實用。天下大計,無日不往來於胸中。其於河漕、兵刑、鹽鐵諸政,國家條例、源流,洞達而持之介然。少時爲某邑令記室,兼治錢穀。令以欠糧,欲褫生員,君力争不得,拂衣去。客遊陶文毅、裕忠靖諸公幕中,自未仕時名重大江南北。粤寇之陷蘇城,避居滬上。是時,予方從曾文正公治兵皖疆,今河南巡撫錢君鼎銘持書乞援,陳滬城危急狀及用兵先後機宜,累數千言。其書,君所創稾。文正得之感動,乃定計,以予率師乘輪舟東下,卒解滬上之圍,克蘇州。文正嘗言:“東南大局,不出君一書也。”

予既至滬,奏辟君自隨。君創立會防局,調和中外;又設廣方言館,求博通西學之才,儲以濟變。嘗爲予言,外家破於催科,究心漕務者三十餘年,周知民間苦累,因力陳其弊。予於是有奏減漕糧之疏,凡蘇、松、太減三之一,常、鎮減十之一。前年,予奉詔議治河事,有欲挽河使南流,復淮、徐故道者。君書來,痛陳南流之弊,予於是有故道難復之疏。予以非才,謬膺重任,敬耇老而咨故實,庶幾免愆戾焉。而君遽隕喪,予滋戚已。

君字林一,又字景亭。先世諱惠始者,自常熟遷蘇州郡城,占籍吴縣。曾祖義謨,妣王。祖禮瑞,妣錢。考智懋,妣謝。君未弱冠,補縣學生員。道光十二年,舉人。二十年,一甲二名進士,授編修,嘗充順天鄉試同考官,廣西鄉試副考官,教習庶吉士。丁母憂,服闋。文宗御極,用大臣薦,召見。旋丁父憂。服甫闋,而金陵陷,奉詔勸捐團練。以克復松江,南匯川沙、青浦、嘉定、上海諸城功,晋五品銜,擢中允。爲蜚語所中,得白。赴京期年,復告歸。

今上初元,予密疏薦,得旨宣召。君病,不克赴。以蘇、松、太治團善後功,奏加四品卿銜。迨中原肅清,東南大定,追念前勞,奏加三品卿銜,格於部議。予續奏稱君江鄉耆宿,講學著書,卓識閎議,有裨軍國,特詔賜三品銜。君遂循例加級三代,皆贈一品秩。同治十二年四月十三日,卒於里第,年六十有六。

妻黄,早卒,贈一品夫人。子芳緝,員外郎銜,刑部主事。芳植,五品銜,内閣中書。孫世瀲,縣學生員。世灝、世銘、世選、世霖。曾孫澤榮。女二,孫女八。

君性恬澹,登第後,服官不及十年即引疾歸,徜徉山水,蕭然自得。儉約廉静,旁無姬侍。而遇事奮發,勇於有爲。凡蘇、滬諸善堂及濬河、建學、賑撫、積穀諸善舉,條議悉出君手。先後主講金陵惜陰、上海敬業、蘇州正誼諸書院,爲後進講論學術,評騭文藝。書宗率更,兼工篆隸,四方求書者踵至,研朱揮翰,昕夕忘倦。所著《顯志堂詩文集》、《説文解字段注考正》、《弧矢算術細草圖説》、《西算新法直解校正》、《李氏恒星圖測定》、《咸豐紀元中星表》、《丈田繪圖章程》、《使粤行紀抗議》、《家譜》、《兩淮鹽法志》、《蘇州府志》各若干卷。每一書成,遠近學者争快睹焉。嗚呼!使君出而佐天子,治庶政,其見於世者豈止如是而已哉!芳緝將以十三年十一月□□日奉君喪,與黄夫人合葬於吴縣二十一都八圖陽甲字圩北祝塢。銘曰:

江南文獻,先帝儒臣。衆望是資,均賦治河。運籌決勝,條變畫奇。舒古琳今,齡謀晦斷,一身兼之。不榮於禄,而富於書。浩博無涯,我銘藏幽。君書在世,其傳奚疑。

皇清誥封資政大夫吕府君墓誌銘

吕氏在宋爲中原文獻之宗,南渡後聚居伊洛間,明永樂始遷寧陵。司寇公諱坤者,明代大儒,世所稱新吾先生者是也。嘉靖中,字鶴樓者徙居永城。七傳而至君舒府君,以儒學世其家。

府君有子曰煇,以拔貢得知縣,仕於蜀。同治初元,予在蜀與煇相識,年未壯而志學堅定,喜直言,能規予短,予嘗①呼爲“畏友”。未幾别去,而煇宰冕寧、奉節諸邑,政聲大作。蜀自道光、咸豐以來,吏治骫壞,盗賊蜂起。駱文忠公涖蜀,削平羣盗,未遑修治吏事,猶幸承宣得人,爲之補苴罅漏。及文忠没,而繼者非材,風氣遂益波靡。煇於是時獨能卓然有以自立,證以《實政録》所言,信能守其家學而有聞於道也。

煇往嘗向予述祖父之訓,稱道其行事,乃知煇之賢皆府君之教。府君隨侍宦遊江南,奉養廿年,不營禄仕。析産讓弟,怡怡無閒言,其孝友有如此者。毘陵友霍秋圃客

---

① 嘗:《稿本》同,《定稿》作“常”。

死梁園,斂而葬諸里畔,其篤誼有如此者。倡率團練,堅壁清野,捻匪來擾,城賴以全。亂定,修鄉賢、節孝諸祠,製生童考棚器用。歲凶輸金助賑,其好善有如此者。其教煇也,手鈔漢唐以來詩命之讀,授五子性理及經濟諸書使之講貫服習。嘗言:"書足達用,而詩可抒懷。吾家中原文獻之裔,宜遵祖訓以傳後嗣。"寢疾彌留,猶執煇手,以讀書承家爲戒。嗚呼,至哉! 憶予十二歲時,先君持新吾先生《呻吟語》授予,讀之達旦,始恍然於學問之道。棄養既久,白首無成。今讀煇所爲狀,撫躬追悼,不禁涕之漣如已。

府君諱某,君舒其字。高祖諱某,典簿。曾祖諱某,贈奉直大夫。父諱某,布政司理問。本生父諱某,溧陽縣丞。並贈資政大夫。配陳,封夫人。子一,即煇,湖北候補道。府君以光緒三年十二月初五日卒,春秋六十有一。

煇方歸省,遭喪。服除,家居養母,將以□年□月□日卜葬府君於城北巴河之陽,書來請銘。銘曰:

樹潛其根,枝則繁也。水藏其源,流則溢也。家學之敦,宜子之大其門也。

皇清誥封奉直大夫、四川鹽源縣知縣、加六品銜、重赴鹿鳴陳先生墓誌銘

今上御極之八年,湖北舉行壬午科鄉試。彭年時權督糧道,襄事外闈場。故事,揭曉次日,設鹿鳴宴,宴考官及中式諸生於巡撫署。其中式已届周甲之年者,巡撫先期聞於朝,蒙恩晋秩,重赴鹿鳴,用彰人文之瑞甚,盛典也。蘄州陳先生與焉。先生與吾先子同歲舉於鄉,又同舉進士。彭年以年家子謁於旅館,退而歎曰:"仁人也。"逾年,先生卒,子桂棻來請銘。

按狀,先生筮仕四川,屢權新寧、青神、樂至諸縣,除鹽源縣,罷歸。其爲治,凡勸農教士,詰姦聽訟,不求赫赫之名,而廢者舉、弊者革。民稱其慈。其在樂至,大吏、幕賓戚屬有獄,語使祖之。先生曰:"吾不忍欺貧民。"民稱其剛。其在鹽源,盜千餘人焚掠梅邑堡。先生調土練勦捕,躬冒礮石,追至雲南大姚縣人和場,盡殲擒之。民稱其勇。是役也,先生追賊,未遑治文書。知府先報,以爲己功,先生反緣是罣吏議,民咸冤之。凡先生宦蹟所至,民皆樂爲稱道。及其去也,則餞送塞途,有哭泣罷市者。鹽源民至醵金贈行,越時既久,猶有謀爲入貲復官者,乃益歎仁德入人之深。而先生斗室著書,里居教授,不履城市。胡文忠公將以鄉兵擊賊,敘先生功授官,不可。欲官其子弟,亦不可。其天懷澹定又如此。

吾嘗謂:"仁者無欲,故其動也,能行其慈,行其剛勇;其静也,能守其天真,而世故利禄不足以撓而惑之。"《論語》曰:"仁者静。"又曰:"仁者壽。"然則静固壽之徵歟?

吾謁先生,年九十有七矣,猶殷勤詢問家世,手書楹聯見遺。我朝重赴鹿鳴,若山舟、覃谿、甌北諸老,皆近百歲,而嗜學不倦,神明不衰。先生殆其儔也。

先生諱廷颺,字小坡。所著有《周易本義集注》十二卷,《四流山人集》八卷,《蜀遊草》一卷,《學吟隨録》二卷。以光緒九年正月二十八日卒於家,將以某年月日葬於蘄之某鄉某原。

祖某,妣某氏。父某,貢生,妣某氏。皆以先生貴,誥贈如例。配某氏,封宜人。子桂榮,庠生。道宜,增生。道奎,監生,先卒。道萱,九品銜。桂棻,貢生。孫十一人,曾孫十二人。銘曰:

九十六年,計閏逾百。例旌人瑞,況文章伯。壽考作人,髦士承澤。型典式里,用賓光國。千秋萬世,視此貞石。

封安人、章母諶氏墓誌銘

大定章吉士永康隨其兄舉人永孚自京師歸,道出貴陽,聞母喪,匍匐過予,乞爲銘墓之文。去之家,葬有日矣,以狀來告。

按狀,太安人諶氏,平遠右族,歸首乾先生爲繼室。時首乾先生父修職公、母吴孺人年皆七十餘,吴孺人尤衰年善病。太安人供婦職,滫瀡甘旨,手調而後進。吴孺人起動,未嘗不侍側。中裙厠牏,躬親浣滌,未嘗委諸人,亦未嘗言勞。先後居舅姑喪,擗踴盡禮。既葬,諱日未嘗不流涕,祭未嘗不親上食也。其仁孝性成類此。

始,首乾先生元配陳太安人生永孚。陳太安人卒,太安人來歸。永孚方襁褓,鞠育調衛至成立。晨起盥櫛畢,輒呼造膝前,婉詞勉喻,然後予噉飯。既太安人久而無子,以謝太安人備箎室,生永康及永迪、女子子三人。永康生而孤,期年而謝太安人及永迪又相繼歿,太安人育永康如永孚。襁褓時,每循牆立,輒手刻其尺寸,加長焉則喜①。入塾就傅,日必叩所讀,夜恒熒熒一鐙,率諸女緝纑,坐永康紡車旁,執卷就鐙誦,率至夜半。中夜寢不寐,則促永康覺,爲道祖父及親舊中可法事。迄二十餘年,子女悉婚嫁。舉孫男彭齡。永孚昆弟相繼領鄉薦,永康成進士。而後太安人泫然泣下,心稍愉也。

嗚呼!不慈無義,古傳所戒。鳲鳩心一,是生淑人。若太安人者,古賢母何以過?《詩》曰:"恩斯勤斯,鬻子之閔斯。"其是之謂歟?咸豐三年八月十一日卒,年六十有五。以明年三月十五日,祔葬夫新阡義漸里②。

---

① 喜:《手稿》、《稿本》同,《定稿》作"善"。
② 義漸里:《稿本》同,《手稿》、《定稿》作"義漸里蝶母"。

往歲予官京師,永康主予家,從予論古文法。每歎近世行狀之作,詞多溢美,自誣其親。今所撰《太安人行略》,婉而詳,約而哀,質而不誣。其述顧復劬勞之狀,讀者輒隕涕。嗚呼!是可銘已。乃爲銘曰:

惟烏之慈,匪生伊覆。惟蔦之生,枝以本茂。慈母一心,式佑爾後。斯理則庸,而世罕覯。有其覯之,予文其壽。

清故例授登仕佐郎、晉封中憲大夫梁府君,夫人秦氏合葬墓誌銘

府君姓梁,諱生甲,字肇乾,又字健庵,陝西三原人也。同治元年五月,回亂三原。外城陷,居民死者甚衆,龍橋梁氏爲尤烈。從九品曰維先,生員曰緝先者,府君之子。曰埠、曰埭、曰堉、曰壁、曰堉、曰坳者,府君之孫。曰密臣、曰垣、曰坻者,府君之從孫。維先之妻馬,緝先之妻陳,密臣之繼祖母周,母張,姑桂姐,妻李及府君之女孫六,凡二十有三人。事聞,天子下詔旌恤,與維先雲騎尉世職,馬氏以下建坊祠祭有差。於是秦之士大夫言節義者,翕然稱梁氏。府君盡然傷之,亦以悲致疾云。

經先者,府君之仲子也。舉甲科,自工曹郎直樞垣,登御史臺,以廉謹聞。彭年昔官京師,與經先用文章行誼相切劘。比來秦,經先方家居。值府君之喪,以書詢喪葬事。考古禮,準今制行之。且語彭年卜葬有日,而乞爲文。

按狀稱府君之孝,則曰:"逮事繼母王,不異所生。"稱府君之友,則曰:"與弟鼎齋自少至老,患難流離,愛敬不少渝。"稱府君待宗族之誠,則曰:"猶子緒先倚以成立,暫相離,輒悲痛嗚咽。"至稱府君教子孫之嚴,則"於操守尤諄諄焉"。其詞約而不誣,嗚呼,賢哉!語曰:"身教易從。"《傳》曰:"父兄之教不肅而成,子弟之學不勞而能。"觀經先之動循禮法,與夫二十三人之子死其父、婦死其夫,雖其性質有過人者,然非涵濡於義方之訓,亦烏能若是之篤至而齊一也?

梁氏自明以來,世居三原之龍橋,故曰"龍橋梁氏"。曾祖彥瑜,祖宮英,父昂。府君始爲賈,入貲得從九品。以經先貴,封中憲大夫。同治四年七月二十日卒,年七十有二。配王,早卒。繼配秦,封恭人。母儀婦德,戚黨稱之。同治二年二月二十七日卒,年六十有六。以四年十一月二十四日合葬於三原北郊線馬堡祖塋之左,禮也。

子六人,長繼先,殤。存者三,一即經先,浙江道御史;次曰綸先,曰緋先,皆從九品。孫十人,存者四,曰永泉,縣學生員,曰炳,曰坪,曰塄。曾孫一人,曰愉曾。銘曰:

厥草維芳,厥木維喬。草勁以摧,木亦怒號。既哀國殤,乃歌《大招》。厥配祔兮墳岧嶤,千秋萬古兮風瀟瀟。

陶樓文輯卷十

西畦記

蓮池書院講堂之西爲羣玉山房，庭之南疊石爲小山，所謂羣玉山也。辛酉仲夏，吾父自晋來，居之庭之東。置奇石十，曰虎蹲，曰孤隼，曰白玉蝙，曰緤笙，曰坫尊，曰雲芝，曰老僧衲，曰一握雲，曰踴傑，曰燕壘，皆吾父自頹垣敗草中拂拭而出之、而圖之、而名之者也。其西鑿方池曰小滄，既成，顔山房左室曰拳勺。又自簃而西闢隙地曰西畦，葺破屋曰菜根小舍，吾父讀書、賦詩、作畫於其間。雜蒔時花、野蔬之屬，暇則督僮僕洒掃灌溉，或攜小孫數人出西畦，步蓮池中。

蓮池者，元張柔、賈輔兩帥故居，方恪敏公經營以備游幸者也。爲景曰春午坡，曰水東樓，曰寒緑軒，曰篇留洞，曰繹堂，曰藻泳樓，曰芷幢精舍，曰鶴柴，曰宛虹亭，曰高芬閣，曰萬卷樓，曰花南研北草堂。林木、樓觀、水石之奇，甲於一郡。乾嘉兩朝，翠華臨莅，宸翰昭著。自成皇帝以節儉先天下，罷巡幸之舉，行宫爲大吏留賓之館，歲久不治，亦浸浸頹敗矣。

彭年問曰："曩者侍吾父馳驅潞沽亂軍中，詎意偃息於此。過此以往，又安能知乎？"

吾父曰："物之盛衰興廢者，時也，猶池館之壯麗而頹以敗也，石之没於頹垣敗草而得遭拂拭也。然壞者可以葺，穢者可以滌，地之弗良者可以遷，花以種而芳，魚以飼而肥，衰者盛之，廢者興之，豈非人哉！古之君子所至，必闢草萊，修牆屋，有琴書之適，景物之娱，非獨爲除煩菀、逞耳目也。物物而得其理，則所居而安、所樂而玩之謂也，小子誌之。"

退而謹述之，以爲記。

即園記

即園者，無園也。無園則何爲園之？惟其無園，無往而不園也。有人於此，以雕梁華屋翡帷翠幬不足適體而快意，於是疊石爲山，鑿地爲池，縱魚鳥、植林木爲飾，搆山野之象,置之城閣之中,如飽粱肉而思嘉蔬,懷金玉而求書畫。此得志於時者之所爲,不可强也。又有脱屣千乘,寢跡衡門;澗阿寤言,大澤教授;負薪行汲,不憚其勞;卧雪飧霞,安飽自足;有山有水,可以釣遊;一草一花,自饒生意。隱居適志,賢者樂之,而亦有天幸焉。若夫進不列於朝,退不安於里;移家避患,蓬轉萍飄;淵明賦乞食之詩,諸葛謀苟全之計;舟車爲室,坐席不温,亦云憊矣。豈暇圖園林之勝,爲耳目之娱哉!

然吾生西南荒徼,嘗下洞庭,南浮江淮,東歷齊魯,税駕皇都,至於海濱,西循三秦,遠越黎雅,北出雁門,千有餘里。每隱几而卧,閉目而思,則泰華之尊嚴,相嶺之峻峷,小孤之特,飛雲之奇,與凡巖壑之幽,山石之巃嵸靈怪;河之濁,江之清,湖之廣,海之浩瀚,與凡泉澗、細流之明澈而净涓;湘之竹,岱之松,蜀棧之柏,與凡梅嶺、桃塢、蘭谷、蓬湖。卉木之繁,禽魚之衆,亘萬里,窮歲時,殫人力而不可致者,倏然陳吾眉睫之間,而又無子孫不守之虞、强有力者豪奪之慮,吾因是以遊吾心。不動如山,不竭如泉,勃然者萌達之機,翕然者翔泳之樂,吾因是以遊吾身。而後知君子所居而安、所樂而玩者,泊然莫知其處,茫然莫測其涯,而確然有其自得者在也,孰有大於斯園者乎?

或者曰:"是盜天地之藏而不以爲貪,致萬物之富而不以爲泰。"是黠者之爲也,則予不能知矣。因書於無定雲居之即園,博觀者之粲然云爾。

乃園記[①]

乃者,緩詞也。當務之爲急而可緩,而急之,是之謂不智。使者始至湖北按察使署,依黄鵠山麓有隙地焉。從者曰:"是可園乎?"使者曰:"非當務也。"時有亂民,乃詰奸宄,清庶獄,懲蠹胥,糾貪墨。時有水旱,乃察隄防,籌賑貸。時有外患,乃治戎兵。久之,鄂民相慶無事。乃陟山而度之,披榛莽,除草萊。謂前者武昌三陷,官按察殉節者宜有祀,乃立四忠祠。謂課牧令讀律宜有居,乃營學律館。

祠館既建,乃次第修治。自官廨達館爲廊,以蔽雨雪,曰七曲廊。循館而西,界以柵,級以石。至山半,始望見鸚鵡洲焉,爲亭,曰見江。又上種梅三百株,舊有堂三楹,對天平山,曰鶴梅。及巔,則俯視江漢諸勝,不啻去天尺五矣,爲臺,曰高觀。臺之西數十武,曰西阜。遠眺江岸,金口、青山及鸚鵡、白沙諸洲外,湖光杳然無際。其下爲射圃。臺之東循竹徑得平岡,曰東坡望。東山浮圖矗立林表,而曾文正、吴文節兩祠森然對峙,使人起敬。又循竹徑逶迤而下,鑿石得泉,曰竹池,又下爲躋緑亭。循山麓出東柵,至學律館之南,樹梅、桃、蕉、竹,環菜畦焉,曰小圃。圃中有亭,曰暫亭。圃南有池,其水曲折,如帶如環,如蛇如蚓。水中有亭,曰屋亭,曰漚舫。架上朱籐,池中白萏,景

① 《手稿》存。

宜春夏。東岸有臺,曰竹深荷凈。西岸有臺,樸樹蔭之,百年物也,曰般若臺。凡亭臺皆累土疊石,樹木覆茨。無丹漆之飾,無刻鏤之工。無百堵之興,鼛鼓之作。其費俸餘,其攻僕隸。以其成之緩也,從而名之曰乃園。

使者退食自公,讀書有暇,於是園共僚屬講律令,招文士賦詩歌,命勇士角射藝。時或課園丁灌花種菜。於是有進而言者曰:"《斯干》之詩'攸芋攸躋'之後,繼之曰'乃寢乃興',其是之謂乎?"

使者曰:"不然。乃亦有秋者,農夫之力穡也。厥修乃來者,聖功之時敏也。以皋陶之邁,種德而德乃降。猶必念釋允出,名言之在兹焉。故《公羊傳》曰:'乃者何?難也。'何休注以爲:'言乃者,内而深,行以徐,而達事以緩而成,知事之緩急而深念夫所難。'乃之時義,豈有盡哉。"

暫亭記[1]

天地爲久,而吾生爲暫。吾生爲久,而居官爲暫。官舍爲久,而斯亭爲暫。斯亭爲久,而來遊爲暫。不知其暫,而以爲可久者,愚也。樂其暫,而忘其可久者,亦愚也。然心知其暫,而遂不復有所事焉,亦豈得爲智哉。天下無非暫也,而暫以名吾亭。

觀略堂記

光緒八年,予以分守安襄鄖荆,駐襄陽,課試鹿門書院。捐金置書萬餘卷,定學規,延名師,設齋長。逾年,遷按察使,復寄書八千餘卷。諸生請顏其講藝之堂,乃取忠武侯卷中語,題曰"觀略"。

客有過而問者曰:"物甚賾,事甚繁,載籍甚博,故孔子曰'博學篤志',孟子曰'博學詳説',未聞以略爲訓也。"

曰:"天有日月星紀,而度以經之。地有山嶽河海,而里以志之。書有經史子集,而略以該之。是故言天者考度,言地者計里,言書者觀略。"

"何謂略?"

曰:"文字權輿,制度損益;窮理盡性,致知格物;義理考據,各究其極,是爲窮經之略。傳分内外,書陳異同;事紀本末,人有始終;網羅放失,論定折衷,是爲治史之略。諸子百家,雜然並陳;語精事實,補史證經;擷彼英華,彪炳詞林,是爲子、集之略。"

語未竟,客輾然而笑曰:"吾聞忠武所爲,獨觀大略者,異乎潁川、汝南之子之務爲

---

① 《手稿》存。

精熟也。子之所云,無乃出三子下乎?”

曰:“不然。略非‘不詳’之謂也。不詳則不能精,不精則不能大。忠武爲千古名臣,宋儒謂‘有儒者氣象’,而史稱其長,乃在經事綜物、木牛流馬小技也。吾知其熟於《考工》、《八陣圖》陳蹟也,吾知其熟於兵法,然則學問之要可知矣。讀書而不得其要者有之,未有不究心於書而能得其要者也。《易》曰:‘書不盡言,言不盡意。’觀大略者,得其要即得其意,則今日之服習孔孟,即他日之伯仲伊吕,吾知必有繼忠武而興者。”

客退,乃書以爲諸生勗。

玉縉謹案:引子夏之言爲孔子,蓋本《後漢書·章帝紀》,茲不校改。

怡怡樓記

怡怡樓者,高心泉、秀東兩翁之居也。予自咸豐三年侍家君歸,杜門寡交,獨心泉翁過從最密。去年,家君偕秀東翁游蜀返,卜居,去翁居咫尺,往來日益親,或未暮而數相過。

翁宅後有園數畝,有樓數楹,蒔花十數種,木數株。有果有蔬,不足以啖;有池有魚,不可以釣。然四時之間,動植之物生長飛躍之趣,喁喁然,藹藹然,未嘗有間於吾目也。登樓以眺,則象寶、棲霞悠然可見。嘗以六月盛暑招予飲,夜已三鼓,呼童子秉燭,導予至樓下,見雙蜨,大可三寸,深緑鮮潔,展兩翅,覆花甕上,若將卵字者,越兩日始去。莊子所謂“栩栩然”、“蘧蘧然”,殆心游物初歟?抑人生祥和之氣相煦相養而偶召於物歟?

吾鄉寶官有李氏者,五世同爨。予隨心泉翁至其家,男女孺子以百數,或芸,或舂,或浣漱,或嬉戲。老人李志皋年七十餘矣,鄉人未嘗見其愠容。人言志皋蓋愚人也。心泉翁顧予曰:“非愚,亦安得此?”

外舅陶刺史爲予言尊甫青書先生官粤歸,分財剖契以贍族。兩翁少承先人之志,生平未嘗與人争較。入其門若父黨、若母黨、若妻黨、若友朋之屬,浮杯促席,雖烽烟屢警,軍事旁午,未嘗閉門謝一客。嗚呼!其及於人也如此,況手足之情哉!

兩翁始讀書斯樓,後秀東翁課子姪讀書其上者十數年,循循然莫不有規矩,又非若世俗以嬉游爲親愛者。予蓋念鬩牆之變,雖士夫不免,又悲予終鮮兄弟,益歎兩翁所以致此者,良不易也。請爲青書先生誦《有駜》之詩曰:“君子有穀,貽孫子,于胥樂兮。”請爲兩翁誦《斯干》之詩曰:“式相好矣,無相猶矣。”

杞樂軒記

大興劉氏復園杞生於庭,不二年而矗立丈餘,旁枝翼然。春夏之際,華芳而赤實。先是,外舅寬夫先生自辰州守告歸,病痿痺者屢年。至是有瘳,讀書、賦詩、飲酒如平時。子重以爲杞之生,壽之徵也,顔所居曰“杞樂”,蓋取南山詩義云。

考嚴氏《詩緝》,以北山之杞爲枸杞,而別南山之杞爲山木。沈存中則云陝西之杞有高丈餘可爲柱者,是枸杞別種。予嘗館通州丁氏壽杞軒,庭中杞二株,喬梓俯仰。其高者,根巨徑五六寸,修然出簷際。自丁氏先世爲記,在乾隆中葉已云是百餘年物。今猶歲落其實,漬酒以餉客。物之得天厚者,必有異於常。嚴氏所見固未宏,即存中之説亦甚泥。

時之有寒暑也,世之有治亂也,物之有菀枯也,氣之常。其方盛也,死之機伏焉;其極衰也,生之機存焉。《剥》而《復》者,亦氣之常,特非植根固而培養深,無以消肅殺之戾,回天地之心。此《易》所爲有取於碩果歟?

昔劉静修爲《慶都劉老人壽序》言:“老人年九十餘,慶都屢亂,老人閉户居,未嘗遷徙,亦未嘗見兵革。”今先生自宦游家居,屢經兵燹[①],亦未嘗避匿。而一庭之中,和氣靄然,久病復興,休徵斯至。先生之仁、子重之孝,登大耋而昌後嗣,不可於此卜之哉!

爲之歌曰:杞之根下及於泉,其生也延;劉氏之德兆祥於物,其興也勃。

遂書以爲先生壽。

談癖齋記

居蠻犵中,四方賓客罕至。山程僻壤,復尠勢力。奔走豪賈,嗜奇癖古,好聚泉刀,譬窶人子求豬肉不可得,矧思燔龍肝、炰熊掌。乃有談癖主人,啓篋而陳,纍纍落落,如古鼎彝輕重、大小、長短;肉廣狹,孔巨細,周郭圓方;冪無字、孰鑄字;上下左右、孰左旋;真行草、孰八分;年號款識、孰僞號;漢隋南北朝五銖、唐開元同,孰別異;商蠹贋鼎,孰真僞。

客問主人:“爾癖何深?爾談何爲?”

主人乃振衣而作,拱手致詞:“饞夫飽食,不分五穀,衣錦履縠,繒帛誰釋?人有百骸,奚別厥名?懵懵蒙蒙,不如無生。富人積泉,充囊滿室,孰溯其源?孰詳其制?是

---

① 兵燹:《稿本》同,《手稿》作“兵事”。

謂奴守,非吾所志。吾將以權子母、計口算、考折變荒熟、鏡伊古之利弊,豈徒玩物云爾哉!"

客曰:"善夫!莽新室、明崇禎,括古泉,儥廢銅,通都大邑銷鎔將盡。西南邊隅,乃古之餘。癖古者,其遠市朝而九夷之居乎?"

主人乃輾然而笑,屬其友黄彭年爲之記。

蓮池書院記[①]

自蓮池爲行宫,[②]從萬卷樓西界以垣,爲書院。道光中罷行宫,示天下不復巡幸,蓮池易爲賓館。同治十年,開局修《畿輔志》,予來居焉。光緒四年,予始重領書院講席,合肥相國置書二萬餘[③]卷,使諸生得縱觀,增課經古,以時獎勸,於是遠近來學者日衆。

書院廣十六丈有奇,長僅十丈,而聖殿、考棚、講堂及院長、校官之居咸在焉,其爲講舍僅數十[④]楹。今年學者麕集,予既居志局,乃舉向日院長、校官之居,以待學者,猶不能容,或悵然而返。布政使宜興任公聞之,命知府吴君焕采增[⑤]舍。顧書院北臨通衢,東南接蓮池,西則筆帖式[⑥]署,無隙地可闢。吴君乃就院中相度分布,鳩工庀材,西院增舍九,東院增舍十有一,葺廢舍而新之者四,凡增二十四楹,裝治用具咸備,費金千二百有奇。

既成,予進諸生而詔之曰:

書院之自無而有,自廣而狹,今地不加廣而舍增多焉,時爲之也。相國之置書,方伯之增舍,吴君董役之勤且堅,與夫當事諸君之課試獎勵,諸生所親見而身被之者也。諸生之來居於此,爲其可以習舉業而博科第、登顯要乎?則揣摩以求合,摭拾以爲美,而未可必得。幸而得之,而舉空疏無用之身,又進以揣摩摭拾之術,以壞天下國家之事而有餘,夫豈置書、增舍之本意哉!

夫學不殖則落,仁無輔則孤。中外之形勢扼塞,四方之風俗美惡,古今政治之盛衰得失,不考則不知。士就閒燕,羣萃州處,講貫而服習之,善則相勸,過則相規。學之

---

① 題名《稿本》同,《手稿》作"蓮池書院增修講舍記"。

② "自蓮池爲行宫"句前《手稿》有"蓮池者,元張柔故園。其北萬卷樓者,賈輔藏書之所。在明爲保定府别墅,入國朝爲書院。康熙、乾隆御制幸蓮池書院詩,皆泐石。萬卷樓南及春午坡,可證也"句。《稿本》無。

③ 二萬餘:《稿本》同,《手稿》無"餘"字。

④ 數十:《稿本》同,《手稿》作"十數"。

⑤ 增:《手稿》同,《稿本》作"籌增"。

⑥ 筆帖式:《稿本》同,《手稿》作"筆政"。

成也,窮則以孝弟忠信化其鄉,達則以經濟文章酬乎世。昔郝文忠之居萬卷樓也,著書足以傳,大節足以不朽。今豈讓古人也[1]? 諸生勉之,無負造士之盛心可也。

因書以爲記。

郭氏義莊記

同治十年春,湖北提督郭君松林奉母羅太夫人之教,稱父遺命,捐所治生産田五千六百六十六畝有奇,歲入租穀凡六千三百七十四石,宅五區,歲入租錢凡一千七百緡爲義莊,以贍族人。湖南巡撫劉崑聞於朝,天子嘉之,賜御書匾曰"誼篤宗支",以彰太夫人之賢。於是郭君感國恩,述先德,復爲規約,垂之家乘,凡三十有八事。大略自其十七世祖以下,子孫歲有養,嫁娶有資,死喪有賻,鰥寡、孤獨、病廢者有卹,子孫之孝弟、得科第者、婦女之節孝者有獎,修祠墓有費,爲義冢以葬,爲義學以教。而又慮田宅之他售也,爲之簿,納諸官府。而又慮飽暖之驕縱也,爲之罰,懸諸祠堂。立法以繩之,擇人而任之。其設心重以周,慮事精以密。是年冬十有二月,郭君入覲於朝,道經保陽,以告其鄉人黄彭年。

彭年聞而歎曰:"禕矣哉! 古未有性情不篤而能成勳業者也。"方郭君之慷慨從戎也,其家先後死難者十有七人,弟芳鏡、芳鈐預焉。郭君亦屢瀕於危,而卒得全,可謂忠矣。其既平吴楚、肅清畿甸也,朝廷方嚮用勳臣,遽乞歸養,好事者爲繪《思親釋甲圖》,歌詠其事,可謂孝矣。義莊之設,又本忠孝之意而推之者也。

予觀往古推財贍族,常不乏人,獨范文正公所置義田,迄今閲四代七百餘年,子孫猶世守之,何其澤之孔長歟? 抑其性情有大過人者,設心處事常不勝其厚,而後其所成就者大而且遠,故身爲名臣而法垂後裔,義田其一端也,郭君殆近之矣。

郭君與予談論,慨然有遺世之意。其天資高曠,誠不難遺棄榮利。然時會方艱,國家倚宿將如長城,郭君勳業方未有艾,是烏可哉? 因敘其事,爲當世勸,且以爲郭君勗也。[2]

湖廣義阡記 代

保定西郭外三里溝有湖廣義阡,道光中直隸布政使陸公建瀛始創而置之,爲地二十有五畝,爲屋七楹。其後,咸豐中,布政使陳公啓邁葺而新之。同治七年,總督劉君

---

① 也:《稿本》同,《手稿》作"哉"。

② "且以爲郭君勗也"句後,《稿本》有"翰林院編修黄彭年記"等字,《手稿》無。

長佑、布政使唐君訓方更擴而充之。除舊址爲屋,北向三楹,東西各二楹。工未竟,而兩君先後去。予奉命督畿輔,八年,鄉人以告。予輸金爲之倡,凡吾鄉之宦遊於斯者,咸樂輸焉,乃屬蔣君春元、陳君慶滋董厥役,何君某、徐君某司其事,凡增屋二十楹、增地四十有五畝,界之以石,表之以樹。

鄉宦有祠,守者有贍,歲祀有資。本《冢人》以爵等爲度數之義,别服官者之區域焉。本《墓大夫》爲圖正位之義,區先後、别男女焉。本《蜡氏》書日月,懸衣服、任器之義,志死者之鄉貫、姓氏、年月焉。

予考古者骴禁之設,即後世義冢所由昉。而掌之於官,至冢人、墓大夫之掌,又皆以族言,無以鄉言者。今義阡之設,以古者族墓之法推之鄉人,以鄉人而兼古者官禁之法,法至良、意至美矣。使由是推而廣之,四方之人,各鄉其鄉,羈旅安有暴露之虞?豈非古人相保相恤之至誼哉!顧以區區義阡,猶必積數十年之經畫而始底於成,吾於是益歎集事之難,而深望於來者之善其後矣。

時予量移兩江,將戒行,乃書其顛末而爲之記。

先隴碑陰記

嗚呼!彭年今日始得奉吾父母體魄之藏於此,可勝痛哉!

憶自咸豐九年,吾父從戎海上,彭年奉母自晋之燕。逾年三月,母卒。其時楚、蜀、兗、豫道梗於寇,不得歸。已而津沽戰北,畿輔震驚,遂以是年六月權厝於保定城東之焦家莊。同治元年春,湘鄉劉公佐四川總督駱公大破賊於綿州,書招吾父入蜀。彭年載母喪以從,謂自蜀可以入黔,而自秦亦可達楚也。三月至西安,則蜀匪入自寧羌,皖匪入自山陽,回民乘之,秦中大亂。又以是年五月權厝吾母於西安城南之湖廣義園。時彭年之繼室劉道卒,亦附厝焉。

既由間道隨侍至成都。居三載,吾父起家,分巡鳳邠,彭年復從至秦。四年秋,謀歸母喪。方啓殯,而有固原叛卒之變,又不果行。五年十有一月,吾父卒於任。是時賊犯秦疆,官軍連挫,西安城閉不啓。六年二月,賊稍遠,奉喪以行。四月過長沙,聞湘鄉土匪之警,止焉。九月,始至湘鄉。

溯自吾母之卒八年,凡遇寇警者五;吾父之卒兩年,凡遇寇警者二。而山川險阻,殯室水火之虞,又時怵於目而惐於心,蓋遠道之難如此。

方吾父之客蜀也,劉公方布政蜀中,相語“歸老衡山”。厥後同官於秦,數申前約。迨吾父病亟,聞劉公乞骸骨得請,喟曰:“吾不能與公偕矣!”歎息久之。故彭年以喪歸,遂定居湘鄉,從先志也。

喪至長沙,彭年先往審葬地,窖木驗視,則水滲焉,或掘得蟻。彭年往者不信青烏之術,至是仰天大痛。劉公聞而哀之。朱君鐵橋、周君雲衢、李君北岡、李君梅臣、劉君巨卿相與冒風雨,跋涉泥淖,披荆榛,度形勢。劉公以病閉門,猶時彊起,爲登山審視。凡七閱月,始得吉卜於湘鄉樂善里十區之大塘冲山。同治七年三月初八日,奉兩棺而合窆焉。蓋葬地之難又如此。而卒邀天之幸、友朋相助之力,以終大事,吾親之靈其永奠於兹邱矣。

夫吾母之卒也,馬平王君定甫預爲之銘;其權厝保定也,桐城方君存之爲之誌。既合葬,乃更乞劉公爲撰銘。謹泐石,識其後,以志吾痛,而示子孫,使知先人遭時之艱、返葬之不易,而劉公及朱、周諸君之篤誼爲不可忘云。

祠堂義塾記

嘗讀《學記》,舉古者教人之法,先之以家塾,而推之黨庠術序,以至於國學,然後大學之道興焉。乃知古者教易行而學易成,有由然也。夫家者身之積,而國與天下則家之積。天下之本在國,國之本在家。一家仁,一國興仁;一家讓,一國興讓。教行於家,而俗成於國,豈一朝夕之故哉!

康成注家塾有"仕者歸教閭里"之文,孔穎達、陳祥道因衍爲二十五家之説。予則謂"家"之爲義,小者以夫言,大者以族言。民自分姓受氏,而後分田受業,居處不能一也。故《周官》有州黨閭比之法以經之,復有掌族之法以緯之,所謂"宗以族得民",族不聯則散,族無教則亂。春秋大族繫其國之治亂者,班班可考。蓋宗法之廢,教法遂與之俱廢也久矣。後世祠堂之設,殆猶有宗法之遺意焉。其有田以供祭祀而贍族人也,猶敬宗、收族之義也。顧民之爲道,養必有教。有田以養之,而無學以教之,則於收族之義不備,即於敬宗之義猶有未慊。

吾族自滯房璁分倡捐經費、延師於祠以教子弟,各房因之。醵金輸穀,設義塾於祠堂之側。凡子弟入祠讀書,日有程,月有考。即未入祠者,亦時集而扃試之。第其高下,以相勸勵,蓋宗族而兼師儒之道焉。

抑予維《學記》之言教學也,終之以務本。本之云者,豈惟佔畢、課試已乎?今夫學莫重乎明倫,而明倫莫先誠身。身之不誠,而倫得以明、學得以成者,未之有也。然欲此身之誠而不博觀夫事物之變、詳審夫理義之歸、深致夫思辨之功、嚴課夫躬行之實,則其於古今學術之途,既無以端其趨嚮,而倫物之間必有不能泛應而曲當者,是以古之爲學,先慎其所從入,而後自卑升高、自近及遠,由灑埽、應對、進退之微以及夫格致、誠正、修齊、治平之大。考其致力之淺深、成功之難易,而不至躐等陵節,甚或混淆於時俗,馳騖於名利,喪其所守,以背夫聖人。

昔朱子與東萊講學淥江,吾邑至今猶豔稱之。夫稱古賢於其口,曷若責古賢於其身？朱、吕之書，莫精於《小學》、《近思録》。朱子謂此書爲"四子之階梯"，所言無不切人之身、救人之病。又言："修身大法，盡於《小學》；而義理精微，詳於《近思》。"蓋《小學》之先以明倫，次以立身，所以踐其事也；《近思》之由博返約，自粗及精，所以析其理也。學者由是而入焉，而四子、六經、百家、羣史之言，皆足以曲證旁通、了然於是非得失之故，夫然後理明而事無不舉。修之於身而推之於家，因以及夫國與天下。大本既立，而達道以行，朱、吕兩先生流風餘韻，於今未墜。豪傑之士聞之興起，以勵吾學而淑吾躬。即以大吾宗而尊吾祖，在勿替引之而已。若規規於科舉之業，冀幸於一試而蘄其必得，是所謂願外逐末，非古者設教之本義。吾願其有進乎此也。

因義塾之成，書之以告學者。

記恒嶽廟祀

北嶽之山在渾源，而祠北嶽於曲陽。顧炎武所謂：肆覲諸侯，考正風俗，必於大山之陽，平易廣衍之地，而不在險遠曠絶之區也。漢祠上曲陽，在今曲陽縣治西，唐祠曲陽，即今曲陽縣治。治既移，則祠亦移。相去數十里，未足爲更革也。謂"漢末喪亂，山道不通"，望祭於此，《水經注》之臆説也。謂"石晋之後，稍遷近裏"，《夢溪筆談》之淺言也。宋始有"恒山没於遼，從曲陽望祀"之説，不知望祀曲陽，不自宋始也。

嶽祀之不據都以改也，《詩》正義之説也。金世宗大定間，太常卿范拱援以止改祀者也。明馬文升請改祀渾源，駁正者，倪岳也。胡來貢請改祀渾源，駁正者，沈鯉也。自唐以上徵於史，自唐以下得於碑，爲之辨者，顧炎武也。引申其説者，閻若璩也。是皆持曲陽之説者也。

後魏泰常三年，建嶽瀆祠於灅陰，即今渾源。巡幸偶舉，未爲典要也。用科臣粘本盛奏，改嶽祭於渾源州，我朝順治十七年也。

曰："大茂之爲恒山，猶霍山之爲衡山。"

曰："霍、衡，二山也。大茂者，恒之支麓也。"

"然則渾源之祀，猶衡山乎？"

曰："彼以非衡山爲衡山，此至恒山祠恒山。彼之改祀者妄，此之改祀者誠也。制非古也，意則不悖古也。"

"何譏焉？"

"譏太原之祀恒嶽廟焉爾。"

東芳筆談記[①]

同治九年冬十二月,與臨川李子自鎮江附舟往武昌。舟中洋人髡其首,衣冠類西洋。問其名。曰:“守義。”問[②]其字。曰:“東芳。”問其地。則東洋日本諸士也。出照票驗之,信然。問其年。曰:“二十二。”問何爲?曰:“遊學。”問何學?曰:“孔孟經書。”問將何之?曰:“漢口。又將往西洋。”問其國主年。曰:“十九。”

問其國政。曰:“左右十七人。先時政在國主,今主幼,左右乃參預。又有將軍、幕府分土而治,國主常欲收將軍之權而不能。有一將軍者,令其下習泰西文字,易衣冠。”問:“東芳隸此將軍下乎?”曰:“否。”問:“何故棄先王之制,從裔夷之俗?”不答。

予乃言曰:“中國所尚者,孔孟也。宗孔孟者闢異端。東芳既學於中國,何故惑西教乎?”曰:“不敢。吾將使東洋勝西洋。”問:“東洋强乎?”曰:“往者常勝西洋矣,今河口、横濱皆通商,吾欲强吾國,先求知地利。且百聞不如一見。”因出西洋所爲輿圖示予曰:“中國輿圖可購乎?”予答之曰:“圖在官,不可私購。”

東芳慨然曰:“地球之上,異端衆矣,泰西方熾,奈何?”予曰:“國之盛衰,氣爲之也。守孔孟之教,理終勝氣。”東芳曰:“此氣何在?仍在人耳。其人存則其政舉。他日吾以東洋勝西洋,先生助我。”予曰:“是豈末學卑官所得爲哉。雖然,吾助子以道,道在反本。還日本之衣冠,勿效泰西之斷發,是其本也。”東芳許諾,請佗日相見。予曰:“若不反本,不復見也。”東芳肅然起揖,若深感予言者。

又問李子:“吾喜王陽明,中國亦宗之否?”李子曰:“中國宗朱子,不廢陽明。”又問:“朱子、陽明同異?”李子曰:“朱子,正宗也。陽明不能無偏。然同歸孔孟之道。”

東芳贈予與李子以紵,各書便面酬之。

東芳粗解吟詠。五言如“空論或誤機,遲疑多失計”,七言如“秋風昨夜吟魂冷,怕向江頭折柳枝”,皆可誦也。

重濬洺河碑記 代

洺出太行,自遼逕武安,環紫山而東入畿南,亘廣、順二郡,匯於趙之寧晉,泊溉永、雞、南、任四邑田六十萬畝有奇。故洺之名不著於《水經》,而論畿輔諸水之利於民者,洺居一焉。顧治之則利多,不治則利少,而害亦巨。洺在紫山之上二流,雙道合流,入

① 《稿本》存。

② 問:底本作“守”,涉上字而誤,據意改。

永年之陽城村而水勢始大。故元郭守敬建議修濬,以收其利。自泰定洺溢之後,迄明正德、嘉靖,史不絶書。辛村決而水勢南趨,故萬曆中,永年知縣馬翰如築堰捍禦,始歸故道,以除其害。我朝乾隆二十二年,辛村復決,經八汪村北入於牛尾河,而故道復湮,泛濫横流,土不稼穡。道光中,有議請借帑興修者,既不果行,於是水及八汪之南益漫衍矣。

同治九年,予奉命旬宣畿甸。明年春,順德知府任道鎔因士民之請,以開濬洺河告。予爲規畫,上溯永年,下至任縣,袤二百里。其上自辛村決口,至五馬營三里許爲全河要害,非堅築隄壩,無以遏其横流。其下舊有引河入北澧河以通泊者,非疏通堙塞,無以收其泛濫。乃輸貲爲之倡,而道鎔與廣平府長啓、永年知縣錢敏各輸錢五百緡,三邑按畝輸錢,各四千五百緡,集四邑官民荒度分治。以導澧河屬之任,以築壩、疏故道屬之三邑,而永年當決口,事尤重,則以錢敏總其事焉。

爲壩長五十丈,掘地三尺爲之基,廣三丈,高丈有七尺,其上廣二丈。壩之北,河廣四十丈,去淤沙,浚深八尺,岸高丈有四尺。壩之東,河廣二丈,加廣三十五丈,浚深一丈。其廣二十有八丈,長六十丈,西岸爲護隄,長三百丈,掘地爲之基,高八尺。凡爲壩、爲隄,皆束水使就故道,於是洺之上游治。洺至尼家莊北,河形既失,而牛尾河之在任者,别名劉累河,在洺之左,引而東之,歸於北澧河,於是洺之下游亦治。經始於十年五月某日,告成於十有一年二月某日,中經夏秋霪雨、嚴冬寒沍,輟工者百日。凡官民所輸錢萬五千緡,用錢若干緡。其餘以爲歲修之費,不更議捐。

工既竣,予奉撫豫之命。將行,二郡官民乞爲文紀其事。予考李吉甫、樂史書,皆言洺、漳二水在雞澤合流。元明以後,漳徙而東,水患宜少紓矣。然洺之上游横溢不歸故道者,猶百有餘年。不獨四邑瀕河之區不獲沾溉,即永之翟、路、張、徐諸村與雞、南、任、平四邑之近牛尾河者,且漫爲巨浸焉。今者慓悍之流循其舊軌,斥鹵之地悉變膏腴,二郡之民相爲慶幸。抑思數十年以前,固早有建興修之議者,非不知利害之所關甚巨也,任事無其人,而衆情難於齊一,遂使民嗟昏墊,不獲安居。夫小民可與樂成,難與圖始。前事之不忘,後事之師也。則消畛域之見,勤修治之方,上紓朝廷廑念,下以利濟斯民,吾能無望於後之君子哉。①

① "吾能無望於後之君子哉"後,《稿本》有"是役也,順德府知府任道鎔、廣平府知府長啓、永年縣知縣錢敏、雞澤縣知縣章某、南和縣知縣孫某、任縣知縣某,紳士刑部郎中武汝清、候選知縣李待時、委員候補府經歷葉向榮、廣平府訓導高海風、永年縣典史羅繼勳、候補驛丞周祖楷咸與,有勞焉。是爲記"句。

明慎堂畫象記 集《唐太山銘》[①]

彭年既述"明慎用刑"之訓以告僚屬,乃取兩言題吾堂。又仿武梁祠畫法,圖古刑官,曰咎繇,刑官祖也。咎繇,唐作士,卒於夏,冠毋追。曰蕭何,造律始也。曰于公,曰于定國,用刑忠厚,至也。何定國三公冠七旒,于公進賢冠一梁,皆漢制。系之以贊。集《漢王右軍書》。

唐咎繇 集《唐》

協中時功,颺言興頌。克允惟明,德稽邁種。集《漢成陽靈臺碑》。

漢蕭何 集《漢西峽頌》

畫一爲法,百世是程。雖緣秦舊,清静安氓。集《漢白石神君碑》。

漢于公、于定國 集《魏鄭文公碑》

哀鰥治獄,民曰無冤。世延陰德,乃興駟門。集《漢曹全碑》。

或曰:"孔子爲魯司寇,當今按察使職,當圖曰'聖道廣大',尊曰'至聖廟',祀右典,非一官所得私。"

或曰:"咎繇見知孔子,聞知尚矣。蕭何造律,緣秦之弊。于公自謂'陰德當興',異乎聖人之教,曰'无敢折獄,赦過宥罪'。取象於《易》,惟天陰騭。相厥修居,著訓於書。于公之言,有合乎聖人。至於增損秦法,千載相承。秦法定於李斯,斯學出於荀卿,荀卿習於禮。禮者,刑之本也。除秦之慘急,補其所未備。經百王之考訂,以迄於今,至詳且悉。必生今而反古,肉刑其可復乎。"

《論語》曰:"刑罰不中,則民無所措手足。"咎繇之民協於中,刑罰中也。何之清静,于公之陰德,定國之審慎,求刑罰之中也。觀古人之象,得古人之心,何莫非吾孔子之教哉。集宋本《説文》。

遼、金、元六幢亭記[②]

六幢者,遼二、金一、元三。

予客清苑蓮池近十年,去歲,子國瑾自京師至,以幢□,曰:"獲諸涿桓侯祠旁藥王

① 《手稿》存。

② 《手稿》存。

庵。”幢斷爲二,合而觀之,記人曰“田殖”,記地曰“樓桑邨”,記時則“金大定二十年”。凡八方,二方金國書,二方正書。瑾又曰:“定興固城鎮者,元之觀音鎮。有泉曰龍泉,束之以臺。”臺上三幢,幢各八方,一方造象,七方皆元國書。又一幢墮井,不可得。以碑考之,延祐二年也。迺□戴君翊臣請,輦而致諸蓮池。戴君又曰:“固城東南寶豐寺,有二幢焉。”迺命瑾歸途謀諸寺,致諸蓮池。其一,二方正書,記人曰“中社田氏”,記地曰“遼易州易縣固城”,記時則“壽昌元年”,六方遼國書。其一,一方遼國書,七方皆正書。凡遼、金、元國書,皆釋氏經典真言也。

蓮池故有臺,在池北。建亭其上,置幢焉。於是好古之士,□□而來觀。或談元宋,或證語言文字,或因以及三朝盛衰得失。

有訊予者曰:“石生於山,近人斵以爲器、爲柱、爲礎,迺至委諸糞壤。而數石被之以文,遂與古鼎鍾彝同重。伊古魁人傑士,淹没不彰,何可勝數。遼金二田氏,於世無足重輕,而名附幢以存。”

或又曰:“考金石者,宋元以來至國朝,無慮數十家。六幢皆未著録。今出之破刹荒榛,寵以亭,登諸志。彼念漢唐以來,古石之存而不見録,尚不知凡幾。安得如孔陵、濟寧、長安碑林,盡羅而致諸亭下。”

或又曰:“它日此亭與幢長存與否,皆不可知。然則晦者顯之,散者聚之,若人力不可爲而卒不可爲也。”

予聞而慨焉。乃悉著其説,以諗後之嗜古者。

劉猛將軍廟碑記 代①

謹按《大清通禮》:“直省禦災、捍患諸神,有功德于民者,加封號,立專祠。”雍正二年,詔府、廳、州、縣祭猛將軍、元指揮劉承忠。次年,復詔兩江總督廟祀以神,爲民驅蝗,載在《會典》,垂爲掌故。而山西會垣暨諸郡縣,廟祀闕然。咸豐七年,文水、平陸、榆次有蝗,不爲災。平定、遼州有蝗自井陘飛入,亦捕除將盡。感神之惠,乃建祠省治之南。

考《會典》,神能驅蝗。元亡,自沉於河,世稱“劉猛將軍”。《一統志》亦言:神,吴川人。而《元史》無承忠傳。考《劉天孚傳》,知許州時,野有蝗,天孚令民出捕。俄羣鳥來,啄蝗爲盡。知河中府時,值阿思罕之亂,投水死。與《會典》、《一統志》所載驅蝗、沉河事合。

謂天孚、承忠或一人名與字,而史、志俱闕其一?然則史言天孚“字裕民”矣,且志

① 《手稿》存。

言神“吴川”人,而史言天孚“大名人”,又不載“猛將軍”之稱。余固疑之。謂神即承恩而非天孚耶?則驅蝗之烈,被及生民;沉河之忠,光於日月。且“猛將軍”非官名,而赫然著稱,《元史》何以不爲立傳?又何年代、姓氏與驅蝗、沉河事之相類也?

夫神之功德在民者,匪獨民不能忘,即神之靈爽,亦眷戀遲廻而不能去。河中,晋地也。天孚官於斯,殉節於斯,豈其神亦憑依於斯耶?《詩》之言治螟蟘蟊賊也,曰“祖有神秉畀炎火”,以烈山、后土之例推之,當祀。古昔治蝗之人,特代遠難稽耳。

道光中,江南患蝗,總督陶文毅公禱於猛將軍廟,有群鶴鴉食蝗之應。請於朝,御書“神參秉畀”之額,以彰神功。今平陸亦有鴉來食蝗,如《天孚傳》所紀者。祠既成,乃恭慕賜額,述明詔,且記所聞之異,以驗有司之勤民事者。

绥定府城建碉記 代

自巴山至巫峽,山勢蜿蜒二千餘里。绥定郡城適當其中,昔人於此置總管府。巴渠郡入我朝爲達州。嘉慶中,懲伏莽之患,陞州爲府。論者以爲峽右之名郡,沔南之奥區,蓋蜀東北隅之藩籬也。

郡城介兩大山間,支麓迤邐,高與城齊。而宕渠南岸翠屏山者,往年經略總督討教匪之亂,駐重兵焉。後人遂建大砦於上,謂有警則驅城外商賈實其中,與郡城爲犄角之勢。

予權守兹土,周覽形勝,乃屬耆老而告之曰:“砦高於城,且十倍於城,我不能守,而敵據之俯瞰城中。可慮一。吾城小而民稀,又分其勢,其安能守?可慮二。商賈既重遷徙,且不能實其百分之一。可慮三。吾計毁之便。”衆曰:“諾。”乃決墮砦,以其石建碉樓於宕渠南北,以備守禦之具,奪山阜之險,然後城可議守焉。

鳩工於同治二年五月朔,越七閲月,爲碉樓十有六。凡攻石之工八千六百八十有奇,木之工三之一,金之工又半之。用紳糧輸錢四千九百四十有三緡。既成,耆老請予文記其事。

予惟魯城西郛,《春秋》譏之,謂城其國之郛,則凡屬皆不敢保也。今以一郡計,郡城者,廳、州、縣之根本。廳、州、縣,又村寨之根本。自堅壁清野之議行,村寨之堅且衆者莫如蜀。蜀之中,又莫如東北隅之廳、州、縣、郡屬之村寨固矣。本之不圖,屬將何賴?是碉之設,豈徒衛郡城而已哉!抑孟子之言曰:“地利不如人和。”又曰:“固國不以山谿之險。”使吾郡而常此,官民一體也,城鄉一心也。相煦以仁,相激以義,相勉以孝弟忠信。内無作慝,而外有同仇。碉砦之固,又奚足云?

乃書以答耆老,且以告後之守斯土者。

重修漢上琴臺記 代

龍君艮山宰漢陽,作琴臺。將去之南漳,告予,請爲記。

客有問於予曰:"臺烏乎始?"

曰:"始乎隄。隄之築也,始乎明萬曆。"

"何謂琴?"

曰:"伯牙之志,鍾期之知。對翼際而界漢,山水之間也。二子,楚人也,上溯周季二千餘年。斯臺之成,曠百世而相感。"

客曰:"善哉,是舉。然猶有説焉。瓠巴、師涓、昭文、成連,皆琴之至也,而牙以期傳。介葛盧聞牛鳴,公冶長通鳥語,皆知之至也,而期以牙傳。兩至者,其相需乎?伯牙鼓琴而六馬仰秣,琴之至者,馬能知之,不必期也。鍾期夜聞磬聲而悲,知之至者,無所不通,不獨牙也。兩至者,其各極其至乎?各極其至,則世無子期,於牙何損?世無伯牙,於期何與?然而鍾子期死,伯牙至破琴絶絃,終身不復鼓琴,不已愚乎?後之人豔其事,從而臺之,不更多事乎?"

予曰:"不然。援琴者衆矣,而牙爲絶技;聽琴者衆矣,而期爲賞音。至極者,不能無傳;兩奇者,不能無述。且得山水之樂者,不必其漢上也;可以臺,可以無臺也;可以琴,可以無琴也。既不係乎琴,又安問乎知與不知?夫達觀者無也,適情者有也。吾之始至漢上,觀臺之盛,樓舍櫛比,士女如雲。再至則兵燹瓦礫、荒草靡蕪矣。三至則稍稍葺治。今者踵而新之。三十年間,迭興迭廢。前之自有而無者,時也;後之無而爲有者,亦時也。任時而適情,奚事爲峴首之感、桑下之戀哉。"

客退,乃書其語爲記。

萬卷樓藏書碑記

予既序、刊《萬卷樓書目》,都人士復請刻石,以垂久遠,乃綜其成數。

凡十三[①]經總類卷千一百十九,易類卷七百,書類卷四百八十有三,詩類卷七百四十有三,禮類卷二千二十有四,春秋類卷八百七十,五經總義類卷千三百,孝經類卷七,四書類卷四百十有四,樂類卷三十有七,小學類卷七百五十有八,是爲經部。

凡正史類卷三千五百九十有二,編年類卷千六百六十有二,紀事本末類卷六百六十有二,别史類卷四百八十有七,雜史類卷百九十有四,詔令奏議類卷六百十有一,傳

① 《手稿》無"十三"二字。

記類卷五百七十，史鈔類卷二十有八，載記類卷百四十有七，地理類卷九百七十有四，政書類卷二千七百二十有九，目録類卷三百三十有一，史評類卷百三十有二，是爲史部。

凡儒家類卷千四百七十有八，兵家類卷二百十有六，法家類卷八十有二，農家類卷九十有三，醫家類卷百六十有五，天文算學類卷四百五十有六，術數類卷百有八，藝術類卷六十有三，譜録類卷六十有九，雜家類卷八百六十有二，類書類卷二千九百十有四，小説家類卷二百五十有五，釋家類卷三十，道家類卷九十有四，是爲子部。

凡别集類卷三千三百有九，總集類卷二千六百有一，詩文評類卷二百八十有三，詞典類卷七十有六，是爲集部。

凡爲書三萬三千七百十有一卷，而殘雜者不與焉。叢書若《通志堂》、《學海堂經解》、《古經解》、《小學彙函》、《六經疑問》、《十一經解》、《十子全書》、《漢魏》及《聚珍版》、《正誼堂》、《海山仙館》、《粤雅堂》、《白芙堂》、《算學》、《讀畫齋》、《雙桂堂》、《十萬卷樓》、《式訓堂》、《宜稼堂》、《俞氏》諸叢書，《船山》、《嶺南》諸遺書，《高安十三種》，《王氏四種》，《李氏五種》，《敏果齊七種》，《國朝名人著述十四種》，《詩詞雜俎九種》，《明季稗史彙編》，其書目、卷數已散見諸部，則不復著録。

既爲之記，更系之以銘曰：卷逾三萬，未云備也。守而補之，後人事也。儉虞其陋，雜斯恣也。途徑雖殊，歸一致也。博觀而約取之，乃藏書之本意也。

學律館題名碑記

光緒九年夏，彭年始官湖北按察使。① 治館於黄鵠山麓，課僚屬學律。巴陵杜貴墀爲之記，凡在館者皆列名焉。三年，學者日益衆。彭年量移入秦，乃續爲題名之碑，而書其端曰：

法律非詩書也，然不得詩書之意，則不可以讀律。故課讀律者，以讀詩書之法課之。曰句讀。句讀不明，則意義不出。初用硃，再用墨或用他色逐句點之，無可遁也。逾旬稽之，不容間也。曰校正。律例案章程注箋義，彼與此互勘，前與後相證，脱者補之，譌者訂之，複者、衍者删之。校之善者勵之而益精，校之誤者教之而亦進也。曰講議。或推原律例之本意，或評論舊案之是非，或補前人所未備，或舉近事相發明，或兩事相比而決其疑，或衆説互參而求其是，或援經史以定論，或考聖訓以爲衡②，各攄所見也。曰纂輯。或依類而區以目，或分等而係以表，或便記憶而爲之歌，或取常用而摘

① “光緒九年夏，彭年始作官湖北按察使”句：《稿本》同，《手稿》作“光緒九年，彭年奉命提刑湖北。始至官”。

② 爲衡：《稿本》同，《手稿》作“折衷”。

其要,各從所好也。凡是四端,一以句讀爲本,而校正、講議、纂輯則就性之所近者治之。

十日爲期,咸集於館,提調受其書,上之使者,評得失焉。無科條以相督責也,無貲財以供薪水也,無記功、超拔以爲獎勵也。而學者日有課、旬有會,[①]如家塾之授經,樂其益而不苦其難。僚友相規相勗,[②]累年而不倦。甚至奉檄遠出,猶舉所讀律書,郵寄以相質,可不謂篤且勤哉!

士人科舉之學,習爲聲音、排比之文。及至服官從政,輒歎所習非所用。於是郡邑之事,悉舉而聽命於幕友,往往受侮於胥吏焉。苟從事於學律而不廢,則幕爲吾助而吏不吾欺。鄂之吏治,其有豸乎?

抑又聞之:"律者,法之可見者也。用律者,心之不可見者也。"於可見者求之,尤必於不可見者慎之,是則彭年與僚屬始終勸勉之志也夫。

學律館題名[③]

前碑七十有三人,不重出。今續題八十有三人,如左。

同知:韓鑑、唐貞吉、羅鎮、趙澍、楊學源、程寅清、薛華城、姚崇本、許炳恭、何錫章。

通判:徐澄、王邦佐、劉宗植、杜焕章、易象、趙家瑞、黄文桂、劉寶善、王璠、張志瑛、程懋昭、孫繼高。

同知直隸州:李紹遠。

知州:劉棫林、吴以圭、吴鴻惠、趙毓楠、張瑞墀。

知縣:林元燚、潘福蔭、達誠、張麟定、徐嘉禾、焦起蹇、王穎芳、宋立球、傅爲霖、趙五星、周垣、李九江、劉翊、段承霖、文恩光、左壽履、王如松、汪瑞增、周錫齡、陳瑜瑛、俞肇泰、蕭山、何錦琮、藍佩青、張彪、周耀崑、柳玉麟、鍾期濬、劉春生、胡金鏜、余吉甫、何葆修、于德麟、鄧焯英、張樞、黎培質、徐鼎臣、楊齡、胡豫煇、姜光裕、袁鏞、王若震、袁定宇、陳壽椿、王錫恩、張聞鎬、祝汝嘉、陳錫霈、傅鍾漢、馬士慶、方炳煇、朱桂馨、湛福春、宗繼增。

直隸州州同:雲萬里。

安徽義阡享堂記 代

凡人,生相聚,死相恤。死之恤也愈厚,則生之聚也益堅。其行之自近,而其所及

① "而學者日有课、旬有會"句:《稿本》同,《手稿》作"而學者相觀"。

② "僚友相規相勗"句:《稿本》同,《手稿》無。

③ 《手稿》存。

至遠。昔管子爲軌里連鄉之制,使"人與人相疇,家與家相疇","祭祀同福,死葬同恤",此其平日之相恤也。管子又曰"居同樂,行同和,死同哀","守則同固,戰則同彊",則軍法在其中矣。又曰"有此士也,三萬人以方行天下","莫之能禦",則所及者遠矣。後世招[1]募鄉勇,殆師其遺意焉。

粤捻之興,擾亂徧南北。治之者曰楚軍、曰淮軍,皆用鄉人以治四方之事。予自同治四年奉命剿捻匪,自淮、徐、兖、豫以入燕。七年,轉戰畿南郡縣至某某,卒乃殄滅。是時,楚、豫、兖諸軍皆會,而淮軍之力爲多,淮軍將士之捐軀命而膏原野者亦較衆。其得裹尸而葬,與夫聞於朝而與於昭忠之祀者,蓋千百之一而已,予愀然傷之。會有湖廣之行,入蜀督黔師,移兵關中,奔命不暇。九年,復移師入燕,始奉總督畿輔之命。

吾皖之遊宦從戎於斯者爲予言曰:保定郡城之東曰丁家園者,吴侍郎廷棟爲布政使時置義阡焉,爲地四十五畝。郡城之南曰八里莊者,張中丞樹聲爲布政使時置義阡焉,爲地七十五畝,後益之爲百二十四畝有奇。其去城也遠,其於地也爲下溼,予乃屬候補道葉君伯英、總兵葉君志超更卜於城西曰土橋村,爲地四十四畝,繚以周垣,爲享堂以祀淮軍將士之死事者,爲屋以停旅櫬之可歸者。用鄉人公輸銀若干,以同治十一年某月某日落成。鄉人請予文記其事。

予惟古者死、徙無出鄉,故《周禮》冢人、墓大夫所掌皆言族葬,未有言鄉者。秦漢而後,天下爲郡縣,無復封域之限,仕宦、商旅率去鄉數千里,不獨從軍之遠出矣。夫客死之與死王事也,其爲死也不同,而其爲異域他鄉之感則均耳。今義阡之設,推古人族葬之法,以聯鄉里之情;而享堂之設,又推國家昭忠之意,以慰英毅之魄。蓋不啻秦之封殽尸、唐之作憫忠寺一事也,而兩善具焉矣。予既重鄉人之篤誼,又傷夫將士之致命遂志而不及見大功之成也,爲之記以志予慨。

重修忠烈祠碑記 代[2]

嗚呼,教忠之典,孰有盛於我朝者乎。乾隆四十年,詔史臣撰《貳臣傳》,以示之懲。復詔褒勝朝殉節諸臣,以示之勸。凡得謚者千六百餘人。而保定城守死難者十九人,入祠者二千餘人。而保定城守死難已著録者,百三十九人。

在昔有明,養士垂二百年。流寇之興,不過二十餘載。而明社爲墟,識者慨焉。當夫自成之入關也,薄太原,破寧武,勢益張,北犯京師,莫之與抗。保定以彈丸之區,張烈愍、節愍兄弟倡義拒賊,於是邵、劉兩忠烈、何烈愍與夫文武紳民凡數千人,慷慨同

---

① 招:《稿本》同,《手稿》作"召"。

② 《手稿》存。

盟，嬰城固守。明亡六日，猶復泣血誓心，項綴崇禎錢，以明不貳。及夫降臣内叛，城陷不支，士盡捐生，民無逃死。婦女殉節，一門或二三十人，或五六十人。致命遂志，未有若斯之烈者也。假令當日秦、晋、燕、趙之間，盡如上谷諸賢之守死，流賊豈足亡明哉。

夫忠義之氣，其培之常在於無事之時，爲之植綱常、明教化。使其入之也深，然後其出之也，有不可遏、不可窮之勢。予觀《張氏家乘》，節愍平日所以訓家人，有曰"巡遠之事，非異人任"云者，故其臨事，一家從之，一國從之。

我朝嘉道以來，三省教匪戡定之後，粤捻之興，蔓延幾徧環區。然守土者死城，戰鬥者死軍，團練者死鄉里。以畿輔而論，一邑之間，舉忠義者，或至數千，甚且逾萬。其中大節凜然，烈行尤著者，史不勝書。卒能上下一心，削平大亂。是則廟謨之廣運、天眷之盛隆，固非有明所可比擬，抑亦先皇遠慮，褒忠垂教之明效矣。

予既平北捻，承命督是邦，紳耆以重修忠烈祠請。予曰："是貞庵。所謂廉頑立懦，使後世有所興起者也。"乃屬權清河道葉伯英及某官某人葺而新之。落成於同治十一年某月某日。

是祠也，本康熙中通祀甲申守城殉難之官紳、士庶、婦女，故以"忠烈"名。道光中，有易之曰"張忠烈公祠"者。考張無"忠烈"之謚，即邵、劉謚"忠烈"，亦在建祠後。祠非以謚名也，今還其舊。舊祀之闕略者，補之。凡乾隆中得謚，及諸書記載，與祠中石主異同者，悉識諸碑陰。考柯煜所記，當時死義者五百人。則石主及今所補，闕遺尤多，以俟後之君子詳考焉。

忠烈祠碑陰記①

《欽定勝朝殉節諸臣録》内甲申保定城守，死難得謚者十九人。

謚忠烈者二人：邵宗元，劉宗嗣。祠主作"忠嗣"。

謚忠節者一人：金毓峒。

謚烈愍者六人：何復，張維綱，楊秀儒，祠主作"梁儒秀"。尹洗，張大同，張羅俊。

謚節愍者十人：吕應蛟，文運昌，劉洪恩，戴世爵，劉元靖，吕九章，吕一照，祠主作"吕炤"。李一廣，張羅彦，韓東明。

查出補記諸人姓名：

左衛巡捕于淹，射賊墜城死。

右見《保定城守紀略》、《小腆紀年》。

生員王法，《殉節録》注："王，一作韓。"投井死。

右見《明史·忠義傳》、《勝朝殉節諸臣録》。

---

① 《手稿》存。

生員王性,不屈死。

右見《勝朝殉節諸臣録》。

進士王延袧,一門婦女五十二人。《城守紀略》作"六十人"。

右見《上谷紀事》、《保定城守紀略》、《小腆紀年》。祠主僅有王延袧妻張氏,餘未祀。

錦衣衛千户賀誥,一門婦女十一人。

右見《小腆紀年》。今祠主僅有誥、誠、謙、諤四人之妻,餘未祀。

高氏娣、姒二人,陳氏一門九人。

右見《小腆紀年》,未詳男子名字,待考。

總兵馬岱,妻孥十一人。賊至,岱先殺死。

右見《明史》。

庠生王傳芳女。

右見《保定府志》。

庠生宋時中女。

右見《保定府志》。

張巽妻劉氏之母胡氏及婢喜兒。

右見《張氏家乘》。

諸書所記甲申保定城守死難諸人,與忠烈祠石主所書姓名異同,附録備考。

大寧都司、世襲指揮劉忠嗣。《勝朝殉節諸臣録》作"宗嗣"。案:《殉節録》皆注《明史》及《輯覽》兩書,不更出,以省繁複。

鄉進士高涇。《勝朝殉節諸臣録》作"高經",注"一作涇"。

庠生張伸。《勝朝殉節諸臣録》注"一作紳"。

庠生周之翰。《勝朝殉節諸臣録》"翰"作"韓"。

主簿沙潤明。《勝朝殉節諸臣録》作"典史沙潤民",注"一作順明"。

庠生王之斑。《小腆紀年》"斑"作"挺"。

庠生王紘。《勝朝殉節諸臣録》作"王絃",注"一作紘"。

郡庠生王印嘉。《勝朝殉節諸臣録》有"生員王允嘉",疑即印嘉。

庠生馮澤。《保定城守紀略》"馮"誤作"馬"。

庠生韓廷珍。《勝朝殉節諸臣録》作"延珍",注"一作廷珍"。

庠生楊善譽。《保定城守紀略》"譽"作"舉"。《勝朝殉節諸臣録》注"一作善舉"。

庠生王祚昌。《勝朝殉節諸臣録》注"一作允昌"。

忠烈張之垣。按:此名上"忠烈"二字應削。忠烈者,祠之通名,非一人之專名也。《勝朝殉節諸臣録》作"之坦",注"一作垣"。

指揮吕九章。《保定城守》"吕"作"李"。

指揮吕炤。《勝朝殉節諸臣録》作"吕一照,一作吕照"。《上谷紀事》、《保定城守紀略》均作"李照"。

中軍梁儒秀。《勝朝殉節諸臣録》作"中軍守偹楊秀儒",注"楊,一作梁"。《小腆紀年》作"楊儒秀"。《保定城守紀略》作"梁儒孝"。

千户紀勳。《勝朝殉節諸臣録》作"動",注"一作勳"。《小腆紀年》作"勳",注云:"《明史》作動,誤。"

千户劉本源。《勝朝殉節諸臣録》"源"作"原"。

千户趙守道。《勝朝殉節諸臣録》、《小腆紀年》"趙"並作"張"。

義民劉宗元,《勝朝殉節諸臣録》、《小腆紀年》並作"宗向"。楊子强,《勝朝殉節諸臣録》、《小腆紀年》並作"强子"。劉自重,《勝朝殉節諸臣録》注"劉,一作田";《小腆紀年》作"田"。張嘉善,《小腆紀年》、《甲申紀事》、《保定府志》並作"加"。李懋倫,《勝朝殉節諸臣録》注"懋,一作茂"。胡來獻,《勝朝殉節諸臣録》注"獻,一作猷"。胡得銀。《勝朝殉節諸臣録》"得,一作德";《保定城守紀略》"銀"作"迎"。

材官王尊義。《勝朝殉節諸臣録》"尊"作"遵"。

醫官吴國賓。《勝朝殉節諸臣録》"吴,一作吕";《小腆紀年》作"吕"。

醫官王鑛。《保定城守紀略》作"王璜"。

馮氏及子孫無考妻。按《保定府志》:"馮氏及未歲女死。"

鄉進士高桂妻劉氏。《保定府志》作"光禄卿高桂"。

庠生張樸妻陳氏姪治道。《保定府志》:"劉鳳柱妻張氏抱姪治道,投井死。"今祠主"姪治道"載"張樸妻陳氏"下,未知孰是。

劉文學妻劉氏孫女存姐。《保定府志》"文學"作"文耀"。

郭寄謨妻彭氏。《保定府志》"奇謨"作"寄謀"。

安州南北隄工碑記 代

畿輔形勢,西北高而東南下,安州居九河下流,西章、小陳、楊村、高界諸河又自博、蠡、清、高諸邑來匯,瀦爲大澤,沮洳奔蕩,吾民之嗟昏墊而歎其魚者,非一日矣。

予奉命督是邦,值連歲大水,惄然憂之。既開陳家溝、金鐘、筐港諸河以廣入海之路,復命清河道葉君伯英治蘆僧、趙王諸河,以釃淀水。葉君以爲水之壅遏者,非疏濬無以洩其流;水之泛溢者,非隄防無以固其塞。安州中央如釜,四外若盂,尤非隄不爲功。乃以癸酉春,乘扁舟,歷州境南北,躬自履視。南隄自州西南板橋村斜而北,東亘州城,復折而南,逶迤西抱,蜿蜒以訖於州南之陶口村,首尾銜高陽隄,如帶之縈,凡爲弓五萬三千一十有奇,州之南境環焉。北隄自州西北三台村東,袤出新安城陰,又屈曲北行,邐迤以訖於州東北之大陽村,隄首安肅而尾雄縣,如弓之彀,凡爲弓萬五千八百五十有八，州之北境障焉。

明年，檄州之官若民興役。軫其民之憊也，予爲發帑六千，葉君復輸俸二千。不足，乃徵諸州人。虞其功之緩也，命候補直隸州朱靖旬、候補知州丁文浚董其役。徵發號召，乃責之權知州王邦傑、州判方汝靖。鼛鼓於季春之月，杭凷手侳，相與劙波臣之府，以恢舊壤。畚者雲集，杵者霆奮。隄高六尺，地稍下則遞益之。隄趾博二丈五尺，頂殺其趾之半以爲削。凡四閱月，隄成。而秋水大至，登隄以望，其外則汪汪焉、浩浩焉，淀水之瀰漫也；其内則井井焉、油油焉，田疇之縱横、黍稻之蔥茂也。州之耆老、士女走相告曰："吾儕創鉅痛，深幸不汩没洪流，以有此室家之樂，孰非兩隄保障之力哉？"

予考舊志，隄長百八十里有奇。經數百年，屢修屢圮，形勢亦多變遷。今兹興築，增益故趾者十之三，創造者十之七，爲隄長二百里有奇。方其謀事之始，鮮不謂人力難施。及今觀之，乃歎天下無不可爲之事。謂"爲之而不能成"與"成之而無其效"者，皆靳其力而以難自解者也。然則自今以往，勤修而慎毖之，毋惜小費而棄前功，毋因暫安而忘遠慮。安之民，其永奠矣乎。

功之始竣，葉君請予爲記，乃紀其事以示後人。

新建封門口關隘記　代

山西東倚太行，自絳而澤，達於大同，羊腸險道，不獨八陘，而封門爲尤著，史所稱齊子嶺是也。《通典》：齊子嶺在王屋縣東，周、齊交界處。此封門之名所自來歟？

咸豐三年秋，粵賊林鳳祥自懷慶逾太行，入封門，遂連陷垣曲、絳縣、曲沃、平陽、洪洞，經潞安，陷黎城，而東至連鎮，卒乃殲滅。其年冬，予入秦，過平陽諸旁縣，瘡痍满目，愴然久之。逾年冬，奉命來撫是邦。簡屬吏，履邊隅，察封域。蓋封門舊隸垣縣，自分垣置王屋，而王屋又入濟源、垣曲東境五里而止。封門久隸濟源，或謂宜置戍封門，隸邵源。汛議者以爲邵源處四山中，如盤盂然，而封門者，兩山壁立，廣不盈丈，平、蒲、解、絳之咽喉，晋之藩離也。予考之輿圖，稽之前史，信然。

自豫而西，則以邵源爲要地，故春秋齊人戍郫邵，魏楊剽扼邵郡以拒齊。自晋而東，則以封門爲天險，故高歡攻玉璧，遣别將趨齊子嶺；宇文氏先守邵郡，及入晋州，亦遣將軍守齊子嶺。今關門基址猶存，是設險守國，由來久矣。

爰仿直隸固關借地立營之制，以建關之議謀之河南中丞英公。既以爲可，乃式廓舊規，爲牆八十丈有奇，爲雉四十，爲門一。門之上爲樓，爲七星池，旁爲礮臺二。牆南北訖山巔爲礮臺、瞭臺各一，計用石四千三百餘丈。山麓爲營署，爲兵房。事興於咸豐六年五月二十八日，落成於九月二十五日，置兵署戍守焉。

既聞於朝，屬吏請予文紀其事。予聞賊之據懷慶也，大兵三面合圍，賊乃西遁，過濟源，踉蹌入封門，留餘賊以守，官兵追之不得入，而賊亦自殺其嚮導者，謂陷之於絶地也。方賊出懷慶，逾山即鳳臺，以碗子城内外守備甚設，遂紆而西。險之可恃而不可恃也如此。今平絳潞黎之郊，兵燹之跡復爲田廬者十九矣。抑《書》曰："慎固封守。"語曰："前事之不忘，後事之師也。"獨封門乎哉！

遂書之以爲記。

《明王文成公畫像》記[1]

儼然朝服而端坐者，明王文成公遺像也。七梁之冠戴雉尾者，侯冠也。翼而張者，籠巾也。赤而上指者，立筆也。四折四柱，冠之制也。香草四段，冠之文也。其服赤，其繡蟒，侯服也。緣，青也。中單，白也。笏，象也。帶，玉也。韠，皁也。公卒在嘉靖七年，贈侯以隆慶二年讒人死、公道彰也。像蓋公子孫祠祀，作於明代，故衣冠符明制也。公謫黔，黔人慕公，猶鄒魯之於孔孟。

像之來，非偶也。嘉慶中，傅濆建議祠公於螺山。始出此像者，敖蘅坪也。敖得之雲貴總督百齡也。橅此像以成螺山祠雕像者，吾父也。此像存螺山祠，散失市肆，復得而返之者，王玥也。沐浴齋戒，敬考而志者，黄彭年也。時大清咸豐五年冬十有二月也。

新城縣重修聖廟碑記 代

新城文廟創自有元，道光八年，邑令周良卿擴而新之，迄今四十餘年。兩廡、後殿既傾，欞星門、圍垣亦圮。邑令胡岳建議修復。會當遷去，某來攝縣事，始輸金爲之倡，謀諸父老，醵金不盈萬，鳩工庀材，以同治十年某月某日興事，某月某日落成。是年秋，霪雨浹旬，官舍、私廬頹壞逾半，廟貌屹然。邑之人欽妥侑之得宜，而幸其謀之之豫也。工既竣，請某文以紀之。

某竊維士人所爲崇祀聖人者，豈惟是殿廡之巃嵸、歲時之祭享云爾哉，固將志聖人之志、學聖人之學也。夫聖人之道，昭著於六經。經師之傳，導源於北學。其在漢時，京氏言《易》，盧氏言《禮》，董氏言《春秋》，毛、韓言《詩》。至於隋唐，二劉、熊、李疏注於前，孔、賈諸儒正義於後，譬諸淵海，宏納衆流，大矣廣矣。自是以來，二程、康節、元城、河間倡道於宋，文靖、子聲、伯修、敬仲傳業於元，迄於有明之孫、鹿，國初之

---

[1] 題名《稿本》同，《手稿》作"《王文成公畫象》記"。

顏、李，莫不敦崇大節，焜燿儒林。即以新城一邑而論，遠則道元之博、許茂之精，近則五公山人懷文武之才，抱忠孝之節，隱居樂道，確乎不移，當時學徒謚以“文孝”。健[①]餘北學之編，屈一指焉。

《傳》曰：“士希賢，賢希聖。”凡諸賢之言，莫非言聖人之言；凡諸賢之行，莫非行聖人之行。雖所造或有淺深之殊，要其歸，則無古今之異。士之有志於聖人者，聞諸賢之風，其亦知所興起乎？求之六經，驗之五倫，推之萬事。嚴義利之辨，大名教之防，於以紹鄉賢之遺徽，蘄至乎聖人之大道。則北學之興，將於是乎在，庶幾吾夫子垂教來世之本意。《書》曰：“黍稷非馨，明德維馨。”某不敏，願與都人士共勗之也。

醴陵縣貞孝節烈總坊記

貞孝節烈之旌以坊，例也；萃千百人而總一坊，則始自江蘇之陽湖、武進，後遂著爲通例。吾邑之有總坊，始於道光中，城北史氏實創建之。事閱四朝，名溢於石，不克登紀，被旌之裔，咸共悼歎。集議輸財，買地城東，更建總坊崇祠，致享經營。既成來告，請記。

予惟坤道柔順，其動則剛，剛則識定，識定則志定，是之謂至静。内敬外義，恒立而不易，是之謂德方。非静無以含貞，非方無以立德，所以古聖之垂訓綦嚴，而盛代之旌揚尤亟也。邇者海外諸邦侈談女子之才能，昧於地道無成、男女有别之義。彼烏知風化之攸關、綱常之足重哉！

吾邑俗尚敦龐，婦女能知大義。總坊之建，發潛闡幽，風氣所趨，殆有合於剛方之訓者。予觀郡邑修輯志書，或以卷隘人多，别爲《節孝録》。昔居畿輔志局，采訪節烈，逾七千人得旌於朝，當事者泐碑祠壁。今之總坊，與夫著録刊碑豈有異乎？期無遺美而已。

經始於光緒十一年十二月，落成於十二年十月。凡建祠兩楹，坊廣三丈，記貞孝節烈姓氏，虚其後以待續增，是爲記。

昭忠、節孝兩祠題名碑記 代

國家定制，直省府、州、縣、街各建忠義、孝弟、節孝祠，凡士女獲旌者與焉。又建昭忠祠，以祀遇難死事之臣。咸同以來，總督、學政題請而外，九卿臺諫皆得摭實上聞，猶恐其有遺也，則又設忠義局。及《畿輔通志》局開，采訪而進於局者，予爲次第達諸朝。

---

① 健：《定稿》同，《稿本》作“建”。

故事，節孝旌表者有坊，後以人衆，乃立總坊；而忠義則惟祠中設主權。布政使丁君壽昌、按察使葉君伯英以爲祠中之主與其姓名之列於志乘，人不得而盡見也。乃牒請刻石，舉諸郡邑。已旌及采訪待旌死難者，曰官、曰士、曰兵、曰民，得三萬九千三百有七人，書其名刻諸昭忠祠。其婦女曰孝、曰烈、曰節、曰貞，得八千三百八十四人，書其姓氏刻諸節孝祠。其續訪者，待補刊焉，請予文記其事。

予惟人自賦氣成形，莫不各有當盡之理、當守之分，所謂節也、臣道也、子道也、妻道也，分不同而理則一。自前志有達節、守節之言，後人或託於達者之說以自解。故宋以來，儒者專表守節之義，而國家立學首重明倫。士爲之倡，至於牧豎、村嫗，耳濡目染，莫不知名節之足重，不惜捐軀命以殉焉。此即聖人無信不立之意，而國維所由日張也。是舉也，以闡芳烈，以垂久遠，其識爲治之本矣！

陶樓文輯卷十一

《鄭學録》序

遵義鄭君子尹既卒之明年,唐君鄂生將刊其遺書,先裒[①]所爲《康成傳注》、《年譜》、《書目》、《弟子目》,遣使齎以入秦,授予讀之。因檢櫝中書參校訖,而序其後曰:

秦燔儒籍,入漢復興,各習專經,恪守師法。康成始旁通六藝,兼綜諸家。當時學徒景從,表閭徵辟,黄巾異類,且拜其居,可謂顯矣。迺王肅難之於前,劉知幾疑之於後,至張孚敬請罷聖廟從祀,而鄭學幾廢。然而難之者肅,申之者昭、融,疑之者劉,表之者司馬。我國家褒崇儒術,聖祖詔復從祀,純皇帝又命儒臣采輯康成所著諸書納之《四庫》。於是爲鄭學者,三禮、《毛詩》而外,《易》則有惠棟、張惠言、丁杰,《書》則有王鳴盛、江聲、孫星衍、盧文弨、段玉裁,皆掇拾於散亡之餘。遠紹絶學,於斯爲盛。

予竊謂鄭學之晦,猶有兩端。穎達、公彦,從而不違,暨乎後儒,彌尠規正。豈知鄭學非尚苟同,邵公之室不厭操戈,叔重《五經》無嫌駁異,曲護鄭失,是爲佞臣,其蔽一也。漢宋分門,互相訢病,儒林、道學,判爲兩科,遂謂傳經之徒無與躬行之實,豈知朱子每稱漢儒,至於[②]康成,尤所深許,既服其精力之强,又頌其有功於道,義剛所録,宗爲大儒,而末學諓聞,謬生黨伐,其蔽二也。

佞臣之失,漸至荒經,黨伐之興,且將誣道。《傳注》、《年譜》之作,其以是乎?觀其彰避地之識,表不仕之貞,確乎不拔。斯文在兹,著《書目》以見其道之宏,著《弟子目》以[③]見其傳之遠。而於康成疲神緯書,未嘗曲爲之諱。至若辨北海之譎觚,黜郗慮於末簡,又儼然《春秋》之義焉。

以康成之行,考康成之文,頌《詩》讀《書》,知人論世,然後鄭學昌而經術明,大義微言,未遽乖絶,以待濂、洛、關、閩諸儒之闡發者,固不得謂無與於道統之傳也。

子尹博綜羣籍,專精三禮,抱道隱居,屢徵不就,學業志行頗類康成。其爲是書,殆有微旨。予取《鄭志》、《鄭記》之例,爲題曰《鄭學録》云。

---

① 裒:《稿本》、《定稿》、《鄭學録》作"褎"。
② 至於:《定稿》、《稿本》同,《鄭學録》無此二字。
③ 以:《定稿》、《稿本》同,《鄭學録》無此字。

《治蝗書》序[①]

予讀繹萱太守所爲《治蝗書》,采古今人成説,證以歷官所親見之端、力行之政。凡蝗之卵生、化生、未出、始出,至於能飛、驟聚,莫不窮其形狀。而治蝗之人與器、與所以用之之法,亦莫不備焉。又慮民之囿於俗説,而爲之破其惑。又慮官之玩其事,而爲之反覆其議論。比之赤子襁褓徧蟣蝨,嚬號痛癢,而莫爲之捫捉。斯真爲民父母之言。

予不禁廢書而歎曰:"人之與天,相爲感召。故古之善爲政者,蝗不入境。政之不善而蝗生焉,況又漠然置之乎。夫仁,人心也。古之稱仁政者,無他,推此心加諸民而已。民父母我,而我不能視如赤子,誠求所以保之,是無仁心。然有是心而不能備其法,則亦不足以爲政也。"乃爲之敘,促太守刻之,以廣其傳。

《居學録》序

國朝黄州講學之家最著者,曹學士厚庵。予見其八世從孫仲惺茂才,問學士遺書,出《居學録》,蓋當時與及門析疑辨難之語,其弟子高發崙、孫光憙稱述中載爲學説;日用淺言之屬,則學士所自著,藏家塾,未刻。

按改亭所撰《行狀》作《居要録》。《行狀》稱學士"生平撰著,自《五大儒語要》、《周張精義》、《王羅擇編》諸書外,有《居要録》一卷,乃初有得於道之言"。後盧傳附雜著,刻爲《書紳録》十卷。門人胡兆鳳輩謂非學士志,因别編《切問録》一卷,載學士論學語,未行世。

按此編大旨言講學,不外窮理盡性,多采姚江白沙之語,與朱子並論。蓋其生平得力本於致良知,繼乃體物隨分。至末年言曰:"當知道甚簡易,勿過求之苦難。"又曰:"可無陽明,不可無朱子。"則學日進而有定論。故論者謂此編非學士志也。然言簡而不支,事切近而易行,不合於道者鮮矣。

予惟楚北自二程居黄陂後,傳其道者,元則趙仁夫,國朝則熊文端爲得其宗。而明之耿恭簡兄弟、郝仲輿、李承箕、瞿九思、李之泌輩,雖所入之門徑不同,所造之淺深不一,其馴致於大道,則所謂殊途而同歸也。

學士卒時年甫四十餘,已得指歸。使竟厥緒,何患不優入聖域?此編雖未極其至,已足徵志道之堅。《切問録》不傳,全集又佚,因亟刊之,以存梗概。原本作《居學》,義

① 《黄陶樓先生年譜》存。

亦可通，不復改題。至其語有出入，學[①]者自知，亦無煩爲之糾正。

《受研圖》序

予友陳君憂服之中，余往問之。君執所爲《受研圖》，涕泣告予曰："元禄十二三歲時，與諸昆弟從大父讀書錢塘，特見愛異。嘗授以海寧陳文勤公遺研，大父所賞愛也。携至京師，龔定庵禮部假去，遂失。今吾大父卒已五年，吾父卒又六月矣，維手澤失墜，憯然有悼於志。"

余曰："善哉！君之不忘祖也。雖然，杯棬、圖籍，器也，其小焉者也；仁義禮智，道也，其大焉者也。工之繩墨斧斤也，巧存焉；庖丁之芒刃也，神行焉。夫喻子孫於道，懼其有所忘，故受之以器，使觸於目而震動其志。果其志於道也，器雖忘何傷？其不志於道也，是執繩墨、斧斤而不能爲工，持芒刃而不能一割也。余嘗讀君高祖句山先生家訓，諄諄以忠孝自命，又謂讀書當引之於身。嗚呼！君之所以不忘祖者，當更有在矣。"

《老子釋》序

老子深於禮，當周末文勝，以爲非制禮之本意也，於是返而求之，秉其要，執其本，追溯乎有禮之先，以明所以治禮之意。而立言之激，至於崇尚虚無，則所謂矯枉而過乎正者。吾孔子"先進"、"野人"及"禮云禮云，玉帛云乎"之論，蓋猶竊比之意，爲得老子之旨而無過正之失。莊周得其體，其失也放；韓非得其用，其失也刻。故《史記》取莊、韓與老子同傳，明夫爲老子之學有此二家，其得失固可考而見也。

後世明老子者寡，河上公託之神仙，事尤不經。唐人君奉老子爲祖，而信神仙之術，於注本獨重河上公。然取陸德明《釋文》所引河上公本與今本校，復多不合，是今所傳《河上公章句》亦非唐時舊本。故精於考古者，謂《老子》竄亂，至不可讀。於是讀其書者，以意定之。嚴氏分七十二章，吴氏分六十八章，王氏、司馬氏雖不分章而注，意與河上公八十一章相合。近時姚氏更爲斷章，或數字，或數百字，以爲《老子》章義。蓋説愈多，而旨愈晦矣。

問盲子之釋《老子》也，以爲欲明老子之義，當先考《老子》之文。其文如雲龍，東鱗西爪，不可端倪。於是即河上公所分章，執其端以引其緒，先釋句讀，次釋其文，使讀者知文理之接續、血脈之貫通，然後因是以求作書之本旨，有類朱子章句《中庸》之法。

---

① 學：《稿本》同，《定稿》作"覽"。

而以率性釋常道，謂"視性變文之謂常、視率變文之謂道"，尤得《中庸》載入禮經之意。學者苟能如問盲子①之用心，由是袪俗説之訛謬，考古本之異同，究道德之本旨，於以窺先王制禮之本原，其於君子南面之術，庶有裨乎？

問盲子卒後數十年，其子同楨奉遺書，介方君存之來請，因爲之敘。

問盲子者，張其姓，元道其名，桐城人，别有《壺園集》五卷。

《蜀遊草》序

吾師昆明黄矩卿侍郎道光辛卯督學蜀中，都所作詩二百餘首爲一集，是爲《知蔬味齋詩鈔》之一。師自道光丙戌通籍，官近侍，躋卿班。天子方嚮用，師以親老乞歸養，戊申歸滇。咸豐中，粤亂，奉詔治團練。同治二年，死馬榮之難。生平著述已刻、未刻者悉燬於火，僅餘此册及《詠二十四孝帖體詩》一卷。嗚呼！其可悲矣。

昔師遊蜀時，距蓮教煽禍已三十載，天下方全盛，蜀中富庶甲西南。師獨惄然憂之，爲詩曰："事定今卅年，聚落差如昔。生聚多飢寒，安撫費籌策。"又曰："不務德務險，衽席起勍敵。"若預知蜀之將亂者。不過二紀，而粤寇擾東南，蜀中亦蹂躪幾徧，師猶及見之，可不謂明智乎哉！

先名宦公初官考功，交遊多滇人。竇丈蘭泉、戴丈雲帆及吾師往還尤密。先公見師蜀遊諸作，爲畫《雪棧圖》，蘭泉、雲帆紀之以詩。同治初年，先公入蜀佐駱文忠公幕，治蜀寇，得吾師在滇死事狀，涕泣道前事。時雲帆已先死，不逾年而蘭泉殂謝。彭年以丁卯，奉先公喪還湘。今來京師，距師遊蜀已四十年，師成仁已八年，吾親之喪亦四年於兹矣。

允初邂逅，出示此册，相與道往年治亂平陂、生死聚散身世之故，衋然傷之。濡筆爲序，悲從中來，不覺淚涔涔下也。

《詩小學》序 代

予既序吴君所撰《歌麻古韻考》，復取其《詩小學》讀之。大旨用段氏雙聲疊韻之法，求之形聲，以得《詩》義。

國朝以聲音、文字説《詩》者，有顧氏亭林、惠氏周惕、戴氏震、陳氏啓源、錢氏坫，而茂堂於小學爲最精。其説《詩》，時見於所注《説文解字》，不獨《毛詩小學》一書也。吴君推而衍之，立説不專主於毛，故直題曰《詩小學》云。

① 子：《稿本》同，《定稿》無。

予嘗謂古籍散亡，今之所存雖單詞隻義，當日必有依據。後人求左證而不得，則效康成改字，一弊也。不得本字之義，而創獲他解，轉斥先儒爲望文生義，二弊也。經字異文，或相叚借，輒據異字肊斷時代，三弊也。

是書於三者，或未能盡除。要其實事求是，因聲定義，以義知聲，考索於古字、譌字、叚借字以知字形，而聲與義定焉。聲與義定，而字形亦無誤焉。固已援据浩博，而鈎析至勤。又謂子家、雜家、讖緯各家皆在《詩》、《書》之後，説經者穿鑿附會，甚或至於誣聖、誣天；又謂讀《詩》者，當於各詩中求其貞淫正變，勿泥於風、雅、頌之名；則大義微言，時有所見，又不僅聲音、文字之學矣。

吴君，篤學人也，故質言其書之得失，以爲之序。

《香草詞》序

詩亡而樂府興，樂府衰而詞作。其體小，其聲慢，其義則變風、變雅之遺。自皋文張氏以意内言外之旨論詞，而詞之旨始顯。予嘗證成其説曰："言以發志，文以足言。"又曰："書不盡言，言不盡意。"以是讀詞，時有所會。

自唐以來，作者代出。南宋之際，厥指繁深。幼安之《祝英臺近》，則"貝錦"、《青蠅》也；堯章之《疏影》，則《揚水》、《黍離》也；聖與之《高陽臺》，則《匪風》、《下泉》也；無名氏之《緑意》，則《雞鳴》、《風雨》也。賢人、君子，感時觸物，吟詠情性，主文譎諫，詩人之意，猶未遠乎？元明以來，斯製益靡。國朝自阮亭園，次竹垞、西河、稚黄、珂雪、迦陵揚聲於前，大宗、仲則、樊榭、皋文諸人繼之於後。近歲士夫競崇詞學，律以意内言外之義，蓋綦難焉。

庚申之春，羈栖清苑，陳丈息凡過余。論詞及南宋諸家，因書所見相質，即以序所撰《香草》諸詞集。因憶息凡初奉檄之官蜀中時，家君方官吏部。息凡來置酒取别，余時爲童子侍坐。息凡盛述蘭雪子、方夢湘諸老品題之重。倏忽二十年，諸老皆已萎謝，家君尚從事海濱，息凡亦方棄戎軒、司牧平棘，譬猶汪洋漂蕩疾風怒濤中，而未知所底。回憶曩昔，不能無慨云。

《徐氏譜》序

《史記·秦本紀》："秦之先爲嬴姓，其後分封，以國爲姓。有徐氏，伯益二子，大廉之後爲秦，若水之後爲徐。"《唐書·世系表》、《通志·氏族略》皆云："伯益佐禹有功，封其子若水於徐。"若水元孫費昌去夏歸商，禦湯敗桀。自費昌至偃王二十七世，是徐之得姓,由來舊矣。而《唐韻》謂:偃王出東海、高平、東莞、琅邪①、濮陽五望。韓氏愈謂:"徐氏十望,其九出於偃王。"後世述徐氏譜系者,莫不以偃王爲始祖。豈非偃王以仁義失國,其名稱至大且遠哉?

偃王子宗繼絶傳,十一世孫章禹見滅於吴,徐之宗族子弟散處揚、徐二州間。或以爲偃王逃戰,不之彭城而之越城之隅,棄玉几研於會稽之水。今吴越諸徐,大抵其苗裔也。

長興之徐有諱言章者,明季甲申避難,遷居湖州,傳五世至肯莽。以長興舊譜久未增修,懼年遠無徵,手録遷郡以後世系爲譜。其弟之子照來請序。

予惟譜之言布,謂布列見其事。《史記·世表》並效《周譜》。鄭氏康成云:"譜之於家,若綱在綱。"劉氏勰云:"注序世統,事資《周譜》。"姓氏之根源、昭穆之統紀,胥於是乎在,則譜不可失之略。歐陽氏、蘇氏譜例,譜其所可知,缺其所不可知。蓋有鑒世俗謬制名字、旁援貴顯之陋習,而斷之以例,則譜不可失之誣。與其失之誣也,不如其略也。今徐氏之譜自湖州始,非取其近而可信歟?其由是溯長興而至得姓之初,吾知必不循私而失實矣。

抑余嘗讀正學方氏之序《徐氏譜》曰:"有志者,居田里則率仁義以化其鄉,守爵禄則率仁義以居其官。"如此則善爲徐氏矣。今徐氏諸望不能必其出於偃王,其爲嬴姓則一也。偃王以前享國三十餘世,名不盡傳。偃王身行仁義,雖已失國,而後世稱慕。使徐氏子孫三複正學之言,其所以立身揚名、光顯家族②,必有大過人者,不亦美哉!

《李氏支譜》序 代

宗之統起於祖,宗之名成於孫。故《禮》曰:"别子爲祖,繼别爲宗。"又曰:"尊祖故敬宗。"敬宗,尊祖之義也。既起於祖,又成於孫,則所謂"繼别"者,以别子之爲祖。自三世、五世至於百世,所繼之世數雖殊,而統謂之"宗",則亦統謂之"繼别"而已。先王制禮,百世不遷之宗,以廣合族。復爲繼别之文,以别支派。廣合族而仁著,别支派而義彰。仁著、義彰而宗法立。自宗法廢壞,學士、大夫有不能舉其姓氏所自來者,譜牒之爲重於世教也久矣。吾謂欲修譜牒,先明本支,則繼别之義也。

長沙李氏,明初由贛遷楚,由瀏陽遷長沙,居河西竹子沖近尖山,稱尖山李氏,派凡七支。潤芝、協戎七世祖諱國衢者,當隆慶中徙居河東。入國朝,子孫蕃衍。道光中,族人議以七支難於合一,自國衢公始,别修支譜。同治三年,予視學蜀中,潤芝亦統

---

① 琅邪:《稿本》同,《定稿》、《手稿》作"瑯邪"。

② 家族:《定稿》同,《手稿》、《稿本》作"宗族"。

兵,隨駱籲門尚書[1]入蜀。時過予,言族中續修《支譜》,使請序於予。

予喜其合於古者繼别之義,而猶有進焉者。昔先王之以仁義教天下也,既爲比閭族黨之制,教以祭祀、喪葬、冠昏、飲酒之儀,勸以相保、相愛、相救、相賙之誼。猶懼其未足也,又爲之宗法,使各道其親親、長長、慈幼之恩。其祖遷於上,而宗變於下。親之不能不疏者,勢也。然繫之以姓而弗别,綴之以食而弗殊,則類[2]疏者而使之親,仁也、義也。仁義行於家而家睦,仁義行於鄉而鄉固,仁義行於國而國强。常足以全恩,變足以禦侮。《周官·太宰》所謂"宗以族得民"者,其制不必盡存,而其理則古今一致也。

往者粤逆之亂,吾楚治團練者,或以鄉團,或以族團。將材崛起其中,常一家而三四人,或十數人。楚軍之名,用是大著。潤芝以應募起,遷秩二品,方將益樹功名,光顯乃族。吾固知李氏之必昌,而尤望吾鄉父老益敦尚仁義,相勉相戒,各率[3]其族以固吾圉而報國家也。是爲序。

《續修族譜》序 代

譜者,譜其所可信而闕其可疑,宋以來皆知此義矣。嘗考吾黄族望,上溯受姓之始,蓋不能無疑焉。

《史記·秦本紀》:帝顓頊之苗裔孫曰女脩,生大業。大業生大費,是爲柏翳,舜賜姓嬴。又曰:"秦之先爲嬴姓,其後分封,以國爲姓。"有莒氏、黄氏、江氏。是黄氏之先出自高陽者也。《左傳》:"金天氏有裔子曰昧,爲元冥師,生允格、臺駘。"臺駘封汾川,沈姒蓐黄實主其祀。杜預注云:"四國臺駘之後。"是黄氏之先,出自少昊者也。黄氏既分少昊、高陽兩裔,乃《廣韻》、《通志》、《姓苑》諸書舉高陽而遺少昊。此其可疑者一也。

據《史記》,黄與秦同姓。《廣韻》、《通志》稱黄氏"陸終之後,受封於黄",則又與《楚同祖考》、《楚世家》"陸終生子六人",本於《國語》史伯之説。祝融之後,八姓既無江、黄,而《國語》有"曹姓鄒莒"之文,韋昭注又以莒爲"己姓",昆吾之後。是莒之爲嬴、爲己、爲曹既不可考,則黄之姓嬴,抑豈足據? 此其可疑者二也。

黄之以國爲氏,其爲"江黄"之"黄"與"蓐黄"之"黄"既難遽定,而《廣韻》記黄之望族則云"出江夏"。考江夏著名之始見於《後漢書》黄香及香子瓊、瓊孫琬,爲江夏安陸人。而《通志》云"楚有黄歇",《廣韻》云"漢末有黄霸"。江夏在楚境,其出春申與否不可知。若霸爲淮陽陽夏人,江夏、淮陽實二郡也。漢時又有黄憲出汝南,黄昌出餘

---

① 尚書:《稿本》、《定稿》同,《手稿》作"制軍"。
② 類:《稿本》、《定稿》同,《手稿》作"聯"。
③ 率:《手稿》、《定稿》同,《稿本》作"牽"。

姚。又,蔡邕撰《神誥》稱"江陵黄氏,三世立節",漢南以爲美談。考地志,江陵隸南郡。是漢時望族不止江夏,唐時有江夏暨會稽、零陵、巴西、東郡、江陵、洛陽、晋安八郡,而後世同望江夏,不幾①於無别乎? 此其可疑者三也。

舊譜仕鑾公序稱:"唐末峭三公有子二十一人,散處四方,遣之以詩。"此事貴州朱昌黄氏及廣東潮州黄氏兩譜所載略同,惟稱峭三公仕宋,爲龍圖閣學士,與譜序異。考《唐書》、《宋史》,均無可證。《宋史》黄氏爲龍圖閣學士者三人,無峭三公名字,亦無遣子事。此其可疑者四也。

《傳》曰:"信以傳信,疑以傳疑。"吾族先世自仕鑾公修墨譜時,即斷自遷醴始祖貴海公始,而上世不録。即峭三公事,亦僅見於序文。乾隆中修譜,因墨譜之式而纂録焉,慎之至矣。顧敘派尚有參差,寫刊不無舛誤,今之續録,例仍其舊。偶有更定,要皆正譌補缺確有可徵,不敢臆爲增削。蓋自始遷祖以來,世系之承傳、支派之分别,可得而詳。而自今以往,繼吾譜而廣之者,誠如蘇氏之言可至於無窮而不可以紊也。

抑猶有未慊於中者,貴海公之遷醴也。元妻傅早卒,《舊譜》載傅氏妣歿,葬豫章祖山。同治六年,族中議使安凝、安梯、邦翊守墓上高。上高之同族出譜相質,則有熊氏妣者,貴海公之繼室。有執中、以中,以質、以文者,熊氏妣所出之子。而詢傅妣兆,竟莫知所在焉。是吾《舊譜》之可信者,至今日猶不能無疑。疑者闕之,子孫之所不得已也,則所以傳信於後世者,其無敢苟焉也已。

《清河縣志》序

太史公作《史記》,多采《左傳》、《國語》、《世本》、《戰國策》。是志者,史所本也。《周禮》:"邦國之志,小史掌之。四方之志,外史掌之。"修史必據志,則修通志必據郡邑志明矣。明代極重志書,《文淵閣書目》收直隸舊志至一百三十有四部,新志至一百五十部。視各布政使志書,特爲繁備,非以近畿之故歟?

《書目》舊志中,載《清河圖志》二册,新志僅書名,皆無卷數。康熙中,邑令盧士傑修志,稱初編五卷,後益爲十二卷,士傑又益爲十八卷。考明正統中楊士奇題本言,文淵閣書皆永樂十九年取自南京,當時清河已有新、舊兩志。而《盧志》稱志創自嘉靖十三年邑令孟仲遴,更定於萬曆八年邑令向日紅,殆數典而忘矣。然就《書目》及《盧志》所載,有明一代,清河志已四修。乃我朝自康熙十九年重修之後,迄今一百九十年,制度之更,人物之盛,事變之煩,竟無續而紀之者。此錢啓文所以有"流官傳舍,故籍弁髦"之歎也。

① 幾:《稿本》同,《定稿》作"及"。

比者,合肥相國延予修《畿輔通志》,方檄郡縣采訪事實,而權清河縣王君竹堂續志適成。王君任事之勇,於是可見。人存政舉,聖人之言,豈不信哉！王君丐其友問序於予,予喜夫采摭之有據也,爲考而識之。

《蓮池日記》序

予既應聘重主蓮池書院講習,言於合肥相國曰:“畿輔先儒在漢爲毛、韓、董、盧,在唐爲賈、孔,在宋爲邵、程,在金爲趙,在元爲劉,在明及我朝爲蔡、刁、孫、鹿、顔、李。地非乏才也,今非異古也,士非學不成,學非書不廣。富罕藏書,貧不能置書,士窘於耳目,乃溺於科舉。”於是籌千金,購書二萬卷,區其類曰經學、曰史學、曰論文,置司書,立齋長,使諸生得縱觀。

又言曰:“先聖垂教,博文約禮。湖州設規,經義治事。厲士以學,未試以文。《學海》、《詁經》,彪炳近代。斐然成帙,著作之林。然課試成材,非啓牖嚮學。限之以命題,慮非性所近也;拘之以篇幅,懼其辭不達也。積日而求之,逐事而稽之,知其所亡,無忘所能。爲者不畏其難,教者得考其實。途有程也,匠有矩也。”於是命諸生爲日記,人給以札。旬而易焉,月論其得失而高下焉。

又言曰:“門户不可分,門徑不可不識。陳言不可襲,法式不可不明。彙而存之,刻而布之,得失自知也,長短共見也。匪惟旌之,實用勵之。爲學者勖,爲來者勸。”

於是刊《日記》,月刻一册,朞年裒之,爲初集。

《蓮池課藝》序①

書院月試制藝,試帖舊矣。當事諸公復進而試以古文、辭賦。逾月,院長輒選而刊之。

謂足盡其美乎？恐不能無遺也。

謂可傳乎？作者局於尺几,迫於晷景,閲而評者,選而刊者,不三旬而成帙,未能信也。然則悉爲刊之,將以勵也。

勵以名乎？操觚脱槀不逾月而傳之都邑,不數月而傳之百里、千里,能者快於心,不能者觀而感矣。

勵以實乎？其美者,人得而稱之。其瑕者,人得而指摘之。已刊者知自省,未刊者足以鑒矣。

---

① 題名《稿本》、《定稿》一同,《定稿》二作“《蓮池書院課藝》敘”。

勵止此乎？則取前人之文日夜誦之，倣而效之。迨其成也，足以弋取科第，馴至於公卿，則是教者竭其聰明才力，授人以揣摩迎合之術、鏗鏘無用之文，壞人才而害國家，學者之誤、教者之罪也。

然則宜如之何？曰：文者，弟子以餘力學之者也。言者，心之聲也。文之實在行，行之實在心。心術端，行誼立，文雖不工，稱善人焉。況充實而有光輝，文未有不著者。願與吾徒共勉之。

《朔方備乘》序 代

古之儒者，博學而不窮，故多聞多志，必繼之以精知，然後略而行之，未有不通天下之志而能成天下之務者也。

吾觀《周官》所記有職方"掌天下之圖"，凡四夷、八蠻、七閩、九貉、五戎、六狄，人民、穀畜之數，要無不"周知其利害"矣。又有土方、懷方、合方、訓方、形方及山師、川師、原師、匡人、撢人。察宇内之土地、形勢與山川、林澤之險易，且約其瀍制，著之《周禮》，勒爲成書，使學者童而習之，長而有以通知天下之故，以備國家緩急之用。後之學者囿一隅之見，忘深遠之慮，舉四裔之事，概置之存而不論之條，不亦隘乎！

且夫三代之時，王畿不過千里，征伐不出五服，猶可執"不勤遠略"之説也。而聖人已憂之，必爲之圖，設之官，著之於書，使周知而預爲之防，如此其至。況封建既廢，關市已通，輪舶、火車，瞬息萬里，異域遐方，邇若咫尺。顧乃局守堂室，視聽曾不及乎藩籬，是豈可久之計哉！

《傳》有之曰："知己知彼。"《大學》之言"治平"，知己之學也。《周官》之言"周知"，知己而兼知彼之學也。自來談域外者，外國之書，務爲夸誕，傅會實多。遊歷所紀，半屬傳聞，淆譌疊出。又或展轉口譯，名稱互歧，競尚瑣聞，無關體要①，以云徵信，蓋亦難之。不知史傳所存、官私書所紀，參考互校，可得而詳。自非彊識洽聞、精心遠見之儒，罕能究其源流，證其得失。

竊見故員外郎銜、刑部主事何秋濤究心時務，博極羣書，以爲俄羅斯東環中土，西接泰西諸邦。自我聖祖仁皇帝整旅北徼，讋威定界，著録之家雖事纂輯，未有專書。秋濤始爲彙編，繼加詳訂。本欽定之書及正史爲據，旁采圖理琛、陳倫炯、方式濟、張鵬翮、趙翼、松筠以及近人俞正燮、張穆、魏源、姚瑩之徒，與外國人艾儒略、南懷仁、雅裨理之所論述，並上海、廣州洋人所刊諸書，訂其舛譌，去其荒繆。上溯聖武之昭垂，下及窩集之要害，爲考，爲傳，爲紀事，爲辨正，自漢、晉、隋、唐迄於明季，又自國朝康熙、乾

---

① 體要：《稿本》同，《定稿》作"要體"。

隆迄於道光,代爲之圖,各爲之說,凡八十卷。

文宗顯皇帝垂覽其書,賜名《朔方備乘》。進呈之後,書旋散亡。吏部侍郎黄宗漢因取副本,擬更繕進,復燬於火。秋濤之子芳稌奉其殘稿來謁,篇帙不完,塗乙幾徧。某[①]爰屬編修黄彭年與畿輔志局諸人爲之補綴排類,復還舊觀。圖説刊成,全書次第亦付剞劂。

竊謂是書所紀,雖止北徼一隅,然學者由是而推之,則章亥所不能步,查客所未及周,無不可按籍而稽,更僕而數。是《戴記》所謂"考道以爲無失,可以精知,略而行之"者也。

《叚借肊測》序

六書之旨,統於形與音與義。象形、諧聲、指事、會意皆主於形,轉注、叚借則主於音與義,而所以馭形。轉注之説,後世知之者希,聚訟紛然,莫能定其指要,故小學家多言叚借。

然叚借雖主於音,有因同聲而借者,有因轉聲而借者,有聲義相倚而借者,亦有聲近而義絶遠而亦借者,且有因形之相近而借者,又有形聲俱不相近而亦借者,有無本字而借者,有有本字而亦借者,有借爲此字而更借者。不明叚借,則將有本非借而誤以爲借者矣。

故治小學者,必先明字之本音、本義,而後叚借之法可明。必盡古人叚借之法,而後字之音義可備。按之造字之本意而不相違,證之經典而無不合,然後可以讀三代、兩漢之書而無不通。今人求本字之音義而不得,輒以叚借文其説,使能盡古人叚借之法,豈敢妄爲肊度哉!

圭齋先生究心六書,著書以明叚借之法,凡經典字異而爲《説文》所有者,則謂之借;《説文》所無而爲隸所變者,則謂之變。明乎其爲體之變,而借之法始明。明乎其爲借,而字之本音、本義與所借之音義咸備。持是説以求之,安有誤以非借爲借之病?

學者取是[②],合之前人《通雅》、《别雅》及《廣雅疏證》、《説文答問》諸書言叚借者,可以觀其通焉矣。哲嗣元孚太守將刊而傳之,於是乎言。

---

① 某:《稿本》同,《定稿》作"鴻章"。

② 是:《稿本》同,《定稿》作"是書"。

《銅礮陣圖》敘 代①

撫帥王公之涖晋也，請於朝，練②標兵千人，曰精兵。人授之器，器授之技。技成而教之戰，爲鴛鴦之陣，寓十三變法，而進退、出入、疾徐不愆焉。

陣成，既圖而敘之。又爲銅礮之陣，其器大礮四、銅礮三十、抬礮八十、抬鎗百八十。其用先大礮，次銅礮，次抬礮，次抬鎗。其隊環繞而遞進、翼張而踵接，四擊而中爲之應。其及也遠，其守也堅，更番層出，整暇而不竭。陣成，部將某復爲之圖。而謹識其後曰：

火器入中國久矣，自明以發熕、狼機、快鎗置軍中，逮我朝而益備。或見敵而施速，敵近而銃熱，臨敵而次失，敵薄而陣動。正實而旁虚，敵得伺吾隙；前奮而後懈，敵得乘吾衰。

我撫帥知其然，與方伯恒公、廉訪沈公、觀察瑞公倡輸金錢，製礮、銃若干，朝夕命文禄訓將士而肄習焉。大礮居先聲，其威也；抬鎗在後，静其志也。成而四方，密其應也；進而更疊，暇其力也。聲以張之，静以待之，密以備之，暇以養之。紀律練心，旗幟練目，金鼓練耳。不動如山嶽，迅烈如風雷。雖遇大敵，胡不克哉？

方今國家多事，宵旰憂勞。撫帥用是製器增兵、拊循訓戒。我將士其何以使器不虚製、兵不虚增，無負經畫教練之意？願與諸君子共勉焉。

《槎溪學易》序 代

陳君作梅既卒之明年，其孫公度③奉《學易》遺稾，丐④爲之校正。

其書倣《繫辭》⑤之體，師程子以人事説《易》，而參用漢人"消息錯綜"之義，大旨主於抑陰扶陽、勸善懲惡，要歸於聖人寡過之意。其言切近，而文以史事，使人易知而易從。刻既成，⑥序其端曰：

《易》之道本乎陰陽，陰陽之理一也。然陽剛而陰柔，陽明而陰闇，故趨道者必歸於陽。聖人於陽克陰之時，欲陽自爲主；於陰克陽之時，尤欲陽自爲主。陰陽動而善惡

---

① 《定稿》、《手稿》存。

② 練：《手稿》作"益"。

③ 公度：《定稿》同，《槎溪學易》作"公亮"。

④ 丐：《定稿》同，《槎溪學易》作"丐黄君子壽"。

⑤ 繫辭：《定稿》同，《槎溪學易》作"繫傳"。

⑥ "刻即成"句後，《槎溪學易》有"予爲之序"句。

分,善惡分而吉凶見,故曰"吉凶與民同患"。蓋君子、小人之辨明,而泰、否之兆著焉。

然其類至繁,其幾至密。卦有八而演之爲六十四,爻有三而重之爲六,演之爲三百八十四,其策且至萬一千有奇而不可勝窮。非因夫卦之象、爻之理,察其所賦之性與所處之勢,則人事之繁且密者,無從擬其形容而觀其會通,而遑論天道乎?且卦也者,著天下之時;爻也者,傚天下之動。非歷艱屯、更憂患,極天下之時、之動、之變,又烏從而極深研幾,引申觸類以盡天下之能事也!

陳君嗜學不倦,通達古今,喪亂疊經,周知情僞。是書之作,於陰陽消長之際有微旨焉,後之讀者可以知陳君之爲人矣。

《讀史瑣言》序 代

讀史之法有三。一曰纂輯,屬辭比事,如《通鑑紀事本末》、《十七史詳節》、《古今紀要》之類是也。一曰考據,正譌補闕,如《通鑒考異》、《綱目訂誤》、《舊聞證誤》、《廿二史考異》之類是也。一曰評論,論斷得失,如《歷朝通略》、《學史》、《史糾》之類是也。

三者之中,惟評論最易,亦惟評論最難。俗儒鯫生,罕見寡聞,横生臆説,則見爲易。比例古事,準酌人情,折衷至當,則見爲難。故史家評論,必兼纂輯、考據,不得侈爲空言,猶治獄者必明律法、習故事也。

同年友朱君秋田出所著《讀史瑣言》示予。予惟秋田官黔中久,治獄其所長也。情僞衆矣,支詞①飾説,百出而不窮,明察之有司片言折之。古今之事,其變有萬,學者議訟亦紛然而難純,吾欲以一言論定。故杜氏注《春秋》,先作釋例;近時劉禮部注《公羊》,亦作釋例。有例而後説可憑,有例而後獄可定,蓋存之於心則爲理,筆之於書即是例耳。

秋田既以讀史之法治獄,公餘復以治獄之法讀史。仕優則學,學優則仕,秋田有之。②

《鐵瓶詩鈔》序

予不能飲,而樂與人共飲,故人以爲知酒。予不能詩,而樂與人論詩,故人以爲知詩。

---

① 支詞:《定稿》、《稿本》同,《手稿》作"遁詞"。

② "秋田有之"句後,《手稿》有"檢閱既畢,率書所見,弁之簡端。至其書論斷之當否,讀者自見矣,無俟余之貢諛也"句。《定稿》、《稿本》同無。

南瞻之論詩曰:“詩限於時,宋、元之不能唐,猶漢、魏之不能商、周也。而各有其真、至者焉,擬則偵矣。”

予曰:“豈惟時哉!地亦有之:北方之詩樸以勁,南方之詩華以婉。人亦有之:質毗陽者剛以和,質毗陰者柔以厲。且一身之所歷,興衰、顯晦、屈伸、離合之跡,萬變而不可以常,則其動於中情而形爲嗟歎、詠歌者,音亦異焉,强則僞矣。”

南瞻生當嘉道盛時,而困於場屋,故其詩慷慨而激越;中年值東南寇亂,馳驅戎軒,秉節贛雍,稍得發抒其志氣,故其詩卓犖而精奇;及乎解組養痾,徜徉山澤,其詩乃益皎然而清、穆然而遠。

南瞻間論國初迄近時諸家,以爲“如布帛纂組之精麤,釐然而各别”。予觀南瞻所爲詩,因境而異者,真之至;與年俱進者,學之至。南瞻又言:“作詩者,心窮天地、亘古今,極幽渺。而觀詩者不出尺幅之中,故作詩難,知詩尤難。”若是,則予又何足以知南瞻之詩哉!

桐雲詩集序

同治己巳冬十月,予應召至京師,寓興勝寺。夜聞叩門聲,急起,得《桐雲詩文集》。讀之,其詞博以大,奇氣縱横紙上,詫以爲古之作者。又耳熟“桐雲”名已久,不知其同寺而居也。

比曉,蹤跡得相晤,落落數語而去,奇博如其文。逾數日,桐雲又出其《海上詩》一卷俾讀。讀竟,作而言曰:

古所謂豪傑之士,視天下無不可爲之事,而其籌之也常豫,其慮之也必精。古之深於詩者亦然。山嶽之峻,江海之深,人情風俗之異,古今治亂得失之繁,以至昆蟲草木之細,稽諸載籍,驗諸目前。有不能知,則其學陋,而其爲詩也必不能具天地、萬物之理而觀其會通。至於地之所限,力之所屈,氣之所懾,知之所困,苟無危心深慮以達之,則富貴利達膠於其中,俗嗜瑣見錮於其外,亦孰能出其心之所得,而爲人之所不爲者哉!是故籌豫而後博,慮精而後奇。學問之道與政相通,孔子曰:“誦詩三百,授之以政,不達;雖多,亦奚以爲?”夫達,固非豫且精者不能也。桐雲其近之矣。

憶予昔官京師,相從質論文字。自吾楚益陽、道州、湘鄉、湘陰外,則上元、仁和、平定、河間、桂林、馬平、曲阜、代州、黟縣諸老,今存者五人,湘鄉方督畿輔,道州、湘陰、馬平、黟縣則各歸其鄉。追維文字,讌遊之樂,杳不可得。予方塊①然獨處,幸得桐雲療予孤陋。而桐雲又將别予以去,予既傷夫友朋聚散之無常,且將拭目以觀桐雲之事功

① 塊:底本作“愧”,據《稿本》改。

也。遂書,以序其詩。

《遯庵日記》序

遯翁年二十舉於鄉,又二年成進士,又二年入翰林,又六年告歸。越十有七年,奉召入都,是爲同治八年。在官期年,復告歸。

子朱子之在宋也,召則未嘗不來,來則未嘗不去。遯翁蓋心儀之。顧朱子立朝不過數十日,而遯翁期年,是久、速之不同也。朱子欲有所言,筮之而止;遯翁不筮而言,言而見從,是語、默之不同也。而同歸於遯,同者其志,不同者其時也。故效朱子之號"遯翁",歸而顏其居曰"遯庵",以見志。

《日記》以得假出京之日始。

方哲甫遺文序

桐城方培濬,字哲甫,吾友存之之子也。咸豐十年九月丙子,哲甫卒于濟寧。存之手遺文數篇示予,且道其行事。

蓋哲甫少失恃,性凝重,不好弄,力學嗜古。年十六,值桐城亂,避匿山谷,常以計得脱。歲己未,山東布政使吴公延存之教授,哲甫隨侍。比存之同吴公之清苑,哲甫恥無事而食,不來。館於濟寧,從一二先達講學,其孤介特立如此。所爲制舉文,頗近唐順之,馳騁議論於繩墨之間。存之積金,使納粟爲國子監生,應京兆試,不就。古文則規撫歐、曾,論學以立志爲宗,而絶自是之見,論治歸於學道愛人。嗚呼!以行若彼,以文若此,使永其天年,蘄至於古之立德、立言者無難,而不幸短死,悲夫!

夫吾道之窮非一日矣。上焉者,不得遂其致君堯舜之心,犯鋒鏑,罹憂患,全者無幾人。而泄泄鄙夫登九列、長壽命,頽齡餘力猶足以破壞天下、國家之事。下焉者,流離轉徙,迫於饑寒,大率自好者多窮,能文者少達。志業未竟,中道先摧,豈福善禍淫之理至是而不信?不然,何君子道消至於此極?

夫否者,泰之漸;剥者,復之機。死者不可復生,吾能無慨然有望於斯世也乎?哲甫之病也,賊自曹州犯濟寧,居圍城中,其身危,聞島夷寇京師,又念其父危,其家之在桐城者則無日不危,緣是鬱迫吐血死。年二十三,尤足悲已。

予既録其文,附存之《柏堂文集》後。復爲序,以慰吾存之云。

《夏雨軒雜文》序

善學文者,取古人專家之文學之,不必其聲音、體格之如一也。然或行或止,或食或寢,心目手口,無非一家之文,則精神意致[①]必有與之相類者矣。學爲人也亦然。司馬之慕藺相如,諸葛之自比管樂,其所遇不必相同,其行事或則過之,或則不及,而其精神氣概,固若出一轍而不甚相遠。使其慕之不專且篤,則烏能隔數百年而相契若此?此古人爲學之真所以不可及也。

陳君息凡自少以詩、古文、辭見稱於時。其官蜀與燕多惠政,又坦易卓犖,以文學潤飾吏治,大遠於俗吏之[②]所爲。其始仕爲綿竹令也,訪《南軒先生文集》及《論語孟子説》刻之,且發明其旨,謂學者能辨義利之防,以無所爲之心窺先生之心,即由是以窺孔孟之心而入道。予讀之而有感焉。士人有志當世,不克去私利之心,則必無真知灼見確然於當世之故,知所當爲有不容已者。南軒坦率豪邁,當時疑爲湖海之士,卒能深入聖道。雖經宋室衰微,世道人心日趨敗壞,而卓然有以自存。息凡生數百載後,綜其遺書,篤好而表章之,可不謂善學者哉!

息凡都所爲文若干篇,問序於余。余雅重其刻《南軒集》事,故特及之。至其紀傳、論事之作,多有資於世,教覽者自知,毋俟[③]贅言。

《孟晋齋文集》序

曩歲予客成都,自秦往者競稱顧君祖香之賢,又從友人所見其翰札,思見其人。迨乙丑五月入秦,而祖香先期殂謝,良用悵慨。見祖香弟子數人,類皆肆力於古,頗異世俗之所以爲學者,述其師言,亦常恨不見予也,心益悲之。今曼叔觀察裒祖香遺集,將刊以傳世,屬予爲序。始得盡讀祖香之文,深歎其志之堅且廣,而惜其遇之屯、死之早。不惟不得行其志,抑且不能竟其業,固宜乎從事於文者之相與追念悼慕而若有餘恨焉。

然讀幽憂之論,抉剔沈痼,深刺腧髓,使人開其聰。讀周列士之傳,陳古諷今,激揚衰懦,使人長其氣。其他指事論議之作,類無不洞燭前後,剖幽析微,内有以抒其性情之真,而外有以維持夫是非、得失之大,又非僅侈詞章之瑰瑋、筆舌之恢奇者。則祖香雖未能盡其才之所能至[④],其亦有卓然可傳者在矣。

昔葉水心序《薛子長集》謂其"見事太明,量人太盡"。或以此疑祖香之文。豈知事勢艱難之會,世俗波靡之餘,君子抱憂世之深心,有不自覺其言之明且盡者。不然,祖香藜食瓢飲,榮利不掛其心,而顧斤斤焉,與當時較短論長,悲憤侘傺,奚爲也哉!

---

① 意致:《定稿》、《稿本》同,《手稿》作"氣概"。
② 之:底本作"治",據《稿本》、《手稿》改。
③ 俟:《稿本》、《定稿》同,《手稿》作"俟余"。
④ 能至:《稿本》同,《定稿》作"至"。

予既與祖香神交，又感觀察篤于死友之誼，遂不能已於言。

《小隱齋制藝》序①

今之爲舉業者，取近人之文，排比其字句，調協其聲音，以爲盡揣摩之術。及其不售，則詆衡文者爲無識，謂文章爲不足憑，是大不然。言者，心之聲也。言不足以發志，於是文以足之。志者，文之實也。文而無實，是其中本無志也。吾本無志，烏能與衡吾文者之志相感發哉！

吾年丈王重三先生壯歲試禮部，天下稱名元焉。奉親里居，不樂仕進。教授畿南，垂四十年。子若孫登賢書，貢成均，遊庠食餼者踵相接；出其門者，類多掇巍科，登膴仕。士之求科舉者以爲精於是業也，翕然宗之。而先生口講指畫，娓娓不倦，乃不盡如世之所謂揣摩。

予自居蓮池，與先生比鄰，朝夕過從，然後知先生之爲人與其文，皆有其實然者。其事親也孝，故其文肫然而深至。其持己也恭，故其文秩然而有條。其接物也和，故其文藹然而可近。其於世味雖淡，而生民休戚、天下安危之故，未嘗不懃懃而遠慮，諄諄而周諮，故其文冲然而有餘，淵然而不竭。

夫文之至者，千載下見其文如見其人，況生而並世者乎？然學者讀其文，不知其人，則不足以知其志。即日親其人而不知其性情、心術之所在，其於文亦未有能至者也。先生之文，每一篇出，無不膾炙人口，坊間因有僞刊傳稿，襲其僞而獲售者蓋有之矣，烏若真者之有其實？然使徒於文求其實，而存諸心、見諸行者或不逮焉，則仍非先生立教之本意也。予因先生之子若孫與其門人編次真稿請序，述先生之爲人，以啓學者之志。

《耐俗軒詩鈔》序

夏君範卿宰永年，編録申敬立先生詩，使予門人胡景桂校而刊之。既成，屬予爲之序。

是集之得失，與編録校刊之原始，範卿既詳識矣。予讀集中諸詩，迷覺則識解雋，感物則體察精，遣意則寄託遠。《大鵬》、《鳳凰》兩詠，則節概超紀。《殷仲泓》、《送路吾徵》諸詩，則表揚忠孝，思更深焉。

詩以人存，即以詩論，亦不朽之作也。郡邑之中，必有一二世家，以存文獻而維風

---

① 題名《稿本》同，《定稿》作"王重三先生《制藝》序"。

教,如永年之申與柏鄉之魏。簪紱兩朝,族望甲於鄉里,而節義文章彪炳先後,畿南學者皆仰止景行焉。申氏自端愍以下,詩文集及所著書采入《四庫》者甚衆,閲時既久,或佚不傳。

先生詩有云"里巷遞悲歌,後先總蕭索",此固消長之理之常。而故家遺俗流風餘韻之存,亦官師所宜加意者。範卿之甄録是集,其屬望於申氏,因以及邑人之觀感,用意固良篤哉。

高秀東詩集序

高子手所爲詩一卷示予,曰:"遇之屯矣,幸序我詩。他日子孫據以志我墓焉,死無所憾。"悲哉!高子之言也。

古之不得於時,不能行其志而宣之於詩者多矣。彼其耳所聞,目所見與身所值,常抵①於心。所欲言、所欲爲,積之久、鬱之深,於是風雲煙雨、泉石林木、鳥鳴蟲唧,無往而非愁慘之狀、哀怨之音,而一寓之於詩。史遷有言:"《詩》三百篇,大抵賢聖發憤之所爲作。"夫《詩》有雅、有頌,固未嘗無安以樂之旨,而遷以"發憤"一言蔽之。且其言曰:"不得舒其憤,思垂空文以自見。"予嘗歎其言之太過,以爲處患難者未盡其道,又未嘗不因其言而傷其遇也。

高子自爲諸生,困躓場屋者十數年。及黔禍起,以軍功入貲得官,所遇多不合。又方悼亡歎逝、不勝身世之感,其言之悲且憤也固宜。方今黔禍益烈,吾與高子一唱酬,頃而故鄉安危不可知。且干戈相尋,②又安知無文人、才士墮兕殘以俱隕也?豈但如史遷所遇云爾哉!高子曰:"不然,使遷當日赴匈奴,致果以死,固不必以空文自見矣。"

予益悲之,而無以慰之也。因書以敘其詩。

《儀孟園圖册》序

黄子觀虞解館職,將返於湘,與弟有壬奉其母以居。乃取杜甫之詩以名園,曰儀孟,爲之圖記。京師士夫爲詩文述其事。既而天子下詔,舉廢職京師去官者若干人,詔起者二,觀虞與焉。或曰:"觀虞當歸而事母。"或曰:"移孝作忠。"

其友黄彭年曰:監利有王子子壽者,舉進士,官主事,棄而歸養,母壽九十。新城有

① 抵:《定稿》同,《手稿》作"抵牾"。

② "且干戈相尋"句後,《手稿》有"殺人如麻"四字,《定稿》無。

王子重三者,舉進士,官知縣,棄而歸養,母壽百齡。樂亭有史子香崖者,不仕,養母,今年八十有五。是三子者,養母不仕,以終其身者也。益陽胡文忠公之解館職也,歸而養母。奉母復出,中興首勳,天下稱焉。是時,仕時已奉母以終其身者也。

世有母疾不顧走京師者,有母招以書不歸者,是忘親也。有仕而乞養,養未終復求仕者,是巧於仕而不誠於養也。《孝經》曰:"始於事親,中於事君,終於立身。"事君則仕,事親則不仕,歸於立身而已矣。忘親與不誠於養,不足與言立身也。

文忠與三子仕不仕殊,其立身一也。立身如何? 行道而已矣。道可仕則仕,道可止則止。道立則身立,身安則親安。孟子論不孝有五,未嘗及仕不仕。古之聖賢盡事親之道,視棄天下猶敝屣,仕宦奚重? 故養親者,立身焉,養志焉。奚以仕? 奚以不仕?

覲虞善予言。乃書以爲序。

《談瀛雅集圖》序

同治八年冬,朝鮮吴亦梅樞密奉使來京,介劉子重刑部,請予題其相國李石坡先生之像,爲書言石坡爲治能尊孔孟之道,内禁邪教,外禦洋夷。予甚偉之,爲題贊以去。

其明年十月,李敬之鴻臚以請頒朔來。奉石坡書遺予,因識敬之。先後邀集同人爲文酒之會,縱談及東方開國三千餘年廢興分合、源流本末及今朝鮮禮制、軍政、山川、人物。凡所考詢,隨筆條答,而端坐終日,曾無怠容,殆無愧古所稱"博物君子","不忘恭敬"者。

吾嘗讀《聘義》,論至大之禮,非强有力者弗能行,因推及夫勇敢立義之意,謂:"勇敢强有力者,無事則用之於禮義,有事則用之戰勝。用之於戰勝則無敵,用之於禮義則順治。"今石坡之閑邪衛道,卻强寇而固封疆,豈非所謂"勇敢强有力者"哉? 然非亦梅、敬之之賢,亦烏能知其相國爲治之本,而稱之無溢美也。昔管仲爲相而齊始强,子産爲政而鄭始固。其時兩國若隰朋、賓胥無、游吉、子羽之屬,類能使於四方不辱君命,故楚人始終春秋,扼于齊,疲于鄭,不能肆其蠶食并吞之志。然則使者之賢,固以其執政之賢所由致歟?

予因與敬之雅集,而爲之圖,因並述其相國之烈,爲他日紀三韓之事有所考也。同集諸人各疏鄉貫於後。

楊寶臣,字湘筠,福建邵武人,前官山西河東道。

方宗誠,字存之,安徽桐城人,今官直隸候補知縣。

陳寶箴,字又銘,江西義寧人,今官湖南候補知府。

陳錫鬯,字洛君,江西新城人,今官四川候補知縣。

曹登庸,字薌溪,河南光山人,前官京畿道御史。

蕭晋卿,字敌庭,湖南長沙人,今官翰林院編修。

張堪庶,字既林,湖南醴陵人,舉人。

李汝南,字湘石,四川温江人,舉人。

黎宗曦,字心印,湖南瀏陽人,今官兵部主事。

黄自元,字覲虞,湖南安化人,今官翰林院編修。

丁蓉綬,字竺雲,湖南長沙人,今官户部主事。

徐樹鈞,字叔鴻,湖南長沙人,今官户部主事。

黄彭年,字子壽,貴州貴筑人,今官翰林院編修。

國瑾,字再同;國瑧,字恭甫。皆彭年子。

右先後與會者十五人。

畢應辰,字星樓,雲南昆明人,今官候補御史。

劉銓福,字子重,順天大興人,今官刑部主事。

路朝霖,字訪崖,貴州畢節人,今官户部郎中。

李揚華,字静軒,湖南清泉人,今官兵部主事。

右題册而未與會者四人。

《萬卷樓書目》序

咸豐十有一年,予初主蓮池講席。院有藏書四廚,白健侯學士時爲校官,相與發册檢視,則陶鳧薌侍郎官清河道時,持百八十種以去,所餘不及千卷。光緒四年重主蓮池,謀之當事,先後籌金千五百置書,爲卷凡三萬三千七百十有一,增廚十,别以十干;續增廚十二,别以十二支,藏之萬卷樓。樓之前闢學古堂,置之長,佐以齋長,使典守焉。樓之下爲學者觀書之所,日有課程,月刊一册。行之數年,樸學之士濟濟盈庭矣。

八年春,予奉命分守荆襄,恐藏籍之失墜也,屬白生鍾元、范生右文分别部居,次爲目録。撰者姓名、卷數、據本①,咸縷載焉。

既成,語二三子曰:“萬卷之樓,賈輔創之,郝文忠記之。九等之籍,散佚不存。國朝以來,蓮池藏書三聚三散,汪韓門先生慨焉,請於方恪敏公,以金三百購書,鈐以提調之印,爲文記之。今院中所餘故書,無一有提調印者,則韓門所置,又早佚可知也。夫韓門所置書亡,而記文獨存。記文雖存,而韓門受業門人未有顯名當時、傳於後世者。獨郝文忠大節炳然,文章行誼,歷元至今踰五百年,而稱道不置。雖以賈輔之才庸

① 卷數據本:《稿本》作“卷資料本”。

節墮,猶附文忠而得藏書養士之名。然則書之聚而必散,雖竭智者之千慮,不能保其不亡。而人之存而不亡,則固視其志與學之所以自致乎?予行矣,請以是爲二三子勗。"皆曰:"諾。"

遂書以爲序。

《倉頡篇補輯》序

昭代乾嘉間,小學鼎盛,搜輯佚書,遂立顓門。陽湖孫氏首録《倉頡篇訓纂解詁》三卷,興化任氏成《字林考逸》八卷,海内風行,古文日顯。顧《倉頡篇》有初刻小篆本,傳播未廣,最後定本則入《岱南閣叢書》中,《字林》亦居《燕禧堂五種》之一。雖文田徵君與勉夫舍人同撰《補正》刊於學海堂,而憑臆芟竄,未饜讀者之心。是篇林迄無單行善本,承學之士往往憾焉。

予年家子、會稽陶子珍編修罕習故訓,强記博聞,孫、任所遺,夙曾賡補。歲當癸甲,予陳臬鄂渚,兼典通志局。子珍偕錢塘諸璞齋大令應聘在局,分修圖經。二人者,既同鄉舉,復壹志篤學。暇輒以合刻二書,請予謀諸宛平瞿賡甫觀察,韙之。畀稿寫官,以排比、校勘之役任璞齋。

寫不及半,秋仲,子珍起復,供職京朝。將逾歲,遽以咯血歿於邸寓。鄂局又絀於資,弗果付剞劂氏。丙戌夏,予移官關中,後璞齋亦需次吴下,已置高閣矣。明年秋,璞齋奉檄提調書局事宜,馳函賡甫索稿,郵致之。予適備藩來吴,再諾璞齋之請。刻既畢,問序於予。

予嘉璞齋之不負死友,易地三千里,閲時五六稔,卒能竟未竟之志,使篇林善本獲傳於世。充此心也,天下無弗可集之舉,謂非讀者一大快歟。予爲敘次顛末,又轉惜子珍之不及見成書也,嗟夫!

《歌麻古韻考》序 代

言古韻者,亭林以前失之疏,茂堂以後失之密。然所謂失之疏者,不過小有越畔,其考據之精确不可磨也。所謂失之密者,亦不過千慮之失,其分合之周備不可掩也。

段氏於古韻之不可通者,皆謂之合韻,即聲近相轉之例。其立説未當,則不宜以合韻加之古人。夫古人之韻既不可得見,何者爲合?宜篤守亭林十部之説者,羣起而攻之矣。要之,合韻不外轉聲,轉聲不外雙聲。今人所謂雙聲,即漢人所謂聲相近。凡聲相近者皆可轉,而不近者不能。

以“歌”、“麻”而論,用今韻讀之,則“歌”、“麻”亦較然有别。“歌”音近“支”①,而“麻”音近“魚”、“模”也。“歌”韻中,凡多②、爲、禾、吹、皮、離諸偏旁字,今多轉入“支”部;“麻”韻中,凡家、車、叚、亏、華、牙諸偏旁字,今宜歸“魚”、“模”部。就“歌”、“麻”兩韻較之,凡加、沙、麻聲之偏旁字,多入“歌”韻,是“麻”又爲“歌”之轉聲,而“麻”不能自成爲部也。

夫言韻則有一定之限,言聲則遞轉而無窮。故言古韻者,言方音不如言合韻,言合韻不如言轉聲。學者覩形以得聲之誤,審音以定形之譌,而於通轉流變之間,深求所以分合之故,則思過半矣。

保山吴君樹聲郵寄所撰《歌麻古韻考》示予,蓋篤守亭林之説而不失者。予以爲苟觀其通,則成説不必盡泥,亦自不失古音也。乃書所見,以諗世之言古韻者。

《讀律一得歌》序③

余昔陳臬鄂中,設律學館,課僚屬讀律。先以句讀,而入門則不限一途。或校勘異文,或剖析疑意,或博考成案,或圖以明之,或表以分之,或爲歌訣以便記臆,各有成書。

其爲歌訣者四人,宗君恒齋其一也。恒齋所爲歌,既精簡,又摘律例要言附諸格上,使人一覽而明,尤便初學。余慫恿付刊成。走書來告,乞敘其端。

予維經言:“記問之學,不足以爲人師。”然欲知新,必由温故。學不止於記問,無不始於記問者,讀律何獨不然?華嶽之高、滄海之廣,記其程則嶽可登、海可涉。律之有四百三十六,例之千八百七十五,猶夫嶽之高、海之廣也。每門而區之,逐條而析之,猶海嶽之有程也。諧其聲,使成文;屬其詞,使相比。歌訣之作,何異古籍之有文言哉。

抑猶有説焉。律例者,文也;所以用律例者,意也。習其文,不通其意,譬醫書之有《湯頭歌訣》,皆古人之良方也。持以治病而不效,歸咎於方之不良,其可乎?又在善醫者之善學矣。書以塞恒齋之請,且以告世之讀是書者。

《蒼梧山館集》序④

余童子時,得唐威恪公所刻楚四家詞,識孝長先生姓名。後客威恪幕,與先生同居。未匝月,先生以憂去。及咸豐三年五月,予與威恪公子鄂生自北歸黔,過岳口造

---

① 支:《手稿》、《稿本》同,《定稿》作“祉”。
② 多:《手稿》、《稿本》同,《定稿》作“多也”。
③ 《黄陶樓先生年譜》存。
④ 《蒼梧山館集》存。

訪，則先生先逝。懷祖治具，邀余兩人爲竟日談，賦詩見貽，今存《搔首集》中者是也。是時，賊陷武昌而東，江漢之間騷然不靖，懷祖家亦中落，而意氣慷慨，有投筆戎軒之志。懷奇未遇，中道衰殂，可悲也已。

嗣君廷梁應試武昌，携《蒼梧山館詩集》來謁。回憶三十年，如駒過隙，威恪殉節，鄂生開府滇中，今方被逮。予以暮年被詔起家，待罪楚臬，冀得放歸。而懷祖岳口舊居亦經兵燹。以予三人觀之，人事之不齊，後來之難以逆睹如此。世變之滄桑，可勝慨哉。廷梁又出所自爲詩兩卷就正於余，盖志欲世其家學者。予既慨前事，又幸懷祖之有子，思有以勗之，乃爲之敘。懷祖亦字子皋，与其夫人唱和稱"子皋"云。

光緒十一年八月，貴筑黄彭年書於武昌黄鵠山下官廨。

《楚南仕鄂録》序

楚南仕顎諸君刊齒録既成，問序於予。

予惟國家定制，士人不得官本土。而湖南、北本爲一省，内府舊藏輿圖，湖廣實共一圖。自南北分闈之後，始判然畫疆而治。則湘之仕鄂，雖非本貫，不啻桑梓之敬恭焉。

昔咸豐中，粤寇之亂，戡定之力大半出於楚材。而胡文忠公撫鄂，率湘人士規畫東南。嗣是宦鄂者，或以勳業顯，或以廉惠稱。今在此録至二百餘人，可謂盛矣。各舉其職，各奏爾能，則德澤所布，豈僅鄂之一隅？名垂青史，又豈獨斯《録》之著哉？

予，史臣也，將秉筆俟之。

《重修唐縣志》序

張君重齋修《唐縣志》成，持稿示予，且致邑侯陳君之言，屬予爲序。

予惟修志之法，例必嚴，文必簡，古事必真，近事必備。予在《畿輔志》局嘗持四者相考究，而每患其難。今觀《縣志》，方伎入識餘，寺觀列雜稽，可不謂嚴乎？沿革爲表，選舉、職官爲表，事增於前，文減於舊，可不謂簡乎？考證輿地，若三山之異名、唐河之源、中人之城，考之詳，證之確，而且人有傳，事有略，經政有紀，村莊有圖，采之故書，稽之案牘，可不謂真且備乎？有是四者，志書之體乃完。生是邦者，讀志書不至數典而忘；官是土者，讀志書不至不知而作。

志乃爲有用之書，抑猶有説焉。唐，嚴邑也。堯爲諸侯，則唐爲國都；及爲天子，則唐爲外服。漢、宋設險，則唐爲邊陲；元、明及今，則唐爲腹地。山川、形勢一也，居之者異則用之者不同。由此觀之，志書者，陳蹟也。讀書者神而明之，豈書所能盡其制用哉?

序此以塞兩君之請,且以告後之覽者。

《續修資州志》序 代

昔馬貴與作《文獻通考》,王沂譏其有文而無獻。豈獨謂是書名實之不副哉,誠以道非人不立,政非人不舉,教化非人不得,風俗非人不正。人存則文存,人之所繫,視文爲尤重耳。

自來撰方志者,僅志山川、關塞、貢賦、户口,而《華陽國志》載士、女二編,後世因之,始紀人物。予謂忠孝節義,人道之大者,非是則無關於政教,於人物奚貴焉?

國家崇儒重道,二百餘年,文學之盛,超軼前代。自都會郡縣以及閭巷,賢士、大夫以及婦人、女子,涵濡教澤者久,明於大義者多。粤逆倡亂以來,屢詔疆吏裒卹死難之人。疆吏不盡知者,九卿臺諫言之;九卿臺諫不盡知者,死難之家得自言之。於是直省設忠義局,采訪傳録,上史館而入志乘者紛然矣。

蜀中自李永和之亂,羣盜競起。當時督師致討,歷三載而後定。同治三[①]年,予承乏資州,當軍興之後,訪查紳民男婦死難者,爲之請卹。又節婦、烈婦總四百數十人,爲之請旌。竊惟《坤·文言》曰:"地道也,妻道也,臣道也。"言婦道從一,臣子效忠,皆稟坤德之堅貞。故至柔而動也剛,其關於政教者至鉅,不可以無傳於後也。

爰與紳耆共籌設局,續纂州志。因人物而旁及他類,先州境而於屬縣猶未暇及焉。州人士以屬稿粗就,請序。予樂是邦之有人,而政教之可與有成也。率書所見,弁之簡端,且以爲州人士勸。

① 三:《稿本》、《定稿》同,《手稿》作"二"。

陶樓文輯卷十二

《刑案匯覽續編》敘①

律與禮通，律猶禮之綱，例猶禮之目，案則用律例之事，猶議禮必援故事爲證也。學律如學《春秋》，律猶經，例則屬辭，案則比事，猶經之有傳也。彭年奉命按察湖北，陛辭之日，蒙聖訓曰："明慎用刑。"竊念明刑必先讀律，入官不讀律，猶入學不讀經，求其明也難矣。到官，乃闢館，率同僚學律。歲餘，多能通曉者。

知縣藍佩青進而言曰："故安陸縣何錫儼，昔在京師，與薛侍郎允陞、吴刑部潮、李工部方豫，選録成案，續《刑案匯覽》之後，凡三十二卷。錫儼出宰，以稿自隨，重加删輯，甫成十二卷。未卒業而病，以屬佩青。散者會之，繁者删之，而書始完。"

彭年受而讀之，始道光十八年，訖同治十年。凡奏議咨覆、通行説帖、成案比擬之屬，統千八百十四事。合之《匯覽》、《續增》兩書，幾九千事，采摭不可謂不備。

原夫一案之興，自州、縣歷道、府、司而至督撫，非一官。官必有幕，其達刑部則有堂司官，又有三法司、科道之屬，相與稽核。率更數十人之手，而胥吏不計焉，而其案始成，立法不可謂不密。顧治獄者，宅心不必如釋之、定國，淑問不必如皋陶，往往一案之誤、一字之淆，援引者沿譌襲謬，冤獄踵接，可不慎哉。

夫案之不同，猶人之有肥瘠美惡、物之有輕重也。然鏡之明者，肥瘠美惡，不得而遁；衡之平者，輕重不得而欺。故學律者，先治心。去其私，如鏡之袪塵；去其偏，如衡之有星。案有千萬，吾心則一。然後以案補例之未備，而進探夫律之原，如學者之援史事以證經焉。於以抑承聖天子庶獄庶慎之意，其於明允之義，或有當乎。

佩青自言："案之習見與涉於縱與刻者，汰除不録。"因更申其説，以質諸僚友之讀是編者。

《黄氏續修族譜》序 代

黄氏之譜最著於世者凡三：宋黄文節公之爲譜也，自序所著出於金華，而其譜止

① 《手稿》存。

及於分寧,七世以上皆略,弗著。元黄文憲公之爲譜也,自其徙義烏之七世祖上溯至居婺之九世祖而止,其九世以上,舊譜所無者亦略,弗著。是皆遵歐、蘇之例而加慎焉者也。國朝黄梨洲之爲《家録》也,雜記先世行事之可考者,並及他黄氏之賢,如黄忠端公與其父御史公尊素並時,亦載於録,是又遵荆公撰《許氏世譜》之例而推廣之者也。

歐陽本出渤海,而譜兼載千乘之族;蘇氏本出益州刺史味道,而譜兼載趙郡、扶風、河南、河内之蘇。文節、文憲之譜則僅載本支,此其所謂加慎也。《許氏世譜》自古先帝王以及分封受氏而後顯者若干人悉附列焉,然所列猶在本支數百年以前。至梨洲之《録》,則雖其並時而異派者亦列之,此其所爲推廣也。

王氏元啓論譜學源流,以爲前代名人載諸史册,及他望之賢,略述梗概,足爲族人觀法,作譜者宜參用梨洲黄氏之例。予則謂譜以宗系爲主,族望既分,支派各異,比而同之,其於昭穆不能别也,則與夫異姓之瀆亂,夫豈有異?史册名人,他望賢者别纂專集,足資考鏡,又何必定以入譜,自亂作書之本旨乎?故論譜例,莫善於歐、蘇,而論黄氏之譜則莫善於文節、文憲。

楓林黄氏自乾隆中修譜時,即據先人仕鑾公所纂墨譜,斷自遷醴之祖貴海公始。今族中重修,仍舊譜之例,不敢妄增。而先世受姓以及族望之疑不能明者,則見之於序。證譌補缺,引申其義者,則見之於凡例。有圖有録,凡先世志傳、記贊之類,廣事采摭,而於他望則雖同里閈者不以羼入。蓋廣歐、蘇之例,而不蹈荆公之失。

因酌舉譜例之善者,詳著於篇。他日談黄氏譜者,將舉楓林與分寧、義烏鼎足而三。凡修譜者皆可於是乎取則,又豈獨黄氏一家之書云爾哉?

《棗强縣志補正》序

吾友方君存之宰棗强,撰《縣志補正》五卷成,問序於予。

予考明《文淵閣書目》舊志目中有《棗强圖志》二册,新志目中有《棗强縣志》。楊士奇等編目,首載正統六年題本,稱其書永樂十九年取自南京,是棗强之有志由來已久。特舊籍散亡,無可搜討,而撰述義例,久而益精。故方君爲書專取國朝乾隆中單作哲、嘉慶中任銜蕙所修二志補正之。其于單、任二書之得失與所以爲補正之意,方君書中及自序言之詳矣。

予惟先聖有言曰:“文武之政,布在方策,其人存則其政舉。”《論語》曰:“賢者識其大者,不賢者識其小者,莫不有文武之道焉。”《春秋》,一國之史也,而大一統之規模於是乎具;志乘之作,紀一方之事,而國家之大經大法、庶政之隆替興革於是乎觀。志者,政書也。爲志而政不備,不足以爲書;爲政而不遵王者之法、衷聖賢之言,不足以爲政。

故作書以明政，而爲政在乎人。

方君之宰棗强也，務拊循其民，而施之以教化。懼民之未信也，則躬行以爲之先；懼民之未從也，則教士以爲之倡。牖之以文告，養之以詩書，申之以孝弟忠信。修萬壽宫，示民有尊；修學宫、正祀位，示民有師；舉孝子、旌節烈，示民有倫；崇鄉賢、黜淫祀，示民有則。念窮民無歸，則修養濟之院；念水潦爲害，則修黄瀘河之隄。身所得爲百廢具舉，身所不得爲則取先賢之説，論而定之。若辨關帝之稱、泰山之祀，固申陸清獻公、顧亭林之議，而文昌之辨，則兼足證朱文端公之誤焉。衡義之精，見道之大，蓋又非徒一邑之治、一時之論。

吾讀方君書，既歎其志與學之廣且遠，而局於百里，又日望仕途之清、賢能之著，或盡如方君以儒術從政，而治道日隆，民風日厚也。然則《補正》之作，豈惟是棗强之紀事云爾哉。

醫學三書合刊序

《慎疾芻言》、《洄溪醫案》各一卷，吴江徐靈胎大椿撰。《經驗方》一卷，吴縣葉桂天士撰。舊本並藏陳君襄夔家。

予考《袁枚文集》，靈胎所撰凡六種，《四庫全書》子部收三種，存目一種，其二種疑即《芻言》、《醫案》。《芻言》一種，海豐張柳吟改題曰《醫砭》，蓋緣靈胎所著《醫貫砭》而誤，其實非一書也。

天士生平無所著述，世傳《臨證指南》、《醫案》，稽文恭序謂"皆門弟子所爲"，則《經驗方》一書，未知果否出天士手？要亦門人取其方藥治驗，録而存之者也？

靈胎、天士同以醫術得名。靈胎承電發之後，家學淵粹，其辨《本草》之精微，考《素》、《靈》之軌範，鉥剖利弊，洞見本原；天士則天姿穎悟，意斷若神，不盡得之學問。故《芻言》言"宗傅治法，必衷一是"。其於秘方詭誕，辨之尤嚴。凡天士所用新奇之品，多靈胎所力詆者。天士則以意用法，視天下無不可入藥之物。譬猶治國者或嚴辨乎淑慝，或控制乎羣材，其爲治也不同，要歸於去病民、病國之端，以培元氣。學者得靈胎之書而讀之，以之治己而明哲保身，以之治人而謹慎寡過，天士之方姑存以備采取焉，斯爲善學者矣。

陶君慰農集貲，取三書合而刊之。予以《醫案》有"務虚名"、"稱貴顯"之語，如錫山邵新甫所譏者，屬劉君份士删正，因爲之序。

《有不爲齋筆記》序

道光中，桐城光律元先生自直隸布政使謝政歸，著《筆記》十卷。經史百家及所聞見,考證詳核,咸有根據,蓋沿班固所謂"議官雜家"之例,嘗自比於《夢溪》、《容齋》兩家之書。

先生少應童子試,解三星毛、鄭不同,學使汪文端公因雜舉天文數事問之,辨難不窮。及乎炳燭之明,用志不紛,又多聞桐城諸老宿論議,是以文章之美、考辨之精,有可與惜抱、援鶉並傳者。先名宦公未遇時,從遵義唐威恪公受《漢書》。道光壬午舉於鄉,出先生門。入謁,先生謂熟蘭臺雅故,是以先名宦公誠服先生獨深。今觀筆記中如辨《藝文志》注之誤,訂《地理志》蓮白之譌,於《漢書》研索極詳,所以知先名宦公者爲有由也。

咸豐以來,東南兵燹,先生《詩文集》及《筆記》刻板並失。光緒十四年,彭年備藩江蘇,先生孫進修以重刻《詩文集》見貽,兼攜《筆記》稾本。彭年體先名宦公志,復刻之。十月病起,校讀一過,竊羨先生解組歸田、研精耽道。昔東坡稱歐陽永叔著書,多念慮許國,減歡娱。予三復之轉,自慨焉。遂書簡端,以板歸光氏子孫,使附《集》後以傳。先生初官刑部,精於讞獄,出任直隸按察使,屢有平反。擢布政使,以忤大府病歸,直聲甚著,事載志乘。

陳息凡《鴻爪圖》序

息凡子生西南之徼,游天子之都。剖符西蜀,陸窮康猷①。舟盡三峽,歸自於越。浮大海而東,馳戎軒於大河之北。戡亂於滄州,而稅駕於平棘之山。自以爲窮當日之樂,玩物之變而未有已也。工人圖之,己爲之歌,使其友和之。

客有笑者曰:至游者不知所適,至觀者不知所眂。今息凡子求備於物,猶役於形骸。觀彼物之變,而未始無故也,則安知我之無故乎哉?

息凡子問子黄子。子黄子曰:"是乃所謂游,是乃所謂觀。夫列子之不知所適,不知所眂也,無不適也,無不眂也。無不適則有適矣,無不眂則有眂矣。有生於無,無而爲有,有而復歸於無,天下之至變也。夫變生於故,有故非變,無故亦無變,故與故因而變不可勝窮。能進能退,能難能易,能貧能富,能文能武,無不能也,而無有能。是備物者内觀之鏡也,而游云乎哉?而觀云乎哉?"②

郭氏《義莊條規》序 代

古者族人異宫而同財,有餘則歸之宗。子弟雖功德顯榮,蒙衣服、裘衾、車馬之賜,

① 猷:《定稿》、《稿本》同,《手稿》作"衛"。

② "而觀云乎哉"句後,《手稿》有"息凡子曰:'善。'乃書以爲敘"句。《定稿》、《稿本》同無。

必獻其上，而後敢服用其次，不敢以貴富加於父兄、宗族，而財則必均焉。迨宗法廢壞，風俗日偷。貴富者慮貧賤之覬覦，往往故疏其族人。豈獨無親親之意哉，抑其心固有所忍而不能捨也。夫人，惟氣之盛者，能捨人之所不能捨，而爲人之所不能爲。

郭君子美從予轉戰南北，積功至提督，膺世爵。一旦稱母羅太夫人之命，盡捐田宅，置義莊，贍其族人，計金逾十萬。疆吏以聞，賜御書褒異，天下翕然稱之。予謂此非子美所難也。昔子美之從事兵間也，同族死者十有七人，弟芳鏡、芳鈴又死。子美赴湯蹈火，踔厲無前，卒殄强寇。夫人至冒天下之至危，捨其生而不顧，此其氣固已浩然而大，超然而靡涯，豈復計較家人生産作業者乎？

顧是氣也，禀於生質之異，尤必加以閱歷，養以學問。精察乎尋常日用之故，辨析乎是非得失之交。其出之也，藿然有當於人心。而後其見於事也，可以經久而不壞。

同治辛未，子美入覲。道保定，出《義莊條規》，丐予爲序。所條三十八事，凡族中生養、死葬、嫁娶以及子弟從學、歸女、守貞、鰥寡、孤獨、廢疾者養贍之費，既詳列而等殺之，又恐後人之盗售田宅，與夫驕惰而喜訟也，事事而爲之防。條理精密，論者方諸范文正公之義田焉。

予因歎子美之德之日進也。使由是究心天下利病、國家法制，其於萬事萬物皆如行軍之有部分，親親之有等差。外爲朝廷宣力，内以慰慈母教育之深心，其必更有進於今日者。予日望之，於其行書以爲序。

趙忠毅公《史韻》序

夫儒者，擴是非羞惡之端，嚴君子小人之辨，將以用於世。至不獲見之行事，而託諸空言，太史公①所謂"意有所鬱結"，不得通其意，故"述往事、思來者"也。然吾由《史記》溯《春秋》、《國語》，皆上述往古，下及其身，至不敢及當身之事而惟古是述。其爲言也，又主於文，若有取於詩人吟詠之旨者，則其旨愈深，而心愈苦。夫非生今而反古也，又非借以發攄憤懣也，誠以當時之人薰於利欲，怵於威勢，私黨倚附，黑白混淆。而古人者，其事已過，其人已往，庶幾得是非之公，而存天理之正。

趙忠毅公《史韻》之作，其殆是乎？《史韻》之首漢②也，去秦而存周；其係蜀也，黜魏而存漢；其列東、西魏也，削元而存晋。固無與於黨獄與閹禍也。然而數千百年，孰非孰是、孰宜去孰宜存，是非之事不同，而有是有非之理同。古今之人不同，而有是有非之性同。公之議四凶、黜干進、忤逆璫，所争不過此理之是非，不過率性而行。故其上疏一則曰"剖良心"，再則曰"剖良心"。良心者，天所賦，人所共，天下萬世莫能易。

① "太史公"前，《手稿》有"此"字。《稿本》、《定稿》同無。

② 漢：底本無，據《手稿》補。

二十七篇之大義，何異兩疏之旨哉？

予獨怪百餘年來，論者動云“東林清議之害，禍延家國”。夫懷宗圖治之日，誠不免小人冒襲清議，若當熹廟失柄、閹璫亂政，公與南皋諸君子修職盡忠，維持國是，無所謂“東林黨”也。日爲黨者，當時傾陷之詞，口久論定，猶徇前説，蒙以惡聲，豈得爲是非之公乎？

陳息凡刺史守趙之日，訪公裔孫，得《史韻》舊本，屬其友蔡君鶴君、查君寄庵考定注釋，補其缺略，以便初學之士。殺青甫就，問序於予。

予惟刺史之刊是書，殆王燮所稱“敬公以敬世道者”，又益見是非之有定。讀是書，必有論公之世，知公之心，於以正人心而作士氣，其裨益非淺鮮也。

《味蘗齋遺筆》云：“陳壽之志《三國》，尊魏而附蜀、吴，後儒守朱子《綱目》義例，以蜀漢爲[①]正統，而二國附焉。其非一統者，皆附於一統者之内。陳壽誠過[②]矣，後儒之云，殊亦不必然。天下重器，非可夜半負之而趨也。其所以敗[③]之，昭昭在人耳目。直書其事，邪正自見，烏在乎正與附也？蜀漢非一統也，而自爲紀者，豈以其疆域[④]之廣狹、時日之久近，遂可據之爲昂抑哉？”

按：《遺筆》是丁卯十一月作，蓋作《史韻》時筆也，與王序所述《史韻》義例略異，而論正統、一統甚精。所云“直書其事，邪正自見”，尤爲通論。附録大略，俾讀者互相發明，有所折衷焉。彭年又記。

林文忠公《政書》序

自古國家盛隆之世，上恬下熙，謂天下已治已安，而不復遠慮，如人方壯而病伏焉，樹方榮而蠹滋焉，牆屋方屹立而蛇鼠窟焉。於是有識微見遠之士，深察夫弊之所由生，與害之所必至，又必得君操柄精誠專壹，强毅而有力，乃能振拔於宴樂頹廢之際，而奮然以有爲。

當道光之中，承乾嘉之後，西域底定，海宇宴然。公卿、大夫日以簿書期會相責成，而天下之利權，非中飽於私家，即漏卮於海表。於是陶文毅公起而治其内，以爲天下之財賦莫盛於東南，其大端曰河、鹽、漕。河者，天事居其半；鹽、漕則皆人事爲之。遂改票鹽，議海運，而海内百餘年之積弊始彰。

---

① 爲：《稿本》、《定稿》同，《手稿》作“接”。
② 過：《稿本》、《定稿》同，《手稿》作“謬”。
③ 敗：《稿本》同，《手稿》、《定稿》作“取”。
④ 疆域：《稿本》、《定稿》同，《手稿》作“巢穴”。

文毅既没,林文忠公繼之。既治其内,復思治其外。以爲財者,億兆養命之源,散在内地,藏富於民,漏向外洋,藉資寇盜。宜内樹聲威,外加慎重,陽示鎮静,陰肅防維,必不敢耽一日之安,以貽無窮之患,而海外數千百年之大害始著。

文毅之在兩江也,鹽、漕失業之徒羣起詬病,而上結宸眷,朝右爲之主持,故謗議雖多,而遇合則極盛。文忠之在兩粤也,媒孽傾軋之事日出不窮,而下得民譽,至今交相稱美,故遭際坎坷而名聲則大隆。

然吾觀兩公之心,蓋深慮夫弊之日滋,害之益甚,將至於不可窮詰,憂及於國家,禍延於後世,思其患而預爲之防。文毅舉其易者爲之倡,文忠舉其難者爲之繼,其用心誠而致力果,殆死生以之,至於一身之榮辱毁譽,固有所不計也。

文毅始卒,奏疏、文集刊布流傳。文忠遺集,哲嗣鏡帆前輩雖經編輯,久未刊行,迄今二十餘年。哲孫孝廉始齎刻本乞序於予。自文忠總督東河,以迄雲貴,爲甲、乙、丙三編,都三十七卷,名之曰《政書》。書中於民之情僞、地方之利病,細如毛髮,鉅如邱山,無不反覆周詳,推究始末,而或興或革,言之必其可行。忠純如武鄉,詳密如安陽,明決如太岳,洵無愧古之立功、立言者。

咸豐以來,寇亂極矣。任事者稍得破除常見,竭其心思、才力之所能至。而文忠與文毅獨於宴安無事、局守文法之時,洞見癥瘕,亟起救藥。吾知世之讀其書者,必將感發興起,思所以宏濟艱難,是則國家之厚幸也夫。

《一朵山房詩集》序

先君嘗語彭年曰:"昔者,吾師小泉先生之設教也,從者數百人。先生語而進之,培而植之,各因其才之所近而成就之。或言義理,或言考據、訓詁,或言詩古文辭,大扣①大鳴,小扣②小鳴。嘗慨謂俗學溺於科舉,有蘄進於古者則駭怪詆毁,若不能容。先生欲挽其頹,而懼不相習,乃以科舉之文爲之階梯,而論古人詩與文,引爲繩削焉,入於大雅之林而不自知也。"因指手所持便面曰:"此先生自書所爲詩,汝讀之有奇異過人者乎?而按之古無不合,施之今無不適乎?人之意吾鄉國朝詩人漁璜爲最顯,其他見於《黔風》、《鳴盛》、《紀事》諸篇者,踵相接也。而先生之詩,平易而不弛於法,於學者爲尤近焉。"

先君自髫齡從先生遊,時學中弱冠、壯年者方衆。先君始受書誦輒中節,先生聞而異之,曰:"此子出諸生上矣。"故周其貧乏,使無廢學。先君每述少時,益友則唐威

① 大扣:《定稿》、《稿本》作"大叩"。
② 小扣:《定稿》、《稿本》作"小叩"。

恪公、孔丈餘三、徐丈毓東,而師則惟先生,易簀時猶稱道之。

彭年既與先生之子青餘廉訪締交,又重以婚姻。今青餘將刊先生詩集,郵寄彭年審校,因述所聞於先君者,附於卷端,蓋距先生之卒垂四十年,先君之逝亦八年之久,不禁愴然以悲。而更歷世變,猶得與青餘商量舊學,以課子弟先生之教,庶幾不墜,是又所竊幸者也。

《重刊日知堂集》序

予修《畿輔志》,搜訪故籍,寓書方君存之,求棗强鄭司直先生遺書。方君得所爲《日知堂集》,乃采集先生官世治行爲事略,上布政使、總督,聞於朝,請祀鄉賢祠,復編次文集,去其誤編入集之《吕氏實政録》諸篇,釐爲四卷,命予子國瑾校而刊之。

予考先生所著書已收入《四庫》者,有《朱子學歸》、《政學録》,未收入者有《孫子彙徵》、《刑戒》,今皆不傳。第就文集而論,讀《學歸序》可以觀力學之勤;讀《政學》、《刑戒》諸序,可以觀爲治之本;讀《與寧侍御書》可以觀其守;讀章疏、公牘可以觀其猷爲。

嗚呼,賢哉!昔我聖祖立賢無方,衆正盈朝,拔茅茹彙。先生以宛平、蔚州、武進之薦,蒙特達之知,受御書"端清"之賜。其撫偏沅、江寧,又值睢州、武進之後,故能内不擾[1]其志,外得竟其施。於是又歎聖主之需賢,與賢者之遭逢明盛,行義達道蓋有天焉,非偶然也。

《汲綆齋詩文集》敘[2]

昔過豫州,謁父執、督河蘇公。語予曰:"李君子衡者,端人也。"置酒招共飲,因識子衡,而不知其能文。後子衡入覲於朝,過予,見其文,而不知其能詩。今從其子毓森得讀所爲《汲綆齋詩文集》若干卷,子衡已歸道山。始憾知子衡不盡,又歎子衡矜慎韜晦,不自炫鬻,尤可敬也。

子衡爲人,容貌、詞氣沖然以和,而秉義持正,不少假借。在豫州,見知於蘇公甚深,唱酬無虚日。時以退保晚節,爲公進規。嘗司榷算,同官欲移官錢爲某帥餽賮,力言不可。由是以觀,使子衡得權行志,其視世之媕阿欺飾、取悦當途而誤人家國者,吾知其必有異。惜乎位止監司,又不得真除以攄其素藴也。

詩文無僻事、難字,新奇可喜之概而情文斐然,敘事多資考證,其可傳也矣。毓森

---

① 擾:《定稿》、《稿本》作"撓"。

② 《手稿》存。

將付剞劂,因爲之敘。

李剛介公《心耕圖》敘[①]

予昔編唐威恪公遺集,識剛介公名。及過鍾祥,居民述官吏之賢,咸首推公。且言當日邑人聞公殉節,家祭巷哭,至有召僧道,奉公木主於廟者。事越三十年,言者猶涕下。過孝感,亦然。私歎流風善政,入民之深。迨官武昌,從公子雯得讀《傳忠録》,綸音奏牘,《國史》列傳,海内學人所撰傳、狀、志、銘,凡公武功、治績、大節昭昭在人耳目者,備詳之矣。雯又出《心耕圖》,蓋公三十五歲初服官時小像,取唐人杜荀鶴詩意題之者。

予於是有以窺公學術之本原,而爲政、治兵與夫殺身成仁,皆此一心之所爲貫注也。自唐虞以"人心"、"道心"爲訓。孔子曰"洗心",孟子曰"存心"。觀心之存不存,而賢否判焉。夫人當處常之時,有物焉,以蔽錮其心。及處變之日,又有物焉,以牽累其心。未有不能治心,而能立身者也;未有不能立身,而能治事者也。是故惻隱之心存,則飢由己飢,溺由己溺,何憂乎公安之隄工。是非之心存,則直者爲直,曲者爲曲,何憂乎孝感之積案。辭讓羞惡之心存,則進退取捨,不介于懷,死生存亡,必得其正,何憂乎鍾祥之土匪、田鎮之粤寇。其擊之而勝,與不勝而死,惟求一心之安,而不使私毫之有歉。非平日寡欲養心,盡驅蔽錮、牽累之爲吾心害者,豈能見事明而處事決,若是之卓卓,又安能使八百人同心死義,數邑士民之思慕不忘若是哉。

心猶田也,種烏附者,長其毒;種稻粱者,得其養。耕之爲義邁種德而已,而事功節義,遂爲天壤之完人。觀公此圖,人其可不勉於學乎。錢塘諸可寶作歌紀事,貴筑黄爲之敘。

《夢硯齋遺稿·目録》序

《奏疏》八篇。先生殉節後,子炯編集,刻於貴州門人章禮筠;復取《行狀》,合刻於甘肅。今仍子炯編集之舊。先生權湖北巡撫時,《水災善後》一疏,楚人德而誦之,稿佚不傳。此八篇斷自引退出山,訖於殉節,明先生出處生死大節。舊有炯所撰《記》,彭年撰《序》及錢塘陳墉所爲《行狀奏稿序》,今附刊於後。是爲《夢硯齋遺稿》之一。

《公牘》八篇。前四篇宰監利時事,第五篇官蘭州道時事,第六篇按察陝西時事,第七、八篇布政湖北時事。先生精於吏事,所至爲民興利除害,規模久遠,不急一時之

---

① 《手稿》存。

效,尤留意於救荒,蓋至誠惻怛、見義勇爲,故遺愛在民,去後見思。存牘不多,而先生仁心惠政,大略可覩。是爲《夢硯齋遺稿》之二。

《書牘》三十篇。多在官之言,故次《公牘》後。《致張中丞》十八書言兵事尤詳。是時,先生率師剿賊,孝感應山軍務由督撫奏報。張公方權兩湖總督,故以書達之也。先生嘗[①]謂:"公牘局於定例,或不得暢達己意,人多視爲具文。手札則言者易盡,聽者易入,通志成務,莫良於斯。"生平最爲留意。今略依歷官前後編次。《致梁中丞》以下三書,無關治蹟,要皆名言,以類附焉。是爲《夢硯齋遺稿》之三。

《遺誡》一卷。子炯編存,今仍之。《絶命詞》兩章當入《詩集》,以《遺誡》之編爲明節也,特兩存之,不嫌於複云。先生遭際屯艱,殁後猶有異議,彭年與湘鄉、新化、吴郡諸君著論詳辯,咸附於後。是爲《夢硯齋遺稿》之四。

《雜文》十六篇。先生以政事節義著聞,而酷嗜文字。先哲遺編,友朋撰著,刊布闡揚,稱道不倦。嘗語彭年:"吾於古文,略涉之而已,故不多作,所作亦隨手散去。"玆就子炯及友朋録存者鈔輯之,非先生意也。顧所紀述,義法井然,多裨世教,又烏可聽其散佚乎?是爲《夢硯齋遺稿》之五。

《古近體詩》百五十七首。播雅收先生詩五十九首,今所增近百首。播雅分體,今略依年先後編次。播雅取《行狀》分隸各詩後,今《行狀》已見《昭忠録》,不復重出。集中多綺語,或以爲嫌,質之伯昭、子遠,皆曰:"當存。"因憶道光丁未客武昌時,先生與語,嘗至夜分,倏張目奮髯,謂彭年:"吾少年豪放風懷諸作存篋中,不欲焚棄,不能似若迂苦,若亦勿效吾所爲。"

嗚呼!言猶在耳,而先生成仁已十有二年矣。古人忠愛往往託諸男女之詞,非其情獨至哉!今之所録,猶先生之意,正於此見先生真率簡易,所以能成大節而不使後人作一曲筆也。播雅載先生序、傳,附刊於後。是爲《夢硯齋遺稿》之六。

《詞》十九闋。先生精于倚聲,大旨見集中《楚四家詞序》。今所存者,豹之一斑,龍之一鱗。是爲《夢硯齋遺稿》之七。

《稺芙詩》十六首。稺芙者,名焯,字汝立,子方先生嫡長子也。道光中,稺芙客京師,與予共學。癸卯,同應京兆試。予與沈君寶鋥、周君循方皆售,而稺芙報罷。數人者固極相得,稺芙素羸弱,又抱深憂,緣是鬱鬱致疾,遂以客死。予嘗欲爲作傳,顧語不能詳,又慮非稺芙意,緣是淹忽又二十三年。今乃序稺芙之詩,又不能盡得所爲詩,序而存之,僅從播雅掇拾此十數篇。以稺芙之篤志力學而所詣止此,其傳於世者又不過如此,嗚呼,豈非命耶!

稺芙母王早卒,善事後母,嘗委曲以順其歡心。播雅序傳稱其以六百金資後母

① 嘗:《定稿》、《稿本》作"常"。

家，蓋一事耳。至平居盡愛極慕，苦心致思，每怛焉若有所忘。予與交最密，情最親，不能知其所以然。即稺芙之昆弟、妻子，亦但稱稺芙之孝而不能言其所以孝，其後母劉亦遂怡然、惻然而愛憐之也。吁，其至矣！

稺芙志尚高邁，性特孤静，廣坐喧閧，聞稺芙至則噤若冰霜。爲文恥蹈常襲，故一語偶同前人，輒削去之。渺慮沈思，至廢寢食。頗厭薄時藝，顧爲之若不能已者，豈其亟得一第以慰親心而伸己志，抑所謂其憂深者其思長耶？夫臣忠、子孝，天下之通義也。求盡其忠與孝而不得，而卒自勉焉，而世亦莫知其忠與孝者，天下之至哀也。臣而以忠聞，子而以孝聞。臣子之所不樂矣，然果終無聞於世焉，又何以勸夫後之爲臣子者哉。

稺芙之歿，子方先生哀之。予既編先生遺集，因倣《龍學家集》之例，取稺芙詩附之於後，使覽者知其父爲忠臣，而子爲孝子。感愴遺文，興懷曩夙，不知涕之滂沱。是爲《夢硯齋遺稿》之八。

《昭忠録》一卷。先生殉節，海内哀之，紀述歌詠篇什甚衆。略就所見，都爲一編。其序《奏稿》者，附《奏稿》後；序《遺誡》者，附《遺誡》後；題《夢硯齋册》者，見《夢硯齋題詞》，今不重出。至平時友朋投贈之作，僅□監利二篇，以其關出處之節也。讀者合全集觀之，可以見先生天性之純篤、器識之恢廓、氣節之嶙峋而政事、文章之美，亦略備焉。故雖娼嫉褊，夫扼之於生前，誣之於身後，而卒不能奪其堅定之志、没其忠義之忱。余爲斯録，題曰《昭忠》，匪惟慰岳珂之籲天，亦以存南董之直筆云爾。

方存之先生文集序

國朝自方先生望溪以古文名天下，而姚先生姬傳繼之，於是天下爲古文者翕然宗桐城。姬傳《類纂古文詞》分其體爲十三，而所以爲文者八，天下之言古文者無異詞也。

予不及見姬傳，及見姬傳弟子梅先生伯言。伯言之言曰："文有音節，不可損益。"又曰："文如紙鳶，綫堅則縱之數百尋丈而不墜，無綫雖求數尺之高而不可得。"又曰："變化不可以形貌求。"又曰："言在此而意不在此，故爲微渺。"由前二説，是姬傳"格律聲色"之謂也。由後二説，是姬傳"神理氣味"之謂也。

吾獨怪伯言稱姬傳《類纂》之書謂："古今文之佳者盡於是。"而《類纂》之書，自周秦至唐宋八家而後，所録只震川、望溪、才甫三家，若以爲他無足與於文章之事者。夫謂"爲文之法盡於《類纂》之書"可矣，謂"文之佳盡於是"，不綦隘哉！且八家之後，六合之廣，七百年之久僅得三家，三家之中而有才甫，其信然乎！予少嗜姬傳書，疑之者有年。

後得交方先生存之。存之固桐城之能古文者,嘗師其兄植之先生,以爲"少學於惜抱,而不爲其説所囿"。又嘗稱朱子之言,欲修葺小文字有補於天地之間。是故於經溯其原,於史窮其變,於諸子百家觀其通,於古今君子小人、邪正公私之辨、治亂興衰得失之林,無不詳考而明辨之,而折衷於宋儒之言,以求其正。猶懼其淺也,縱觀古今人文集,以大其規。猶懼其偏也,綜古賢載道之文,以正其統。猶懼其狹也,近自桐城,録其文之善者,旁及于四方賢哲、友朋文字,片言之美,靡不備記。其於姚氏之學,蓋亦精之而不爲所囿者。而又經喪亂、歷艱屯以堅其氣,臨民莅官以老其才。故其於文也,如長江、大河而莫窺其涯涘,如崇山、深谷而莫測其中藏。

予嘗謂:"文以明道、紀事而已。"言道而不依乎事則涉於空虚,言事而不衷乎道則支離附會,而不可以爲則。故文學在聖門居四科之末,而其實非於德行、言語、政事有所得者,不足與於文學。故道與事者,文之實也,而非明乎文之體與爲文之法者,則亦莫能至焉。

因推闡其義,質之存之,以諗世之能爲桐城之學者。

《重刊弟子職集解》敘

《弟子職》一書,《漢志》列之《孝經》,鄭康成引以注《禮》,直題曰《弟子職》,不别出《管子》,則單行久矣。厥後,單行本廢。故唐孔穎達、賈公彦疏解並云在《管子》中。至宋朱子表而出之,與《内則》、《少儀》並重。既編入《通解》,又采入《小學》,當時始知尊信。漳州教授張時舉有《弟子職五書》之刻,目録見《文獻通考》,其書亦不傳。國朝北江洪氏爲《弟子職箋釋》,武進莊氏復增演之,爲《集解》,而後此書大義、故訓,粲然著明。

予外舅大興劉公往年守辰州,嘗敘而傳之。兹唐君鄂生權守綏定,將重刻以惠學者,而屬予審正。予惟是書之義,尊師以養道,習儀以養性,歌詠以養情,有馴習調服之功,無躐等陵節之弊,蓋養之童蒙而聖功基焉。

夫人惟師道不立,斯趨嚮之志不專,而異端得以惑之;禮儀不習,斯嚴憚之心不切,而非辟得以乘之。若正先生之稱,明弟子之事,始以學則,終以退習,尊卑、勞逸之分定,而教學、授受之源明,則師嚴而道尊矣。猶懼其放也,於是乎以儀閑之。周旋升降以動其血脈,危坐駿作以固其筋骸。饌饋灑掃之微,執燭請衽之細,朝夕從事,以戒虚邪而懲驕惰①,庶幾乎言行之思中焉。又懼其拘且苦也,歌誦以協其音,反覆以致其意。其書之事則禮,其書之體則詩。使夫誦而習之,饜而飫之,言易入而教易從,於焉

① 惰:《稿本》同,《定稿》作"恃"。

得其用情之正,而馴致於聖賢之域。則是書也,揆之吾夫子力行、學文之訓,豈有異乎?

古之説者,或以是書爲古塾成規,或以爲管子所作。予竊謂管子之作《内政》,雜霸之術耳,猶必使爲士者羣萃州處,相與言義、言孝、言敬、言悌,而後其父兄之教不肅而成,其子弟之學不勞而能。是書在管子當日,初不過教學之常書,而所以定民之居、成民之事,興齊國而霸天下大略,實基於此。況夫振衰靡之俗,明王道之大,以佐聖明之治。操之有其本,施之有其序,可不夙講乎哉?

唐君之守綏定也,既修社學六十餘區,刊《養正遺規》以詔郡之子弟,復取是書而刻之,可謂識致治之要矣。顧《集解》之作,徵引既繁,間亦偶誤,不揣固陋,略爲[1]補正。並敘録先儒之言涉於是書者,別爲《考證》一卷,使讀者知本末焉。

附《考證》

劉氏向《别録》有《子法》、《世子法》、《弟子職》,記弟子事師之儀節,受業之次序。

《漢書·藝文志》,《孝經》十一家,"《弟子職》一篇",注:"應劭曰:'管仲所作,在《管子》書。'"

朱子《大學章句敘》:"《曲禮》、《少儀》、《内則》、《弟子職》諸篇","小學之支流餘裔。"

《語類》:"陸子壽言:'古者教小子弟,自能言能食即有教,至於灑掃、應對之類,皆有所習,故長大則易語。今人自小則教做對,稍大則教做虚誕之文,皆壞其性質。'"

又,《弟子職》疑是"作《内政》"。"時士之子恒爲士","作此以教之"。

又,"所謂《曲禮》,皆禮之微文小節。如今《曲禮》、《少儀》、《内則》、《玉藻》、《弟子職》所記事親、事長、起居、飲食、容貌、辭氣之法,制器、備物、宗廟、宫室、衣冠、車旗之等,凡所以行乎經禮之中者。其篇之全數雖不可知,然條而析之,亦應不下三千有餘矣。"

又,《答潘恭叔書》:"《禮記》即云當附《儀禮》某篇第幾章。""《大戴禮》亦合收入,可附《儀禮》者附之;不可者,分入五類。如《管子·弟子職》篇亦合附入《曲禮》,類其他經傳。類書説禮文者,並合編集,别爲一書。《周禮》即以祭祀賓客、師田喪紀之屬,事别爲門,自爲一書。如此,則禮書大備。"

又,《答李季章書》:大要以《儀禮》爲本,分章附疏,而以《小戴》諸義各綴其後。其見於他篇或他書可發明者,或附於經,或附於義。其外[2]如《弟子職》、《保傅》之屬,又自别爲篇,以附其類。其目有家禮、有鄉禮、有學禮、有邦國禮、有王朝禮、有喪禮、有

① 爲:《定稿》、《稿本》作"微"。

② "其外"前《定稿》有"又"字。《稿本》無。

祭禮、有大傳、有外傳,今其大體已具者,蓋十七八矣。因此讀書,乃知漢儒之學有補於世教者不少。

王氏應麟《困學紀聞》:"《弟子職》,《漢志》附於《孝經》,朱子謂'疑是作《内政》時,士之子常爲士,因作此以教之。'注:何焯曰:'馬驌云:管子作《内政》,用以教士之子者爾。蓋本朱子語。'閻若璩曰:'馬公驌以爲蓋古塾師教條。管子之作《内政》,以教士之子者爾。'"

許氏衡曰:自始皇焚書以後,聖人經籍不全,無由考校古人爲學之次第。班孟堅《漢史》雖説小學、大學規模大略,然亦不見其間節目之詳也。千有餘年,學者各以己意爲學,高者入於空虚,卑者流於功利。雖苦心竭力,博志多文,要之不悖于古人者鮮矣。近世新安朱文公以孔門聖賢教人[①]爲學之道,參以《曲臺》、《少儀》、《弟子職》諸書[②],輯爲《小學》之書,則規模節目,無所不備矣。

按:魯齋先生出入經傳泛濫,諸子百家靡不研究,稱師矣。得朱子《小學》書讀之,默契於中,聚學者謂之曰:"昔所授受,皆孟浪也。今始聞進學之序,若欲相從,當悉棄前日所學章句之習,從事於小學。灑掃、應對以爲進學之基,不然則求他師。"衆皆曰:"唯悉取向來簡帙焚之,使無大小,皆自小學入。"今之學者讀魯齋先生書,可以知學問之要矣。梅士亨謂:"《弟子職》詳於幼職,略於聖功。"豈知言者哉!

馬氏端臨《文獻通考·小學類》:"《弟子職》等五書,一卷。"

陳氏曰:"漳州教授張時舉以《管子·弟子職篇》,班氏《女誡》,吕氏《鄉約》、《鄉禮》,司馬氏《居家雜儀》合爲一篇。"

吴氏澄曰:"古之教者,子能食而教之食,子能言而教之言。欲其有别也,而教之以異處;與其有讓也,而教之以後長;因其良知、良能而導之,而未及乎誦讀焉;教之數,教之日與夫學書計、學幼儀,則既辨名物矣,而亦非事夫誦讀[③]也。弟子之職曰孝、曰弟、曰謹、曰信、曰愛、曰親,行之有餘力而後學文。今世童子甫能言,不過教以讀誦[④]而已,其視古人之教何如也?然古人豈廢讀誦哉?戴氏《記》拾《曲禮》遺經,句三言或四言;管氏書載《弟子職》一篇,句四言或五言、六言,皆韻語。句短而音諧,蓋取其誦讀之易,而便於童習也。古書闕,而教法泯。俗門教子,率以周興嗣《千文》、李瀚《蒙求》開其先。讀誦雖多,竟何所用?[⑤]"

朱氏長春曰:"《弟子職》是古左塾師學規,以養蒙求者,故韻格相叶,便於童兒課

---

① 教人:《稿本》同,《定稿》作"爲教"。

② 書:《稿本》同,《定稿》作"篇"。

③ 誦讀:《稿本》同,《定稿》作"讀誦"。

④ 讀誦:《定稿》同,《稿本》作"誦讀"。本文下同,不另出注。

⑤ 讀誦雖多,竟何所用:《稿本》同,《定稿》作"讀誦雖易,而竟何所用"。

讀，不知何代何師所著。其文詞近三禮祝銘之體，意成周設鄉學，頒定教儀，《管子》書中存之，以教五鄉之士之子耳。《少儀》、《小學》雜述禮節，而此專屬書堂教條。子游示灑掃、應對、進退，此足略具格式矣。”

屠氏羲時《童子禮序》曰：“《易》曰：蒙以養正，聖功也。而養正莫先於禮，蓋人之自失其正，以自外於聖人之途者，率以童幼之年不聞禮教，則耳目手足，無所持循，作止語默，無所檢束。及其既長，沿習媮安、徇情任氣，如已決之水不可隄防，已放之條不可盤鬱，何所不至哉！是故朱子《小學》必先灑掃、應對之節。程子謂即此便可達天德，信非誣也。世之父兄既已姑息爲恩，而爲之師者日役役焉，以課程爲急故，一切禮教廢閣，不講童蒙，何賴焉？玆本《曲禮》、《内則》、《少儀》、《弟子職》諸篇，附諸儒訓蒙[①]要語，輯爲《童子禮》。”

朱子《儀禮經傳通解》采《弟子職》，江氏永《禮書綱目》因之。其分章次曰學則、曰蚤作、曰受業、曰[②]對客、曰饌饋、曰乃食、曰灑掃、曰執燭、曰請衽、曰退習，凡九章。而末附《檀弓》“事師無犯無隱，左右就養無方，服勤至死，心喪三年”二十字，《曲禮》“宦學事師，非禮不親”八字，蓋明民生於三事之如一之義也。

《集解》不標章目，而分節疏釋大旨，與《通解》、《綱目》二書相同。惟以“凡言與行”至“必由此始”二十八字别爲一節，以“至於食時”四字屬“先生將食”以下爲一節，以“先生已食”至“拚前斂祭”十六字合“先生有命”以下爲一節，以“是協是稽，莫食復禮”八字爲一節，與二書稍異。

按[③]：不標章目者，存舊本之真，《集解》是也。“至於食時”，二書以屬“師出皆起”之下，從此斷章，語氣不了，亦《集解》是也。“先生已食”至“乃還而立”，爲食畢餕餘之儀，亦《集解》是也。“是協是稽”爲既拚復業之儀，“莫食復禮”與“昏將舉火”義相聯屬，且“稽”與“箕”，辭之爲韻，此則當從二書者也。“凡言與行”二十八字，舊本在“其次則已”之後，“已”、“起”、“紀”、“始”爲韻。且言行本受業内事，下言對客、饌饋，以類相從，文義亦應爾。《管子》及二書相傳已久，更不煩更定也，《集解》誤，不可從。

朱子曰：“《弟子職》‘所受是極’，云受業去後，須窮究道理到盡處也。”

朱氏長春曰：“極，止至善也。古大小學一於極，惟虚受極。”

朱子曰：“毋驕恃力，如恃氣力欲胡亂打人之類，蓋自小便教之以德，教之以尚德不尚力之事。”

沈氏鼎新曰：“‘毋驕’二語，已具大人之學。”

程氏敏政曰：“讀《弟子職》，可以去驕、去怠。”

---

① 蒙：《稿本》同，《定稿》無。

② 曰：底本無，據《定稿》補。

③ 按：底本無，據《稿本》補。

高氏愈曰:"孔子之言與《弟子職》相表裏。'入孝出弟',即'温柔孝弟'之謂;'謹信',即'正直整齊'、'志毋虚邪'之謂;'親仁',即'就有德'之謂;'學文',即'朝益暮習'之謂。惟'泛愛衆'一語,《弟子職》教未之及。於此知聖人之言隨在,有萬物一體之懷。弟子當早培其根也。"

岳氏正曰:"復業問疑是大學問。"

沈氏維垣曰:"《弟子職》,食必以禮,曲盡其道。"

何氏俊良解"嗛"字,引商銘"嗛嗛之食,不足狃也"爲證。按:韋昭解《國語》:"嗛嗛,猶小小也。'嗛'當爲'謙'。"《漢書·藝文志》:"《易》之嗛嗛。"師古注曰:"嗛,與謙同。"《莊子·齊物論》:"大廉不嗛。"亦"謙"字作"嗛"。朱氏長春曰:"《記》:'長者未舉釂,少者不敢飲。'又,'君未覆手,不敢飧。'此同嗛以齒之禮也。"

《集解》引《説文》:華,箕屬,所以推棄之也。"段玉裁注據《篇海》正棄爲糞,推糞謂推而除之也。當從段校改。《集解》:"拚、'糞'但有借字,無本字也。"按《説文·華部》:"糞,棄除也。"不得謂無本字。"拚"、"糞","糞"字當是"畚"字之譌。

"問疋何趾。""疋",舊本作"所",誤。《集解》謂爲"雅"字,亦非。按《説文》:"疋,足也。上象腓,下從止。《弟子職》曰:'問疋何止。'古文以爲《詩》大'雅'字,亦以爲'足'字。或曰'胥'字。一曰:'疋,記也。'"《説文》首引《弟子職》文者,是疋字本義也,音所菹切。其以爲"足"字者,形相近而叚借;以爲大"雅"字及"胥"字者,皆假借也;曰"記"者,轉注也。疋既有菹余切之本義,自當從本義、本音,不煩假借。段氏玉裁曰:"'問疋何止',問尊長之卧,足當在何方也。《内則》曰:'將衽,長者奉席,請何止。''止',一作'趾',足也。"

《重刻明刑管見録》序

道光中,長白蘇完呢瓜爾佳氏穆翰虎臣與其兄韻庭先後官熱河,治獄有聲。虎臣述在官閲歷所得,與韻庭之言凡二十九篇,題曰《明刑管見録》。贛、皖、鄂皆有傳刻。彭年來秦,復刻以貽學律諸君,序曰:

律例,法之一定者也;獄訟,情之萬變者也。執一定之法,治萬變之情,則折獄尚焉。《易》之《豐》、《旅》皆以刑獄對舉互言,而《賁·象》則曰:"明庶政,無敢折獄。"若折獄之難,百倍於庶政者,懔懔乎其慎之也。《周官·小司寇》以五聽求民情,而都鄉遂之士莫不曰"聽"、曰"察"、曰"辨"。《吕刑》曰"簡孚"、曰"審克",而申之曰"何監"、"何懲"。《康誥》曰"明慎"、曰"紹聞",而申之曰"敷求"、"别求",誠以折獄之難,不在口才之辯給,不恃勢力之威嚴,尤不宜逞私智、執成心以違道而干譽。必視前人所已行者而規其則,必求前人所已言者而審其端,譬猶問途於已經之人,學藝於居工之肆。

於是獄訟之來，要其始終，觀其情僞。於貨則爲攘、爲竊，於土田則爲奪、爲侵，於人則爲誘、爲姦、爲傷、爲殺。釁卻何由？魁從何辨？眚終何别？過故何分？幻何以譸張？心何以疾很？惷愚失誤何以見原？敗常亂俗何以不宥？服何以上下？權何以重輕？單辭何以明清？兩辭何以中？聽言何以擇辭？何以差？何以爲孚、爲成？何以爲疑、爲反？蓋情之萬變不可勝窮，而恃吾心之虚以啓吾心之明，則操之有據，而學之可至者也。

虎臣此編言雖淺近，事理分明。學者讀律之餘，時瀏覽焉。則以律例爲治獄之本，而此編爲折獄入門之資，庶乎其不差矣。原書有評本列上方，今並稍爲增删，采入分注，略使整齊，取便觀覽。

《吴竹如先生年譜》序 代

同治中，霍山吴侍郎竹如先生卒於金陵，疆吏以聞，特詔褒恤。未幾，畿輔之民追述功德，請祀名宦。予據以入告，得旨報可。

先生守河間功最偉，郡人至今懷之。而綜先生生平，則自其官刑曹時，以正直著聲。厥後論酒案之公私、陳大錢之利弊、金陵收復疏，戒满盈諸大端，尤爲時所稱頌。蓋其篤志勵行，守朱子論是非，不計利害之言而出之以誠敬，遇事不爲苛激，亦無所依違，故能承聖主之知，孚朝野之望。即嫉先生者，亦終敬先生之爲人而不敢侮也。

道光中，吾鄉官京師、爲後進宗仰者，先生而外，莫如旌德吕文節公、歙縣王子槐侍郎。先生確宗程朱，旌德遠紹許鄭，歙縣則究心當世之務。所以爲學與誨人者不必一途，而其勤勤肫肫，必軌於正之心則一。其後或以節顯，或以治行，嘉謨類皆有所表見於世。然則人烏可以不學？爲學之方亦何必盡同哉？

中丞涂公嘗刻先生所著《拙修集》，今方君存之復彙輯言行爲《年譜》。予以畿輔，先生舊治也。刻而傳之，以慰邦人之懷舊德者。

《日本國史紀事本末》序

史之作也，編年以知世，紀傳以知人。所爲欲知世與人者，將以治事也。一事而分諸數年，或數十百年，一事而分紀與傳，又分數傳，觀之弗能備也。其於古今是非、得失成敗之故不能以審，則亦奚以鑒誡而決然於所行？

予嘗論以爲史之有編年、紀傳，出於《春秋》。史之有書、志，出於《尚書》。若河渠書、地理志之本《禹貢》，五行志[①]之本《洪範》，百官志之本《立政》、《周官》，皆《尚書》中之一體。其全書類乎[②]《尚書》，括史志之要，合紀傳而會而通之者，則莫如紀事本末。紀事者以事爲主，不專係乎人，不論時之遠近，舉凡事之散見紀傳，與他書者類聚而備書之，綜括而條貫之。創於宋袁樞之《通鑑紀事本末》，宋元迄明，遞相纂述，學者便焉。

日本青山博士嘗總裁校勘國史，復纂輯《紀事本末》一書，可謂勤而知要者矣。顧袁氏之書雖依[③]《通鑑》，而事則分代爲紀，其書較易。日本之紀，百王一姓，年代悠邈，其書較難。博士旁搜羣籍，折衷紀傳，自其國神武開基迄於近代二千餘年，神功之武，顯宗之仁，天智之中興，大寶、元明、元正之治以及大津押勝、道鏡之變亂，出羽、蝦夷之叛服，平源巨族之專橫，莫不考其治亂之迹，推其致治、致亂之由。而且紀遊幸則陳恬嬉之戒，紀好佛則識僧徒之亂，紀刑法則著寬弛之譏，紀外戚則述廢立之禍。至於吏治、兵政盛衰，文學興廢，民政源流，[④]綱舉目張，勸戒並列。

予昔觀《日本史紀傳》，疑其志體未備[⑤]。今讀是書，誠足以得紀傳之貫穿，而補史志之缺略矣。海表諸邦莫不存史，求其體裁完備而文筆粹美者，則莫如日本。蓋與中華同處一洲，自通使隋唐，崇尚儒術，推尊孔子，庠序之間，經史燦列。漸摩既久，人才奮興，[⑥]故其國史記雖經蘇我、蝦夷之焚劫，而訪之耆儒，稽之故籍，猶得藉以纂成全史，撮其精華，備紀本末，使後之治事者如斷獄之有律令格式焉。觀書中紀其國歷朝崇文之盛[⑦]，尤不禁爲之神往也。

博士子勇剞劂既竣，奉其書介公使森君貽予。因諾其請，爲之序。

《續纂江蘇水利全案》敍[⑧]

三吴，澤國也。唐宋以來，都水有監、庸田有使。明代歷選朝臣充治水之使，皆專官以重其事。而以水利成書者，如單氏鍔、郟氏亶父子、震川歸氏、東陽張氏、耿氏橘，其言源流利弊詳矣。

余讀《史記·河渠書》曰"於吴則通渠"，三江、五湖之水委輸三江而達於海，此古

① 五行志：《稿本》、《定稿》同，《手稿》作"五行、食貨志"。
② 類乎：《稿本》、《定稿》同，《手稿》作"規倣"。
③ 依：《稿本》、《定稿》同，《手稿》作"本"。
④ "至於吏治、兵政盛衰，文學興廢，民政源流"句：《手稿》作"至於重文之重□，民政之源流"。
⑤ "疑其志體未備"句：《手稿》作"以爲志、表未備"。
⑥ "漸摩既久，人才奮興"句：《手稿》作"生徒日衆，而專精者出焉"。
⑦ "觀書中紀其國歷朝崇文之盛"句：《手稿》作"予讀書中歷朝崇文之盛"。
⑧ 《手稿》存，屬散頁。

者治水之常法。然東江久湮,以劉家河當婁江而下流已非其故處。吴淞爲大流,明初尚闊一百五十餘丈,今江狹處乃止一衣帶水。而貢浦昔號爲亂流,今則太湖之水由澱泖而東,過華亭,由垂虹橋而出,龐山湖、九里湖勢皆分趨於貢浦,其洶湧浩潮、委納衆流,遂與三江相代。且奚獨此?三泖則細流僅存,百瀆則十湮其五,練湖則廢堰爲田,吴江則水道别出,白茆則海口高仰,欲就昔賢所舉,論而確指其故地,幾不可復識矣。天下之事勢無常,未有若水道變遷之易者。然則取今以則古,考事而適宜,備一時疏導蓄洩之方,以俟之後世,亦志於民者所宜事也。

吴中故有水利總局,觀察使李君慶雲久綜其事,謂自肇役以來,殆二十載,程功立事,考鏡是資,不可於紀述。乃發凡起例,仿江夏陳公《水利全書》之體,爲《續纂江蘇水利全案》五十二卷,别爲表二卷,又各爲圖説,弁諸卷首。既成,以示余。綱舉目張,燦然畢具。

余謂以文牘排比爲書者,其原蓋出史志。馬端臨《經籍考》"《青社賑濟録》一卷",爲富文忠青州救荒施行文牘,是其類也。經事綜物,厥體已古。使後有治吴者,欲考於水利,微特單、郟之書去今益遠,即明之歸、張,其論固有不同者,而是編最近出,河渠無移徙,設施無異跡,不特旁徵曲引、參酌變通,皆可坐言而起行,豈非切於時用之書哉。

余以昨歲之旱,思修水利以毖後患。飛章入告,天子俞焉。然嘗念吴之水利,其備旱者猶少,而備潦者常多。震川有言:"近歲多旱少水,愚民以爲自今不復見水患。"使如漢建始間,霖雨三十日,將如之何?天災流行,國家代有。區區之慮,與歸民同。李君持是編次,沿流而討源,規利而去弊,則前事可師,又不持俟之來哲已。

《紅毛番英吉利考略》序①

余交黟縣程君伯專,進退從容,粹然學者,談論經義,亦知依據,陋室蔬水新如也。聞所師,則事同縣汪先生。讀書爲人,多先生教。並出先生所撰《紅毛番英吉利考略》示余。

余惟儒者居斗室中,舉足不過茹武,瞻視不出尋丈,而天下利病、四海形勢,昭然在目,亦在博聞彊識、敏求勿忘而已。昔唐賈躭撰成《海内華夷圖》及《古今郡縣道四夷述》,表獻之曰:"伏波之聚米,開示衆軍;酇侯之圖書,方知阨塞。"先生是書,實符斯旨。信乎不龜手之藥,非以爲洴澼絖也。傳寫有出入,屬伯專以先生定本挍刊。

先生名文臺,字南士,居黟縣。伯專嘗爲余言,其師事親孝,澹於仕進,善誘後學,

① 《手稿》存。

爲鄉鄙望。所爲書,自經史外,凡有裨於學問、政教者,靡不綜則。是篇,猶大海之一勺也。

《重修湖北通志》纂校章程①

一、徵引書籍,必考原書,注其書名。原書佚,則云:“某書引某書。”俱用雙行小注,注中有注者,用單行偏右承寫。

一、經史古籍,可節並,不可改竄。府州縣志及採訪册文未雅馴者,潤飾字句,不增易事實。兩書並見,取其最先;若詳略互異,可加考證,以“謹按”小注别之。

一、每門首引各書,注某人所著某書,或某代所著某書,以後但舉書名。正史不書撰人名,餘均書。康熙、雍正、嘉慶舊志首注“康熙志”、“雍正志”、“嘉慶志”。俟全稿匯齊,勘留首一條。其府州縣志、府州志注“某府州志”,州縣志注“某志”;引舊志者加“舊”字;由檔册、採訪册纂入者,注“檔册”、“採訪册”。

一、職官、府州縣名稱,統依時代,不得先後淩雜。如國朝總督、巡撫不稱制軍、中丞,舉人、生員不稱孝廉、茂才之類;郡縣,則武昌府不稱鄂,江夏縣不稱沙羡之類。前代郡縣地名,應舉原書,小注今某縣地。如載文牘有湖北省稱鄂之類,可仍其舊。

一、外省縣名俱冠以省分,其府、州、縣同名者,加“府”、“州”、“縣”字,本省亦如之。

一、採録藝文,附於各門之内,通用雙行,必冠以朝代。

一、前代人物,籍貫無徵,而確系本省者,總敘本卷之首。

一、列女,女從父籍,婦從夫籍。

一、紀年舉元號、年數,不用干支字,選舉表則仍書某科。

一、各門冠以小敘,類多剿襲陳言,然著書義例,非此莫明。但當按切事實,標揭指要。

一、每州、縣各具一圖,凡通志内所載山川皆應繪入。其一山連跨數州縣者,更於總圖著其分合之形;水道務令諸圖貫注,於交界處注明各境起訖。

一、遇廟諱、御名,皆敬缺末筆,不用恭代字。

一、寫本程式,統低兩格,以便抬寫。應三抬者出格書之;總目低三格,子目低四格;每頁二十二行,每行二十五字。雙抬在内。刻本准此。

一、名臣有謚者,但於傳中書之,餘稱職名,以符進呈程式。

一、每卷尾須刊原纂、重編、分校、總校人名氏。

① 王葆心《方志學發微》存。

一、書中各門互相牽涉者，既非一手纂輯，重複齟齬勢所不免，應由總校參定，以歸整潔。

一、詔諭門，列聖詔、諭，第一行出格三抬，以後抬二格承寫；今上詔、諭，第一行雙抬，以後抬一格承寫。各門中所載詔諭准此。

一、志目編詔諭爲卷首，以後相承四十目：疆域、沿革、晷度、山川、形勝、關隘、津梁、隄防、城池、公署、鄉鎮、風俗、物產、户口、田賦、漕運、蠲邺、倉儲、鹽政、錢法、關榷、禮儀、壇廟、學校、刑律、軍制、郵傳、兵事、古跡、藝文、金石、祥異、藩封、職官、選舉、人物、列女、流寓、釋老、雜記。

一、各府州縣志及採訪册並各衙門檔册致局之日，由收掌分類、裁割、粘訂成册，隨時致送編輯，不得稽延。

一、編輯交書，有一二疑義待商、自行簽出者，由總校與住局編輯隨時酌定付刊。

一、校對專司校正脱文、誤字，不得竄改原書。

一、編輯各書送局，由收掌送分校，校過再送總校，總校校過，交監刊發寫樣本。寫成送校如前。刊成，校紅本一次，校墨本一次。凡分校，每校一卷，卷面蓋用戳記，注明某某第幾次校過，校出脱誤若干字，以别勤惰。

一、書系陸續發刊，卷首及每頁板心卷數字樣，須留空補刊。

《重刊嘉祐足本孔叢子》序

《孔叢子》一書，《隋書·經籍志》始著録，注"陳勝博士孔鮒撰"。晁公武因《漢志》無《孔叢子》，欲以儒家《孔臧》十篇當之，又牽合附會，以爲即孔甲《盤盂書》。李燽、王謨紛紛辨詰。考書中紀鮒之殁，固不得謂鮒書。又有紀延平、延光中事，亦安得謂爲孝武時之孔臧書也？陳振孫以爲孔氏子孫記其先世系、言行之書，蓋近之矣。

考《詰墨篇》以孔子卒時證白公作亂之事，斥《墨子》爲虚造，而《雜訓篇》記子思從夫子於郯之語，以年考之亦不合，不幾郵而效之乎？其書王霸雜用，如欲以無用之貨弱人之國，因疑非聖人之言。至欲割地賂秦，以爲嫪毒功，則雖縱横之士亦羞舉其説。謂孔氏之徒，而計出於此，恐不然也。

在隋以前，惟《水經注·泗水篇》引《孔叢》之文，其文亦與全書不類，他書未有援引者。朱子謂《孔叢》文氣不似西漢，予則謂多魏晋以後人語，如《僞孔傳》、《僞家語》之類。

然古昔名言至論，亦往往存于其中。故司馬光作《通鑑》，楊簡作《先聖大訓》，多采取之。又中有《小爾雅》一書，猶《弟子職》之存於《管子》，亦考古者所不廢。《隋志》作七卷，晁、陳《志》、《録》及《文獻通考》所記並同。明鍾惺去《連叢子》及《詰墨》[①],併爲四卷。《小爾雅》[②],不知何人併爲三卷,何氏叢書復併爲上、下二篇。足本之傳於世者甚寡。宋嘉祐中,宋咸注成表進本,尤不易覯。錢遵王得空居閣藏本,尚是從元人所録[③]重録者。陳君襄夔迺得宋槧本而什襲藏之,近復重雕以廣其傳。

予嘗謂宋槧古書,日就亡佚,獨賴好古之士珍護而刊播之,是亦守先待後之一端。因[④]襄夔之舉而爲之序。

《集注分類東坡先生詩》序[⑤]

宋槧《施注蘇詩》存漢陽葉氏。昔在京師從曾滌生侍郎、邵位西員外,過虎坊橋潤臣侍讀齋中,展觀竟日,古香襲人,不獨宋槧精好,仲牧、覃溪兩家圖記,熙、正、乾、嘉諸老題詠亦琳琅滿目。覃溪考證尤密,蠅頭細書幾千百字,位西賦詩記事。今得此書,回憶舊日猶欣欣也,書以識之。咸豐八年七月辛巳題于陽曲西校尉營。

《四庫全書簡明目録》云:《東坡詩集注》三十二卷,舊本題王十朋撰,蓋依託也。其分類、編次,頗多舛誤,注亦不免漏略,頗爲邵長蘅所極詆。然長蘅補《施注蘇詩》爲十二卷,闕,亦未嘗不據此書爲藍本也。

此本二十五卷、七十八類,與三十二卷之本未知同異。卷中序目、題款,類當時坊賈所爲,謂非十朋注則過矣。青門極詆此書,作《正訛》一卷。注誠不免訛漏,青門亦强作解事耳。

重刻劉仲肩先生遺書敘[⑥]

存之方君宰棗强,既刊鄭司直先生《日知堂集》,復求得劉仲肩先生所撰《讀詩日録》、《春秋疑義録》,屬予門人王樹枏、張銓、陳文煜校正,序而刊之。仲肩之行誼,見於志乘;兩書大旨,則存之序詳之矣。

予竊考司直在康熙朝膺特達之知、受封疆之寄,而仲肩當乾隆中僅一領鄉薦。兩先生皆國家隆盛之日,或遇或不遇,豈非命哉?然司直以端清見知,凡所設施,悉本所

① “詰墨”後,《手稿》有“小爾雅”三字。《稿本》、《定稿》同無。
② 小爾雅:《稿本》、《定稿》同,《手稿》無。
③ 録:《稿本》、《定稿》同,《手稿》作“鈔”。
④ 因:《定稿》同,《手稿》、《稿本》作“因嘉”。
⑤ 《黄陶樓先生年譜》、《集注分類東坡先生詩》存。
⑥ 《定稿》、《稿本》存。

著《朱子學規》,一軌於正;仲肩孝友端方,著書確守先儒之説而不爲苟同。窮不失義,達不離道,兩先生遇雖殊而趣則一矣。讀兩先生之書者,論其世而知其人,於以尚友古人、步趨渠矱,窮則仲肩而達則司直,不亦善歟?

國家祀典,文廟附祀先儒、先賢,又立鄉賢祠。蓋以先儒、先賢之祀,天下所公;鄉賢之祀,一方所獨也。人情習於所近,其興起也尤易。存之牒請附祀兩先生於董子祠,復取所刊書板庋藏祠中。棗强之士苟由兩先生之學,進窺道之大原,蘄至乎古之賢聖,則尤足慰存之表章先哲、引誘後學之盛心。

陶樓文輯卷十三

書《傅子》後[①]

《晋書·傅玄傳》稱:玄撰論經國、九流及三史故事,評斷得失,各爲區例,名爲《傅子》,爲内、外、中篇,凡有四部六録,合一百四十首,數十萬言行世。宋《崇文總目》所録止存二十三篇,後來傳本遂佚。《四庫全書》從《永樂大典》采得文義完具者十二篇,文義未完者十二篇,又附録四十八條,已足考見其十一。然其散見羣書者,仍不少也。

裴松之《三國志》:

《武帝紀》:

臣傅子曰:"太祖又云:'湯武之王,豈同土哉。'若以險固爲資,則不能應機而變化也。"

《董卓傳》注:

傅子曰:"靈帝時,牓門賣官,於是太尉段熲、司徒崔烈、太尉樊陵、司空樊温之徒,皆入錢千萬、下五百萬,以買三公。熲數征伐,有大功烈,有北州重名,温有傑才陵能,偶時皆一時顯士,猶以貨取位,而況於劉囂、唐珍、張顥之黨乎。"

《劉表傳》注:

傅子曰:"初,表謂嵩曰:'今天下大亂,未知所定。曹公擁天子都許,君爲我觀其釁。'嵩對曰:'聖達節,次守節。嵩,守節者也。夫事君爲君,君臣名定,以死守之。今策名委質,惟將軍所命。雖赴湯蹈火,死無辭也。以嵩觀之,曹公至明,必濟天下。將軍能上順天子,下歸曹公,必享百世之利,楚國實受其祐,使嵩可也。設計未定,嵩使京師。天子假嵩一官,則天子之臣,而將軍之故吏耳。在君爲君,則嵩守天子之命,義不得復爲將軍死也。唯將軍重思,無負嵩。'表遂使之,果如所言。天子拜嵩侍中,遷零陵太守,還稱朝廷、曹公之德也。表以爲懷貳,大會寮屬數百人,陳兵見。嵩怒,持節將斬之,數曰:'韓嵩敢懷貳耶?'衆皆恐,始令嵩謝。嵩不動,謂表曰:'將軍負嵩,嵩不負將軍。'具陳前言。表怒不已,其妻蔡氏諫之曰:'韓嵩,楚國之望也。且其言直,誅之

① 《手稿》存。此稿爲未完成稿。

無辭。'表乃弗誅,而因之。"

又,傅子曰:"巽,字公悌,瓌瑋博達。有知人鑒辟公府,拜尚書郎。後客荆州,以説劉琮之功,賜爵關内侯。文帝時爲侍中,太和中卒。巽在荆州,目龐統爲半英雄,證裴潛終以清行顯。統遂附劉備,見待次于諸葛亮。潛位至尚書令,並有名德。及在魏朝,魏諷以才智聞。巽謂之必反,卒如其言。巽弟子嘏,别有傳。"

又,傅子曰:"越,蒯通之後也。深中足智,魁傑有雄姿。大將軍何進聞其名,辟爲東曹掾。越勸進誅諸閹官,進猶豫不決。越知進必敗,求出爲汝陽令,佐劉表平定境内,表得以彊大。詔書拜章陵太守,封樊亭侯。荆州平,太祖與荀彧書曰:'不喜得荆州,喜得蒯異度耳。'建安十九年卒,臨終與太祖書,託以門户。太祖報書曰:'死者反生,生者不愧。孤少所舉行之多矣,魂而有靈,亦將聞孤此言也。'"

《張繡傳》注:

傅子曰:"繡有所親胡車兒,勇冠其軍。太祖愛其健,手以金,與之。繡聞之,疑太祖欲因左右刺之,遂反。"

《荀彧傳》注:

傅子曰:"衡辯於言,而刻於論。見荆州牧劉表日,所以自結於表者甚至。表悦之,以爲上賓。衡稱表之美盈口,而論表之左右不廢繩墨。表左右因形而譖之曰:'衡稱將軍之仁,西伯不過也。唯以爲不能斷,終不濟者必由此也。'是言實指表智短,而非衡所言也。表不詳察,遂疏衡而逐之。衡以絶交于劉表,智窮于黄祖,身死名滅,爲天下笑者。譖之者,有形也。"

《賈詡傳》注:

傅子曰:"詡南見劉表,表以客禮待之。詡曰:'表,平世三公才也。不見事變,多疑無決,無能爲也。'"

《王脩傳》注:

傅子曰:"太祖既誅袁譚,梟其首,令曰:'敢哭之者,戮及妻子。'於是王叔治、田子泰相謂曰:'生受辟命,亡而不哭,非義也。畏死亡義,何以立世?'遂造其首而哭之,哀動三軍。軍正白行其戮,太祖曰:'義士也。'赦之。"

《管寧傳》注:

傅子曰:"齊相管仲之後也。昔田氏有齊,而管氏去之。或適魯,或適楚。漢興,有管少卿爲燕令,始家朱虚,世有名節。九世而生寧。"

又,傅子曰:"寧往見度,語唯經典,不及世事。還乃因山爲廬,鑿壞爲室。越海避難者,皆來就之而居,旬月而成邑。遂講《詩》、《書》,陳俎豆,飾威儀,明禮讓,非學者無見也。由是度安其賢,民化其德。邴原,性剛直,清議以格物,度已下心不安之。寧謂原曰:'潛龍以不見成德,言非其時,皆招禍之道也。'密遣,令西還。度庶子康代居郡外,以將軍、太守爲號,而内實有王心。卑己崇禮,欲官寧以自鎮輔,而終莫敢發言,其敬憚如此。"

又,傅子曰:"寧上書天子,且以疾辭曰:'臣聞傅説發夢,以感殷宗;吕尚啓兆,以動周文。以通神之才智,悟於聖主;用能匡佐帝業,克成大勳。臣之器朽,實非其人。雖貪清時,釋體蟬蜕。内省頑病,日薄西山。唯陛下聽野人山藪之願,使一老者得盡微命。'書奏,帝親覽焉。"

又,傅子曰:"司空陳羣又薦寧曰:'臣聞王者顯善以消惡,故湯舉伊尹,不仁者遠。伏見徵士北海管寧,行爲世表,學任人師。清儉足以激濁,貞正足以矯時。前雖徵命,禮未優備。昔司空荀爽家拜光禄,先儒鄭元即授司農。若加備禮,庶必可致。至延西序,坐而論道,必能昭明古今,有益大化。'"

又,傅子曰:"寧以衰亂之時,世多妄變氏族者,違聖人之制,非禮命姓之意,故箸《氏姓歌》以原本世系,文多不載。每所居,姻親、知舊、鄰里有困窮者,家儲雖不盈檐石,必分以贍救之。與人子言,教以孝;與人弟言,教以悌;言及人臣,誨以忠。貌甚恭,言甚順。觀其順,邈然若不可及,即之熙熙然甚樂而温。因其事而導之於善,是以漸之者無不化焉。寧之亡,天下知與不知,聞者無不嗟嘆。醇德之所感若此,不亦至乎!"

《胡昭傳》注:

傅子曰:"胡徵君怡怡無不愛也,雖僕隸必加禮焉。外同乎俗,内秉純絜。心非其好,王公不能屈。年八十而不倦于書籍者,吾於胡徵君見之矣。"

《徐奕傳》注:

傅子曰:"武皇帝。"

書《地學淺釋》後

英吉利,島國也。多就島中所見言之,故不言土而概以石名。先是,百餘年前其國有理曼者,分石爲三次。以石中無生物之形,亦無他石糜碎而成之據,成石之時必早於生物,疑初有地球,即有此石,謂之一次石。其中有沙[①]及生物之迹,類他物糜碎和合而成者,成石必在生物之後,謂之二次石。在二次石之上而新者,則爲三次石。爲地學者,皆宗其説而增損之。

後理曼五十年,有爲納兒者,以金類之形,分别石之種類。於一次、二次之間,增一名曰間石。其立論專主於水,以爲地球之始,四面皆海,海水中有石質,消化降而爲石,是爲古石,即理曼所稱一次石也。是時,已有波浪能碎古石爲泥沙,太古之生物湮没

① 沙:《稿本》作"砂"。本文下同,不另出注。

而雜和焉，則爲間石。間石既成，水中之石復有和合而沈下者，乃爲二次石。其水始與今之海水無異。爲納兒之偏見，不言火造化，而獨言水造化。凡見火造化之石，皆以爲無關地學。又以火山吐火、流石皆偶然之變。

同時有赫敦者，立論專主於火，以爲地球本火鍊而成。初成地球時，地面皆火。其說以爲初自火中鍊出，漸冷而堅，爲地球之皮。當甚熱時，不能有水。稍冷，則天空氣結而爲雨，雨落地面而成海。是時，海水亦熱如沸湯，不能有生物，是以有水中消化之質沈下爲石。有山從水中高出，所以有陸地。又因雨水流爲江河，久後熱勢漸殺於前，而漸有生物出焉。又論一次石非從水中沈積，乃因火熱變化而成。

雷侠兒兼采二家之説，故其論石分四大類，曰水層石、火山石、鎔結石、熱變石。大約以石之層累、上下、新舊，與金石和合之質、生物之迹，分水、火之二物，定成石之後先，而别年代之遠近。鎔結、熱變則通水、火二説之窮，而其實不出於兩家也。鎔結爲水火造化而成，又有重力壓之；熱變則先成於水底，經熱而變。又有深造石及冰遷石，可類推也。

其究生物之迹，以螺蛤之類爲最多，而因徧及鳥獸、蟲魚、草木之種類。上自山顛，下及於海底之泥，莫不推驗剖析。海底之泥二十，而十九爲生物之迹。謂生物原質化去，而泥沙灰入其孔中，結而成石，如鎔金就範，能得變化之故。其言陸變成海，海變成陸，山巨可蝕，海底日高。甚至謂南、北二極兩處均爲海，則遍地球之氣候皆能變暖；均爲大陸，則遍地球之氣候皆能變寒。細繹之，皆有必然之理。然猶謂所探索者，不過地球之面，極薄之一層，不過深三十里，爲地半徑四百分之一。

蓋西洋之學，以至顯測至微，以至細測至大，以至粗測至精，莫不因已然之迹，推求所以然之故，而歸之於實用。其於形而上者之道，概乎未有聞也。而形下之器，則有獨至者焉。其爲學之門徑，本中國所謂末學，而獨能精心果力，專以求之，遂以島國稱雄。使中國之人能竭盡心力，而盡彼國之長，則本末兼該，形上形下，一以貫之，不益見聖人之道之大哉？

書鶴峯詩草後

蜀山奇峭甲寰宇，而大江出其間，奔放直下，越吴楚而歸諸海。東南之水，皆蜀水之鍾也。唐之杜、宋之陸爲詩大宗，而集中入蜀諸作獨勝。蓋得山水之秀，況生其地者哉。

國朝詩人至船山一洗餖飣鞶帨之習，純以性靈。其天才之卓犖，如山之峻、江之永，而包孕萬有，横絶太空。後之爲詩，以彭年所見，若王先生小雲、張君薊雲，皆船山之流亞也。今又讀鶴峯年丈遺稿，才氣船山也，意境船山也，聲調格式船山也，信乎蜀山大江之所鍾毓歟？

然船山雖賦性過人，其規矩音節未嘗不取法乎杜與陸，則數子之學船山，必有探乎其源者矣。彭年不及見年丈，而與公子遊最久，因得竟讀，書其後而歸之。

書《昚軒筆疏》後

陳丈采臣所藏黄學士書册，是牧仲家故物。按朱彝尊《明詩綜》："黄輝，字昭素，一字平倩。萬曆己丑進士，官至侍讀學士，有《怡春堂集》。"此其《與僧愚庵書》。以書中"修塔"、"入城"及"大路"、"蘆溝"、"西城"諸語徵之，是天寧寺僧也。《静志居詩話》："平倩盛有詩名，而詩體未遒，所謂似是而非。"今諸書佞佛，而檀施銖兩分明，其於釋氏亦近似者。書法神韻秀逸，在枝山、衡山之間，固可寶也。

平倩官翰詹，始終未嘗補外，以病歸。卷中《出京》一書言："對百姓行，如傷之政。"非平倩語，書法亦不類，當是他人書誤編入者。陳丈精於鑒别，以謂[①]然否。

書《鄭文公碑》後[②]

《北史》、《魏書》皆有《鄭羲傳》，取證悉合。惟史稱父不仕，而碑言"以邊績拜建威將軍、汝陰太守"，足證兩史之闕。至羲以宿有文業而政闕廉清，謚曰"文靈"，而碑獨稱"文公"，子孫諱惡耳。

包慎伯先生亟許此碑及《刁惠公碑》，謂北朝雙絶，余謂刁碑取姿已開唐風，不逮鄭碑也。惠老精於鑒古，當有定論。

書《刁惠公碑》後[③]

遵，《魏書》附《刁雍傳》。協，《晋書》有傳。暢，附《協傳》。遵兄弟，惟肅名見正史，附《雍傳》。妻父高允則，魏名臣尤著者。據碑，整是遵子，而史附《雍傳》，以爲肅子，當是史誤。

漢魏碑陰多列門生故吏。此整自志父墓，故記遵兄弟、諸子，並各及其婦家官閥。當時南朝重門第，北朝亦相習耳。就中惟纂妻父司馬楚之見《魏書》，餘皆漫漶不可識。

---

① 以謂：《稿本》同，《手稿》作"謂"。

② 《稿本》、《手稿》存。

③ 《稿本》存。

書《大智禪師碑》後[①]

唐世以八分名家者，韓擇木、蔡有鄰、李潮、史惟則四人。韓、史二家傳於世者較多。大智禪師碑結體、用筆致爲純實，蓋史書之最佳者。

漢隸去篆未遠，唐隸則近楷書，其不能不遞變者，時爲之也。學者當溯流尋源，豈可蔑視唐隸？如論詩者，但說《三百篇》，不復研究古近諸體，不亦謬哉？漢隸尚存篆籀圓轉詰曲之意，唐隸則純用實筆。昔人論詩，或如七寶樓臺，彈指即現；或如萬仞之牆，從平地築起。學焉而得其性之所近，則思過半矣。

書《游文肅公集》後

吾友方君存之爲和州知州，游君智開子岱考訂宋《游文肅公集》，證譌補缺，爲書六卷。雜録傳、志、譜、論於卷首尾，各爲一卷，較文肅裔孫文遠本加詳。中如《論》、《孟》、《中庸》諸條，皆録朱子論難之言於各條之下，使承學之士有所折衷。刻既成，以貽彭年。

嘗考朱子之書，於文肅諸書解義既取其說之精者入《精義集注》、《章句輯略》；其說之未盡善則或當或否，詳剖而細論之，雜見於《或問》、《語類》之中。至其近於老莊，流於釋氏，尤不少爲假借，以辨異端之誤，而大吾道之防，可謂嚴矣。及觀朱子作《文肅祠記》，稱文肅德學之盛，欲學者考師友之淵源，訪其書而讀之，以求文肅之所學。引《詩》"仰止"、"景行"之詞，又幾如太史公之贊孔子。何哉？蓋大賢衛道之切、論道之精，與夫信而好古之心，莫非順乎好惡之本性，而折衷於大中至正之途。其用心明通公溥，未嘗有成見膠於其先而奇論參於其後也。

今之學者，挾其褊心，濟以偏識。一語之誤，輒詆全書。既詆其書，遂誣其學。既誣其學，旋謗其人。門户之習深，而攻擊之患起。論學如此，不啻市人之囂，醉夫之詈，豈復存儒者氣象乎？吾友録朱子語於《文肅集》，其設心可謂勤，其爲教甚遠且大矣。

卷首諸儒論述中，"自太學歸，過扶溝見伊川問試期"一條，考《二程遺書》卷四，乃文肅所録中記"人有習他經，舍而習《戴記》"一條下注，别本載謝顯道將歸，過扶溝事，正與此類。此本當因文肅所録，遂譌爲文肅事耳。《粹言》記程子言，謝良佐因論"求舉於方州，與就試於太學，得失無以異"，遂不復計較科舉。觀程子語，足證非定夫事也。

---

① 《稿本》存。

書《湛然居士集》後

元太祖滅金，得耶律文正；滅宋，得趙文敏。置之文學侍從，誠爲立賢無方。而文正、文敏以宗臣名宿，忘君事仇，招笑千載下矣。

文正，字晋卿，湛然其别號也。集中《過燕京》詩云："尚期晚節回天意。"所謂節者，何事？李微作《序》諛以"忠義"，諛以"浩然之氣"。文正乃忘其身事二姓，而以節自諛也。

文正究心内典，自言西行數萬里，確乎不動心，爲法海汪洋涵養之效。又以西域九十六種，此方毗盧、糠、瓢、白經、香會之徒，爲釋氏之邪；全真、大道、混元、太乙、三張左道之術，爲老氏之邪；黄白、金丹、導引、服餌之屬，爲方技之異端，似尚能斥糠蘗而悟大乘者。又言："用則行孔，舍則藏釋。"夫釋氏之教，本遺①名利，孔氏亦何嘗教人爲貳心之臣哉？又取屏山語，謂"釋不害儒，而儒害釋"，其謬尤甚。

集中《進西征庚午元曆》一表，頗有關於史乘。其言"庚辰五月之望，以大明太陰當虧二分，食甚子正，時在宵中。是夜候之未盡，初更月已食"，足見元初曆法之疏。又以西域中原地里殊遠，創立里差以增損之。雖東西數萬里，不復差異，皆足與《元志》參證。

此集向尠傳刻。咸豐庚申十二月，予偕子重覯諸城劉氏所藏書，得見此本，是金侃從震川歸氏藏本傳鈔者。子重新得文正像，又得此書。予從假讀竟，書後。十九日，彭年記於劉氏復園。明日遂出都，爲之黯然。

書《思益堂詩集》後

予童子時，先子手文一編俾讀，詫爲古之作者。先子徐告曰："此長沙周君荇農也。"時君以明經貢京師，聲稱藉甚。予從客座見君，逡巡不敢通一語。道光二十有五年，同舉進士，先後入詞館，始締交。是年，湖南進士八人，皆籍長沙。世父斗南先生與彭年以先世居醴陵，與焉。於是曾文正公榜試館門曰："慶榜十進士，間歲三名元。""三名元"者，謂吾師蕭修撰、孫侍讀芝房及君也。十人中，官翰林者五。文正獨嗜君文，爲序以贈。

予自咸豐初奉親南歸，逾二十年北遊燕趙間，一至京師則遇君。蓋十人者，惟予二人存矣。君於書無所不讀，而文無體不工。其心語，道德法言也；其章疏，翰苑諫録

---

① 遺：《稿本》同，《手稿》作"遵"。

也。其爲駢儷之文，徐、庾、王、駱不能過也。又以暇時校勘古籍，考定同異，兼義門、辛楣諸老之長。所爲詩，出入於漢、魏、三唐而去摹擬之迹，神明於用韻轉變而不雜俗誤之音。著作宏富，而删除甚嚴。僅存五卷，而與予書猶若删之未盡者。

以治經之法自繩其詩，近代詩人殆罕其匹。自咸豐中，文正率師戡定禍亂，吾楚人因之樹功，名登顯要。京朝官或出而就外吏，而君迴翔芸館，循資序，歷卿貳，若無與於勳名之事者。然自有兵事，而學者喜言兵；自兵艱於餉，而學者喜言利；自外洋通中國，而學者且喜言西學。大道之本，幾晦塞矣。吾楚嘉道以來，名儒碩彦相與講論傳授，固不外經術文章也。而事變之興，人才不乏，則今日之舍本逐末、學術之歧，適爲人才之憂，不可無人維持而默輓之。君以老宿啓迪後進，其所成就不已多乎？

去年，攜君詩稿歸卧蓮池。君詩編年，每展讀，若促席説平生事，予不勝身世之感。又念少學君文，視君若緩步徐行，急追之不能及也，而今亦老矣。

書魯亮儕詩册後

亮儕先生始官河南，歸里，復出官直隸。此册中署戊午、庚申，正其官清河道時。丙歲則歸里舊作也。

亮儕性伉爽，儀度修偉，有奇男子之目。詩、字皆脱灑不羣。起老者，夏震軒先生文瀾。是時，孫文定公官總督，亮儕官清河，尹健餘侍郎方陳情歸，而起老主蓮池書院，相與講學，稱爲極盛。起老有《蓮池唱和集》，《步月》諸詩應在集中，惜未得見。見此册，猶想見當日盍戠餘韻。起老族裔上珍大令出觀，因題。

書《夢硯齋詩册》後

道光丁未十一月，謁父執唐子方先生於武昌。先生出所藏明陳忠愍公遺硯，且言得硯之始。尊甫直圃公夢忠愍來告，事詳所自爲《夢硯齋記》暨海内文士題誌、歌詠凡若干篇。彭年受而讀之，不禁廢然歎也。

自忠愍殁迄今垂二百年，其間兵戈起息，民物變遷，而此硯流傳獨完好如故。又假之夢寐，託以藏弆，若不能忘者。嗟乎，忠愍豈惟愛其物，將毋重其人耶？凡人有以自立，其體魄雖壞，而知氣在上，常往來天壤間。忠臣、義士其行烈，其氣剛，則尤著。亦惟人之正氣足以相感者，或因地，或假物，往往遇之。

忠愍始以諸生陳政要，不見用。逮喪亂後起兵廣州，明知事不可爲，奮然特起，義不顧身，其殁而爲神也固宜。顧先生從異代與古人神契若平生者，何也？吾聞先生少時，舟行盱贛間，猝遇風暴，舟覆者數十，舟子驚顧失柁，同舟皆震伏不能起。先生奮臂大呼曰:“天生吾輩爲天下用,何至葬魚腹中?”須臾浪静,舟賴以全。其宰監利也,與大府争辯,至投袂而出。此其氣概固已陵駕一時矣。方今天下多故,皆由於士氣不振,正如人病痿痺。如先生者,宜正氣之相爲感召。不然,忠慜妾可辱,子可殺,視喪其元若棄屣,曾不少卻,何至硜硜[①]眷此片石哉?

抑予又疑是硯初入賈人手[②],寂然無他異。至先生得之,而鬼神來告。然則士之懷奇自負者,固貴於得其主也。先生於家君爲總角交,故彭年知先生最悉。因覩此册,率書所見質之先生,且用自勗云。[③]

書宋本《月老新書》後

宋槧婚禮備用《月老新書》前後兩編,各十二卷。

前編首載婚姻禮法,次姓氏源流,次故事備要。其言禮,僅載家禮,不能遠溯士昏、近詳宋制。其述聖人訓戒,雜引經史,亦於事理未周。蓋坊行適用之書,非考文之作。其編次姓氏,以五音分類,間引宋人如張、程、朱、蘇、梅、王、曹、文、彭諸姓,所繫皆名臣、道學、文苑中人,不盡以華閥爲貴,尚似有學人所爲。

後編則專爲啓狀而作。首載啓狀諸式,其於請媒、求親、聘定、請期、送鸞、親迎、致謝、往來之詞,告廟、致神之語,既爲分門别類,又以宦、儒、農、工之流,姑舅、姻亞、交婚、續娶之屬,詳爲細目,綴以舊文,可云備矣。然但求備事而不暇擇言,至有娶娼一門,汙穢不經,所宜删削。

考《士昏禮》,自納采至成禮凡八條,自婦見舅姑至饗送者凡五條,又有舅姑歿一條。其於昏禮時地、辭命、用物,既總記之,又自納采至姆辭、壻授綏之辭,無不詳悉縷陳。

何古人於昏禮如是其繁瑣哉?蓋妻道猶臣道也。君之求臣所以爲國,夫之求婦所以治家。其視國家也重,則所以求臣與婦之禮不敢輕。而爲臣、爲婦者,自視其身繫人家國之重,則禮不備,亦不敢苟焉以從事。此古昔國家所以得人,而臣道、妻道所以有終也。後世臣道替矣,獨爲人婦者尚知不求而往之爲可羞恥。乃世風日趨苟簡,即啓牘之語尚或不修,豈獨親迎禮廢而夫婦道苦乎?

然則此書雖出,俗工不免疵謬[④],於古人備禮通情、養廉恥之意,猶未甚遠。至其書中稱宋“本朝”及諸帝皆空字,足爲宋槧之確證。卷端有季滄葦小印,宜吾子重之珍

---

① 硜硜:《稿本》同,《手稿》作“慳慳”。

② 手:《稿本》同,《手稿》無。

③ “且用自勗云”後,《手稿》有“黄彭年敬書後”六字。《稿本》無。

④ 謬:底本作“廖”,據《稿本》改。

爲秘笈也。

書《左傳杜解補義》後

日本竹添漸卿領事訪予蓮池，攜所著《左傳補義》相與辨難，凡數百言。漸卿曰：“子盍爲我序之？”予曰：“古之爲序，居書之末。後人弁諸首者，非也。漸卿方成二卷，不可以序。”雖然，以漸卿好學深思，采摭之博，用力之勤且專，往往有新出之義，爲自來説經所未及者，予不可以無言。

蓋補之義有三：曰訓詁，曰事實，曰議論。補訓詁者，考文字之異同，訂訓釋之詳略，當證之羣經，本之漢宋諸儒，而後世評文淺俗之語不得參也。補事實者，當以經證傳，以傳證傳，以周秦諸書所紀遺文、軼事證傳，而後世肊度懸擬之詞不得入也。補議論者，如治獄然。事實既審，乃集衆説，折衷聖人之言以定是非，而後世文章之士逞快之言不可從也。今漸卿之書於杜所未備，補訓詁、事實則繫之句下，議論則附之篇後，條理秩然。予謂當去其不必補者，而後所補精確不磨。有功於經，即有益於世。

漸卿嘗著論謂國家之亡非必易主、失地。國體不立，受制於異邦制度，文爲一切模擬，譬猶世農舍耒耜而從商賈，去樸就侈，既不能爲農，徒取市儈之笑。又如東家女不度貧富，羡西鄰婦而學其盛服飾觀，不蠶不織，終爲溝中之瘠。此其深識遠慮有大過人者。以此學識讀書論世，他日書成，吾知其必有異乎尋章摘句之學也。於其行，書以貽之。

書《紀效新書》校本後①

陳子雲谿告予曰：長沙之役，官軍欲塞湘水，載石於舟而沈之。舟沈輒碎，流不可塞。江君岷樵至，刈大樹數十投之河。枝幹杈立，舟不得行。

予兄漢濱告予曰：桂林之役，巡撫欲以甕聽。城内爲濠，深丈五尺，仰一甕坐瞽者，無所聞。有教以兩甕相合，少留其隙。試之，果有聲。

陳子所言，咸豐二年九月事。予兄所言，今年六月事。皆親居圍城中，與其事，故言之詳。夫載石沈舟與甕聽皆古法也，然或行其法而未盡，或盡其法而不合地勢，皆無益而又有害焉。

唐君鄂生以尊甫子方先生帥師江漢，慷慨從戎。瀕行，出《紀效新書》屬予校審。校畢，乃書長沙、桂林二事告之。爲師不依古法則無節制，不可用也；依古法而徒求之

---

① 題名《稿本》同，《手稿》作“爲唐鄂生校《紀效新書》書後”。

文字,其法①不可用也。唐君其親驗之矣。

或曰:元敬所言教練之事,今寇在目前,若何?

曰:元敬言之矣,殺賊、練兵可以並行不悖。

書明楊所修疏稿後

所修在天啓中請修《三朝要典》,攻擊黨人以媚逆奄,故崇禎初元劉鴻訓入閣,首屏斥之,而人心稱快。

此疏所稱被内官毆辱,以《明史》證之,當是天啓時事。媚奄之人爲奄所辱譬,猶以犬噬犬,曾何足言?所修乃疏請培養氣節。及罷斥後,猶書此疏以自慰藉,以爲流傳既久,可欺後世乎?予重裝而存之,謂"與其焚焉,不如明著其罪,且以見人心之不死也"。夫所修文詞、書法非無可傳,而一失其身,卒不可掩。後之以文學致身者,其亦知儆之也哉。

明洪武中嘗禁内臣預政,永樂中嘗禁中官調發軍民,皆不久而自亂其命。愍帝親除大憝,宜有所懲矣。既而監守、出征、督礦、坐營,無不令中官爲之,則無怪廷臣附奄之多也。

我朝定鼎之初,亦設十三衙門,以内監供職。逮順治十二年六月監於前代,命立鐵牌,裁定内官。純皇帝復親定規條,内臣專隨侍、守護、承應、洒埽之役,限爵四品,而統於内務府大臣,不啻《周禮》之閽寺領於天官焉。故邇者中涓偶踰法制,疆臣援祖制以請於朝,遂命誅之。列祖家法之嚴,聖人繼志之孝,超漢唐而追隆三代,豈止卓越前明?斯時即有諂懦如所修者,亦皆消沮閉藏,無敢顯犯名義以干王誅者矣。

書賀麓樵師《詩集》後

弢光氏言:"今之詩人,即色丹霞而聲金玉,人不之貴也。卬首捉鼻,口吾伊而入錢奴家,唾去之不顧;向屠沽兒易杯膠、盂脯不售;持一册獻當塗人,或取擲之地。"此弢光氏之憤辭也。古之爲詩者,世運之盛衰升降,時政之是非得失,一身之進退出處,胥於是乎在,豈爲錢奴、屠沽兒、當塗人作哉?如其爲此輩作,亦何貴乎?詩非是者,固宜其不遇也。

吾麓樵師生湖湘間,博游鄂渚宛洛,仕於燕薊。歷乾、嘉、道、咸四朝,以沈博絶麗之材,閲世既久,凡所見所聞,所傳聞及身所歷,意所蓄不得發抒者,一宣之於詩。悽惋

① "其法"後,《手稿》有"不通"二字。《稿本》無。

類燕公,思深類少陵,譎怪類長吉,幽麗類義山,而憂時感事之作,後之讀者可以知人論世。

蓋詩有史例焉。昔唐代詩人片語出口,流播宫闈,李供奉至傲,天子貴妃奴巨璫。宋時詩人至煩,天子請客,書題徧宫眷。詩人之遇,於斯爲盛。吾師於湖湘詩人齒最尊,後進詞人既皆入承明金馬,與大雅宏達爲群,而吾師局蹐簿書中,又常①不得伸己志,真有如弢光氏之所言者。而師未嘗有愠容,乃益萃力於詩,裒所作若干卷。彭年受而讀之,憶及歐陽子"詩人多窮,窮乃益工"之語,撫卷三歎。時彭年將自燕之蜀,因附録卷尾,以慰吾師,且以誌别云。

書國初諸人詩册後

吟樵同年出所藏殘册《劉餘祐跋》一篇,缺其端。吕纘武、艾元徵、王永吉、張端、喬映伍、宋學洙、杜篤祜、傅景星詩八篇,皆頌揚相業及子弟科第之類②。

或疑是東海徐氏舊物。予考公肅順治十一年舉於鄉,十八年成進士。而劉《跋》署順治壬辰,《吕詩》署辛卯。彼時公肅尚諸生;公肅父,太學生,亦不應有"弼亮調燮"之頌。

玩跋中《龍圖忠宣》詩"中小范甲兵,及數萬胸中"之句,決知爲范忠貞公家物。忠貞爲范相第二子,故劉《跋》稱"次君"。忠貞初爲侍衛,順治八年更定八旗、漢軍考試之例,中式舉人,亦與劉、吕詩文年月相合。以此決知爲忠貞中式後賀章無疑。

忠貞父子世濟其美,相國尤老成謹厚,未嘗專擅威福,而當時文士諂競之習已開其端。詩、跋多其門下士,傅景星官通政使,位躋九列,而具銜名、稱拜獻,若惟恐撝謙之未至者。

齊侯來獻戎捷,《春秋》譏之。杜預以爲:"獻者,奉上之詞也。文士貢諛;何所不至?譬猶青蠅玷璧,何損於璧?要當拂而去之耳。"吾於范相亦云。③

書强忠烈公遺墨後

同治三年,予客成都,以後進禮謁蕚圃前輩。出示先德忠烈公遺墨,所著論一、家書二、臨難時遺誡一,距忠烈死事五十有二年矣。忠烈功在社稷,節著彝倫,天語褒之,國史傳之,嘉道以來名卿鉅儒紀述歌詠之,何待予言。顧予因之,竊有感焉。

---

① 常:《稿本》同,《手稿》作"嘗"。

② 類:《稿本》同,《手稿》作"文"。

③ "吾於范相亦云"後,《手稿》"質之吟樵,以爲然否"句。《稿本》無。

士人所爲仗節死義,固非徒激發於一時,殆亦天性恬澹,加之以學問,審於義、利之辨,君子、小人之界,不以嗜欲私見攖其心而撓其氣。而後其臨大節也,泊焉而不驚,寂焉而不動,恬然不以爲怪,以爲吾行吾素焉耳。使其平日嗜欲未寡,私見未除,則一環顧間而交於耳目、便於身體之物皆有所不能捨,而忍捨其生哉?忠烈《絶命詩》有曰:"撇開身後事,含笑赴重泉。"固洒然一無所顧慮矣。

及觀其《與姪有勳書》云:"衣服飲食,人以爲儉,我以爲奢。"其《臨難與子書》,處置家事,委曲詳盡。其論李忠愍公盡節,以爲"無愧明哲保身"。又謂:"君子受害於小人,竟成千秋不可朽之名。"然後知忠烈生平刻苦自勵,淡榮利而耽道義,致嚴於君子、小人之分。其慎思明辨有素,而篤行之不懈。其視赴危蹈險若飴之甘、若寢處之適,真有不待勉而能者。朱子有言:"事君分際甚嚴。人每若有不得已之意,非出於中心之誠,故聖人以'事君盡忠'言之。"如忠烈者,非所謂發己自盡爲忠者歟。

抑又嘗讀《靖逆記》,忠烈首發逆謀,屢詔褒異。又詔責中外諸臣泄沓,致釀國禍,亦至深切矣。迺越四十年而粤西寇起,禍延十六省,用兵連十數年不得罷。其始不過一二疆吏諱匿粉飾,貽國家以深憂,如睿廟所謂"泄沓釀禍"者。此其視忠烈,誠不能無愧。然忠臣、志士取義成仁,與夫宏濟艱難,克大敵,成大勳,亦不乏人,又多半出於儒士,則信夫學之不可以已,而詩書之澤之足以維持世運也。世乃有援宋、明之亡以詆講學者,其自視爲何如人哉。

書方鶴棲先生遺訓後

吾友方君存之述其先德鶴棲先生遺訓"到處留心皆是學"七言乞湘鄉相國書之,命彭年記其後。

彭年自往歲獲交存之,讀所爲《俟命録》,於天人感應、古今治亂、耳目所聞見、身所經歷、名物之衆、言動之微,靡不備紀而詳究其得失。既又盡讀所爲經説、文集,時或遺書相與講論,大抵能見其大而亦不忽於細。嘗歎存之爲學之密,爲不可幾及。及觀先生"到處留心"之言,然後知淵源之有自,而學之果有異於人也。

夫古今載籍博矣,天下事物繁矣,吾之耳目心思有限,安能以有限者至於無涯哉?吾朱子有言:"人心之靈,莫不有知。天下之物,莫不有理。知也者,心之靈。理也者,物之精。以天下之至靈,得天下之至精,其於學也,不亦廣乎?然有别焉,有所已知,有所未知。不因所已知,則知胡以開?不窮所未知,則知胡以盡?"此朱子因其已知而益窮之,以求至乎其極之言爲足盡格致之義,而《論語》之"多聞而擇,多見而識",《孟子》之"博學詳説",胥是道也。

今夫蜩鳩之飛不出榆枋,豚犬之奔不踰里閈,此不足語知也。馬牛負重致遠,日數百里。鴻雁之翔,南至於衡山,北至於塞外,歲以爲常,爲有知乎,爲無知乎?御者之於陸,轍有廣狹,地有高卑,無不習也;舟人之於水,流有緩急,沙有淺深,無不習也。此爲專於學也,知止於是而已矣。若夫儒者之學,内取諸身,外取諸世,日用飲食之細,山川風俗之殊,安往而不用吾心,安往而不益吾心哉。彭年因先生之説而推衍之,未知於爲學之道有合否也。還以質之存之。

書趙桐生《左傳質疑》後

桐生此書於經與傳不相應,傳與傳不相應,簡書、策書、載書之不同,傳文之或詳或略,以及輿地、制度之屬,莫不精核而博證之。大旨在實事求是,而亦不廢啖、陸諸家之義,所發明往往有出於國朝兩顧之外者。

予嘗謂讀《春秋》,但可以經傳互證,就事論事,不必别出義例。如自來談《春秋》者,首論託始隱公,蓋誤讀《公羊》所致。《公羊傳》所謂"託始",謂《春秋》本書中此類之始,非謂《春秋》因是始作也。魯之《春秋》由來久矣,惠公以前史策不完,如獻、武廢二山見於申繻之對,敗宋於黄,《左傳》僅書"惠之季年",其追溯惠公時事,有年可紀者,獨紀晋亂一篇耳。觀《魯語》始於長勺之戰,而孝公、武公則見於《周語》。其分紀各國,惟周及晋、鄭有隱以前事,則舊文之放失可知。隱公以下,文獻可徵,故託始於此。

《公羊》所見異辭,所聞異辭,所傳聞異辭。何劭公以爲所傳聞者,隱、桓、莊、閔、僖,高祖、曾祖時事,自是以上則更遠矣,或事不備,或年代不明,不能據以成書也。如謂平王東遷爲王跡熄,詩亡之徵,則何不託始於平王初年?如謂隱能讓國爲賢君,則魯侯之孝見稱穆仲。以《春秋》爲聖人之書,事事推求,以爲别有深意,反窒而不達,亦説經之通病也。

因書中有"論託始"一條,輒書①肊説,還以質之桐生。

書《吴竹如先生年譜》後

道光之季年,霍山吴竹如先生與湘鄉曾文正、長白倭文端、旌德吕文節、昆明何文貞、仁和邵郎中諸公同官京師,相與講學。湘鄉於學無所不窺,文貞則專宗程朱,仁和文祖韓歐,旌德學兼馬鄭,所尚不必盡同,而其刻意勵行則一。

及遭世變,昆明、旌德、仁和相繼殉節,湘鄉勳業爛然,而先生與長白正色立朝,蔚

---

① "書"字後,《稿本》有"説達以"三字。

然爲天下人望。於是海内承學之士,始信儒術之有本末,不敢以空疏迂拘相誚讓;又知儒者之有真操,不得以僞爲也。

先生生平大節,最著於世者在刑部治私酒之獄,在直隸論大錢之弊,在侍郎陳金陵告捷、請加敬懼之疏。自爲郎以至卿貳,未嘗有一時一念稍自曠逸。人但見其見於事者之嚴以正,而不知其自治之慎且密。彭年自少從湘鄉、仁和游處,即聞先生爲學之概。咸豐庚辛間主講蓮池,先生方陳臬畿疆,過從始密。時存之客先生所,每見則述先生相與討論之言及其居處執事以相告語,然後知先生居敬窮理、破除功利之見,實有得於身心而後發於言與事。僅就其見於外者觀之,抑猶末已。

讀存之所撰《年譜》,見先生學問之純,存之友義之篤。因記昔所聞知,以爲後之讀者論世知人之助。

書《幕府山古專拓本》後

莫君祥芝宰江寧,於幕府山頹墓中得古專數十。予過金陵,莫君贈三專。文曰"富且貴至萬世",又一面曰"富貴",皆間以錢形。莫君言:"他專有文曰'幕府'者。趙太守廷銘得一專,有文曰'赤烏三年'者。相傳周公瑾墓在幕府山,疑是吴時古墓中物。然幕府山以王導得名,又不類也。"吾疑是兩專非一時物,固不必强爲合併,亦不必定是周墓耳。

書王金粟先生遺墨後

新城王金粟先生手書《家譜後語》一篇,圖一篇,傳二篇。

考董潮《東皋雜鈔》載,康熙十八年召試鴻博、授中書者,崑山朱鍾仁、揚州申維翰、仁和王嗣槐、泰州鄧漢儀、太倉王昊、三原孫枝蔚及先生凡七人。未與試,授中書者,陽曲傅山、定興杜越二人,與李富孫《鶴徵録》同。而《内閣漢票簽中書舍人題名》有柯崇樸、葉舒崇,無朱鍾仁及先生,《補遺》亦僅有朱鍾仁一人。《畿輔詩傳》小傳則僅載先生由貢生薦舉鴻博,不載授職。觀此册署款"欽授内閣中書",與《東皋雜鈔》、《鶴徵録》合。《録》中又載,先生由歲貢生授中書銜。施愚山《送孫豹人序》云:"天子詔,視布衣處士有文學素著不任職事者,授京銜以寵其行,於是及格者七人。"是先生當時授銜,未曾到官,故《内閣題名》不及。至《補遺》之有朱鍾仁,或未詳考誤載耳。

世系僅自王父至己身,自稱"就現在言,得毋太略"。《後語》又云:"吾邑居人大半言來自小興州。小興州今在何許,可不必信。"考顧祖禹《方輿紀要》引《山水記》:"大興州,直密雲縣曹家砦東北,距古北口可三日程。小興州,直古北口東北九十里而近。”非難知之地。先生以爲“不必信”，或因其先世是否由小興州來，未可定耳。不然，木本水原，豈遂無心而漫云“今在何許”哉？

先生著作久佚，《詩傳》僅載《春陰》一首。書法秀逸，有晋、唐人筆趣，人多珍之。此册爲先生裔孫所藏，介晋卿乞予考論，因跋而歸之。

書《翁覃谿先生手札》後

鏡谿同年藏《覃谿十二札》，所與者九人，附見者五人。葉君香士疏注諸人出處，間有譌闕，予爲補正，大略具矣。

審視卷端，署“粒民題籤”。粒民者，鎮江知府豫立也。道光中，先公官考功，粒民丈與寶蘭泉丈皆同官，交最密。退直則相從論學，兼及書畫，粒民收庋尤富。咸豐中出守，殉節鎮江。蘭泉後爲御史，以直諫聞。先公官鳳邠，亦以循績列傳《國史》。

予因是而有感也。覃谿與王、錢諸老當乾嘉全盛之時，則以文章名。粒民諸老與先公值咸豐多事之後，則以節義治行著。其爲勤於學一耳，而表見於世則因乎其時。時至而學足以應，所成就不必盡同，而皆有以自立。其片紙[①]隻字之見珍後世，則固以人重也。

書此質之鏡谿，且相勗云。

書唐子方先生遺蹟後

彭年既銘子方先生墓，爲敘其奏稿，於先生進退出處、生死大節著矣。後遊燕晋，見桐城徐宗亮撰其父《徐公豐玉行狀》及江南人所傳文字，間有異詞。

徐公者，官漢黄德道，先先生殉田家鎮之難者也。先生以咸豐三年奉詔起家，撫輯楚北。時賊踞金陵，圍南昌。先生建議謂“當駐兵湖口”，因言田鎮倚半邊山，慮賊水陸並進，指畫形勢，具道所以不可守狀，已而果如所言。其帥師援田鎮也，三日夜馳水陸四百三十里至廣濟，大吏乃檄使專防江北。及田鎮告警，馳救已無及，先生軍亦少挫，武人羅士勝者死之。宗亮謂先生“託言防陸路，屯兵廣濟，陸路實無一賊，卒不赴援”，宗亮當徐公死時方家居，得諸傳聞，非事實。又言：“江公忠源來援，見勢不可支，退保武昌，先帥兵奪路去。”夫人臣效死，各有其所。徐公與張公汝瀛奉命守田鎮，則死田鎮。先生與江公豈得然哉？徐公死逾年，先生死金口，而江公亦死廬州。君子審義度時，見危遂志，固必有道。先生猶謂“未能殺賊，徒以身殉，且復匆匆草草”，深

---

① 紙：《稿本》同，《手稿》作“罣”。

自哀也。

咸豐三年,彭年官翰林,應詔言事,間論襄陽形勢。是年解官歸,遇先生鄂渚舟中,爲言練兵荆襄之便。先生謀諸大吏,鋭自任,不果。則對僚屬慨惜,時時言之。而江南人傳廣濟知縣陳肖儀死事者,謂田鎮破時,先生"欲引兵守荆襄,陳公斥責之,意乃沮",此又傳聞先後之誤。先生收集田鎮潰卒與江公,自黄陂間道援武昌,聞賊陷德安,馳軍擊之,始自漢川濟。奔命急難之不暇,此時欲遁之荆襄,稍有志氣知識者不爲,謂先生之賢、之以死自誓者爲之乎?吴公堵城之敗,先生走保武昌。巡撫故與吴公不睦,屢齮齕之,因及先生。至是聞吴公死,則撫掌大笑。先生遂去,與賊戰,死金口。而巡撫卒以棄城當誅,自經死。

先生性伉爽,與人交無所隱郄。嘗語彭年:"有德於吾者,簿記而報之。"其誠篤類此。讀書不事章句,爲文操筆立就,然不以措意。臨死書《絶命詞》,端峭不苟。草遺疏付子炯,始從容就義。子炯嘗刻所書《絶命詞》十六字硯石上,拓以遺人。彭年以謝文節公卜卦硯及先生所藏陳忠愍公雪聲堂硯拓本合之,爲《三忠硯》云。

書黔南三先生遺墨後

三先生皆吾黔前輩,而吾父執友也。

都匀陶先生廷杰,字子俊,嘉慶甲戌翰林,改御史,有聲。爲甘肅按察使,平反民婦冤獄,遷陝西布政使。時巡撫某者,樞要門生也,畏先生嚴正。因議西安裁兵事,先生抹其疏稿,益齟齬。密劾之,罷歸。咸豐三年苗亂,先生毁家召募與都匀知府鹿壯節。公堅守數月,援兵不至,城破死之。

思南徐先生培深,字松泉;清鎮張先生日晸,字曉瞻,並嘉慶丁丑翰林。徐先生官御史,道光中抗疏言宫禁事忤旨,告歸。寓揚州,主講梅花書院,終焉。張先生官至河南巡撫,性至孝。母足有寒疾,朝夕侍左右,取履温之以進。母卒哀毁,守築冢墓至嘔血無少間。服除,即家授雲南巡撫。究心銅政利弊,輯古今人論説凡數十萬言,大旨謂言銅政者,率云"洞老山空",不知洞雖老,而山未嘗空,去其弊則利。自出將舉辦,而嘔血病發,不起。宣宗惜之。

彭年童年獲見陶、張兩先生於京師。及通籍以後,進禮謁徐先生於揚州。吾父嘗言,老輩官京師,砥行礪學,友朋相聚規勸,講求時政得失,非後人所能及。時在道光中葉,而風氣之遷變已若,深致慨焉,況於江河日下哉。

三先生者,或以忠節,或以直諫,或以孝行,皆足顯名當時,爲法後世。吾父最晚達,而身殁之日,特詔褒循,宣付史館,與三先生後先輝映。乃知前人之卓然自立與所以取友,其不苟有如此者。

國瑾得三先生書,裝池爲一。彭年爲述前事,使書其後,庶知典型之有在,而遺訓之不可忘,不獨名蹟爲可珍也。

書王琴航先生遺墨後

右《王琴航先生家書三篇》,官延建邵道時作。時粵匪自江西犯杉關,連陷光澤、邵武。先生在順昌聞警,馳入延平。延平去邵武僅百餘里,吏民先遁。公慮不可守,乃爲書與父母、兄弟及子相訣,遣猶子用翱持歸,時咸豐七年三月十一日也。書中有云:"不可爲子,必求可以爲臣,或者高堂轉憂爲喜曰'是子不辱',亦未可定。"嗚呼,何其志之決而言之純,以至可哀也夫。

夫人未有不能事親而能致身於其君者,亦未有不能定志於平日而能成仁於造次顛沛者。吾觀《事狀》稱先生天性之篤,自治之嚴,刺永春、守漳州,治行之卓著。其昭大義、植綱常,固不待臨危而始見。即以見危之義而論,方作書時亦危極矣,而三書大旨惟言思親,又以不辱其身爲孝,書法尤純厚凝重,無急遽之意。《傳》曰"求忠臣必於孝子之門",又曰"行前定則不疚",豈不信歟?先生既入延平,士民還集,乃修戰守之備,卒與同官克兩城,解建寧圍,以勞卒於軍,不愧其言。

予友方君存之攜此册示予,蓋先生弟榕泉裝池者。方君曰:"榕泉,君子人也,所爲《事狀》宜可信。"因掇而書其後。

書《宛令李孟初神祠碑》後

碑出土較晚,故宋歐、趙、洪諸家著録皆未之及,《兩漢金石記》、《中州金石記》始有之。碑中年月、官名、地名,二記具詳考之矣。惟此碑出土復没,近年乃重出土,移置南陽府賓館。而碑文剥蝕,較蘭泉《金石萃編》所載又損七十八字。

第一行缺"李"字,第三行缺"郎中遷"三字,第四行缺"德化"二字,第五行缺"文"字,第六行缺"巳亥朔十日宛令"七字,第七行缺"部游"二字,第九行缺"時君諱咸伯"五字,第十行缺"雒陽口字元博"六字,第十一行缺"仲興"二字,第十二行以後,《萃編》尚存四十八字,今皆漫滅不可辨識。

蘭泉距今不及百年,而是碑凋損已如此,後之視今,當復何如?好古者得不珍惜之耶。

書建武十三年専拓本後

此甓得之泰山碧霞宫側,有"建武十三"四字,下一字已損,類是"年"字。按:建武年號，正統及僭號凡七，西燕慕容忠、後魏北海王元顥僭號皆不逾年而亡，晋惠帝亦不逾年改元，晋元帝逾年而改，齊明帝四年而改，惟漢光武帝及後趙石虎僭號最久。然書勢不類漢人。考《水經注》引《從征記》："泰山廟中有石勒建武十三年永貴侯張余上金馬一匹，高二尺餘，形勢甚精，今亡。"據此，則後趙時泰山必有營建，故張余獻金馬以媚之。其以建武爲"石勒"，則道元偶誤也。泰山郡自晋永昌中爲石虎攻下。以時地考之，甓是後趙物無疑。

甓形下方而上圓，類承柱之磉缺其半。千餘年古物，考而存之，亦可見石虎當時土功亡國，不獨洛陽、長安二宫，華林苑與鄴城閣道、長牆矣。

書馮文敏《與魏介肅書》後[①]

李君星園藏《明人尺牘六首》，不著撰書人名。星園據書中語考定，以爲《與魏介肅公允貞書》，良是。予從叚閲，更命兒子國瓚檢《明史稿》、《明名臣言行録》及諸家文集，與書語互證，乃知撰書人蓋馮文敏公琦。凡得七證。

允貞萬曆二十一年以右僉都御史巡撫山西，二十九年歸養。李三才二十七年以右僉都御史巡撫鳳陽諸府。書中多言晋事，又稱"海内中丞差可吐氣者，惟楙忠道甫"，則作書當在三才撫鳳陽後、允貞未歸養前。惟《邺典》一書，是允貞歸養後作。琦，萬曆五年進士，七年授編修，九年陞吏部侍郎，與書中"詞臣"、"銓部"語合，與允貞、三才作中丞年代亦合。其證一也。

史稱琦"佐吏部，奬廉抑競，吏胥不得恣其罔，請託無所容其私"。書中爲計典，"屢詢官評，訪奸貪"，正與史合。其證二也。

允貞與三才裁抑中官，屢疏論礦税之弊。琦亦嘗疏請徵還税監，又言"礦使出，而天下苦更甚於兵；税使出，而天下苦更甚於礦"，與書中兩言税契事合。其證三也。

琦明習典故，學有根柢。數陳讜言，臨没遺疏，猶以厲明作發章，奏補缺官，推誠接下，收拾人心爲請。琦又多病，二十九年病已篤。書中"有一毫精神，亦當用以報國"數語，如見病不忘君之心。其證四也。

《史藁》載吏部尚書李戴等疏，稱允貞賢。《言行録》載琦疏，稱允貞"孤立獨行，不能奉内臣"。書中與冢宰言總催已覆未下之疏，代陳情款，與兩史合。其證五也。

二十九年，趙志皋卒，沈一貫獨當國，廷推閣臣沈鯉與朱賡同被命。明年七月，鯉始入朝。書中稱"中州"，蓋即指鯉。允貞自歸養，其父已年九十餘，不久遭喪。時琦已爲禮部尚書，故得核其邺典。允貞即家授兵部侍郎，當是後來事，故書中言"僉都無

① 題名《稿本》同，《手稿》作"書馮文敏公《與魏介肅公書》後"。

葬”。其證六也。

《海岱會集》,《明史·藝文志》不載。按琦是山東臨朐縣人,是其鄉人,書故特稱之。其證七也。

論晋事及計典税契五書是萬曆二十八九年;衈典一書,則在三十年。裝池先後失次。琦以是年卒,年僅四十六。讀此書,如見憂時感憤氣象。又可見人之云亡,邦國殄瘁矣。論者謂明之亡,自神廟亡之,可慨也夫。

書《王少卿先生遺像册》後

王生立勳,安徽太平縣歲貢生,衈贈國子監學録王少卿先生之孫也。咸豐十一年,予主蓮池書院,王生來從游。予嘗出所藏《明黄忠節公書》,與二三子同觀。王生時年少,色愴然不怡。異之,使張生清元署其名於簡末。逾十年,相遇京邸,則王生以從戎官知縣。同治九年再至蓮池,王生居相鄰。已而出宰故城、藁城雄、宣化諸劇縣,有聲。

一日,奉其祖《少卿先生遺像》,爲册述言行及殉節始末。予聞而肅然,然後知王生當日愴然見於色者,蓋有觸而然也。夫忠節以進士家居,明亡起兵,兵敗死之。先生以貢生家居,治團禦賊,賊至死之。其所值之時不同,而其以未仕之身懷報國之志、盡忠赴難大節則一。

予觀咸豐以來,賊起粤西,出湘鄂,陷東南,蔓延天下,一時文臣、武將居高位者皆錯愕失計。胡文忠、曾文正兩公知其不足與謀也,迺求將於儒生,得忠節羅公、壯武王公之儔,始能興起湘淮,共夷大難。明季忠義之士非減於我朝,然明卒亡,我朝得以中興,則能用不能用之故也。

先生平日重氣節,喜誦先儒語録,故遇事慷慨,臨難不苟,使得遇曾、胡兩公,其所建樹豈獨保衛鄉里而已哉。然先生以廿七姓之衆,禦百萬之賊,鄉守三年之久,其規略必有大過人者。而死事之烈,《安徽志》載之不詳,賴夏君弢甫詩傳其梗概,王生繪像編帙,冀以表章。籲,可悲已。抑予聞忠節述《孝經》之義曰:“顯親揚名,惟在立身行道。”王生其益礪名節,庶無忝乃祖爾。

書陽湖趙氏《耕讀傳家圖》後

自趙恭毅公以清節著,百餘年來,世有顯名海内論族望者,必舉常州趙氏。趙君烈文字惠甫者,恭毅之六世孫也。予始從邸鈔曾文正公疏中識惠甫名。及來燕,同與修《畿輔志》,朝夕共處,以學行相砥礪。惠甫之官易州,留其先世所傳《耕讀傳家圖》

使讀。自西溪迄恭毅之子曰侍讀公者,凡七世,世各一圖,圖其事之大者,曰力田肇緒,曰服疇貽穀,曰莊橋施賑,曰藝蘭肯構,曰蓬門教授,曰整旅格苗,曰玉堂校書。

恭毅有子二人,長官侍讀,次官太原知府,故其家稱"侍讀公"、"太原公"。惠甫爲太原裔,而圖止於侍讀,圖爲侍讀之裔賡西作亂後歸惠甫昆弟也。其創圖之始與圖之失而復得,缺而復補,則惠甫自記詳之。西溪以下事蹟,則桐城張若震《小傳》詳之,而巴陵吴敏樹《序》述恭毅撫吾楚時事,謂至今楚之婦孺無不知趙撫院,至以楚師規復東南推本於恭毅治楚之政教。其言尤詳盡,奚取乎贅詞。

予蓋嘗反覆考定國史及私家所撰《恭毅事略》,而有感於太原之事也。方太原獄之未作也,恭毅立朝論事持大體,多與同官異議,不合於衆。太原適召對,不能稱上意,忌者因以搆陷。不然盛明之世、彈丸之太原,何遽得贓三十萬哉?且恭毅清潔之操、强毅之性,使子果不肖至貪墨,方惡其死之不速,何至抗疏自陳,致遭斥責乎?況侍讀之爲人也,匍匐宫門,求代弟死,奔喪萬里,遂以毁終。孝友之稱,上達宸聽,而同官相訐,罷職從軍。以侍讀之被讒,益見太原之多枉矣。夫帝堯俊德,未去共、驩;大舜登庸,猶堲讒説,以是歎君子遭讒被禍,雖值時之隆盛,有不能自全者。以恭毅之得君而二子適丁其阨,殆有天焉,不可得而知也。

惠甫連刺磁、易,政勤且惠,無異商邱。而遇事慷慨[①]、不畏强禦則有恭毅之遺風。予懼世俗以禍患之説動之也,爲稱其先世之事,以堅其志而勵其操,且使載予説於家乘,俟後之君子論定焉。

抑予聞東南烽燼之後,遺書散亡。恭毅之卒,楚人德之,有《實政録》之刻。書吏何輝祖復手輯其奏疏、文告,爲二十卷,益以撫浙入臺總部時諸稿四卷。惠甫倘求其書,合賸稿刻之,以光大其先人而霑溉後世,不較寶兹圖之孝尤大哉。

書李鐵君徵士《倒影潭圖》後[②]

《盤山志》:"龍潭有三。"洪昉《思龍潭》詩云:"净可鑒毛髮,怪疑鬼神鑿。空天倒影深,冷日潛光薄。神物昔此蟠,於今旱不涸。"似即倒景矣,以李《記》方向考之,不合。僧智朴《天池記》云:"天池在西甘澗迤北直上里許。縱横三丈餘,塊石而成,不假雕鑿。深不盈尺,其水不涸。南有小口,夏秋水溢,自口而出,活活有聲。"李《記》所稱,蓋是天池也。

袁中郎《與陶石簣書》云:"夏月入盤山,東南無此奇觀。"劉洞《盤山記》云:"盤泉

① 慷慨:《稿本》作"慨慷"。
② 《手稿》、《稿本》存。

十里金沙，其底蓋石。即潔也，魚魚影影不可匿，亦不可捉。”澄水可鑒，山中多有之。吾以爲嘯歌適懷，亦不必泥指一壑。

無終古多隱者，田于泰尚矣，猶恨其爲曹瞞作嚮導。李孔昭字光四者，明亡入盤山。某中丞遣吏跡之，逢負薪者，問李進士，負薪者遥指其處。吏往，則室空矣。訪之鄰叟，乃知向所見負薪即是也。梁相國①有薊門之役，訪光四不遇，賦詩而去。今相國已入《貳臣傳》，然後知光四之高節。

徵士生當盛時，能捐棄一切，獨寐澗阿。觀其心無所累，知於光四有若合符節者，固不必遭亂而後見也。

書官爾鐸《思無邪齋文存》後②

古之爲文者，述事抒情，衷諸道而已，無所謂體例也，然文成而法立焉。後世以義法論文，至桐城姚氏而益嚴。八家以後七百餘年，僅取三家。三家之中，桐城居其二。其所持甚隘，而天下翕然宗之，謂之桐城派，則其法不可易也。

近日皖之以古文箸者，方君存之、徐君毅甫。存之文似望溪，毅甫則類才甫。農山與毅甫交久，其文亦似焉。言情紀事，斐然可覩。馴致於大道，則文之至矣，豈僅斤斤於義法哉！

書郭蘭石先生臨《争坐位帖》後③

郭蘭石先生在嘉道間書名重天下，當時所謂館閣體也。此本雖摹平原，仍是本家筆意。予外舅陶菉泉先生得之王夢香先生玥，王得之諶葆。初，先生厚光册中有成蘭生先生世瑄跋，皆吾黔人。成跋中所稱“松泉先生”者，徐御史培深也。道光中以直諫去官，亦吾黔人。

郭嘗典試黔中，菉泉先生及成諶皆所取士，故尤重其書。予昔見心遠山房所藏名蹟甚富，此册特鼎之一臠。三十年間，遂都散失。昔人謂書畫爲過眼雲煙，信然。偶從恕軒齋中見此，率記前事。

---

① 梁相國：《稿本》同，《手稿》作“相國某”。

② 《稿本》、《手稿》存。

③ 《稿本》同，《手稿》作“書蘭石先生臨《争坐帖》後”。

書《"長生無極"瓦當拓本》後,贈爽亭①

子重所藏漢瓦當②,云是劉燕庭先生陳臬秦中得之,以貽外舅寬夫先生。"長生"兩文左旋,"無極"兩文右旋。予以篆勢明顯爲疑。子重言:"瓦體堅質細,決非贋物。藏土中久,故文不損。"

予嘗得其拓本,今以質之爽老。瓦之真僞,予終不能定。子重堅而能藏故不損,則庶乎知道之言也。時聞爽老論《中庸》居易之旨,因並及之。

道家長生儒不論,二千年瓦今則存。矧有不朽功德言。

書樊雲門藏、錢松壺畫《輞川圖》後③

予性好遊,足跡半天下。遇佳山水,訪其園林,攬其勝概,流連而不忍去。平居閉目静坐,思所歷之勝,以自娱悦。其不能至者,玩昔人紀遊之作,觀其圖畫,亦往往有得焉。

輞川,固秦之名區也。自摩詰形諸詠歌,裴迪爲之和,好事者爲之志且爲之圖,今古稱勝焉。予往來晋、蜀,必過秦川,欲遊不果。同治中,隨侍在秦兩年,以侍奉未能遠離,又不果。光緒中,宦秦又兩年,可以遊矣,而拘於官,又不果。及遷官吴,會瀕行,決計獨往,而阻於雪。雪霽而璽書敦促就道,孟城、竹嶺、鹿柴、欹湖諸勝,終不得一至。今宦吴又兩年矣,曾不能放棹支筇石湖、天平、洞庭、靈巖、支硎諸山水間,以遊目而聘懷。

夫山水者,天地之精氣也。人得其精氣,足以益聽明、增志慮。以之治學則學純,以之治事則事罔不舉。登高能賦,古人所尚。唐之白、宋之歐蘇,政事之美與文章並傳於世。彼何嘗廢遊,又何嘗廢事哉?

今之居官者,偶事遊眺則僚友相規、疵議並起,甚且操白簡而隨其後。夫局促於官廨,疲困於奔馳,日與簿書、吏人相溷,不有山水之精英以盪滌其瑕穢,而啓發其志氣,亦何怪胸中齷齪、猥鄙而不足以集事也。予觀松壺《輞川》之圖而有感焉。

是圖舊有刻本,不足以傳。松壺畫宗衡山,鮮明幽秀,各極其致。予獲觀此圖,不啻置身藍田華子岡矣。圖中文杏館多畫杏華,不免爲考据家所訾,於畫局無傷。雲門深閏論畫,其韙予言否?

---

① 《稿本》、《手稿》存。

② 瓦當:《手稿》作"瓦"。

③ 《稿本》同,《紫泥日記》作"書雲門所藏錢松壺畫《輞川圖》後"。

跋《蘭亭》

向見錢塘陳氏藏《蘭亭》十二種，並有句山題跋。遵義唐氏藏《蘭亭》五十種，不知誰氏朱墨題跋皆满。今見芷汀家藏此本，又昔所未見者。以澤卿、蘇齋兩家書所載諸本證之，多不相合，未能定爲何本也。然吾家文節所云"肥不剩肉，瘦不露骨"，康復所云"如晋宋間人，風流超逸"者，尚可於楮墨間神會。東洲言"生平不嗜《禊帖》，以其取姿已開唐風"，殆非篤論。

此本存案上年餘，考證未得確據，良用悵悵。姑記所見，質之芷汀。

跋《怡亭銘》

序，篆書，爲少温作。銘，隸書，則李莒作。

借"冰"爲"仌"，與《峿臺》、《三墳》、《栖先塋》諸碑同。序稱陽冰名而篆之，則當有榜書"怡亭"大字。又，巴慰祖跋稱"得元次山題名"，今但有作亭之裴鷗，撰銘之裴虬及陽冰、李莒，無次山名字，則磨崖諸刻必有未盡拓者。

此銘在江島中，水落始可拓，頗稱難得。予既得此，想見題名諸刻，不能無望蜀之意。少村官斯土，他日乘小舟徧覽而拓之，分一臠以餉予，不更韻乎？

跋陳香泉書

此詩見《春藹堂集》第八卷。香泉以康熙四十三年甲申二月選石阡府，九月二十一日出都，自通州登舟，乙酉閏四月十七日始至石阡。事見《欒回集》。過清浪當在乙酉四月，故有"子規"、"鷓鴣"之句。題"丁亥嘉平"者，書此詩之年月也。香泉以丙戌迴避兄實齋中丞，丁亥春歸，五月卜居茂苑，丁亥冬尚在江南。詩集第十二卷皆丁亥紀行之作，卷末有《春日》、《燕子磯》二詩可證。

又，集中此詩題下自注云："予在湖廣司，嘗核平溪、清浪衛屯糧，今忽過此。"按：平溪，今玉屏縣；清浪，今清溪縣，舊隸湖廣都司，雍正五年始改衛爲縣，隸貴州思州府。明制，清浪在鎮遠府境，平溪在思州府境。《明史·兵志》清浪衛下注云"在貴州境"，平溪衛下注云"新添"，可證。予家藏康熙年間輿圖，平溪、清浪俱刻入《湖廣靖州圖》内，當時必略有變改，《通志》不能詳也。二衛當楚、黔之衝，詩中"擊柝境相鄰"之語，可爲談輿地者添一左證。

香泉以康熙丁丑自户部河南司主事擢湖廣司員外，故得核二衛屯糧。屯糧爲制最善，自改衛爲縣，軍伍屯田許民占爲業，不取其值，而舊制遂廢。説見《貴州通志》。且貴州田畝向無丈量，道光初年，巡撫嵩溥欲倡丈量之議，李尚書宗昉取乾隆中包御史疏示之，遂止。見《柏梘山房文集》。地瘠民貧,賦税較輕。而屯田則計其子粒之輸,以充月糧之食,賦税獨重。顧亭林《天下郡國利病書》載《謝東山屯田議》,有“逃亡益多”、“發解益寡”、“遺田益衆”之語,則升科之重,不待改縣後始苦之矣。今吾鄉業軍屯田者,欲賣不得。誰爲變通盡利,非良有司之責歟?因考香泉事並及之。

跋錢東注先生書

東注先生書法平原,其清正强毅之氣亦類平原。百年以來,論者世無異詞。純廟時,楚珍尹先生並以直稱,有“雲南兩直臣”之目。予初識景韓,見壁懸楚珍書六巨幅。今景韓又得東注書《東坡和陶詩》巨册。名臣遺墨,萃於一室,殆氣類相感召。

抑予尤有慕焉。兩先生之直誠尚矣,而皆獲自達於君。楚珍終養,詔許在籍言事;即東注彈劾貴近,詔令入直檢察。言者愈切,引之愈近。天子當陽權要之臣,卒無敢逞其忌心而施其排擠之力。主聖臣直,千載一時。故論東注之書與人,與平原同,而遇則過之矣。

跋《林文忠公手札》

右《林文忠公與潘功甫先生九札》,皆撫吴時籌議賑饑事。

詞翰精妙,固不待言,尤喜其見事之真、慮事之密、論事之細。往時讀文忠撫吴諸疏,但言集紳、勸輸、煮粥、送賑。及觀此札,然後知精察力行之詳且盡如此。賈子云:“古之爲天下者,至纖至悉也。”纖悉之未周,而謂吾能其大且遠者,固不然矣。功甫生長名門,秉蹈高節,爲世推重,而宅心施惠,已飢已溺之意,具見札中。士之獨善者,原未嘗忘兼善也。然則名賢之求志,與名臣之達道,豈有殊哉。

跋顔魯公《與郭僕射書》①

魯公此書,金石家多紀之,《萃編》考證爲最詳。魯公之爲人暨文、書法,與此帖之分合始末,備箸之矣。《石門文字禪》獨拈書中“朝廷紀綱,須共存立”兩言,援本傳斥盧杞“朝廷法度,豈更堪公破壞”之語,謂“懔然想見其爲人”。蓋當紀綱頽廢之日,忠於國家者,固不能不以此爲先也。《萃編》謂郭英乂陰事元載,魯公作此書後不久,即有硤州别駕之貶,疑英乂陰爲之譖。吾謂魯公死且不避,何論貶謫。不畏盧杞、希烈,

① 《手稿》存。

豈憚定襄哉!

此闕本百年前舊拓,昔藏曼生家,今歸陶氏。斌臣攜以示予,意有所觸,輒書其後。

跋張學使重刊《學政全書摘要》[①]

固始張編修仁黼督學楚北,端本善則,先自治而後治人。學廨積弊既皆剔除,乃舉王侍郎植督粵學時所輯《學政全書》有關於士子諸條,重刊以教士,使彭年書其後。

按:諸條言學規、講約文、體士習,大旨均見於《卧碑》及《列聖御製訓飭士子文》中,彭年謹以一言舉其要曰:"行己有恥而已。"恥者,義理邪正之關,而進德居業之本也。恥爲佻達、邪刻、夤緣、把持,則必愛身忍性,講求忠清事蹟,留心利國愛民之事,而學規立、士習端矣。恥爲朋黨、要盟、誕言、妄辯,則必讀書窮理,以爲啓沃教化之資,而講約明矣。恥爲浮詞、勦説、蔓衍、支離,則必根柢經史,以爲立德、立言之本,而立體正矣。先聖論士,孝、弟、信、果爲次,而有恥先之。孟子亦言"恥之於人,大矣哉",意至深遠,語尤痛切。士人誠以有恥爲本,則義利之辨明、邪正之途判。志向既定,則德業日新,庠序修明。於以化民成俗,是則列聖垂教之心,學使勸勵之心也。

夫彭年官鄂數年,時以課試與文士相接。今兹量移秦中,綴書簡末,比於臨別贈言,願與士人共勉之。

跋先名宦公畫

此先名宦公就養蓮池畫貽松泉筆也。松泉珍藏已四十年,絹素猶新。時庚寅季秋,彭年自吴移楚,將抽閑放舟遊山,松泉賦詩取別,並携此扇屬爲題記,因倒用松泉原韻,敬成二絶,寫畢還之松泉吾友,不自知涕之滂沱也。

---

① 《稿本》存。

陶樓文輯卷十四

題《晚香齋詩鈔》後

朝鮮於中國爲最邇,朝貢爲最密,沐浴中國聖人之教爲最深且久。其學宗《論》、《孟》、《易》、《書》、《詩》、《禮》、《春秋》,謂之"大方七書",與中國同。其取士文字,亦略與中國相近。故其使臣至京師者,樂與中國文士唱酬燕集,好事輒紀之,以爲美談。

嘉道間,詩人李君字藕船者,先後奉使凡十有二,交满中朝。自公卿大夫以至山林詞客,咸有投贈。於是藕船取海内知己、天涯比鄰之意,自顔其居曰海鄰。又取投贈之作裒之成帙,題曰《海鄰論世集》。

鴻臚李君字敬之者,藕船之弟子也。其氣象穆然以深,其言詞秩然有序,其於國家掌故,類能舉其要領,似皆不失師法者,而勤勤於中朝人士,亦無異於藕船。

予自通籍後,山居之日爲多。往嘗讀《恩誦堂集》,恨不見藕船。今來京師得見敬之,數與筆談,出其近詩三卷,大都友朋贈答、紀行即事之作,不失温柔敦厚之旨,見敬之不啻其見藕船焉。

夫同被聖人之教,同爲孔孟之學,聲氣之相感,志趣之相孚,豈以方隅限哉。然而離合聚散則有天焉,非人之所能爲也。敬之使事畢,行將返國,而予亦將告歸。念藕船海鄰之語,蓋不勝《風雨》、《雞鳴》之思云。

題《魏神龜造像碑》

同治庚午,得邑子像及此神龜造像碑,皆千餘年古刻。

考魏孝明帝在位十二年,凡五改元。神龜二年改元正光,而碑猶題"神龜三年",蓋尚未見改元詔書之故。魏太武不事胡神,凡塔廟之在境者,悉皆毁壞。獻文始惑佛法,至宣武造佛寺一萬三千。當時民間習染,故造像爲最多。觀魏業之隆替,可知佞佛無益。然摩挲古刻,間資考訂,借以適志怡情,亦賢者所不廢。

此碑書法在當時不過鄉曲閒書,未足爲工,而古拙意趣,今人摹之,輒不能到,豈亦時爲之耶。

題宋李曾伯《峴山銘》

此銘在襄陽峴山，俗名《九宫山摩崖書》。

考《宋史》本紀，李曾伯，徽猷閣學士，京湖安撫制置使，知江陵府在淳祐十年；高達帶行遥郡刺史，權知襄陽府管内安撫節制、屯戍軍馬在十一年六月；京湖制司表都統，高達等復襄樊，詔立功將士三萬二千七百有二人，各轉一官[①]，以緡錢三百五十萬犒師，在十一月。此言"十一年四月"，蓋始事之日也。

襄陽爲吴、蜀要衝，蒙古用李楨計，以爲取宋之基。既已破決藩籬，深入堂奥，曾伯奉命制置，鋭意經營，邊竟沈淪一朝規復，此其功在社稷。良由高達、王登群才翕聚，故得行邊擣壘，同澤奏功。若非賈似道援引宵人吕文焕舉城降敵，則高達屯田置守白河之捷，敵已膽寒，宋亦何至國勢日蹙，淪胥以亡哉。史言："似道嫉曾伯，使不竟其用。"又言"王登聲威日振，因疑忌，才略不能施。"嗚呼，道之消長，時之否泰，爲之《乾》，不能《夬》、《剥》，終難復矣。

銘末"屏吾國"三字雖殘蝕，尚可辨識。《襄陽志》"吾"作"五"，"國"字缺，是所見拓本未精。《宋史》李、王有傳，高達無傳，亦史臣闕略。

題《集古屏幅》[②]

六朝専

此幅有兩専，是反書。六朝人用筆，反正、順逆，無不從心也。梁蕭憬神道兩石柱，題刻亦是反寫；西門豹祠殘碑，"所"字、"莫"字皆作反筆，蓋當時實有此體。

漢専

専祖齋主人昔官河間，故得君子館専爲最多。嘗鎸小印曰："純是君子。"撰聯曰："君子館専館，孫公園後園。"主人居宅在後。孫公園，北海舊居也。

謝文節公硯

予向有句云："堪笑鉅夫爲質子，終輸南八是男兒。"謂文海也。文海，宋亡後更名，與程正揆入國朝後更名同，蓋自知可羞耳。

---

① 轉一官：《稿本》作"官一轉"。

② 《稿本》存。

同上

李嗣源撰《文節墓志》用至元年號，爲不解史法。予有句云："姓名自應題炎宋，甲子何須紀至元。"又云："嗣源空負文章手，下筆終慚蔡正孫。"庚午秋日爲專祖齋主人壽，琴韻歌聲中拓此相酬，可謂雅矣。昔覃谿五十歲得"益壽延年"瓦當，顔其居曰"瓦壽軒"，嘉道名流題詠甚衆。今主人五十有六，而藏器盈笥。拓貽十數事，已琳琅满壁。蘇齋視此，不太儉耶。

題董省吾藏書畫册①

卷中以明人《瀟湘八景》便面爲最。其《洞庭秋月》，畫小舟横篴；《煙寺晚鐘》，畫橋畔僧歸；《山市晴嵐》，畫一叟坐松下，童子煎茶，皆得事外遠致。《瀟湘夜雨》取《襄陽序》中"苦竹叢翳"之語；《江天暮雪》取《序》中"獨釣寒潭"之語，繪聲繪影，不減飛婕、馬蹄。正如文家用意烘託，其妙又在無字句處。紙不盈尺，而山川千里，陰晴四時，萃八名家之長。誠小品之至精，亦大觀之在上矣。八詩極韻，讀之如歸棹湖湘，不自知身在羈旅也。

文起之忠節，浮白之高尚，固堪興起百世。即百穀之風流跌宕，其雅度亦不亞衡山。苕溪《花》、《蝶》、《芸》、《蘼》四詩，皆極精。田叔殘畫，亦有深遠之致。聲山書，在襄陽、華亭之間。酒船寫鍾進士，亦韻。

此册從省吾孝廉得觀，是東軒老人舊藏。老人爲孝廉，高祖曾官黔中，精於書，收庋甚富。予與孝廉同居蓮池志局，酒香花影中，時出名蹟共賞，亦一重翰墨緣也。

題胡曉山先生手書試稿後

曉山先生文字之超，葛山相國鑒衡之確，鑒泉得文稿時與葛山相值之巧，乾嘉以來名卿巨儒題誌、歌詠具詳之矣。

予獨異葛山以古稀之年，居端揆之位，追題數十年以前賞拔之文，隆其稱曰先生，若未敢儕諸弟子之列。葛山承安谿之學，重道尊賢。其於文字，衡校固視，爲天下之公，而未嘗私諸門下。而先生人與文之重，亦於是可見。先生文有曰"死者之芳徽，託知己以不朽"，不其驗歟。

先生與葛山皆君子人，而窮達既殊，壽夭復異。然有子克家，迄今百年。胡氏寖以昌大，殆所謂"不於其身，必於其子孫者"矣。

---

① 《稿本》存。

題錢子廉所藏肥本《蘭亭》、明拓《争坐位帖》

肥本出於歐，臨以宋拓《化度寺》筆法，證之不爽。諸家考辨點畫，如“崇”字中畫直穿小住，及“群”字雙杈、“殊”字蟹爪之類，此本尚存；“仰”字鍼眼，則不可見。竊謂觀古人書，當分别筆墨，不在點畫之微。予外舅劉寬夫先生以注墨法論肥本，謂“有筆難，有墨更難”，最得古人意思。

明萬曆中，上海潘氏刻兩本，其一是宋人王曉所藏，其一與此本相較無異，而此本較爲清朗，如“悼”字尚完，潘本則缺中“匕”畫。或此拓在先，或爲潘本祖石未可知。要是定武支派，至可珍耳。《争坐帖》自宋以來，摹刻七本，今存國子監、西安府學兩石。府學一石蓋據關中本再刻者，傳拓太多，字漫漶處，賈人以意鑿之，不復見筆法矣。

此本疑是關中舊拓，予得一本，較近拓迴殊，視此尚遜，子廉寶之。王虚舟言論《坐》爲《蘭》帖後勁，子廉既得肥本《蘭亭》，復得此帖，不慮同嗜羨妬耶？

《朔方備乘》跋[①]

右《朔方備乘》八十卷，故員外郎銜、刑部主事何秋濤撰，文宗顯皇帝特賜書名也。是書寓意之深，遇合之奇，兵火之厄，搜訪刊布之始末，大學士李鴻章《敘》詳之矣。

秋濤之歿也，諸子皆幼，育於故河東道楊寶臣家。彭年應聘預修《畿輔通志》，芳稑始抱遺稿來，朱墨參差，前後舛錯，間有缺簡。幸原目具在，可以尋檢，補綴整齊。顧所采類多秘書，訪求久而後獲，迺與知縣吴壽坤、丁紹基、勞乃宣、林穗、周錦心、王銘勳、成明郁，教諭劉湘炡，舉人吴潯源、胡景桂、王樹枏、張銓，拔貢張惇德，廩生陳文煜，典史戴清[②]，同局諸人共相審校，歷十寒暑，剞劂始完。是書成於咸豐初元，凡所紀述，至道光季年而止。事閲三朝，年逾一世。

俄羅斯雄長歐洲，侵陵回部，疆土日闢，事變日增。即我中華不失舊好，而分界亦少異前規。擬爲續編，猶未遑及，命子編修國瑾先繪成《俄國全圖》及《中俄分界圖》，與是書相輔而行，俾覽者有所考焉。

秋濤所著《北徼彙編》六卷，即是書初稿。《一鐙精舍文初藁》一卷，《蒙古游牧記補注》四卷，均刻於京師。《一鐙精舍甲部藁》八卷，刻於揚州。《王會篇箋釋》三卷，刻於閩縣。未刻者尚有《校正元太祖親征録》一卷，《延昌地形志》、《篆隸源流》、詩文集

① 題名《稿本》同，《手稿》作“書《朔方備乘》後”。

② “迺與”至“戴清”：《稿本》同，《手稿》作“迺與△△△△”，天頭注云“校者均書銜名”。

各若干卷。①

近日刊行之《律例根源》,亦秋濤在官時創稿也。

《淮南子校勘記》跋

南士先生手校書數十種,《十三經校勘記識語》已刊行。其子錫蕃繕所校《淮南子校語》,出以質予。

察所據各本,有未經録出者,尚居十之三四。其已録有鄂本已改,不必録者;有與所引之書不同,或據别刻者;有舉一書不全引者;有見數書不全引者;有一句數字不同,不全引者;有一書數部不同,不全引者;有一書數句不同,不全引者;又間有引書不注書名,采各家校語不注何人。引《御覽》或稱第幾卷,或只稱《御覽》。引《文子》或稱某篇,或只稱《文子》。引《藝文類聚》,或只稱《類聚》。引王懷祖、王伯申、劉績、陳觀樓諸校本,或稱名,或稱字,或稱姓。先生原録莊氏校刊本上,是未成之藁。章大令壽康覆校,體例亦未畫一。因屬夏生葆彝重校排寫,存崇文書局,刊附鄂本之後。

先生皖南宿儒,隱居教授。予少時從程君伯敷見先生撰《英吉利考略》,刻之京師。伯敷,先生之弟子也。予未識先生,重伯敷之學行而敬其師。今爲校勘遺編,而伯敷已繼先生早逝。追懷良友,彌用慨然。

《積古齋鐘鼎款識稟》跋

彭年與朱按察之榛同官蘇州,得觀其從祖菽堂先生所著《積古齋鐘鼎彝器款識》殘稟。因屬王生仁俊檢校,此稟爲阮氏款識,長河湯文端以次諸家均及之。與阮刻異同顛末,俞編修記之甚詳。

案:先生爲文達弟子,諸銘案語多空格,以俟文達標名,明善則歸師也。故有先生説爲文達改訂者;有文達草稟,即附册中者;又有文達筆迹,標"朱某云云",而今刊無之者,蓋文達以編定屬先生,而先生仍以己説歸之師耳。先正大公之心,於此略見一斑。即如商亞爵、父丁彝、虘爵、周魚冶妊鼎、田彝諸釋文按之,此書知皆采先生説而不標名者,必先生自删之,非文達攘善也。然如周師旦鼎有文達引先生説,而此反無之者,則此稟信多散佚矣。

今復校阮書,於編修所舉外,刺取數十條以告學人。

---

① 此段《稿本》同,《手稿》作"秋濤所箸《北徼彙編》六卷,即是書初稿,刻於京師。《一鐙初集》二卷,刻於揚州。《王會圖箋》三卷,刻於閩縣。未刻者尚有《纂集元太祖親征録》一卷,《魏書·地形志》□卷、《篆籀考源》□卷"。天頭注云"卷數及另有它書,補入"。

有先生摹器可補阮者,周叔臣彝也。

有器形雖佚、款字可補阮者,商父庚、父丁壬、父丁諸鼎、周亞爵、范氏古鐘、漢桀也。

有阮槀可補今刻器者,商雕祖癸單、父辛二彝,後漢建武鼎也。

有先生説可補今闕者,如商母乙鼎二十七字,子孫父癸爵後引吴説是也。

有今刻不别白,可證阮所本者,如商𫸩尊下𫸩爲獻人名,父癸宗彝首一字,當是医字古文,皆爲吴侃叔説是也。

有此釋文視阮爲詳者,商父辛卣、周伯據敦是也。

有釋文視阮爲略者,商鹿鐘,周周公華鐘,乙公、無專二鼎是也。

有摹文視阮爲略者,周東睸尊三行一字阮作"彝",四字作"年",四行四、五字作"用、亯",父舟斝二行一字作"乙",此皆闕是也。

有與阮刊異而是者,商祖辛壺一字阮作"丙",此作"内";周無專鼎,五行八字阮作"方",此作"二";八行"休"下阮無"用"字,此有;鬲攸从鼎。九行一字阮作"相",此作"召"之類。今案銘言,皆當以此説爲長。

有與阮刻異而非者,周季娟鼎五行六字"貝"下多"錫"字;張仲簠一行八字"金"下此多"鏖"字,二行一字阮作"鈇",此作"鋺",二字阮作"鋺",此作"鏖",三字阮作"鈇",此作"鑪",三行用"盛"下,阮作"朮稷",此作"諸受"。又"糕"下阮作"粱",此作"米",四行"正"下阮作"歆",此作"音","王"下阮作"賓饌",此作"寘飥",五行"福"下阮作"諸",此作"必",六行一字阮作"叒",此作"共",五字阮作"飽",此作"饈";南宫方鼎五行五、六字阮作"對、揚"二字,此止作"原"一字之類。今案器文,尋繹字義,皆當以阮刊爲優。

即先生所後訂者也,有與阮刊異而可並存者。商旂鼎四行二字阮作"父",此作"考";周無專鼎三行二字阮作"仲",此作"中",五行三字阮作"鳿",此作"鴻",七行四字阮作"攸",此作"鋚";季娟鼎三行三字、五行四字、六行三字,阮作"夌",此皆作"陵";唯叔鬲鼎三行四字阮作"居",此作"位";南宫方鼎四行六字阮作"貞",此作"真"。凡此,皆古文通、借、聲近義同字,存之可以互證者也。

有經阮筆改,而與今本同者。如周鬲攸从鼎十行"使"字,十一行"誓"字;棺妃彝一行四行"闢"字,二行、四行、五行"棺"字,三行"甬"字,五行"邲"字、"女"字;工木爵"爵"字;敔尊一行九字下增"其"字,四行"滑"字,此皆先生編定時從師説也。

有經阮筆改,而與今本異者。如商父丁卣二行"武"、"形"二字;周鬲攸從鼎九行"華"字;棺妃彝七行"陔"字。此皆先生編定時删之。如"華"字仍抹去,可證也。

有阮槀按語可補今遺者,商百丁彝十八字,叔彝十三字之類是也。

有阮槀與今本不同者,如商子執旂彝,槀作"子執㫃彝";父已卣下爲"卣形父已",

稾作"酉父已";亞爵下"手形"二字,稾無;亞舟爵,稾作"亞犧形爵",復乙去"犧形"二字;"子執旂句兵"下面爲"子執旂形",稾作"兒癸句兵,子執㫃形";甲午簋三行"覽"字,稾作"鑒";今本帛女鬲首"淵"字,稾作"帛";周諸女匜尊下"其"字,稾作"綦"之類是也。凡此,皆文達初説如此,先生据已刪、已定本編入者也。

所言某行某字,据刻本也,次序亦依刻本。餘如與今刻前後歧異,不可縷述。條凡近百例,括十五,不過略見端崖耳。然則是書也,可以見先生春輯之真面,可以見文達筆削之精心。斷金殘璧,彌足寶貴。昔《集古録》手稾賸,葉文達曾勒之石。世有援此例以賡阮書者,亦金石家之美談也。撮舉王生仁俊語,書附卷後,以爲左券。

《唐范陽張氏六墓石》跋

右墓石六,近歲樊城大水潰隄新出土者,皆唐張文貞家舊域石。益府功曹元弼,文貞父。處士景之,文貞仲弟。文貞,字孟將。景之,字仲陽。晦之,其弟也。新定太守朏,文貞猶子。鄖城縣丞孚,文貞孫。墓石各一。河南參軍軫,文貞孫,墓石二。吕巖説,撰者,開元中軫初葬志石。丁鳳,撰者,天寶後夫人合葬志也。

《太平寰宇記》:"襄陽縣有張柬之碑,在縣西二里。"柬之墓地,《金石録》:"李邕撰,瞿令問八分書,貞元十二年十一月。"蓋即張氏舊域址也。《湖北通志》:"張柬之園在縣南五里,園址猶存,與墓地相距不遠。"張氏本方城舊族。《宰相世系表》:"宇北平范陽太守,避地居方城,方城,在今固安南十五里。晉司空華尤著。"吕撰《軫志》云:"九世祖貞,仕宋南徙。"《朏志》云:"馬渡丹陽。"按:《梁書》本紀高祖生於秣陵。宋秣陵縣隸揚州丹陽尹。《弘策傳》:弘策"與高祖幼見親狎",是南徙後即居丹陽。《軫志》又云:"五世祖策隨梁北歸,寓居襄陽。"《弘策傳》"高祖西行,明帝崩,遺詔以高祖爲雍州刺史,乃表弘策爲録事參軍,帶襄陽令"是其證。而《世系表》云:"安之之族,徙居襄陽。"安之,宋青州主簿,與志文事異。或緣貞南徙丹陽事誤。按:志文與《梁書》紀傳同,疑志文是也。弘策子緬,緬子傳,見弘策及緬傳。隨阯陽令則,《世系》①作"澧陽"。按:隨澧陽縣在荆州澧陽郡,今澧州治。阯陽未詳。志文名闕。子元弼,元弼子文貞、景之、晦之,晦之子朏。文貞子漪,《文貞傳》:"子願漪。"漪子軫、孚,見志石。軫,見《世系表》。以《世系》考之,不止五世,或傳則兄弟輩行耶?

元弼墓石,李行廉撰銘,文貞自撰序。柬之墓石,文貞自爲之。稱述父兄學行,不以己之貴顯爲詞,見古人立言之正。文貞内召在永昌元年,改葬父及弟皆在後,時文貞已貴矣。谷那律見《唐書·儒學傳》,元弼從其受業。茂先元長,流風遺韻,固應有此達人。《朏

---

① 世系:《稿本》同,《手稿》作"世系表"。

志》云“累貶來復”,與《桓彦範傳》所紀事悉合。文貞大功在唐,遭韋旭變,事在史策,得此益相發明矣。李行廉官司元大夫,《百官志》“高宗即位,改民部曰户部。龍朔二年,改户部曰司元”是其左證。

元弼卒於龍朔元年,故首用“唐”爲題。葬在永昌後,故石中有武氏所造字。景之石首缺一字,以元弼墓石例推之,景之卒在唐咸亨中,當是“唐”字。樊城本漢鄧縣地,《元和郡縣志》:“西魏於此立安養縣,兼置河南郡。又有樊城縣,周省入。天寶元年改爲臨漢縣。”《地理志》:“貞元二十一年徙更鄧城縣。”元弼、景之葬在永昌、天授間,故稱“安養縣”。朏葬在天寶十二年,故稱“臨漢縣”。軫初葬在開元,故吕撰志文稱“安養”;軫夫人卒在天寶四年,合祔在天寶六年,而丁撰志文亦稱“安養”,何耶?豈緣吕氏舊文誤未及改耶?

《朏志》稱伯父東之“贈越州都督”,又文貞本傳未詳父祖,志文足補本傳之缺。元弼、景之、晦之、孚、朏及朏子回、軫子繟、紹、縉,孚子銚,孫迪,名皆不見於史,此又足補《世系表》之缺也。

道光戊申季冬,史吟舟丈見示①,因臨副本,並綴言於後。②

或以吕撰《軫志》“世”字不避諱爲疑。按:貞觀石刻《昭仁寺》、《段志元》、《蓋文達》三碑皆不避“世”字,《房彦謙》、《皇甫誕》二碑皆不避“世民”二字,蓋唐初國諱視後世禁例尚爲疏略也。

《續修族譜》後序

我楓林黄氏之《譜》,自七派族祖仕鑾公創稿,在明正德中,越二百餘年,至國朝乾隆丁未,族祖朝作公始集族衆纂成之。道光中續彙譜稿,咸豐中議修未成。同治丁卯秋,族屬復議踵修,逾年而告竣。爲卷三十有四,圖宗歐陽,録兼蘇氏,卷首恭録諭旨、誥敕,並雜采邑志、私集。紀、傳、志、贊與夫先世訓戒之文、墓圖祀田之屬,悉附入焉,則又參用近代麻溪姚氏《先德傳》、桐城方氏《教忠祠規禁》之例。敘支派則先總而後分,考事實則詳近而略遠,紀其可信而闕其可疑。

族子彭年與編纂之役,於其卒業,言於長老曰:

宗法之廢非一代矣,賴譜牒以存之。奉始祖而祠,分房而紀,有族正焉,有户首焉,非即大宗、小宗之義乎?夫宗之爲道貴乎收族,而收族之道尤貴乎辨昭穆、别親疏。吾

① 見示:《稿本》同,《手稿》作“以六帖見示”。

② “並綴言於後”句後,《手稿》有“貴筑黄彭年記”六字。《稿本》無。

入吾族而見長幼之倫焉，坐不越，行必徐，猶夫古之道也。吾祖經林公以嘉慶遷黔，更三世，歷六十年，而吾始歸。吾族人不我遐，遺親愛有加，猶夫古之道也。

善夫横渠張子之言曰："管攝天下人心，收宗族，厚風俗，使人不敢忘本，須是明譜系。"鄭氏鍔之言曰："收族則雖無服之親，亦係屬而不散。"楚多聚族而處，故古者收族之意猶得行乎民間，常則相恤、相周，變則相保、相衛。吾族自元季遷醴，中更明代，迄於盛時，凡五百有餘年，子姓繁昌，各安其業。

咸豐以來，粤寇之亂流毒徧東南。醴陵雖經兵事，而鄉守足恃，民未甚創，吾族乃得休養孳息。以時修祠治譜，是際國家祚運之隆而承先人德蔭之遠也。繩其先而裕其後，益敦族誼，益正族規，則黄氏之昌，方未有已，敢不與族人共勗之哉？

長老曰："小子之言是也。"

因使序《譜》末，以誌不忘。

《營田輯要》後序[①]

右家君所著《營田輯要》内、外篇，凡四萬餘言。

先是，湘鄉劉公奉命撫陝，慨念回亂初靖，軍食浩繁，逃亡未復，田野未辟，遂疏請籌辦屯田，而以書抵家君，詢利弊。家君既爲陳十二難，復徧假官私書，雜采輯之，成是書。於前人成法、古今積弊以及農家者流制田物土之宜，大略具備，大旨在於用民而不用兵，科則欲輕，起科欲緩，爲民興利而不與民争利。男彭年校字訖，廢然而歎曰："是非所謂不忍人之政哉！"

軍興以來，民困極矣。府廳州縣之被賊者，或一至，或再三至，或數十至。賊之所據或數月，或數年。老弱之民不死鋒鏑，則死溝壑。其壯健者，幸不裹脅，則散之四方。又幸而賊去，富人慮迫以輸助，貧户多窘於歸資。其來歸者，又苦於牛具、子種之無出，於是土不得墾。土不得墾，則民益不得食。不得食而至人相食，有甚於易子析骸之慘者。遠道聞之，猶惻然有動於心，或至欷歔涕下，而況身親見之，而有父母斯民之責者乎？

夫濟民之危莫如賑貸，賑貸不可以常，則莫如招墾。朝廷責之大吏，大吏責之守令。爲守令者，豈獨無不忍人之心哉？乃或窺上官之意而貌爲儉勤，或慮上官之責而詭爲文飾。顧忌多而詐僞百出，甚至坐視遺黎之顛連困苦而莫之省憂。仁人固如是乎？

夫治事在乎法，而行法在乎心。心有所不能知者，限於智也。心有所不能至者，局於才也。然苟有是心，則窮於所不能知，而智出焉；迫於所不能至，而才出焉。故孟子

---

① 題名《稿本》、《營田輯要》同，《定稿》作"《營田輯要》序"。

言:以不忍人之心,行不忍人之政。無是心,則無是政,吾終不敢謂爲民父母者之無是心也。家君是書,於任人得失三致意焉。其以是也夫!其以是也夫!

《順天武鄉試録》後序 代陳詹事錸橋先生①

臣,浙西下士,世受國恩。屢與文衡,游登詹事。疊邀寵眷,感悚殊深。前於道光二十年庚子,曾蒙欽商,襄試武闈。玆復仰承巽命,充副考官。自愧庸愚,彌增兢懼。入闈後,謹偕臣云云。

臣按:宋臣蘇軾之言曰:"進之以武舉,試之以騎射,天下奇才未必至也。然將以求天下之實,則非此不可以致。"臣愚以爲考試之法,亦求其實而已。

武舉之制,仿于漢晋,至唐始置科。其制有長垛、馬射、步射、筒射,又有馬槍、翹關、負重、身材之選。當時右補闕薛謙光上言:"謀將不取弓馬,宜令其守禦。"蓋唐制初創,尚未及詳,而謙光因時立論,亦不無過激耳。

夫孫武論將,智、信、仁、勇、嚴,五者具備。故周有禦侮之臣,晋有勇猛之舉,譬之於人,騎射有力者,爪牙也;足智多謀者,心腹也,豈可以偏廢哉。

《詩》之言兵武者,莫先於《兔罝》一篇。鄭康成注首章云:"有武力,可任爲將帥之德。"注三章云:"於行攻伐,可用爲策謀之臣,使之慮。無是,則武力、策謀兼收並取。"不可謂善弓馬爲麤才,亦不②得謂讀兵書章句無用,惟在慎其鑒别、嚴其去取而已。

我朝以武功定天下,八旗禁旅,光光桓桓。皇上整飭武備,親加校閱。復簡大臣,閲緑營兵。又以三年舉武試,今且加之特科,求驍勇材藝,以備干城。外場觀士子技力,内場觀士子謀略。制度周詳,固已超越前代。

抑臣又嘗讀孫卿之書曰:"名定而實辨。"今所以致士者,名也;而所求士者,實也。多士苟由此益究心坐作進退之節、天地陰陽之精、五權六術之要、出奇用間之方,斯不負國家先名後實之意。

昔唐設武舉科,得郭子儀;宋詳定武舉法,得狄青。臣愚,願與多士共勉之。

唐子方先生《奏稿》後序③

右湖北按察使唐子方先生《奏稿》八篇,其子舉人炯編集。先生所爲詩、古文辭甚富,即奏議一體,可傳者無慮數十篇。此集斷自引退出山,訖於殉節,明先生出處進退、

① 《手稿》存。

② 底本"不"字後又有"不"字,據意删。

③ 題名《手稿》、《稿本》同,《定稿》作"唐子方先生《奏稿》敘"。

生死之大節也。

自道光中,屢詔疆吏密疏人才。今上御極,詔部院大臣舉才德出衆之士。粵西軍興,内外臣僚又各疏所知。於是舊臣、宿將及士之聰明俊偉以忠節自負者,先後起用。自守令偏裨至於封疆鎮帥、巖谷遐陬,幾無遺賢。然或死於軍陣,或死於道途,或死於憂憤,而賊勢且日熾。淺見之儒遂謂"治平日久,無復戡亂之才",豈其然哉!豈其然哉!

軍興以來,老成重望,莫如林文忠公;新進特達、天下所延頸傾慕,莫如江忠烈公。林公遭讒負譏,遭際聖明,卒得暴白;江公崛起行間,不數年自縣令遷至開府,皆不可謂不遇。乃林公未至軍,卒;江公守廬州,食盡力竭,官軍坐視其死不之救,抑獨何歟?先生故林公所深賞,又與江公同督師湖北,若廉藺、周陳之深相結。其才之閎通廣遠,與林公同;其勇敢任事,勤勤於忠藎,與江公同。而其位不及二公,其所遇危疑坎窞,視二公殆有甚焉。

嗚呼!天之生才,固欲平治天下。既生才矣,又不能使盡其才,且斲其才,若木之有蠹,穀之有螽,牆屋之有蛇鼠,豈天生之、天固不愛惜之耶?不然,何才之難得而易喪,且不至於喪不止?吾固意天心亦甚悔且惜,而將厭亂以慰天子之憂勤,惜先生及二公之不及見也。後之覽者,論其世而知其人,重其節而悲其遇可也。

息争 書楊湘筠《敘交篇》後①

學有地乎?曰:無有。則何爲而南北也?

學有時乎?曰:無有。則何爲而漢宋也?

異也。南北之爲異也微,漢宋之爲異也著。

學果有異乎?曰:無有。學以言乎道也,如大路然,四達而不悖,殊途而同歸;如巨壑然,百川之所赴,衆流之所宗。未至大路,一轍足自守矣。未觀巨壑,一勺足自多矣。

是故學不可以苟同,苟同者俗學也。鄭、韋之於賈也,朱之於周、程也,誠服也。孔、賈、邢、孫之爲疏也,諛矣。學不可以苟異,苟異者淺學也。鄭之於何、許也,陸之於朱也,諍友也。王之難鄭也,劉之規杜也,陽明之於朱、稼書之於王也,囂矣。自其同者而觀之,古今一致也,精粗一貫也。自其異者而觀之,匪惟漢、宋之異,漢亦與漢異,宋亦與宋異。異乎不異,吾不得而知,吾獨哀其以異而争且囂也。

今之言學者曰考據,曰訓詁,曰義理。義理者,道也。考據,此道也。訓詁,此道

① 題名《稿本》同,《手稿》、《定稿》作"息争一首,書楊湘筠《敘交篇》後"。

也。無考據、訓詁,則義理何以[1]出?考據、訓詁而不衷於義理,則學何以成?

鶴田吕公、叔績鄒公,今之爲漢學者也。螺山羅公,今之爲宋學者也。成仁取義,豈有殊焉。故曰:學以言乎道也,期於實踐而已。今嚮學者寡,舉世以儒爲詬病。異端之熾而爲吾學害者,甚於佛老,烈於楊墨。《詩》曰:“兄弟鬩於牆,外禦其侮。”[2]

《畿輔通志》序傳 代[3]

昔在有明,畿輔之地,直隸六部,殊於諸省。故諸省有志,而畿輔無志。我朝置巡撫、改總督。康熙中,故巡撫臣于成龍等奉敕修輯,志始權輿。雍正中,故總督臣唐執玉等重事纂修,志漸明備。同治九年,某[4]奉命總督畿輔,上距雍正志成之日百四十餘年,損益因時,今昔或異,遇事考究,嘗患無徵,迺請於朝,謀於僚屬,延編修臣黄彭年設局重修。招集成學嗜古之士,相與討論,以爲官府牘册斷爛罕存,私家紀述寥寥無幾,於是廣徵羣籍。凡羣經諸史以及聖訓、會典、則例、三通、一統志,暨諸省郡縣志書、諸子百家、文集、雜著,靡不甄録。又檄郡縣采訪,月以册聞,銖聚成鈞,縷積盈笥。然後條區類别,分授纂編。康熙舊志,數月成書。雍正所增,仍多缺漏。今爲增目,如漕運、海防諸表之類。舊志雜采史文,臆增牽附,今爲訂正,如人物首蒼頡、廉范爲漁陽太守之類。舊志引書不盡原文,義乖闕如,語多失實,今爲刊削,如名宦不紀實政,空加讚詞之類。舊志沿襲俗製,圖不開方,本末未詳,名實未副,今爲綜核,如州縣有圖,水道詳源流,藝文列書目之類。凡所引用,皆注書名,惟引專書,乃不復注。懲子目之繁碎,並同類於專條,以綱統目,爲紀、表、略、録、傳、識餘,凡三百卷。其敘曰:

煌煌帝制,光我九朝。祗奉聖訓,違塞德昭。述詔諭。宸翰留題,天章紀事。焕乎其文,大裨於治。述宸章。都城峨峨,萬邦所瞻。博我皇道,四國是虔。述京師。山陵在郊,舊紀京師。專述規制,佑我丕基。述陵寢。謁陵秋獮,駐蹕有宫。諸道悉罷,儉德是崇。述行宫。凡紀五篇,卷十有五。

漢承秦舊,郡縣以名。自兹以降,割隸并分。述府廳州縣沿革。封建雖廢,故事當紀。惟紀實封,至明而止。述封建。統部府州,緑營駐防。文經武緯,尊者爲綱。屢更始定,裁缺必詳。述職官。薦辟制科,今古同重。自隋及元,進士鄉貢。明與國朝,科目進用。述選舉。凡表四篇,卷三十。

井邑紛錯,圖説相宣。星野袪惑,晷度應天。敷土定界,高山大川。指畫形勢,扼

---

① 何以:《稿本》同,《定稿》、《手稿》作“胡以”。本文下同,不另出注。

② “外禦其侮”句後,《手稿》有“作息争”三字。《稿本》、《定稿》無。

③ 題名《稿本》同,《定稿》作“《畿輔通志》敘傳”,《畿輔通志》作“敘傳”。

④ 某:《定稿》、《稿本》留白,《畿輔通志》作“臣鴻章”。

隘控邊。觀風問俗,省方辨言。物土之宜,掌之周官。述輿地。千三百水,十河爲總。源流分合,如循衣縫。害則隄防,利則耕種。津梁四通,行師利用。述河渠。聖祖神智,論及海外。千百年後,中國之害。屏蔽①神京,逆河爲隘。旅順之罘,左右縈帶。設險練兵,通商不礙。操縱德威,無遠弗届。述海防。丁歸於地,我朝仁政。滋生不加,賦役已定。禄餉有籍,鹽幣有禁。積倉轉漕,榷税無競。蠲貸養濟,恩澤靡盡。國之大事,在祀與戎。壇廟學校,慶典攸隆。建標設鎮,練軍變通。八旗分駐,扼要居中。營汛棋布,郵傳從風。維吏與刑,條例通行。畿輔專條,言明且清。曰維建置,是亦政事。他志各編,宜一其類。公署城池,工政所記。述經政。前事不忘,後事之師。經政已見,豈煩複詞。凡所紀述,兵事爲多。三揚聖武,壯我山河。述前事。史家藝文,書目撰人。志乘淆雜,詩文並陳。北學淵源,説經之祖。子史集部,富有千古。方志爲類,於古無徵。便於稽考,切於事情。述藝文。吉金樂石,實緯經史。惟岐與壇,刻作乃始。降至西京,下逮有元,擷華彙芳,抱闕守殘。先民所述,琢今鏡古,捃芟厥叢,泬寥羌補。述金石。古蹟城址,不關沿革。後人憑弔,等於署宅。墟墓荒祠,流連勝蹟。義取興觀,附會奚益。述古迹。凡略八篇,卷百有三十七。

自昔和仲,始宅朔方。史策所紀,代有循良。名宦之稱,定自廟堂。志不敢許,惟善斯彰。略與傳異,惟畿輔詳。述宦績。凡録一篇,卷十。

嚮述人物,多以類從。兹簡其目,以歸於同。誠臣宿儒,才人誼士。證史補闕,截碑宣美。女德母儀,實邦之媛。子政七傳,内史口鑑。惟兹幽淑,節義賢明。煒彼彤管,以詔後人。述列傳學,如穎達功,如楚材聲,其臣節以爲世規。術若藥瑕,醫若越人,方伎隅論,終非道真。述雜傳。凡傳二篇,卷一百有五。

拾遺志怪,聊廣見聞。異端巧術,入傳非倫。雖曰識餘,擇其可存。述識餘。凡卷二。

孫夏峯先生詩翰②

非關□病懶登臺,好向花前笑舉杯。月夜同人相和切,清霜片片映予懷。重陽前三日,依君異親家韻,啓泰逢。

此詩不見集中,以當時事證之,疑是五峯山中作也。按《年譜》:“崇禎十一年秋,同諸友入五峯山,結茅雙峯,爲避地講習之計。相依而至者數百家,杜君異越有《五峯紀略》。”五峯即五公山,在易州,去容城百七十里,以漢王興,五子隱居得名。先生結廬于此,與同人修武興文,禮樂弦誦。嘗彙其詩文,題曰《掃盟餘話》。茅止生爲之序

① 屏蔽:《稿本》、《畿輔通志》同,《定稿》作“遮罩”。

② 《手稿》存。

云:"築險肄戰之餘,神閒氣整,倡和爲詩歌,恢恢乎其不可測也。"今《餘話》、《紀略》兩書均未得見,詩中同人和切之句,正與此時事相合。

書法並畫,擅晋、唐人之勝,梅峯寶之。

光緒七年五月,後學貴筑黄彭年來覯,敬題。

六幢小築偶登臺,不饇依然列酒杯。幸有同人賡快雨,更陳名蹟稱予懷。

端陽後十日,子恭介晋卿,以此幅至。適大雨,同子涵君堅、慈江竹臣顧高芬閣。閣中後臺時築六幢亭落成。六幢者,宋、遼、金、元經幢,予致諸蓮池,築亭居之。

評諸生《説文》逸字考[1]

楊步瀛卷

總評曰:宗嘉定之説,謂唐人所引《説文》不可盡信。專就本書或存互訓,或見諧聲而不見正文者,指爲逸字。斷制甚嚴,考證甚確,是能守經師家法者。

又,卷中引陽湖孫氏説,而以嘉定説折之。竊以鼎臣新附字有所本之言,未可盡非。如《左傳》"諷"字,孔氏得之《字書》,而陸氏則見之《説文》。《爾雅》"蛤"字,陸氏又止見《字林》,不見《説文》。而陸法言、孫愐乃及見之。又如禰字,張參已謂《説文》漏略,而下訖南唐,存於《鍇本》。至雍熙間更有"禰"、"禋"並完之本。不知傳寫雖有脱漏,亦復互爲存逸,非亡則俱亡也。宋徐騎省奉敕校定,其時自集書正副及諸家藏者甚富。佗,唐以前本亦往往尚存,苟參互而詳考之,不難訂補,以還許君之舊。近日遵義鄭子尹之言如此,似未可泥錢説以斥陽湖也。

又,卷中《夏書》曰:"濰淄其道。"今水部無"淄"字。評曰:段云:"此'淄',俗加水旁耳,《周禮》作'菑',《漢志》作'甾'。然則'淄'非逸字。"

張森卷[2]

總評曰:叔重於諸經異文,采摭甚備。既出此文,則不須復補佗字。首段考据甚悉;次段以諸書所引證宋刻之逸,與嘉定説異;末段據本書注與形聲,爲《説文》逸字,義最確。當商量數處,悉載卷端,何以起予不厭詳求也。

又,卷中"至於經典所有"一段。評曰:《説文》所載多經典異文。既有文,則不得謂之逸。

---

① 《稿本》、《手稿》存。

② 張森卷:《手稿》作"張森鉞卷"。

又，卷中"瘰"。《春秋左氏傳》："不疾瘯蠡。"《釋文》云："'蠡'，《説文》作'瘰'"。今《説文》無'瘰'字。"按：歺部"殰"字注云："疫病也。"此"瘯蠡"之正字。"蠡"、"殰"聲相近，故假借"蠡"。陸德明以爲《説文》作"瘰"，誤①矣。評曰：鄭據"痤"下一曰"族絫絫，補"。又云："本當作瘰字。蓋以《説文》無'累'字耳。"余謂《左傳》既有"蠡"字，《説文》有"纍"字，則不爲逸，固不須補，亦不須如嘉定爲"蠡"、"殰"相近之説也。

又，卷中"緵"。《周禮·考工記》梓人、矢人篇皆有"緵"字，《説文》逸。按："緵"即籀文"殺"，訛"凹"爲"門"，"又"訛爲"人"，非别有"緵"字也。《周禮》多古文，後人妄加更改，始有"緵"字，故《説文》未收。評曰：鄭子尹曰："'殳'，籀作'殳'，與'伇'字同，蓋以几横引之。

又，卷中"觽"。《爾雅》："角謂之觽。"《説文》逸。按：《説文》"氏"有"𦥑"字，即"觽"也。氏有本義，角亦有本末，故治"角"字從"氏"。許氏偶缺此注，大徐輒補"角"字，又疏矣。評曰：《廣雅》、《釋詁》"𦥑"，誤也。許氏注闕，以"𦥑"爲"觽"，似出肊説。

又，卷中"若夫宋刻之逸者"一段。評曰：諸書所引，有以佗籍冒許書者，有因僞改而與今本不應者，亦有今本僞改而與所引不應者，故嘉定錢氏謂不可盡信，遵義鄭子尹亦不取此。顧其中亦有可據，故陽湖孫氏疑其皆有所本。要當信其所可信，闕其所可疑而已。獨見於注與形聲而逸者，確在所當補。

又，卷中"徐鼎臣新附四百餘字，大抵委巷流傳、嚮壁虛造者"。評曰：亦不盡然。

張煒卷

總評曰：《説文》本書歷傳數千年，逸、脱、譌、僞，蓋所不免。段氏近注，於誤字、誤注，十證八九，而僞與脱者，或未盡詳，故須考索。此卷雜引篆文變體，謂是《説文》逸字，不知許君正篆之外，僅及古人籀書，蓋取發明六書之指而已。其於諸家篆勢，固不能旁及，不得謂爲逸也。至云"《説文》爲部五百四十，文九千三百五十有三，無俟補增"。是説也，遵義鄭氏珍嘗言之曰："去其僞者，著其逸，當約略相等。"逸與僞，有無跡可求者，必不能適合本數。鉉本已溢出百九十四字。六經且不能，何況是書。

《重刻弟子職集解》後記

曩客西蜀，曾輯《弟子職考證》一卷，畀今撫軍唐炯公，刻於權綏定守時。洎乎今，玆二十有五稔矣。古書僅存，傳本日尠，微緒絶賡，致爲惜慨。夫聖功之基，實肇丱弁。孔門心瀵，主敬尚焉。紬繹斯文，一則曰"如見賓客"，再則曰"如於賓客"。蓋"如賓"、"如祭"，古之通諺也。《左傳》、《魯論》引無異詞，弟子敬師，此尤典要。顧莊氏

① 誤：《手稿》作"誣"。

原編訓故綦詳,而音讀叵略。昔者餘暇又曾廣其未及,集爲《補音》如千條,暨《句讀》一篇,取便童蒙,不厭煩淺。

今歲恭承簡命,備藩吴中。日思與此邦士大夫求所以端人心、維風俗。正本清源之道,無外乎是。爰舉諸稿,先付書局重刻之,頒下郡邑,傳授生徒。果皆口誦而身習之,又豈獨識庠塾之規、知教學之序,而非辟邪慢之心與夫佻薄浮夸之俗,或將弗甘於惑溺乎?語曰:"師道立而善人多,則吾刊布之所望也。"其他敘考已詳,不復贅云。

容齋銘 爲夏容甫作

山兮黝其中,谷兮窈其空。萬物並作復其通,和光同塵用其盅。谷王善下卑其躬,守雌默默無爲雄。躁勝大富終將窮,去情忘欲知乃容。銘之户牖開吾侗。

學古堂小像自題①

是人也,少無他嗜,唯耽墳典。聚書爲巢,若蠶在繭。及其老也,興復不淺。

置諸藏書之樓,聊比瑯嬛之犬。

《李石坡像》贊

劉子重刑部傳朝鮮吴亦梅樞密語,出其興宣大院君李石坡像,屬爲題贊。

聖人之道,亘古常新。薄海内外,孰敢不遵。乃有異端,恣其邪説。甚於佛老,淫於楊墨。朝鮮虎臣,惟大院君。總察庶政,有武有文。既靖其内,以禦其外。外侮不侵,内政斯艾。昔在敬仲,謂楚宜攘。彊彼齊國,匡我周王。矧大院君,功在衛道。肅瞻題詞,志予傾倒。

《柏舟試操圖》頌

節孝陳恭人者,吴縣董氏女,山陰陳海庵先生之妻、趙州知州鍾祥之母也。幼失怙,隨母之黔。未笄,母亡。用女紅積貲,反母櫬於吴。海庵先生幕黔,聞其賢,妻之②。敦睦親族,分財相卹。君子謂恭人事親以孝,佐夫以禮,有士君子之行。《詩》

① 題名《稿本》原作"學古堂小象題詞",後改作今題。

② 妻之:《稿本》、《定稿》同,《手稿》作"而妻之"。

曰:"孝思不匱,永錫爾類。其類維何,室家之壼。"又曰:"釐爾女士,從以孫子。"此之謂也。

海庵先生歿,恭人守義。山陰道遠,遂家於黔。鍾祥八歲,課誦嚴厲。或以弱爲戒,恭人泣曰:"人之少也,猶草木之始芽,不植將萎焉。"鍾祥稍長,則與講論史傳,教之忠烈。嘗曰:"丈夫守身,猶婦人守節。"又曰:"交友先辨邪正。"鍾祥舉鄉試,公車將行,恭人授以《温公家訓》。既留京師,復遺書誡之曰:"士之志道德者後文章,志文章者後科名。"桐城姚瑩聞而歎曰:"氣節之衰久矣,斯言也,長老、貴人或未能之。"鍾祥官四川、直隸,有文武才名聞當世。東鄉吴嵩梁賦詩,其妻蔣爲圖,彰恭人之節,傳播海内三十年。君子謂恭人全貞壹之操,能以身教。《詩》曰:"之死矢靡他。"又曰:"教誨爾子,式穀似之。"此之謂也。頌曰:

黄鳥喈喈,其聲遠聞。惟孝與節,貽彤史芬。子既貴顯,母德乃垂。劉傳顧圖,庶無愧詞。

《機聲鐙影圖》頌①

章諶慈母者,大定章氏二子之母也。初,首乾先生娶於陳,曰陳安人,生永孚。陳安人卒,母來歸。久而無子,側室以謝安人,生永康。永康生而孤,期年而謝安人死。永孚之幼也,母鞠育調衛,教誨成立。及謝安人死,育永康亦如之。入塾就傅,不使嬉於内。夜篝鐙,率諸女織,坐永康紡車右,執卷就鐙,誦至夜半以爲常。後永孚舉於鄉,以武功官知縣,永康爲童子,以文顯拔萃貢於朝,弱冠官翰林。黔亂,募鄉兵討賊,黔人稱焉。

母卒,永康使工圖其事,若顧愷之畫列女,闡母之德。君子謂慈母一心,扶養二子。《詩》曰:"鳲鳩在桑,其子七兮。淑人君子,其儀一兮。"此之謂也。頌曰:

首乾之妻,二子之母。元妻簉室,死遺襁子。若鳥覆翼,克成世美。機聲鐙影,姜姒法此。

《畿輔六大河圖》説

謹按:直隸五大河曰永定河,南、北運河,清河,子牙河。而名稱淩雜,端緒難尋,且水道變遷不一,據今則戾古,考古則違今,勢所難免。

子牙河者,滹沱河下流。源出山西,合井陘之冶河上流甘淘、綿蔓河,靈壽之松陽

① 題名《稿本》同,《定稿》、《手稿》作"章庶常《機聲鐙影圖》頌"。

衛河，正定之西韓河，并所納之旺泉河，加以南北二泊所受之洨河、槐河、沛河、午河、泜河以及柳林、牛尾、順水、百泉、澧沙、洺諸水，達滏入滹爲一派。永定河者，源出山西，受大小川源無算。入直以後，合宣化之壺流洋河，洋河所受之清水、柳川、泥河，延慶之嬀川、宛平之清水二河，大興之鳳河爲一派。清河者，北合淶易所受各河，匯爲白溝。河南合唐沙滋所受各河，匯爲豬龍河。中合漕奄、祁蒲等河，满城、望都兩邑各泉河，貫串東、西兩淀，并永定之南岸減河爲一派。北運河者，東合潮、白兩河所受各河，西合沙、榆兩河所受各河，并通惠河所受西山諸水及涼水河爲一派。南運河者，東合濟、汶兩河，爲黄流所截，復得張秋灌運之黄河，北達臨清，西合清、濁二漳，并淇、洹、羑、蕩諸河，由大名入境，亦達臨清爲一派。此五派者，蓋皆同出天津三岔口者也。灤河者，故上都河源，出獨石境，合豐寧之小灤、灤平之興州伊遜河及承德熱河所受諸水，加以白老、牛柳、黄花、清河、平泉之瀑河，遷安之漵恒、長青、蛤螺、三里河并盧龍之青龍河爲一派，别成一局，不經三岔口，舊圖不列。

大抵五河之水，皆受山西、河南内及直隸太行山麓諸暴水而成。自河南之衛輝，北至彰德所受山西澤潞一帶之水，則南運河受之。自直隸之磁州，北至井陘、平山所受山西平定州一帶之水，則子牙河受之。自直隸之靈壽、阜平，北至房山所受山西恒岳東南一帶之水，則清河受之。其宣化府境所受山西恒岳西北并雲朔一帶之水，則永定河受之。西起赤城，東盡密雲，凡塞外、塞内諸水，則北運河受之。西起平谷、東盡遵化，凡塞外、塞内諸水，則薊運河受之。西起遷安、東盡盧龍，凡塞外、塞内諸水，則灤河受之。薊運河者，東合沽，西合泃，源微而流細，不類五河。其承德屬境之潢河，大凌、小凌河，則奉省受之，無關直隸。黄河入直境地段不長，其下流至利津入海，遠隔山東，更無論矣。獨五河者挾千數百里太行山水，同灌天津三岔口，而海河以一綫受之。下淤則上決，上決則下淤，此都水者不得不汲汲於南、北運各減河也。

今製爲圖，每方四十里。吴氏舊圖專言修治，故灤河雖大，略而不圖。今欲兼明水道，因並附焉。經流、支流但存其略，用便省覽。

再按：直隸五河又節節有減引各河，以分其勢。分南運河者四，曰四女寺減河山東恩縣，曰哨馬營減河山東德州，兩河皆南出，達古黄河，出大沽河口山東海豐。地隸山東，非直隸所及。隸直隸者曰捷地減河滄州，曰興濟減河青縣，兩河皆東出，達牧豬港，出歧口。其未經修治者二，曰楊官店乾河静海，達古唐河，穿岑子而東，出馬棚口滄州；曰權家口乾河静海，徑黄花三泊静海，又經三堂窪西天津，合古逆河，轉達古唐河，出馬棚口，兩河亦東出。

分北運河者二，曰王家務減河，起雙街北香河，直達七里海，出北塘口寧河；曰筐兒港減河，起鲍家營北武清，達塌河淀天津，曲達七里海，出北塘口，兩河皆東出。

凡南、北運減河，皆石壩。其北運河之尾并分上、下西河者四，俗呼永定大清河曰上西河,子牙河曰下西河。曰白廟引河,曰于王莊引河,曰隄頭引河,曰賈家口引河。賈家口者,今陳家溝也並天津。四河皆東出,達塌河淀即與筐兒港引河合矣。其塌河淀之東,故道全淤,不通七里海,别有金鍾河道,遥經七里海南,仍出北塘口,計程較近,計工較省。此四口者,别途歸海,不與天津三岔口争道,所謂"減其入口之水、增其出水之口者"是也。

南、北運河之外,分永定河者四。曰金門閘引河良鄉,石壩舊經笄尖壩固安,分東、西河。西引河曰蜈蚣河,至老隄頭霸州與中亭河合;東引河曰牤牛河,至龍門口霸州與中亭河合,並達東淀。其後西引河塞,獨存東引河。又自牛坨鎮東分牤牛河水,三入本河、七入黄家河,徑田家口,達東淀,中亭水勢賴此稍減。今兩河全淤,閘下減水順小清河故道,徑達任村涿州,全歸拒馬河,非舊制矣。曰北村引河宛平,灰壩舊徑米各莊固安,達金門河,其後西流勢逆改,至南柏村固安,達金門河,今復塞。曰稻田村引河宛平,草壩,徑達廣陽城良鄉,合小清河,亦歸拒馬河,水勢愈猛。曰求賢莊引河宛平,灰壩,舊經趙百户營村南永清,直達母豬泊武清,與本河合。其後圈築遥埝,改由趙百户營村,北徑小荆垡村南永清,至南宫村北武清,與鳳河合。其後圈築越埝,又改由小荆垡北徑雙小營村南永清,至劉家莊北武清,仍入舊河,徑南宫村北與鳳河合。凡永定河減壩皆南出,獨此北出,其下流皆不入本河。

又有九引河者,曰長安城宛平,曰郭家務,曰曹家務,曰張仙務,曰雙營村並永清,皆南出;曰東胡林宛平,曰惠家莊,曰清涼寺,曰五道口並永清,皆北出。九河皆草壩,不久復淤,非上數河比。

分子牙河者三。曰完固口支河獻縣,舊達鮑家嘴青縣,與運河合。漳河南徙,改入黑龍港河,達賈口三泊静海。曰雙隄口支河獻縣,合東、西、中黑龍港三河,亦達賈口三泊。曰三家淀支河,起大、小瓦子頭村静海,亦達賈口三泊。此三河者,雖皆合入本河,已距天津三岔口不遠。

其引水入子牙河者,若高旦口引河獻縣,若王凡口引河河間,若王家口引河,若壩臺口引河並大城,宣洩積水,不在此限。而冶河入洨故道趙州,分上流滹沱之勢者,久已淤塞;清河南、北、中源釣臺村唐縣及古靈山蠡縣分唐李親顧村定州、分沙西宿村正定、分滋堯城完縣、分祁方順橋满城、分蒲陽城齊賢並清苑、分龍泉國公營清苑、分漕黑龍口容城、分雹鐵鎖崖淶水。正子營房山大、小横歧涿州皆分淶,支派紛歧,不可勝數。

獨白溝一道尤重引河,若十九垡引河,若高橋引河並新城,若王槐引河容城,若王克橋引河雄縣,皆由盧僧河達中亭河,或在龍灣、毛兒灣等處仍入本河。若西槐引河雄縣,若馬道村引河雄縣,或至李郎、或至清河門,别歸西淀。因時因地,今昔異宜。自十九垡以下,四河皆東出,獨此二河西出。

其引西淀者,若徐家橋引河,順大港淀而北,至王家場雄縣達清河;若太平橋引河任邱，順長隄而南徑大苟村任邱，得趙王河道，又順故柴伙淀雄縣而北至鷹嘴壩，達清河。

其東、西兩淀之交，若王克莊引河，起喬家灣村東保定，至王克莊保定入本河。若十望引河，起王克莊村西達老隄頭霸州中亭河；若中亭引河，起口頭下皇亭西保定，達上、中、下台山霸州北汊河，此二河皆不入本河。

其引東淀者，曰三汊河。南汊，崔家房河經流也。中汊，趙家房河。北汊，孫家房河。至靳家鋪頭而合，東流達勝芳，皆支流也。其崔家房村東有沿隄小河一道，亦曰窑河，至石溝而合。又分一派，自石溝村達勝芳，即石溝南、北河矣。窑河南出，餘河皆北出上並文安。

其勝芳之東，又分兩汊。南汊達台頭大城，仍入本河，命曰半截河；北汊達辛張大城，出烏龍口静海，仍入本河，命曰辛張河，皆在本河之北。

其台頭之南，又分一汊，徑黄岔村北大城，仍分兩汊，東達五鋪静海，西達壩台大城，則在本河之南命曰黄岔河。

其烏龍口之東又分兩汊，新道在南，至王家擺渡口南，東達韓家樹，曰蛤蝺河；故道在北，至三河頭村南，亦達韓家樹，曰楊家河。其新、故兩道之間，又分一汊，穿大水窪而東，至王家擺渡口，北與正河合，亦達韓家樹，曰線兒河。此皆兩淀中之脈絡交通者。

至若海河兩岸曰馬家口引河、曰賀家口引河、曰何家圈引河、曰雙港引河、曰白塘引河、曰鹹水沽引河、曰葛沽引河、曰鄧善沽引河，皆南出。曰唐家口引河、曰大直沽引河、曰賈家沽道引河、曰田家沽道引河，皆北出上並天津。此十二河者，專係灌田之用，與分水無關。

其最要者，獨在南、北運數減河耳。謂其入海路分，不復與五大河併，即古人之所謂疏也。其餘或入本河，或不入本河。入本河者，上流減一水而水患平，下流增一水而水患又不平矣。不入本河者，此河減一水而水患息，他河增一水而水患又不息矣。治水者，貴統籌全局而權度之也。

《俄羅斯全國圖》説[①]

俄國東抵拜淩海峽，界北亞墨利加，西界瑞典、普魯士，南界朝鮮、吉林、黑龍江、外蒙古、伊犁、烏什布哈爾基發、波斯、土耳其、奥地利亞，北抵北冰洋。經線自北京偏東八十一度起，至偏西九十八度止。緯線自赤道北三十六度起，至七十八度。南北寬約一萬一千里，東西長約四萬四千七百五十里。共分四大部，在歐羅巴兩部，曰波羅底

① 題名《稿本》、《定稿》作“《俄羅斯國全圖》説”。

海，東曰波蘭，在亞細亞兩部，曰西伯利亞，近分爲二，自中國恰克圖以東爲東西伯利亞，以西爲西西伯利亞。曰高加索。圖中開方依洋度，每方五千里，外標京中零度，每方二千五百里。大界用----，小界用┉┉，城用●，山用◎，水用∽，海道用┿┿。

俄國通中國海道有四。一自彼得羅堡登舟，由波羅底海過荷蘭、拍耳日牙、法國、西班牙、葡萄牙，入地中海，經紅海、南印度蘇門答辣，南達中國廣東、烟台口。一自波羅底海繞亞非利加西南，至蘇門答辣。一自黑海入地中海。一自岡札德加經庫葉島，南繞十八島，西過高麗東南，入烟台口。

其通中國陸路，自彼得羅堡起，經知答山口，入烏拉山口，過阿耳太山口，至興安山口，出恰克圖烏拉山口外。別有一路，由亞耳當山口進斯答敖卧山口，出興安山口，即赴岡札德加登舟之路，自彼得羅堡達歐州各部，皆有鐵路，紛繁難以備列。

刊《朔方備乘》既竣，取《瀛寰志略》、《海國圖志》中諸圖勘對，如也尼斯克科、慕斯克東西易位，《瀛寰》圖誤，《朔方》圖雖經糾正，而當時限於尺幅，未能詳盡，今昔情形亦異。因屬馬生峻、郝生豐海取洋圖翻譯，詳注地名、疆界，兼列華洋文字，用與《備乘》全書並行。其卡倫、鄂博、噶珊及每次分界，此幅不能盡書，別詳《中俄交界圖》。

《畿輔通志》凡例

一、志書之體，至周應合《景定建康志》分圖、表、志、傳爲四篇，而體裁始備。《江南志》及《續河南志》之分十志，《四川志》之分十二志，《湖北志》之分十六志，皆師其意，以綱統目。惟謝中丞啓昆修《廣西通志》，分典、表、略、録、傳五篇，爲確守《建康志》之例，阮文達公修《廣東通志》遂遵用之。今仿其式，稍加變通，用紀、表、略、録、傳爲之統類。

一、陸君弼《江都志》易圖爲紀，意在附合史裁，於義尚矣。然僅紀郡縣因革，尊以鴻名，其失也僭。兩廣志易紀爲典，究竟詩文之屬各有體裁，不盡沿《尚書》之式也。舊志恭列"詔諭"冠首，次"宸章"，次"京師"。今以陵寢、行宫另列專門，次之，統名曰"帝制紀"，冠冕全書，允符史家尊王之義。且地近京畿，體制亦與外服不同也。

一、道光二十六年奉文裁撤行宫，蓋示天下不復巡幸之意，先帝儉德之至也。今謹遵奉，惟紀謁陵及熱河諸行宫，其已裁者，概不詳載。至東、西兩陵道段，則附記之，俾趨事者有所考焉。

一、志書謂之"圖經"，以圖爲重，凡表與略皆有須圖以明之者，故分見各統類，不復專設。舊志列各府直隸州總圖，與各省志同，惟《廣東志》每州縣一圖。今仿之，附"輿地略"。至水道分見各州縣圖中，已至詳悉，故不另圖。

一、府、廳、州、縣沿革，今改爲表。《廣西志》、《續湖南志》博考史志及專家之書，附表後,以明表中稱引所據,今仿之。

一、封建,今改爲表,依舊志,只載實封。

一、職官,今改爲表,仿《漢書·百官公卿表》式,先詳官制,後敘官名,悉按官秩分列,依舊志,至府、廳、直隸州止。其已裁各缺官員,統爲一表,免致淆混。

一、選舉,今改爲表。舊志只列進士、舉人,今增制科、薦辟。先詳選舉之制,後敘人名。鄉、會試書年,下系干支,不直以干支名科,存古人科目之義。

一、正史不當以天文作志,《史通》論之詳矣。一方志乘,何事侈陳。今推測晷度,並仿《廣西志》,節録正史天文於"輿地略"中,用《漢書·地理志》例也。星野有圖,無裨實用,今並略之。

一、《兩廣志》關隘别爲專門,今入"輿地略",次山川之後。

一、《漢書》地理之外,復紀溝洫,猶《禹貢》之述導水也。直隸政治有關民生休戚者,莫如水利。舊志"河渠"多列水名,難於一貫。今設"河渠略",擬以大水爲經,所匯各小河、泉澗爲緯,小水源委,雙行附注。並考水利往事及國朝水利營田成案,附記隄閘、津梁之屬,條理分明,取便觀覽。

一、海防本入經政,然因時立制,應設"海防略"專門,附通商事宜,次"河渠略"後。海圖旁及山東、奉天,皆北洋也。

一、各省志風俗一門,往往雜采郡邑志乘,重復淆雜。今用士、農、工、商、冠、昏、喪、祭,附以歲時,分類編次。物産、方言,亦參考古今,力祛俚俗,以歸雅純。

一、建置、經政爲志乘之大端。歷來纂志者皆分别書之。然如建置紀學校、倉廒,經政復紀學制、積儲之類,每嫌重複,且難檢查。其實建置亦政也,今統歸"經政略"中。如田賦、户口、禄餉、鹽法、榷税、漕運、鼓鑄、積貯、賑卹,户政也,則以倉廒附積儲,錢局附鼓鑄,諸善局及經費皆附賑卹之下。祀典、學校,禮政也,則以壇廟、禮器、樂章附祀典,學田、書院、義學及經費附學校之下。驛站、鋪司之屬,皆兵政也,則附兵制之下。城池、公署,工政也,次之。各以類從,庶幾有條不紊。至銓選爲吏政,應居經政之首,然通行條例,無煩備陳。直隸專條,寥寥無幾,故與刑律均各爲一卷,附經政之末。

一、旗租、差繇爲直隸大政。然差繇繁碎,本非典例,不得不略;旗租有章程可紀,附田賦之後。

一、營制分域與州縣不同,今依《廣東志》例,於兵制中别輯疆里四至、練軍章程,附駐防之後。

一、舊志"古蹟"載古城,今分别有關沿革者,載其大略,其餘悉歸古蹟,庶免繁複。

一、《福建志》據正史而祛淫祀,《續河南志》凡鄉曲所建玉皇、真武等廟皆不書,《靈壽縣志》不載釋、道寺觀,皆義正詞嚴,確可宗法。惟間有名區勝蹟,不可遽廢者,附入古蹟。

一、前事雜見經政各門,如水旱之災見恤政之類,不復重出。可紀者,兵事爲多。今纂述前代,惟據《通鑑》、《續通鑑》,間參正史。其雜家、小説,概不采録。國朝武事,亦惟紀其大者。

一、藝文只載書目,不載詩文,史例也。今於經、史、子、集四目外,增方志一類,凡直隸統部及府、廳、州、縣志書,無論是否畿輔人所撰,皆編存其目,取便考查。書目較多,故不列入史部。至詩文,有關事實者,采注各條之下;無關事實者,雖有佳章不録。

一、志列名宦,即史列循吏之義。然史傳原始要終,著爲定論。地志則政蹟偏端,無妨節録。至名宦之稱,一方俎豆定自朝廷,非志乘所敢私許。今從兩廣志,名爲"宦績録"。

一、"宦績"人物,存者不録。烈女、節孝,生存既已請旌者,不在此例。

一、"列傳"人物分時代之中,以府州爲次,不分細目,以省繁瑣。各省駐防,可官本省,是八旗本不以方域限,故應入《八旗通志》者,不敢入方志中,體制①然也。

一、《四川志》仿《五代史·雜傳》之例,立雜傳一門,今仿之,附列傳之後。方伎如醫士、書畫、篆刻之類,皆入雜傳。其仙釋、巧伎則歸識餘。

一、志書之體,善善從長。然如國初人物,有《國史》已列入《貳臣傳》者,則未便收入列傳,遵詔旨也。至前代人物,准此例推。其事蹟有關,不容盡泯者,列入雜傳。

一、列女,僅稱某氏,有類案牘。今稱某人女、某人妻某氏、某人母某氏,書其父與夫及子之名,無名稱姓,如《後漢書》稱"鮑宣妻"之類,庶不致犯《史通·稱謂篇》所譏。

一、舊志删除雜傳一門,謂不經之事,未能徵信,故弗采著也。然有故老傳聞不可盡删,或習俗沿訛須爲辨正,而又無可附麗者,爲識餘,附之卷末。但異聞猥瑣,亦應删削,以免繁蕪。

一、舊志中多杜撰,今懲其弊,每條皆注所采書名,至采取專書,人所共見者,則不復注。

《直隸全省輿圖》凡例

直隸省之地斜迤以長,上廣而下狹。其北至巴林錫喇穆楞河,其北半東至内蒙古科爾沁右翼後旗,西至察哈爾右翼正黄旗,其南半東至海,及山東武定、濟南、臨清、東昌、曹州境。西至山西大同、代州、平定、遼州境。其南至河南彰德、衛輝、開封境。今製爲圖六幅八排,縱一百七十二方,横一百三十五方,方爲十里。迹虚空鳥道之遠近,

① 制:《稿本》同,《畿輔通志》作"例"。

若驛程回曲，則别有紀里之書，難以方論。京尹之外爲府十，爲直隸州六，爲州十有七。京縣之外爲縣百二十三，分防自四路廳及口北三廳，外爲同知八、通判六、州同三、州判七、縣丞十六、主簿八、巡檢五十有一、驛丞四。凡圖，京師用凸，省用回，府用□，直隸州用回，廳用◇，州用▯，縣用◎，分防文武無論大小均用○，武營自鎮協以及各汛不在城邑者均用▷，鎮集堡砦村莊用●，山用，著名之山用，關用，驛用△。

大興縣境半在城屬之北，半在城屬之南，保定府之東鹿縣隔在正定府、深定二州之南，涿州之三坡等村隔在房山、淶水二縣之西北，河間縣之河頭店等村雜於肅寧及獻縣之間，開州之陳家樓等二十四村莊包於東明縣境内，長垣縣邵家樓等十三村莊寄於山東境，而廣平府屬又有山東臨清及邱縣地。以上插花地面，均注明本屬，用便省覽。

《義倉圖》該載最詳，地名、遠近、方向得多於失。惟邊界犬牙交錯，恒相齟齬。《畿輔圖》每縣爲篇，而開方里數未能劃一，承德各屬有每方至四十里者。《義倉圖》則里數一定，而方之大小不定。一則變里數以就方，一則變方以就里，數二者之中，以《義倉》爲是。惟其製東西寬而南北狹，往往有用扁方，則亦一病也。

《義倉圖》專爲義倉而設，故於倉廒坐落處繪爲屋形，而書村名於内；《畿輔圖》則以屋形爲鋪。按二者皆係分圖，篇籍較廣，便於該載。此圖合而爲一，尺寸有限，鄉村之僻小者不得不從删減。且一縣之地不盈數寸、鎮市僅如黑子，若倉鋪一例盡登，似於體裁不合，今不從之。

直境諸河變遷無常，如滹沱河自咸豐元年藁城縣樓上村一決之後，二十年間凡十餘徙，圖之不可勝圖。兹擬今河别爲一色，加於舊河之上，以便尋覽。其久近遷變之可稽者，則入之《河渠圖説》中。他如黄河之在東明，長垣、漳河之在大名，永定河之在順天，各屬歲歲遷滚靡有定，所以經行之地相去較近，不更爲圖。其餘河道之間段淤塞者用，全廢者用。參稽考訂通塞之故，約略可見。又寧晋、任縣二泊皆水漲成泊，水落則爲民間占耕，僅有經流交午其間。今繪諸河外加圍，以志泊水之所至。大抵直省水之爲民害者十居二三，而民之奪水道者十恒七八。津滄之境本古九河，逆河之地、減河之法，得古人之意，言治水者以爲近禹迹焉。圖成於同治十一年春，圖中今河以辛未年爲斷。

陶樓文輯卷十五

大别山考

《漢書·地理志》:"安豐,《禹貢》大别山在西南。"《水經》:"大别山在廬江安豐縣西南。"鄭康成《尚書説》、顔師古《漢書注》並同。安豐,今六安州之霍山縣,潁州府之霍邱縣地,後漢屬廬江郡。《正義》曰:"《地志》無大别。"蓋失①。杜預始云:"大别,闕,不知何處。或曰:大别在安豐縣西南。"《左傳》云:"吴既與楚夾漢,然後楚乃濟漢而陳,自小别至於大别。"然則二别,近漢之名,無緣得在安豐也。又云:"《禹貢》漢水至大别南入江。"然則此二别在江夏界。胡氏曰:杜元凱已知在江夏,而不在安豐。彭年按:杜蓋據當時圖籍,非復漢以前漢入江故道矣。《地説》云:"漢與江合於衡北翼際山旁者也。"又云:"漢水東行,觸大别之坡一作陂,南與江合。"蔣君湘南曰:陂者,山之餘氣所盡處,非山之麓也。其山必在百數十里外。今漢水入江,明明在翼際山下,是直觸山根而非山陂②,豈非作《地説》者不識字義乎?彭年按:據蔣君説,則《地説》蓋亦兩存其説,不專主翼際山也。酈道元《水經注》引其説,而云不知所在,蓋亦存疑之意。胡氏曰:"酈氏亦主杜説,而終不能指魯山爲大别。"彭年按:酈氏非專主杜説者,説詳見後。

《元和志》曰:"魯山,一名大别。"始直指魯山爲大别。《水經注》:"魯山,古翼際山也。"蔡沈《尚書集傳》云:"大别在今漢陽軍漢陽縣。"胡氏《禹貢錐指》專主其説。蔣君曰:"漢水入江在翼際山下,志地理者無不指翼際爲大别。"按《水經·沔水篇》有"南至江夏沙羡縣〔北〕③,南入於江"之文,後人因④沿譌,此不善讀《水經》之過也。方君堃曰:《水經》固謂沔至沙羡合於江之支流,而正流則東至彭蠡乃合,與安豐縣大别之文正相合,與《尚書》彭蠡下江漢,分中江、北江之義初不悖。何以見之?夫《水經》先叙沔、漢,因以沔爲經,江爲緯。沔水直叙至太湖入海,而江水衹叙至青林口而止。青林在湖北黄梅、江南宿松界,豈不謂江水於此正流乃合漢、沔乎?《水經注》江之支流曰夏,夏自雲杜合漢後,漢亦通名爲夏。若江自沙羡之下正支已與漢合,則江與沔不得復區。然考《水經》沔水合後,又云:"江水又東合灄⑤口水,上承沔水於安陸東。(今安陸府之應城、漢陽府之漢

---

① 失:《定稿》、《稿本》同,《手稿》作"失考"。
② 陂:《定稿》同,《稿本》、《手稿》作"坡"。
③ 北:據《水經注》補。
④ 因:《稿本》、《定稿》、《手稿》作"因而"。
⑤ 灄:《稿本》、《手稿》同,《定稿》作"聶"。

陽、潛江、漢川、孝感，皆古安陸。）①南注江，江水又東。”湖水自北注南，右岸頻得二夏、浦江水，又東逕若城南。《經》又云：“江水又東逕白虎磯北，又東會赤溪、夏浦浦口。”又云：“又東得苦菜水。水，夏浦也。其下又東爲青林口，而江水乃終。”向使江至沙羡已合於沔，則沙羡以下不應判爲二流。《沔水篇》，既至巢湖以下始詳記，而沙羡以下不詳記於沔而詳於江，又别江與夏而誌之，則是江流南、沔流北，中隔州岸。雖川脈時通，勢趣自别，何疑於大别之不在沙羡，乃在安豐哉？

《水經注》：“巴水出下靈山，決水出檀公峴，皆謂之大别山。”蔣君曰：二山本金岡臺之支峯，相去各廿餘里。又曰：大别山者，羅田、蘄州、黄梅、英山、六安、固始、商城羣山之總名，盤回五百餘里，其主峯則在商城、羅田二縣境，大而且高，俗名金岡臺是也。彭年按：酈氏於此二山直指爲大别，《沔水篇》引《地説》則云不知所在，是不以翼際山爲大别。京相璠《春秋土地名》曰：“大别，漢東山名也，在安豐縣南，若翼際山則在漢西矣。”蔣君曰：導嶓冢至於荆山、内方，至於大别，言此四山共一大幹，自嶓冢起至大别止也。嶓冢者，漢所出之山；荆山、内方、大别者，漢所經之山；嶓冢、荆山、内方三山皆在漢東，自甘肅、秦州至湖北襄陽四千里，一脈相承，豈有山脈將盡，忽逾漢水西結者乎？其言雖近於術家，而實有至理。

《左傳》：定公四年，吴舍舟於淮汭，自豫章與楚夾漢。子常濟漢而陳，自小别至於大别。三戰，子常知不可。十二月庚午，二師陳於柏舉。若以翼際當之，其形勢亦不合。蔣君曰：吴既與楚夾漢，而又自淮汭來，是吴在漢東、楚在漢西無疑也。下文曰濟漢而陳，自小别至於大别，是令尹自漢西渡至漢東，而後結長陳以拒吴，則小别、大别之山皆在漢東無疑也。柏者，山；舉者，水，在今麻城縣。方君曰：若大别果在漢陽，豈吴三勝後轉退至麻城，楚三敗後轉進至麻城？又云：吴從楚師及清發今德安府安陸縣地，豈吴追楚師不進而反自漢陽之安陸乎？

蓋後世漢岸崩潰，至翼際山下江、漢已合，人②遂疑翼際山③爲大别。漢以前無不主安豐之説，知當時江、漢合流仍如故道也，晋以後始有疑之者。然則江、漢合於翼際山下，當在漢之末造、魏晋之際，否則元凱不應有疑也。胡氏乃因是究班《志》之疏，彌失之矣。近方君堃、蔣君湘南始確宗班、鄭、桑、顔之説，讀《禹貢》者可以無疑矣。

沿譌既久，《明史稿》至漢陽、霍邱並載大别山名，蓋鮮能篤信班《志》者。彭年初至湖北，取《通志》讀之，竊疑其説。雖與龍君翰臣論及，嫌於敷證單薄，不敢妄與古人爲難。舟行多暇，燒燭檢書，得方君、蔣君論，與余説若契合焉。因芟其蕪累，擇其精要，④彙爲一篇，與龍君相質，冀有以益余也。方君，湖南人，著有《禹貢水道考異》。蔣君，河南人，著有《七經樓文集》。二君皆余所嚮慕而未得見者，讀其書如晤⑤其人矣。

---

① 括號内文字爲黄彭年所加注文。

② 人：《手稿》、《稿本》同，《定稿》無。

③ 山：《手稿》同，《稿本》、《定稿》無。

④ “擇其精要”句後，《手稿》、《定稿》有“條分縷析”句。《稿本》無。

⑤ 晤：《手稿》、《稿本》同，《定稿》作“見”。

道光戊申正月三日①,安慶舟中。

兩湖水利考略

湖南洞庭湖在岳州府西,澧州、常德府東。其西爲天心湖、赤步湖、青草湖。湘江、資江、沅水、澧水俱匯焉《會典》。《禹貢》"九江孔殷"謂:沅、漸、元當作無、辰、敘、酉、澧、資、湘九水會合,匯爲洞庭一湖是也。今以郡、縣志考之,辰、常、衡、永枝河會流於洞庭者,無慮數十水,而其會衆流而注之湖,則有三焉,曰沅、湘、澧而已。《湖南通志》:夏大觀《九江考》云:"宋胡氏以洞庭爲九江,《禹貢》顯有明徵。其曰九江孔殷,明繫於荆州貢賦之下,此一證也。'導江'之文曰:'過九江,至於東陵。'東陵,今巴陵也。巴陵濱臨洞庭,此又一證也。又,《楚地記》曰:'巴陵瀟湘之淵,在九江之間。'而《水經》亦言:'九江在長沙下雋西北。'參考互証,而九江之爲洞庭明矣。"又云:"無水出牂柯且蘭,至無陽縣入沅,名曰無。《説文》'無',本古'舞'字,故無水或作舞水,又加作潕,又作潕,後人以無爲无,又以无譌元。究即《水經》所載之無水也。"又云,朱子去無、澧而易以瀟、蒸,蔡氏不從。從曾彦和所定。

湖北大江,自四川東流入境。經宜昌府,合元渡河、沙鎮溪、茅坪溪、香溪河、卷橋溪、梁村河。又東南經荆州府,合清江、漢陽河、白水港、洋溪、瑪瑙河、沮河。一水南出,曰虎渡河;又一水西南出,曰華容河,俱入湖南境。大江亦入湖南境,折東北,復自湖南入境。經漢陽府,合沔陽湖,曰新灘口。又合赤野湖,曰沌口。又合斧頭湖、清寧湖,而北與漢水會,曰漢口。又合牛河,曰灄口。合武湖水,曰武口。又東南經黄州府西南、武昌府東北,合龍河、歧亭河及梁子湖,曰樊口。又合巴河、英山河、童子河、漳源河、陽辛河,折而東,又合古角河,接江西境。

漢水自陜西東流入境,經鄖陽府,合曲遠河、陡河。又東南經襄陽府,合曾河、丹河、粉河、唐河、白河、蠻河、豐樂河。又經安陸府西、荆門州東,合樂鄉河。南出一水,通荆州諸湖。又經漢陽府,南通沔陽湖、赤野湖,合三台湖。又西合溳河,曰溳口。又合澴河而東,與大江會。《會典》。

按:沅、無二水皆出黔中;酉水出蜀;澧水出東別之沱,亦出自蜀;湘水發源廣西。又雲南之南盤、赤水、可渡諸水入黔者,皆自黔入湖南。是湖南兼受滇、黔、蜀、粤之水也。大江發源岷山,承蜀中諸水,又受自青海經雲南之金沙江及打沖河諸水,自甘肅經四川入江之嘉陵諸水。漢水發源嶓冢,承漢南諸水,經過河南,又受河南諸水。是湖北既受湖南之水,兼受隴、秦、豫、滇、蜀及青海之水也。湖南之水合本省而爲省者五,湖北之水合本省而爲省者九,而青海不與焉。受水既多,爲利溥,而爲害亦巨焉矣。

---

① 道光戊申正月三日:《手稿》、《稿本》同,《定稿》作"道光二十八年正月"。

右水道。

洞庭爲之壑,故衡、寶、永、辰、沅得免水患,惟常、武當沅江之下流,岳、澧值江湖之會,合長沙之益陽、湘陰,上接資、湘,下濱洞庭,故歲遭浸溺。《湖南通志》:湘水合諸水,謂之南水。沅、澧合諸水入湘,謂之西水。西水既漲,南水復至,先漲者蓄而不消,後至者壅而倒灌,則濱湖之民有其魚之歎矣。居民畏西水甚於南水也。

江水在瞿塘、灩澦間爲諸山所束,屹崒盤薄,雷響而電激。既出峽口,始得展逸勢以前驅。夏秋一漲,頃刻千里而經江陵、公安、石首、監利、華容間,自西而北、而東、而南,勢多迂迴。至岳陽,自西南復轉東北,迸流而下。故決害多在荆州夾江南北諸縣。胡在恪《江陵隄防議》。夷陵而上,山阜夾岸,勢不能溢。嘉魚[1]而下,江身始闊[2],《湖北通志》。故患常在岳、澧、武、漢、荆、安、襄數府州。

漢水由大澤口分派入荆,夏秋汛漲,又上承荆門,當陽諸山之水,匯入長湖,下達潛、監,瀰漫無際。彭樹葵疏。漢水自鍾祥以上,兩岸皆山,素無水患。自松滋、鍾祥以下,地勢平衍,土性鬆浮,軍民田廬,非隄塍不能捍衛,非支河港汊不能宣洩。汪志伊《籌辦水利疏》。

《三江總會隄防論》曰:江流至岳陽,與洞庭水合,其受害者,惟荆州一郡爲甚。漢流至漢陽,與大江水合,其受害者,鄖、安、襄、漢四郡,而襄、安爲尤甚。九江合流入洞庭湖,沿匯八百里,經岳陽樓西南出湖口,與江流合。其受害者,常武、岳陽二郡也。《湖北通志》。

按:《湖北水利論》曰:蜀江之水直下荆而北溢於漢、沔間,其奔突衝決,則湖北近南之地受之。楚南羣厓之水,匯於洞庭,至岳州,北與江合,逆流灌湖,漫湧而上,則南北濱水之地均受之。夫兩省同受水害,則治水者,非合兩省治之,其可得而治乎?

右水害。

近年,深山窮谷,石陵沙阜,莫不芟闢耕耨。然地脈既疏,則沙礫易圮,故每雨則山谷泥沙盡入江流。而江身之淺澀、諸湖之平堙[3],職此之故。《湖南通志》。河身日高,則水勢日險、患日深。是以江、漢不疏,終非底定之本;積淤不濬,終失利導之宜。張漢疏。乾暵之時,湖灘呈露,濱湖之民即於其中圍築埂岸,種植茭蘆,草生之處,即有灩泥淤積。不數年中,漸圖圍築成田,因致湖面被侵,港身日窄。《莊文恪公集》。洞庭一湖,爲

① 嘉魚:《稿本》同,《定稿》作"武昌"。
② 江身始闊:《定稿》同,《稿本》作"江面浩闊"。
③ 堙:《稿本》同,《定稿》作"湮"。

川、楚、黔、粵諸水匯宿之區，自應使湖面廣闊，旁無壅滯，方易於消納，乃湖民與水争地，常有衝決漫溢之憂。馬慧裕疏。

穴口所以分大江之流，古有九穴十三口。江水分流於穴口，穴口注流於湖瀦，湖瀦洩流於枝河，枝河瀉入於江海。此古穴所以並開者，勢也。今日生齒漸盛，耕牧漸繁，湖瀦漸平，枝河漸湮，穴口故道，皆爲廛舍畎畝。他如章卜等穴，故道無復舊跡矣。此今穴所以多塞者，亦勢也。虎渡注澧，同入洞庭，江南之溪水注之。郝穴流出漢口，與大江復合，江北之溪水注之。衆水會合則流行不絶，注瀉有河則水道不壅，此二穴所以獨存也。元大德間，曾開六穴，郝穴、赤剥、楊林、采穴、調絃、小岳之故道並開矣。明初，六穴復湮其五，今祇存郝穴。荆南人猶幸有虎渡、郝穴可以分大江南北之勢，但二穴枝河中多淤塞，使復湮如諸穴，則荆南水患其能免哉？《湖北通志》。

或謂荆州舊有九穴，今惟南岸虎渡口、調弦口二穴尚通，北岸郝穴等口皆塞。議開各穴口以分江流，此不知今昔形勢之不同也。虎渡、調弦二口之水所以入洞庭湖者，春初湖水不漲，湖低於江，江水若漲，是①其分入湖也尚易。若至春夏間，洞庭湖水已漲，由岳州北注於江，則此二口之水入湖甚微緩矣。若湖漲而江不甚漲之時，則虎渡之水尚且倒漾而上至公安，安能分洩哉？予於丁丑立夏後，親至調弦，察其穴，水平緩，竟有不流之勢矣。至於郝穴，則内低於外，更無可開之理，惟冬則内洩於外尚便利耳。阮元《揅經室集》。

漢水多泥沙，自古遷徙不常。均陽以上，山阜夾岸，不能泛溢。襄樊以下，天門以上，原隰平曠，故多遷徙。潛、沔之間，大半匯爲湖瀦，復合流至乾鎮驛，中分，一由張池口出漢川②，一由竹筒河出劉家橋。以故昔年安、襄一帶，雖遷徙而無大患者，由③湖瀦爲之壑，三流爲之瀉也。明正德以來，潛、沔湖瀦漸淤爲平陸，上流日以雍滯。嘉靖初年，安陸石城故道改徙沿江灣。二十六年，決荆門沙洋鎮。三十九年，決紅廟隄。四十五年，決襄陽老龍隄，宜城故道改徙鴇潼新河，而竹筒河復湮淺十餘里。下流又日澀阻，故水患多在荆、襄、安陸、潛、沔間。《湖北通志》。

大較隄防多在襄、安、常、武、荆、岳間，蓋古七澤正其地也。漢唐以來，代苦水患。至宋爲荆南留屯之計，多將湖瀦開田，復沿江築隄以禦水。故七澤受水之地漸湮，三江流水之道漸狹而隘，其所築之隄防亦漸潰。按：宋孟珙知江陵時，曾修三海八櫃，以設險而瀦水。後豪右據以爲田，汪葉爲倅力復之。是二人者，其所設施，異於荆南留屯諸將矣。今欲復三海八櫃之舊，亦不可得，不獨七澤難復也。元大德間，決公安竹林港，又決石首陳甕港。明嘉靖庚申歲，三江水氾，沿江諸郡縣蕩没殆盡，舊隄防存者十無二三。《湖北通志》。

---

① 是：《定稿》同，《稿本》作“則”。
② “一由”句：《稿本》同，《定稿》無。
③ 由：《稿本》同，《定稿》作“此由”。

順治癸巳,決萬城郡東數百里,茫然巨浸,户徧逃亡。康熙癸卯秋,決周尹店。丙辰,決郝穴。胡在恪議。乾隆五十三年,大江北岸萬城隄潰決二十二處。嘉慶七年,六節工、七節工又漫潰八十餘丈。又嘉慶元年、九年,江陵、監利二縣屬,並潛江、沔陽、南鄉支河港汊,多爲泥塞,積水在田,無路可出,如盛鉢盂。其大江南岸之松滋、石首、公安等縣,亦因隄塍潰決,間有積澇。至若漢水,自乾隆五十六年後,天門、沔陽、漢川等邑①隄垸即屢有漫潰。又自嘉慶元年以至十一年,上游則鍾祥,下游則沔陽、荊門、天門、沔②、漢川,皆連年漫潰,沙隨水入,水緩沙停,港汊多淤,積水更易漫潰。其漢陽、應城、雲夢等縣,地處下游,亦有溢注漫潰之患。汪志伊疏。

治水如治病,治病必明所以受病之源,治水必明所以受害之故。厥故有七,曰:古澤久廢也,穴口日塞也,江湖③日高也。此三者,事之無如何者也。曰枝港之淤也,隄防之薄也,圍垸之占水也,茭蘆之礙水也。此四者,事之不可緩者也。何謂無如何?曰:古澤之廢也,故迹不盡可得也。縱使得之,而田廬存焉,墳墓存焉,可復改乎?穴口之塞也,故迹亦不盡可得也。縱使得之,而内水不能洩,外水且倒灌,又何益乎?江湖身之日高也,挑濬不能施,亦非犁船、混江龍所能刷矣。然是三者,獨古澤之廢,誠無可如何。至穴口之已塞者不可開,獨不能使無更塞乎?江湖身之高者不可下,獨不能使無更高乎?是則無如何之中,猶有可爲者也。《周禮・地官》以瀦蓄水以防止水,以溝蕩水以遂均水,以列舍水以澮瀉水。約而言之,曰疏,曰堵,曰勿與水争地。與水以地,所以瀦水也;堵,所以止水也;疏,則溝遂列舍之法在其中矣。與水以地之法二,曰:禁圍垸,禁茭蘆。疏之法一,曰濬枝港。堵之法一,曰固隄防。此四者,事之不可緩者也。

右明受水害之故。

乾隆中,以江蘇巡撫莊有恭奏,敕將植蘆插籪有妨水道之處,嚴行查辦,不可少存姑息。有恭諭居民曰:湖水傳送之區,今被圍築侵佔,蘆墩草渚歲積月增,以致來水則容蓄無所,去水則阻遏不行。一逢水潦之年,沃野平疇,普遭淹没。以一人一家自私自便之圖,而令通邑通鄉並受其害。現在分委人員,分往各處查督,各將種植茭蘆、佔塞湖河之處,無論大河小港已未報陞,限一月内盡數剷除。所築圍埂並行拆毁,撈挖净盡。已陞糧額,准予豁除。違者治罪,地保經胥庇匿者同罪,投託紳衿勢要者參革。《皇朝經世文編》。

① 邑:《稿本》同,《定稿》作"道"。
② 沔:《稿本》同,《定稿》无。
③ 湖:《定稿》同,《稿本》作"湖身"。

按:錢氏有言:農民之利於湖也,始則張捕魚蝦,決破隄岸而取魚蝦之利;繼則遍放茭蘆,以引沙土,而享茭蘆之利;既而沙土漸積,乃挑築成田,而享稼穡之利。雖閡水道不恤也,其宜禁也必矣。然一言禁,則將有謂爲擾民者。夫令之擾與水之害孰重?禁茭蘆與淹禾黍之害孰重?一家一鄉與通縣通府之害孰重?必有能辨之者矣。或又言:上流峻急,則下流民占爲蘆田者可十坍其五六,不待懲而自治。是醫者聽瘡之自潰自斂也。沙得蘆而愈積,水觸沙而旁趨,勢將日高且廣,庸有坍塌之理乎?

右諭禁茭蘆。

乾隆十三[1]年,敕將湖河灘地禁止侵佔。湖北巡撫彭樹葵疏言:三襄之水,性濁多沙,最易淤積。居民趨利如鶩,始則於岸脚湖心多方截流以成淤,繼則借水糧魚課,四圍築隄以成垸。在小民,計圖謀生惟恐不廣,而不知人與水争地爲利,水必與人争地爲殃。飭各州縣親行履勘,將現有之垸造册存案,未有之垸,永禁私築。已潰之垸,不許修復,即一垸之内亦不得再爲擴充。嘉慶七年,湖南巡撫馬慧裕疏言:湖南瀕湖十州縣,共官圍百五十五,民圍二百九十八,刨毁私圍六十七,存留私圍九十一。官圍係雍正間發帑修築,民圍係業民陸續圈築,奏准存留。其刨毁私圍,見俱洗刷殆盡,永禁修築。至存留各私圍,係此次歷勘長沙等九州縣,共續報私圍[2]九十四處,内有湘陰縣錫江山私埂二道,華容縣馬家私垸一處,均有礙水道,先經勒令刨毁,不准修復。餘俱築自乾隆二十八年以前,未經列入應留、應毁册内。見查各隄身僅高一二尺及六七尺不等,每逢江湖灌漲,水高一二丈,此等數尺之隄早已漫溢過頂,實不能與湖水争勢,數十年來,尚無阻抑泛溢之事。圍内業民水小藉以衛田種植,水大任其漫衍流行,歷久相安,自可毋庸勒令刨毁。應以現在隄埂長高丈尺爲限,示之準則。道光中,兩湖總督汪志伊疏言:江陵縣刁民私築土壋十三處,並監利、沔陽二州縣境内刁民私築之土壋,均行拆毁,俾無壅遏。又,湖南巡撫楊錫紱疏言:濱湖荒地,不許擅行築墾以阻水路,已經垂諸令甲,但尚有無礙隙地,許民呈官勘明。築墾之例,我國家重熙累洽,生齒日繁。沿湖隄垸彌望無際,實無可以再行築隄墾田之處。今已成之垸,在民既護其利,未便毁其成功。若再許隙地呈官築墾,在豪民惟規一己之利,捏詞朦混,倘無識之有司,不知總攬全湖形勢,遽徇其請,而上司亦一時疏忽,據詳批准,實貽壅水漫決之患。應請嗣後各屬湖濱荒地,永禁築隄墾田,使川、黔、粤、楚各省之水有所消納,不致泛溢,則年護有秋,民食有濟。

---

① 十三:底本原作"三十",據《定稿》、《稿本》改。

② 圍:《定稿》、《稿本》作"圍埂"。

按:圍垸、茭蘆,一事也。必分而言之,以圍垸之事重而禁難也。據《湖南通志》,每垸大者六七十里,小者亦二三十里。通以三十里計之,横三十里之垸數百,於湖濱容水之地不已隘乎?自雍正間發帑修垸,至嘉慶中查辦時,湖南已增至四百六十餘垸。即以湘陰一邑論[①],乾隆二十二年修《通志》時,僅載十六垸,今之爲垸六十有六。一邑如此,他邑可知。湖南如此,湖北可知。

夫湖田之利,非獨垸内之民利之也。湖田之稻,一歲再種,一熟則湖南足,再熟則湖南有餘粟。故一言禁垸,垸内之業主、佃户,争之,即非業主、佃户無不争之。當其豐收之時,告以未然之水患,雖明知其必然而不肯聽。故從前查出準其存留之私垸,實數也。其剷刨之私垸,則或公牘之飾詞,不盡實數。固辦事之通弊,亦人情所必至也。

興大利,除大害,必有其時。今江湖並漲,圍垸十壞七八。水落之後,遣員速勘,凡礙水道之垸,申明舊禁,概不許修復。在民間新被水害,則言之易曉。而既壞之垸,較未壞而刨剷者,其情亦易堪。乘勢待時,機不可失。

右論禁圍垸。

治水田者,築而爲圩,捍而爲圍,不患水之不入,而患水之不出;不患水之不足溉田,而患水之足以害田。古人所以於江之南北爲縱浦,以通其流;又於浦之東西爲横塘以通其勢;使田不受水,水有所歸。《三吴水利略》。

濱江水者,江陵、監利二縣並沔陽、潛江二州縣南鄉,積淹田畝,地極低窪。嘉慶五年,巡撫高杞奏開挖姚家河、黄土溝、柴林河等處,使水由豐口入江。但止能洩上游長湖、澤口二處夏秋所進泛漲之水,所有各垸田積潦之水,即冬春亦不能涸出。汪志伊疏言:監利縣之福田寺地方,即古之水港口,今横堵一隄。丈量隄内杜婁廢垸,積水高於隄外白灩湖面水五尺二寸,宜開隄建石閘一座。又沔陽州所屬新隄,即古之茅江口,係前明大學士張居正因關其祖墳風水,築隄堵塞。今丈量新隄内河之水,高於外江水一丈二尺,宜開隄建石閘一座,並籌啓閉章程。每年十月,先開新隄閘,次開福田閘,計可疏消積水六七尺,各垸田即可涸出十分之八九。每年三月,先閉[②]福田閘,不以鄰垸爲壑,次閉新隄閘,不使江水倒灌。至姚家河以上之積水,欲由太馬河而達於閘,必須於鄭家廢垸中開小河一道以通之。其上下兩閘間之淤塞處所,亦應一律挑挖深通,俾水達洪湖,由新隄石閘入江,則江、監、潛、沔數百垸積潦之田,可期涸出。並將監利、沔陽民築私壋拆毁,俾無壅淤。其白鷺湖、柴林湖、豐口、土金口、土地港上下各淤淺,均行挑挖深通,俾長湖、澤口二處夏秋所進之水,一由簡家口、咼都灣出青潭口

① 論:《稿本》同,《定稿》作"論"。
② 閉:《稿本》同,《定稿》作"開"。

入江,一由上峯口、澄沱湖出沌口入江,則嗣後四邑之隄垸方免泛漲沖淹之大患。”又言:應疏之處,荆門州有十二處,並江陵縣私壋十三處。潛江縣有荆河、壋河、澤口三處,並謝家、長安等八剅。天門縣有牛蹄支河、縣河等處。沔陽州須開復陳公、永奠二閘。漢川有十處。漢陽縣有漳河口等處。以上河道積淤,或數里或數十里至百餘里不等,若不一律開疏,則去路不能通暢,隄塍仍虞壅潰。

按:支流之濬,凡以舒上流之急,殺正流之怒,實則順其就下之性而已。地有高低,流有迅緩,渠有淺深,勢有曲直,一邑而遠近不同,一水而今昔不同,非足跡其地,目擊其情,廣詢之田父野老而不輕惑於人言,徧稽之故籍、輿圖而不拘泥於成法,無以盡地利之變而得蓄洩之宜。近年言治楚水者,莫詳於汪疏。其所陳應濬、應修之處,今日不必同,而可以類推也。昔宋曹叔遠守袁州,濬李渠,凡地形、水勢、高庳、廣狹、險易,並與江遠近,迤邐曲折,纖微畢具。其某處用疏,某處用鑿,某處用堵築,某爲斗以蓄水,某爲溝以減水,悉預察而簿記之。明海瑞治河,布袍緩帶,冒雨衝風於荒村野水之間,人存政舉,獨水利乎哉!

右論濬支港。

江北之隄,逢當陽以下之逍遥、萬城以至監利,不下四百餘里,而江陵之黄灘隄在縣東南二十餘里,一決則江陵、潛江、監利、沔陽、荆門皆爲魚鼈。古時沙市有砥,突大江數十丈,捍蔽江水,而黄灘之怒稍殺。其後蕩焉無存,而水之向黄灘者,駭坍浪而傾礧矣。漢水,自五代時高季興節度荆南,築隄由荆門緑麻山至潛江,延亘百三十餘里,於今之互爲垸隄者,總皆恃隄爲命。胡在恪議。

夾江南北諸縣,縣各沿岸爲隄。南岸自松滋至城陵磯,凡長亘六百餘里。北岸自當陽至茅埠,凡長亘七百餘里。《湖北通志》。漢隄、江隄共幾三千里。張漢疏。江水南岸之松滋、公安、石首等縣,雖間有積澇,設法疏消,尚易爲力。惟江陵、萬城隄頂沖危險處所,及各縣沿江隄塍,必須加築堅固,以防江水之患。至若濱臨漢水者,自鍾祥以下,沿河皆賴隄塍保障。該縣地處下游,工多險要,潰口一開,下游即全遭淹没。各隄多單薄低矮,一遇汎漲,在在可危。查該縣隄工一萬六千七百餘丈,除尹家廟加築一子埂,並中段修砌石駁岸、石裹頭、挑水石壩,其餘當一律加高培厚。至於下游各州縣應堵之處,荆門州有十三處,潛江縣有三處,京山縣有一處,天門縣二處,漢川縣三處,雲夢縣五處,皆須修築完善。其沔陽州之西北鄉,濱臨漢水,因天門、漢川支河歷年潰口,水向内灌,沖刷沿河隄身,所有應行修築之處更甚他處。如潭灣垸等處各號隄工,缺[①]口

① 缺:《稿本》同,《定稿》作“決”。

計長一千二百餘丈,洗塌隄身計長五千餘丈,若不修築堅厚,則天門、漢川、沔陽三州縣終不免漫潰、淹浸[1]之患。汪志伊疏。

按:南郡大水,史不絶書。元人築隄不成,始爲開穴之計。明因穴口復湮,仍事築隄。國初特發帑金築柁桿洲,並沿江各[2]隄。至道光中,特詔以商捐之五十萬金,命湖廣總督汪志伊籌辦湖北水利,隄之低者高之,薄[3]者厚之。雖不能盡除水患,而因時補救,亦不得已之至計也。江漢諸隄長亘幾三千里,尺土不堅,千里爲壑。於是守土之臣,籌修隄之法,護隄之方,審水勢,察土宜,辨工之緩急,以爲先後之次。章程亦云備矣,卒無救潰決之患。《傳》曰:"神而明之,存乎其人。"蓋不惟其人才智之長短,而視其人之用心。嗚呼,豈易言哉!

右論固隄防。

同治八年秋,自楚之京師,道岳州,泛江而下。湖南北大水,湖北尤甚,千里汪洋,居民田廬悉歸巨浸,蠧然傷之。因考水道源流與所以致害之故,及前人救害之方。舟中携書無多,又泊舟之所,居民大半逃亡,詢之不能詳也,遂題曰略。而書其後曰:

昔鍾祥、江陵、荆門、潛江四邑之請疏鐵牛關、獅子口古河也,汪公曰:四邑或居上游,或處南岸,疏古河而漢北注,豈計横溢之爲京山,直注之爲天門,瀦聚之爲漢川以及應城、雲夢諸邑乎?是不可行。天門之請堵牛蹄支河也,汪公曰:牛蹄河以分漢水之勢,天門之水由鍾祥隄決,不由牛蹄河。今塞之,漢水無從消納,大隄之潰必矣。冀省天門培修支河、垸隄之費,而不念正河大隄壅決之害,是不可行。是二説者,徇一鄉一邑之私見者也。微汪公,孰能察之?

馬公慧裕之論湖田也,謂隄身之高,不過一二尺及六七尺,以當時長高丈尺爲之準則,永禁增築。楊公錫鏞之論湖田也,謂歲加厚三尺,高二尺,三歲則隄身高丈六七尺。由馬之説,是慮湖田之占水也;由楊之説,是慮湖水之灌田也。夫垸果無礙水道,則當捍水以救垸;垸有礙水道,則當毁垸以與湖,豈得無所區别哉!二公同撫湖南,而先後異議又如此。

吾因是歎一事之興,任事之人常少,而議事之人常多,或摭拾陳言,或道聽塗説,或蓄私心而曲爲附會,或挾意氣而漫啓争端,大抵囿於一方而不見全局,眩於近事而不及遠圖。然其言也,足以惑任事者之聰而奪其志。吾故曰:治水者,非合兩省治之不可。而非其人,則亦孰能合兩省之議論而一之乎?抑尤有憂焉。水之就下,必有所歸,

① 浸:《稿本》同,《定稿》作"漫"。

② 各:《稿本》同,《定稿》作"諸"。

③ 薄:《稿本》同,《定稿》作"簿"。

今以隄束水,非水之性也;開流瀉之,不足以容之也;古之七澤廢矣。異日江、漢二水之間,疑必有瀦而爲大澤者,是固天地自然之勢,非人之所能爲也。盡心民事者,亦爲其所能爲而已。

八月初五日,書於武昌舟中。

《明范文忠公畫像、宦蹟圖》題詞[①]

公裔孫介吴棠湖孝廉潯源[②]齎此册來,爲圖二十有四,冠以畫像。合肥李相國鴻章爲贊册後。舊有喬白、田萊跋,近張孝達學士之洞爲題記,考核精審。彭年覆校,稍有異同。標識各圖,使便觀覽。

第　一

張定與今定次序有殊者,仍依原序而附記之,不敢遽易。

張記題"讀書别墅"。王孫錫《年譜》:"萬曆二十六年,讀書先祖宏仁公别墅。"案:公以萬曆十五年十月十三日午時生,是年十二歲。《文集·仁元公行述》云:"府君日夜督課,一鐙熒熒,每達丙夜。"

第　二

張題"登第釋褐"。《年譜》:"萬曆四十一年,公二十歲。中會試三百二十九名,廷試三甲八十五名,兵部觀政。""是年,與鹿忠節、周忠介定交楊忠愍墓下,以古名臣相期許。"

第　三

張題"東昌司李"。《年譜》:"四十一年,除山東東昌府推官。"張記:"獨坐小亭,供石於几,茶具駢列。"引[③]《年譜》及詩文集,公癖石、嗜茶,屢見篇詠。今案《年譜》,公在推官,顔其署曰餐冰。集中餐冰詩屢見,几上所供,疑寫此意,非石也。時有以金爵置茗篗相餉者,母馬宜人命另函璧歸。見文集。《明史》本傳:"以名節自勵,苞苴無敢及其門。"

---

① 題名《手稿》一作"《明范文忠公畫像並宦蹟圖》題詞",《稿本》作"題《明范文忠公畫像並宦蹟圖》",《手稿》二無題。

② 潯源:《稿本》、《手稿》二同,《手稿》一無。

③ 引:《稿本》同,《手稿》一、《手稿》二同無。

第　四

張引《年譜》、本傳題"粥廠賑飢",與喬跋同。案《年譜》:"萬曆四十三年,東昌歲飢。"集中《乙卯十九首》是也。又有《丁巳再飢》四首,末云"開庾仍分鏹"也,知數發棠,是不止一賑矣。

第　五

張據喬跋,題"東觀海市",引《贈登州司理白華池詩》爲證,因詩中有"捲簾看島市"句也。案:圖中有從官,兩岸雉堞分明,山下舟帆不類海舶,頗似燕子磯風景。集中有《登燕子磯》詩,疑是在南京時事。此幅今定當在十九。

第　六

張題"分校得士",引《年譜》、喬跋,定爲萬曆四十六年江南分考。此幅今定當在第五。

第　七

張引《年譜》題"請告拜疏",是崇禎四年事。喬跋題"上疏亟諫",則崇禎十一年事也。今從喬跋。此幅張定第十五,今定二十三①。

第　八

張據《年譜》,定爲天啓三年"赴雲省親"。

第　九

喬題"先生歸",不言所自。張據《年譜》、文集,定爲天啓三年自湖北歸。此幅張定第十五,今定仍第九。

第　十

張據本傳、《年譜》、喬跋定爲崇禎二年官太常少卿時,"方澤贊祼"。此幅張定第十一,今定當在十二。

第十一

張據本傳、《年譜》,定爲"忤璫辭朝",在天啓五年。此幅張定第十,今定仍第十一。

---

① 定二十三:《手稿》二同,《稿本》作"定在二十三",《手稿》一作"定廿三"。

第十二

張據喬跋,題"南樞上官",事在崇禎八年。案:集中有《閱江》詩,圖以紀事,不必以上官爲榮也。此幅張定在第十八,今同。

第十三

張定爲崇禎八年"援廬奏捷",存疑。此幅張定第二十,今定仍第十三。

第十四

張據本傳、《年譜》定爲崇禎二年,"豫師護陵"。此幅張定第十三,今定在第十四。

第十五

張據喬跋,題"涖任辟邪"。喬跋未詳何任,張疑是任河南巡撫,否則署東昌知府時。案:圖中冠無金邊。明制:四品以下,燕弁也。從吏皆皁帽,定是署東昌府時事無疑。此幅張定第十二,今定在第六。

第十六

張據本傳、喬跋,定爲崇禎十年在南樞時"遣兵入衛"。此幅張定在二十二,今同。

第十七

張據本傳"扼滁陽"語,題"援滁拒寇"。案《年譜》:"崇禎八年二月,流寇告急,策禦有方,賊畏威遠遁。"《明史·莊烈帝本紀》:八年正月,張獻忠陷穎州、鳳陽,焚皇陵、徐州,援兵至。獻忠犯廬州。二月,陷潛山、太湖。又《本紀》:八年十二月,賊犯江北,圍滁州。犯廬者,獻忠。犯滁者,李自成也。以《年譜》及傳中"屢遣兵戍池河、浦口"、"援廬州"、"扼滁陽"語證之,不專指援滁。圖中列炬對烽火,拱手象尊皇陵,當是援廬事也。此幅張定二十一,今定當在二十。

第十八

張據《年譜》、文集,定爲天啓四年"瀾園閒居"。此幅張定第九,今定當在第十。

第十九

《年譜》:"崇禎五年,丁外艱。六年,顏其居曰思仁。"張題"居憂廬墓"。此幅張定在①第十六,今同。

第二十

張據《年譜》,定爲“南臺主計”,崇禎七年事。此幅張定在第十七,今同。

第二十一

張據本傳,定爲崇禎三年“練兵鎮通”。案集中有《出鎮稿》,最詳。此幅張定第②十四,今定當在十五。

第二十二

張據本傳,定爲“浦口屯戍”。案:《南樞稿》有“置艦”、“練兵”及“調水師”之語;《登雨花臺聞警》詩“極目煙塵起”之句,皆與圖中時事合。此幅張定在③十九,今定當在二十一。

第二十三

喬跋不能辨,張記據豐潤張繩庵侍講説,引《年譜》、詩集定爲崇禎十二年“去國辭陵”。今案集中《謁嶽有禱》詩有“鑒在人天應不遠,齡惟父子可相分”之句,蓋爲父病禱也。辭陵、壽嶽,一忠一孝,皆關大節。然據圖中山勢於越觀爲近,山門亦不類陵寢規制。崇禎四年,公在通鎮,聞仁元公病,告歸侍疾,恐未能至嶽。當是天啓三年仁元公倅湖州,病肺,公星馳往省,途經嶽下,故有坐騎從者負行囊。若辭陵後,則尚僑寓南京未行也。此幅今定在第八。

第二十四

張題“幅巾歸田”,據《年譜》,定爲崇禎十四年事。

右圖二十四,至“南樞罷歸”止,其復起司空。《年譜》:“十五年,召復原官。道中遷刑部尚書,尋④改工部。”入綸扉,十七年二月,以工部尚書兼東閣大學士。殉節,三月十九日,都城陷,公縊於朝房。吏解之,旋草疏、賦詩,遥拜闕墓,赴演象所井死,年五十有八。明弘光謚“文貞”,國朝順治九年賜謚“文忠”。當時未圖,後亦未增補。

---

① 在:《手稿》一、《手稿》二同,《稿本》無。
② 第:《稿本》、《手稿》二同,《手稿》一無。
③ 在:《手稿》一、《手稿》二同,《稿本》作“第”。
④ 尋:《手稿》一、《手稿》二同,《稿本》作“旋”。

喬跋缺"河南勤王"一葉,存二十三葉。今圖實二十四葉,蓋喬觀圖時,偶未見耳。張《記》:"公疏草、公牘、書簡、雜録尚存二十餘通,分標①三卷:一藏畿輔先哲祠,一藏張孝達家,一歸范氏吴棠湖。"又言:"尚有血檄,是嚙指書召勤王者,惜未得見也。"

此圖筆意精妙,簽題葉向榮畫。考向榮不見《畫傳》,而《别下齋墨識》有名。所製有"文嵩友墨"隸書四字,下刻"葉向榮珍藏",有向榮小印一面,牡丹雙鳳,旁刻萬曆丙辰年造。有楷書"大千氏"三字,當是向榮字大千。棠湖言:"吴橋有藏葉向榮畫卷,字欣然,萬曆時人,亦與文忠時代相合。"張《記》斷爲葉欣。但欣字榮木,不字向榮,康熙末年猶存。並識,以資考證。

光緒七年五月廿五日,後學黄彭年識。

予曩題《范册》時,記曾見葉向榮名字,考之不詳。既題而歸諸范氏九年矣,今以吴中久雨,浙水下注,災象將成。檢閲救荒諸書,見《魏叔子集》中《救荒策》"嚴閉糴"條有曰:"昔葉令公處之極善。"注:"令公名向榮,金華人。"因命子國瑄檢《浙江通志》:"向榮,字鍾日,萬曆戊午舉人。爲寧陽令,鬻家産、築頹圮城垣,修朽窳軍器。癸未,闖賊壓境,聞戒嚴而去。甲申,殲賊於烏羊坑臺。以治行第一,移吉安丞,歸。明亡,衣冠北向再拜,投項村之崖而死。"乃知向榮亦忠臣也。以忠筆而寫忠蹟,尤爲可貴。《别下齋》所識,棠湖所言,時代與此亦合,當是一人。大千、欣然,疑皆向榮别字。蓋向榮大節昭著,不以一藝見長,故《畫傳》不著録耳。他日當屬棠湖再攜《范册》,補録於後。

時光緒十五年九月十二日,彭年再記於吴閶使廨。

① 標:《手稿》一、《手稿》二同,《稿本》作"褾"。

陶樓文輯卷十六

《五忠手蹟》考存

五忠手蹟。

横列，字大五寸，正書。

孫奇逢。

三字一行，印章二，曰“奇逢之印”，曰“鍾元氏”。

大洪楊先生筆。

夏峯先生標識，下同。

《明史·列傳》：“楊漣，字文儒，别字大洪，應山人。”萬曆三十五年進士，官兵科給事中。論移宫，忤李。選侍羣小忿誣，遂引疾歸，而魏忠賢益用事。公家居，顧念天子沖幼，奄寺弄權，扼腕流涕。草疏，欲劾之。會起左都御史，遂劾忠賢二十四大罪。疏入，忠賢持不下，出嚴旨切責。公憤激，欲理忠賢，詗知遏帝不御朝者三日。後許顯純以移宫建議逮公下鎮撫獄，拷掠備至，體無完膚。及其死也，鐵釘貫耳，土囊壓身。“崇禎初，贈太子太保、兵部尚書。”參《乾坤正氣集》小傳、《明詩綜》小傳：左都御史，“左”作“右”，“太保”作“少保”。有集傳世。

久未得領教，爲念爲戀。時承示私惡狀駭甚，況復裝誣善良，真堪髮指。直容會浮邱公，商所以聞之當事者。此復未盡，一一名正具沖。

原札五十字，連擡頭凡七行，行書。

案：此札當在天啓三年，汪文言獄初興，公劾魏忠賢二十四大罪疏未上時，復鹿忠節所作。《明史·左光斗傳》：“楊漣劾魏忠賢，光斗與其謀。”札中謂“私惡狀駭甚，裝誣善良”，“容會浮邱公，商所以聞之當事”，蓋即指忠賢興獄羅織也。是時，羣小雖附忠賢裝誣，而衆正盈朝，聞之當事猶可解紛。當其事者爲劉僑，他日黄忠端尊素語僑曰：“文言無足惜，不可使縉紳禍由此起。”獄遂解。札中“當事”謂僑也。至疏既上，璫亂益彰。羣小並進，再興文言之獄。當其事者爲許顯純，則公亦被誣矣。

浮邱左先生筆：

《明史·列傳》："左光斗，字遺直。"董其昌撰《傳》，孫承宗撰《墓志》，倪元璐撰《行狀》，皆云："字共之，號滄嶼，别號浮邱。"桐城人，萬曆三十五年進士，官至左僉都御史。鄒維璉撰《墓表》："公草《廣微忠賢三十二斬罪疏》，爲家奴福生洩漏。擬於十一月二日上之，先二日矯旨削奪。公弟光先書《集後》："不肖弟戒心璫禍，疏稿付祖龍。"黄道周撰《神道碑》："公《論廣微及魏璫三十二斬罪疏》，持不下。數日，有旨削奪。"據《碑》，則疏已上。逮獄酷訊，體無完膚，歿前一日，從茗碗中書示弟曰：'辱極、汙極、痛極，死矣，如二親何？'竟與忠烈同斃獄中。"

崇禎改元，誅璫，贈右副都御史、太子少保，謚忠毅。竹垞《詩話》："萬忠貞之死，忠毅哭之以詩，有云：'我有白簡繼君何能已，與君同遊杖下矣。丹心留在天壤間，默默之生不如死。'不媿其言也。"有集傳世，公弟光先所輯。

前學院有字來，弟已寫去，甚切至。已而一新亦來，弟叱云："不早悔禍，身名俱喪，爲先世羞。"彼哀求不已，弟乃云"欲保前程，與孫孝廉和解，方可開自新之路也"云云。徐道無便，實未有字去。看來此事只和目前，於歲考以行劣黜。若以孫氏兄弟黜，則冤對無時休、終訟無時息矣。幸與孫兄微言之，如何？弟名正□。

原札一百十八字，連擡頭八行，行書。

案：此札是與魏忠節兩札同致鹿忠節者，所言一事未詳。札中"學院"當是李蕃。明制：兩京以御史督學。《畿輔通志·職官表》：昌啓間督學列李蕃。蕃，奄黨也。附見《明史·霍維華傳》。劉易撰《夏峯先生傳》，謂提學李蕃以純孝，疏請旌其門。蕃固小人，此時猶借夏峯以自重，故與公通函，亦不絶之甚也。一新，不詳。札中謂"叱云：不早悔禍，身名俱喪，爲先世羞"，當是介冑。夏峯年十七中萬曆三十八年舉人，故札中稱孝廉。徐道當是徐騰芳，天啓間，易州兵備道，宣城進士。見《通志》。魏忠節兩札，一稱"徐易州"，一同稱"徐道"可證。札中謂"與孫兄微言"，魏忠節札曰"復乾嶽先生"，故知此札同致鹿忠節也。

廓園魏先生筆：

《明史·列傳》："魏大中，字孔時。"《乾坤正氣集》小傳："號廓園。嘉善人，萬曆四十四年進士，官至吏科都給事中。"楊忠烈劾奄二十四大罪，公復抗章極論，且云："皇上身爲天子，而三宫列嬪盡懸於忠賢、客氏之手。危如朝露，能不寒心？宜納憲臣之言，立斬忠賢，驅除客氏，爲宗社久長之計。"奄大怒，遂逮公。緹騎至，天大雷電，風吼水立。入獄,顯純數用全刑。公伏地如木偶。歿後,骸自穴出,面漲與鼻平。誅奄,贈太常寺卿,謚忠節。箸《藏密齋集》。

徐易州原擬以水田特薦,惜其見翰教之晚,前疏不及列也。孫老兄事,必須具呈行查。授郡守以意,自當速了,不費錢也。弟大中頓首,復乾嶽先生。

原札五十六字,連擡頭五行,行書。

案:徐易州説見前。或因"以水田特薦"一語,疑爲徐貞明,非也。貞明未官易州,公舉進士,貞明卒已二十六年矣。"郡守"不詳爲何許人。

玩"説些甚麼"四字,語意蓋必有以中縣公之忌,而今日若適符其言者,當爲霍老掌科更申之。令渠答回書時,再一丁寧,以釋其忌也。晤左浮邱,云已作書達馬劬思矣。徐道不知有舊否?葬銀聽之可也。何如何如。弟名別具左,慎。

原扎八十七字,連擡頭八行,行書。

案:"霍老掌科",霍維華也。維華,璫熾則借璫,璫敗則攻璫。既擊楊、左,復陽救楊、左,以一給事中,三年躐至尚書。事載《明史》。蓋小人之尤工於揜著,當時衆正多爲所欺。《楊忠烈集》載與霍兩書,稱其"罡風岳力",引與共維大體,卒墮術中而身受其禍。觀公此札與霍周旋,亦可欺以方之君子。故不逆不億,先覺爲賢,聖人甚難之也。馬劬思,馬鳴起也。會商又云"新屯臣馬鳴起苦心實蹟",蓋亦究心水利農田者。徐道,見前。縣公,不詳。

蓼洲周先生筆:

《明史·列傳》:"周順昌,字景文。"汪有典《明史外傳》:"號蓼洲,吴縣人,萬曆四十一年進士,官至員外郎,乞假歸。"巡撫周起元忤魏忠賢,削籍。公爲文送之,指斥無所諱。魏忠節被逮,道吴門。公出餞,同卧起者三日,以子妻忠節孫。瞋目戟手,呼忠賢名,駡不絶口。旂尉歸告忠賢,忠賢義子倪文焕承忠賢指,劾公與罪人婚,且誣以贓。許顯純鍛鍊,五日一酷掠,必大駡忠賢。顯純椎落其齒,起問曰:"復能駡魏上公否?"公噀血唾其面,駡益厲。遂潛斃於獄。奄誅,贈太常寺卿,謚忠介。有《燼餘録》。公孫靖掇拾殘賸,編爲三卷。公之被逮,留公不得發者萬人。公潛赴詔獄,爲公死義者五人。詳竹垞《詩話》、《江南志》。

别來數載,不及一通候問。天北天南,惟有疑一字結。不肖以迂愚拙直,罹此嚴旨。雷霆雨露,均是聖恩,不肖懽喜順受。惟是兒子幼弱,今與一密友朱完天同行,全賴仁兄爲之覆庇,知不須弟囑也。種種難以言盡,弟名正具沖。

原札八十五字,連擡頭八行,行書。

案:此札當是緹騎至吴,士民訟冤留公時致孫夏峯所作。《江南志》:"公被逮,公子日夜行,至京口始及。"是公自吴發,即未攜公子。而札中謂"兒子幼弱,與密友朱完天同行",是作札時,公尚未發也。竹垞《詩話》:"公被逮,校尉至。知吴縣事陳文瑞持檄詣公,公從容談笑,入書齋理圖籍。見案頭有素楮,爲龍樹庵僧乞書。泚筆揮灑,拂袖而出,入縣廨者三日。"作札或在此時。

《乙丙紀事》:"周之友朱桓文完天攜其手書二,一付職方,一示余。"職方者,鹿忠節也。《明史》:忠節天啓元年遼陽陷,以才改兵部職方主事。《致忠節書》見《燼餘録》。

朱桓文兩見《乙丙紀事》,賜研堂本及《江南志》均作"祖文",未知孰是。

完天,《江南志》作"完夫"。今觀此札,足證《志》訛。完天,吴縣諸生。幼孤,母劉勵節撫之。完天痛母節未揚,終日戚戚。公初不識完天,聞而憐之,白當道,得題旌。部牒下,完天始知,感泣。公被逮,完天乃舍家相隨,往來津渡,出入禁門。時遭邏卒,幾蹈不測。公被誣賕,完天思貸金完之,以緩公死。冒暑單騎千餘里,捃摭稍就,而公已斃獄中。完天以未收屍,又未護喪,不自比於人,鬱鬱而死。彌留之際,猶以公後人爲念。

夏峯先生謂學洢之隨父、光明之隨兄,孝子悌弟之情,猶曰天性不可已。完天於周,非有不可解之誼。閱盡風波,備經冷暖,無纖毫灰心。予謂完天感公彰其母節,雖未遭刑戮,而鬱鬱以終,死於義,實死於孝。獨公之於魏忠節,則真非有不可解之誼者。自被逮以至椎齒,罵賊益厲,死於義,實死於忠。完天之不負公,猶公之不負忠節爾。

數年闊别,徒勞魂夢。弟忽罹此。所謂"雷霆雨露,均屬聖恩,在臣子只應歡喜順受","臣罪當誅兮,天王聖明",古人之言,殆非欺我也。弱子同來,因其途中患病,反增一累,遂力遣之歸家,所仗止一至親朱完天。乞兄進而商之,臨書惓切。弟名正具沖。

原札九十三字,連擡頭九行,行書。

案:此札當作在前札之後,與前札先後,並附完天致夏峯先生。在公,必以前札爲廢紙,故兩札詞意多複。而完天兩札並付夏峯,故册中兩札並存。而《乙丙紀事》、《燼餘録》互有所見。札中謂公子"途中患病,反增一累,遂力遣之歸家"。公致忠節書又謂"原擬以長兒託年兄覆庇,細思有毆殺緹騎之變,中途正色遣歸,不敢違命而返"。公子名茂蘭,見《明史》。字子佩,見《江南志》。子佩之自京口返也,絶而復蘇。公之死也,子佩刺舌刺指血上書,卒誅倪文焕、吕純如,以雪父仇。不受廕官,請建祠。賜額,誥命三代。竹垞猶及題其血疏副本。子佩之遵父命而返,殆以爲後圖也。魏忠節之子學洢易名爲金子陶,隨入京師,卒殉父難。義各有取,不必强同也。子佩後以隱居終老。及國朝湯文正式廬就見,請應賓筵,亦固辭不就,可謂無忝所生矣。

忠介明知被逮,萬無生理,而兩札詞氣和婉,絶無怨望之意,並無剖辨之言,非純忠而能然乎？蔣超以公札字蹟稍疎散,蓋不知作於倉猝之際,憂亂之中。慮事之周密,已非人所能及,又何必於真草中吹求哉。

乾嶽鹿先生筆:

《明史·列傳》:"鹿善繼,字伯順。"《乾坤正氣集》小傳:"號乾嶽,定興人,萬曆四十一年進士,授户部主事。"《明史槀》:"高攀龍薦善繼剛毅,請以職方兼御史,督輦下保甲,教民忠義,不果。"《畿輔人物考》:"孫承宗云:'予居東拓地四百里,敵退七百里,無一不出伯順經畫,而口不言功,功亦不及。'"

《明史》:"在關四年,累進郎中。"承宗謝世,善繼亦告歸。先是,楊、左之獄起,魏大中子學洢、左光斗弟光明先後投鹿太公家。《國朝先正事略》:"鹿忠節父正,世稱太公。"太公客之,與所善。義士容城、舉人孫奇逢謀持書走關告承宗。承宗、善繼謀偕巡視薊門,請入覲。奄黨大譁,謂閣部將提兵清君側。嚴旨阻之,獄益急。五日一追贓,搒掠甚苦。正急募得數百金輸之,則皆已斃矣。至是,善繼歸,而順昌之獄又起。善繼募得數百金,金入,順昌又斃。奄黨居近,善繼家難,家子弟、僕從相望於道。正曰:"吾不懼。"崇禎元年,逆璫既誅,善繼起尚寶卿,遷太常少卿,管光禄丞事,再請歸。大清兵攻定興,善繼家在江邨,白正,請入捍城。正許之,守六日而城破。善繼死,家人奔告,正曰:"嗟乎！吾兒素以身許國,今果死,吾復何憾?"事聞,贈善繼大理寺卿,謚忠節,敕有司建祠。有集。

黄時雨歸,既辭弟,今辭老親丈。愚父子以言贈之矣,此生亦塵外襟期也。梧葉報秋,賤體覺爽,道體可知已。即略小恙,若肯到江邨,藥便醫又便,刻期可愈,何過沾滯也?天下事流水行雲,乃如老親丈光風霽月,胸次本自灑落,莫因小恙,遂忘撇脱,吾輩學問當日新也。家君久欲二親丈來著棋。蔚生昨問《説約》價,今議一百四十文。弟善繼頓首。

原札一百三十一字,連擡頭十一行,行書。

案:後札詢"五親丈道體大愈",此札當是致夏峯先生從弟第五者,不詳其名字。公集中有《與孫魯彦書》,亦稱"老親丈",或即其人。魏裔介撰《夏峯傳》,昆季四人,奇儒、奇遇、奇逢、奇彦,故知第五爲從弟也。公家在江邨,二親丈即奇遇。《乙丙紀事》:"仲兄奇遇伴送學洢入都,苦心極慮,不寐者數晝夜,往返酷炎烈日之中,渴熱欲死。"是奇遇亦義士也。《四書説約》,公所撰,已收入《四庫》。蔚生,不詳。

槐亭之好，正在夏月。老親丈何忍錯過？且閒别許久，未一傾倒，殊爲耿耿，想老親丈同之也。天旱至是，農家奈何？所可信者，天無不雨之理。從春不下雨，一雨便爲春耳。涿州之疑一字爲辦農資送上。弟繼頓首。

原札七十八字，連擡頭八行，行書。

案：槐亭，公所居也。公以天啓四年歸定興，崇禎元年起尚寶卿。此札當在公家居時。《莊烈帝本紀》：元年十一月，誅魏忠賢。十二月，薊鎮塞外諸部饑，告糴。二年六月，以久旱，齋居文華殿。是時，逆璫伏誅，禮樂復舊。故札中謂"所可信者，天無不雨之理"、"一雨便爲春耳"。

五親丈道體大愈，親知探起居者，交相慰也。蓬玄司空既抵家，又有令子之喜。弟有賀言，煩五親丈代具二幣，其書須老親丈閲過緘之。又與質公年兄字，煩人投之，取回字來。閏月朔日，弟繼拜具。

原札七十六字，六行，行書。

案：此札當是天啓六年，周忠介被逮時致夏峯先生。《乙丙紀事》："周擬贓五千。周之貧不減魏，朱祖文與太公計晝無遺，職方又熟籌詳計，挪移借貸，共湊百金。張希臯、羅萬象、茅元儀、王永吉皆義助。職方又遺字范質公景文，得二百。"札中謂"與質公年兄字"，當即是乞文忠助忠介字也。《江南志》云："朱祖文聚金，欲緩忠介死，定興不足，走吴橋。"錢牧齋《列朝詩集》小傳："范景文，字夢章，吴橋人。"札中謂"煩人投"字，當是朱祖文。《通志·選舉表》：公與文忠同中萬曆四十一年進士，故札中稱兄。《明鑑》：是歲閏六月，忠介六月十七日斃於獄。公作書時，忠介已斃十三日，故《乙丙紀事》謂："祖文未得收屍，又未得護喪，若不自比於人。"蓬玄司空，姓張。公集中載三書，此札未見。賀其子何事，不詳。

鍾老親丈行古道於今日，原自詫眼，詳司空之語，亦實實相爲，故述諸人議論，意謂莫持品乃妙。老親丈想已與五親丈再思之，莫負司空諄諄至意。夫"時中"二字，原爲斗筲借口，而其實斟酌於人己之間，以求其兩不失，亦必有道。"在吾輩不患太時也，患太不時耳"，惟去其"太"而可矣。弟繼頓首。

原札一百十二字，連擡頭十行，行書。

案：《國朝先正事略》："孫奇逢，字鍾元。""司空諄諄至意"，當是勸夏峯出山，説見後。

作吏之難，況當今日。然世事原不能必如吾意，只是以不動心應之。細讀親丈之言，具見磨練實境界。但得落得本來面目，出其餘任之耳。司空語亦相爲至意，臨機斟酌，須自爲主張。弟更喜四親丈在彼,量事事商量,不失人亦不失己也。承命堂聯,容推敲以應。《認真草》四部寄上。如再用,當續寄。弟繼頓首。

原札一百十七字,連擡頭十行,行書。

案:《國朝先正事略》:"高陽孫文定公嘗約夏峯先生至軍中,徧覽山海形勝。孫公將任以贊畫。先生語茅元儀曰:'古未有將相不合,能立功於外者。公信不愧吉甫,奈何時不可,何乃辭歸?'"及左、魏諸君之難,求文定引手復爲書,使季弟奇彦齎之以往。是時,忠節方在文定幕。札中謂"作吏之難"及"出其餘任"之數語,是忠節仍望夏峯出爲贊畫也。奇彦,夏峯之第四弟,故云"四親丈在彼",方議援引左、魏之法並夏峯出處,故曰:"事事商量,不失人亦不失己。"堂聯當是孝友堂,《記》見公集,聯已佚。公有《認真草》十五卷,如籽粒金花,皆各自成書。後選入文集,《認真草》遂散失。公祠尚存孤本。

家君來,悉近況。讀手札,甚服老親丈之有道氣也。武城政聲流通遠邇,吾鄉每有以貿易之東者,無不談貴治士民之感老親丈,而且感且憐其多病,弟甚爲老親丈滿志。吾輩讀聖賢書,做父母官,能不得罪於士民足矣;此外知我、罪我,一切聽之;今且求貴體安康是大事。《草堂碁枰韻》本茶礶酒壺,各淬勵精神,以待美人快手,一路曲盡勤渠。家君之歸,藉此以快,附言鳴謝。弟善繼頓首。

原札一百四十八字,連擡頭十三行,行書。

案:畿輔舊志、《先正事略》:"奇彦,順治中以貢生知武城縣,有循聲。"奇彦,字啓美,故札中稱"美人"。觀"武城政聲流通"之語,此札當是致奇彦者。忠節以崇禎九年殉節,魏學濂跋此册在崇禎癸未已云:"斯皇先生天奪之矣。"斯皇,亦奇彦字。則奇彦官武城,應在明崇禎時。舊志、《事略》言"順治中"者,誤,且失之誣。札中多招隱之詞,足見胸次之高,亦知時無可爲矣。家君謂鹿太公正也。太公自武城歸,啓美遣役送之,故札中稱"快手一路,曲盡勤渠"。

五先生文行於世矣,海宇誰不識其姓字?余何爲彙此數紙哉。余兄弟既存此數紙,安保其日久而不散佚?然五先生生同調,死雖死璫、死難之不同,均死於王事耳,故共卷之以爲家藏。歌曰:"五柱撑天向太陽,冰肌玉骨凜秋霜。從他鍛鍊真金在,百代忠魂百代香。"崇禎辛巳冬月,容城孫奇逢書於長安客邸。

原跋一百十九字,七行,右繫印曰:"孫印奇逢"。

夏峯事詳《國史·儒林傳》、《鶴徵録》、《畿輔通志·文獻徵存録》及魏裔介、劉易、龔翰、方苞所撰傳。逆奄魏忠賢竊柄,大興鉤黨獄,楊、左、魏、周皆逮捕,下詔獄。夏峯同鹿忠節父子及新城張果中各出身營救,且納槖饘焉。此册裒輯於崇禎辛巳,在撰《乙丙紀事》之後,夏峯年五十八,距明亡僅二年耳。

鍾元先生道周性全,風塵擺落,掃軌閉門,修日養夕,凡在巾裾,並仰高妙,蓋今之太邱林宗也,故所知皆當世君宗。天啓乙、丙之間,瑺禍燴天,哲人賈地,飛海水而暗三光,曾未足喻。雖甚親識,亦恐餘沫濺及。乃當年尾檻車而北者,先生必爲之主,且醵金助,不畏禍,禍亦不及其弟斯皇先生恬淡落穆,不與俗俱。兄弟相師友,尤爲近,今所絶無。顧鍾元先生抱道益高,匿景益密,屢徵不就,海内相嗟,而斯皇先生則天竟奪之矣。予小子,不勝今昔之弔,淚潸潸下。適又寄此卷相示,行間字裏,聲容猶在而哀呼不出,爲痛絶。崇禎癸未十二月望前一日,魏忠節不肖子學濂敬觀並識。

《明史》:“忠節長子學洢,字子敬。忠節斃,子敬號泣死。崇禎初,詔旌孝子。次子學濂。”《明詩綜》小傳:“字子一,崇禎十六年進士,擢庶吉士。”《鹿忠節集》有《答子一書》,謂其遭逢過伍員,又屬其百唯珍重,以成父志。李自成逼京師,與同官吴爾勳慷慨有所論建,大學士范景文以聞。莊烈帝特召見兩人,將任用之。無何,京師陷。不能死,受户部司務僞職。既而慙,賦《絶命詞》二草,縊死,去帝殉社稷時四十日矣。《莊烈帝本紀》:十六年十二月,賊渡河,陷平陽,山西州縣相繼潰降。又陷甘州,巡撫都御史林日瑞、總兵官馬爌等死之。正學濂作此跋稱“魏忠節不肖子”,誠哉不肖已。

斯皇,或作“思皇”,亦奇彦字,見《孝友堂記》。

此數紙,啓美偶存笥中,恐再遺失,彙爲一卷,置之案頭,恍見其人。今且數年矣,啓美亦作古。余每展此卷,淒斷不堪讀。余於五公受伯順四十年直、諒、多聞之益,迄今無日不入夢寐閒也。浮邱、廓園,吾家兄若弟受恩最深,而余之辱知不淺;蓼洲以伯順之好,好余一如伯順。大洪雖僅半面識,然每向允諧伸知己之言。余自慙形穢,何偏有緣諸大君子哉?

此卷啓美擬借質公,題數字於其首,而質公亦往矣。余因題曰《五忠手蹟》,俾吾家之子若孫存之。千百世後,此紙應與諸君子之精神不朽,而啓美亦與俱不朽矣。丁亥仲冬,病叟孫奇逢題於雲宿舍。

原跋二百十一字,十三行,印曰:“孫印奇逢”,曰“啓泰父”。

案:丁亥爲我朝順治四年。明雖亡,而唐王立爲紹武元年,故跋只書甲子。質公已殉國四年,夏峯六十四,允諧未詳。

余幼侍先僉憲公於台郡,得觀楊忠愍爲應公書《松柏後彫説》,楷法精緊,惜其文《楊集》不載。當世以忠愍大節震鍧海内,無暇論其藝事之美,即有草無真書也。兹閲五忠遺染,惟周、鹿稍疎散,其三公皆蠅書行楷,謙光可挹,始知英雄皆從戒慎恐懼中來。

其推重徵君先生，如司馬君實之於二范，異性骨肉，情深毛裏，極可敬也。余來，夏峯孫先生述生平學術，皆賴太常砥礪。余有内親供事吏部，曾道周公夏月以葛衣汗溼爲苦。供事持一葛，私爲更新。公詢知其由，怒甚，立解衣，逐此役不用，廉慎如此。成仁非一時强勉可能成者。先生取重五公，皆由平時麗澤所致。但以應比部、護忠愍視之，淺之待先生矣。康熙庚戌冬至，金壇蔣超跋。

印文二，曰"臣超"，曰"岵慎"。

案：《江南志》："蔣超，字虎臣，金壇人。順治丁亥進士，授編修，陞修撰，督學畿輔。性廉静，博學强記，收録書數百卷。箸有《綏安集》。"此跋當在督學時也。印文曰"岵慎"，當是超别字。

右楊忠烈、左忠毅手蹟各一，魏忠節、周忠介各二，鹿忠節六。容城孫啓美裒而存之，有夏峯先生辛巳、丁亥書題及魏忠節子學濂、金壇蔣超跋語，今藏鹿忠節後裔學尊家。學尊與彭年同與修志之役於蓮池，乃獲敬觀而書其後曰：五忠，死閹禍者四；定興死國，而其始以論金花忤璫。太公之救左、魏，亦幾不免焉。自古閹寺之患，莫如漢、唐，而明爲尤烈。以思陵之賢，誅鋤閹黨之厲，而傾陷諸賢之李實減死，丁啓睿[1]廷争而不得，卒以内臣監軍，所在通賊，至於滅亡。議者不咎明之任用寺人，反咎諸賢之過激，以爲朋黨誤國。嗚呼，其亦傎矣。

予觀《乙丙紀事》，左、魏之難，夏峯與太公欲營救之，義聲動燕趙。而《明史》紀忠烈之死，賣菜傭亦爲輸助完臟。忠介之被逮，五人倡義，不期而集者萬人。閹黨能殺諸賢之身，而不能没諸賢之義；能惑當時之主，而不能阻天下好義之心，豈非浩然正氣常存於兩間歟？予於五忠，猶以忠毅乞召賈繼春、薦阮大鋮，於君子、小人之界未嚴爲恨。而論者顧以過激爲譏，其自居不知爲何如人矣。

魏忠節之死也，學洢殉孝，世競稱之。學濂亦有大志，乃以受闖賊僞職隳其家聲，卒亦悔而自縊。或謂："宜去其跋語，毋爲全璧之玷。"予謂存以示戒，使人知父子不相及之義。明德之後，尤當自慎也。

同治十有三年十月既望，貴筑黄彭年敬題。

余既題此册歸之鹿君杏儕，復録副本，命子國瑄檢《明史》諸書考而存之，以補五忠及夏峯集之缺。彭年又記。[2]

---

① 丁啓睿：《稿本》作"丁啓濬"。

② 《手稿》末又附以下文字：玉縉謹案：吴陳琰《曠園雜志》云："子一，當國變日，語所知曰：'吾不難一死，然不爲徒死。'逡巡僞命，約唐通赴難，而身任内應，某日以草場舉火爲驗。通，乃子一好友也。三遣人而通不報，知事無成，始作《絶命辭》，投繯死。今不原本末，而置之六等之列，寃矣。"

《黄忠端公明誠堂十四札》疏證

敘曰:先生之居明誠也,神州陸沈,鼎湖血戰,滄桑志感,薪膽勵心。或疑聚迂疏之儒,講不急之務。皋比坐擁,堂構經營,亦已值矣,況乃四海遏密而鼓樂歌詩,國社爲墟而肆筵設席。雖曰盛會,實悖禮經。稍知理義,宜不肯爲。大儒垂教,動爲世法,豈有是乎?蓋綜先生文行論之,然後知《年譜》所記,有其道甚大而世莫能知者焉,有其事失實而書難盡信者焉。

《年譜》記先生開明誠之會,行釋奠之儀。酬酢從容,問答如響。始會者五十三人,再會乃三百八十四人。竊以道之所在,責無可辭。治與亂之機,在先知覺中。與才之養,有賢父兄。雖運有隆汙,而道無損益。先生有言:“仁、義、禮、智,是我本心。天下、四海,是我面背。縱令生民塗炭,天地崩積,猶吾身色有時毀壞,皮髮有時損折。吾此性上白地明光,初無毀壞損折也。”又云:“國家鼎革之時,士民、紳弁、政要探討此項消息。當路君子,平居不能安民定志,臨變不能逆折姦萌。雖有常山之蛇,成何首尾;就使貔貅成羣,終作犧牲。不得痛哉!”言乎斯,則向孔、顏尋樂,不與夷、齊共隘者矣。當時及門被服仁義,或周旋乎患難,或從死於敗亡,講學爲益,于斯可驗。世乃詫紫陽門徒之多,譏子輿從者之泰。豈知文中之際隋、唐,兩生之值秦、漢,自古有死,斯文在兹,此賢哲所傷心,而愚蒙難共語者也。至於《譜》稱“鳴鼓擊磬,詠歌獻酬,比諸玉振金聲,實則食稻衣錦”,蓋文人聳悦之習,非史家紀實之詞。考先生首陪講席,疏論奪情,手寫《孝經》,期明大義,豈有君父同尊,哀樂紊節,劾人則厲,責己則寬?此難信者一也。

方先生初聞燕都之變,爲位鄴園,北望闕下,袒髮而哭,躃踊而號。其文曰:“攀龍髯而不逮,迸淚自天;奮螳臂以莫支,割肝出地。”又復追惋時事,瀝爲詩章:“山哀浦思淒焉,引歎舐血,嚼齒語肩,世道何至創痛鉅深!”遂乃歌哭並舉。矧問業之徒,多氣節之士,苟或有瑕可指,豈其諍辯無聞?此難信者二也。

明誠之初會也,縣聞樂作,先生遂興,入告文明夫人曰:“余心奚痛。”夫人悲曰:“夫子身在畝宫,心憂天下,豈四海有非常之變乎?”已而國卹傳書,思陵死社,正是日也。夫忠孝出於至誠,痛癢關乎一體。豈有相暌萬里,猶聞樂而動心,既遭大喪,轉設樂以款客者乎?此難信者三也。

且初會之期與明亡同日,子平所述,信而有徵。乃史稱“丙午”,《譜》紀“庚申”,傳聞異詞,疏舛實甚。今者褒忠之典逾於勝朝,從祀之議炳於千古。儻因載筆者設詞之謬,反啓考古者違禮之譏,是則論世知人,決疑存信。辨誣之録,雖無俟乎籲天,刊誤之書,不容已於糾正者矣。因證手札,檢閱《年譜》,遂備論之,附於卷末。

同治三年三月,貴筑後學黄彭年識於成都旅舍。

高安蕭謙谷先生家藏《黄忠端公石齋先生十有四札墨蹟》,《集》中不載。考先生生平講學之所有三:曰大滌,在浙之餘杭;曰榕壇,即紫陽書院;曰明誠堂,因浦東舊居而構爲講舍者也。先生癸未五月還北山守墓,門人始構斯堂。甲申九月,被召起家,逾年授命。此十四札皆在講舍時,與仁祖、公植諸弟子商刻所箸各書。札中"明誠堂"字凡兩見,因以題。目原册前後少紊,取《明史》、《漳浦集》、《年譜》參考,略爲編定,疏證如左,以補《漳浦集》之闕云。

第一

《孝經集傳》廿五日可發,似有百九十葉,甚勞費爲慙。見諸兄懇懇,亦欲明此大義。寫未整齊,今裁酌未定,故遲數日。當與無涯兄弟商之,寫手可略嚴緊,大小要匀。今印來本尚清氣,恐多印刷則漶漫耳。前二本付去,依後可補足行之。吕而遠所臨詩甚不佳,有數册付去,並分二散本與琪兄。道周頓首。

《年譜》:"崇禎十六年癸未,先生年五十九。是年五月,自大滌還北山。秋八月朔,《孝經集傳》成。先生《自序》曰:'《孝經》之書,在戊寅秋月起草,己卯春略有次第。未經進呈,幸不中廢。乃於九江綜其遺緒,癸未抵家,爰發敝笥,以示同人。'"

案:《年譜》既稱"書成於八月朔",則此札所云"廿五日可發",當是五月以後、八月以前之日。吕而遠,名士壃;無涯兄弟,姓陳;並見《集》中。先生念楊、陳奪情而起,"無父"、"無君"之言滿天下,以爲皆由不講《孝經》,遂使人心至此。故述《大傳》一書,爲治天下之本。札中所謂"諸兄懇懇",亦欲明此大義者,誠有慨乎其言之也。

第二

速完此書,古人有謂"《孝經》遏賊"者,豈今日之謂乎?一咲。聞破贛州,西攻汀洲,勢不可嚮邇。内外須安静,切勿動摇。前衛若盡改之,不過半午之功。明日有暇,同諸友過此商略所以禦寇之方,未宜寂寂也。道周頓首。

《明史》:崇禎十六年七月,張獻忠自湖南入江西,連陷吉安、袁州、建昌、撫州諸郡。汀、漳與江西接壤,札中"破贛州"、"攻汀洲"者,或獻忠之黨。又,《年譜》甲申年下注云:"去歲盜賊四起,諸弟子勸先生入就郡邑。先生以廬舍松楸,無復遠理;諸避難者又望北山爲歸,以是偃卧。"觀札中"安静"、"勿動摇"及"商略""禦寇"之語,先生識力堅定,非徒以偃卧爲鎮定者。"《孝經》遏賊",非戲言也。

第三 啓

夒子發熱,四五日不能飲食。諸撰述亦不給。欲《坊》、《表記》一齊完後乃發,今未能也。刻書難在讐較。分張讐較易,而分張難發。本不多則物力坐匱。前子長、静子亦欲領,又不沈潛。頭緒散則難了,久勞仁祖,不敢爲累。明後午若暇,可發出《坊記》,或可與玄剡、德駸商之乎？要諸兄共作,恐頭緒多耳。公植先生裁之。道周頓首。

仁祖姓胡,公植姓林。明誠堂落成後,胡、林皆有詩,先生和之,見《集》中。麑子,先生次子。先生殉節後,文明夫人攜諸孤匿鄴山下,麑子與兄麑子夷猶漳上。一日,避兵涉河,遂不知所在。夫人哭曰:"文忠烈公悼生、佛生二兒一日同死於兵,今黄忠烈二兒亦一日同死於兵,天之降灾於黄忠烈人如此乎?"蓋滄桑之際,善人罹憂,彼蒼亦無如何,是可哀已。

玄剡,姓商。子長、静子、德駸,未詳。《年譜》:"癸未冬十月,《坊記》、《表記集傳》成。"先生《序》云:"宋淳化、至道間,嘗以《坊》、《表》二記頒賜廷臣。今《禮經》備在學宫,而習者沿爲曲臺遺言,無繇知爲《春秋》義例之所從出,故復略舉大意,使相屬比。"又云:"是書起草於己卯之春,中間危遜,成於癸未之秋。"案:《序》云"癸未之秋",謂書成之時。《年譜》云"冬",則刻成之時也。

第四
節日致禮,則或有從之送禮者,想可省也。《坊記》聞寫初就,何時接工,當與《表記》陸續下手。每見此事勞費累人,雖藉此披閲,相與討論,然所費多矣。末後與無枝兄商之,亦附數行於末,足識同人之成一大事也。不見客,酒米皆可省。且送節之事,非下楗所宜,並繳上。謝謝。道周頓首。

先生庚辰在北山守墓,謝絶賓客,猶不免詔獄之禍。被赦還山,益自韜晦,故有送節"非下楗所宜"之語。節日,癸未中秋也。

第五
各本尚多可列名者,不拘一項也。《孝經》中如"藥非三世不服",注下有"閔子之養也,爲進一餐而病脱然,退一餐而病脱然;益一衣而病脱然,損一衣而病脱然"二語,《記》得誤寫,子游又漏,二語可查補之。又,武王封其同姓四十人,其兄弟之國十五人,誤用"八百之國",過半,皆須改之。不知何處,幸令寫者遇,手查爲改之。

弟亦病,耳大鳴,時時頭眩不可當。黄人甚晦昧,但云披照耳。吾實有二次書來,必鵬老、復之擔帶。不此下衍涉字但此小事不欲令滓人肚子也。《洪範》亦無上卷者,未及查。今繳金本補去。周頓首。

黄人、復之未詳,鵬老謂張鵬海,見《集》中。《洪範》成書年月,《年譜》失載。案:先生年十八作《疇象》,年五十三官諭德,掌司經局。疏請以《洪範》並《書》之二典、三謨、《無逸》,《禮》之《王制》、《月令》、《儒行》、《緇衣》、《坊記》、《表記》、《禮運》、《禮器》、《學記》《樂記》,《易》之《乾》、《坤》、《文言》、《繫辭》,《詩》之二南、《豳風》、正雅、《周頌》。此四經大篇鉅章錯於四書,以翼寶訓。後侍經筵,請將所纂《洪範》二册呈進。又,先生《自序》云:"繹思此義近二十年,蓋自少至老,敦崇紬繹,於此書最深也。"龍溪洪思曰:"烈皇己卯二月,子在石養,先子同榕壇諸門人請刊行所進書。子謂:'《儒行》、《月令》、《緇衣》三書,頗有次第,獨《洪範》一書,下卷紊亂,圖紀五十有四,尚宜更定耳。'亡何,被建北去,遂停。在詔獄中,又作《易象正》、《孝經大傳》與《禹貢明義》,亦未遑及是書。既免戍還山,先子復以爲請。癸未八月,始更定是書付浦中諸友。而事久文遷,下卷、圖紀與所進本亦微有異同。"

案:洪氏父子並從先生受業,思撰《黄子譜》,述此書始末最詳。不知陳氏壽祺編《譜》時何以遺之也?

第六　啓

晤後十日矣。皆艸艸應酬,未有著力處。《洪範》初終,甓脱藁,寄上。此數日覺賤體甚熱,尚有酬應未了者,遇正經事都不能精詳,幸諸兄證定之也。此書雖閎奥,不能如《孝經》典實。但《孝經》重複多,宜删之耳。道周再頓首。

先生在經筵呈所纂《洪範》只二卷,後益爲四卷,《自序》云:"上卷言天人感召、性命相符及好德用人之方,下卷言陰騭相協、彝倫條貫,旁及陰陽曆數之務。初終兩卷,乃正定篇章,分别倫序,以及聖神授受之統,凡八萬七千六百餘言。"

第七

琪枝兄炤對人但云"真病",謝客,不與人事也。凡兵家舍舊用新,未有不敗者。並未訓練,驅豚搏虎,徒自僨耳。前有書勸縣公用二營扼要,切勿輕鬬,須四縣會勦,乃可動兵。縣公不聽。乍有書來,乃甚悔,悔缺一字晚也。前有字推轂阮、柯□。今二公領兵去,必有交開,不須張皇。雖非辨賊手,然得此輩,乃有線索,不至倒擡取咲也。吾静鎮此處,少安井里,非爲高卧也。《洪範》下卷都領去,甚瑣碎難書。此數時,諸兄想亦不暇。頭卷太少,欲作數圖足之,可多十葉。終卷尚缺一字六葉,一二日發出,甚不閒耳。道周頓首。

琪枝,未詳。阮、柯二公,皆當時治兵者。柯名元芳,字楚衡,嘉善人,丁丑進士,授建寧推官。洪氏稱其"在閩有平賊功,治行有聲。見南都政在貴陽,遂奉母歸耕",亦高士也。縣公姓沈,名士昌。《集》中《與沈令書》末亦云:"幸謝諸鄉里。"先生云"真病",真喑聾,勿與人事,與此札端第一行同,蓋一時作。

翁氏方綱《跋洪範序》,未嘗言及作圖。今此手蹟云"欲作數圖足之",未知於原藳同異何如。案:先生《洪範明義》下卷,序中明言"二十六圖,二十八紀",不知翁氏何以疏略至此？不惟未見原書，亦未細讀原序矣。凡書有圖，所以明疑；有紀，所以提要。必不得已而後作，非徒多之爲貴。先生乃因卷少而欲以圖足之，則猶未免箸作家習氣也。

第八

連紙到，清氣可觀。然思所以足前卷者，未有也。凡圖都在下卷，今有《九功禮樂圖》三、四項，皆原本典謨，宜在上卷。而上卷圖書分配已在下卷，則上下重沓，不成義例。又，上卷半屬訓詁，無甚奥義，驟附之不倫，則不如聽其厚薄，以爲本疑或附終卷，四五葉尚未差池耳。

案：洪氏牓記《明義》終卷序後云："卷終，又有七圖，繫其後。其圖蓋起於虞廷，有《九功圖》、《九官圖》、《九成圖》，而後以《平格陰騭圖》終焉。"先生自序云："堯舜所傳，禮樂始興，惟修惟和，簫韶乃成。"即札中"原本典謨"之謂。經審定，後附終卷耳。

第九　啓復

板比前較嚴整，但頭面小傳又須改正，幸即改之。此數行改者四五次矣，愈去愈遠。且莫分印，須通完閲之，今玆不暇也。前《曆數統紀》上分注極差池，其法以一歲四千三百八十三積之，甚明白，勿使人謂較讐之訛耳。

來本想都不錯，繳上原册，俟改正，觀之仁祖兄。道周頓首。

第十　啓又

數時不暇，想殺青疑一字多。乍見《曆數統紀》中每年分辰皆參差不齊，必寫者訛誤。其法每歲四千三百八十三至四百八十六年，而去年九辰，凡五十四年少一辰耳。今辰數都可不論，但以每年四千三百八十三筭之，略爲更定，恐見者謂鹵莽也。幸無枝兄商疑，明後日有暇，或發《坊記》去也。凡刻書冣難，每有許多酬應分張之苦。但既爲之，不能中止耳。道周頓首。

《曆數統紀》，亦《洪範明義》二十八紀之一。先生《雜箸》有云："八十五年餘一百四十四時，以七年分之，每年四千三百八十二時六分，微强七十二相乘之數。彼此贏乏相饒減也，皆贏不至八十三時，乏不至八十二時五分。"

此兩札皆言"以歲四千三百八十三積之"，舉成數也。

第十一　仁祖□□炤

今賊暫退，昨亦有字勸父母且以整暇鎮之。阮、柯兵已南下，此不知何處來，如派户供養，真枉事也。想此賊知兵多，亦聊遠去。聞已作二股，欲南行。儻南行，則當遣將從大溪山鋪斷其歸路。世無用人者,人無實用,徒談之無益也。大家且安以薪膽。今非餐飯,決不敢於魚肉。數日,彼亦自倦矣。看道尊病,可是如何也?上卷未有完者,且俟□來日。道周頓首。

《與沈令書》云:"從來兵革倥偬,士民紳弁多有詬誶,亦時勢使然,物情難怪。閭巷閒有不相諒者,亦當以强忍持之。"即指札中"派户供養"事也。上告縣公,下慰鄉里,雖卧病不出,而所全實多矣。道尊,當是吴嘉禎,亦先生門人。

第十二　啓

《月令》改本已書復唐伯玉矣。浩費,何必重刻?《月秒》想未必完。此日又過半,尚無所著手。看十一月半可了《表記》,刻之□亦百七八十紙,非易事也。

張詩潦艸,爲咲。縣公屏只可明誠堂拜賜者十數人,帶諸孝廉、門生多則不便矣。道周頓首。

《月令》改本,指所箸《月令明義》而言。《集》中有《與唐伯玉書》,非言重刻《月令》事,蓋軼之矣。縣公屏爲沈士昌作,《集》中有《沈邑侯太夫人壽序》。《序》中云:"萑苻之寇,弭耳越郊,時賊甫退,而稱觥耳。"明誠堂初會,有與諸友分賦詩。又有《和張章垣》詩,所云"張詩",或即其人。堂以甲申三月落成,此札尚在癸未十一月以前,是講舍未就而先已命名也。

第十三　啓復

莆刻疏草,只是丁戊。今取本補刻,意不欲遽散,恐後來又湊不上。前五十本發仁祖兄去,亦且遲散。姑爲換二十部《洪範》去荅赤祁,又二十本送仁祖,亦令且藏之。赤祁欲刻完送板明誠堂耳。《焦桐記》前日送兩本兄處,今更無有也。查之蜀中小小失事,不足憂,不過流寇團聚,平人自能□□制之。周病甚,終日皇皇,不成頭緒,餘無所知也。道周頓首。

叔祁,姓曾,見《集》中。《焦桐記》,《集》中失載。案:先生乙亥秋偕子卜築江峽,因改稱焦桐山,有詩紀事。此札所言記兩本,指舊作刻本。《明史》:張獻忠以甲申正月寇蜀。赴告至閩,當在明誠堂落成前後。先生謂"平人能制",以獻忠前此寇蜀,爲蜀擊退耳。豈知秦良玉敗,而蜀遂碧哉。

第十四

劉賡穆淳、魏秉德呈習、唐伯玉開先三兄皆曾送紙江右,亦當借其姓字。昨鵬遠及張兄亦有書,列名當以齒,借重仁祖以較正之。勞分施於諸友,甚善。但略疎陋,恐爲識者之所鄙薄耳。缺一字,疑一字。都再附之。道周頓首。

想有揀擇,不如兩列之便也。又頓首。

《年譜》:"庚辰,逮繫命下,先生以五月二十三日辭墓就道。時緹騎尚在南昌,先生中夜出門,匍匐至水口,揮手作詩以謝同人,有曰:'臣罪如傾河,當於何者起。親朋但古道,引涕便不是。'至南昌。聞逮,諸子依依不去,欲同北上。先生毅然麾之,作詩曰:'生離死别不可知,友道君恩已如此。'又曰:'天上巍神輕意氣,琴筑哀弦安所寘。''斯文未喪應能來,湯花火花仍復開。'當時送至江右,不止。"賡穆、秉德、伯玉諸人,見《詩文集》中。先生道力堅定,委身朝廷,毅然赴逮,固足廉頑立懦;即諸弟子患難相從,尚氣競義,亦豈讓孫、鹿兩公哉! 宜先生之不能忘,欲借其姓字以傳於後也。鴻遠姓劉,見《年譜》。張,未詳,或是天維。以明誠堂之會,張實主之耳。此札疑是商刻疏草,故次"莆刻疏草"一札後。

翁學士原跋

右《黄石齋先生手牘》,所説《孝經》、《洪範》、《坊記》、《表記》皆先生所自作傳、義也。先生箸《孝經集傳》四卷,《洪範明義》四卷,《坊記》、《表記集傳》各二卷。先生嘗言:"《孝經》千七百七十三字,上合天象。"故所作《集傳》,以《儀禮》、《大》、《小戴記》爲之疏義,以《孟子》七篇爲之導引,又以《坊記》、《表記》二篇皆發明《春秋》義例。此諸書《自序》皆稱臣,蓋其講筵表進之本也。然其《洪範序》未嘗言及作圖,今見此《手蹟》云"欲作數圖足之",則未知於原藁同異何如耳。先生在刑曹,據敗几手寫《孝經》百廿本,或以八分,或以小楷。當時得其一本者,侈爲奇寶。不知今日尚有幾本、爲誰氏珍藏也? 嘉慶庚午夏四月六日,大興後學翁方綱識。

彭年案:蘇齋此跋閒有誤處,見《疏證》。

題詞

貴筑黄彭年子壽:

疏漳浦手札畢,用倪鴻寶《聞黄石齋歸途徧游名山妒賦》元韻題後,即效其體。

猶有横波賞,當時何莫容。明誠箄際會,南國非遭逢。夷餓爲殷死,干墳恥周封。九京盍䀌笑,相邀陳子龍。

絶粒十四朝,賦詩何舂容。孔孟不我棄,文謝今相逢。大道真受授,一節難自封。欽哉契前哲,祀祭先卧龍。

幽居際世難,吾儕非默容。問業得相長,良會稱罕逢。孝陵泣奇夢,文明傷故封。仗節在敢諫,逆鱗批九龍。

校書譬論事,一誤誰能容。俗見肚腸滓,古賢心眼逢。循環已百遍,遺札餘幾封。弟子駭莫贊,吾師其猶龍。

吾家右江老，抗節無餒容。餓死豈相法，禀節時正逢。伯父斗南先生以右江道殉柳州之難，被執十日，駡賊，不食，死。片紙發粤難，粤匪既起，大吏猶諱匿。伯父上書，不答。乃以書抵京師，朝廷始知盜賊之衆。褒忠蒙帝封。死事上聞，贈䘏有加。傷哉確不拔，血膽歸乾龍。

錢塘諸可寶遲鞠：

士爲知己死，女爲説己容。披書但孝義，致君遑長逢。三恥七不如，志定無自封。當年平臺諍，瀝血甘比龍。

聞樂心奚痛，開堂身且容。疴瘵關興廢，患難安遭逢。殺青椎新槧，明白遺舊封。朔南既相限，孰追鼎湖龍。

先生講《洪範》，微言廣包容。胡爲泰西議，不幸當船逢。中古有統紀，吾道豈塵封。明末議曆，異學蠭起。《洪範明義》立《曆數統紀》一門，札中一再言之，非無爲而作。儻知探鱗爪，至竟窺全龍。

啓禎丁季運，鼾睡榻側容。人心道心界，異言異服逢。徐光啓李之藻《天經》樹赤幟，羅雅谷鄧玉函濫黄封。予智雄術數，好迺高室龍。史言先生精天文象數，皇極之術。身後得小册，自記"丙戌授命之年"，神於知來如此。

達人出名宗，辨誣語含容。《疏證》爲同治甲子節使公客蜀時作。衹今十四牘，嘉會千載逢。同門完亮節，孝陵望祖封。良相困悍帥，誰與殊芝龍。

閩縣葉大莊臶軒：

名高世不用，道大朝難容。秋風催還山，舊雨笑相逢。奸相裂廟社，劇賊摧藩封。老卧講堂上，洞璣揲潛龍。

《孝經》戒遺體，《坊記》敦修容。講學勵奇節，師友曠代逢。雨迷大滌黯，雲擁焦桐封。想溯江濤寒，扁舟狎蛟龍。向在里中，見先生自作《五月江濤送遠人》册，跋云："壬子夏日，將適衡湘。何羲兆、孟長民、錢去非送至京口，賦詩而别。"

召對予廷杖，天子怒不容。安得納鍰者，蘇門孫奇逢。榕壇絶學地，落表先人封。有謀奪先生祖塋地者。一夕，域内有落，盡作"黄界"二字。見《漳浦縣志》。招魂漳浦深，風雨騎蒼龍。

幽居痛聞樂，四座驚動容。謀國嗟不臧，陽九山中逢。一燈孝陵夢，十廟鍾阜封。同門甘就義，相逐如雲龍。

守墓讀遺札，待漏瞻真容。又於里中李蘭卿都轉家見先生《待漏圖》真本。英靈炳星嶽，何幸生船逢。墨刊左海誤，塵抉蘇齋封。見《節使公疏證》，甚詳。寫本鎮琅嬛，護以雙小龍。

歸安朱鏡清頻華：

廷杖亦君恩，武陵肯相容。放歸衆正盡，厄運陽九逢。銀鉤手札在，碧血朝衣封。太息松杏戰，故人早從龍。

經筵預侍從,天語何從容。闕下一爲别,觚棱難重逢。國運不再臘,墨跡餘幾封。傷心鄴園祭,誰攀鼎湖龍。

山河入牛角,片壤天南容。起用值危難,晚達非遭逢。麐麔分併命,茅土虚崇封。嗟哉隆武朝,五馬誰爲龍。

箸録三百輩,及門誰先容。講學兼氣節,曠代不易逢。遺經闡天秘,異説清塵封。一堂授受閒,交情比雲龍。

吾公出疏證,萬卷胸能容。疑義細與析,覿面先賢逢。定有神物護,豈受苔蘚封。置諸篋笥中,夜深騰蛟龍。

海陽林殷臣仲伊:

烈皇本英辟,大度能寬容。臣工競狐媚,曲意争迎逢。邊庭執和約,邪徑膺殊封。瀝血陳三疏,聖讒吾學龍。

本從繩方正,背曲難周容。抗言非有爲,攖鱗怒偏逢。朝上平臺議,暮褫經筵封。命駕向南旋,結廬思卧龍。

君恩何高厚,免戮類南容。卜居焦桐山,山樵時一逢。從遊皆吾徒,畛域無自封。餘簡傳至今,筆矯猶如龍。

榕壇舊講舍,屋小膝堪容。郵筒相問答,非比傾蓋逢。所惜皇圖内,百里鮮完封。長城誰自壞,邊將誅文龍。

文章見風節,解經何春容。一脈溯淵源,曠代若相逢。箋注十四札,欲檢金匱封。瓊篇燦銀鉤,黼黻並山龍。

襄陽錢葆青仲僊:

孤節拄衡岳,嶄嶄青夫容。零牘圭琬貽,曠如須眉逢。《孝經》遏劇賊,羲畫披塵封。浦東聽講授,四壑驚角龍。

緹校殿下立,終荷平臺容。憶昔北寺獄,幸與尚書逢。苦忱敗奸相,歸卧膺故封。咄哉善類孤,空嗟解學龍。

非臣舍朝廷,蒼素多不容。瀝血禹陵祭,入夢高皇逢。孤忠仗鉞表,七事疏麻封。六合塞妖霧,空挾雙蛟龍。

委身誓溝壑,鴻寶何從容。平生厲忠義,不愧九原逢。箕比致殷命,夷齊謝周封。“肯教箕比成孤注,忍與夷齊結遠鄰。”公《哭倪文正致命詩》也。冉冉笪橋雲,上攀軒皇龍。公畢命時,同死者數十人。先候笪橋,忽仰視,謂行刑者曰:“黄公冉冉乘雲上矣,我輩宜速從之。”

講易故知命,天窮無所容。曼寓受河洛,絶學生相逢。方密之先生言:“受河洛於漳浦公。”曼寓,先生自號也。公疏明臣札,新剖漳浦封。爛然斠朱墨,玉函蟠虬龍。

金匱鄧濂似周:

治麗不能媚,僉壬不能容。浩然歸去來,北山喜相逢。譚經詔新建,宰木悲故封。

披髮見高皇,夢躡蒼精龍。

緹騎蒼黄色,赭衣黯澹容。斯文苟未喪,此别應重逢。圜扉碧血涴,講社蒼煙封。哀唫激漳水,風雨嘯古龍。

袒髮鄴園祭,天地皆改容。燕都事去矣,龍漢身親逢。割肝痛國難,喋血連藩封。尚憶平臺諍,何由挽髯龍。

閩嶠尚堪國,孤臣聊自容。麻鞵赴徵召,末路君臣逢。自天重學行,入地猶褒封。絶筆記丙戌,厄運悲虵龍。

高鑑無遺照,纖翳不可容。古魂出紙泣,真面今始逢。絶學傳瀍乳,微言闢塵封。寫本亦奇筆,鬱律蟠蛟龍。

陶樓文輯卷十七

湘　山[1]

黎御史謝病，將反於湘。京師士大夫相率爲詩歌送行。黄彭年曰："樂者，樂所自生。鍾儀鼓琴而操南音，謂之君子。吾，楚人也，請爲楚歌。"

嗽湘山之幽勝，循聲得兒。冀效招隱之義，湘浦兮汨浤。曾波兮瀠溟，山石峻嶒兮州馮隆。隱蒼蒼兮雲中，陽朔兮九疑。衡陽兮巴丘，路紆曲兮修阻。心煩憺兮不我以。豺狼侁侁兮，蝮蛇蓁蓁。槭棘壅塞兮傭扳援，王孫游兮歸來。瞻望兮邅佪，醴蘭兮沅芷。昭潭兮容與，眇險巇兮夷塗。招仙子兮□…□兮賈生爲□。搴芙蓉兮嘯歌，采香茅兮□…□，羌不可兮推移。

送王子壽告歸序

資格所以限常人，有智勇才略、俊偉非常之士，則不可以常格拘。譬之馬也，試之千里，則騏驥之才見；扼諸鹽車之下，與駑馬何異哉？

王君子壽多讀書，能文章，常客游秦、豫、燕、趙間，廣交賢士大夫，究心天下利病，著《區言》萬餘言，皆王霸之略。癸卯，年四十餘，始與余同舉於鄉。明年成進士，官刑部主事。期月告歸。

或曰："王君，經世才也，當留不去。"

余曰："不然。人生二十曰弱，六十而指使。精神、才力足以有爲，不過三四十年。出身爲郎，依資遷轉，至得尺寸可以有爲，雖弱冠亦鬢髮皤然矣，王君老矣。且夫士蓄才，不獲遂行用於天下，無已而託諸言。言亦行也，言之而行於數十年後者，賈誼衆建諸侯之策是也；言之而行於數百年後者，孔子夏時之論是也。言而當則有利，言而不當則有害。今有人輕談功利，妄攄謀議，其禍天下與僨事等耳。夫士之用於世、不用於世，豈惟一日去就哉！王君之行也，其必有以自審矣。"於是乎言。

---

① 《手稿》存。

送樊雲門庶常序

翰林名官始於唐，其源出於古之史氏，實主獻替、出納之職，與内閣同，非徒司供奉、著作、編輯，故唐有内相之稱。國初設宏文院，猶參機要。迨軍機處設，内閣僅司批本、票擬，而翰林所司制誥不過唐宋中書所行之外制，内命不預焉。然朝廷實重其官，漢大學士多用翰林除授，内而卿貳，外而疆臣，亦以是途陟者爲多。

庶吉士者，起於明，其初分隸部院，後六部庶吉士廢，而翰林之名獨存。熙、雍、乾、嘉累朝，每科預是選少者不過二三十人，或不逮焉。及散館，而留者半。自館課外，或不時召試，加以黜陟。其取之也少，而教之也嚴。又不使親簿書，而專責以讀書稽古，以擴其才而老其識。其進用之途則較諸曹司爲速，故人材奮興。

國初以來，名臣之載列傳者，可考而知也。比者禮部貢進士數逾三百，選庶吉士將及百人。朝廷之意，或以軍功及出貲至顯宦者衆，故多進科目之士，以補其偏而救其弊歟？然往者翰詹至内閣學士輒遷侍郎，今有七八年不遷者矣；往者編檢外授道府，今講讀僅授知府矣。其取之也既多，而用之途轉隘。途既隘，而人且日增。禄入之數，又不足以贍其身家而養其廉恥，雖君與相日進而詔戒之，求其安窮困而勤問學，不可得也已。

雖然，此爲常人言之也。若夫非常之士，不以有所畏而奮，不以有所慕而興，不待教而成。其未得仕也，未嘗虚望而倖致之也；其既仕也，必求夫設官之本意，盡其官之事，而不以官限其志。

翰林之失其職也久矣。今翰林之所學，以供今日翰林所當爲之事而不足，遑論其他哉！然吾觀咸、同以來，以文臣督師成大功者，彼其在館閣，固未嘗課以韜鈐也。士之志學，官誠不足以限之。

施南樊氏世以武功顯，而雲門以文學致身。值天下多故之日，有非常之志。於其行，書以相勗。

送林穎叔方伯歸閩序

凡人當天朗氣清、風日光霽之會，身安而體和，氣舒而情達，若不知所處之爲適、友朋之足樂者。至於時會乍變、風雨交作，凄然而寒涼，蕭然而暴疾，於是安者若危、和者若厲、舒者若慘、達者若塞，而後感愴太息，悲往事、思君子、寫其不得已之深情，而求慰其抑鬱無聊之思，此《風雨》之詩所爲作歟？《詩》之詠君子多矣，是篇序獨以爲思君子，且爲之説曰："鷄不以如晦而止不鳴，以譬君子之不改其節度。"嗚呼，其知道者哉！

曩之天朗氣清也，是陽長之機也；風雨之寒涼暴疾也，是陰凝之機也。陽長之始，將以其彙征焉；陰凝之始，亦將以其彙征焉。聖人憂之，既於《易》明示消長之義，復爲之戒曰："儉德辟難，不可榮以禄。"猶懼或以濡滯失其操也，又爲之戒曰："不亂羣。"夫聖人豈不欲廣同人之量，蘄至乎大同之化哉！顧聲異者不相應，氣異者不相求。水之不能就燥，火之不能就溼，各從其類，有必不能强同者。又慮夫陽之不能勝陰，而姑閉藏焉，以俟一陽之來復，是則《易》之"不榮不亂"，與《詩》之"不改其節"。初非倖倖然若匹夫、匹婦之爲諒，而見幾而作、應時而寂，則又道義之交、悲憫之志，迫而出之，纏綿固結而不可解者也。

閩中林公以陽剛之才、至健之操，其立朝蹇蹇然、諤諤然，致嚴於君子、小人之辨。及布政秦中，適湘鄉劉公來撫是邦。合道同志，則舉平日所爲嚴辨者，毅然行之，進退黜陟，無所阿狥。雖緣是取戾，與湘鄉相率去位，其心夷然、泊然。是非利害，不以眴其目；死生驚懼，不以入其胷也。

將行，手書所爲詩，裝爲巨册以貽余，且徵其言以贈。於時，家君分巡鳳邠，亦亟思委印綬去。或以朋黨爲規，家君既舉歐陽子"君子同道爲朋"之説應之矣。余復引《詩》、《易》明道之消長，以爲君子所以自處、與所以與人去就之義。遲速之間，蓋非世人所及知，而亦不求諒於世人。

聚散者，時也；遠近者，地也。君子之相與，則雖散而若聚、雖遠而若近。他日閩海之交、衡山之側，風雨晦冥、蒼涼暴疾之時，取所爲詩與吾文讀之，其必有愻然而思、怡然而如相晤語，如今日者乎？

因書以爲贈。

贈彭貢甫序

黔之鄉人爲書告其友彭子貢甫曰：

人生不幸遇水火、兵革，覩人民死傷、流亡、疾病、老幼、飢疲、癃瘵之形，聞歎息愁苦之聲。一旦擇地而遷，飲食、居處、室家、臧獲之奉如平時，譬猶盪舟暴風、洪濤中，心震神眩，目不暇視，耳不暇聽，方惴惴自危而風濤頓止，雖喘息稍定，豈遂得晏然乎哉？

天下猶江海也；城廓猶舟也；主其事者，柁師也；其下文武百執事，則其篙師也。天下未有生而能操舟者也；未有篙師、柁師不能操舟而舟得安者也；未有經暴風、洪濤之險，而不擇篙師、柁師者也。

彭子官於吾黔，前歲奉諱歸武昌。武昌比年水患，繼以兵燹，彭子攜家之金陵北固，迂道章贛，復歸武昌。適服除，遂仍來吾黔。年餘所適名都、大邑凡數十區，皆與賊蹤相先後。其間賊情之譎詐、百姓之疾苦、將帥之勇怯、有司之賢否、山川之形勢扼塞、人情之聚散變遷,無不默識於心而深求其所以然。每過余抵掌談論,娓娓乎其詳言之。一日相對欷歔,若有所不能語者。余乃歎彭子之才之廣而憂世之深。久病者知醫,累蹶者知杖。不其信歟?

雖然,彭子之來吾黔也,其以吾黔爲安乎?抑猶未也。諺曰:"紙船鐵柁工。"安危靡定,存乎其人。舟之既壞,猶將彌其罅而塞其漏。矧爲完舟,柁師、篙師,責將奚辭?

書未竣,客有過而見者,曰:"子之言善矣。今有能操舟之人而嫉之、詈之、斥遠之,使不安其位而盡其職,其安危何若?責將誰歸?"余,鄉野之鄙人,其焉能知?

贈游子岱序

子岱守永平,合肥用治行卓異薦,其辭曰:"清勤端嚴,可勵末俗。"識者韙之,惡子岱者毀之。

或問於黄子。曰:"不知也。"

再問。曰:"饋遺弗受,供帳弗受,可不謂清乎?單車而問俗,微服而察奸,可不謂勤乎?覲於朝,政府無謁也,巡於郡,貪吏弗容也,可不謂端且嚴乎?然則曷毁諸?"

曰:"善者好,不善者惡。曷爲衆?"

曰:"一唱而百和,無是非於其目,亦無是非於其心。是以良楛别於山,真僞淆於市,俗之婾也久矣。"

"奚以勵?"

曰:"勵乎勵,不勵乎不勵。"

"則終不勵乎?"

曰:"勵者勵,不勵者勵。君子勵乎己,不求勵乎人。"

故書其辭,勵子岱焉爾。

沈太夫人壽敘①

國家以行省統府,府統州縣。治事則自州縣達府,達行省,以達於朝。故州縣於民最親,而任最重,事亦最難。首邑則上承行省大吏、僚屬,倡若車之有轄、户之有樞,其事爲尤難。膺兹任者,又往往困苦於大吏、僚屬之事,而於民事轉若不暇及焉者。夫豈以爲不必治而略之,抑人之精神智慮,固有所不足歟?

沈君秋帆以名進士出宰黔南,屢膺繁劇,所至有聲。大吏以治行茂異,檄權首邑。

---

① 《手稿》存。

首邑故稱難治,而秋帆舉重若輕,不數月而豪强屏跡,輿論翕然。其精神智慮,若有大過人者。公餘談論,秋帆乃爲言太夫人之賢,且述太夫人之訓曰:“官不清不可,清而刻亦不可,毋效屠伯所爲。”予乃歎秋帆之治行,非獨其才過人,其得於家學,所以培其本原者,固已也。

昔漢雋不疑尹京兆,母訓以寬仁。每録囚歸,母問:“全活無辜幾人?”不疑對“有全活者”,母大喜。若云“情真罪當,無可全活”,母則嗔怒不食。故不疑爲吏,不敢嚴刻,爲漢名臣。晋陶侃吏潯陽,監魚税,以鮝遺母。母封還,責其貪。善夫桐城方氏之言曰:“賢人君子,非獨其世隆也,亦兼禀於母德焉。”以予所聞太夫人懿德母儀,媲之古賢母,方氏之言不其似歟。抑予又聞,古紀列女,代不乏人,而以子之賢傳者十常八九。

秋帆既遵太夫人之訓矣,曷更法太夫人之行以爲治。太夫人周卹親鄰,惠鮮僮僕,法之而爲治,則民被其慈矣。太夫人課秋帆昆仲嚴而有體,法之而爲治,則民莫敢犯法矣。豈惟是一邑之治哉?夫首邑者,衆邑之倡也。自一邑以達於衆邑,凡秋帆聲名、恩澤之所暨,皆太夫人胎養教化,以致其功業也。

今年七月爲太夫人設帨之辰,同僚奉觴稱祝。彭年舉夙所聞者,揚搉而陳。咸曰:“是家人嚴君正家之旨也。”遂書以爲壽,且爲秋帆勖。

合肥相國五十壽序

少荃相國弱冠登朝,以儒臣治兵,與湘鄉規復東南,底定中原,佐成中興之治。年未及艾而秉節鉞、登台輔,膺五等之封,海内榮之。攬揆之日,遠近稱觴頌功德者,不可殫述。彭年忝同歲生,同官翰林,相國知彭年又最深,尤不可已,乃進而言曰:

宰相者以國爲壽,國以民爲壽,其命出於天而其事存乎人者也。伊古人臣勳德壽考,莫如周之召公。自其壯盛爲西伯巡行南國,迄於康王之世,幾五十年。其在成王時,年已老矣。周公稱其壽曰天壽,又曰天命,曰天威,曰天難諶,天不可信。若以天之無私,怵惕而儆戒之者。其曰“不以後人迷”,則後人有迷者,君奭之責也。其曰“明我俊民”,則俊民有不明者,君奭之責也。其曰“丕冒海隅出日,罔不率俾”,則海隅有不率俾者,又君奭之責也。所以期召公者,甚大而遠。而其稱許之詞不過曰“知民德”而已。召公平日之訏謨,亦不過曰“疾敬德”、“畏民碞”而已。嘗反復讀之,然後知國祚之所以延長者,在於順民心;相臣之所以扶持國祚者,在於廣德意。

天之眷愛人主而欲延其祚也,則爲之篤生賢臣,使之早達,而予以壽考。後世人臣之貴壽者,史不絶書。至於在外最久,勳德又著,則不多見。獨宋韓琦年未三十,時人已稱公。晚年秉政,見重外國。宋之邊患少紓,東都賴以久治,韓公之力爲多。

相國之早達，與召公、韓公同；其封爵官太保，開府於燕，與召公同；其見重外夷，與韓公同。吾謂韓公際承平之餘，謀捍邊圉，事固較易；即召公當締造維艱之日，所處之地與所值之時，猶非極難也。若當大艱初平，國家所倚賴，中外所翹首而企望。天既使之早出而任天下之重矣，其必予其壽考而康我小民，以延國祚於無窮可知也。則君子所以順天之道，濟時之窮，垂聲名於不朽者，其爲量遠矣，是則所謂猷裕也。

相國武功、吏治與畿輔澹灾之政，人争道之。竊以爲相國之志事，有重於此者。書以相賀，不敢鞶帨其詞也。

楊湘筠先生七十壽序[①]

光緒元年十月，予遊西山，窮戒壇、潭柘寺[②]、翠微諸勝，飲清泠龍池之泉。徜徉山中，憶吾友湘筠先生。將往訪之，畏京師酬醋[③]之繁。抗塵走俗，非性所適也，驅車而返。又念先生今年政七十，舊交零落，知先生者莫如吾，不可以無言，於是爲文以壽之。

屬思未就，假寐旅舍，恍惚與故人願船、少鶴共坐。

少鶴謂予曰：吾子欲爲湘筠壽，亦知湘筠之節概乎？昔在文皇，國步方艱，司農仰屋，始鑄鐵錢。倉鼠木蠹，積弊生焉。闢除衆論，爰剔羣姦。時有凶人，方在朝列。蒙我聖聰，害民蠹國。湘筠嫉之，上書伏闕。廷臣治獄，上其手曰："此爲天潰，名之何說？"湘筠抗聲："君前臣名，問誰指使，列祖之靈。"拍案痛哭，左右震驚。獄詞既成，帝鑒忠直。既薄其懲，俾遂初服。巨憝鋤誅，詔起廢職。觀察河東，使治鹽筴。名重崇獄[④]，躬膺顯秩。勇退急流，慨然引疾。壽以千年，實惟峻節。

願船曰：君知其一，未知其二。夫忠者，孝之推；勇者，仁之發。實之所至，名乃歸焉。吾同里居，悉其家世。直道三黜，先聲是嗣。有棺久停，經營葬事。艱難百計，卒竟厥志。髫齡嗜書，縱覽百氏。究心算術，古訓是式。學深養至，氣乃至剛。以之治事，綜核精詳。以之立朝，大義迺彰。君但知其節概之高，而不知其立行之有常也。

予聞二子之言，聳然而驚，豁然而悟。譬諸山焉，太行綿亘，幾數千里，其高峻巍，其長逶迤。夙昔披圖，駭歎而已，及夫入山之深，陟山之巔，然後知山之嶒崒巄嵸[⑤]，磅礴而無極者，皆真氣之所鬱積而結盤，細至一草一木，峻極於萬仞，莫非斯氣之所充滿，故歷千秋、亘萬古而其峯屹然。

---

① 《定稿》、《稿本》存。
② 潭柘寺：《稿本》作"潭柘"。
③ 酬醋：《稿本》作"酬酢"。
④ 獄：《稿本》作"嶽"。
⑤ 巄嵸：《稿本》作"巄嵷"。

吾於遊山之際，夢寐之間，得故人之言而知先生之所以壽，將與名山同不朽焉。《詩》之頌戩穀也，曰“如岡如陵”，其是之謂乎？遂書寄先生，蘄進一觴焉。

胡母沈太孺人七十壽序

三代以上之士有學而無術，非無術也，學全乎術也。三代以上之治有禮而無法，非無法也，禮備乎法也。周六官分職，統名曰禮。孔子言“吾學周禮”，豈惟是儀文制度？凡兵、刑、錢、穀、簿書之類，胥在其中。自周之衰，道術紛歧，家自爲學，於是孫、吴、穰苴言兵，商鞅、申、韓言刑。然猶身自習之，身自用之，心思、事權若相應焉。故其習之也精，而用之也審。

自後世文武別途，儒者不復知兵，歷代制科猶用詔判，誠以承平日久，兵可不用而理刑治獄則不可一日而無。自以帖括取士，所習皆苟且取容之技，空虚無用之文。凡律令格式可用爲治者，闕焉而不講，懵然而莫能詳。一旦筮仕，則不得不旁求習是術者，與之共治。而世之習是術者，生死出入，輕重等差，惟其所擬，制治之權，遂不在官而在幕矣。國朝以幕友而卒爲循吏，莫如汪輝祖。輝祖少孤力學，所著《佐治藥言》、《學治臆説》，今爲幕友與牧令者，羣奉其書爲科律。

紹興胡君生二歲而孤，習法家言，居貴陽府幕十數年，鉤稽庶獄，未嘗不詳且慎。其遇與輝祖同，其學亦私淑輝祖。吾獨異胡君之母沈太孺人，當封翁客死河南，奔馳千里，以棺歸葬。煢煢弱嫠，教子事姑，卒能搘擋艱難，家聲不墜。母儀節義，尤足風當時而傳後世。昔歐陽文忠公母鄭太夫人，舉文忠父治官書事語文忠曰：“其心厚於仁者，必將有後。”今胡氏世習刑律，而太孺人賢節媲於歐陽，吾有以知其後之必大也。胡君近以入貲得官知縣，吾向所謂“身自習之，身自用之，心思、事權若相應者”，將於是乎在，或如輝祖官道州時未可知。

今年八月，太孺人壽七十。介予友舒君文泉，乞予文爲壽。予因舉學術、禮法本末，爲胡君勗，庶幾太孺人貞志立教之本意。若世俗曼衍福禄之詞，固不待予縷舉也。

孫母桂太恭人六十壽序[①]

以文壽非古也，而有明以來踵爲之。潛邱，今之立言者也，《劄記》有《乞言小引》。歸氏、方氏、姚氏，粹於文體者也，集中不去壽序。豈知其不可而爲，抑亦善則歸親，子之常道？乞者、作者固皆有不容已歟？余獨怪世之爲此體者，其於人所當爲之善無不

① 《定稿》、《手稿》、《稿本》存。

備，又溢以福祥稱譽之詞。以是爲歸美，是使爲子者誣其親爾矣。自古名臣、獨行、儒林、文學得傳於史，率不過一二事。豈今人盡出古人上？况閨中之女婦哉。善夫方氏之言曰："古人於其親，可以致隆者，無弗致也，而善則不敢虚加。古人於友之求，無不應也，而稱其善以著於後則不敢過。"

吾同年友孫君璈舟兵部，暨其昆季芝房侍講、叔孚孝廉皆有君子之行。其於文也，皆肆力於古而不同乎流俗之爲。太恭人年六十，丐彭年爲文。其稱太恭人之善曰"太恭人逮事翁嫜，家貧，隆冬猶夾衣"；"翁嫜醫藥、飲食之奉未嘗缺"；"祭祀必親上食"；"先世忌日未嘗不致戚"。"其主中饋也，尚節儉，刀尺不去手，絲粟不輕棄，非祭祀不殺。其教子婦、御僕嫗也，嚴而有恩，訢誶嬉笑之聲不作於門内。"凡太恭人之見稱於鄉里，皆女婦之常，非必有異乎人也。所異乎人者，獨隨宦桃源時事。鎮筸羅名臣之亂，永綏以下皆戒嚴，桃源尤衝要。濱江無城廓，時封翁乘公車入京師，獨太恭人奉親居學廨。會鎮道移家東下，人情恟懼。戚鄙馳書促歸，太恭人不爲動。事定，乃歎太恭人有定識，雖丈夫不逮焉。

噫！非孫君兄弟知文之深而事親以誠，其稱親之善，能若是質實乎？《禮》曰："庸德之行，庸言之謹。"庸者，常道也。《詩》曰："無匪無儀，惟酒食是議。"言婦人不欲以奇行稱也。孫君稱太恭人之善，固無以異人。惟無以異人，乃人所難。即所稱桃源時事，又豈真有異哉！特以積俗波靡、士氣頽敗。官吏距賊逾千里輒恇怯失措，遣妻孥[①]先遁，若今日楚南之[②]事有不可問者。而當日太恭人以一婦人，不爲浮言所動，乃足異也，可謂賢矣。

抑余又嘗讀《孝經》云："立身行道，揚名於後世，以顯父母。"古紀列女，代不乏人，而以子之賢傳者居其半。孫君兄弟登科第，策名於朝，以覃恩疊晋封典，不可謂非顯榮。而立身行道、揚名後世，又孫君兄弟所宜加勵者也。

某月某日爲太恭人設帨之辰，同人奉觴稱壽，彭年揚榷而陳。咸曰："是方氏所謂'稱善以著於後而不敢過'者也。"遂書以爲序。

袁母郭太夫人百齡旌壽序　代[③]

同治十二年，天子始親政。是年冬，河南巡撫錢公以吾年丈袁端敏公之母、小午詹事之祖母郭太夫人壽百歲聞於朝，詔以爲熙朝人瑞，賜御書匾額，旌賞如例。

---

① 妻孥子：《稿本》作"妻孥"，《手稿》作"妻子"。

② 之：《稿本》同，《手稿》作"北"。

③ 題名《稿本》、《定稿》同，《手稿》作"袁母郭太夫人壽序"，另題名"誥封一品太夫人、袁太伯母郭太夫人百齡旌壽序"。

先是,太夫人以端敏公貴,封一品太夫人。咸豐庚申六月,恭逢文宗顯皇帝萬壽,先帝念端敏公之不遑將母也,因太夫人壽逾八秩,御書“懿榘遐齡”匾額、“福壽”字,並文綺、如意以賜,及是再荷恩綸,便蕃錫賚,海内榮之。詹事自秦假歸,稱慶爲簡,乞言以志其盛。某忝年家子,與詹事同官翰林,又嘗與端敏公、詹事同治軍事,不可以無述。

竊維我國家重熙累洽,有極亘古未有之盛者。生際其盛,亦遂得表見焉。我聖祖、高宗享國皆六十年,福備十全,史册罕見。於時,耆英大老列在巖廊,遂有千叟之宴、九老之圖,而將相大臣亦多純嘏康强,佐成舒長之治,此固古所未有也。咸豐以來,粤逆煽亂於東南,捻匪肆擾於西北,滇、黔、秦、隴之間,苗、回相繼蠢動,騷然不靖者十有餘年。我兩宫皇太后垂簾聽政,日月重光,削平大難,成先帝未竟之功,啓聖人中興之運①,此又古所未有也。於時,婦人亦多期頤之壽,訓勉其子孫,使之立身行道,移孝作忠②,以篤其家慶而蔚爲國華。蓋陰教之隆,有關乎世運者,若太夫人足以當之矣。

太夫人之在郭也,值乾隆丙午大饑,年未十歲,即以煮粥、縫衣佐家人賑濟,此其仁愛固出於性生矣。其在袁也,事舅姑能孝,相夫子能勤,處妯娌能和,待奴僕能寬。其教子也,所天早喪,諸子方幼,能勤苦鞠育,而訓之以大義。其諸子③所成就,或以秉鐸宣化,或以修城著聲,或以團練保鄉里奏績。而端敏④敭歷中外,備極哀榮,尤爲⑤功在當時,聲施後世。

方端敏之在諫垣也,彈劾貴近,嚴旨詰問,人皆危之,而端敏抗疏直陳,卒邀帝鑒。疏中有“上不負老母”之言,此其母教固早聞於天下矣。及端敏督師淮上,復自卿貳出總師干,雖當讒毁疾病之時,太夫人猶勉以堅定⑥,而勵⑦以忠貞,故端敏生以彊毅著稱,終荷易名之典。

太夫人又以教子者教孫⑧。孫十人,曾孫十二人,遊庠食餼,列賢書、登翰苑者踵相接也。而篤臣觀察盡瘁宣勤,附祠列傳;子久侍讀,翱翔薇閣,著聞春明;詹事則籌筆轉餉,疊荷殊褒。

世皆以子孫熾昌爲太夫人厚德之報,而豈知其仁心篤行,教戒之肫勤,歷百年如一日,有非人所能及知者。吾觀自古雋不疑、陶侃、歐陽修,皆以母教爲一代名臣,國朝若尹會一、錢陳羣之母,皆以子之貴顯,仰荷朝廷褒錫。然著其母之賢,而未聞其克登

① 運:《稿本》、《定稿》同,《手稿》作“運成”。
② 移孝作忠:《稿本》、《定稿》同,《手稿》作“揚名後世”。
③ 其諸子:《稿本》、《定稿》同,《手稿》作“諸子”。
④ 端敏:《稿本》、《定稿》同,《手稿》作“端敏公”。
⑤ 尤爲:《稿本》、《定稿》同,《手稿》無。
⑥ 堅定:《稿本》、《定稿》同,《手稿》作“大義”。
⑦ 勵:《稿本》、《定稿》同,《手稿》作“訓”。
⑧ 孫:《稿本》、《定稿》同,《手稿》作“孫曾”。

上壽。至若壽婦之例請旌異者,或百歲,或百餘歲,自康熙中著爲令,迄今不知幾千百人,而因子孫之令德大功以傳於後者蓋尠。於是益歎太夫人之慶鍾於家,爲瑞於國,得壽而兼得名,殆亦古所未有也。

邇者,部牒恭逢慈禧皇太后萬壽,王公大臣循例進獻,聖天子以孝治天下,將率薄海臣民臚歡行慶。而詹事承錫類之孝思、褒榮之異數,率家人,集親舊,行觴慶樂,仰答昇平。袁氏世澤之延,方未有艾。

某往者以詞臣從事兵間,南平吴會,北定中原,類皆上秉廟謨,内遵母教。今以詹事之請,臚述太夫人之碩德嬍行,使世知其所以克享大年,爲國寵光者,爲太夫人壽。且冀[①]吾母期頤之壽,得以追蹤於太夫人也。是爲序。

誥封宜人、史母王太宜人壽序[②]

京師之東有賢人焉,曰史先生香岩。隱居樂道,於學無所不窺而尤長於史。所著書流播燕趙間,見者驚爲貢父、荆川復生,非近代著述。其弟子秩秩有師法,稱先則古,不問而知出於史氏之門也。

彭年應合肥相國之聘,與修《畿輔志》,博求大雅宏達之儒,冀資考訂。請於相國,奉書迓史先生。先生以母王太宜人春秋高,不至。而貽書稱太宜人苦節嬍行,且曰:"蘭之不以晏安廢學,皆太宜人教。"

先是,太宜人以節孝旌於朝,彭年舉志例爲之傳。其後,新城王重三之母杜太宜人與太宜人同以五世同堂旌於朝,彭年又舉兩壽母爲之記。於時,吾友游君子岱方守永平,以書抵彭年曰:"吾重史先生,將率僚屬與郡之父老、賢士爲太宜人壽,子曷致詞焉?"迺更揚推而陳曰:

世衰俗頽,勃谿競告。而太宜人周旋兩姑、親承色笑,既得親心之歡,而不違其教。請舉之以明婦道。

《易》著從一,《詩》稱靡慝。而太宜人所天云亡,含冰茹蘗。松柏方其貞,雪霜比其潔。請舉之以昭婦節。

丸熊畫荻,史策所垂。而太宜人母兼父道,教子孩提。子或妄語,涕泣戒之。子既入學,勤惰是稽。子將求仕,則謂窮達有命。而以善養爲規,使日漸摩於至德要道,與古人相追隨。請舉之以著母儀。

至於屏卻鉛華,施惠宗族,盈满不居,而勤以養樸,皆足樹之風聲、振兹末俗。抑吾

① 冀:《稿本》、《定稿》同,《手稿》作"以爲"。
② 《定稿》、《稿本》存。《稿本》作"史母王太宜人壽序"。

觀史紀列女,代不乏人,以子賢傳,十常八九。使非史先生承顔著書,高蹤遠志,爲時景慕,又能稱述母德,以聞於世,則婦人之以節旌者,歲千百輩,苦心懿行,固不盡著,即以同堂五世旌者,亦世所恒有,胡爲王氏之母與太宜人獨嘖嘖人口哉?

方今太宜人壽逾八秩,慶及曾元,再膺旌錫之殊榮。子若孫登賢書、策名朝籍者,踵相接也。天之報貞節、慰孝思者,固極厚且至。

游君既延史先生修郡志,爲士林矜式,又以太宜人設帨之日,與郡之官師士卒於於濟濟,稱觥於庭。使夫爲人婦、爲人母者來取則焉。觀感興起,俗美風隆。古所稱慕貞潔而效才良者,將於是乎在。遂作歌曰:

華之白兮白於霜,陔之南兮采其芳。酌春酒兮奉高堂,瞻儀型兮昭天慶。

書寄游君,兼以質之史先生,使誦之以爲太宜人進一觴焉,可乎?

傅青餘按察、配劉淑人六十雙壽序

昔吾先君從篠泉先生游,先君年最少,家最貧。先生重之,逾於諸弟子,郝太夫人絶愛憐之。後先君官京師,青餘計偕入都,與彭年始相識。及彭年隨先君解組歸黔,青餘已官翰林,奉天子命從軍河南,亦以事先後至。郝太夫人於吾母尤親愛,命青餘女與吾子國瑾締婚焉。

彭年頻年奔走南北,與青餘聚散無常期。而青餘在河南治軍從政,名譽大起,豸衣奉使,按察諸郡縣。今年七月,與德配劉淑人同以周甲之年,懸弧設帨之吉,命國瑾往祝,因致詞焉。

彭年竊聞君子之道曰學、曰治,孔子語曾子"大孝尊親",使國人皆稱願焉。曰君子之子,亦惟於學與治觀之而已。嘉道以來,吾黔以實學教授鄉里,惟悦山、獨山及先生。悦山尚躬行,獨山精故訓,先生則推而擴之。其教人自科舉之業之微,引而偕之大道。顧設教未久而仕於四方,未及著書傳示後學。

青餘衍其緒,以爲"治經必先小學,小學必先聲音",於是著《古音類表》。又謂"窮理必先通經,通經必期致用",於是著《孔庭學裔》。至於磨盾揮毫、倚馬可待,飛箋限韻、擊鉢先成。吾鄉論學,稱祭酒焉。先生未傳之學,至青餘而益彰。

先生爲政,迄今數十年,燕人頌其循,粤人念其澤。然位不過郡丞,治不過百里,人爵所限,未大其施。青餘承其後,咸豐癸丑釋褐之始,逢粤逆北竄之時,與時相語,策賊渡河必由汜水,已而果然。其語上聞,特詔赴豫,人以是稱青餘之識。籌防於汴城,築堡於歸德,人以是稱青餘之能。剿悍賊於南陽,殲巨憝於汝郡,人以是稱青餘之勇。綰符開封,清理庶獄,及陳臬事,設局勵勤。其爲觀察使巡部南陽也,有民愚戇狂稱僞號,署百官官吏。或欲因以起大獄,青餘親鞫之,曰"此癲疾也",命囚之,人以是稱青餘之明。至於廉以持躬,正以率下,惠以及物,信以與人,權司旬宣,綜核調劑,汴之仕者稱精熟焉。先生未竟之業,至青餘而益大。夫人承賢父兄之後,能世守其學而不改其政,斯已難矣,況舉未傳之學而更彰之,未竟之業而更大之?此其立身行道、揚名後世爲何如哉?

孔子稱達孝曰“善繼人之志”、“善述人之事”。夫繼、述而曰善,則其於人之志事必有觀乎其通者,故謂之達。昔宋富鄭公勛德可謂盛矣,而老泉上書猶曰:“古之君子愛其人,則憂其無成。”又曰:“以不世出之才,深謀遠慮,必有所處。”彼宋之時,所患契丹而已,而賢人、君子已深憂之。今之爲患於中國者甚鉅且衆,迂疏之儒塞耳而不聽,慷慨之士抵掌而輕談,其他一旦苟且目前之計,罕能及乎深且遠者。青餘以天下爲心,吾冀其所成之有進於是也。汴之人沐其澤者久,感其德者衆,思欲躋公堂而伸頌祝。青餘以歲饑民困,方惄然於懷,卻而不受。竹湘司馬自楚歸豫,以書抵國瑾,乞予言以娱其親。

予惟青餘與劉淑人皆深於道家之言,致虛守静,世俗曼衍慶祝之詞,固不足以陳於左右也。顧《詩》有之曰:“樂只君子,保艾爾後。”又曰:“彼君子女,謂之尹姞。”一家之中,士女皆有君子之行,是則所謂“國人稱願”,而古人稱“大孝必及位禄名壽”之義也。

彭年之始識青餘也,青餘手所刊《孝經》贈予。因推闡其義,以宏夙昔相與期許之意,而示兩家之子,其欣然而進一觴乎。

集《易林》六章,祝易太恭人壽①

南國茂盛,日月相望。宜家壽母,與福上堂。生長和氣,文定吉祥。自令勞苦,不可以行。不失常節,然得安昌。

既嫁宜吉,得象君子。長婦在室,公姑悦喜。秉德無愆,寢門治理。君子樂胥,發且興起。

温仁君子,樂仁上德。燕秦治强,平康正直。齊魯争言,實貺是國。東西受福,與母相得。

貴流子孫,不失其譽。行中規矩,不得相踰。以成功名,富我家居。戴樂履善,與母相扶。

貴夫壽子,養人致福。卑廝内傅,隨時休息。下潤我鄰,德施溥育。先見善祥,受其福禄。

---

① 《手稿》存。

盈盛之門，上重見觴。拜請百福，日益明章。悦樂身榮，貴且有光。自然燕喜，世禄久長。

劉參將壽辭①

門户之居，天子所予。仁賢君子，迎福開户。
生長和氣，父兄悦喜。崇我文德，無有休止。
鶴鳴彈冠，日益明章。民賴恩福，爲國寵光。
甘棠聽體，仁政之德。利之四鄉，嘉樂有得。
逍遥北域，頌聲作興。治道得通，以成功名。
升擢薦舉，發且興起。人哲蒙祐，多福壽子。
嘉賓上堂，聽樂行觴。拜詣百福，老賴其慶。

湯先生贊 並敘②

余十歲習舉業，家大人特授時文一編曰："此益陽湯先生海秋所爲也，謹識之。"大人成進士，出門下。過庭述先生論説，心益奇其人。壬寅冬，乃上書通謁。先生則大喜，左手持所上書，右手持余手曰："從錢塘陳銕男識君名，幸得見君。"乃出所爲《浮邱子》使讀。余每讀一篇，論列得失，書别紙以進，輒隨筆更定。

爲文由時文進於古文，由八家進於周秦。後專周秦，乃極詆八家，大旨見《浮邱子·樹文篇》。嘗與坐客争辯，顧余今八家之古文、漢儒之經學，何啻洪水猛獸乎。余謝不敏，學不能專門，不知所爲周秦、八家、漢儒、宋儒也。先生注視久，乃曰："君真善學哉。"

生平慷慨有奇氣，廣交知名士。然務勝人，廣衆中犄摘人短，以是多怨。初爲部員，擢御史未期月，劾今定郡王載銓妄詈屬官，左遷，復爲郎。方先生之劾定邸也，同里方夔卿知之，夜馳詣，謂："奏入，且不測。"焚其藁去。先生然燭，復具摺。

既不得志，遂發憤著書，目見所箸時文集、詩集、《七雅》、《七經補》、《明林》各若干卷，皆不如《浮邱子》道古今政事、文章，成一家言。壬寅秋，英吉利款議成，條陳三十事，論利害尤明切。余鈔存其目。

先生姓湯氏，諱鵬，海秋其字，以道光二十四年七月甲戌卒。卒之日，吾聞而慟。

---

① 《手稿》存，原題"祝劉參府"，册前《手稿目次》題"劉參將壽辭"。

② 《手稿》存。

爲亡兄采丞病亟,不及奠。顧思先生文章、功業,又重念知己之難,綢結於懷。守少不誄長之義,勿敢爲哀詞。乃敘所見聞於先生者,爲贊曰:

浮邱先生,年少負奇。名聲實隆,短管規韓。肴饌百家,其文熊熊。上書論事,足有先見,惟明與聰。匪耑其學,匪醇其材。而俶詭不窮,人歸厥名。曰是爲狂,謗橐其船。孰知先生,磅礴四塞,厥中沖融。吁其嗟兮,年四十四,暴疾以終。我懷知己,瞻彼浮邱,不知涕之何從。

謝將軍贊 並序

將軍諱陛恩,字錫覃,貴筑人。以嘉慶二十一年武學鄉試舉人,累官至廣西左江鎮標中營游擊。會盜黃晚煽太平,將由上龍、武德趨龍州。帥臣以將軍有勇畧,署爲左江新太營副將,與太平府知府吴德徵、同知蘇勒芳阿、土州同李懋莘禦之。别遣他將屯太平、土州,以爲聲援。

將軍至,與賊戰於武德隘,手擒二賊,獲器械無算。賊忌甚,據險以守。將軍軍乏食,退屯上龍。而所遣他將懼,由太平、土州薄武德也,亦轉趨上龍。賊尾之而至,將軍與吴德徵、蘇勒芳阿、李懋莘分軍爲三,夾擊之。未陳,賊四面來薄,戰不利。復馳至河灘,部署如前法。德徵軍潰,將軍救之。而蘇勒芳阿及[1]懋莘軍亦潰,將軍又救之。往來賊隊中,矢石如雨,所部僅二百人,亦漸漸散去。將軍持短劍刃賊,賊渠立高阜,諗知故武德擒賊者,將軍也。中以飛礮,傷胯,遂赴江死,時咸豐元年二月丁卯。

將軍死之二日,部卒某自河中舁尸以聞,奏卹如副將例。子勳安,武鄉試舉人;履安、紹安,武學弟子員。贊曰:[2]

嗚呼!巨猾倡亂始西粤,而延及腹地,大將、巨卿率奔走而退避。即有慷慨奮激、仗節而死義,曾何足以遏賊鋒而濟國家之事?然而殺身成仁,明知無益而不可奪其志。嗚呼!其碩果不食邪?如將軍者,是亦天地之正氣。

祭枯骨文

咸豐五年冬十有二月,賊犯清水江高坡,貴陽戒嚴。山西候補道黄公方家居,治城守事。新東門外沙阜高與城埒,使工開治。得枯骨四五百具,乃爲大塚叢葬之。舉人胡慶倫以爲去城郭猶近也,遷之象寶山下。六年正月癸亥,事已。越三日丙寅,黄公

---

① 及:《手稿》、《稿本》同,《定稿》作“人”。

② 贊曰:《定稿》、《手稿》同無,據《稿本》補。

以清酌、庶羞、鏹幣之屬,命子翰林院編修黄彭年爲文祭之。詞曰:

嗚呼哀哉。天禍我黔,苗頑豕突。揭竿弄兵,如毛如髮。生民流離,死者暴骨。鬼哭天陰,悲聲不歇。

嗚呼哀哉。會垣戒嚴,爰治城守。沙阜連城,伏奸之藪。開之除之,畚鍤恐後。工人告予曰:此叢塚也,有枯髏焉。塗地膏原,糜肉成土。骸折支分,鑿然斷剖。隨畚而落,十十五五。

嗚呼哀哉。《葬經》有言,葬之言藏。城郭道路,避之必詳。池深城高,爰浚其隍。矧兹峩峩,兵家所妨。葬失其所,奚悔而傷。

嗚呼哀哉。爲異鄉客,爲窶人子。或以夭殤,或以横死。或殍於途,或屍於市。親族不知,友朋已矣。窮無所之,始葬於此。生也可悲,死乃身毁。

嗚呼哀哉。蠢兹氛惡,上將摧衂。剔孕刲腸,擲兒洞腹。駢首一揮,血噴川谷。亦有流亡,道旁顛僕。侁侁豺狼,蓁蓁蛇蝮。浩劫同歸,但區遲速。冥漠增悲,千里共哭。

嗚呼哀哉。澤及枯骨,西伯稱賢。洸洸孝廉,聞善必先。象寶之旁,樹之新阡。不知姓氏,何論後先。

嗚呼哀哉。烏鳶何薄,螻螘何親。形軀大同,古稱達人。旨酒既酌,楮幣斯陳。魂兮歸來,歆此苾芬。

嗚呼哀哉。人怒神恫,患胡有極。灑涕陳詞,悲號氣塞。鬼如有知,爲厲殺賊。嗚呼哀哉,尚饗。

祭李少石文

維光緒二年十有二月癸丑,翰林院編修黄彭年謹以清酌庶羞,致祭於吾友少石先生之靈曰:

嗚呼!雲幕陰凝,嵯峨層冰。春陽將發,華卉先零。倦遊未息,凋我良朋。嗚呼哀哉。歲在上章,我初識子。是時合肥,駐節津涘。子在樊輿,爲之綱紀。晝治百牘,宵研文史。子居幕府,垂二十年。始自吴楚,税駕幽燕。人無德怨,門庭寂然。積功一麾,權符上谷。上公之豪,斂容而肅。下民之艱,澤潤而渥。我遊襄峴,言返徐河。子解綬歸,高軒我過。不虞信宿,遽致沈痾。五六年中,蓮池小集。飛斝擘箋,翦鐙促席。子每謂予,數典在昔。曝書秋錦,狎主齊盟。比予竹垞,締交武曾。繪圖題册,墨采飛騰。子惟書淫,善本麕集。怵他人先,兼金一帙。並驅從禽,子嘗先得。政餘嗜學,禹貢成箋。謂皇甫序,三都乃傳。濡筆未就,音塵遽湮。跡類萍飄,去如電疾。靈修罔憑,禄不稱德。六尺何託,素心愴惻。嗚呼哀哉!尚饗。

祭彭貢甫文[①]

咸豐五年夏六月甲午，彭君貢甫殉節貴州黄平州之岩門司。殉節後，有譌傳君未死者。其弟器之自鎮遠至，盡悉君死事狀。乃以八月己亥招魂昭忠祠，始舉喪。越十一日庚戌，其友黄彭年爲文哭之，其詞曰：

嗚呼！巨猾倡亂，毒流大地。名卿鉅儒，忠節相繼。嗟嗟彭君，死又奚悲？予惟交親，莫已于詞。君以弱齡，捧檄吾黔。制苗戢暴，風聲卓然。潕陽作宰，政異時賢。輔什司伍，吏攝道虔。萬衆歸心，不選一錢。遷權樂興，取道龍里。是時奬州，苗頑蜂起。慨然請行，誓期安枚。蠢兹弗靈，逆命無已。委身岩門，力竭效死。嗚呼哀哉，斗城孤立，帑藏空虚，兵不滿百，蛇豕同居。南指憤嚙，申泣欷歔。嚴頭可斷，澤死猶呼。惟君孤忠，騰霄貫日。塗説無稽，謂君逸出。垂後信今，實煩載筆。維余與君，通家累世。君兄事余，君子余壻。楚些招魂，陳詞以祭。感此義聲，豈惟私契？嗚呼哀哉，尚饗。

祭傅按察文[②]

維光緒十有三年歲次强圉大淵獻七月乙亥，聞執友傅公、前河南按察使青餘先生之喪。越日，爲位而哭。辭曰：

三百六二，甲子予數。壯歲知交，晨星三五。矧君與予，弱齡共處。予父之師，實君之父。累世通家，婚媾朋侣。非隨武子，九原誰與？憶咸豐初，粵寇方滋。予劾孱帥，君條便宜。予棄官歸，君留京師。通籍釋褐，賊北犯時。策賊渡河，汜水之湄。果如君言，群驚爲奇。詔之豫州，始受上知。是時河南，紛馳羽檄。燕師北來，皖軍東擊。主客後先，相持如敵。君居其間，使同休戚。河北既清，汴城著績。南陽一麾，豸衣歘歷。固始餘孽，瑕穢蕩滌。柏垣課勤，奸宄屏息。是時河南，飢饉洊臻。野無青草，途多死人。有司惜貲，膏澤久屯。慮緩斂征，匿災弗陳。忠告善道，正論莫伸。君急怙恤，出廩指囷。丁糴戊濟，施惠維均。是時河南，更持節使。嗜僞喜讒，惡直多忌。君既左遷，浩然歸志。卜居湘麋，招集文士。遊覽唱酬，山仁水知。喜怒不形，隱顯一致。綜君宦績，閱四十年。心勤百政，手持一編。孔庭學裔，經濟爲先。古均統類，顧段精研。著書盈篋，君殊漠然。謂此糟粕，别有可傳。君倦而歸，予老而出。中谷遇艱，停雲心逸。遺招隱書，啓澹勤室。謂予歸來，蓄疑待質。子瑾馳書，告君寢疾。嗚呼哀

---

① 《稿本》、《手稿》存。

② 《稿本》存。

哉，信耶否耶？昌黎有言，吾又何嗟？幽明匪隔，秦楚非遐。如有盍杳，冥會無遮。嗚呼哀哉，尚饗。

祭親家李京兆文[①]

惟光緒七年四月日，同里姻家、同歲生、翰林院編修黄彭年謹遣子編修國瑾以清酌庶羞，致祭於大京兆李君之靈曰：

朋友之喪，哭諸寢門。旬日不怡，涕淚河傾。禮艱筋力，弔送道阻。再拜陳詞，有如面語。君逾弱冠，遂舉於鄉。計偕春明，文譽日彰。予時成童，偶過君旁。長志稱勗，以爲寵光。逮乎乙年，予隨伯父，應禮部試，君乃同舉。君爲宰官，歔歷畿輔。旋宰京邑，還共遊處。予既南歸，君遷東路。隨侍入燕，與君相遇。萍蹤偶合，雲翼雙飛。予遊秦蜀，眷念庖闈。君以治行，遷權廣平。折彼異教，保我民生。適駿有聲，遂守大名。擊彼梟賊，固我郡城。君之爲治，持之以正。不陵不援，不激不徇。亦不違道，干譽百姓。僚感其誠，民久而信。時曾文正，來督畿疆。上公治蹟，特詔褒揚。十有四人，君名第一。遂擢豸衣，巡河懋績。予自憂居，湘水之湄。以文史役，來寓蓮池。君官永定，歲時相晤。迺以予女，爲君子婦。重以婚姻，舊好彌篤。君忤于時，予表而襮。君遷山左，陳臬治鹺。謂將遠宦，離别日多。天子知君，俾尹京兆。予乃拊掌，重聚歡笑。君既立官，予居講席。一歲相見，曾無幾日。炊臼之喪，予方請弔。歸無十旬，君赴來告。同歲鄉人，存我與君。君又長往。淒空斷雲，知交零落。晨星三五，善人云亡。吾雖與處，病不能乘，踟躕孰可。素旐南丹，哭君道左。嗚呼哀哉，尚饗。

祭李西漚先生文[②]

維同治三年四月，後學黄彭年謹致祭於西漚老前輩之靈曰：

西蜀靈光，詞林先輩。人之云亾，千古一慨。先生通籍，歲在丁丑。越三十年，余步公後。又十六載，遊於錦城。摳衣升堂，敬拜先生。貌古情親，跡疏道合。風義平生，感深簪盍。憶昔髫齡，誦先生詩。音律孔諧，思乃不羈。先生曰嗟，是奚足爲。蟲彫篆刻，糞土棄之。究心於道，葯言乃著。世人忌醫，疾用弗愈。砭愚曰張，呻吟曰吕。胞與爲心，沈痾孰起。先生曰嗟，猶非余意。身教易從，乃捐文字。昔道光中，海内成平。士夫恬嬉，萬輩一聲。先生曰嗟，難將作矣。河漢斯言，聽者塞耳。粤寇既興，豁

---

① 《手稿》存。

② 《手稿》存。

然以癎。莫究其端,莫窮其故。設教錦江,蜀境猶乂。先生曰嗟,鄉守其治。兵燹既及,乃歡先幾。匪曰知幾,誠之於思。淡定生明,遠慮則智。無私利心,有悲憫志。因心則友,爲政於家。散財贍族,身約以癯。是宜有後,胡喪厥嗣。子死婦來,無子有子。厥婦曰孫,未嫁而貞。丁舅之喪,歸於其門。心喪之儔,龍山之侶。其死也哀,聞者興起。吁嗟先生,其又奚悲。敬識生芻,以告來兹。烏乎哀哉,尚饗。

祭外舅劉寬夫先生文

維咸豐十一年九月十四日,甥黄彭年謹以清酌庶羞之薦,致祭於外舅寬夫先生之靈。而言曰:

生不貪天,死不慚世。三樂五終,魂天魄地。嗚呼先生,其又奚悲。戴情仰德,今式後垂。髫慧喜文,博嗜廣究。語必窮源,書惟求舊。明經京兆,奮擢廷試。非百里才,棄五斗米。爰自比部,逮掌諫垣。霜貌冰心,非時不言。逮我成皇,配享升祔。遺訓維嚴,典章斯矩。是時廷議,或左或右。臺臣異詞,哀然居首。一麾出守,五谿是巡。淘金抗論,豐備宣仁。是時湖南,逆氛甚惡。風鶴不驚,鯨鯢遂遏。投牒病痿,言返邦族。杞生於庭,和氣滿屋。久病得起,嗜學不倦。課易寒閨,賦詩筆健。廣坐論學,謂有直横。横浩以博,直一以精。客樽未冷,庭花尚芬。遽彈絶曲,低空斷雲。嗚呼哀哉,還童振枯,是有道力。謂壽而昌,胡遽以息。憶昔相逢,顧祠秋禊。爲姑相攸,謂長可妻。僚壻名字,傳稱都下。甥舅朱黄,六親王謝。姻亞往還,迭[①]爲賓主。世變星移,達人伊殂。梅庭惜别,巖翰頻馳。徵文未報,弔鶴驚趨。女子含泣,檢詩尋札。誓將馳驅,歸唁未得。執紼路阻,篇輓悲深。奠旨陳詞,靈其來歆。嗚呼哀哉,尚饗。

祭同年陳作梅先生文

維同治十有一年十月丙午,同歲生、翰林院編修黄彭年謹致祭於皇清誥授通奉大夫、直隸清河道陳君作梅先生之靈曰:

嗚呼陳君,道豐遇屯。衰遲莅事,志壯身殞。遺愛與直,昔賢所悼。矧予與君,同志同道。道光之中,海内治平。雍容著作,金馬承明。時予同譜,迺有二陳。心泉專精,横渠講易。君學伊川,欲奪其席。予年也少,閉户治經。心儀雙南,跡阻問津。世變忽逢,知交星散。予返黔山,君歸江畔。嗟哉吴楚,淪胥以亡。履貞出險,遭亂而康。洸洸胡公,砥柱郢鄂,實始識君,俾參戎幕。湘鄉合肥,式遏寇虐。任杖惟人,君功昭

---

① 迭:《稿本》同,《手稿》作"疊"。

灼。薦章屢騰,論材迺確。帝念畿輔,特簡名賢。十夫民獻,君與其間。遂巡清河,開治水利。申泉既疏,閘嚴啓閉。是時幽冀,水患方滋。滹沱横溢,上相憂之。客談潞水,諫議陳詞。惟君卓識,能決其疑。既奠民居,爰稽文獻。三輔徵圖,館儒集彦。謂予自隗,君賦緇衣。奇疑賞析,翰札風馳。手持一編,效繫辭體。天人之幾,寡過之旨。經術匡時,篤行勵已。苟竟厥施,今罕其擬。憶予去歲,重晤心泉。君又盍戠,論學經年。孰謂兩賢,相繼摧折。寢門載哭,腸迴氣結。嗚呼哀哉!疏泉種荷,流連觴詠。君子長生,斯言不信。重陽之約,一畝之遊。信宿奄逝,悵歎千秋。靈旐將歸,遺書猶在。灑涕陳哀,如相晤對。嗚呼哀哉,尚饗。

代唐子方先生家人祭子方先生文[①]

維大清咸豐四年歲次閼逢[②]攝提格二月庚午朔,越二十有五日甲午,承重孫我垣,不孝男煦,孫我墉、我圻、我坊,謹以羊一豕一、香楮湯饌,致祭子方府君大人之靈前。泣而言曰:

嗚呼,吾祖秉正氣於乾坤,固大節兮[③]效忠,何所值之齟齬,不能稍展其志而賫恨以終。行路之人,聞吾祖之死,猶太息痛恨,不如涕之何從。矧求骸骨而不得,不孝等徒跣被髮,彷徨驚愕,何自而叩吾祖之音容?

憶吾祖之少時,性沈毅以豪邁,登賢書而出宰。投袂大府之前,不顧世俗之駭怪。楚人頌其青天,謂能療吾民之瘡瘵。迨宣力於秦雍,復開藩於武昌。值江流之泛溢,所全活數十萬衆,至今民猶感頌而不能忘。

慨大僚之掣吾肘,乃解組而里居。感時事而興喟,恒拊髀以欷歔。自簡命之恭承,遂慨慷以叱馭。團風巴河,胥告捷而全師。謂成勳名於指顧,何士餒而馬飢,待轉糧而莫繼。整旅旋而更圖再舉,又牽制於兩師。嗟兩帥之愚繆,不思和衆而互相詆訶,各擁兵以自衛。

吾祖率五百[④]人,以一簣而障江河。俄賊衆之披猖,馳千艘而麏[⑤]至,猶仗節而誓師。既力屈勢窮,無所施其勇智。指白水以盟心,乃從容自沉而畢臣子之事。嗚呼!謂天道之有常,何吾祖之仁聲善政而不降以康?值聖人之在位,何吾祖之忠貞自矢而不得自達其肺腸?嗚呼,吾祖之死,與日月而争光。

---

① 《稿本》、《手稿》存。

② 底本脱“閼”字,據《手稿》補。

③ 兮:《手稿》作“其”。

④ 五百:《手稿》作“二百”。

⑤ 麏:《手稿》作“捃”。

始湖南之牒至,繼男炯之書來。蓋炯先一日而馳至,僅獲一見吾祖之言貌,而不獲收其遺骸。嗚呼痛哉!欲赴訴而無所,奉衣冠以招魂。歎靡瞻而追想,痛罔極兮夫何言。遵禮文而製服,靈髣髴其來歸。嗚呼,家人環集聲號悲,喪吾祖尊將何依?矧吾祖之忠憤抑鬱,尤亘古之所稀。嗚呼哀哉,尚饗。

右招魂成服。

嗚呼!東山如故,祖何往耶?既潔晨餐,其來享耶?滔滔江漢,其足瀉憂憤之衷腸耶?歸心北闕,騎箕天上,魂其返故鄉耶?嗚呼,慷慨辭家,曾幾何時,音容其可追耶?晨省何所,其能已於悲耶?嗚呼哀哉,尚饗。

右朝奠。

嗚呼!白日西暱,夕膳嘗馨。事死如生,爰妥先靈。惟祖之存,光明磊落。三至楚邦,瀹災郢鄂。孰謂行仁,而阨其身。大吏既忤,惟帝鑒誠。進退分明,生死不苟。遺言猶在,永用世守。彷徨日暮,魂其來歸。酒脯式陳,食飲庶幾。嗚呼哀哉,尚饗。

右暮奠。

孫彦三哀詞 並序

咸豐十有一年,予主蓮池書院,孫生彦三從予遊數月。予知彦三能時文,而不知其好學之深也。仲夏之月,予以時務課士,相敦勗爲有用之學。陳生松泉爲予言:"彦三究心方輿。"進而問之,則深自抑遜,若無所知者。已而請曰:"師有《海國圖志》乎?"予曰:"君不務詳中國形勢利害而先詢遠略,使其國都郊野、山川道里盡在目中,其能治及海外耶?"彦三揖予謝,請異日盡假所藏圖籍讀之。是日澍雨新霽,予留諸生蓮池翫月。彦三文先成,去。越四日丙午,而張生肇一告①曰:"彦三死矣。"予驚彦三之死之速,恨予知彦三之晚,且以彦三有志經世,學業未就而遽短死。既哀彦三,又未嘗不爲斯世惜也。

彦三狀貌修偉,性質實,所爲文奇古豪宕。家貧親老,授徒以爲養。彦三既死,肇一諸君經紀其喪,且爲教所授徒,而以資歸其親。嗚呼!以人之於彦三若此,而彦三平日所以自立與所以及人者,可見已。

彦三名國芳,清苑舉人。昔昌黎作《歐陽生哀詞》,序曰:"以舒予哀,以傳於後;以遺其父母,而解其悲哀。"予於彦三亦云:

涼月弔人兮,風蕭蕭。桂樹叢生兮,一枝早凋。感吾道之益孤兮,歎賓閣之虛寥。惟此純修之粹美兮,又重之以文采。羌問難於方輿兮,鬱遐心於薄海。求仕未達兮,勵

① 告:《稿本》同,《手稿》作"告余"。

學彌真。教授黽勉兮,善事其親。菽水承歡兮,鼎烹非樂。其志則艱兮,其行則卓。觀古今之須臾兮,固齊視乎籛殤。嗟時命之不延兮,壽乎世者其長。進馬忽疾兮,顧況傷子。推生知死兮,孝思曷已。同道有朋兮,風義相敦。人無百年兮,雖死猶存。

張薊雲哀詞 並序

張君薊雲與予同客四川布政使劉公幕中。同治二年,劉公開府秦中,奉詔督師漢上,予與君偕行。三年正月,予先歸自廣元。三月,君亦至。自漢上抵家,即爲書招予曰:“人七日不得穀則死,今不食六日,故亟見吾子。”因語漢上軍事甚悉,自道近所得,若謂有聞於道,可以死者。越旬日,連使人促予。至則見其老母、妻子。已而執予手,張目語曰:“獨不能相救耶?”嗚呼,君其死矣。

元年,予之始入蜀也,君來謁予。陳君懿叔、唐君鄂生、顧君幼耕、范君雲吉、朱君眉君、汪君蒓庵並先後來成都。君年最少,健步。時同人以文爲會,數日則群萃讌樂。或未及期,君輒往來傳語同人文字,或朗誦所自爲詩,頗自矜異,同人亦嘖嘖稱歎,畏君後生也。嗚呼,君其死矣。

雲吉先君死於江西,同會諸人或歸故鄉,或仕宦遠遊,無一同哭君喪者。而君自去年與予同客居,屋相比,榻相鄰。予既數更憂患,多身世之感。傷人生聚散、生死之無常,而於君尤哀已。

君爲人性伉爽,無私曲。劉公緣是重君,所以勗君者甚至,君益勇於爲善。在漢中,訪南鄭知縣周蕃壽及其家死難者九人,爲具棺斂葬。又出貲瘞人骨,日夜不倦。雖因以致病,無所悔。巴州戎幕中軍書旁午,君稍暇輒鈔所爲詩。劉公笑謂:“君盛德大業止此乎?”予亦微規君。君卒不輟,裒集成若干卷。嗚呼!孰知其果止於是也。

君其死矣,母年逾六十,子纔三年。予悲之,乃爲文以抒予哀。其詞曰:

謂君體薄兮,其心孔厚。謂君促齡兮,其文宜壽。感忠掩骼兮,厲氣中之。豈壽命之不齊,抑天道之難知。嚙指動心兮,千里返駕。方慰倚閭兮,轉增哀詫。孤藐爾兮抱遺文,志未竟兮才靡倫。嗚呼,君詩而無傳於後也,何以慰君之幽靈。

紫泥日記

“監臨”字始見《漢書·朱博傳》。唐制,天下選人試時,長吏親自監臨,此考試監臨之始,未設專官也。國朝初,沿明制,令巡按、御史監臨。康熙二年,裁撤巡按,以巡撫爲之。乾隆十七年,諭改用藩臬。十八年,江蘇、安徽仍用巡撫。五十八年,各省改派布政使會同提鎮試畢,巡撫覆試。五十九年,停止覆試,仍用巡撫監臨。江蘇、安徽輪流監臨,此舊例也。

予以光緒十五年奉命護理江蘇巡撫,詔開恩科,輪值監臨,先期往金陵。唐人詩云:“紫泥盈手發天書。”監臨例用紫筆,故借以題册。

貴筑黄彭年識。

七月二十四日

始發吴閶,過寶帶橋,别送者,始得暢行輪舟,拖帶甚速。一時許,至鍋底店,兩傍荷蕩,清風送香。少頃,至吴家港,已入崑山界,遥望一點青山,即縣城也。至陸家浜,爲青浦界。黄渡爲青浦、嘉定交界,去青浦三十五里,去嘉定四十五里。兩邑多種棉花、芝麻,喜晴,農民不甚盼雨。自省至此百二十里,因須勘河,停輪待李景卿觀察同行。

赴金陵監臨鄉試,始發吴門,口占二首

吴中自古萃英才,喜值昌期慶榜開。行省遞移星使節,故事,蘇、皖兩撫輪值監臨。廉泉欣酌雨花臺。監臨例供雨花臺泉水。良金不待披沙揀,蘇屬泱科,佳卷甚衆。抱璞終因獻玉來。聖主求賢心更切,欲儲楨榦翦蒿萊。時奉詔整頓科場。

平明冠蓋出吴閶,漸遠囂塵入水鄉。預卜三秋禾稻熟,萬頃江田,禾苗蔥茂可愛。遥聞十里芰荷香。鍋灘上下十餘里皆荷蕩。波摇但見魚鱗動,輪轉方知馬力强。輪舟拖帶。茶罷倚窗清睡足,纔過細雨又斜陽。

二十五日

邀景卿同舟,按圖指勘應修之處。周太僕廟及野鷄墩各處,皆極淤淺,重舟待潮而行。新閘以下,原議蘇松道承修,已三分之二,缺費而止。龔仰蘧觀察欲乞水利局竟

其工,許之。冬間始能興辦也。

文武各官來舟次,比至金利源馬頭,已徧見矣。沅帥遣測海兵輪來迓,因告仰蘧,不復登陸。

過測海舟,至吴淞口,泊。自黄渡至龍王渡,以上青、嘉兩邑相錯,以下皆嘉定界。界浜以下,皆上海界。行七十六里,至吴淞口。三十里,勘吴淞江至上海,登測海兵船,泊吴淞口。

有作二首

水勢寬深待測量,徐行勘丈未應忙。道逢東海探驪客,有還山東鄉試者。地是南朝射雉場。野雞墩,南朝射雉之場。墩上、下尤淤淺。市舶每乘潮上下,停橈空望海汪洋。頻年修濬勞輪助,須念民依計久長。

百國千航萃海濵,衣冠蹌濟勝城闉。偶循故事争相迓,未得過從亦有因。文武來迓,以關防,未得登陸答拜。北海遠來天下老,翁尚書假還,過此,未得晋謁。西山猶憶舊遊人。樊雲門大令自秦來,僑家上海。遥知今夜吴淞月,照澈江南萬景新。

二十六日

發吴淞至瀏河港,七十里。至白茆沙,六十里。皆入海要口。沙灘頗礙行舟,洋人以浮桶誌之。上水至吴淞,下水至徐六鎮。夜輒停泊,雖輪舟不敢輕駛。白茆至大沙,百一十里。過寶山、通州境,百一十里。至江陰,百五十里。至三江營,夜半矣。

二十七日

平明過鎮江府金、焦兩山,雜以礮聲旂色,文武有駛舟來者,不能及輪舟也。午刻,風暴抵下關,易小輪舟。一時許,始抵水西門外。文武官相迓,於官廳略敍。入城,至察院行臺,易冠服,謁總督。儀節用督撫相見禮,而手版稱謂從本任布政使。

二十八日

在金陵察院。

二十九日

在金陵察院。故事,貢院分中、東、西三路,點名以礮聲爲號。往往中路先畢鳴礮,東、西兩路聞聲而至，輒致擁擠。或議東、西易以鐘、鼓。予謂鐘聲微，鼓聲更微，不如礮聲及遠。人聲嘈雜之中，恐難辨別。驟改舊章，恐士子不自咎其聽之不明，轉咎改章之不善，不如仍舊。惟各路先點畢者暫停，必俟三路同完，始行舉礮，則聽者不致有誤。東、西路人數較多，則增案分點，以期迅速。

八月初一日

腹疾，謝客。作家書，遣摺弁還蘇。

初二日

青浦諸生乞攤分賓興餘款。予謂諸生念切觀光，當志其大者，不當較量錙銖，批縣學會。

經董核，議是日考試，聘調簾員。安徽十六員，江寧、江蘇各十二員，共四十人，各給聘字銀牌一面。四書題："得天下英才而教育之，三樂也。""君子有三樂而王天下，不與存焉。"詩題："會送夔龍集鳳池"得"池"字。王令齊海病篤，未能完卷。此老手也，惜哉！

考試簾員，書示一詩

大政親裁正闢門，南邦黎獻古風存。再三諄諭宜遵守，時奉諭整頓科場。四十賢人共討論。上江十六員，下江廿四員。鵬鶚高低衡鑑準，夔龍會集禮文繁。是日詩題用杜句。煎茶試院同欣賞，丹桂盈庭月滿軒。

聘　牌

分校求賢及四方，國初，分校聘鄰省舉貢。方舟以貢生充河南分校。不施符檄意深長。銀牌珍共賓筵爵，賓興鹿鳴筵宴，各給銀杯。聘幣名存告朔羊。外式渾圓如月樣，中嵌文字煥天章。將軍揖客猶增重，闈中見長官如校官，長揖不屈膝，猶有能行之者。髦士莪莪詠奉璋。

初三日

同監試、提調、司道府縣各官察勘貢院，謂之踹場。自內簾衡鑑堂、房考、監試、收掌、刻匠各院，外簾至公堂及監臨、提調、監試各院供給及收卷、謄録、對讀、彌封各所並號舍與水池咸皆周覽。步行約三里許，尚無倦意。歸治公事畢，卧後乃覺困乏。

上下江簾員投和詩者甚多。

蹈　場

憶踏名場五十年，庚子初應鄉試。曾操寸管矮簷前。星移舊事如春夢，霓詠今番集衆仙。似到月宫遊已徧，偶思江水引來便。水池水管引江水入場，梅中丞所製。予心更擬孤寒庇，廣厦還應廣萬千。號數逾二萬人，數常溢，惜限於地，不能增設。

初　四　日

公讌於莫愁湖，駐防將軍、副都統、皖蘇兩學使、司道均至。沅帥以有疾，未與。湖以盧家莫愁得名，明中山王賭棋得之，許仙屏方伯就湖建閣，祀曾文正公。對翠微，望石頭，俯檻觀荷，開窗見塔，亦江南之勝境也。

莫愁湖

偉績誇稱兩代英，名湖難掩女兒名。佳人價比江山重，好色情於富貴輕。白萏紅蕖争水立，翠微丹嶂遠天横。興來笑問鴟夷子，何似成連海上聲。

猝聞星槎大令殁於簾官公所，使王鹿峯太守經紀其喪。予與同官集賻三百元，許仙屏方伯由供給所給銀二百兩，令其子初十日扶柩，附輪歸籍，詩以弔之：

悽誦淵明自挽詞，自撰挽聯，語甚悲切。猶聞强起和予詩。真除三度成虚幻，泡影一官常數奇。在皖兩次補缺，兩丁内外艱，今補丹陽，皆未到任。鶴爲守梅支病骨，蠶雖下箔有餘絲。麥舟幸得同寅助，素旐輕舟歸未遲。

附録和詩

羅田王齊海星槎：

駑駘何幸託龍門，感泣難忘古誼存。鈞命又教將士校，病軀卻愧把文論。黄花影怯經秋瘦，丹桂香憑點露繁。若使更生慶劉向，不羞殘客侍高軒。

初　五　日

上江發出試卷七千六百零二卷，下江一萬一百九十二卷，總共一萬七千九百餘卷。今年人數較少，士子在街市亦俱安静。提調、監試報考驗、謄録書農，俱憑批首點人數，長元吴三縣賓興費，向章每名十元，恩科五元，屬藩司另籌，每名增二元，外邑不能一律加增也。

是日,奉廷寄遣弁賫摺奏事,並報入闈。

初六日

同主考入闈。提調、監試先至公所。在江寧府署。差帖請總督、兩學政,均蟒袍補服。次請主考、行裝各官。跪請聖安,入獻茶,敘坐,更朝衣。出,望闕,謝恩,筵宴。康熙十四年停止入場宴,二十一年題准入場、出場筵宴,照舊例行。酒三巡,主考起,總督、學政辭還署,監臨俟闈中,執事各官盡行,乃乘明輿抵貢院,更蟒衣,祀龍門,乃入與主考敘茶,送入内簾。内監試、收掌隨入。

監臨坐至公堂,擇考簾所取最優者十八人,送入内簾。復擇精明强幹者八人,謄録、彌封各四,以二所事尤繁重也。其十四人,掣籤、外收掌二人,對讀四人,受卷八人,佐雜委員由提調分派。事定,查各官行李畢入,封門。

是日盛熱,得雨乃涼。

入闈

簇擁雙星下紫鑾,臣僚同叩聖躬安。煌煌鉅典恩波闊廣額,秩秩賓筵禮數寬。持節徐看千仗出,監臨最後起行。明輿須使萬人觀。仰維當陛求賢詔,力果心精早夜殫。奉諭整頓科場,有"心精力果"之訓。

煎茶閒話白門秋,遥指光芒射斗牛。文萃英奇來海岱,兩主司皆山左人,明人有《海岱英奇集》。班聯學士似瀛洲。十八房。諸曹盡是琳琅選,上國憑將杞梓收。鎖院沈沈深夜月,莫隨王粲賦登樓。四隅瞭望,樓外民居相對,向爲照影、傳題之所,入闈即飭封閉。

衡鑑堂 主司與同考官在堂閲卷,内監試監之

濟濟蹌蹌聚一堂,儒生報國在文章。虹橋日進三千卷,每日進卷以三千爲率,飛虹橋在内簾門外。寶鑑分懸十八房。明十八房分經。乾隆中,統試五經十八房,仍舊。前届以試卷逾二萬,請增兩房,部議未允,而展出榜日期。貢舉人才唐陸贄,唐、宋知貢舉,即主司考試。今與監臨同例,不許干預閲文。挽回風氣宋歐陽。桂枝崑玉如相賞,錐穎於今正處囊。

至公堂 監臨率提調、監試辦公之所

地處中央稱至公,居然漸被到西東。文場巡徼忘昏曉,矮屋謳吟共雨風。部勒有同軍令肅,闗防未許姓名通。我思帝德如天大,願闢明堂達四聰。

内外簾

《玉海》:"寶元中,詔省試設簾於都堂之中,楹施帟幕於東西偏,以限内外舉子。進質疑義,毋令近簾,以防其私。"此名簾之始。《宋史·選舉志》:"淳熙四年,命省試簾外官同姓、異姓親若門客,亦依簾内官避親法。"内、外簾之分,自宋已然。

内外惟憑一簾隔,古人立法等蒲鞭。盈階草色猶侵座,深院鑪香欲告天。鳳羽高翔朝日上,鰕須不捲晚風前。莫嫌咫尺經過斷,王半山《詳定試卷詩》有"簾垂咫尺斷,經過及衆論,勢難專可否"之句。衆論難將可否專。

初七日

上江收卷七千五百九十四,下江收卷一萬五十五,統計一萬七千六百四十九。上江官生三十六,下江官生四十九;旗生七十九。點號軍及各項人役畢傳五所,並幫辦受卷各員分手用坐號戳,先舁坐號戳桶至堂,每字戳爲一串,計二萬六百號。今年人數少,應餘二千餘號。每串去十分之一爲厠號,其餘均和亂。然後舁卷箱,簽分十六處。每處一員,二吏員檢戳吏印卷,不過兩時之久而畢。其官、旗生均於狀元新號内另檢字號編列,均另立號簿。用過印戳,另包封儲,俟二三場印用事竣。進頭場題紙,進供給。初八日係頭場點名,不開内簾門。

是日午後,先進内簾供應。凡進供給,務使内外人役隔絶,以杜傳遞、送信諸弊。

印卷 印坐號也

印似飛鴻印雪泥,還如鳳字向門題。號口皆大書某字。棋枰著子原多路,井野分廬有定棲。萬姓貫開江上下,千文編就號東西。用《千字文》編號,去帝王及不祥字。誰從矮屋舒虹筆,頓使聲名霄漢齊。

初八日

三鼓發頭點,至公堂擊鼓,明遠樓奏樂,大門外擊鼓陞礮。二點、三點如之。二礮開東角門,進兩日供應。次日正場不開門也。

協同點名司道暨江寧、太平兩府及稽查彈壓官至自東角門入,乃舉三礮,開大門,陞龍門公座。各官竭畢,内提調、監試、點名道府分東西坐。三路點名、搜檢、領卷。

點畢,各官辭出,封門。凡一萬七千七百九十六人,自丑初至申初,魚貫而入,無送考擁擠之弊,故速也。飭號官催士子歸號,獲形跡可疑一人,枷示明遠樓下。封號,少憩。

三鼓啓内簾門，出題紙，坐至公堂，傳號官頒每人一紙，每號貼一紙，每號官别與十紙，防更易，仍繳還。四書題：“君子有三畏”一節，“明乎郊社之禮”二句，“天子適諸侯”至“述所職也”。詩題：“江涵秋影雁初飛”得“秋”字。

點　名 “庚”、“青”兩韻，用進退格

夢裹驚聞舉礮聲，紛趨三路聚羣星。三路點名以礮爲號，林文忠遺法。龍門未許閒人入，送考不准入頭門。魚貫曾無越次行。點名擁擠，一由送考者混入頭門，人多所致；一由每府點畢補點。本届送考者止於栅欄以外；點名不到者，統歸點完後補點，故午後即點竣。千里迢遥如負笈，一堂授受似傳經。自荷考籃領卷。雲程從此扶摇上，更有鴻臚與唱名。

封　門

四門穆穆正掄才，鎖鑰周巡日幾回。便擬泥封千里固，不妨言路一時開。閉關豈有深謀在，擊柝如防暴客來。人似羣星滿霄漢，天閶未啓且徘徊。

歸　號

正是龍門躍鯉時，登門翻訝路多歧。偶然桑下住三日，且向林間棲一枝。虎穴風生聞遠嘯，鳳巢雲起應昌期。莫嫌矮屋規模狹，廊廟經綸此肇基。

散題目紙

《容齋隨筆》：“大中祥符元年試，禮部進士内出《清明象天賦》等題，仍録題解摹印以示之。”題目紙由來久矣。頭場題目大字，詩題下注及添注、塗改格式、韻字俱小字。二場惟無詩題下注及韻字，有《春秋》題下小字，餘同。三場題字小於頭二場。皆鈐主考、監臨、提調、監試關防。

書題天老蕊宫來，列炬傳呼鎖院開。紫墨標鈐如錦綺，主考關防用墨，監臨、監試、提調關防用紫。篇章分析似條枚。豈同溝水流紅葉，合有文章賽碧瑰。片紙投來驚夢醒，手持彩筆上蓬萊。

其二

何須更請試他題，四子唐詩刻並齊。字辨焉烏看細大，紙如飛蝶向東西。書詞洞達胸懸鏡，筆畫分明爪印泥。萬藴千牌人共取，是誰精思闢町畦。

初九日

國忌。

定紅號百八十字,印二場卷,查號過戳。

有父視子病,不得歸本號者,原情從輕,扶出。有混入小貿者,交江寧府。有混入號中,一自稱織匠誤入;一無卷,有光緒十一年卷票,均飭候開門交江寧府訊究。此次考生極爲安静,歷科所未有也。號内巷狹,茶鑪均設號外。茶水夫往來,頗難稽察。若於號内匀數號作厨則善矣,然非增間不可。

散 飯

帝爲粒民隆鼎養,授餐典禮起文場。厨官已飭千倉供,大府先將一勺嘗。每擔飯過甬道,取嘗之,皆可食。白粲紅鮮齊入詠,吐經茹史自成章。應思天下飢由己,推食從兹飯不忘。

初 十 日

是日,宣廟聖誕。補服如儀。

啓内簾門,送供應,進二場題紙,受卷。官集至公堂收卷,上江東,下江西,旗卷亦附於西。晝牌夜燈,投卷給籤,開門放牌。司道來會於頭門,以查出可疑諸人交江寧府。

候至四鼓,尚有不能完者七人,扶出之。犯規及不完卷者,帖例從寬。百餘人未蓋戳,卷扣不發謄,仍令提調、監試示諭。

放 牌

升堂濟濟士如雲,卷帙真同雨葉紛。蠶已吐絲應下箔,馬因解轡欲空羣。有奴代負登科具,市考具者,門前書"登科必用"四字帖。遇友先談得意文。一笑投籤還奪錦,棄繻堪擬漢終軍。

詠 四 所

收卷所:頭場,各所官無事,可令幫同收卷。二、三場,分派佐雜助之,但必印收卷官銜名。

江分上下士争趨,座列東西各異區。欲使衆材歸大匠,不教滄海有遺珠。八條三約規無越,百束千箱數盡符。百卷一束,千卷一箱。底事仙人遭貶謫,向隅猶自泣窮途。帖例從寬,尚百餘人。

彌封所:彌封後,另編紅號,由監臨選定若干字,以百卷爲一號,内場無從知爲某府某縣。

古稱得士必知名,翻覺糊名待士輕。書盡緘縢如秘笈,機防漏洩類籌兵。旁求似以枚爲卜,摸索偏誇暗裏精。蘇子也曾章李誤,紅題百八要分明。新定紅號百八十字。

謄録所：本年上江謄録七百二十六名，下江七百八十名。十七日，補進二百十七名。

碑篆傳摹慮失真，却嫌真跡易書頻。脱遺每恨文多誤，潦倒休誇草入神。影刻故書依宋本，寫經妙手效唐人。共期一字無差異，朱墨相輝識苦辛。諭謄録書農，佳者給賞。

對讀所：對讀向用藍筆，順治十四年改用黄筆，十六年改用紫筆。今對卷用黄筆，其文移册檔仍用紫筆。今年對讀青生三百八十二名，彌封、謄録由監臨選派，而對讀、掣籤。其實，對讀關係亦重，必須得人，且兩員分司上、下江，恐難周到，宜改爲選派，並於佐雜中生員出身者，選派二員幫辦，則無忙迫之患矣。

校讐文字擬經師，對勘真如落葉披。燭本過書燕郢誤，樸緣同韻鄭周疑。念持似誦西方偈，添減難依南宋詞。笙磬音諧黄卷好，對讀青生用黄筆。朱衣點頟向伊誰？

十一日

國忌，各官司皆素服。

是日，發點。舉礮點名，與頭場同，惟不奏樂。未刻點竣，進供給畢，封門，查號，過戳。連日大熱，夜雨乃解。

頭場收卷畢，分官、民、旗三項。旗爲一束，其餘分上、下江，每十本一包，百本一束，送提調登簿，挂號發外收掌，送彌封所封完，轉解謄録所。須明日始能發謄，十三始能進内簾。

示諭謄録，所謄卷佳且速者賞，違者懲責。謄、對兩所近二千人，動輒滋事。馭之之術，在賞罰嚴明，尤貴體卹，故必須得人。供給所用人雖多，較易約束。

十二日

四鼓啓内簾門，發五經題紙如頭場。經題："剛柔者，晝夜之象也"、"偏干羣神"、"其蔌維何，維筍及蒲"、"晋侯伐鄭，宣公十有四年"、"命大師陳詩以觀民風"。

印三場坐號。

查號，有亂號五人，扶出。

戌刻，開内簾門，進卷九百本。較往年早一日，委員得力也。卷編紅號後，悉皆攙和，但分上、下、旗、官，並不分府縣。

前日沛縣、銅山諸生呈稱兩縣少中，由進卷遲，蓋誤聽懸揣之詞。

進卷

對讀訖，送外收掌。請開内簾門，送入，内收掌受之，匀分爲十八束。

初由兩主司對掣派房，後則内監試收掌、掣籤、分送。

葫蘆依様畫初成，不論妍媸態共呈。卷有萬千依次進，藝分十四待人評。王盧休更論前後,不分府州先後。求李無從識姓名。海底珊瑚憑釣取,不知誰是百人英?約計人數,百卷中一。

十三日

高廟聖誕,補服如儀。

開内簾門,進三場題紙。進内簾次日供應,如頭場。天明收卷、放牌,蜂擁而出幾二千人,嫌其太速。三鼓尚有不交卷者,又嫌其遲。偶取數卷閱之,則炳炳麟麟、詞采茂美,信此地之多材也。

收卷畢,送彌封發謄。違式帖出五十餘人。

觀雲門屬題書畫,作家書。

雲門以吾家忠端詩卷見示,自題云:不過爲涪翁斂其砂礫。因效其體,書後。

題雲門書畫

東堂墨妙涪翁詩,趙宋朱明驚兩奇。疏證明誠仍問業,昌黎喜得樊宗師。予著《黄忠端公明誠堂十四札疏證》。

十四日

午刻點名畢,封門。

天氣過暖,號未能遽封。封後即查號,諸生便之行法,亦不能不察人情,但不使作弊耳。昨日進卷二千七百本,今日進卷二千八百本。

四鼓,開内簾門,發策題。經學、史學、説文、碑刻、編集。

題紫筆荷花

彩鳳西翔墮紫霞,輕風吹送入誰家?碧琉璃水黄羅霧,擁出雙雙解語花。

瑞霞晴麗彩雲開,紫帔仙人跨鶴來。延佇多時如有待,輕摇緑沼泛紅醅。

書雲門所藏錢松壺畫《輞川圖》後

予性好遊,足跡半天下。遇佳山水,訪其園林,攬其勝概,流連而不忍去。平居閉目静坐,思所歷之勝,以自娱悦。其不能至者,玩昔人紀遊之作,觀其圖畫,亦往往有得焉。

輞川,固秦之名區也。自摩詰形諸詠歌,裴迪爲之和,好事者爲之志且爲之圖,今古稱勝焉。予往來晋蜀,必過秦川,欲遊不果。同治中,隨侍在秦兩年,以侍奉未能遠離,又不果。光緒中,宦秦又兩年,可以遊矣,而拘於官,又不果。及遷官吴,會瀕行,決計獨往,而阻於雪。雪霽而璽書敦促就道,孟城、竹嶺、鹿柴、欹湖諸勝,終不得一至。今宦吴又兩年矣,曾不能放櫂支筇石湖、天平、洞庭、靈巖、支硎諸山水間,以遊目而騁懷。

夫山水者,天地之精氣也。人得其精氣,足以益聽明、增志慮。以之治學則學純,以之治事則事罔不舉。登高能賦,古人所尚。唐之白、宋之歐蘇,政事之美與文章並傳於世。彼何嘗廢遊,又何嘗廢事哉?

今之居官者,偶事遊眺則僚友相規、疵議並起,甚且操白簡而隨其後。夫局促於官廨,疲困於奔馳,日與簿書、吏人相溷,不有山水之精英以盪滌其瑕穢,而啓發其志氣,亦何怪胷中齷齪、猥鄙而不足以集事也。予觀松壺《輞川》之圖而有感焉。

是圖舊有刻本,不足以傳。松壺畫宗衡山,鮮明幽秀,各極其致。予獲觀此圖,不啻置身藍田華子岡矣。圖中文杏館多畫杏華,不免爲考据家所訾,於畫局無傷。雲門深閨論畫,其韙予言否?

十五日

外簾各官相賀中秋節,俗例也。開内簾門,進卷三千。定例:十六場竣,放牌。

本日完卷者甚多,乞開門。相沿已久,不能禁也,無關弊竇,則姑仍之。阮文達句云:"出門一笑看西湖,月滿東浙潮來時。"浙闈已然,不獨江蘇矣。

酌定委員、書吏勞績,飭内供給所給賞。

子刻看月華,不易覯之境也。

詠監臨院桂

人人攀桂盼登瀛,催得花開趁月明。老樹霜侵寒有韻,中庭露冷溼無聲。捲簾香氣紛來撲,入卷秋光分外清。此際西莊同玩賞,孫枝應放一枝榮。

詠監臨院竹

何年種竹倚修廊,風景蕭疏雨意涼。蔽日未容攎萬葉,淩雲應許用三梁。高如國號無雙士,清待人題有斐堂。先後筍生同軾轍,讓人頭地是歐陽。

中秋,試院看月華

鵲飛蟾起月如銀,華彩相宜景更新。五色雲開圓有暈,三台星朗净無塵。清光早已懸冰鏡，輕縷休教絆玉輪。待得泥金來報曉，桂花香裏引杯頻。

十六日

進内簾卷三千。三鼓尚有未完卷者。偶取一卷閲之，亦短篇空策。速固草率，遲亦未必精工。佳卷定多，惜無暇多閲也。

帖出二十四名。

詠三場

第一場：試四書、詩題。

防弊無如作弊精，四書試士擬題行。百僚敷奏詞多異，八股文章法未更。康熙七年，仍以八股文章取士。後來屢有陳奏，部皆議駁。洪邁名言著皇慶，宋洪邁有“諸經兼《大學》、《論語》、《中庸》、《孟子》一義”之議，與朱子《貢舉私議》同。當時未上，天下誦之。元皇慶三年，始著令第一場《大學》、《論語》、《中庸》、《孟子》内設問，用朱子《章句集注》。半山遺製變成弘。王安石四書文，尚是經論體裁。八股之法，明成化、弘治始備。唐人帖體今尤貴，翰苑從兹早樹聲。乾隆己卯，二場經文之外，試五言八韻唐律一首；四十九年，改於頭場。先是，頭場四書外，經義四道；迨經義改二場，故頭場增詩。

第二場：試五經各一題，始乾隆五十八年。

五經正義古相承，孔穎達疏《易》、《書》、《詩》、《禮記》、《春秋左傳》，謂之《五經正義》。“五經”之名，由來久矣。大小隨時有減增。《禮記》、《周禮》爲大經，《易》、《書》、《詩》爲小經，以卷多寡論也。宋以後，試士或一經，或三經，或五經外增加《周禮》、《儀禮》、《孝經》、二傳。專業人宜精所習，兼通帝亦奬殊能。經義分房，每經五題，本沿明舊。康熙中，莊令輿、俞長策俱作五經，御史以聞，特詔授爲舉人。本因表判浮文去，國初舊制，第二場試諭、詔、誥、表、判。何意空疏巧弊興？致用要須崇樸學，莫隨俗士盼三升。

第三場：試策五道。

秀才策試比賢良，肇舉曾開第一場。康熙二年，試士分爲二場，第一場試策五道。七年，仍用八股文章，復三場之制。時務文應追賈董，俳優體勿效齊梁。策全用四、六干例禁。題分五類門猶隘，道光中，祁竹軒制儲請定爲五門發題。部議士子所宜切究，不止數條。考官拘定，恐啓揣擬勦襲之弊。字限千文卷並長。明制，時務策限千字，有給長卷者，足救近日草率之病。勇氣再衰三更竭，誰能滿引快騰驤？三場五問，自康熙七年後二百餘年，未經更改。

十七日

收卷。號官稽查彈壓，各官均銷差。

進卷三千六百五十五本，上江共民卷七千三百十九、官卷三十六，頭場已畢。下江尚未完八百餘本。

詠五色筆

墨筆：主司用。元皇慶二年，定考校官用墨筆批點。明舊制：考試官均用藍筆，後改主司用墨。

衆俊争趨翰墨場，卻將程墨定文章。古稱墨義，明文有《擬程》、《擬墨》之作，後僅題墨字，不成語矣。偏旁字擬金壺考，長短才憑玉尺量。草對罰應防飲汁，北齊秀才草對，書有濫列者，飲墨汁一升。花生夢亦有奇光。黑頭誰是三公貴，下筆真教士氣揚。

紫筆：監臨、提調、内外監試、五所官均用。

九天新降紫泥書，秉節權移使者車。風送薇垣花款款，自藩署啓程。星臨棘苑屋渠渠。敢希魚袋承恩重，新奉鸞章莅事初。遥仰禁城思奮筆，自將忠悃達丹除。

藍筆：同考官用，内收掌同。

心清本似蔚藍天，厚德還同種玉田。豈但詞頭分顯晦，不殊人面辨媸妍。淡如拖水微波動，濃擬垂珠滴露圓。網得良材青更勝，後生可畏過前賢。

朱筆：謄録、書農用。明制：謄對、受卷均用紅筆。

五色迷離燭影寒，眼明方信奪朱難。點頭人近衣猶在，鈔手書成硯乍乾。開卷未應看作碧，入鑪休使賦疑丹。黄滔《登第覆試》詩：“疑丹再入鑪。”雍門古調誰能賞，疏越弦音各自彈。

黄筆：對讀青生用。

何須月旦漫雌黄，句讀分明點畫忙。好處每從初寫得，帖來無異舊文詳。宋時，帖黄皆録正文於别紙，帖卷後，今仍之。中含通理多精妙，字有模糊待審量。請看宣麻張榜日，榮紆青紫綰金章。

十八日

進下江民卷八百四十五本、官卷四十七、旗卷七十七。連前，共民卷九千五百四十五、官四十七、旗七十七。下江頭場卷亦畢。頭場上、下江民卷一萬六千八百六十六卷，官、旗共百六十，統共民、官、旗一萬七千零二十四卷。

續進上江二場卷五百本。本日僅進一千三百餘本。緣截清頭場，開繕二場，須躭閣數時也。

二鼓，閒步，登明遠樓看月。東望鍾山，龍蟠虎踞。數萬坐號如井字排列，壯觀也。

十 九 日

進二場卷二千,上、下江各一千。

又,進下江五百,上江八百,今日共進三千三百本。

登明遠樓看月

萬景俱澄月色明,高樓縹緲俯滄瀛。看山尚説興王跡,角藝如聞戰士聲。庾亮一隅猶遣興,元龍百尺自豪情。有人滇海遥相憶,閲世還應賦更生。唐鄂生中丞戊午四川闈中有《對月見懷》之作,迄今三十餘年矣。予去年病後,自號更生。

二 十 日

進卷一千七百,又進卷二千。摺弁自京回,言齊河一帶尚不能陸行解京餉,委員須繞道。

二 十 一 日

進卷二千二百本,上七百,下千五。又進卷一千七百本。上七百,下一千。

奉贈主試李小硯鴻臚、曹仲銘殿撰,即以誌别

雙持玉節出京華,來泛秦淮八月槎。九奏笙簧賓客禮,《釋名》:鴻臚者,大,以禮陳敘於賓客。满城桃李狀元花。山東臺閣多名相,江左衣冠有舊家。我欲扁舟還茂苑,回看天半起朱霞。

二 十 二 日

進卷二千,又進卷一千八百三十三。上江二場,共官民卷七千二百三十三本,已畢。下江尚少一千餘卷。

懷鄭小坡舍人文焯

達道何須問菀枯,此君天趣與人殊。少陵作客常依武,李廌知名黜自蘇。小坡言:"某公爲主司,欲得小坡。揭曉失之,引以爲恨。"芝石夢題巖畔字,夢境繪圖。蘭亭珍勝夜光珠。

藏臨《蘭亭》蠅頭書四石，常語人曰："吾家之寶也。"每逢月下銜杯際，話到元機妙入無。

二十三日

進下江二場民卷一千三百八十一，官十六，旗七十四，連前下江民、官、旗卷九千五百零一，下江二場亦畢。

二場統上、下江民、官、旗，共進卷一萬六千七百三十四本，較頭場少一百三十二。又進上江卷一千。

是日，得電奉諭旨。

水筧

舟載江水，場外爲巨池蓄之，以西洋馬口鐵爲筒，汲引如竹筧之製。筒筒相接，依簷傍壁，榦别枝分，屈曲如龍蛇。置缸處，筒開小孔瀉水，隨時啓閉。稍遠，别以小筒承之。頃刻間，内外簾、院所、號舍缸皆満注，省千夫之勞費，供萬人之飲啜。此梅公啓照官江寧布政時所製也。聞浙闈亦梅撫浙時所製。

誰言江水遠迢迢，挹注均霑雨露饒。牆畔引流如截竹，簷前激溜似横簫。龍蛇蜿蜒經千曲，河漢光明下九霄。罍溉祇今思泂酌，萬人歡飲渴俱消。

雨花臺泉 場中皆飲江水，主司、監臨用泉

空花似雨散諸天，山上雲連山下泉。取向層臺同石供，雨花臺文石可供几硯。擔來試院共茶煎。調符頗似申軍律，濯筆猶堪署錦聯。索書者甚衆。自有源頭來萬斛，閒吟時吐句如仙。

二十四日

進三場卷二千九百，上江九百，下江二千。續進一千七百。上九百，下八百。

是日，摺弁回。上月二十四所進摺片，均奉批答。咨主考旗生中三名，不廣額。上、下江官卷各中二名。

八月二十四，雨，因憶初七、十三兩日得雨，及夜半點名時皆霽，喜而有作

雨澤常廑聖主思，士農交慶兩皆宜。晚稻盼雨，闈場畏雨。山川醖釀爲霖意，日月光華久照時。緑野有人歌既渥，青雲得路喜相隨。經綸攸濟資賢佐，鴻漸天逵待羽儀。

二十五日

雨次。進三場卷五千二百。上江一千九,下江二千三。是晚,又進卷千五百。下江一千,上江五百。合計第三場已九千六百卷。

秋雨,卧病口占

夢裹如聞二竪言,抗塵何術避煩喧。尚無檄到令頭愈,未負喧時已背温。嚏出豈因風有噎,嗽聲直至月將昏。藜牀竹杖猶支拄,邪氣相侵正氣存。

龔半千《山水》長卷,先名宦公己未監試晋闈,紫筆題記,三十年矣,展讀惋然,敬記以詩

東南兩嶽岱與衡,文度兩峯圖畫精。烏目山人更奇特,廬山真面軒豁呈。是日展閲舊藏趙文度《南嶽山居圖》、羅兩峯《登岱》、王石谷《匡廬山圖》。畫卷琳瑯满行槖,紛排几案開官閣。樊侯健筆爲標題,山鬼歡呼畫師樂。囊中巨卷有半千,不名一山與一泉。卷長三丈高二尺,千里萬里茫無邊。石骨犖确樹枝密,如書篆籀攄椽筆。兩山空處即川流,不著墨痕真氣出。樊侯斂手不肯書,家藏舊畫多雲門題詩,此卷獨無之。云是先公舊日儲。己年監試三十載,紫泥重寫後先車。憶昔趨庭常論畫,龔羅王趙分宗派。龔年最後畫中豪,濡筆淋漓人意快。論畫兒童今老夫,擵挲手澤重嗟吁。只道承顔著書好,誰知銜索魚先枯。

二十六日

進卷二千四百本,上江九百,下江千五。又二千八百本。上江一千三,下江一千五。約計明日進三場卷,可以掃數。

監臨例出闈,回署辦事。闈中公事由提調、監試核辦,總督鈐榜,惟題奏尚列監臨銜耳。開内簾門,請兩主考相見,辭行。拜提調、監試。遣帖辭内、外簾大小各官。

二十七日

進卷,上江七百十三,下江一百五十三。連前,上江共解官、民硃卷七千二百十三本,下江共解官、旗、民卷九千四百六十一本,總共第三場一萬六千六百七十四本,較二場少三十。

咨請主司,定出榜日期。主司定九月二十五日。

進卷已畢,循例出闈,彌封、謄録、對讀各官同出。至總督、將軍及同寅處辭行,仙屏談最久。

返察院行署,包封月摺稿至。尚須辦摺,明日未能早行也。夜起作詩。

出　闈

秋風容易忽兼旬,暫輟茶香更抗塵。金帖待看懸榜日,將出闈,牒主司,定出榜日期。玉真先放寫經人。謄録竣事。鹿鳴未宴銀杯送,魚鑰初開錦仗陳。拜疏擬言風尚美,士聞詔下總遵循。

有贈印章者,誤刻"己巳翰林",賦以解嘲

丁未如何己巳鐫,十科已是廿三年。篆書體本多譌繆,行輩稱應易後前。翰林最重前後輩。誤筆有徵連亥字,"三豕"爲"己亥"之譌。紀時猶喜在庚先。年家若道予生晚,館丈相呼倒置便。前後輩統稱年家,七科以上,後輩自稱晚生,前輩呼後輩爲館丈。

二十八日

疏陳出闈、還蘇日期。又,五摺五片奏。又,題本二十七事拜發。啓行已午刻矣。將軍以下各官候送,於皇華館别之。

登舟出下關,始用輪舟拖帶。申正開行,戌刻過鎮江,入徒陽運河口,泊。凡行百九十里。測海兵船不能入口,駛向上海。

始發金陵,有作

有客相攜向水濱,秣陵秋色尚如春。道逢風雨皆詩意,是日微雨。夜話江天見性真。南北山多遊興減,往來舟上簡書頻。難忘結習耽文字,叢桂句留有夙因。

夜過鎮江

夜過名山似夢中,金焦甘露峙西東。三峯圖畫開燈看,兩寺鐘聲隔岸通。四十二年懷往事,戊申過此,維舟登陟。一千餘載溯高風。羹牆如見琴如晤,仰止深情自古同。

二十九日

天明開行,二十里樂舞鎮,十五里新豐鎮。兩岸壁立,土易崩墜填淤,議者謂剷平

岸頂無出土之地，若購地積土，其費不貲。十五里張官渡，入丹陽縣界。此時水深一丈一二尺，係江潮倒灌。

過石羊，至七里廟。又過王家橋、四閘口、馬橋口，至丹陽城，凡二十里。七里廟、西灣、東崖、馬橋口尤易淤塞。

繞城過開泰橋、龍船灣、迎春橋、寶塔灣、七里橋、青陽浦、聖野庵、雞莊村，至陵口，凡二十里。水深或一丈，或八九尺。青浦灣僅七尺，若至冬涸，水不過一二尺矣。

徒陽河之受病，一則江潮挾沙而來，水落沙停；一則岸土崩塞，旋浚旋淤。職此之由，然河淤至此，冬令行旅不便，急須修治。計張官渡至陵口四十餘里，岸陡處出土維艱，工長費鉅。

十里吕城，有巡檢，亦繁雜之區。

二十里奔牛鎮，則常州釐局扼要之卡也。四十里常州府城，府縣言西門外亦多淺，冬令輕舟可過，重舟難行。

三十里戚里堰，十里黄陵鎮，十里五牧鎮，十里陸社鎮，十里石塘灣，二十里皋橋，地通太湖，梟匪出没之區也。十里無錫縣，泊黄埠墩下，已三鼓矣。

丹陽懷張忠武公國樑

丹陽古郡昔興戎，蜀將洸洸扼險功。謂向忠武。捯指爲攀孱帥轍，時督師自常州先遁，士庶攀留，材官輒斷其指。剖心争表藎臣忠。事後，有言公不死者。紳民申訴，昭雪。莫敖楠木一朝盡，金陵大營先潰。伍子波濤萬古雄。論定千秋隆祀享，至今橋下起英風。

黄埠墩

鐵甕城邊巀嶭山，何人移過石塘灣？又名小金山。湖光遠接疑居島，惠嶺相依似守關。遊惠山，必由墩下易小舟入港。城闕參差紅樹外，樓臺縹緲碧雲間。蓬萊近擬名方丈，墩本圓象，上有高樹，遠望若蓬萊。兵燹後，爲礮毁。重修以石砌，作方形，上下皆屋宇，乏天然之致矣。爲話滄桑似轉環。

三十日

四十五里望亭，二十里滸墅關，十里楓橋，十里閶門，五里胥門。文武官相迓，略談别後事。入蘇州府城，謁剛中丞，定九月初二日交卸巡撫事。

監臨事畢，還抵蘇州，紀之以詩

三旬六日看江回，五郡星羅亦壯哉。海國縱横盟約在，道經滬上。河流深淺畫圖開。便道勘吴淞江、徒陽運河。田間稻熟豐年樂,日下雲書作賦才。聞道可園增舍廣,學古堂增建齋舍落成。好攜佳士詠蘇臺。

附　黄子壽先生日記目

向聞鄉先達黄先生彭年有手書日記,求之不得,屢年不獲見。近友人從其家得見,凡五十册,殘闕蠹損,不能畢讀,因紀其卷帙,大略如左。

第一册

道光丁未九月自京至汴、至鄂,由鄂至皖、至蘇、揚,自王家營返京。日記自次年四月雄縣止。用戴經堂日鈔本。

第二册

咸豐六年正月至二月十五日,在貴筑助守辦團時所記。

第二册副

咸豐六年二月十六日起至三月初十日止。

第三册

咸豐六年五月一日起至六月三十日止,由黔入蜀,至成都,曰《思朔録》。取《蘇州擬古詩》:"思逐朔風翔,一去千里道。"記中有《咏秦良玉錦袍》絶句及《考瀘水》一篇。

第四册

自咸豐六年七月一日至八月十七日止,在成都,曰《思朔録二》。

第五册

自咸豐六年八月十八日至十月廿四日止,自成都至西安,曰《思朔録三》。有唐鄂生詩。

第六册

自咸豐六年十月廿五日起至七年正月止,由秦入晋殘闕,曰《思朔録四》。

第七册

自咸豐七年二月初一日至三月十九日止,在太原,曰《思朔録五》。

第八册

自咸豐七年三月廿四日至五月三十日止,曰《思朔録六》。

第九册

自咸豐七年閏五月初一日起至六月三十日止,曰《思朔録七》。有《劉猛將軍考》。

第十册

自咸豐七年七月初一日起至八月三十日止,曰《思朔録八》。有《辭張石卿星使見召啓》。

第十一册

自咸豐七年九月初一日起至三十日止,曰《思朔録九》。有《祭王夢湘先生文》。王,名玥,吾鄉翰林,改官知府。

第十二册

自咸豐八年三月初一日起至七月廿九日止,曰《思朔録十》。

第十三册

自咸豐十一年正月初一日起,由保定唐縣赴晋,二月初二日返唐,初六日至保定,迄三月初五日止,題曰《白雲編》。居南大寺,即永寧寺。

第十四册

自同治二年正月元日,起盡二月杪。在蜀成都,卻召。題曰《遯庵日記》。

第十五册

自同治二年三月初一日起至三十日止,曰《遯庵日記》。

第十六册

自同治二年四月廿九日由成都,與劉蓉同赴雅州,受石達開降,至五月初十日止,曰《黎雅日記》。

第十七册

自同治三年六月十一日起,至七月廿四日止。九月得劉霞仙中丞聘,主講關中書院，遂於四年四月二日自成都到西安，自六月十一日起，復書日記至九月十二日止。曰《恥無藝齋日記》。

第十八册

自同治七年八月開書局於長沙，十二月初三日自五泉山莊啓行，至長沙，至八年六月十三日止，曰《泛漣録》。

第十九册

自同治八年己巳六月廿七日自湘北上，至八月十七日止，曰《翔鵠録》。途中記湖北水道利弊。

第二十册

自同治八年八月十八日自武昌至北京，八月十四日到京，至八月廿九日止，曰《翔鵠録二》。此册有同年住址單，乙巳、丁未、癸卯同年在京者。

第廿一册

不知何年，似由山東至揚州清江浦，自冬月二十日至十二月初八日止。

第廿二册

自同治十年辛未正月元日至四月初九日止，似在武昌及湖南，曰《遯庵日記二》。

第廿三册

自同治十年十月朔日起，至十一年五月三十日止，在保定，曰《遯庵日記四》。有《即園記》。

第廿四册

自同治十一年壬申六月朔起，至九月初二日止，曰《遯庵日記五》。有《何願船墓表》。

第廿五册

自同治十二年癸酉閏六月朔日起，似至九月初五日止，曰《遯庵日記六》。有殘闕。

第廿六册

自光緒元年乙亥九月十九日起，由保定赴京，游西山，至十一月初八日止，復在保定,曰《遯庵日記七》。有《楊湘筠墓志》。

第廿七册

自光緒七年元月一日未畢。以元旦甲子,題曰《元甲録》。

鈐按:自第一册至廿七册《元甲録》止,是蓮池主講時作,以後則出山之作。

第廿八册

自光緒八年壬午五月初十日起,至六月初十日止,由海道赴鄂,接糧道印,題曰《海行日記》。

第廿九册

自光緒八年六月廿一日起,至廿五日止,記糧道公文收發。

第三十册

自光緒十一年乙酉六月廿七日至八月十六日,接署藩司印,由山西赴陝西,題曰《入秦記》。

第卅一册

自光緒十一年八月十六日起,至十月廿三日止,皆在藩司任内文件,曰《秦藩日記》。

第卅二册

自光緒十二年丙戌十二月廿六日接臬司印,至十一月十九日止。書東坡默化堂匾。題曰《默化堂日記一》。

第卅三册

自光緒十二年十一月二十日起,至十二月三十日止,在陝西臬任,曰《默化堂日記二》。

第卅四册

自光緒十三年丁亥正月初一日起,至三月廿九日止,在陝臬任,曰《默化堂日記三》。

第卅五册

自光緒十三年四月朔起，至閏四月廿九日止，在陜臬任，曰《默化堂日記四》。

第卅六册

自光緒十三年五月朔起，至六月廿九日止，在陜臬任，曰《默化堂日記五》。有《祭畢秋帆文》。

第卅七册

自光緒十三年七月初一日起至八月三十日止，在陜臬任，曰《默化堂日記六》。有《更正文廟牌位公文》、《祭傅青餘文》。

第卅八册

自光緒十三年九月朔起至十二月三十日止，在陜臬任，曰《默化堂日記七》。有《楊文憲集序》。

第卅九册

自光緒十四年戊子正月朔至三月初六日止，由陜經晋赴津，履蘇藩任，曰《入吴記》。

第四十册

自光緒十四年三月初六日起至七月廿九日止，曰《蘇藩日記一》。

第四十一册

自光緒十四年八月朔起至九月初七日止，曰《蘇藩日記二》。

第四十二册

自光緒十五年己丑七月護蘇撫，入闈監臨，八月三十日返蘇交卸撫篆，曰《紫泥日記》。

第四十三册

自光緒十五年九月朔日起至十一月十一日止，曰《蘇藩續記》。

第四十四册

在光緒十六年庚寅自蘇調鄂，九月初五日交卸，初八日微服游鄧尉虞山，至二十日由上海之任,曰《遊山記》。

鈐按:先生於庚寅秋履鄂藩任,是年十二月中風,卒於任,故四十四册以後,遂成絶筆。

又,抄本《紫泥日記》一册與前册同。又,《下荆南日記》似署湖北糧道後,就安襄鄖荆道本任之作。惟殘闕不可讀。又,抄本勞光泰《鹽務條陳内圖志》。又,《雪波詞鈔》爲蘇汝謙虚谷之詞,似與王少鶴極熟。又,《淮南子摘要》。又,《陶樓書画題跋》一册。又,《兩乙編》一册,記乙未、乙巳兩科同年姓名、籍貫。

啓鈐附識。

志例璅談

畿輔通志

其目三十有□,□詔諭,曰宸章,曰京師,曰星野,曰建置沿革,曰形勝疆域,曰山川,曰城池,曰公署,曰學校,曰户口,曰田賦,曰倉廒,曰鹽政,曰兵制,曰關津,曰驛站,曰河渠,曰水利營田,曰陵墓,曰祠祀,曰寺觀,曰古蹟,曰風俗,曰物産,曰封爵,曰職官,曰選舉,曰名宦,曰人物,人物分細目十有二:曰先哲,曰名臣,曰政事,曰忠節,義烈附焉,曰儒學,曰文翰,曰卓行,曰高逸,曰藝術,曰流寓,曰仙釋,曰列女。曰藝文。藝文分細目二十有五:曰詔令,曰疏狀,曰表,曰劄,曰策,曰議,曰論,曰记,曰序,曰書,曰傳,曰碑,曰誌銘,曰墓表,曰祭文,曰考,曰辯,曰説,曰跋,曰箴,曰銘,曰頌,曰贊,曰賦,曰詩。

其别乎山川而志河防,以漳、衛、虖沱、桑乾諸水□隄防歲修也。其别乎田賦而志水利營田,以雍乾間特诏舉行畿輔水利也。其志京師於疆域之前,尊王畿也。此其例之異者□。

其志山川,於一山綿亘數縣、一水流經數郡,必分其陰陽□…□。其□□制、驛站,悉按今制分地序列,以裁復舊□…□其□□詳□也。

其志職官,以督撫、提鎮、藩臬爲主,各道守次之,而餘皆不□,以府縣各有志也。其志封爵,於假名號非實封者,及宋節度使爲優待宗勳之官與唐異者,均不録。其志藝文,惟取有關土地、人民、政事者存之,其無切畿輔者不録。其於雜記異聞,或徵諸夢卜,或見諸歌謡,或獵取野史,事屬不經,概置弗録。此其善於略者也。

其志人物,分類繁瑣;而藝文列詩文,不載書目;又圖表不详,則例之未善也。

河南通志

其目四十有三,曰聖制,曰輿圖,曰沿革,曰星野附祥異,曰疆域附形勢,曰山川附關津、橋梁,曰城池,曰禮樂,曰兵制附满洲營房,曰河防,河防分□…□有二,曰古黄河道,曰今黄河道,曰豫省黄河□…□今黄河通塞考,曰黄河五大徙,曰各道河渠,曰河防職官附□…□,曰黄河堤□…□房,曰河防考,曰國朝河防考,曰河□…□黄□…□。曰水利,曰封建,曰田賦,曰户□…□,曰鹽課,曰□傳,曰風俗,曰物産,曰職官,曰公署,曰倉庾,曰□校附貢院、書院、義學、社學,曰選舉,選舉分細目九,曰薦辟,曰進士,曰舉人,曰襲蔭,□貢監,曰武進士,曰武舉,曰武勳,曰武襲。曰祠祀,曰陵墓,曰寺觀,曰古蹟,曰帝王附后妃,曰名宦,曰人物,曰理學,曰儒林,曰忠烈,曰孝義,曰文苑,曰隱逸,曰列女,曰流寓,曰仙釋,曰方伎,曰藝文,藝文分細目三十有五,曰賦,曰樂府,曰五古,曰七古,曰五律,曰七律,曰五排,曰七排,曰五絶,曰七絶,曰詩餘，曰詔誥，曰表，曰牋，曰疏，曰頌，曰書啓，曰贊，曰箴，曰論，曰辯，曰説，曰考，曰述，曰傳，曰序，曰檄，曰移文，曰議，曰跋，曰記，曰銘，曰誄，曰祭文。曰辨疑附拾遺。

其專志禮樂一門，較他志爲異。

其志河防，先列古今河道，以明全河之原委；次列豫省河□，以志修築之險沖；次列黄河通塞及五大徙，以考歷代變遷之異；次列汴、蔡、潁、渦各道河渠，以詳歷代通運、灌田、泄水、開濬淤塞之由；次列河防職官、隄工、河兵堡□…□工□…□；次列河防考，以志河流衝決，隨地制宜，□…□河防事宜，則古今言治河者莫詳焉。大旨不出潘季馴"固隄束水、用水攻沙"及我仁皇帝"逢灣取直"之諭。

其志水利，以溝渠爲綱領，灌田之渠則注明引某水灌某處田，洩水之溝則注明歸入某河。列古渠於前，著今渠於後，而創開及新濬者必分注標明。凡州縣報册，有起止方向、寬深長短丈尺，必謹書之。

其志漕運，於河南一省漕運所經，自衛輝抵臨清，以達通倉，則備載之。其於漢、唐、隋由汴入河，以達洛、渭，宋或由江而淮以達汴，或由河以達汴，元行海運，初間行陸運，明運由會通河。河南一省□…□河，俱撮録之。

其於本朝所行折色、本色，及小灘、衛輝□…□詳記年□，間録督撫疏稿，皆河南經政之最大者。

□…□分則壞□□則壤詳上、中、下地及水旱、陂岡等田，科則厚□之殊，成賦、保額、微蠲、免開墾及起運、存留、支給等項，各縣分列而會總於府，各府分列而會總於省。其志户口，遵康熙五十二年諭旨，據康熙五十年報部丁數爲常額，其餘續生人丁永不加賦，仍於各州縣開列明晰。皆通達治體之言。

至其考訂輿地，如春秋時書諸小國不書晋、楚，以晋之本封在山西，楚之本封在湖南，不書其吞并之地也。戰國時，豫境諸小國已盡，乃始載韓、趙、魏及楚，尚有體制。

其於史書前後□盾，如《金史》志武勝軍節度使，宋南陽郡領穰城、南陽、内鄉三縣，而《元史》云金舊領五縣，則從《金史》。《晋書》、《南宋書》滎陽郡無新鄭，而《隋書》云後魏□…□於□…□《地理志》，紀傳脱遺，反從他史互見而得□…□晋東垣，而《地理志》不載東垣地名，反見於《魏書》新安郡注内，□《南宋》志河南郡，明係《晋志》脱遺。又如後周薛慎、樂遜俱爲湖州刺史，本書各有傳，而《魏志》魯陽郡下，不載湖州之名。考《魏書·高祖紀》克齊湖陽，置南襄州治，《後周·文帝紀》改南襄爲湖州，則湖州之爲湖陽，改置年月可考兩紀而得之。凡此等類，足補正史之缺。

其八府七州圖，畫方計里，分寸不爽，而黄河圖每方五里，凡修築險沖、閘壩、涵洞及向來決江、築隄、設堡、埽工之處，細字旁注，一一備載。其辨疑，惟辨郡縣之脱遺，山川之錯雜，城池之建置、興廢，關津之遷移迭改，而不及瑣僻小事。皆其志例之最善者也。

其理學與儒林分門，沿《宋史》之舊，既列□□理學諸目，又空列人物一門。以蔭襲編入選舉，則未□…□。而藝文□□瑣碎，更□淑雅之林，不足法也。

續河南通志

倣史例，列十門。首聖制，其細目五，曰詔諭，曰諭祭文，曰御製文，曰御製詩，曰御書匾對。次輿地，其細目十一，曰輿圖，曰沿革，曰星野，曰疆域，曰山川，曰城池，曰公署，曰壇廟，曰陵墓，曰寺觀，曰古蹟。次河渠，其細目二，曰河防，曰水利。次食貨，其細目五，曰田賦，曰户口，曰積貯，曰漕運，曰鹽法。次學校，其細目二，曰學宫附書院、社學，曰禮樂。次武備，其細目二，曰兵制，曰郵傳。次職官，其細目四，曰總部，曰文職，曰武職，曰名宦。次選舉，其細目三，曰進士，曰舉人附貢監，曰武科。次人物，其細目四，曰列傳，曰孝友附義行，曰文苑，曰列女。次藝文。其細目六，曰賦，曰詩，曰疏，曰贊、頌、銘、策、論、辨、考、傳，曰序跋，曰記。

其立綱統目、區分門類，各有次序，較舊志爲勝。

其志輿圖，於併分割隸，形勢與舊志異者，皆爲之圖。其志沿革，因舊志未詳變更所自始，博考史傳，復著爲表。其志河防，於辦料諸務，另列章程。其志山川，必詳向背起訖。其志渠道，於開塞之始末、灌溉之多寡、方隅之向背、□…□䣙用水之次第皆極詳明。其於本朝□…□入，不嫌其多。其志人物，不爲生人立傳，惟貞節已奉旌表，照册增入。□…□所建玉皇真武等廟，不書。其於祥瑞，皆置不録。尚能斟酌體要，詳略得宜。

其於舊志已備者，不復重述，續志之體，固宜然也。

惟列公署、壇廟之屬於輿地，而文廟、試院、書院之類，復列學校一門，雖曰重文教，究未免自亂其例耳。

山東通志

其目三十有六，曰典謨，曰星野，曰建置，曰城池，曰疆域，曰山川，曰形勝，曰圻封附徽后、功臣，曰古蹟附宫室、碑碣，曰巡狩附歷代封禪，曰闕里，細目八，曰聖蹟，曰賢儒德行，曰歷代隆儀，曰國朝盛典，曰釋奠禮樂，曰世職官屬，曰歷代藝文，曰國朝藝文。曰田賦附糧儲雜□□䘏，曰鹽法，曰學校，曰選舉，細目三，曰自漢至明，曰本朝鄉會試，曰本朝武科。曰兵防，曰□…□防，曰漕運，曰海疆附膠萊海運，曰秩祀附寺觀，曰橋梁，□…□物産，曰職官，曰公署，曰宦績，曰人物，細目分時代。曰列女，曰仙釋，□□伎附流寓，曰陵墓，曰五行，曰經籍，曰藝文，細目十九，曰詩，曰賦，曰表，曰疏，曰箋啓，曰序，曰贊，曰頌，曰碑，曰箴銘，曰論，曰議，曰説，曰文，曰辨，曰傳，曰考，曰記，曰墓誌。曰雜記。

其特志闕里,以東魯爲聖人之鄉也。志巡狩,紀盛典也。此例之異於他省者也。

其書法,如建置、城池、疆域、山川、形勝、古蹟、田賦、學校、驛遞、秩祀、橋梁、風俗、公署、列女、陵墓等類,以分府爲例。而分府之中,所志皆同,則以府統縣;所志皆異,則以縣並府。如選舉、宦績、人物、仙釋、方伎、五行等類,以時代爲例。而其人其事,或僅□在一郡一邑,則間用分府之例。皆省文以就例也。

如星野、圻封、闕里、巡狩、鹽法、兵防、河漕、海疆、職官、經籍等類,或此郡所有,而彼郡所無;或昔時所無,而今日所有…□則□…□其綱領,别其條目,有古可援,則援古以證之;無古可□…□變文以起例也。

其考古,如吴門白馬之誕妄,出於《祖庭廣記》,而泰山之上遂有越觀峰。因越觀而周觀、秦觀相因而起。又如陽貨之墓,與尼坊並列,盗蹠之墓號柳將軍,皆隨志辨明,祛其誣鑿。其陳今事,如大小清河及九河諸名,習俗相沿,見之章奏,輒依今河之名,不復泥古。其論人物分門别類,例起《漢書》,足爲國史之法,非通志所可效顰。又謂人物分府,則一國之善士,同於一鄉,尤爲通達之識。

志例凡九,曰敘志目,曰正字體,曰謹書法,曰審詳略,曰别異同,曰信古而擇,曰隨俗而遷,曰正訛以傳信,曰闕疑以慎言。文詞博辨,予録□要者於篇。

目中如别經籍於藝文,尚是各志通病。□…□之方伎,□擬不於倫。□…□專設一門,亦過繁□…□人物斷自漢始,□三代以□…□於經傳求□□志體也。

山西通志

其目四十,曰圖考,曰□野,曰沿革,曰疆域附鋪遞,曰關隘,曰山川,曰水利附津梁,曰學校,曰公署,曰田賦,曰鹽法,曰風俗,曰物產,曰兵制,曰武事,曰驛站,曰古蹟,曰帝王附分據,附后妃,曰封爵,曰氏族,曰科目,曰職官,曰名宦,曰人物附文苑,曰孝義,曰隱逸,曰寓賢,曰列女,曰仙釋,曰藝術,曰祥異,曰祠廟,曰寺觀,曰陵墓,曰經籍,曰辨證,曰遺事,曰藝文,細目十八,曰御製,曰詔敕、制誥,曰表牋,曰劄子、奏疏,曰狀,曰議,曰碑碣,曰記,曰書、啓、説,曰論,曰序,曰題跋、銘、箴、疏、引,曰辨、贊、頌,曰傳、文、策,曰祭誄、哀詞,□賦辭,曰詩附□□,曰雜著。曰雜志。

晋疆山河四塞,東則固關、倒馬,北則寧武、雁門、偏頭,内則天門,西則金鎖,南則天井、陰池、冷泉、鐵嶺、壺口。他如玉壁蒙坑、千里徑雀、鼠谷勾注、飛□…□經□…□。与夫鎮堡斥堠、羅布聯絡,咸守戰之要,□…□隘。□□著姓,甲於齊、秦、楚。其後支分派别,而溯源不過數大姓,故倣魏《官氏志》、唐《宰相世系表》之義,專志氏族,此其例之異於他者也。

其豔稱方技,以爲奇古。其論人物,不另列儒林,而别標文苑,又於人物之外,立孝義、隱逸諸門，豈以數者非人物乎？其圖列天文十有三，而關隘之圖僅一偏頭。又鄉曲不經之祠已入祠廟，又列寺觀一門。盖晋中文獻本無可徵，而修志者又無識，體例特爲蕪陋。

陝西通志

其目三十有二，曰星野，曰建置，細目三，曰圖，曰表，曰考。曰疆域附形勝，細目二，曰圖，曰考。曰山川，細目二，曰圖，曰考。曰城池，曰公署，曰關梁，曰封爵，分代。曰職官，前朝分代，本朝分文、武職。曰貢賦，□…□本朝民地丁，曰更名地丁，曰課程，曰歷代□□，曰户役，曰課程，曰經費。曰學校，曰祠祀附寺觀，曰□□，細目十，曰徵薦，曰諸科，曰進士，曰□…□舉人，曰貢□…□學生，曰武科，曰將材，曰封蔭，曰掾吏。曰兵防，細目五，曰□…□，曰歷代兵制，曰軍儲，□…□，曰邊防。曰驛傳，曰屯運，細目五，曰本朝屯地屯丁，曰倉庾，曰轉運事制，曰歷代屯田，曰漕運。□水利，細目二，曰圖，曰考。曰鹽法附錢法，曰茶馬，曰物産，細目十一，曰穀，曰蔬，曰藥，曰貨，曰草，曰木，曰禽，曰獸，曰鱗，曰介，曰豸。曰風俗，細目五，曰習尚，曰時令，曰禮儀，曰方言，曰化導。曰祥異，曰帝系，細目七，曰皇帝，曰后妃，曰太子，曰諸王，曰公主，曰外戚，曰宦官。曰名宦，細目七，曰節鎮，曰敕使，曰監司，曰牧守，曰令長，曰僚佐，曰將弁。曰人物，細目十六，曰聖賢，曰名臣，曰廉能，曰勇略，曰直諫，曰忠節，曰孝義，曰儒林，曰文學，曰隱逸，曰流寓，曰方伎，曰雜傳，曰釋道，曰人瑞，曰列女。曰陵墓，曰古蹟，細目六，曰宫闕，曰壇廟，曰府第，曰園池，曰藪澤，曰郊坰。曰經籍，細目四，曰經，曰史，曰子，曰集。曰紀事，細目分時代。曰德音，曰藝文，細目三十有一，曰御製，曰詔誥，曰奏疏，曰表，曰狀，曰議，曰策，曰檄，曰露布，曰賦，曰頌，曰贊，曰箴，曰銘，曰碑，曰記，曰序，曰傳，曰書啓，曰論説，曰辨考，曰題跋，曰祝祭，曰弔誄，曰雜文，曰樂府，曰古詩，曰律詩，曰排律，曰絶句，曰詩餘。曰拾遺，細目十二，曰博古，曰風雅，曰閑適，曰語林，曰軼事，曰徵應，□訂訛，曰瑣碎，曰權奇，曰滑稽，曰神異，曰鑒戒。

其紀事一門，仿《綱目》編年，大書巡狩、會盟、征伐諸大政，以存統御之權。餘分閏位，莫不包舉，至蜀魏、南北朝、宋、金、元。□…□，則從其重者。專載一朝之下，其僭據秦□…□體。故自秦漢以降，凡僭竊之制度，如莽之改官，不入官制，改邑不入沿革，苻秦、石趙之臣，不入名宦人物，體制尚嚴。

其輿圖，首通省，祇載府、州、縣及名山大川；其次則五府十州圖，載山川、關驛、鎮營、道路；又次二州七十三縣圖，則城池、泉渠、祠宇、橋渡、古蹟、陵墓、鎮店、鋪遞，分界悉列焉。其地形之方員、斜鋭、長短、凹凸，如其本形，離之各成方幅，合之即成總圖。雖山川、塗徑不能盡詳，而大概較然矣。

其於建置封爵，做史家年表之法，而不知職官、選舉之皆宜表也。其各門中咸析小目，又有□□相近而附者，如形勝之於疆域；有取其相因而合者，如關隘□…□梁，屯田與□運；有取其相屬兩併者，如人物之包□…□也。其各郡縣邑，有界限劃然必應分者，如城池、關□、學校、祠祀、水利、陵墓之類；有統屬職貫必應合者，如星野之言天文，封爵之論世次，職官、選舉之題名，兵防、鹽法之制度，紀事、德音、祥異之編年，帝系之紀傳，經籍、藝文之分類是也。有綴旒於冕，宜先合而後分者，如建置、疆域、貢賦、屯運以省冠總，而以郡邑額分之是也。有若網在綱，應分類而不分地者，如物産、風俗、人物、拾遺之類是也。有一經一緯，分合兼用者，如山川之名山大川，各自繪圖撰考是也。其各類中，有因時起例，與通體微異者，則於本類下注明。或有考究異同，訂證舛錯，闕疑傳疑□…□條□…□以别之。

其於河南、湖廣、山西、四川、甘肅分□…□州縣山川□…□古蹟，合者收之，不合者去之，極爲矜慎。其於直省通行之典章，非秦制所宜專書者不載。於里甲街市坊表及廨舍之間架、渠堰之受水、掾史之額設、存留之細數，宜詳於郡縣志者，概置不書。又省志之體宜然也。

惟凡例甚詳，而檢閲全書，輿圖不能精密，敘述不能簡要，藝文煩多而無實。又以德音列藝文之前，以御製列藝文之内，而不冠卷首。帝系一門，列皇帝之稱於細目，旁書小字，未合體式，難云美備也。

甘肅通志

其目三十有六，曰□□，曰星野，曰建置，曰疆域附形勝，曰山川，曰城池，曰公署，曰學校，曰關梁，曰祠祀，曰□賦，曰兵防，曰水利，曰驛遞，曰蠲卹，曰鹽法，□…□，曰茶馬，曰物産，曰風俗，曰古蹟，曰祥異，曰陵墓，曰封爵，曰□官，曰名宦，曰選舉，曰人物，曰忠節，曰孝義，曰隱逸，曰流寓，曰仙釋、方伎，曰列女，曰藝文，細目十九，曰御製碑文，曰諭旨，曰奏疏，曰賦，曰論，曰議，曰頌，曰銘，曰記，曰贊，曰序，曰傳，曰書，曰説，曰辨，曰考，曰題跋，曰雜文，曰詩。曰雜記。

《陝志》已苦文獻無徵，甘肅邊徼，書籍尤少。兩遭兵燹，康熙十四年以前案牘皆焚，而衛所改設州縣，又向無邑志可稽，故《甘志》尤陋。當時僅依《陝志·凡例》編輯，於邊防及回民雜處控制、綏輯之大政，源流始末尚不能詳，其餘無論矣。人物之外列忠節、孝義諸門，藝文列御文、諭旨之類，皆踵山、陝諸志之謬。

四川通志

倣史家八書十志之例，分十二志，每志各分子目。首天文志，細目曰星野。次輿地志，細目十七，曰建置沿革，曰疆域，曰形勢，曰山川，曰江源，曰隄堰，曰城池，曰公署，曰關隘，曰津梁，曰祠廟，曰寺觀，曰陵墓，曰古蹟，曰金石，曰風俗。次食貨志，細目十一，曰田賦，曰户口，曰徭役，曰榷政,曰鹽法,曰□…□,曰錢法,曰□…□倉儲,曰蠲賑,曰物産。次學校志,細目三,曰學校,曰書院,曰祀典。次武備志,細目七,曰□…□練□…□,曰驛傳,曰鋪遞,曰邊防,曰土司。次職官志,細目五,曰題名,曰政績,曰忠節,曰謫宦,曰雜傳。次選舉志,細目六,曰進士,曰舉人,曰貢生,曰武科,曰封蔭,曰薦辟。次人物志,細目十,曰人物,曰忠節,曰孝友,曰行誼,曰隱逸,曰流寓,曰仙釋,曰列女,曰雜傳。列女中又列子目五,附目一,不録。次經籍志,細目六,曰經,曰史,曰子,曰集,曰别部,曰附録。次紀事志,次西域志,次雜類志。細目四,曰紀聞,曰外紀,曰祥異,曰辨譌。

其以諭旨、御製詩文、頒發書集用《臨安志》例,載之卷首,尊君也。而歷代帝王詔諭附首卷之末,不入藝文,則以類從焉。其志輿地,統部爲一圖、一表、一説,各府直隸廳州各爲一圖、一表、一説,水道江源圖則列於江源志之首,較諸志圖考彙載卷首爲異。

其繪圖,以墨點畫清邊界,凡境外毗連之州縣、城邑、□道、經流所在,亦各繪出,俾鄰邑方向及相去之遠近,可□…□而知。惟天文□…□爲□…□。其特□江源,以其爲四瀆之首,遵聖祖御製□…□也。

其自乍丫、察木多以西,前藏、後藏及廓爾喀,隸□□遵正朔者,别立西域一志,以昭一統無外之規。其於國朝定蜀,特立武功一門,而歷代用武事蹟,則入之紀事。其學校特設一門,而試院、公署之屬則入之輿地。試院應入學校,《江南志》可參酌。其志邊防,詳前史羈縻控制之術。其志兵制,詳標營、將弁、兵馬之目。其志屯練,詳團砦堅壁清野之條。其志水利,著堤埝淘灘作堰之法。皆蜀政之大者。

其志職官,於蜀中曾設之官,自一品以至流外,悉遵皇朝職官志,各爲一表。宋元以前題名則於各史中依類采取。明則文秩自督撫、按司至府州而止,武秩自都使、總兵至指揮僉事而止。國朝則文秩自總督、巡撫、學政至州縣而止,武秩自提督、總兵□…□至都司、□備而止。① 無論賢否,概存姓名。其有崇祀名宦或善政昭彰,或以死勳事者,則别具政績、忠節各門。其志人物,自周秦、兩漢以迄於明。國史家書,兼甄並録,悉用舊文,注明原書,不標品目。其倣陳壽《益州耆舊傳》、歐陽修《五代史記新傳》之例,立雜傳一門,附人物之末,則史家彰癉並行之旨。其紀事,取三五以來創業傳緒及封爵錫土者爲一卷,取乘時割據及寇賊姦宄爲一卷。皆釐然有當,足爲法式。

江南通志

倣史例,列十志,每志中各列子目。一曰輿地志,細目十四,曰圖説,曰建置沿革總表,曰建置□…□表,曰星野,曰疆域,曰山川,曰風俗,曰城池,曰公署,曰關津,曰古都邑,曰古□…□壇廟,曰

① 此句中有後補文字,漫漶不可識。

寺觀。次河渠志，細目七，曰黄河，曰□…□海，曰星河，曰水利，曰□…□。次食貨志，細目十一，曰田賦，曰户口，曰徭役，曰漕運，曰關税，曰蘆課，曰鹽法，曰錢法，曰蠲賑，曰積貯，曰物產。次□…□，細目三，曰學□，曰書院，曰試院。次武備志，細目四，曰兵制，曰江防，曰海防，曰驛傳。職官志，細目三，曰文職，曰武職，曰□宦。次選舉志，細目三，曰進士，曰舉人，曰薦辟。次人物志，細目十五，曰名賢，曰宦績，曰武功，曰忠節，曰孝義，曰儒林，曰文苑，曰隱逸，曰藝術，曰流寓，曰方外，曰賢淑，曰義烈，曰完節，曰貞孝。次藝文志，細目四，曰經部，曰史部，曰子部，曰集部。次雜類志，曰紀聞，曰機祥，曰摭史紀事，曰辨譌。

其以上諭、御製詩文恭紀卷首，志尊也。天文分野，僅約敘數言於圖説之首，而地之形勝亦及焉，較羅志專立天文志者勝矣。沿革一遵《皇輿表》。山川則先府後縣，以方向道里次第之。疆域則四至八隅，以山水、市鎮標識之。河淮大江，由之入海，運河自南而北，蜿蜒其中，各次第之。蘇松、常鎮水利脈絡流通，而太湖爲之吐納，則合敘之；他府州則分紀之。宫室、官署、祠廟、寺觀之類，凡麗於地，皆入輿地。而文廟、學宫、書院、試院、學校之地，盛治攸關，則別紀之。職官自督撫而下，州守、縣令無論賢否，概存姓名，有治績者入名宦。人物分十二類，惟名賢以世次，其餘名臣碩德，部别區分，即偏長一藝，亦論著不遺。列女倣劉《女傳》例，分爲五類。凡此數端，與他志互有異同。人物分類不如分代，若皆以世次，當更勝也。

藝文志例起班固，備載書名、卷帙及著作姓氏，歷代史書及三通《藝文》、《經籍考略》，率循此體。而後來志書博采詩文，既非體例，亦不精詳。是書志藝文，遵史例，分經、史、子、集四體彙之。至詩文有關地方利弊，及考訂古今興廢，則用范成大《吴郡志》之例，附入各門。而題詠之作，概屏不録，最爲知要。凡例十九條，亦簡書。

江西通志

其目二十有八，□…□星野，曰沿革，曰形勝，曰城池附疆域，曰山川，曰水利，曰□…□署，曰書院，曰田賦，曰風俗，曰土產，曰兵衛附漕運，曰武□…□關津附橋渡，曰驛鹽，曰古蹟，曰封爵，曰秩官，曰選舉，曰名宦，曰人物，曰寓賢，曰列女，曰仙釋，曰方伎，曰祥異，曰祠廟，曰邱墓，曰寺觀，曰藝文，細目十四，曰詔、敕、表、牋，曰劄子、奏疏，曰狀、議，曰碑碣、墓表，曰記，曰序，曰書、啓，曰論、辯、説、考、疏、引，曰傳、贊、頌、銘，曰題跋、志書、事記略，曰文青詞，曰教策、講義、語録、文牒、牌檄、告約，曰詞賦，曰詩附詩餘。曰雜記。

疆域爲輿地第一要事，當列專門，不當附見也。漕運雖用衛官，而天庾正供，當附田賦，不當附兵衛也。書院雖朱子通化之地，宸翰親題，然别之於學校之外，於義無當，不得比山東闕里，特設一門也。此其失之大者。其他得失，與他志等耳。得如職官有斷限，人物分代不分門之類，失如藝文細目瑣碎之類。

浙江通志

其目三十有六,曰圖考,曰沿革,曰星野附祥異,曰疆域,曰城池,曰公署,曰山川,曰形勝,曰古蹟,曰關梁,曰都會,曰水利,曰風俗,曰田賦附徭役,曰户口,曰鹽課,曰物産,曰學校,曰祠祀,曰寺觀,曰陵墓,曰文職官,曰武職官,曰兵防,曰帝王附后妃,曰名宦,曰選舉,曰人物,曰儒林,曰孝義,曰文苑,曰隱逸,曰寓賢,曰列女,曰方技,曰仙釋,曰藝文,細目二十,曰目録,曰制詞,曰詩,曰賦,曰銘,曰箴,曰誡,曰表,曰疏,曰論,曰議,曰考,曰辨,曰記,曰書,曰序,曰傳,曰志銘,曰題跋,曰雜著。曰雜記。

志例大約本之秦豫,如列帝王一門,别人物於儒林、孝義,皆踵《河南志》之失;《秦志》則帝王入之紀事,人物雖分細目,不至於細目之外,空存人物之名也。藝文首以目録,似欲追倣《班史》,而詩文並附,爲例逾雜。

以制詞入藝文,又不如他志以聖制、典謨冠首也。祥異附之星野,而寺觀不附祠祀。又,沿海省分,應專列海防一門,今以靖海之蹟載入□…□爲知要。□田賦、户口、郡邑並詳。又志水利,言浙本澤國,不能□…□名,而疏導蓄洩之事則詳言之,斯爲達於政事者矣。

福建通志

其目三十有二,曰圖,曰聖諭,曰星野,曰建置沿革分郡,曰山川,曰疆域附形勝,曰城池附水利、橋梁,曰風俗,曰物産,曰田賦附鹽課,曰户役附卹政,曰典禮,曰祠祀,曰兵制附驛站,曰封爵,曰學校附書院、社學附正音書院,曰公署,曰職官,細目二,曰官制,曰題名。曰名宦,曰選舉附武科、武功、任子,曰人物,曰孝義,曰文苑,曰流寓,曰隱逸,曰列女,細目三,曰名媛,曰節孝,曰貞烈。曰方外,曰伎術,曰古蹟,細目四,曰宫室,曰寺觀,曰宅墓,曰石刻。曰外島,曰雜紀,細目二,曰祥異,曰叢談。曰藝文。細目二,曰著述,曰表疏、文記、詩賦。

外島一志,即是海防。寺墓歸之古蹟,祥異列之雜紀,風俗備陳奥利,典禮輯爲專門,至於祠祀之據正史而祛淫祀,學校之附正音以示同文,則尤□…□切□…□,凡此皆例之較善也。人物之外,復列孝義、文苑;藝文之中,並分著述、詩文,則尠斷限之識,踵他志之譌耳。

雲南通志

其目三十,曰圖説,曰星野,附氣候,曰山川,曰建置,曰疆域,附形勢,曰城池,附關哨、郵傳、津梁，曰學校，附書院、義學、書籍，曰風俗，曰户口，曰田賦，曰課程，曰經費，附賞䘏，曰水利，曰積貯，曰祠祀，附寺觀，曰兵防，附師旅考，曰封建，曰秩官，附武秩、使命、公署，曰名宦，附忠烈，曰選舉，附武科、薦辟，曰人物，曰列女，曰流寓，曰土司，附種人，曰仙釋，附方技，曰古蹟，附冢墓，曰物産，曰祥異，曰藝文，曰雜紀。

其志山川，圖繫以説。郡治之山，自河處與省治分支；州縣治之山，自河處與郡分支。郡治與州縣治之山，有與外省、外郡犬牙相□…□著明之。滇池周三百里，爲全省巨浸，古以名國。倣《一統志》□…□滇列山川前，□以類敘，亦不論方向。其志水利，特詳修築濬導之方，以形勝附疆域，而關哨、郵傳、津梁則附城池。

考《周禮》掌節一官，與司門、司關俱掌於司徒，而形方氏掌邦國之域，而正其封疆者，則隸於司馬。以類相從，尚合古義。兩税之外，增志課程，綜鹽法、錢法、税課、廠課，以紀財用之入。復志經費，以紀財用之出，亦經國之遠謨。謂知府表率一郡，牧令職在親民，定例引見，特重其選，於秩官備載州縣。謂皇華之使，有關政事之沿革，於秩官附載使命，雜記一類，約分殊方、軼事、異蹟、遺文。皆其識見通明、言有條理之處。惟武秩與文秩並列，武科與文科□□，不可言附；公署亦地之屬，而附秩官；藝文僅載詩文；御製不列卷首，不能無譏。

貴州通志

倣史例，爲九志，曰天文，細目三，曰星野，曰氣候，曰祥異。曰地理，細目十一，曰輿圖，曰建置，曰疆域，曰形勝，曰山川，曰關梁，曰郵傳，曰風俗，曰苗蠻，曰古蹟，曰邱墓。曰營建，細目七，曰城池，曰公署，曰學校，曰貢院，曰書院，曰壇廟，曰寺觀。曰食貨，細目八，曰户口，曰田賦，曰課程，曰經費，曰蠲恤，曰積貯，曰物産。曰秩官，細目三，曰官制，曰職官，曰名宦總部，曰名宦分部，曰土司。曰武備，細目三，曰兵制，曰師旅考，曰苗疆師旅始末。曰人物，細目十二，曰選舉，曰鄉賢，曰忠烈，曰孝義，曰宦蹟，曰文學，曰隱逸，曰列女，曰流寓，曰仙釋，曰方伎。曰藝文，細目二十五，曰敕，曰諭，曰詔，曰奏疏，曰狀，曰頌，曰贊，曰箴，曰銘，曰書，曰論，曰解，曰考，曰辯，曰傳，曰序，曰紀事，曰記，曰碑記，曰文，曰議，曰教，曰説，曰賦，曰詩。曰雜記。

以綱統目，條理易明。然天文設專門，既嫌無當。而學校列之營建，不免目重綱輕。又黔爲苗疆，則苗防宜設專門。今苗蠻附見地理，苗疆屯田附見食貨。苗疆師旅始末，又見武備，紛然雜厠，編次失倫。至詔諭載之藝文，詳異不附雜記，□…□病也。

人物、名宦兩門抉擇頗慎。其謂名宦以官爲□…□地爲主，以土人爲土官，有功於其土者，則列之人物；以土人爲流官，有功於其土及都郡縣者，則列之名宦，尤有界劃。武備中師旅考一門，謂上兵伐謀，不戰而屈人之兵，爲善之善。凡翦除未萌，及招徠懷服、不煩撻伐者，悉記之。人物中流寓一門，削去謫宦；其謫宦而能舉其職者，則入之名宦。惟王守仁，雖謫宦，仍載流寓，因其倡明理學，教澤覃敷，不關龍場驛丞功業也。數端皆有特識。而全書簡陋，輿圖不詳。荒徼始通，文明初啓，固不能無待於異日之修明矣。

湖北通志

其目十六，曰聖制，曰疆域，細目五，曰分野，曰輿圖，曰四至八到，曰歷代沿革表，曰山川。曰建置，細目七，曰城池，曰鄉鎮，曰關隘，曰梁津，曰公署，曰倉廒，曰雜置。曰政典，細目十九，曰户口，曰□□，曰屯田，曰□□，曰風俗，曰物産，曰鹽法，曰錢法，曰關榷，曰水道圖，曰堤堰，曰祀禮，曰祠廟，曰陵墓，曰學校，曰軍制，曰塘汛，曰驛遞，曰兵事。曰藩封，曰古蹟，曰寺觀，曰祥異，曰職官表，曰選舉表，細目八，曰薦舉，曰五經博士，曰博學宏詞，曰恩賜，曰進士，曰舉人，曰貢生，曰武科。曰名宦，細目二，總部，分府。曰人物，細目九，曰列傳，曰儒林，曰文苑，曰忠義，曰孝義，曰隱逸，曰方伎，曰流寓，曰仙釋，曰列女。曰藝文，細目四，曰經，曰史，曰子，曰集。曰金石，分代。曰雜記。

水道圖雖專爲水利而設，然應列輿圖之後。陵墓入之政典，於義無取。藩封、古蹟，皆可入疆域，寺觀則或附古蹟，或入建置，皆可，不必專門。祥異附見雜記，最爲允當。皆鄂志所當糾正者也。

盛京通志

其目三十有三，曰典謨，細目九，曰詔，曰敕諭，曰序，曰記，曰碑文，曰頌，曰贊，曰文，曰詩。曰京城，曰壇廟，曰山陵，曰宫殿，曰苑囿附牧政，曰建置沿革，曰星野附祥異，曰□□附形勝，曰山川，曰城池，曰關隘附橋梁、船艦，曰驛站，曰驛遞，曰公署，曰職官，曰學校，曰選舉，曰户口，曰田賦附旗田税課，曰風俗，曰祠祀，曰物産，曰古蹟附陵墓，曰帝王附后妃，曰名宦附忠節，曰人物，曰孝義，曰列女，曰隱逸，曰流寓，曰方伎，曰仙釋，曰藝文，細目十，曰歷代詔敕文詩辭，曰表疏，曰記，曰序，曰書，曰傳，曰文，曰銘，曰賦，曰歌辭及詩。曰雜志。

盛京與各直省不同者，約有數端。他省疆域，州郡相接，四隅廣狹，亦相距不遠。盛京則負山環海，東西南北，廣狹迥殊。又，州縣所治，與城守所轄，互有不同，必當分載。其不同一也。建置沿革，非表不明。然他省州縣鱗次，疆界去前代亦不甚殊，故便於分屬。盛京州縣所治者少，鎮師、城守所轄者多，且古今疆域，分合大小不一，立表恐反難而多誤。其不同二也。户口田賦，他志皆詳前代。盛京郡縣之設，與古迥殊，不能紀前代之數。其不同三也。他志圖考之後，首載建置沿革，盛京以發祥之地，尊爲留都，則京城、壇廟、山陵、宫殿諸門，義所必先。其不同四也。他省亦紀驛站，而盛京之驛站，内通京師，外達屬國。他省職官不載微員，選舉不登鄉貢，以省、府、縣志也。而盛京郡縣無志，且有不隸郡縣者。至於八旗人物，不敢登天潢。關梁一門，兼及邊門戰艦。皆地有不同，故志宜少異。當日修志，部頒《河南通志》爲式，不能不變而通之，其勢然也。

星野附以祥異，近於讖緯。忠節即名宦，何名曰附？人物之中，豈無孝義？藝文之目，□□詩文。體例有乖，咎在作者；文獻不足，則艱於始創也。

廣西通志

倣景定《建康志》圖、表、志、傳之例，稍變通之。爲典一，曰訓典。爲表四，曰郡縣沿革，分代。曰職官，分代，附各司。曰選舉，細目三，曰制舉薦辟，曰進士附舉進士，曰舉人。曰封建。爲略九，曰輿地，細目六，曰疆域，曰分野，曰氣候，曰户口附希姓，曰風俗，曰物產。曰山川，細目三，曰山，曰川，曰水利。曰關隘，分代。曰建置，細目五，曰城池，曰廨署，曰學校，曰壇廟，曰梁津。曰經政，細目二十四，曰銓選，曰卹助經費，曰禄餉，曰卹政，曰田賦，曰鹽法，曰榷税，曰積貯，曰祀典，曰土貢，曰安南入貢事例，曰學制，曰科場經費，曰書院義學經費，曰鐸户口糧，曰兵制，曰馬政，曰郵政，曰承審土司事件，曰口糧，曰監倉刑具，曰鼓鑄，曰陵河經費，曰船政。曰前事，分代。曰藝文，細目九，曰經，曰史，曰子，曰集，曰傳記，曰事記，曰地記，曰雜記，曰志乘。曰金石，分代，附銅鼓考，附待訪目録。曰勝蹟。細目四，曰城址，曰署宅，曰塚墓，曰寺觀。爲録二，曰宦績，分代。曰謫官，分代。爲傳六，曰人物，分府，泗城府無人。曰土司，曰列女，分府。曰流寓，曰仙釋，曰諸蠻。凡二十有二篇。敘例特爲詳雅，備録於左。

志乘本於圖經。古之圖經，世無傳本。然考《隋志》所載冀、齊、幽三州圖經各一卷，蓋以圖爲主，略載山川封域而已。胡孝轅撰《海鹽圖經》，以方志之體，冒圖經之名，失其義矣。舊志於輿圖外，別出圖經一門。書既無圖，即不可自爲圖經，且與沿革、疆域、山川各門重複。惟晋摯虞依《禹貢》、《周官》作《畿服經》，其州郡及縣分野、封略、事業、國邑、山陵、水泉、鄉亭城、道里、土田、民物、風俗、先賢、舊好，靡不具悉。凡一百七十卷，實後世方志之祖。惜散佚已久，《隋志》即不著録。爲地理書者，只知拘守圖經，宜其不能通貫，以復仲洽舊規矣。唐《元和志》、宋《九域志》，亦僅具地理。《九域志》别本有古蹟，然非其舊。閻若璩謂《一統志》不應載人物，蓋拘守唐宋人舊法。樂氏《寰宇記》，乃增人物、古蹟、□□，惟略傷繁冗，而例實開來。宋人作郡縣志，其體遂詳於昔矣。

宋周應合景定《建康志》，分圖、表、志、傳四篇，體例最善。陸君弼《江都志》，易圖爲紀，意在附合史裁。然其所爲紀者，特郡縣因革，尊以鴻名，其失也僭。惟潛説友《臨安志》載詔令於首，差與紀應。然冠以前朝，亦尊王之義。洪惟我朝聖聖相承，絲綸式焕，垂爲典謨，恩旨疊頒，澤流薄海，粤西邊遠，時廑宸衷。今恭編曆奉詔諭爲訓典,敬弁全書。蓋皇極敷言,道行百代,當備《尚書》十體之一,非史遷十二紀所可同矣。

地理之學,經史鈐鍵。志乘爲地理專書,其要尤在郡縣沿革,蓋秦漢迄今,分并增損,名同實異,最爲紛糾。戴震嘗論:地志沿革不明,則山川、人物無不誤。洵知言也。鄭樵譏班氏地理,不主山川而主郡國,謂九州有時而移,山川千古不易。不知《禹貢》九州大界,可以山川定之。郡縣壤地分割,山川在其境者,大率卑小無名,本不足以定經界之正。況山則今古易號,川更移徙無常,以云不易,夫豈具然。且班氏自謂推表山川,縣邑之下,頗詳山水,考古者取以互證,自勝鑿空。必謂山川可恃,郡邑不可恃者,鄭氏之過論也。今作表以著相承之緒,而博采史志及專家之書於後,明表中稱引所據。

《周官》冢宰,六郡之屬以治其政,御史掌其在位名數先後之次,《漢書》不官以卿。表首詳官制,次譜官名,蓋古法如此。後漢至隋,百官有志,而官僚之名次無聞,此熊方、萬斯同所以有補表之作也。志乘之具職官,以備掌故,義與史同。或乃紀録姓名,有類檔册,既不雅馴,更嫌繁累。是經緯之法不明於世也。今一以班氏爲宗,庶幾《周官》遺制,至《新唐書》譜宰相世系,《寰宇記》載州郡大姓,撰志乘者,又當廣歐、樂之例,作族姓表。第統部采集迹易,成帙難期。惟廣西土司肇自宋明,襲職守土,數百年不墜其緒。今考其承襲之人,著之如譜,以附職官之末。

登科有記,昉自唐崔氏顯慶之書。其後姚康、李弈及宋洪丞相适,相繼編述。陳振孫論洪氏記制舉詞科,自建隆至紹興,凡二萬三千餘人。是爲科記者,以洪氏爲最備。蓋正史選舉不録人名,而私家之書,亦猶《魏晋百官名》。《晋百官名》之著於《隋志》者,皆以補史氏之缺也,後世諸書皆亡。明於太學,只建進士題名碑,而舉人與制舉諸科名數,惟賴有方志所載而已。今亦仿《漢百官公卿表》例,略載選舉制度於前,而譜其名次、科考品類之稱。鄭康成以《論語》德行、言語、政事、文學爲四科是也。取士分科自漢始,如賢良、方正、孝廉、明經,則科之名目,世所稱科目是也。隋以來惟進士一科,行之最久。明代增舉人一科,鄉會試皆有定年。於是稱舉人進士者,每繫以六甲干支。如甲子舉人,乙丑進士之類。後人又從省文,直以干支名科。如甲子科、乙丑科之類。相習既久,只知科是干支,而科之真義泯矣。今選舉表惟書年以别之。

凡奉特詔舉士者曰制科。《唐書·選舉志》"天子自詔曰制舉"者是也。大臣薦士於朝曰薦舉,兩漢公府解署之遺意是也。近如乾隆元楊名時官祭酒,以經明行修舉蔡德晋等七人,此薦舉也。乾隆十六年舉經學吴鼎等四十七人,此制科也。舊志統稱薦辟,今特爲釐正,所以尊詔旨也。明以前亦用此例。

史公十表,封建特詳,史家相沿,遂爲定製。蓋圭爵河山之錫,土地人民所寄,治亂繫焉。且其始末封降可蹟,皆資考鏡。范成大《吴郡志》封爵一門,與職官同用,此其例之可援者。

職方所掌，即地志之經，九州方向如東南曰揚州之類則疆域也，山澤川浸則山川水利也，州各有利如重利金錫、竹箭之類則財賦也，男女生數則户口也，鳥獸穀種則風俗物産也。古人每各爲一書，若朱育《會稽土地記》、元康《户口名簿記》、《隋諸郡土俗物産》、《元和(會)〔圖〕計簿》之類是也。今併載輿地略中，惟財賦入之經政、山川關隘别爲專門者，職方外有山師、川師而掌九州之圖者，又有司險之官，此其例也。至粤西夷苗雜處，設險守邊，尤官吏所宜加意矣。

《周官》司徒掌土地之圖，職方掌天下之圖，九州廣輪、山川林麓，筆於書者，得重名數。蓋於圖者，識其形象，收萬里於尺幅，運天下若指掌，圖之爲用，視書尤切。顧文字易傳，繪事難效，書存圖亡者十之九。而圖學相傳之法，亦於是遂廢。晋裴秀嘗著論曰：圖體有六，一曰分率，所以辨廣輪之度；二曰準望，所以正彼此之體；三曰道里，所以定所由之數；四曰高下，五曰方邪，六曰迂直，三者因地制宜，所以較平險之異。其圖製可謂精矣。然所作《禹貢圖》，世亦無傳之者，豈非理趣微奥，知之者難歟？近世胡渭、顧棟高諸人，始得其遺恉，見諸著述。而志乘之圖，往往因仍弇陋，疆域則截然正方，一幅盡滿；山川則摹重形態，八景争工。此固流俗所嗜尚，而有識所唾鄙者矣。舊志輿圖，正能破除俗例，惜未開方計里，以復古制耳。

《周官》保章氏，以星土辨九州之地，所封封域皆有分星，以觀妖祥，此言天文分野之始。然鄭氏謂其書之亡，是堪輿家言，久非古數，而天文占驗，律有禁條。廣西於天文爲軫、翼，分野惟梧州之蒼梧、藤、容、岑溪四縣爲牛女。舊志繪牛、女、翼、軫之圖，又繪周天刊宿全圖，又備載四宿考及分野諸家之説，求諸實用，似爲無取。昔劉知幾嘗論正史不當以天文作志，乃一隅小乘，每喜侈陳，如潘梅崖之記陝川，段時齊之志楚苗，雖村鎮蠻夷，必詳分野，是亦可以已矣。今節録正史天文於輿地略中，仿《漢書·地理志》例也。

城郭廨署，建自立縣之初。州道路府皆治於縣，故建置自縣始。學校壇廟則興教事神之首務，規模制度以及創始繼修年月人名，皆關典要。漢世《三輔黄圖》、《宫閣簿》、《地域方尺圖》諸書，即地志建置所始。舊志學校門具載樂器名義、律吕、宫譜，凡三卷，無論鐘鏞琴瑟，制數音均，六藝所垂，昭如星日，即歌儀舞節亦《會典》舊章，率土通行，非粤西獨舉之典禮。以此爲志，亦太廓矣。康海《武功志》學校入於建置，蓋記匠作經營。學校特建置中大事，於義甚當，舊志謂失輕重，過矣。

劉秩本《周官》作《政典》，於是通典、會要之書，相繼撰述。蓋經世鴻章，政治樞要。史志之所取裁，昔人歎爲至難者，此也。地志向有賦役一門，大抵率意備體。至有司見以行事例，爲一方經政者，記載缺如。不知學貴通今，政惟求舊。凡案牘所陳，典吏所掌，皆官禮之遺，王政之要。使徒從事於模山範水，附會乎故宅名園，掇拾詩詞，鄙夷史事，此則文人結習，陋儒者通裁矣。

《周官》外史掌四方之志，注謂：若《晋乘》、《楚檮杌》之類。此專門紀事之權輿。《隋志·舊事篇》所載《秦漢已來舊事》、《沔南故事》二書，皆其義也。後世輿地之記，雖名爲志，然於一方古今大事，反缺略不載，蓋猶囿於圖經之舊，不能充例以盡義。宋施宿《會稽志》有討賊、平亂二篇，元張用鼎《金陵新志》創通紀一門，以具歷代因革、古今大要，其於郡邑舊事，若網在綱，其體最善。撰志乘者，所當沿其例而擴之，勒爲紀事專篇，以上繼外史之職者矣。今記自秦漢以迄於明，爲前事略。

劉《略》、班《志》，藝文著録之祖。宋孝王《關中風俗》具載藝文，其例不載前朝，《明史·藝文志》祇録明代經籍，用宋例也。又地志中著録之祖。明人撰志乘者，不知藝文體裁，猥以詩文充之。卷帙繁蕪，殊乖雅正。明周復俊續宋人《成都文類》，易名曰《全蜀藝文志》，則謬誤不獨在志乘矣。范成大《吴郡志》以詩文分注各條之下，如詩文爲山水作者，即散附山水中。其例最善，今遵用之。藝文專載粤西人作述，以正著録之體。至游宦粤西者，據所見聞，專爲紀載，别爲下編。

金石之書，歐、曾、洪、趙久著專家，鄭樵列之《通志》，其體益尊。考田概《京兆金石録》，劉涇《成都刻石總目》，一方記載之始也。宋朱長文《吴郡續記》、元徐碩《嘉禾志》皆具碑碣一門，則金石入地志之始也。粤西金石，銅鼓最古，而無款識可考。其見於諸家書者，開元景星寺碑、大曆平蠻頌、貞元冰泉銘，其著也。今録自晋以下，迄於元代，凡四百八十三種。

聖賢冢墓，京師寺塔，華山精舍，洛陽名園，著録於史部地理者，即後世名蹟作志之濫觴。陸隴其《靈壽志》不載寺觀，謂闢佛老，不知古今地志例記伽藍。其古殿荒臺，未嘗不與宋宅揚亭，供詠懷於詞客也。惟故城廢署，考沿革者疏證之資，爲用甚宏。特弁勝蹟之首，從所重也。

循吏之列於史，名宦之載於志，其義一也。然史傳必原始要終，著爲定論；地志則政績偏端，無妨節録。顔延之，名賢也，其出始安，今桂林。不聞善治；侯莫陳穎，貳臣也，嘗總管桂州，大崇恩信。紀政之書，是當舍顔而取穎矣。王岩叟記韓忠獻事曰《魏公别録》，蓋私録，所以異於史傳也。今本其義，輯爲宦績録。

嶺南瘴癘之區，明以前貶謫於此者至多，其人或觸怒權奸，或見傾群小，如袁恕己、劉蕡、黄庭堅、秦觀、吴時來、劉臺之屬，清風亮節，流被邊隅，至今引以爲重。舊志與《廣東志》皆有遷謫傳者，此也。今録附宦績後。惟舊志所載，唐有周利貞、姚璹、宋之問、竇群，宋有吴敏、趙良嗣、程松、丁大全諸人，皆奸佞凶邪，法所必殛，此猶登之簡策，殊失猥濫。又，李白未至夜郎，安得假道藤州？如此之類，并從删削。

記載嶺表人物，晋范瑗有《交州先賢傳》著于《隋志》，體例不可考。按《華陽國志》所載士女，人以年次，傳不分名，此地志之正軌。近世志家每仿史傳，區分品類，標爲循良、儒林、文苑諸目，核之名實之間，亦豈盡能相副。又，舊志有鄉賢一類，考鄉賢與名宦，皆一方俎豆之專稱，例當定自朝廷，非志乘所敢私許。故今統鄉賢於列傳，而易名宦爲宦績，著其實也。

唐宋羈縻州，即土司之權輿，《明史·土司傳》所載特詳。今取其事入前事略，而擇土官之賢者爲傳。

舊志列女，首稱某氏，次敘夫名。婦不繫夫，名稱未順。且傳中目之曰氏，有類案牘之詞。今略仿《後漢書·列女傳》例，題曰某人妻某，傳中稱名，無名稱姓，此則酌古今之宜，范書中如《鮑宣妻傳》，傳中即稱爲妻，於義無害，但不必施之地志，過於泥古。不至如《史通·稱謂篇》所斥爲訛謬者矣。至於義共柏舟、事無殊别者，則仿《唐書·孝友傳》總敘之例，載於各傳之後，庶其名亦附以不朽也。

舊志附流寓於遷客，入仙釋於方技。遷客如漢桓華，三國許靖、劉巴、顧譚之屬，皆在交趾，無與廣西。方技如葛洪未至西粤，賓公誤作宋人，傳在五代後，云宋時之異術。又云□…□見賓公遂度嶺去。考�，唐人，相去時代甚遠，舊志蓋誤采流俗之説。皆所不録。作志自以詳備爲宗，而又不敢以冗濫遺譏也。

廣西諸蠻見於《唐書》，宋以下記載益備。然其族類之源流，種落之盛衰，皆無可考。今於前事略中悉載其事。考《漢書·西域傳》，諸國有與漢通而無事蹟者，只具其土俗種類。兹亦仿其例，爲諸蠻傳。至安南，自宋立國，久非中土。宋元明三史列《外國傳》，舊志作安南傳於諸蠻後，殊失限斷。今以安南事之隸廣西者入前事略，餘皆不載，蓋即舊志不載滇、黔、楚南、粤東之事例也。漢之交趾、日南、九真三郡，皆在今安南關，廣西各舊志於此亦未分曉。

宋高似孫《剡録》先賢各傳，每事必注其所據之書，潛氏《臨安志》徵引尤富，開地志引書之例。廣西爲桂林、象郡舊地，秦漢以來，事蹟至多，必采録群書，乃臻詳贍。其專爲此邦作者，如《桂林風土》、《北户録》、《桂海虞衡》、《嶠南瑣記》、《桂勝》、《桂故》、《粤西三載》諸書，更掌故之最切者。今摭拾成編，期無疏舛，且詳注書名於所引條下，則考古徵信之義如此。至文載及各舊志、府縣志，多冗鄙，今皆删潤過半，而仍注原書之名，著所本也。

書之有序，始於子夏之序《詩》，蓋敘所以作之恉也。兹志分門析類之故，謹具如右，不更爲小序，以省冗贅。若有當考證者，各附本條之下，武功志作序一篇，以括全書，得其義矣。

廣西通志，國朝創自郝浴，次李紱，次金鉷。距今已七十年，文獻間缺，竊以方志爲國史所取材，前者屢奉部檄，徵取志書，久無以上供史館，實爲守土者之愧。用敢□稽舊聞，近考檔册，勒成一書。凡爲典一，曰訓典。爲表四，曰郡縣沿革，曰職官，曰選舉，曰封建。爲略九，曰輿地，曰山川，曰關隘，曰建置，曰經政，曰前事，曰藝文，曰金石，曰勝蹟。爲録二,曰宦績,曰謫宦。爲列傳六,曰人物、泗城府無人。曰土司、曰列女、曰流寓、曰仙釋、曰諸蠻。爲篇二十有二,爲卷二百七十有九。

右廣西志例二十六條。采史乘之要,酌古今之宜,體大思精,至爲該貫。遍觀諸志,無以逾之,宜阮文達公之有能於是也。惟關隘、山川應統之輿地,則班《志》注山水於縣邑之意,必謂别爲專門,義取設險,豈侈談輿地、不事守邊?况風俗尚入輿地之中,山川、關隘反居輿地之外,名實乖舛,義例殊疏。又宦績之紀,但紀粤西之官,至於遷揆貶謫、官所由來,無關地志,苟有可紀,宜在宦績之内,若無可録,删之亦宜,何須另立謫宦之門,信爲邊隅之重乎?

廣東通志

以《廣西通志》爲本。爲典一,曰訓典。爲表四,曰郡縣沿革,曰職官,曰選舉,細目同《廣西》。曰封建。爲略十,曰輿地,細目同《廣西》,惟於疆域圖後,增晷度一條。曰山川,曰關隘,曰海防,細目八,□…□,曰中路,曰□路,曰圖,曰兵船,曰占驗,曰水醒,曰水忌附信封。曰建置,細目同《廣西》。曰經政,安南入貢事例□…□入貢事例,無土司□…□船政後增市舶一條,餘同《廣西》。曰前事,曰藝文,曰金石,金石略中以宸翰冠首,與《廣西志》異。曰古蹟,細目同《廣西》。曰宦績,曰謫宦。謫宦分代之後,又分安置、流徙、編管三條,與《廣西志》異。爲列傳八,曰人物,曰列女,曰耆壽,《廣西志》無。曰方技,《廣西志》無。曰官考,《廣西志》無。曰流寓,曰釋老,曰嶺蠻,曰外藩。《廣西志》無。雜録一。凡二十六門。

阮文達公以謝中丞啓昆所修《廣西通志》載録詳明,體例雅飭,故修《廣東志》,據以增損。其最勝者,每一州一縣爲一圖,沿海洋汛又爲長圖,按册讀之,粲然畢著。又增晷度於疆域後,以盡測量之術。增海防一門,以示未然之防。列外藩於傳末,爲籌邊者所取法。皆能明於古今事變,而得所以作志之本意。

至於國初收粤及平削尚藩諸鉅事,廟謨廣運,武烈維照,允宜備悉紀載,以光簡册。阮序乃謂載在《國史》,此志不得記之,與《廣西志》同例。豈知《國史》紀聖武之全功,志乘紀一方之偉績,義各有取,本不相妨。况志乘所載經政,何一非朝廷大經大法,其大者何事不載《國史》,豈得云史宜詳者,志皆可從略乎?謝志既遺漏於前,阮志復承譌於後,致使國家盛事,闕而不書,不亦謬乎?

湖南通志

乾隆二十二年,巡撫陳宏謀修者,曰陳志。其目曰星野附圖,曰沿革附表,曰輿圖,曰疆域附形勝,曰山川,曰城池附古城考,曰關隘,曰津梁,曰隄堰,曰公署,曰户口附育嬰堂、普濟堂、養濟院、救火器具，曰田賦□□，曰蠲卹，曰積貯附倉廒，曰礦廠附錢法，曰學校，曰典禮，□□飲酒迎春，曰秩祀附祭器圖、樂器圖、陳設圖、樂舞圖、祠廟，曰風俗附苗俗，曰物産，曰兵防附塘汛，曰驛傳附鋪遞，曰理苗，曰藩封，曰職官，曰本朝官制，曰歷代官制、歷代職官考，曰選舉，曰歷代薦辟，曰名宦，曰人物，曰列女附壽婦烈婢，曰流寓，曰古蹟，曰陵墓附義冢，曰寺觀，曰仙釋附方技，曰祥異，曰藝文，細目二十五，曰表，曰奏疏，曰劄子，曰議，曰檄，曰説，曰論，曰考辨，曰題跋，曰啓，曰書，曰序，曰傳，曰記，曰祭文，曰碑，曰楚詞，曰賦，曰題，曰銘，曰五言古，曰七言古，曰五七言排律，曰五七言律，曰五七言絶句。曰拾遺。

嘉慶二十五年布政使翁元圻□者，曰翁志。其□曰詔諭，曰星□□輿圖，曰建置□…城附□…□城池□…□，曰關隘，□…□育□…□堂院□…□，曰田賦附□…□屯田，曰蠲卹□…□貯附倉廒，曰□…□廠，曰錢法，曰鹽□…□，曰學校，曰典禮，□…□祀典，曰兵防，曰□…□驛傳附故驛考、鋪遞程站、江宣□…□設裁始末，曰兵□…□，曰苗防附諸□廢土司，曰藩封，曰職官，曰選舉，曰名宦，曰人物附耆壽、義役、義僕，曰列女、壽婦，分附各州縣。曰流寓，曰仙釋，曰方技，曰風俗，曰物産，曰祥異，曰古蹟，曰陵墓，曰祠廟，曰寺觀，曰藝文，曰金石，曰叢談附嶽麓書院新置書目録條款，又城南書院新置官書條款目。

《廣西通志》體例詳雅，《廣東志》遵而用之，微有增損。今修《湖南通志》，擬變通陳、翁兩志，仿兩廣志爲典，爲表，爲略，爲録，爲傳，以綱統目，兼取各省通志，互相參酌，擇善而從。

陳志以欽奉上諭分載各門，翁志彙載卷端，今仍彙輯，敬編諸訓典，恭載卷首，以示尊崇。

陳志沿革一門，表附考後。翁志以表爲主，而博采史志及專家之書於後，以明表中稱引所據，今仍之。

陳志明代及國朝職官，文自督至州縣而止，武自提鎮至守備而止，今仍之。《雲南志》於職官内附載使命，如主考之類，亦談掌故者所不可闕。又，《廣西志》職官表附承襲土司，湖南苗疆土司雖多改土歸流，然其先世不可不紀。翁志載廢土司於苗防，是爲得之。

選舉表，兩廣志分制科、薦辟、進士、舉人，翁志增至貢生。近□…□軍功得官者，義同薦舉，擬增軍功表，以官爲□。軍興以來，賞功酬庸，以及殉難賜蔭，膺世爵者，楚材爲多。顧前代五等之爵，分茅胙土，國朝則襲以嘉名，與古稍異。今擬封建表外，撰世爵表，以爵爲次。

陳、翁兩志以星野冠首，今仿《漢書・地志》，節録正史於輿地略中。陳志分星有圖，無裨實用，今刪。

舊志府州分圖,尚能開方計里。今擬依《廣東志》,每一州一縣爲一圖。《禹貢》於九州復詳紀導水、治水者,非悉源流分合,不可得而治也。湖南本澤國,水利不能盡圖。而最著九水,當每水爲一圖,附疆域圖之後。

湖南隄堰,關於水利、農田者至重,故陳、翁兩志識之特詳。《湖北通志》以隄堰載入政典,誠重其事也。顧撰著之體,以類相從,今擬載隄堰於建置略。

翁志專立苗防一門,首列總紀,志其峒砦。次亦案代編年,詳書邊事。今仍之,撰苗防略,猶《廣東志》之有海防略也。

《四川通志》於國初定羅,特立武功一門,而歷代用武事蹟,則入紀事。其例最善。《雲》、《貴》兩志之有師旅考,《山東志》之紀武事,翁志之紀兵事,皆此意也。惜其以國朝與前代連類而書,不及《川志》之有斷限。兩廣志闕而不書,□□儉矣。今擬輯國朝兵事,爲武事考,附□…□後。而明以前兵事,則□前事略,用《川志》例,與翁志異。

兩廣志皆有謫宦録,今去之,用翁志例,謫戍名流有政績可紀者歸宦績,無政績者歸流寓。

目録依兩廣志酌定:訓典。郡縣沿革表。附考。職官表。選舉表。歷代制舉,薦辟,明進士,明舉人,明貢生,國朝進士,國朝舉人,國朝貢生,軍功。封建表。世爵表。輿地略。疆域圖,水道圖,晷度,分野,氣候,山川,關隘,户口附育嬰、養濟等堂院、救火規條,風俗,物産。苗防略。總紀,諸瑶,廢土司。建置略。城池,廨署,學校,壇廟,堤堰,梁津。經政略。銓選,卹助經費附禄餉,卹政,田賦,苗疆,屯田,土貢,鹽法,礦廠,錢法,榷税,積貯,祀典,學制,科場經費,書院經費,兵制附武事考,郵政,船政。前事略。藝文略。經,史,子,集。金石略。古蹟略。古城,署宅,冢墓,寺觀。宦績録。列傳。人物,列女,膺壽,方技,流寓,數術。雜記。

附　録

河南界十二縣。

魏郡:今河南臨漳。斥邱,成安。魏,大名。元城,今縣。即裴,北鄉。武始,邯鄲。陰安,清豐北。

鉅鹿郡:鉅鹿,今縣。南䜌,钜鹿北。廣阿,隆平。象氏,隆平東北。廮陶,趙州甯晉。宋子,趙州。楊氏,甯晋西。臨平,晉州東南。下曲陽,晉州。貰,東鹿西南。鄡,束鹿東。新市,晉州西北。堂陽,新河西。安定,東鹿西北。□□,趙□東。歷鄉,甯晉東。樂信,束鹿西。武陶,隆平。柏□,今縣。安鄉,晉州東。

常山郡:元氏,今縣。石邑,獲鹿。桑中,平山東南。靈壽,今縣。蒲吾,平山。上曲陽,曲陽。九門,藁城西北。井陘,今縣。房子,臨城高邑。中邱,内邱。封□,趙州東南。關,欒城北。平棘,趙州南。鄗,柏鄉北。樂陽,獲鹿東北。平臺,□西。都鄉,□皇。南行唐,行唐。欒城,今縣。

十九縣。

清河郡:清陽,清河東。信成,清河西北。□題,棗强南。繚,南宫東南。棗强,今縣。復陽,武城東北。

涿郡:涿,涿州。迺,淶水。穀邱,安平西南。故安,易州東南。南深澤,深澤。范陽,定興。蠡吾,博野西南。容城,新安。易,雄縣易州。廣望,清苑西南,□,□邱□北。高陽,今縣。州鄉,□□東北。安平,今縣。樊,□苑東□。成,容成。良鄉,房山。利鄉,房山西。臨鄉,固安南。益昌,霸州。陽鄉,固安西北。西鄉,涿州西州。饒陽,今縣。中水,獻縣西北。武垣,肅寧。阿陵,獻縣西。阿武,安州。高郭,任邱西。新昌,新城。北新城,保定安肅。

□…□縣。

渤海郡:浮陽,滄州。陽信,慶雲。東光,今縣。阜城,今縣。南皮,今縣。定,滄州東南。章武,天津。中邑,滄州東。高城,鹽山東南。高樂,南皮東南。參户,青縣西。成平,交河東。柳,鹽山東。臨樂,寧津。東平,舒,静海大城。重平,吴橋,山東之德平。安次,永清,山東之東平。修市,景州西北。文安,今縣。景成,交河東北。束州,河間東。建成,交河東北。章鄉,滄州東南。蒲領,□…□。

□…□縣。

平原郡:龍頟,景州東三□。安,吴□西北。

山西十□縣。

代郡:桑乾,蔚州西北。當城,蔚州東。馬城,懷安北。東□陽,□□西□。代,蔚州。廣昌,今縣。

上谷郡:沮陽,懷來。泉上,保安。潘,保安西南。軍都,懷來南。居庸,延慶。雊瞀,蔚州東北。夷輿,延慶東北。寧,萬全。昌平,蔚州北。廣寧,宣化。涿鹿,保安南。且居,宣化東。茹,宣化南。女祁,龍門。下落,懷安。

漁陽郡:漁陽,密雲。狐奴,順義。路,通州。雍奴,武清。泉州,武清東南。平谷,今縣。安樂,順義西南。厗奚,灤平西。獷平,密雲東北。要陽,密雲東南。白檀,灤平西南。滑鹽,灤平南。

右北平郡:平剛。

附

録

附録一　傳記資料

清實録(摘録)

道光二十七年丁未五月癸未

引見新科進士。得旨,一甲三名:張之萬、袁績懋、龐鍾璐。業經授職外,許彭壽、孫觀、徐樹銘、曹登庸、周德榮、袁希祖、劉其年、沈桂芬、陸秉樞、蘇仲山、鮑源深、陳元鼎、徐申錫、陳毓麒、李德儀、蔣兆鯤、崔荆南、李培祜、伍肇齡、劉崧駿、胡壽椿、帥遠燡、潘斯濂、蕭銘卣、華祝三、李品三、李鴻章、黄彭年、沈葆楨、郭椿壽、吴慰曾、唐壬森、陳濬、何璟、白恩佑、周悦讓、張炳堃、尹國珍、郭嵩燾、福全、陳鼐、粟增熉、林之望、文啓、來煦、劉有銘、宗室載鏗、葉毓祥、張修府、周道治、萬良、彦昌、丁壽昌俱著改爲翰林院庶吉士。

郭祥瑞、孫頣臣、劉鴻恩、鄧清淦、張增道、葉士焕、李德增、汪先焜、劉秉厚、駱利鋒、朱壽康、章倬標、沈鍠、王友端、李友梅、郝應宿、佘汝侗、瑞明、薛銘、沈鎬、徐振墉、楊儀韶、方學蘇、段培元、朱麟祺、熊其光、文玉、宗室興蒼、成善、阮壽松、德恒、阿克丹、宗室崇光、袁銓、盧日新俱著分部學習。

李仁元、裴季芳、孫家醇、鄧培槐俱著以内閣中書用。吴斑、李宗羲、尹泗、劉廷鑑、戚天保、戴鹿芝、喻懷恭、周振璘、彭嘉炯、黄瑞圖、龍元儼、賀桂齡、李湘蓴、劉潤、陳秉彝、曹鴻舉、李士瑞、宋肇昌、蔡應嵩、孔廣泉、華國清、許利賓、周劼、侯樹衔、莊心庠、張培仁、丁斌、楊文熙、耿灼然、黄金韶、李明壎、車汝建、王揆一、龐公照、王宏謨、張希仲、張清瀛、李森、左駿章、謝佳玉、廖宗元、馬新貽、馮霦、馮森、葉維藩、郭種德、李孟羣、朱奂、周鳴鹿、延齡、伍奎祥、霍爲棻、胡長新、黄淳熙、汪有恭、沈墉、匡慶榆、武元鶴、任瑛、辛本栴、李燦、張汝弼、陳心棻、馬綸篤、徐家杰、王序賓、趙廷銘、王玉、周雲翥、增禄、高化鵬、馬先登、敖國琦、陳兆鳳、姚繼勉、吴懷玉、朱𠱃侯、王平格、李國瀛、張晋、陳星焕、趙開元、祝塏、陶璽、楊延俊、陳喬榮、白潤、雷對、瞿績凝、朱孔模、萬年、鄭奎齡、杜滋、賀際運、楊錞、禹建鈞、陳秩五、黄光彬、鄭士蕙、樊丙南、毛玉成、錫榮、詹錦堂、王廷才、張韶南、馮峻、李得春、王汝銓、劉熙敬、陰昌庚、劉郇膏、叢壇、楊師震、任國楨、羅家頣、許亦崧、馬象奎、陳椿年、朱次琦、劉鎧、郭定柱、姚體備俱著交吏部掣籤分發各省,以知縣即用。

兵部額外主事謝煌著俟報滿作爲候補主事後,以該部主事即補,餘著歸班銓選。

道光三十年庚戌四月癸未

引見丁未科散館人員。得旨,此次散館之修撰張之萬、編修龐鍾璐業經授職。二甲庶吉士許彭壽、徐樹銘、鮑源深、陸秉樞、陳元鼎、李鶴年、帥遠燡、曹登庸、黄彭年、何璟、劉其年、沈桂芬、沈葆楨、陳濬、李鴻章、袁希祖、郭椿壽、蘇仲山、潘斯濂、陳毓麒、胡壽椿、周德榮、粟增熉、林之望、李品三、唐壬森、周士炳、張炳堃、孫觀、蔣兆鯤、華祝三、伍肇齡、尹國珍、劉有銘俱著授爲編修。三甲庶吉士毛昶熙、張修府、彦昌俱著授爲檢討。周悦讓、周道治、文啓、白恩佑、丁壽昌、蕭銘卣、朱夢元、宗室載鏗俱著以部屬用。繙譯庶吉士伍忠阿、廣鳳俱著授爲編修。桂豐、勒爾精阿俱著以部屬用。

同治元年壬戌九月丙子

諭内閣:前任給事中蘇廷魁,前任御史竇垿,編修劉熙載、黄彭年、車順軌,已革巡撫曾望顔、前任廣東布政使畢承昭、候選道朱琦、山東德州知州張應翔、前任順天宛平縣知縣劉秉琳,著吏部迅即行知各該員原籍督撫,給咨調取,來京引見。以上各員如有在京者,并著該部查明,即行帶領引見。各該員如有經手地方公事,一時未能起程,即著各該督撫查明該員年歲、履歷,先行具奏,候旨録用。

同治九年庚午十月丙辰

諭内閣:翰林院編修黄彭年奏時事維艱、請勤修省一摺。本年時序失調,水旱疊見,江湖盛漲,下游受災,天時示儆,良用惕然。而各省慢上逞兇之案層見疊出,人事尤屬可憂,夙夜祗懼,若涉大川,罔知攸濟。兹覽黄彭年所陳懋聖學、戒臣工、節財用、廣言路各條,剴切詳明,於修省之道大有裨益,惟當孜孜求治,重道親師,慎侍御僕從之選,屏耳目玩好之娱。

期與天下共臻上理。爾内外大小臣工,亦當恪共厥職,共濟時艱。力戒因循推諉,奔兢夤緣,庶幾積習湔除,諸事可期振作。至黜奢崇儉,疊經誥誡諄諄,猶恐奢侈相沿,動踰體制。朕躬行節儉,爲天下先,嗣後該内務府大臣於一切用款,務當查照舊章,力求撙節,不得任意加增。凡百臣工,尤當懍遵法制,毋尚浮華。

言路通塞,實爲治理所關。在廷諸臣於政事得失,人才賢否,如確有所見,總當直言無隱,以副朝廷廣開言路之意。民爲邦本,本固不摇,爲治之道,以固民心爲要,而宏濟艱難,尤惟賢才是賴。願與中外諸臣朝夕圖維,共求長治久安之策,有厚望焉。

原摺著留覽。

光緒九年癸未正月甲午

湖北布政使王大經因病解職,以湖北按察使蒯德標爲布政使,以安襄鄖荆道黄彭年爲按察使。

光緒十年甲申六月癸酉

諭内閣:前據御史屠仁守奏,湖北鄖西縣廪生余瓊芳身死一案疑竇多端,顯有冤抑,當派卞寶第詳加檢驗,悉心覆鞫。旋經卞寶第奏稱,調到江西仵作檢驗屍骨與原驗不符,請另調仵作覆驗。復據屠仁守奏,督臣瞻徇迴護,請另派大員查辦。當派侍郎孫毓汶烏拉布馳赴該省查辦。嗣據該侍郎等先後奏陳,檢驗有傷,并搒獲串供信函多件。及現詢情形,疊經諭令詳細推求,訊取確供,以成信讞。

兹據該侍郎等審明定擬具奏,此案鄖西縣書吏干瑞堂因余瓊芳在捐局查明欠賑,不服口角。余瓊芳向前毆打,干瑞堂將其推跌倒地,用拳連毆并踢傷左後脇殞命。檢驗屍骨應傷相符,該犯供認不諱,衆供亦均確鑿。

干瑞堂著照所擬絞監候,歸入下届秋審辦理。書吏王士俊於干瑞堂毆打余瓊芳,輒用拳幫毆。著照所擬革去書吏,杖一百。干必達代作詞狀,添砌妄控,復串唆教供,實屬生事擾害。著照所擬,發極邊足四千里充軍。已革鄖西縣知縣謝翼清於人命重案報驗,擲禀不收,復於會驗後,捏改傷痕,并呈遞親供,嘵嘵置辯,輒敢以毫無根據之詞,任意狡賴,玩視人命,袒護書吏,釀成蒸檢之案,情節尤重。著發往軍臺效力贖罪。已革鄖西縣知縣彭世翰於原驗拳踢各傷尚無錯誤,惟任聽仵作喝報填註有毒,會審時又復幫同拷訊,非尋常疏忽可比。業經革職,著毋庸議。鄖陽府知府承禄、竹谿縣知縣周益承審此案,并不虚衷研鞫,用刑拷訊,致王士俊誣認重罪,雖未定案,究屬草率。候補知縣柳玉麟、邵承灝於屍子禀請免檢,雖無抑勒情事,惟輒令改具確系病死切結,殊屬不合。武昌府知府王庭楨寫給屍子據實呈情四字,令其照繕代詳,亦有不合。承禄周益、柳玉麟、邵承灝、王庭楨均著交部議處。按察使黄彭年、道員嚴昉覆審,犯供翻異,未能嚴切根究。及檢有應傷,復專執成案,屢加辨駁,殊屬拘牽。黄彭年、嚴昉均著交部議處。署湖廣總督卞寶第於王庭楨禀詳免檢,并不批駁。及檢出應傷,又不詳究供情,輒行奏提仵作覆檢,辦理究屬未當。湖北巡撫彭祖賢於免檢詳文未經批駁,亦有不合。卞寶第、彭祖賢均著交部分别議處。

光緒十一年乙酉六月己巳

又諭:户部奏稽查雲南運銅各員期滿,請旨更换一摺。雲南辦解六起二批京銅,現據咨報起程,此後續辦銅斤次第運解。前派沿途經理各員期滿,該部查照例案。將經過之四川、湖北、江蘇、直隸等省藩臬開列名單,請旨更换。四川著派易佩紳、湖北著派黄彭年、江蘇著派譚鈞培、直隸著派松椿，即責成各該員嚴飭各道府及沿途地方文武員弁認真稽查，催趲護送前進。如有無故逗遛及盜賣短少等弊，詳報該督撫嚴行參辦。沿途應需水師照料之處，即由派出之員詳咨前途督撫及水師提督調遣，仍著以奉旨之日起，以三年爲限，均責成此次所派之員一體經理。遇有升調事故，即令接任之員遵辦，期滿再行更换。

光緒十一年乙酉九月戊申

署湖廣總督裕禄等奏，司監羈禁命案人犯在獄自盡，請將臬司黄彭年等議處。得旨，曾傳禄、黄彭年均著交部分别照例議處。

光緒十一年乙酉九月甲子

諭内閣：吏部奏遵議管獄等官處分一摺。湖北按察使黄彭年應得降二級調用處分，著加恩改爲降三級留任。至此事究涉刑名，又非緊要之件，該部於齋戒期内呈遞，殊屬不合，所有吏部堂官及承辦司員著交都察院察議。

光緒十一年乙酉十二月癸酉

調湖北按察使黄彭年爲陜西按察使，陜西按察使温忠翰爲湖北按察使。

光緒十三年丁亥十一月丁卯

江蘇布政使易佩紳因病乞休，以陜西按察使黄彭年爲江蘇布政使。

光緒十四年戊子正月癸亥

諭内閣：曾國荃、崧駿奏，請飭催藩司赴任等語，江蘇布政使黄彭年著速赴新任，毋庸來京請訓。

光緒十四年戊子六月丙戌

諭内閣：户部奏稽查雲南運銅各員期滿，請旨更换一摺。雲南辦解八起頭批京銅，現據咨報起程，此後續辦銅斤次第運解。前派沿途經理各員期滿，該部查照例案。將經過之四川、湖北、江蘇、直隸等省藩臬開列名單，請旨更换。四川著派崧蕃、湖北著派蒯德標、江蘇著派黄彭年、直隸著派松椿，即責成各該員嚴飭各道府及沿途地方文武員弁認真稽查催趲，護送前進。如有無故逗遛及盜賣短少等弊，詳報該督撫嚴行參辦。沿途應需水師照料之處，即由派出之員詳咨前途督撫及水師提督調遣，仍著自奉旨之日起，以三年爲限，均責成此次所派之員一體經理。遇有升調事故，即令接任之員遵辦，期滿再行更換。

光緒十四年戊子十二月乙酉

又諭：衛榮光奏來京陛見一摺。前有旨令崧駿毋庸來見，衛榮光著俟崧駿到任後，再行來京陛見。江蘇巡撫著黄彭年暫行護理。

光緒十五年己丑春正月辛酉

諭軍機大臣等：欽奉慈禧端佑康頤昭豫莊誠皇太后懿旨，前據總理海軍事務衙門奏請由天津至通州接修鐵路，當經降旨允准。嗣據御史余聯沅等先後陳奏，請停辦鐵路均諭，令總理海軍事務衙門會同軍機大臣妥議具奏。

兹據會商籌議，逐款臚陳，詳加披閱，所陳各節，辨駁精詳，敷陳剴切。其於條陳各摺内似是而非之論，實能剖析無遺。惟事關創辦，不厭求詳，在廷諸臣於海防機要素未究心，語多隔膜。該將軍督撫等身膺疆寄，辦理防務，利害躬親，自必講求有素。著慶裕、定安、曾國荃、卞寶第、裕禄、張之洞、崧駿、陳彝、德馨、劉銘傳、奎斌、王文韶、黄彭年按切時勢，各抒所見，迅速覆奏，用備采擇。

會議摺一件，余聯沅摺、屠仁守等摺、洪良品等摺、翁同龢等摺、奎潤等摺、游百川摺片、文治摺各一件、徐會灃等摺内一條，均著鈔給閱看。將此由五百里諭知慶裕等，并傳諭黄彭年知之。

光緒十五年己丑三月乙丑

諭軍機大臣等：前據唐炯奏，雲南礦務漸有起色，請撥銅本銀一百萬兩，當諭令户部如數指撥。兹據該部詳議覆奏，請於欠解項下令江西解銀十五萬兩、浙江解銀二十七萬兩，共銀四十二萬兩。江蘇、湖北、福建、廣東於加放俸饟項下各改解銀十二萬兩，浙江改解銀十萬兩，共銀五十八萬兩。以上兩項已足一百萬兩之數。著各該督撫飭藩司於本年六月間解到一半，年底全數解清。

雲南銅本關係緊要，江西、浙江前已任意拖欠，此次如再延宕，即著該部將該二省藩司指名奏參。其餘各省均不得諉卸遲延，致干參處。其同治十二年暨光緒三年兩次部撥各省關銅本銀二百萬兩，及歷年雲南司庫借用銀兩，應行提還各款未還銀四十餘萬兩。江西、浙江、廣東省并太平關、廣西、四川等省尚未解清，著各該省關督撫、監督等各將應還應解銀兩，迅即解滇應用。

至雲南歷年欠解銅斤爲數甚鉅，唐炯督辦礦務，責無旁貸，務當實力煎采，源源解運，不得仍前短欠，致糜鉅款。本年煎獲銅斤即行提前起解，以資鼓鑄。其貴州各鉛廠并著督飭，盡力開采。現在已獲鉛斤若干，年内可解若干，迅速覆奏。

原摺鈔給唐炯閱看。將此諭知曾國荃、裕禄、卞寶第、張之洞、劉秉璋、德馨、崧駿、奎斌、沈秉成、高崇基、唐炯,并傳諭黄彭年知之。

光緒十五年己丑四月癸未

又奉懿旨:前因籌議鐵路事宜,諭令沿江沿海將軍督撫各抒所見,以備采擇。嗣據陸續覆奏,詳加披閱,其偏執成見、不達時勢及另籌辦法、尚未合宜者毋庸議外,張之洞、劉銘傳、黄彭年所奏各有見地。而張之洞所議自盧溝橋起,徑行河南,達於湖北之漢口鎮,劃爲四段,分作八年造辦等語,尤爲詳盡。

此事爲自强要策,必應通籌天下全局。海軍衙門原奏意在開拓風氣,次第推行,本不限定津通一路,但冀有益於國,無損於民,定一至當不易之策,即可毅然興辦,毋庸築室道謀。著總理海軍事務衙門即就張之洞所奏各節詳細覆議,奏明請旨。

張之洞、劉銘傳、黄彭年摺各一件,均著鈔給閱看。

光緒十五年己丑四月辛卯

又諭:黄彭年奏營勇搶鹽被燒斃命,請將知縣及統帶等官分别懲處各摺片。此案江蘇捕營哨弁王永昌恃與哨官吴家正婣親,膽敢率勇至奉賢縣紅廟地方搶劫竈民張照銓家門外鹽斤,致鄉民激怒,燒斃多命。該弁勇等行同梟匪,固屬咎由自取,而該鄉民等既將弁勇捕獲并不送官究治,輒行致斃十四命之多,實屬兇殘藐法。此風斷不可長。著該署撫嚴飭地方文武,將滋事要犯迅即勒限緝拏,訊明懲辦。奉賢縣知縣陳熊才疏於防範,該營官等約束不嚴,均難辭咎。陳熊才著先行摘去頂戴,統帶緝私營候補道丁兆基著摘去頂戴,總領哨候補遊擊吴家正著即行革職,以示懲儆。至所稱明定緝私章程各節,著會商崧駿妥籌辦理。

光緒十五年己丑五月庚申

又諭:有人奏流民匪徒紛聚,亟宜安插防範,敬陳管見一摺。據稱山東、河南流民紛紛南下,所在多有,會匪之案,層見疊出,飢民叢集,尤恐乘機鼓惑,釀成事端,請飭各省安置流民,嚴拏會匪等語。

各省失業農民遷徙流離,實堪憫惻。至所稱小刀會、哥老會等匪徒名目,疊經諭令各該督撫隨時懲辦。現在飢民衆多,尤恐流而爲匪,句結成患。著李鴻章、曾國荃、崧駿、陳彝、倪文蔚、張煦、黄彭年、豫山各就地方情形,將流轉窮民多方設法,妥爲安頓。游勇匪徒,尤應隨時嚴拏,毋任捕役營勇包庇藏匿,致貽隱患。

原摺均著摘鈔給與閱看。將此諭知李鴻章、曾國荃、崧駿、陳彝、倪文蔚、張煦,并傳諭黄彭年、豫山知之。

光緒十五年己丑五月丙寅

諭軍機大臣等:科場爲掄才大典,必須場規嚴肅,方可遴選真才。聞近數科來浙江場規廢弛寬縱,綱紀蕩然。點名之時,各考生或争先擁擠,或故意補到;迨接卷後,又復任意出入;送考人等溷迹進場,莫可究詰。

從前傳遞頂替等弊,猶必多方掩飾,唯恐人知。近則明目張膽,延請能文之人設局代倩。三場題目,每於點名之次日傳播場外,甚至試卷竟可由外遞進。其謄録通信改文,更屬視爲常事。種種弊端,不可枚舉。監臨、提調、監試等官因循敷衍,但冀了事。豈知法令愈寬,士習愈壞,必至潰敗决裂。一旦釀成巨案,法網難逃,實與愛惜士子之心大相刺謬。亟應及早嚴禁,力挽頹風。

著崧駿先期籌議,破除積習,實力辦理,切勿稍存瞻顧。并於接奉此旨後,將所指各節,會同學政先行出示,嚴切曉諭,俾知一切弊端,朝廷均已深悉。姑寬既往,儻本年鄉試仍蹈前轍,即從嚴懲辦,决不寬貸。

至江南鄉試場規近來亦多縱弛,所有點名接卷、任意出入及代倩傳遞等弊,均所不免。著曾國荃、黄彭年一體嚴禁,認真整頓。總之應試士子賢愚不一,寬則賢者亦將貽累,嚴則愚者不至效尤。全在該督撫心精力果,令出惟行,庶幾各考生畏法懷刑,不敢以身嘗試。其場内外執事人員應如何立定條目、分別責成之處,并著先行覆奏。將此諭知曾國荃、崧駿,并傳諭黄彭年知之。

尋崧駿奏擬將點名擁擠、設局槍替、謄録通信改文諸積弊,設法嚴防,刊刻簡明條約,先期徧給諸生,示以大信,期在必行。得旨,即著認真整頓,不可稍涉寬縱。曾國荃等奏所有代倩頂名、點名擁擠、懷挾書册、跟丁入場、亂號傳遞、賄屬謄録諸弊,切實剔除,飭屬申明,定章報聞。

光緒十五年己丑六月庚辰

諭軍機大臣等:前據黄彭年奏江蘇鹽捕營哨弁王永昌率勇至奉賢縣紅廟地方搶鹽,被鄉民燒斃十四命等情。當經降旨令黄彭年飭拏要犯,訊明懲辦。

兹有人奏王永昌緝私素稱得力,此次率勇往拏案犯,被私梟焚斃。竈民張兆銓即係私販所斃,弁勇實止十二名,此外二名,恐係無辜被害,請飭確查等語。所奏各節與黄彭年所奏前後種種不符,亟應徹底查究,以成信讞。

奉賢爲浙江引地,著崧駿遴派妥員前往嚴密訪查,務得確情,據實具奏。

原折著鈔給閲看,將此諭令知之。

光緒十五年己丑七月戊辰

諭軍機大臣等:有人奏道員龔壽圖前於光緒六年在上海設立機器織布局,招合股分銀四十萬兩，至今十年，迄未開辦。去年忽稱資本虧折，改由龔彝圖經理，如不續加銀兩，前票作爲廢紙，以致物議譁然，請飭查辦等語。

各省招合股分，原期易於集款，以裨商務。若如所全各節，假稱虧折，蓄意誆騙，將來招股，勢必觀望不前，實屬不成事體。著曾國荃等確切查明，應如何設法勒限清釐，以恤商虧而儆效尤之處，著即據實覆奏，毋稍徇隱。

原片著鈔給閲看。將此諭知曾國荃、剛毅，并傳諭黄彭年知之。

尋奏，龔壽圖當創辦之初，即陳明專管官務，并不經手銀錢，委無設詞誆騙情弊。龔彝圖是北洋大臣札委接辦局務，亦非私相授受。老股加價三十兩，逾限不加。以三股折作一股，給换新票，稟准有案，并非作爲廢紙。所有局中虧折，係專管商務之候選道鄭官應所爲。應嚴催鄭官應來滬，勒限究追，以儆效尤。以後局務，責成龔壽圖等認真經理，報聞。

光緒十五年己丑八月辛卯

諭軍機大臣等：江蘇鹽捕營弁勇被燒斃命一案，前經諭令崧駿確查具奏。兹據奏稱，記查鄉民仇視巡勇、起意燒害各情，請飭嚴拏首要各犯等語。

鄉民聚衆燒斃巡鹽弁勇，大干法紀，必須緝拏要犯到案，訊取確供，方能定讞。著曾國荃、剛毅、黄彭年懔遵前旨，督飭所屬，嚴拏首要各犯，務獲徹底根究，按律懲辦。

原摺均著鈔給閲看。將此諭知曾國荃、剛毅，并傳諭黄彭年知之。

光緒十五年己丑八月甲午

諭内閣：黄彭年奏，瀝陳緝私積弊，特參玩公溺職道員一摺。蘇松等處鹽梟充斥，本年七月間吴江縣瓜墩地方竟有梟船虜去巡船，殊屬不成事體。緝私衛引全在將領得力，方足以資彈壓。

著照所擬，由江蘇巡撫會商浙江巡撫，酌委統兵大員兼統緝私一營，隨時認真緝拏，嚴行懲辦，不得稍涉疏懈。緝私道員丁兆基於此次巡船被虜，未據稟報，檄飭拏犯，逾限未獲，實屬玩公縱匪，不知愧奮。江蘇候補道丁兆基著即行革職，以示懲儆。署吴江縣知縣蔣一桂兼有緝捕之責，防範不密，亦難辭咎，著即撤任。

光緒十五年己丑十一月辛亥

以解清甘肅新饟，予河南布政使劉瑞祺、江蘇布政使黄彭年等四十三員獎敘有差。

光緒十五年己丑十一月庚戌

諭軍機大臣等：總理海軍事務衙門奏疆臣條奏要件，請飭慎密一摺。各省封疆大吏陳奏重要事件,未經明降諭旨交内閣發鈔者,外間如有傳播,應根究洩漏之人,治以應得之罪,定制綦嚴。光緒十年四月曾經降旨,嚴飭各大臣、督撫等於機密之事,不准稍有宣露。乃張之洞、劉銘傳、黄彭年議覆鐵路事宜三摺,竟至刊登《申報》,一字不譌,深堪詫異。在朝廷順時立政,爲所當爲,本未於交涉外洋之局别存成見,而輾轉鈔傳,訛言紛起,西國新報謂我意存猜忌,俄人遂有促興東悉畢爾鐵路之舉。似此懷疑挾忌,誠恐别生枝節。總由該督等漫不經心,一任幕友鈔胥,宣洩傳播,殊非慎密之道。

嗣後各省將軍、督撫凡遇關繫重要摺件,務當倍加謹密。稿存内署,擇令親信之人繕寫,不准照尋常公事行司發房。經此次申誡之後,儻再不知慎重,致漏消息,謄播各口新聞紙,即著總理海軍事務衙門、總理各國事務衙門指名奏參,嚴行根究,决不寬貸。將此由四百里各諭令知之。

光緒十六年庚寅八月庚戌

調湖北布政使鄧華熙爲江蘇布政使,江蘇布政使黄彭年爲湖北布政使。

光緒十八年壬辰二月己酉

予故湖北布政使黄彭年政績宣付史館立傳,從湖廣總督張之洞請也。

光緒十八年壬辰九月戊戌

予政績卓著、故湖北布政使黄彭年,及哀毁殞命、其子翰林院編修黄國瑾,宣付史館立傳,從直隸總督李鴻章等請也。

清史稿(摘録)

黄輔辰,字琴隖,貴州貴筑人,原籍湖南醴陵。道光十五年進士,授吏部主事,累遷郎中。遇事侃侃持正論,屢忤上官,不少屈,時稱“硬黄”。咸豐初,以知府分山西。會貴州亂作,遽歸倡團練,修碉堡,積穀省城二萬餘石,撫清水江諸苗,平巴香亂,以功晋道員。尋赴山西,署冀寧道。餉絀,議加釐捐,輔辰謂晋人皆賈於外,山多地瘠,非他行省比,不宜病民。争之不得,則請蠲苛細,取大宗及不切民生日用者。户部設寶泉分局於平定州,就鑄鐵錢。滯不行,則令分銷諸郡縣,歲收息銀三萬解部。輔辰謂:“京師用鐵錢以濟銅幣之乏,山西勿便也。今行各縣,議令交納錢糧,以三萬之微利,妨數百萬之正供,利一而害百。即專行平定一州,日積日滯,其患滋大。”議上,遂罷之。九年,調赴直隸軍營,察海口形勢,請以重兵扼北塘,當事迂其言,不用。尋乞假去。至四川，依總督駱秉章。

陝西自回亂，地多荒蕪，巡撫劉蓉議興營田。輔辰書陳方略，采官私書爲《營田輯要》三卷，大旨在用民而不用兵，與民興利，不與民牟利，蓉疏薦之。五年，授陝西鳳邠鹽法道，任以西安、同州、鳳翔、延安、乾州、邠州、鄜州七屬營田事。輔辰建議謂："關中土曠人少，非招徠客民，事未由濟。然耕牛、籽種、農具、棚舍，官不能給，民不樂趨也。莫若即以地界之，薄收其租，畝二斗爲差，六年後給券，使世其業。慮田無限制，賦無定則，吏得以意高下爲民患，當先正經界，略如古井田法，量地百畝爲區，編列次第，書賦額於券，視土肥瘠别等則上下授之。凡領墾者以先後爲次，十區爲甲，十甲爲里，置長焉。里長總十甲租課，歲輸之官，凡移徙更替事皆責之。别授田六畝，俾食其入，爲庶人在官者之禄，而官總其成。"令下，民皆便之。復定考課舉劾法，策奉行不力者。朞年，凡墾田十八萬餘畝。時軍事急，賴所入租麥以餉之。又撥産給書院、義學、養濟院、育嬰堂、種痘局及灞岸堤工、渠工，諸廢皆舉。尋卒，祀名宦。

子彭年，字子壽。舉道光二十五年會試，逾兩年，改庶吉士，授編修。咸豐初，隨父在籍治團練，後入駱秉章四川戎幕，數有贊畫功，不受保薦。同治初，劉蓉延主關中書院。久之，李鴻章聘修《畿輔通志》，兼主蓮池書院。當光緒中，法、俄邊事迭起，侍從近臣多慷慨建言，彭年雖不在朝，負時望，中外大臣密薦之。八年，擢授湖北襄鄖荆道，遷按察使。屏餽遺，禁胥吏需索，年餘，結京控案四十餘起，平反大獄十數。調陝西，署布政使。

十一年，遷江蘇布政使。連歲水旱，米踊貴，屬縣請加漕折，巡撫欲許之，彭年謂："定例漕糧一石，隨徵水脚錢一千，所費僅數百，獨不可以有餘補不足耶？今增漕折，民間多出二十萬緡，與國計無關，盡歸中飽。"持不可。十五年，護理巡撫，請以賑餘三十萬緡濬吴淞江、白茆河、蕰藻浜，工未及舉，十六年，調湖北布政使，總督張之洞尤倚重之。然守正不阿，遇庫款出入，齗齗以争，雖忤其意，勿顧也。未幾，卒。

彭年廉明剛毅，博學多通。所至，以陶成士類爲國儲才爲己任。主講蓮池及在吴時設學古堂，成就尤衆。著有《陶樓詩文集》、《三省邊防考略》、《金沙江考略》、《歷代關隘津梁考存》、《銅運考略》。子國瑾，光緒二年進士，官編修。嗜學能文，甚有時譽。父喪，以毁卒。

論曰：軍興以來，監司賢者，保障一方，其功與疆吏等。軍政財政，各行省多有專任之人。沈棣輝平廣匪，余炳燾守懷慶，其最著也。鄧仁堃殫心籌防，不盡見用。朱孫貽提倡團練，振興人材，實爲湘軍肇基。劉郇膏主守上海以待援軍。皆以一縣令有裨大局。史致諤用外兵定寧波，朱善張保障淮、揚，功皆可紀。栗耀凭湖北税釐，黄輔辰興陝西營田，并爲兵食根本。黄彭年名父之子，久負時望，晚達未盡其用，時論惜之。

清史列傳(摘録)

黄輔辰,貴州貴筑人,原湖南醴陵籍。道光十五年進士,以主事用,分吏部。二十四年,補官。三十年,陞員外郎,旋遷郎中。遇事侃侃持正論,屢忤上官,不少屈,同署咸嚴憚之。

咸豐二年,截取知府。三年,分發山西。旋乞假回籍。時貴州土匪楊鳳作亂,輔辰集士紳,修碉卡,行保甲法,撫輯清水江諸苗,弭其怨隙。其後賊至,無叛者。巴香亂,輔辰馳往,大會團衆,縛斬亂首羅憲章、王登學、姜洪三人,事以定。復勸諭商民,捐穀建義倉三十廒,備緩急。巡撫蔣霨遠上其功,得旨仍發往山西,以道員用,并賞戴花翎。山西患餉絀,議抽釐以濟,輔辰謂晋人皆賈於外,又山程非他行省比,不宜以病民。争之不得,則請蠲苛細,取大宗及不切民生日用常需者。户部設寶泉分局於平定州,就鐵鑄錢,既滯不行,則請分銷各府州縣,歲收息銀三萬兩解部。輔辰謂:"京師用鐵錢以濟銅幣之乏也,山西銅幣敷而用鐵,故弗便。今如通行各縣,必令交納錢糧,銅少鐵多,司庫必絀。以三萬之微利,妨數百萬正供,是謂利一而害百。即專行平定州,然鼓鑄不息,日積日滯,患滋大。且州在萬山中,工匠蝟集,諸亡賴混迹輳趨,不可稽禁,奸民煽之,害胡可言?"巡抚英桂用其議,入告,分局遂罷。兩署冀寧道,加鹽運使銜。

九年,直隸總督恒福以防務需員,奏調輔辰差遣,允之。旋復請留直隸補用,格部議,仍回山西。尋至四川,依總督駱秉章,會回逆擾陜中,地荒殘,無耕者。陜西巡撫劉蓉疏請興營田。蓉爲四川布政使時,知輔辰賢,以書詢屯田事宜,輔辰爲陳十二難,又采録官私書爲《營田輯要》三卷,大旨在用民而不用兵,與民興利而不與民争利。書中言成法者十有七,言積弊者十有四,至制田物土之宜,皆博采而詳説之,於用人得失,尤三致意焉。蓉因奏調輔辰到陜,聽候簡用。

同治五年,鳳邠鹽法道缺,蓉密陳輔辰心術正大,吏事精能,與湖南岳常澧道劉達善并堪其任,有旨特畀輔辰。蓉即委以西安、同州、鳳翔、延安、乾州、邠州、鄜州七屬營田事。輔辰建議,謂關中土曠人少,非招徠客民,事未由濟。然墾荒所需耕牛、籽種、農具、棚舍之屬,官不能給,民不樂趨也。莫若即以地畀之,薄收其租,畝二斗爲差。六年届滿,則給券使世其業。然慮田無限制,賦無定則,吏得以意高下爲民患,當先正經界,略如古井田法,量地百畝爲段,編列次第,書賦額多寡於券,視土肥瘠,别等則上下授之。凡領墾者以先後爲次,自一至十,毋越其序,十段爲甲,十甲爲里,置長焉。里長總十甲租課,歲輸之官。凡移徙更替,事皆責之,别授田六畝,俾食其人,爲庶人在官者之禄,而官總其成。因詳定章程十一條。令下,民稱便。復定考課舉劾章程四條,以策奉行不力者。朞年,凡墾田十八萬餘畝。時回捻交訌,援兵雲集,賴有營田租麥,軍食無缺。又編查保甲，嚴辦省防，奸宄不得逞，民獲安堵。長安，咸寧舊有義學四所，亂后久廢，輔辰捐廉倡復之，親臨勸課，撥公産給關中書院米薪，士林競勸。復修養濟院、育嬰堂、種痘局，以至壩岸隄渠各工，次第具舉。尋卒。

劉蓉以輔辰積勞病故，遺愛在民，列上其事，諭曰："已故陝西鳳邠鹽法道黄輔辰，歷官中外，二十餘年。其忠君愛民之忱，亟宜嘉獎。著准其入祀陝西名宦祠，并將該故員政績，宣付史館，編入《循吏傳》。"子彭年。

彭年，道光二十五年貢士。二十七年，改翰林院庶吉士，散館授編修。歷充武英殿協修，國史館協修、功臣館纂修、本衙門撰文。咸豐初年，乞假侍親歸黔，過白茆灘，舟破於石。彭年偕婦劉氏各負其父姑以出於險，俱得無恙。到籍，隨父辦理貴州團練。長寨等處苗、漢積不相能，下游清水江猜怨尤深。彭年親入苗寨勸諭，盡得漢民侵欺狀，爲蠲除之，使合團，苗民翕然聽命。

同治初元，四川總督駱秉章延之幕中，俾贊戎機。平劇寇石達開，與有功，力辭保薦。陝西巡撫劉蓉聘主講關中書院，兵燹後士鮮知學。彭年講明實學，廣置書籍，嚴定課程，學者漸盛。尋直隸總督李鴻章聘修《畿輔通志》，成書三百卷，於星躔分野，水道源流，州縣沿革，考證尤確，足補舊志所未備。其主講保定蓮池書院，置書定課，一如在關中時。人給以劄，使爲日記，月考其得失而高下之。選刊《蓮池肄業生日記》三十二卷。光緒八年，授湖北安襄鄖荆道，調署督糧道，旋赴本任。襄、鄖界連陝、豫，會匪未靖，民多逃亡。彭年首以除暴安良爲務，得劇盜即置之法，其誘脅者悉予自新，流民皆復業。購書數萬卷，儲之鹿門書院，暇輒與諸生討論。武當山香火最盛，主持僧歲供本道八百金，彭年却之，并封禁其山。九年，遷按察使，絶屬僚餽遺，屏新關津貼，停工程局攤捐。湖北獄訟繁，候審所積案數百，彭年督承審官悉行斷結。往時諜訴臬署者，書吏索費二三十緡，或委員提案，被訟者輒傾家，彭年皆禁罷。復以牧令多不諳律例，幕友吏胥得因緣爲奸利，特設學律館，人給律例，定期會講，詳爲指授。又以游手無恒業，或偶犯偷竊，設遷善局處之，使習一藝成，貸貲釋出，其人多改行。又立待質所，絶胥吏擅押罪人之弊。設戒煙局，以拯困於煙而貧無貲者。有獄犯田萬青自縊，彭年例應鐫二級調用，上官囑減囚罪，冀免之，彭年不可，然竟得留。時大吏議裁綠營餉，兵洶洶思變，彭年開誠告誡，營伍咸奉約束。彭年治獄明決，終楚臬任，平反鉅案十數起，結京控案四十餘起。

十一年，調陝西按察使，權布政使，創博學齋，延宿儒主講席，購補關中書院書籍。比履本任，其建置如治楚。憫愚民不知法，摘律例中民間易犯各條，刊布簡明告示，使知儆懼。陝省亂後，會匪游勇，潛相勾煽。彭年整頓保甲，明連坐之法，嚴窩賊之禁，詳定就地正法章程。擒誅巨魁張鐵梅等數十名，又以城中失火，易致延燒，捐置水桶、水缸，令居民數家共穿一井，有警則通力撲救，由是少火患。長安縣西北馬營寨等六十餘村，地濱灃、渭，十三年秋，水决隄堰，淹四十餘里，壞民田廬。彭年捐廉集款，賑撫修復，民賴以安。

尋擢江蘇布政使，建學古堂以課士，設學治館以課吏。會大旱，減漕價。明年，大水，州縣以米值二千七百，而漕價二千二百，請增之。巡撫謂彭年可石增二百，彭年曰："漕米一石，定例收水脚費一千，其實所費不過數百，獨不可將有餘補不足耶？今水旱連年，若增漕折，民必重困。且以江蘇百萬緡漕計之，則民間多出錢二十萬緡，此錢上不在國，下不在民，獨歸州縣中飽耳。困民以利官，不忍爲也。"因力持之。未幾，護理巡撫，以懲貪墨、敦樸儉爲先，風氣爲之一變。會有水旱災，籌賑百數十萬緡，全活甚衆。事蕆，餘錢三十萬緡，則請修吴淞江及白茆河、藴藻浜等處工程，未舉，調湖北布政使，後任巡撫剛毅竟其志，一律開濬，吴民便之。十六年，抵鄂任，甫兩月，卒。

彭年邃於學，著有《陶樓詩文集》、《東三省邊防考略》、《金沙江考略》、《歷代關隘津梁考存》、《銅運考略》。

附録二　黄陶樓先生年譜

黄先生彭年，字子壽，又號陶樓，晚號更生，譜名邦鎮，貴州貴筑人。原籍湖南醴陵，祖經林公始遷貴筑。經林公四子：長兑楣公安泰，次石香公輔廷，次斗南公輔相，季即先生府君琴塢公輔辰。配左淑人，生先生。

一歲　道光癸未三年(1823)①

先生於六月十一日丑時生。

先生生年，有生前創建可園學古堂，即今江蘇省立蘇州圖書館，所保存之石像題辭可徵。其生月生日，於諸遲鞠《璞齋集》見之。至生時，郵函北平，詢胡師綏之，承鈔三十年前日記示知之。

二歲　道光甲申四年(1824)

三歲　道光乙酉五年(1825)

先生府君琴塢公就館清鎮縣丁懷甫大令良嗣署中，先生依母氏居里。

事據先生自撰《府君行略》。

四歲　道光丙戌六年(1826)

先生妹香齡生。

先生弟、妹生死均據自撰《左淑人事略》。

琴塢公赴山西垣曲縣，旋即歸。

先生伯父石香公是年知垣曲縣事，琴塢公隨之任。鄙官場積習，未久即歸。

五歲　道光丁亥七年(1827)

---

①　公元紀年爲整理者添加。該年譜中引用文獻多有節略，與原文或有不同。

六歲　道光戊子八年(1828)

先生弟晋齡生。

七歲　道光己丑九年(1829)

八歲　道光庚寅十年(1830)

九歲　道光辛卯十一年(1831)

先生弟晋齡殤,弟又齡生。

十歲　道光壬辰十二年(1832)

十一歲　道光癸巳十三年(1833)

先生妹玉生,未期殤。

十二歲　道光甲午十四年(1834)

先生承琴塢公命,讀吕新吾《呻吟語》,達旦不倦。

事據《吕君舒墓誌銘》。

十三歲　道光乙未十五年(1835)

先生府君是年中式進士。旋即隨母入都。

先生生歲前一年壬午,琴塢公舉孝廉,至是成進士。以主事用,籤分吏部文選司。何時接眷赴京,無年月可稽。據先生自撰《左淑人事略》"家君官京師,賓客過從,淑人手自烹飪",可徵先生於府君通籍後,即隨母入都。先生父子久居都門,住址確在何處,絶少紀述。唯據桐鄉嚴緇生《自編年譜》"道光二十七年丁未,先考抵京,至會館暫居。因有兩次引對,故特賃居鐵門文昌館對門一宅,乃貴州黄琴塢年丈吏部輔辰舊宅。乙巳,蕭史樓殿撰錦忠爲其西席,發祥此宅。門内猶懸狀元匾額,先考居之甚樂",以此可徵,丁未前先生父子曾住鐵門。但何年遷入,何年移居,未能確徵。附誌於此。

妹常生,未期殤。

十四歲　道光丙申十六年(1836)

先生弟又齡殤,弟葆齡生。

從蕭師史樓受業。

據嚴緇生《年譜》，蕭爲黄氏西席。先生《〈思益堂詩集〉書後》亦有"吾師蕭修撰"云云。蕭爲先生業師確在何年，未能徵實。蒙上述嚴《譜》次之。

十五歲　道光丁酉十七年(1837)

十六歲　道光戊戌十八年(1838)

先生伯父斗南公中式順天鄉試舉人。

先生三伯父值粤西之變，屢次苦戰，殉節柳州武宣，奉祀昭忠祠，清國史館傳稿未爲立傳。取事之較著者附兹年譜，以見先生家之多忠賢也。

十七歲　道光己亥十九年(1839)

先生兄葆謙卒。

葆謙，字蘊之，長先生二歲，卒年十九歲，國子監生。有聘室，未娶。未幾，聘室亦卒。

與錢塘陳元禄同治古學。

陳元禄《〈左淑人事略〉書後》云："道光己亥、庚子間，元禄治古學。黄編修與同好。一日，以疑義相問難，彭年不能對，因發憤自立。不三月，學大進。"元禄述事，並舉己、庚兩年，兹列於己亥歲，從其始也。

十八歲　道光庚子二十年(1840)

先生弟葆齡殤。

左太淑人以屢育多殤，尤鍾愛先生，因是先生常不離親側。遵義鄭珍《〈賢母録〉序》有"子壽入翰林，授編修官，年且未壯。同時科目之士，十餘年間登侍從而棨戟者，不少其人。子壽自通籍以來，不以躋尊顯爲榮，惟日侍左右爲樂"云云。據此可知，太淑人痛子女多殤，先生亦傷弟、妹不育，長兄又夭，侍奉不容旁貸。一門慈孝，轉於家口多故間徵之。

初應鄉試。

光緒己丑，江南恩科鄉試。先生入闈監臨時，作《紫泥日記》，有"憶踏名場五十年"之句，自注云："庚子初應鄉試。"

陶淑人來歸。

淑人名琭，字幼雲，玉田縣知縣、同里陶菉泉先生長女。

十九歲　道光辛丑二十一年(1841)

先生晝就外傅,夜歸自課。閲《學海堂經解》、《十七史》、《通鑑》略畢。

事見《陶淑人事略》。

二十歲　道光壬寅二十二年(1842)

二十一歲　道光癸卯二十三年(1843)

先生應順天鄉試,中式舉人。

是年順天本科鄉試。主考禮部尚書麟魁,滿洲鑲白旗人,丙戌進士;兵部尚書許乃普,浙江錢塘人,庚辰進士;祭酒花沙納,蒙古正黄旗人,壬辰進士。首題:"足食足兵"二句。次題:"曰思無邪"。三題:"助之長者"四句。詩題:"庭中竹撼一聲秋"得"秋"字。解元余萼衔,宛平人。房師浙江蕭山陶恩培益之。陶公殉節後,先生爲撰《行略》,内有"彭年於公爲年家子,京兆試出公門下"云云。以此徵知,先生舉於北闈。

二十二歲　道光甲辰二十四年(1844)

先生府君補主事實官。

琴塢公自道光十五年籤分吏部,至是歷十年,始補實官。

二十三歲　道光乙巳二十五年(1845)

先生與伯父斗南公應恩科會試,同榜中式進士。

是科考官:内閣大學士穆彰阿,滿洲鑲藍旗人,乙丑進士;兵部尚書許乃普,見前;户部侍郎賈楨,山東黄縣人,丙戌進士;工部侍郎周祖培,河南商城人,己卯進士。首題:"人焉廋哉"二句。次題:"《詩》曰:妻子好合"一節。三題:"至於治家國"三句。詩題:"凡百敬有位"得"賢"字。會元蔣超伯,江都人。殿試狀元蕭錦忠,茶陵人。榜眼金鶴清,桐鄉人。探花吴福年,錢塘人。先生原籍湖南醴陵,與曾文正舊同鄉。是科文正充會試同考官。《文正年譜》紀云:"道光乙巳二十五年三月,欽派會試同考官,簽分第十八房,薦卷六十四本。中式周士炳等十有九人。湖南中式八人,皆長沙籍。貴州中式黄輔相及姪彭年二人,原籍醴陵。而狀元爲蕭錦忠,朝元爲孫鼎臣,去秋鄉試南元爲周壽昌,亦於是科入翰林。文正時管理長沙郡館事。題名之日,公爲聯語云:'同科十進士,慶榜三名元。'蓋湘省佳話也。"《曾譜》所云"十進士",以先生伯姪二人偕言之。南元周壽昌,字荇農,著有《思益堂集》。先生爲周集撰書後，亦述及文正聯語云："慶榜十進士，間歲三名元。"科場佳話，傳诵一時。兩對聯語，文字雖有歧異，事實之爲時人所喜談，可想見之。

業師蕭史樓錦忠於先生鐵門舊宅懸狀元匾額。

事見上述嚴緇生《年譜》。是年蕭之居處，有嚴《譜》可徵。先生父子仍住鐵門，抑或他遷，轉不可考。

三月二十三日，陶淑人卒，權厝京師城南老君地。

先生自撰《淑人事略》云："吾父常教吾博覽，顧念吾父貧，不敢多置書。幼雲傾嫁貲，得百金，購全史置妝閣。昏定入室發書，侵曉乃罷。幼雲每夕蓄飯一器，夜半以湯沃之進。一夕，吾倚案假寐，比覺，則飯已三沃。如是者三年，而幼雲病矣。"先生述淑人婉順若此。乃妙年夫婿得躋玉堂，而萎花遽萎，寧不可哀？曾文正輓聯云："得見夫君爲文學侍從之臣，雖死何憾；但觀人言於父母昆弟，無間其賢。"查先生《文鈔》第五卷《淑人事略》篇云："道光二十三年五月六日，吾授館職祀先。幼雲病已篤，强掖使坐，披以品服。是月二十三日卒。"《文鈔》以淑人卒年爲道光二十三年，是年先生猶未通籍，未可稱侍從之臣，且不應有品服祀先之舉。《文正年譜》及《〈思益堂〉書後》均確指先生成進士爲道光二十五年。《文鈔》"二十三年"之"三"字，度係"五"字之誤。故陶淑人來歸及病卒年份，均從《曾譜》及《〈思益堂〉書後》按核，不依《文鈔》。

二十四歲　道光丙午二十六年(1846)

先生在京寓侍親。

嚴緇生《感舊集》謂："先生乙巳貢士，丁未補殿試。"本年無事，必在京寓侍奉可知。

二十五歲　道光丁未二十七年(1847)

先生伯父斗南公權廣西陸川縣事。

公以治銀牌峽盜有聲於粤。是年當道令權縣事，并檄赴(新)〔興〕安，與湖南新寧稱兵犯桂之李沅發戰，擒斬甚衆。公以文吏從戎，即自是年始。

十月，補殿試。

《曾文正年譜》："丁未十月，派殿試讀卷大臣。"可徵是年殿試在十月舉行。先生於殿試後改庶吉士，授編修。又，充武英殿協修、國史館協修、功臣館纂修、本衙門撰文等事應列何年，無可實徵。僅據清國史傳稿，誌其大略於此。

十一月，謁父執唐子方於武昌。

先生所撰《〈夢硯齋詩〉書後》首句即曰："道光丁未十一月，謁父執唐子方先生於武昌。"此可徵先生於殿試後,即請假出都。先生以奉養爲職志,不敢輕離母側。此次離京,或因回里祭掃先塋。

二十六歲　道光戊申二十八年(1848)

先生於正月三日舟次安慶。

先生撰《大别山考》,自附跋語有"舟行多暇"云云,末署"道光戊申正月三日,安慶舟中"十四字,行蹤賴以可徵。

舟次鎮江,登陟。

先生光緒己丑所撰《紫泥日記》有《夜過鎮江》一詩,第五句"四十二年懷往事",自注云:"戊申過此,維舟登陟。"

九月,繼室劉淑人來歸。

淑人名尹玉,字季瑜,辰州知府、大興劉寬夫先生第四女。配室籍隸大興,成禮必在北都。九月之前,先生由南返北,可以借徵。淑人擅繪事,結縭之夕,先生被酒卧,淑人取"陶然共醉菊花盃"句意作《菊盃圖》,一時傳燕爾韻事。所書月據《淑人事略》。

二十七歲　道光己酉二十九年(1849)

先生伯父斗南公權廣西博白縣事。①

時粵軍勢熾。張加祥者,即後江南提督、幫辦欽差大臣、殉節丹陽張國樑之始名也。時爲太平軍魁,率黨三千餘人攻博白,公戰却之。益衆再來,勢更熾,公又戰却之。後張加祥降於提督向榮,易名國樑。公以其善戰,與交歡焉。

庭中碧桃重開,並蒂結實二十四雙,取以名齋。

劉淑人爲之繪圖,事見《淑人事略》。

二十八歲　道光庚戌三十年(1850)

先生府君升吏部驗封司員外郎,旋遷考功司掌印郎中。

琴塢公自道光二十四年補主事後,至此七年。以忤尚書恩桂意,久滯不遷。桂,字小山。病革時,陳文恪往問之。旋文恪赴吏部堂,宣言曰:"小山將死矣,語吾謂:'黄君淹滯,久當遷。'"桂雖抑公,亦知内愧。公之持正不阿,彌復可見。同署考功司郎中竇蘭泉垿曾鎸"硬黄"二字印章爲贈。清國史館傳稿亦爲:"公遇事侃侃,能持正論,屢忤上官不少屈,同署咸憚之。"

---

① 據前文《伯父黄府君行狀》,"權博白"爲道光二十八年事。

二十九歲　咸豐辛亥元年(1851)

先生伯父斗南公是年三遷秩。

上年,公本權南寧之横州。粤西李善長等十三人率六七千人,分據各邨寨,公出奇制勝,有旨特褒。四月一日,擢直隸知州。同月,授鎮安知府。十二月,權南寧府,兼權右江道。酬戰蹟也。

又,據先生所記謝大事云:"咸豐元年,予伯父斗南公先生權南寧府。粤西寇盧六尤悍,刺謝大,洞腹,腸潰而出。乃手提腸納所穿孔中,解裩裹創,復追二里許及之,斫馬足,盧六隕,遂斬其首,而謝大亦殭仆死,死後猶提盧六首不釋。伯父上其事,請卹於朝。會巡撫諱盜爲械鬬,伯父緣是去任。"按:所言"去任",或但指南寧府言之。謝大事宜旌卹而不果,先生記而存之。是記不知作於何年,附贅於此,亦以體先生表彰意云。

三十歲　咸豐壬子二年(1852)

先生應詔言事。

咸豐初年,洪、楊勢熾,有下詔求言之舉。銅梁黄啓愚《黄母軼事記》云:"壬子、癸丑之間,彭年官翰林,嘗應詔言事,請於淑人。淑人曰:'臣職也,父命也,毋以吾爲念。'"先生鄭重言事,度非以空衍敷奏。桐鄉嚴緇生《墨花吟館詩鈔》和先生詩,有"披肝曾伏闕,掉臂即歸田"之句,且附注云:"君上書劾朝貴不報,遂乞假歸里。"疏稿不傳,其劾朝貴是否即在此年,所劾何人,均不可知,甚憾。

琴塢公京察一等,籤取知府。

三十一歲　咸豐癸丑三年(1853)

先生撰《平賊議》,御史陳慶鏞取以入奏。

此議係先生於是年春間所作。

再應詔言事。

兩紀應詔言事,疏稿不存,至爲可憾。惟先生《書唐子方遺蹟後》有云:"咸豐三年,彭年官翰林,應詔言事,間論襄陽形勢。"時洪秀全勢甚熾,武昌初陷,震撼全局。先生言事議及襄陽,亦疏稿中片羽之足珍者。

書賀師麓樵詩集後。

文中有云:"將自燕之蜀,附録卷尾,以慰吾師,且以誌别。"知先生此時乞假出都之意已決。

琴塢公以知府分發山西,旋即與先生同乞假回籍。

先生《書賀集後》已云“將自燕之蜀”,是則琴塢公乞假之前,已作游蜀之計。先生未至蜀,相隨假歸,意在回籍奉母,遂其不違親側素願。

三十二歲　咸豐甲寅四年(1854)

先生奉母居里。

是年琴塢公游蜀。貴州省垣以有遵義楊鳳之變,訛言四起。先生遵母命,安居不遷,旋省垣亦無恙。此三月間事。

伯父斗南公權右江道。

酬上年剿平平樂土匪之功。

三十三歲　咸豐乙卯五年(1855)

先生在籍,隨琴塢公創辦團練。

琴塢公自蜀返時,以楊鳳之變,省垣戒嚴。先生父子主議籌辦團練,協助官軍,周歷鄉村,繕治城防,省治賴以得安。

親赴苗寨勸諭。

時省垣告警,清水江夾峙苗寨,貴陽有長寨八寨,平越有王卡八寨,開州有蒲窩八寨,與漢民積不相能。先生承父命,親赴諸寨勸諭,令附入團練。後楊鳳來犯清水江,苗民無一從亂者。

房師陶文節公殉難於武昌蛇山下紫陽塘,爲撰《行略》。

陶文節恩培,字益之,蕭山籍,翰林院編修,湖北巡撫。是年,太平軍三次陷武昌,文節殉焉。

係先生癸卯鄉試房師,爲撰《行略》,以表忠節。

撰《明王文成公畫像記》及高氏《怡怡樓記》。

《王文成畫像》係雲南總督百齡所藏,琴塢公得之。橅爲雕像,祀諸螺山祠,旋即失去。復爲王夢香玥所得,歸諸祠。先生記文存之。

怡怡樓主爲高心泉、秀東昆仲所居,與先生里門相毗。

是年所撰文可考者,《陶文節行略》及此兩記。

以所校《爾雅集韻》示莫友芝。

獨山莫子偲《郘亭遺詩·黄子壽編修示所校〈爾雅集韻〉書其後》有“戰格連雲已塞黔”之句,當指楊鳳亂時而言,故列於此。

三十四歲　咸豐丙辰六年(1856)

先生籌辦清水江兵災善後。

是年二月,貴東道兵潰於清平,遁入清水江。楊鳳率衆隨之渡河,焚掠數十村寨。團練協助官軍擊却之。

先生隨琴塢公籌辦善後。先是,預籌城守,建倉三十六,儲穀二千餘石。至是招集流亡,收效遂易。嚴緇生贈先生詩云:“還憑作霖手,一灑故鄉天。”即指此言。

伯父斗南公殉節於柳州。

武宣軍飢乏餉,粵東來攻,叛卒潛啓城。寇入,公被執。太平軍具酒食款之,公不屈,三月九日餓死。咸豐三年,琴塢公自吏部郎中籤取召對,文宗詢公年貌、履歷甚悉,意擬擢用。及殉難,疏入,殊深憫惜。賜卹雲騎尉世職,入祀京師、廣西、貴州三昭忠祠。

十月,隨父奉母赴晋。

貴州巡撫蔣霨遠以琴塢公辦團練勞績入奏。奉特旨,仍分發山西,以道員用,並賞戴花翎。公遂於是月赴晋,先生奉母偕行。

三十五歲　咸豐丁巳七年(1857)

先生代晋撫撰《封門口關隘記》。

封門爲平、蒲、解、絳四邑咽喉,晋之藩籬。咸豐三年,粵寇林鳳祥自懷慶逾太行,入陷封門。事平後,豫、晋兩省合議建關,至是落成。先生涖晋,代晋撫撰記。

三十六歲　咸豐戊午八年(1858)

先生於陽曲西校尉營題宋槧《施注蘇詩》。

滬商務書館《四部叢刊》蘇詩本,即迻影此宋槧,附有先生題識。分三節,首節具年月日甚悉。《陶樓文鈔》未搜及。兹將全文附入,備續編採録。文列下:宋槧《施注蘇詩》,存漢陽葉氏。昔在京師,從曾滌生侍郎、邵位西員外過虎坊橋潤臣侍讀齋中,展觀竟日。古香襲人,不獨宋槧精好,牧仲、覃谿兩家圖記,熙、正、乾、嘉諸老題詠,亦琳琅満目。覃谿考證尤密,蠅頭細書,幾千百字。位西賦詩紀事。今得此書,回憶舊日,猶欣欣也,書以識之。咸豐八年七月辛巳,題於陽曲西校尉營。

第二節另行云:《四庫全書簡明目録》云,《東坡詩集注》三十二卷,舊本題王十朋撰,蓋依託也。其分類、編次,頗多舛誤,注亦不免漏略,頗爲邵長蘅所詆。然長蘅補《施注蘇詩》十二卷,闕亦未嘗不據此書爲藍本也。

又另行云:此本二十五卷,七十八類。三十二卷之本,未知同異。卷中序目、題款,類當時坊賈所爲,謂非十朋注則過矣。青門極詆此書,作《正譌》一卷。注誠不免譌漏,青門亦强作解事耳。

琴塢公權冀寧道，未久即卸事。是年山西本科鄉試，又充監試官。

公於戊、己兩年兩權冀寧道。本科、恩科，兩充鄉試監試官。時先生均隨侍任所。

三十七歲　咸豐己未九年（1859）

先生編《當代名臣言行録》，致書莫友芝，索李恭勤誌狀。

莫子偲《郘亭遺詩》："黄子壽編修隨侍山西，並呈尊公琴塢觀察乞畫。時子壽方編《本朝名臣言行録》，來書索李恭勤誌狀。答詩二首。"

先生所編書今未見。其時在隨侍山西，故次於行將離晋之年。

隨父北上，奉母駐保定。

上年，廣州府捕人民犯令私役英船者十二人，英人拒之。廣州吏民焚領事館，遂開釁。今年，英艦犯天津，大沽陷。直隸總督恒福以防務處乏員，奏調琴塢公赴大沽軍營差次。先生奉母駐保定。

三十八歲　咸豐庚申十年（1860）

先生主講蓮池書院。

院在保定府治南蓮花池，係元時守帥張京所闢，饒有園林之勝。乾嘉間，爲清室行宫。道光時，停止巡幸，就宫址建書院。至是先生來，蓋繼夏文蘭震軒主講之後。

母左太淑人病。

先生撰《劉淑人事略》，有刲臂和藥奉姑之紀。左太淑人起病究在何時，雖未確誌。依事按核，當在己、庚冬春間。先是，先生病，劉淑人亦曾刲臂，時月益難徵確。後貴筑儒學爲劉淑人請旌，意即爲此。

琴塢公請假返保定。

公於直隸總督奏調時，初擬改官直省。爲部議所持，仍須發回山西。雅不欲重返晋，即請假，自海防營務處來保定。

丁母憂。

是年三月二十八日，左太淑人卒於保定。先生之孝，淑人之慈，據上所紀已可概見。

先生不僅生事以禮，太淑人卒後，徧乞能文之士，宣揚慈德。爲之撰家傳者，獨山莫友芝、新城陳受學、江夏彭崧毓。爲之撰厝銘者，桐城方宗誠。爲之撰墓誌銘者，馬平王拯。記軼事者，銅梁王啓愚。撰誄者，瀏陽賀祥麟。撰頌者，富順朱鑒成。撰贊者，遵義唐炯、臨潼吕申。題事略者，錢塘陳元禄、泰州陳祥棟。彙爲《賢母録》一册。而序《録》者，遵義鄭珍。書《賢母録》後者，遵義黎庶道、新化鄧瑶、通渭牛澍、監利王柏心、湘鄉劉蓉。類皆援事實録，擯藻飾諛墓之詞，相與述太淑人與先生之慈孝，以傳世而勵俗，附《賢母録》之後。復有吴郡顧復初之《幽蘭詩》、成都張懋畿之《桃飯詩》。"桃飯"二字，尤足爲黄母典實。蓋琴塢公幼年奇窮苦學，和麸作餅，煮糠爲粥。鄰家孔氏亦窮居讀書，然尚有桃。一日兩家均斷炊，太淑人食鄰家桃實以代飯，故曰桃飯。兹録張君《桃飯詩》，見太淑人能安於貧，自有可傳者在。詩云：我聞古有桃花粥，未聞桃實能代穀。賢哉賢哉左夫人，意以桃實作饔飧。昨宵已無釜底薪，今朝破甑寒生塵。牀頭傾甕爲粒米，療飢權且啗桃子。傷心桃子家亦無，枝枝葉葉鄰牆舒。鄰人孔先生，是時方讀書。書聲琅琅樹根出，我家夫子隔牆續。轆轤轉腹飢腸鳴，與之相應惟書聲。鄰家之貧亦如我，厨中二日未舉火。書聲更比前日高，恃有一樹牆邊桃。先生食桃餽夫子，妻呼阿姆牆頭招。朝來食數枚，暮亦食數枚。夫人食之甘如飴，夫人安之無怨誹。明年天子登臺選，子亦聯翩入詞館。待看鼎食天厨珍，夫人已赴瑶池宴。我按其狀心酸辛，斷炊頗類吾家貧。食桃不足盡夫人，飯桃一事人難能。小人有母髮如銀，小人不肖猶諸生。承歡菽水薄孝養，轉因夫人思吾親。起視黄君欲廢食，眼前正是桃時節。

權厝左太淑人柩於保定城外焦家莊。

初擬歸籍安葬，以楚、豫患寇，道梗。且英艦陷津沽，畿輔震驚，遂權厝於保定。時在是年六月。

隨琴塢公赴京師。

清廷議避英寇，山西巡撫英桂預巡幸之議，邀公偕行。先生亦隨父游京師。時晋撫告公云："當局雅重君，數問君名，宜往見。"公對曰："以公事召則見。"卒不往。

馬平王定甫撰《左太淑人墓誌銘》。

先生與王君遇於京師，即乞誌銘。

陳息凡來訪，先生與相論詞學。

事見《文鈔·〈香草詞〉序》。息凡名鍾祥，曾任趙州牧。

在復園，書《湛然居士鈔本集》後。旋即出都，回保定。

復園爲先生外舅劉寬夫所居。先生於書後，尾有"庚申十二月十九日讀竟書後，彭年記於劉氏復園。明日遂出都"二十五字。

三十九歲　咸豐辛酉十一年(1861)

先生侍琴塢公於羣玉山房。

先生回保定蓮池書院。院之西爲羣玉山房，時公乞假，不赴山西，就近休養，即居於此。山房故多佳石，歲久失治。督僮僕拂拭出之。狀石錫名，得石十。曰虎蹲，曰孤隼,曰白玉蝙,曰緱笙,曰坫尊,曰雲芝,曰老僧衲,曰握雲,曰踊傑,曰燕壘。並爲繪圖。又於搴玉之西葺菜根小舍,讀書、賦詩、作畫其間。先生亦得就近定省,遂其不離親側之願。

先生自撰《劉淑人事略》云:"庚、辛之間,吾在蓮池,季瑜圖《十二勝景》,録前人吟誦於册。暑夕乘涼,待月宛虹橋、笠亭。天忽晦,吾戲爲檄,書箑上。俄頃月出,季瑜喜而圖之。時吾父乞病來就養,晝則選石灌園,夜則觀書作畫,以自娱樂。吾與季瑜歸,漏三下,吾父猶未寢,見箑微笑。逾二十年,吾復來蓮池,而此樂不可復得。"蓋斯時先生居師席,琴塢公亦乞假,均無官事羈絆。倫紀愉悦,真平生不多得時也。

四十歲　同治壬戌元年(1862)

先生與琴塢公同時應四川總督駱文忠聘。

先生自撰《先隴碑陰記》云:"同治元年春,湘鄉劉公佐四川總督駱公,大破賊於綿州,以書招吾父入蜀。"是則駱之延聘,係由劉薦。劉公即蓉,時任四川布政使。

二月,侍琴塢公,並奉母柩,擬入蜀。

《碑陰記》云:"彭年奉母喪以從,謂自蜀可以入黔,自秦可以達楚。"蓋欲因入蜀之行,奉柩歸葬。

又按:先生先室陶淑人柩亦權厝保定,度此時亦必隨從,記文略未言耳。

三月,至西安。

時蜀亂延及寧羌,皖亂延及山陽。回民乘之,秦中戒嚴,路遂梗。

四月三日,繼室劉淑人暴病,卒於路次。

劉淑人卒時,年三十六歲。

五月,權厝左太淑人柩於西安城南湖廣義園,并附劉淑人柩。

事見《碑陰記》。

六月,抵成都。

琴塢公與先生均就駱公幕,贊戎機。

爲左太淑人刊《賢母録》。

時先生初釋母服,集左太淑人銘、誄、志、傳,都爲一册。并由成都馳書遵義鄭珍,屬撰序,鄭君名之曰《賢母録》,先生即付刊。爲《楓林黄氏家乘》之一。

四十一歲　同治癸亥二年(1863)

先生撰《綏定府城建碉記》。

文見《陶樓文鈔》,未言所代何人。時唐鄂生炯知綏府事,唐與黄屬世誼,先生與鄂生交尤篤，是記必代鄂生作。

琴塢公卜宅湘山。

先生《致倪豹岑書》有“去年隨侍入蜀，蜀事大致都定，家嚴卜宅湘山”，此之卜宅，殆在入蜀之次年。

入蜀藩劉蓉幕。

事見《文鈔·張蔚雲哀詞》。

隨秦撫劉蓉參戎漢上。

事見《張蔚雲哀詞》。時劉由蜀藩移秦撫。

四十二歲　同治甲子三年（1864）

先生自廣元回成都。

事見《張蔚雲哀詞》。

疏證《黄忠端公明誠堂十四札》。

先生自撰序尾云：“同治三年，識於成都旅舍。”

爲琴塢公刊《營田輯要》竣，撰《後序》。

《營田輯要》，琴塢公所著，秦撫劉孟容曾取以入奏。

力辭蜀督保薦。

是年，粤軍石達開入蜀，圖竄滇，旋被擒，川亂平。據清國史傳稿先生傳云：“平劇寇石達開，與有功，力辭保薦。”是則擒石之功，係出先生籌策。但據先生所撰《琴塢公行略》則謂：“先君究心輿地。達開窺黎雅，先君覽文報有魯甸地，謂駱公：‘此要道，過大渡河則無險可扼。’急調唐總兵扼河而守。甫至，石船已近岸，擊却之。會河水盛漲，夷酉助官軍，遂擒達開。向使稽遲半日，賊已登岸云。”是則石之擒，係出琴塢公之勝算。竊爲《行略》所述，殆先生善則歸親之意。故雖邀薦，仍力却之。

琴塢公以所臨程青溪《卧游圖》，囑顧道穆題詠。

顧君名復初，吴郡人，有《樂餘静廉齋詩詞文集》，時亦仕蜀。其題句云：“况今狐兔已掃除，飯籮山下歸來乎。”所云掃除狐兔，即指擒石事言。此依聯語，列之於此，非有確切年月可稽也。題句又云：“江夏先生命世儒，牢籠百態入冶鑪。”見公之能繪事。又云：“懸之壁上二丈餘。”所繪想係長卷，不知今尚什襲無恙否？深憾未能一讀。程青溪，名正揆。

以所藏沈石田、文徵仲模吴仲圭《松樹》兩手卷，屬顧道穆題詠。

顧詩載《樂餘静廉齋集》。手卷未見，亦不悉確在何時，因上《顧詩》聯及之。

書《强忠烈公遺墨》後。

强忠烈克捷死難甚烈，朝廷賜卹特優。次子望泰，賜進士，後官四川。先生文云"蕚圃出先德遺墨"，所謂蕚圃，殆望泰之字。

觀荷東湖，與顧道穆唱和。

顧氏《樂餘静廉齋詩集》有《東湖觀荷，和黄子壽太史七絶十二首》，知先生亦必有詩。

龍藏寺納涼。

顧集有《龍藏寺納涼，贈雪堂和尚，同子壽作七絶六首》，知先生必與道穆同游寺。

先生於壬戌六月抵成都，乙丑五月入秦。上輯顧集四事，不能確定時月，度必在癸、甲年間。

爲文祭李西漚惺。

李有《西漚全集》及《外集》，兼及禪。先生文有云："淡定生明，遠慮則智；無私利心，有悲憫志。"西漚門下咸稱"兹數語爲足以傳李先生"。

撰《〈重刊弟子職集解〉序》，并附刊《句讀》、《考證》、《補韻》三書。

綏定府唐鄂生《重刊弟子職集解》，屬先生撰序。先生以《弟子職》一書"養蒙童而基聖功"，因以所著《弟子職句讀》及《考證》並《補韻》附刊於《集解》後。撰序時在是年冬十二月。

四十三歲　同治乙丑四年(1865)

先生應陝西巡撫劉蓉聘。

先生辭川督駱公保薦，以"母喪未葬"、"家君年老"爲詞。

秦撫聘先生入秦，并奏調琴塢公到陝，候簡用。

五月，侍琴塢公入秦。

據《孟晋齋文集序》，知先生入秦在是年五月。

四十四歲　同治丙寅五年(1866)

先生主講關中書院。

清國史傳稿，陝西巡撫劉蓉聘主關中書院。關中兵燹後，士鮮知學。彭年講明實學，廣置書籍，嚴定課程，學者漸盛。

琴塢公膺簡任陝西鳳邠鹽法道。

秦撫以公"心術正大，吏事精能"特薦，得膺是命。

琴塢公爲關中書院撥給米薪，士林競奮。

清國史傳稿紀此事。據先生所撰《府君行略》："彭年主關中書院時，僅存官捐六十分。府君撥給叛産六十頃，作書院經費。"即所謂"米薪"是也。

秦撫委琴塢公任西安、同州、鳳翔、延安、乾州、邠州、鄜州七屬營田事。

清國史傳稿謂公建議:“關中土曠人少,非招徠客民,事未由濟。然墾荒所需耕牛、籽種、農具、棚舍之屬,官不能給,民不樂趨。莫若即以地畀之,薄收其租,每畝二斗爲差。六年届满則給券,使世其業。然慮田無限制,賦無定則,吏得以意高下爲民患。當先正經界,略如古井田法,量地百畝爲段,編列次第,書賦額多寡於券。視土肥瘠,别等則上下,授之。凡領墾者,以先後爲次,自一至十,毋越其序。十段爲甲,十甲爲置長也。總十甲租課,歲輸之官。凡移徙、更替事皆責之。别授田六畝,俾食其入,爲庶人在官者之禄。”總其成,因詳定章程十一條。令下,民稱便。復定考課、舉劾章程四條,以策奉行不力者。期年,凡墾田十八萬餘畝。時回捻交訌,援兵雲集。賴有營田租麥,軍食無缺。

又按:公初與劉孟容同在蜀。旋劉除陝西巡撫,以營田事馳書蜀中,徵詢意見。公爲著《營田輯要》一書,列成法十有七,積弊十有四。主用民不用兵,興利不争利。劉公韙其説。及公赴秦,即以營田事相委。公之以行孚言,劉之知人善任,信能相得益彰。

丁父憂。

是年十一月六日,琴塢公卒於鳳邠任所,享年六十有九。秦撫劉蓉臚列政蹟奏聞。十二月初八日,内閣奉上諭,劉蓉奏道員積勞病故,遺愛在民,臚列政蹟,懇請表章一摺:“吏治之興,以盡心民事爲斷。已故陝西鳳邠鹽法道黄輔辰歷官中外二十餘年,其在本籍創辦團練、繕治城防、勸儲倉穀諸事,均能通達政體,便利小民。及在陝西鹽法道任内,興辦屯田,復采輯書籍,爲《營田輯要》,以利民食。正經界、定限制、緩錢粮、定租額,種種籌畫,卒能以所言見諸施行。期年之中,查出叛絶各産三十餘萬畝,招民認墾,接濟軍食,陝民全活者甚衆。並督辦省防保甲,曉諭漢回,編立十家牌,稽查奸宄。復整頓省城義學,以課勤惰。該故員任勞任怨,矢慎矢勤。及病亟,猶復續擬《營田章程》,詳請立案。其忠君愛民之忱,亟宜嘉奬,以勸將來。已故鳳邠鹽法道黄輔辰,著准其入祀陝西名宦祠。並將該故員政蹟,宣付史館,以爲循良者勸。”公之行誼,卓卓可傳。除此諭外,又有清史館之《循吏列傳》。而先生自撰《府君行略》,述臨歿時事,尤足徵公學養。其言曰:“先君事無鉅細,熟思深處,徹始徹終,好爲深遠之慮。平居簡默寡言,自治公牘文字,日課鈔録外,惟怡情前人書畫名蹟,否則閉目静坐。故雖體弱病多,而神氣湛清。九月初,間感風寒。醫者誤投涼劑,元氣遂至大虧。二十日,忽然暈厥,急進附桂重劑,幸得蘇醒。遂命舉鳳邠任内所治事逐一條列,具詳移咨。二十七日,書遺囑,呼家人,徧加訓飭。十月十一日,自診脈息甚微,强起取爲人所作畫,署款還之。十五日,氣息僅屬,自書輓聯。又書賜次孫國瑾聯曰:‘讀書有種子,立志爲名儒。'十八日，召國瑾至，諭曰：'務名非所以示子孫。'易書下聯曰：'力學爲真儒。'十一月初三夜半起坐，聞鴉聲，欣然作《古木寒鴉》小幅。擲筆仰卧，遂並穀食不能進。初四日，譫語，多海國事。良久，顧不孝曰：'吾所言者皆夢囈乎？'不孝涕泣言：'此吾父憂時迫切之念，搆成幻象者也。'先君閉目不語，旋呼紙作'不如意恒如此'六字。嗚呼，孰知遂爲吾父絶筆哉！"

公少時奇窮，以學自奮。由部曹移外，未竟厥志。守正不阿，任事誠切。觀劉撫奏稿及先生所撰《行略》，實是真儒，豈徒循吏云哉。

四十五歲　同治丁卯六年（1867）

先生於二月間，奉喪歸湘鄉。

不歸貴筑及醴陵舊籍者，以琴塢公與劉孟容有"歸老衡山"之約。同治二年，又有卜宅湘山之舉，故於湘鄉營葬地。所署月，據《先隴碑陰記》。

四月，過長沙，聞湘鄉匪警，暫止。

時湘鄉有土匪之警。

九月，至湘鄉，度葬地。

在長沙時，先往湘鄉度地。以水滲多蟻，至是又改度之。

撰《鄧伯昭行狀》。

伯昭，新化籍，名瑶。琴塢公薦諸秦撫劉公，伯昭由蜀入秦，中途覆舟溺死。公哀之，謂先生曰："吾死而返葬，至鄧君而墓弔焉。"今先生爲伯昭撰《行狀》，亦承先志焉。

序《夢硯齋遺稿》。

稿係遵義唐威恪公及子穉芙遺著。先生與唐世誼甚篤。

四十六歲　同治戊辰七年（1868）

先生於三月八日，奉考、妣柩，合葬於湘鄉樂善里十區大塘沖（公）〔山〕。

先後度葬地，歷八月，始卜吉於此，亦見先生之慎終。

編纂族譜。

舊有《楓林黄氏譜》，兹係續編。

十月，撰伯父斗南公行狀。

公於咸豐六年殉節柳州。至是年，先生撰行狀。狀尾誌云："同治七年十月，姪彭年謹狀。"

四十七歲　同治己巳八年（1869）

先生赴京，道出岳州。

正值湖南、北大水,於兩湖水利有所論述。

舟次武昌,成《兩湖水利考略》。

先生自撰跋云:"八月初五日,書於武昌舟中。"

過汴梁,謝山西布政使何璟聘。

過汴梁。路次,接山西布政使何小宋書,擬招先生赴晋,婉詞謝之。

冬十月,應召至京師,寓興勝寺。

先生撰《桐雲詩集序》云:"同治己巳冬十月,予應召至京師,寓興勝寺。"

四十八歲 同治庚午九年(1870)

先生仍寓興勝寺,楊鐵臣來訪。

鐵臣,原名寶臣,字湘筠,山西河東道。以争錢鐵事忤户部肅慎去職,自號鐵臣。

上《修省自强疏》。

疏文言,修省之方,以懋聖學、戒臣工、節財用、廣言路四端爲要。疏進後,十月二十四日,奉諭嘉許。

在京,預談瀛雅集。

朝鮮李紅臚來朝京師,爲文酒之會,縱談東方興廢源流,繪有《雅集圖》。先生爲之序,並誌與會者之鄉貫,計十九人。兹列於後,藉見當日盍簪餘韻。

楊寶臣,字湘筠,福建邵武人,前官山西河東道。

方宗誠,字存之,安徽桐城人,今官直隸候補知縣。

陳寶箴,字又銘,江西義寧人,今官湖南候補知府。

陳錫鬯,字洛君,江西新城人,今官四川候補知縣。

曹登庸,字鄰溪,河南光山人,前官京畿道御史。

蕭晋卿,字敔庭,湖南長沙人,今官翰林院編修。

張堪庶,字既林,湖南醴陵人,舉人。

李汝南,字湘石,四川温江人,舉人。

黎宗曦,字心印,湖南瀏陽人,今官兵部主事。

黄自元,字覲虞,湖南安化人,今官翰林院編修。

丁蓉綬,字竺雲,湖南長沙人,今官户部主事。

徐樹鈞,字叔鴻,湖南長沙人,今官户部主事。

黄彭年,字子壽,貴州貴筑人,今官翰林院編修。

國瑾,字再同;國璪,字恭甫。皆彭年子。

右先後與會者十五人。

畢應辰,字星樓,雲南昆明人,今官候補御史。

劉銓福,字子重,順天大興人,今官刑部主事。

路朝霖,字訪崖,貴州畢節人,今官户部郎中。

李揚華,字静軒,湖南清泉人,今官兵部主事。

右題册而未與會者四人。

得《邑子像》及《魏神龜三年造像》。

碑皆千餘年古物。魏孝明帝神龜二年即又改元,今云"三年",先生以爲"尚未見改元詔書"之故。此二碑,據《文鈔》謂庚午年所得。檢葉鞠裳《語石》,知先生尚藏有《隋李則墓誌》,未詳何年所得,姑附誌此。

再至蓮池。

先生《書王少卿遺像後》:"同治九年,再至蓮池。"當爲志局事。

四十九歲　同治辛未十年(1871)

先生總纂重修《畿輔通志》。

志局設在保定府治南蓮花池。大學士李鴻章、署直隸總督張樹聲爲總裁,聘先生任總纂。合肥所上設局重修一疏,係先生代撰。

撰《新城縣重修聖廟碑記》。

新城屬直隸省保定府。碑文係先生代人所撰。

撰《黄師矩卿〈蜀游草〉詩序》。

序文稱"吾師黄矩卿侍郎",未詳名謚。疑即黄琮,謚文潔,滇人。或係先生幼年在籍時業師。著有《知蔬味齋詩鈔》,因回漢之亂,悉燬於火,僅存《蜀游詩草》,先生序而存之。

郭松(燾)〔林〕來訪於保陽。

先生爲郭氏撰《義莊記》。

五十歲　同治壬申十一年(1872)

先生撰《重濬洺河碑記》。

洺河,在直隸順德府,時知府事係任道鎔。濬洺之舉,任道〔鎔〕主之。先生《碑記》似代直隸藩司作。

撰《安徽義阡享堂記》。

阡在保定郡城之東。文代李合肥。

表三臺知縣陳登華香農墓。

香農係陳崇砥之父。時崇砥與先生同在志局。

告成《畿輔通志·直隸全省輿圖》。

先生《直隸全省輿圖·凡例》第六條注云“圖成於同治十一年”。

五十一歲　同治癸酉十二年(1873)

先生游京師,於海王村得劉淑人像。

劉淑人卒於陜西路次,匆遽未留遺容。淑人在日,嘗語先生:“母家存肖像,係陳南樓夫人所繪,作大士裝。”至是得諸廠甸,形容果肖,命諸子祀之。事見《淑人事略》。

五十二歲　同治甲戌十三年(1874)

先生撰《陳崇砥〈治蝗書〉序》。

陳繹萱崇砥與先生同修《畿輔志》。此《治蝗書》,知河間府時所作。先生序文撰於是年元旦,《陶樓文鈔》未搜入,兹附於後:予讀繹萱太守所爲《治蝗書》,采古今人成説,證以歷官所親見之端、力行之政。凡蝗之卵生、化生、未出、始出,至於能飛、縣聚,莫不窮其形狀。而治蝗之人與器、與所以用之之法,亦莫不備焉。又慮民之囿於俗説,而爲之破其惑。又慮官之玩其事,而爲之反覆其議論,比之赤子襁褓徧蟣蝨,嘑號痛癢,而莫爲之捫捉,斯真爲民父母之言。予不禁廢書而歎曰:“人之與天,相爲感召。故古之善爲政者,蝗不入境。政之不善而蝗生焉,況又漠然置之乎。夫仁,人心也。古之稱仁政者,無他,推此心加諸民而已。民父母我,而我不能視如赤子,誠求所以保之,是無仁心。然有是心而不能備其法,則亦不足以爲政也。”乃爲之敘,促太守刻之,以廣其傳。同治十有三年正月元旦,黄彭年書。

安州南北隄工成,撰《碑記》。

安州屬保定府。記文係代人所撰。

選鈔《乾坤正氣集》。

涇縣潘文慎公刻《乾坤正氣集》,都一百一人。先生去張華、戴良、史仲彬三人,存九十七人。是年於蓮池志局付刊。

代撰《馮景亭墓誌銘》。

係代李合肥。

命公子國瑄考《五忠手蹟》,并自題記。

五忠:楊漣、左光斗、魏大中、周順昌、鹿善繼,俱明人。其手蹟有孫奇逢標識,爲鹿學尊所藏。是年,先生獲觀於蓮池志局。命公子國瑄録副本,并取《明史》諸書加以考證,自爲題記。以原本歸鹿,留存副本。

撰《傅小泉〈一朵山房詩集〉序》。

小泉係琴塢公業師,青餘廉訪之父。

五十三歲 光緒乙亥元年(1875)

先生序徐靈胎《慎疾芻言》、《洄溪醫案》及葉天士《經驗方》三書。

陶君慰農集資刊之。先生以《洄溪醫案》有"務虚名"、"稱貴顯"之語,屬劉君份士删之。

五十四歲 光緒丙子二年(1876)

先生次子國(璸)〔瑾〕,會試中式二十四名。

國(璸)〔瑾〕,字再同,其鄉試科分尚待查。

五十五歲 光緒丁丑三年(1877)

先生録琴塢公《崇祀鄉賢》事竣,刊之。

集題本、册結、覆片、部議、部咨、諭旨等,彙録一册,刊之。兹將題本附後:光緒三年七月二十一日,禮科鈔出貴州巡撫黎培敬等謹題,爲籲請崇祀鄉賢事。据布政司林肇元、署按察使吴德溥會詳稱,据署貴陽府陳鳴翕詳稱,光緒二年九月二十一日據署貴筑縣知縣周慶芝詳稱,準該縣儒學覃方仁、敖述謙牒稱,舉人顧履均、陳燦,武舉王葆光、羅應堂,副榜靳長生、陳培垣,生員孫鳳書、朱芳,監生唐我圻、于德懋,耆民邵大志、胡鳳舉,族人黄書年、黄茀臻等呈稱。竊維砥節勵行,賢者原無食報之心。而激薄迴澆,聖朝自有旌賢之典。古者選舉悉由鄉里,今兹闡發,重在幽潛。名稱没世,意取至公。鄉賢之祠,由來尚矣。兹有已故陜西鳳邠道黄輔辰,生有至性,長能讀書,起家寒素,宏濟艱難,翔實具在,可得而言。夫其文疆扇枕之年,中郎侍疾之日,方在弱齡,蚤傳孝行。洎乎靈椿既摧,异櫬未舉,徒步載奔,遠方稱貸,蠶叢踰險,千里月孤,鷄骨支牀,九原夢感。傷哉貧也,曷以加兹。而乃矢心績學,焠掌研精,平子咸仰,學宗長賓,綽號魁士,因貢京兆,再捷南宫。通籍入官,觀政銓部。黄童入洛,日下無雙。王大爲郎,選草悉當。豫事博稽掌故,蠹吏勿欺;中懷弗尚模(蘇)〔範〕,長官爲折。在故宦自率其坦白,而同曹竟目爲"硬黄"。風節凝然,足以振勵一切矣。迨移銓才之啓事,試以折獄之爰書。活人則滕公惟重一言,持法則趙綽侃然正色。其觀察鳳邠,權篆冀寧也,奪變産之謀,興屯田之利。濬物産之原,袪目前之弊。充闢著議,乙覽曾親。任竣典農,十年有積。鹽泉發策,分局廢而積弊除;關市有徵,利網疏而民生裕。亦既獨排衆議,百廢具興。而生平既無長物之累,身後猶籌旁貸之人。實政實心,可傳可風。猶憶萑苻多盜,桑梓殷心。范(文)〔孟〕博(覽)〔攬〕轡澄清,金文毅結團保衛。

編保甲若陸九淵,急賑貸若劉如愚。身任怨而力任勞,事不煩而民不擾。城防既備,民賴以安。大亂已平,成規猶在。至於教諸姓,蚤見頭角;卹死友,及其妻孥。遺經授子,穆如清風。易簀遺言,粹然儒者。仁聲義質,無憾毫髮。夫政蹟所留,既定千秋於史館;宦轍所至,亦分一席於崇祠。而況夙邇規儀,生同里閈。見聞既確,矜式尤宜。高山仰止,合宜美富之宫牆;輿論僉同,祈附馨香之俎豆。爲此合詞公懇,并開具事實清册。紳耆族鄰公結,呈請查核,伏乞具文,申請入祀鄉賢祠等情到學。該學查看,得已故原任陝西鳳邠道黄輔辰質秉菁英,學臻純粹。早傳孝友,不苟言行。本寒士以治經,起甲科而通籍。當官持憲,興利除弊之澤宏;居里作防,禦災捍患而功偉。剛風廉節,世少比倫;義聞仁聲,人皆矜式。史録則千秋著美,鄉評則衆口稱賢,殆不愧於真儒。且既祠之名宦,桑梓之景行倍切;願奉馨香,藻芹之側畔堪依。合隆享祀,理合加結具文牒呈查核,加結轉申等因。該署貴筑縣知縣周慶芝查看,得已故鳳邠道黄輔辰秉性孝友,立品端嚴。弱歲能文,閭里已欽其模範;壯年出治,九重即予以褒嘉。性情正而舉止莊,學問優而才識裕。農桑勸課,阡陌不憚循行;保甲編查,鄉里悉邀安寧。至其義方訓子,已看成立於生前;嚴正居心,更示箴規於身後。賢良久著,思慕及今。欣值聖朝之鉅典,宜添俎豆於千秋。兹准儒學取造册結,加黏(黔)〔鈐〕結,牒送前來。該縣覆查無異,理合加具印結,並將事實清册,具文詳請核轉等情到府。該府覆查看,得已故陝西鳳邠道黄輔辰秉性端嚴,持躬正直,孝友無間人稱,德望素孚梓里。除弊興利,常懷濟世之心;察吏安民,共仰循良之績。捍患而干戈永靖,謀畧兼優;區晝而疆井攸分,才識俱備。況乎居官行政,洵稱媲美於前賢;允矣訓俗型方,堪爲良規於後進。以之崇祀鄉賢,宜其馨香俎豆,合將該縣送到册結,加黏鈐結,並將事實清册,具文詳候核轉等情到司,據此。該司等會核,得已故原任陝西鳳邠道黄輔辰幼嫻禮範,長秉初心。周旋動中矩規,步趨罔非賢哲。彤廷對策,便判五花;碧落褰帷,兼膺重地。儒林循吏,真無愧於人寰;令子賢孫,且克承其家學。是不獨嘉言懿行,堪矜式於鄉邦;即兹俎豆馨香,宜永崇乎報饗。合將送到事實册結,詳候會核,具題崇祀鄉賢等情到臣,據此。該臣核看,得已故原任陝西鳳邠道黄輔辰居家孝友,入仕忠貞。言行實慥乎儒修,勳績爛徧於史册。敭歷中外,官司均奉楷模;獨任怨勞,鄉里長留保障。如斯風概,有美必彰。以核生平,無瑕可指。易簀而遺言益粹,道驗純深;傳經而令子有成,學徵派衍。崇祀名宦,既分侑饗之隆;附祀鄉賢,宜食馨香之報。啓敬恭於桑梓,百世堪孚;潔羞薦以藻芹,千秋允洽。據布政使林肇元、署按察使吴德溥,轉据該府縣學等查明,取具册結,加黏印結,詳請具題崇祀鄉賢前來。臣覆核無異,除册結送部外,謹合會同雲貴總督臣劉長佑、貴州學政張登瀛,合詞恭疏題報,伏乞皇上聖鑒,敕部議覆施行。爲此具本,謹會題請。光緒三年五月十二日題本。七月二十一日奉旨:該部議奏。十二月二十日奉旨:依議。

爲議穆宗升祔位次,上李中堂書。

穆宗升祔,當道不主遷祧,時議不主併龕,争議甚紛。先生立增室兩楹之議,上書合肥。其列於丁丑歲者,以光緒三年三月十四日有諭旨,命廷臣集議升祔位次,知先生書亦必在是年。

過汴梁,接晋藩何璟聘函,答書辭謝。

原書見《文鈔》。

爲蔣侑石、方子謹刊遺書。

蔣曰豫,字侑石,有《滂喜齋學録》十一卷,《問(綺)〔奇〕室詩詞》五卷。方字子謹,遺文僅一卷。均常州人,同任《畿輔通志》事。歿後,先生爲刊遺稿。

五十六歲　光緒戊寅四年(1878)

先生重主蓮池書院講席,仍兼志局。

前主講王重三,名振綱,上年十月卒。本年,先生繼之。

刊《萬卷樓書目》,并撰藏書碑文。

萬卷樓在蓮池書院,合肥李相國置書二萬卷。

五十七歲　光緒己卯五年(1879)

先生刊《蓮池書院日記》十卷,又《課藝》二十卷。

先生藏置學古堂書,有《蓮池書院日記》十卷,係光緒五年所刊。又有《課藝》二、三集各六卷,四集八卷。獨無初集,意第一集非先生所刊。

出資重刊《宋元學案》百卷。

光緒己卯,龍汝霖《長沙本〈宋元學案〉跋》:楊中丞石泉等十人各出資若干,先生亦居其列。龍跋在己卯,故次於兹。

五十八歲　光緒庚辰六年(1880)

先生繼室劉淑人是年膺旌。

以賢孝,由貴筑儘學申請,該准。

續刊《蓮池日記》。

是年續刊九卷。

五十九歲　光緒辛巳七年(1881)

先生再刊《蓮池日記》。

是年,再續刊十卷。

題葉向榮所繪《明范文忠公畫像》及《宦蹟圖》。

《題詞》見《文鈔》,未詳年月。兹檢原書,知時在光緒七年五月二十五日。張香濤有記,以葉向榮名欣,係康熙人,實誤。先生以爲萬曆時人,字大千,又字欣然,與張記不同。

撰刊《俄羅斯全國圖説》,完成何秋濤《朔方備乘》八十卷。

何秋濤《朔方備乘》初稿進呈清廷後,何即逝世,稿旋散亡。吏部侍郎黄宗漢取副本,更爲繕進,又燬於火。何子芳稑以殘稿交畿輔志局,《俄國圖説》殘散尤甚。先生偕志局同人重爲撰述,復將全稿補綴、排類,迴還舊觀。是年,全書刊竣。何書之成,先生成之也。

六十歲　光緒壬午八年(1882)

先生外任湖北安襄鄖荆道。

據《清儒學案》先生本傳,此次特授係中外大臣論薦。

權湖北督糧道。

未久即回本任。

爲鹿門書院置書萬餘卷。

院在襄陽,即道署所駐處。

禁止武當山僧人歲供,並封其山。

武當山香火素盛,住持僧歲供道署八百金。先生却之,並禁其山。事詳《清史稿·循吏傳》。

任湖北按察使。

據諸遲鞠《璞齋集》,其時在六月間。又据《清史稿·循吏傳》"襄、鄖界連陝、豫,會匪未靖,民多逃亡",先生"首以除暴安良爲務,得劇盜即置之法。其誘脅者,悉予自新,流民皆復業"。

六十一歲　光緒癸未九年(1883)

先生仍任湖北按察使,兼典《湖北通志》局。

鄂志後以經費不繼,未能竣事。見《璞齋集》。

由省會寄書八千餘卷於鹿門書院,題其講藝之所曰"觀略堂",并撰記文。

《觀略堂記》見《文鈔》。

建律學館於黄鵠山麓。

巴陵杜貴墀題名。撰記。

六十二歲　光緒甲申十年(1884)

先生宴集乃園,酬詩徵畫。

先生於小暑後二日,偕會稽陶學政方琦、宛平瞿都轉廷韶、仁和陳奉政豪、錢塘諸孝廉可寶,宴集乃園,賦詩紀事,并囑孝廉爲乃園繪圖。有曲廊閑步、高亭遐觀、新堂補梅、舊畦灌菜、律館課吏、忠祠讀碑、漚舫藕香、迴塘荷浄八景。

乃園再集。

時在大暑後四日,重集乃園。有"海壖正横鱑"之詠,以法警未靖、和議未成故也。

乃園三集。

時在重陽後二日,以諸孝廉《乃園圖》告成,因招初集諸人傳觀之。乃園在黄鵠山麓。是年事均據《璞齋集》。

六十三歲　光緒乙酉十一年(1885)

先生仍任湖北按察使,奉檄籌江防。

時法兵艦入陷石浦。

得宋拓《圉令碑》。

見《文鈔·致王晋卿書》。

爲汪文臺跋《淮南子校勘記》。

黟縣汪文臺南士,係皖南宿士。此記於是年附刊於崇文局《淮南子》後。

序曹學士《居學録》。

《居學録》係明季曹本(嶸)〔榮〕厚庵遺書。是年,先生序而刊之。

檢查護送雲南運銅。

《光緒東華録》:"十一年六月,更换雲南運銅。沿途稽查護送,户部奏請。奉諭:湖北派黄彭年。"

爲獄犯田萬青自縊案,降三級留任。

田案照管獄例,應降二級調用。上官囑減囚罪,可免降職處分。先生不可,以實報案。奉諭應降二級調用,著加恩,改爲降三級留任。此案吏部聞奏日期爲九月甲子,上諭:"此事究係刑名,又非緊急事件。該部於齋戒期内呈遞,殊屬不合。所有吏部堂官及承辦司員,著交都察院察議。"是亦部曹瑣聞,因先生而聯及之者。事見《光緒東華録》。

爲律學館續刊題名碑,并撰記文。

見《文鈔》。中有"量移入秦"云云,知其時已調任陝西按察使,臨去鄂時所爲也。先生在鄂多善政,如平反鉅案十數起,斷結京控案四十餘起。舊例,諜訴臬署,書吏每案費二三十緡,嚴禁止之。又屏絶僚屬餽遺、停止新關津貼及工程攤捐等事,均見《清史稿·循吏傳》。惟不悉確在何年,故於去鄂時附誌之。

調任陜西按察使,兼權布政使,旋回本任。

據《光緒東華録》,調任秦臬,奉諭在十月甲戌日。

爲味經書院置書。

味經書院在陜西涇陽,係學政許禕所建。時主講者,咸陽劉光蕡古愚,爲先生門下士。據劉氏《藏書記》云:"按察使黄、督糧道曾,同發六千零三十七卷。"是此書與曾道同置。

六十四歲　光緒丙戌十二年(1886)

先生爲醴陵縣貞孝節烈坊撰記文。

見《文鈔》。醴陵爲先生原籍。

於臬廨有紀堂撰《〈讀律一得歌〉序》。

先生《文鈔》中未録是序,兹附於此。序云:余昔陳臬鄂中,設律學館,課僚屬讀律。先以句讀,而入門則不限一途。或校勘異文,或剖析疑意,或博考成案,或圖以明之,或表以分之,或爲歌訣以便記臆,各有成書。其爲歌訣者四人,宗君恒齋其一也。恒齋所爲歌,既精簡,又摘律例要言附諸格上,使人一覽而明,尤便初學。余慫恿付刊成。走書來告,乞敘其端。予維經言:"記問之學,不足以爲人師。"然欲知新,必由温故。學不止於記問,無不始於記問者,讀律何獨不然?華嶽之高、滄海之廣,記其程則嶽可登、海可涉。律之有四百三十六,例之千八百七十五,猶夫嶽之高、海之廣也。每門而區之,逐條而析之,猶海嶽之有程也。諧其聲,使成文;屬其詞,使相比。歌訣之作,何異古籍之有文言哉。抑猶有説焉。律例者,文也;所以用律例者,意也。習其文,不通其意,譬醫書之有《湯頭歌訣》,皆古人之良方也。持以治病而不效,歸咎於方之不良,其可乎?又在善醫者之善學矣。書以塞恒齋之請,且以告世之讀是書者。光緒十二年十有二月,貴筑黄彭年書於陜西按察使廨之有紀堂。

建博學齋,延宿儒主講席。

購補關中書院書籍。

摘示《民間易犯條例》。

整頓保甲,明連坐法,嚴窩贓禁。

擒誅盜匪巨魁張鐵梅等數十人。

以上五事,据《清史稿·循吏傳》,均敘在十一、十三年間,故列入是年。

六十五歲　光緒丁亥十三年(1887)

先生重刊《明刑管見録》。

《明刑管見録》係道光間長白蘇完呢瓜爾佳氏穆翰虎臣與其兄韻庭先後官熱河時所刊。至是重刊之,以分頒學律者。

《畿輔通志》告成。

先生於同治十年任總纂,今春全志告成。

刊佈《勸諭牧令》文。

文係琴塢公咸豐間代直隸總督恒福所撰。先生陳臬秦中,爲琴塢公舊治地,故重爲刊佈。

刊竣《乾坤正氣集選鈔》九十七卷。

先生前在志局,與提調吴焕采就潘文慎《乾坤正氣集》五百七十四卷,選鈔九十七卷。據吴序,於今冬刊成。

捐廉集款,修復長安縣西北隄堰,并賑災民。

長安縣西北馬營寨等六十餘村,地濱灃、渭。十三年秋,水決隄堰,淹四十餘里,損壞田廬。先生捐廉集款修復之,民賴以安。

六十六歲　光緒戊子十四年(1888)

先生以俸金留置求友齋,備刻書資。

是年春,將移蘇藩,捐俸金,留刻書資於求友齋。後先生門下士劉古愚即以所儲金刻宣城梅定九《平三角舉要》五卷。

赴江蘇布政司使任。

劉古愚戊子年《平三角舉要跋》述先生留金刻書事,有"今歲春移藩會"云云,知赴任當在春時。

刊布《易犯條例》及《服制罪名圖》。

兩種,秦臬時所著。

建學古堂。

堂址在滄浪亭之可園,即今江蘇省立蘇州圖書館。光緒二十二年,錢塘諸可寶撰記,兹節録之:學古堂之建也,實維著雍困敦之歲,而落成於次年三月。時則貴筑黄公來藩於蘇州,句覈庫帑,得閑款如干緡,乃創築室購書之議,度地於可園。可園者,水木明瑟,庭宇清曠,故爲正誼長朱贊善之所居,有記,見《小萬卷齋文集》。堂工既庀,次第恢拓。初成者,書樓五楹,顔其堂曰博約,中祀高密、新安二大師之位。樓儲四部書八萬卷以上。樓之前迤東,面池畝許,夫渠蔽水。爲聽事之楹曰學古堂,修廊曲達,左右巽角。爲亭臨水,曰一隅堂。背小山,梅林環之。拾級而登其頂眺遠,爲樑亭曰浩歌。直北開小院,爲居室五,少後於樓。樓前迤西,有桃、杏、李、梅之屬數十樹,編竹爲籬,緣池岸以抵於門。闇、隸、庖、湢,咸得其所。是冬,合樓右之沈文慤祠址,繼爲齋舍三成,成五楹。最後,爲講堂五楹於齋舍之南,而規模始完美。又參倣蓮池事例,訂定課程,率循罔越。開堂踰歲,敬業樂羣,彬郁可觀。按:諸氏記全文,現有石刻存館中。

刊桐城光律元《有不爲齋筆記》十卷,并撰序文。

序見《文鈔》。光律元,名聰諧,爲先生府君琴塢公壬午座師,故文中稱"再傳弟子"云。

重刻《弟子集解》,并撰《後記》。

記見《文鈔》,未列撰記時月。檢館中原書,末署"光緒十有四年冬十有二月,貴筑黄彭年識"十七字。

設學治館。

館在藩署即園,見諸可寶《璞齋集》。

奏減江蘇漕價。

因是年蘇省患旱。

重陽病愈後,自號更生。

於重陽前患類風病,《蟋蟀吟》一詩自述之。病後自號更生,見《紫泥日記》。又,張簣齋《澗于集》有《黄方伯病中書》一跋云,季子秦生藏《戊子病中書》以爲遺訓。以此可知,先生當時已付遺言,病狀甚重。秦生所藏書不可見。據張氏跋,先生之辭氣、道力亦可微會於言外。録張跋原文:《論語》記曾子有疾二事,《檀弓》記曾子易簣一事,至《大戴記·曾子疾病篇》較詳盡矣。蓋曾子生平省心之學,無一日少有間息,故即疾痛死生之際,其辭氣、道力皆足爲世法如此。《論語》、《檀弓》所記,垂歿之語也,故簡而該。《大戴》所記病中語也,故煩而悉。由此觀之,常人將死而言善,與善人將死而言或偷且亂者,皆不可爲真儒。子壽丈孝友忠謹,得力於儒先者至深。庚寅季冬在鄂,以微疾卒於官,臨歿無一言及家事。季子秦生别駕獨侍疾,乃泣藏其《戊子病中書》以爲遺訓,屬佩綸識之。其言欿然不自已,以此見律身之嚴。而所以貽子孫者,寬而近情,約而中禮,使子孫相敦勉以幾於道,足與《曾子疾病篇》相發明也。

公子再同太史來蘇省疾。

再同,名國瑾,少年入儒林,先生次子。今來省疾,以宋于庭《管子治略》八卷存儲學古堂,并有題記,今圖書館猶保存之。再同於庚寅歲聞先生耗,奔喪赴鄂,以哀毁過甚隕其生。時主鄂者擬入奏清史館,列《孝友傳》。今檢史稿,無再同傳。兹將《〈管子治略〉題記》録後,以見再同與昔之學古堂、今之圖書館結文字一緣,猶未湮也。宋于庭校本《管子治略》八卷,校語已入《管子識誤》,特老輩手蹟可珍重耳。光緒十四年九月,省親蘇州。書賈侯生持來求售。前有江山劉履芬彦清考得圖記,知爲泖生家藏。泖生,亦學人也。貴筑黄國瑾記。

藩署詠雪樓落成。

先生於署中即園築樓,樓成,適得瑞雪。招僚友小集,補祝蘇文忠壽,各有題句,即以"詠雪"名樓。事見《璞齋集》。

六十七歲 光緒己丑十五年(1889)

先生奉命護理江蘇巡撫。

新簡巡撫剛毅未到任,由先生護院。

赴崑山、青浦一帶勘河。

上年江蘇患旱,先生於七月二十四日赴江寧監臨鄉試,道經陸家浜、黄渡等處,順便勘河,預籌通浚。事見自撰《紫泥日記》。

監臨江蘇恩科鄉試。

據《紫泥日記》,到江寧係七月二十八日。

考試聘調簾官。

文題:"得天下英才而教育之"四句。詩題:"會送夔龍入鳳池。"録用安徽十六員,江寧、江蘇各十二①員。

以詩贈主試李小硯傳臚、曹仲銘殿撰,即以誌别。

詩見《紫泥日記》,兹録之:雙持玉節出京華,來泛秦淮八月槎。九奏笙簧賓客禮,满城桃李狀元花。山東台閣多名相,江左衣冠有舊家。我欲扁舟還茂苑,回看天半起紫霞。

拜疏陳報出圍還蘇日期。

據《紫泥日記》,係八月二十八日。

交卸護理巡撫事。

時蘇撫剛毅已到任,先生回蘇,護院事即交卸。

學古堂增建齋舍落成。

先生監臨事畢,抵蘇時有詩:"聞道可園增舍廣,好攜佳士詠蘇臺。"并自注"學古堂增建齋舍落成"九字。定祥曩時肄業堂中,歷十四載。至今閲三十餘年,詠先生詩,想見殷殷造士之情,猶在目前云。

---

① 十二:原作"十六",據《紫泥日記》改。

重陽後一日,作《蟋蟀吟》。

詩附刊《紫泥日記》後。江蘇上年苦旱,今歲患水。詠先生詩,不僅見憂愛我民之切,兩年本省災歉情狀,如親睹監門作圖,蓋詩而史者也。兹録之:夜卧不成寐,蟋蟀鳴階前。聲尖似鍼刺,使我心憂煎。去歲當此日,吾病身撲顛。手足類風淫,舌强難語言。一藥幸得蘇,五日起告痊。久旱已成災,賑貸無一錢。乞糴鄰有惠,勸輸金更捐。吁嗟此孑遺,幸不溝壑填。吾有更生樂,民亦除迍邅。今年雨暘時,禾黍方芊綿。于役金陵還,歡聲騰陌阡。何期近重陽,旬餘風雨連。稻熟不得收,低區漸成川。郡縣來告歉,文牒相後先。旱年繼以澇,悠悠呼蒼天。我躬德實薄,民命殊可憐。惟盼天放晴,庶以紓倒懸。

再記葉向榮所繪《范文忠公圖》。

先生於《范圖》,已於光緒七年有所題記。今考葉向榮,字鍾日,值闖賊殉節,亦一忠臣,非僅以畫藝見長。記文見《文鈔》,未詳年月。兹檢原書,署有"時光緒十五年九月十二日,再記於吴閶使廨"云云。

力持不增漕價。

上年因旱,奏減漕價。至時州縣有請復增者,巡撫擬增每石二百。先生力持不可,謂"江蘇水旱連年,若增漕價,民必重困。且以江蘇百萬漕計之,民間多出錢二千萬緡。此錢上不在國,下不在民,獨歸州縣中飽。困民以利官,不忍爲也。"增漕議遂止。

六十八歲　光緒庚寅十六年(1890)

先生於上巳日餞宛平陳司馬壽昌於即園,并有送行詩。

陳壽昌係先生同門下士,贈詩未見。諸遲鞠有和韻,見《璞齋集》。

爲學古堂浩歌亭題額。

堂中有小阜,種梅數十本。先生取明王冕《梅花》詩"浩歌拍拍隨春風"句,名亭曰"浩歌",額尾署"庚寅立夏日"。

自題獨立小像,贈學古堂。

題詞見《文鈔》,自署"庚寅七月癸酉"。堂中勒石,今猶存圖書館。

撥賑款三千萬緡,修濬吴淞江、白茆河、藴藻浜等處。

工程未舉即移藩鄂省。後剛撫竟其志,吴民均感之,頌先生惠尤不置。

以詩留別學古堂諸生。

先生所涖之處,無不以造士爲己任。其在燕秦間,聞見較遠,僅知大端。自任蘇藩,下車伊始即謀興學,時時涖堂,勗勉有加。定祥亦厠内課之列。其時,吾胡師綏之聘任經課齋長,感遇尤深。今編《年譜》,奉函請益,承師函告,曩年學古堂記課程,以日記爲重。當時有人以僅事抄襲爲非,先生斥之,謂"能鈔襲,久久自有心得"。尤足徵先生誘牖後進,極循善之致,不徒以集款、建舍爲蕆事。及兹臨别留詩,垂注益殷。吾知燕秦間士深受先生熏冶、追懷教澤者,當不下於吴中士也。留别詩録下:有朋篮盍簪,譬若鳥棲樹。一鳥獨南飛,衆鳥東西顧。他樹豈無枝,徘徊不忍去。諸生勤講習,予亦忘衰暮。常抱離索憂,畏讀銷魂賦。聚散亦何常,進德期罔懈。六書與九章,藝事各異派。致用求其通,面牆昭古戒。拘墟守章句,大道恐破壞。師承貴有恒,勗哉日月邁。化成必由學,惟士有恒心。所以武城宰,弦歌尚遺音。國奢示以儉,斯道無古今。願爲夫子鐸,貢作帝廷琛。吴楚去未遠,企望來規箴。

調任湖北布政司使。

離蘇赴鄂,時在十月。

先生於十二月四日辰時卒於湖北任所。

諸遲鞠《學古堂記》云:"庚寅十月,公移藩去。三月而訃來,齋長暨諸生爲立北院,春秋報禮。"當時所有哀、誄惜皆散佚,張簣齋《澗于集》有祭文一,兹録之:嗚呼!士民痛公,如痛其私。野祭巷哭者,浮江逾沔入渭,以達于畿。吾欲累行述德,乃口呿心噤,而不能一辭。雖然,公之名天下,而志量則非流俗所能窺。方四府之交辟,依依親側,爲孺子之慕,而不忍離。泊然静修,垂四十載。故貞定之性、剛勁之氣,雖老而不衰。其應詔而起也,炳若景星之一出,而威鳳之來儀。至則責禍之吏望風解綬,飢溺垂斃之民,已登台而熙熙。父老額手歎其來暮,豪右貴近陰不便其所爲。然而謗公者,目爲褊急;忌公者,指爲專亢。讒夫高張,一簧兩舌,卒不能得其過之纖微。則其生平立身爲政之本末,乃較然而可知。嗚呼!冥冥造化,孰與綱維。或使或尼,遽止於斯。豈奪公之速也,而何用公之遲!吾嘗游五湖、登太華,蓋頗識三秦之魁傑,與三吴之振奇。至今誦其條教,圖其形象,謂去後而彌見思。何況荆湘之再至,歌詠其德者,固將與漢水爲無盡,而屹方山以不摧。然人知公之澤被於東南者,爲父爲母;而不知其教之被於西北者,爲儒爲師。其潛其見,皆協於時。其言其德,不朽奚疑。吾知哭公者,匪知舊婚姻之故,而實海内有識所同悲。孔子出涕曰:古之遺愛。當之者,非公其誰?

蘇館,就陶樓先生手創學古堂舊址爲之。定祥弱冠後,肄業學古内課。歷十餘年,兹來承乏館務。追懷曩昔,率成是譜。先生嘉言懿行,遺漏甚多。尚擬續爲搜輯,深冀賢達垂覽後,匡所不逮。玉山陳定祥識。

《譜稿》付印竣,承吴江費韋齋先生檢示先德芸舫太史所撰《南宋文録録序》,知是書於蘇州書局光緒十七年刊版書成,時陶樓先生已不及見。而"録録"之名,及《例言三則》,皆先生任蘇藩時所定。先生歿時,是書正在付刊中云。

又承吴縣沈海粟先生函述貴筑公事一則,補録如下:我吴經學師承,陳南園後,推丁先生士涵。先生野服潛修,貴筑公習知之。迨涖蘇藩任,造廬請見,先生以"人往江北"辭。公固知其不易出也,以立學古堂,必求如先生者爲之。因屏騶從往,仍如前辭。公既返,常語人曰:"余願一見丁先生,何相遇之疏也。"其求賢之殷蓋如此。

以上兩則承費、沈兩先生見告。《譜稿》已印,祥自知於貴筑公言行遺漏實多,覽是譜者,能皆如兩先生之不吝賜教,俾重編時,將前後所得,按年次列得稍完備,無任企盼。定祥再識。

附録三　序跋

《陶樓詩鈔》記

謹案:先大父所爲詩,初無輯録。先君自蜀還京師,嘗命襄成就散見於畫幀卷軸者先事鈔録,所獲無多,且罣一漏萬,未足概其全也。越十餘年,在滬得長沙劫餘敝簏,於是檢得手書日記及詩文手稿若干册。乃以治事之暇,手自迻寫。人事牽率,或輟或作,都詩若干首。雖全豹未能徧窺,而片羽吉光,彌足珍矣。所得日記最前者,著道光丁未,詩亦附焉。

丙子暮春,襄成謹記。

書《陶樓詩鈔》後

紫江朱丈以所編吾鄉黄子壽先生《陶樓詩鈔》五卷,屬爲校勘。諸詩由其孫襄成自先生日記中録出。因病其疏漏,躬自鈔撮。大耋之年,精勤如此,誠今日之沈麟士矣。

僕欲假其日記復校,就訪其家,則日記已不可得,僅襄成鈔稿尚存,遂携歸,搉正訛誤。苦無術爲之編年,第就詩中往來行跡言之,蓋始自道光通籍,終於開藩鄂渚。數十年中,一返黔蜀,再游秦晋,主講蓮池至久,成材尤衆。所交黔人若唐子方、鄂生父子,丁稚璜,黎蒓齋,高秀東,章子和,陶子俊,傅青餘諸公,皆黔中賢達。此外,若劉霞仙、郭雲仙、吴南屏、王子壽、樊雲門、方存之、趙惠甫、謝廖伯、張香濤、王蓮生、張蕢齋以及王晋卿、胡月舫諸人,一時豪儁,咸有唱酬。日記雖不可見,此編已足概其生平。

惜鈔稿時有闕遺,憶有《題秦良玉宫袍詩》數絶,又《劉猛將軍考》、《八蜡考》、《祭王夢湘先生文》,今詩文集皆失載。原鈔稿中所云失題者,蠖丈一一爲之考索,乃用山谷詩例,編爲《外集》,可謂竭罔兩求珠之力矣。

僕餘年衰病,百無一能,抱守殘闕,愧未能如丈之勇猛精進耳。

丙申中秋前五日,後學貴陽邢端識。

《陶樓詩鈔》序

有清道光以後,吏治尤敝。宇内囂然不寧,西南各省民苦於虐政,相率奮起與統治者抗。少數民族尤被歧視,誅求無厭,動即興兵濫殺,是以義旗紛起,如火燎原。統治者逞其淫威,猶以戡亂自憙。今日求其真相,則但存官書粉飾之詞,謂爲信史,何可得也?惟當時身歷其境者,記其聞見,或猶於字裏行間暴露一二,差異於官樣文章。其人固猶是士大夫,其言固非人民口中之言,然取以爲參考資料,則聊勝於無也。紫江朱蟫公昔年有《貴州碑傳集》之輯,余亦曾從事其間,每具此感。

貴州爲少數民族主要地區之一,史事往往與滇、桂、川、湘等省相連,文獻無徵,滋爲可惜。此蟫公之志,余亦有志焉。是以每遇有關之日記、年譜、手稿,必竭力爲之表章。往者曾於德化李氏藏書中得見數种唐鄂生炯之日記在焉,此即重要資料之一。

頃來北京,蟫公復以發見黄子壽彭年日記之始末見告。黄氏之孫襄成初秘不示人,及其病廢將殆,始屬其友出以求售。蟫公曩固嘗告襄成出其先世遺著圖象,爲謀歸入貴州文物之列,而襄成疑爲攘奪,堅諱不言。至是不得已,始出而求搏升斗。

蟫公嘗一寓目,凡自道光丁未至光緒庚寅,計四十四册,其中已頗多蟲蝕破損。事未克諧,而襄成已逝。聞其家售於無知者,僅獲給殯葬之資。卒歸誰手,不可詰矣。

蟫公既無力購其日記,則手録其中詩篇,冀與已刊之《陶樓文鈔》相輔而行。原稿字多潦草漫漶,襄成尚有從他卷册中鈔得者,尤爲蕪雜。爬梳芟薙,排比年月,粗可成卷。貴陽邢冕之端亦與有董理之功焉。

詳觀其詩,固不能越當時習俗範圍,然所載事實則有他書所未備者。官吏豪猾狼狽爲奸、欺壓人民已可概見,不得謂非治史者所宜珍視。

黄氏父名輔辰,官至陝西鳳邠鹽法道;兄名輔相,官至廣西鎮安府知府,署右江道。彭年主講保定蓮池書院,主修《畿輔通志》,出任湖北安襄鄖荊道,終於湖北布政使,皆當時所號爲能吏者也。

蟫公于彭年爲再傳弟子,彭年之子、翰林院編修國瑾即蟫公與余之姨丈。國瑾之《訓真書屋遺稿》亦幾於湮没,十餘年前,余與蟫公共求得之,刊入《黔南叢書》。今不得以《陶樓詩鈔》并爲一帙,不無遺憾。然吾輩生當今日,氛霧盡豁,私見悉除,舉凡有益於文化事業者,必不任其淪滅。若僅以鄉里姻連之故而私相引重,又其淺焉者已。

余既久住江南,頃復北游,重寓蟫公京邸,出是編屬爲勘定。行蹤倏忽,齒髮漸衰,已無能爲役。然蟫公年將九十,猶勤勤若此,其敢諉謝而不綴一言乎?當世宏達或有取焉。

公元一九五九年七月,瞿蜕園。

《陶樓詩鈔》識語

甲午仲春，中央文史館濮紹勘君過訪，告余曰："最近發現貴州黄子壽先生手寫日記四十餘册，爲其文孫襄成字君偉所保藏秘本。君偉現已卧病在床，家屬將以此捐獻政府，希望畀以文史館位置。素知我公搜羅貴州鄉邦文獻，敢以奉聞。公若有意於此，願爲致力説合。"

余答曰："黄壽老，吾先君之師，又爲至戚也。君偉爲吾姨丈再同先生胞侄。其先人秦生爲畿輔循吏，民國三年①出任四川巡按使，淵源至深，非止桑梓之誼。昔年余校刊再同丈《訓真書屋遺稿》，殺青既竟，徧贈鄉人，曾向君偉詢問其先世遺著可否彙入《黔南叢書·别集》。彼僅以章式之集資刊行之《陶樓文鈔》相示，並謂：'盡在是矣，其他著作均在長沙堂兄黄厚成手中。'厥後貴州文獻編輯館凌惕庵來函徵求貴州先賢遺像，邢冕之太史親詣其家，訪求琴塢公先生及壽老、再同丈三世影像，竟嚴詞峻拒，不與，且詬及同鄉謀奪家珍。何以壽老日記、手稿倩友代爲裝池，而鄉人轉不得一見？吁！可怪也。"

兹聞其人已病廢不能起，始欲以此作干禄之階。余不忍坐視，乃與章行嚴兄協商，屬濮君致意慰問。若欲獻禮，請先將原書取出，公開閲看。越數日，濮君果賫原書以來，呈行老先閲，余亦得於旁席一一審視。雖經其友閩人陳蒓衷襯託裝訂，而中間蟲蝕水漬僅餘半段或四邊俱殘蝕、不堪卒讀者，尚若干卷。世家文物凋敝若此，誠不勝惋惜。

此稿留我家月餘，又送冕之參閲。冕之爲録出目次一卷，時與地稍覺犁然。濮君犇走其家，君偉喑不能言，僅以石板著粉筆問答，更知其家境凄絶，非得急救濟不可。但文史館絶不能收容篤疾之人，且彼昔曾依附權門，猶爲衆所屬目，行老亦愛莫能助，遂以原書返還其家。我只屬濮君逐日至彼處細審日記，編一年譜，或將其記中古近體詩録出，以備再同丈遺稿印入《黔南叢書·别集》，姑存其目，作此幻想而已。

不幸濮君亦得心疾，年譜既未編就，君偉又逝世矣，線索因此中斷。冕之云濮君齋中留有君偉手抄《陶樓詩集》四册。據其自記，全從日記中録出；其《别集》則從秦生丈所存卷册抄附若干首，並未分卷。且日記本蟲蝕部分斷簡殘字無從辨證之詩，只以失題紀之，以待旁証。君偉抄稿既非一夕一朝之事，編寫艸率，不免凌亂。濮君繼亦身故，黄氏子某來索《詩鈔》原本，我雖手鈔一過，尚待與日記一校。問其家人，則云日記全部已賣與書估，只得數百元爲君偉身後喪葬之費。

---

① 三年：郭廷以《中華民國史事日誌》第一册作"五年"。

嗚呼,慘矣,壽老手寫日記!如果君偉於廿年前出示我輩,吾與邢君合力共籌一二千元爲之刊行,尚屬可能。即不然,向貴州文獻圖書館紹介收購,亦不致爲負販者所賺,竟使原書下落無從蹤跡也。

總之,余交臂之失由於處境拮据,正在斥賣長物度日之時,其遺憾抑何可言?兹就抄存《陶樓詩鈔》四卷《外集》二卷,倩吾表弟瞿蜕園爲之審訂。再同丈遺稿廿年前本出自蜕園訂正方付刊行,此編關於國故鄉獻尤巨且長,儻獲觀成,何幸如之。

公元一九五九年七月十五日,蠖公朱啓鈐識,時年八十有八。

黄子壽師《陶樓文集》序 丁巳①

光緒丁亥之冬,樹枏以部曹改官之蜀,道出西安。吾師貴筑先生時以湖北按察使調署秦中,朝夕過從。既得備聞入官行政之方,又以其間請録示生平著述刊行,以公諸世。先生則曰:"曩②吾志意廣博,手所撰述,恒欲效杜君卿、馬貴與、③顧亭林諸人所爲。然造端宏大,矻矻至今,行年且七十,又役於吏事搶囊④,恐且旦夕,猝不克蒇事。惟⑤所爲文亡慮數百篇,頗自以爲不大柴虒於古之作者。吾嘗謂:'文者,載其人之精神,意氣以出焉者也。'精神、意氣之不相屬者,其文必不工。即工矣,而其文必不肖。故爲文難,而知文尤難。吾子號爲知言,又故⑥善爲文者,若得子一言以爲之序,其庶乎見吾文而吾之精神、意氣亦與之俱見焉⑦。"樹枏既謹受命,忽忽至今四十年矣。

辛亥之秋,樹枏反⑧自西域,求先生之文所謂《陶樓集》,杳不可得。久之,嗣君秦生按蜀還京,始得校訂先生文集,釐爲十卷⑨,而責序於余曰:"是先大夫之命也。"樹枏自弱冠侍先生,授以爲文之法,當時所目睹而口誦之者,今觀集中往往闕焉不載。蓋中多散佚,非復先生手訂之舊⑩矣。

先生少勵文行而淡於榮利。甫入詞林,即請告歸鄉里⑪,歸且十年。三召始强起,

---

① 《詩鈔》、《稿本》存,此據《詩鈔》本整理。
② 曩:《稿本》作"曩者"。
③ 杜君卿、馬貴與:原作"馬君卿、杜貴與",據《稿本》改。
④ 搶囊:《稿本》作"搶攘"。
⑤ 惟:《稿本》作"惟夙"。
⑥ 又故:《稿本》作"又"。
⑦ "意氣亦與之俱見焉"句後,《稿本》有"斯則望子之心也"句。
⑧ 反:《稿本》作"返"。
⑨ 十卷:《稿本》作"十二卷"。
⑩ 舊:《稿本》作"書"。
⑪ 鄉里:《稿本》作"里"。

至京上疏,力陳朝廷得失,並以書詆[①]吴江相國沈桂芬,見者皆爲先生危。先生坦然不顧,然終以不得直行其志,棄官移疾而歸。時先生直聲震天下,無識與不識,皆惜其去,而大學士李文忠公挽之尤力。既不能得,則爲開《畿輔通志》局於保定之古蓮池[②],奏請先生總裁其事。又創[③]學古堂,聘先生都講。

先生以文章道德主盟壇席者垂二十年,聲譽赫張,交牘貢薦。天子褒異,特召起爲安襄鄖荆兵備道。十年之間,陳臬開藩,一權蘇撫。朝野上下皆慕想風采,以爲旦晚將大用。而庚寅一病,遽歸道山。先生之所自期而[④]世之所以期先生者,其所表見乃止於此。然即此以觀先生,其非僅僅以文章較短長工拙,若當世文人之所爲無疑也。

今先生往矣,回憶向者登堂侍坐時,羣弟子分科執業,而獨謂樹枏可與於文章之事。一日坐漣漪亭,風出林薄間,水波淫鬻[⑤],起滅不可形狀。先生進而詔之曰:"荀子善言水,莊子善言風。知此者,其於文事思過半矣。"樹枏奉此語,爲之數十年而才竭力殫,終苦其卓焉而莫之至也,是可媿耳。

今序先生文,因述先生之所自得,以爲知言者告焉。

刊《陶樓文鈔》緣起

光緒十有四年戊子,先師貴筑黄子壽先生開藩吴中。用前掌教蓮池故事,就正誼書院西偏可園建學古堂,購書數萬卷,遴諸生分齋肄業,鈺倖與其列。

先生爲學根本盛大,無門户之見,自少見知於湘鄉曾氏。撰著甚富,《陶樓存稿》曾以活字板排印,未及傳播。歲乙卯,公子秦生國瑄以鈺及事先生,奉遺稿一束,屬爲編次。當就原有各篇及見各刻本爲稿所未具者,分别校録,釐定卷目以報秦生,終以蒐采未全,引爲私疚。無何,秦生作古,閱今幾寒暑矣。

時事難知,全集告成尚猶有待。因商可園舊同學,集貲先刊若干篇以代鈔寫。壬戌始事,越歲竣工,擬題曰《陶樓文鈔》,示於先師著述不敢居爲定本也。既印若干部分藏各家,並歸板片於江蘇書局,俾廉價印行,籍以廣先師平生以正學倡導後生之意。

同預是役者,胡綏之玉縉、高遠香德馨兩君之力爲多。承刊者,京廠文奎齋。會計諸事則屬遠香子君胄賡夔任之。出貲人用漢石例,列諸後幅。吴寄荃燕紹爲前正誼書院掌教、先師望雲先生猶子,體先世交誼,願同是舉者也。

---

① 詆:《稿本》作"訾詆"。

② 蓮池:《稿本》作"蓮華池"。

③ 創:《稿本》作"創建"。

④ 而:《稿本》作"與"。

⑤ 鬻:《稿本》作"裔"。

太歲在癸亥孟夏朔日，長洲章鈺謹記。

元和胡玉縉綏之，銀四十圓。

吴高德馨遠香，銀四十圓；子賡夔君冑，三十圓。

奉賢阮惟和子寅，銀四十圓。

太倉吴亮欽紫翔，銀二十圓。

崑山張光彛秉生，銀二十圓。

常熟蔣元慶子范，銀二十圓。

長洲陸錦燧晉笙，銀一百圓。

長洲費廷璜玉如，銀四十圓。

元和張一鵬雲摶，銀八十圓。

元和郟鼎元勳伯，銀四十圓。

吴楊賡元亮孚，銀四十圓。

吴鳳恭寶永叔，銀四十圓。

吴江吴燕紹寄荃，銀二十圓。

長洲章鈺式之，銀一百圓；子元善彦馴，三十圓。

《志例瑣談》題跋

大父遺著，襄成謹記。

同治七年，大父奉諱居湘鄉。於時湖南議開志局，郭筠仙先生實主其事，巡撫使者劉公韞齋夙知大父，遂膺聘入省會。歲暮仍歸湘鄉，次春復出。此書蓋作於是年，其十七省志例則託何仁甫先生借鈔者也。因考日記，附記歲月。蓋綜覽十七省志例而加之論斷，以徵世得失，故曰《瑣談》。是年絜先考恭甫同行，編中字跡先後有異者，先考遺墨也。

圖書在版編目(CIP)數據

陶樓詩文輯校／(清) 黄彭年著；黄益整理. —濟南：齊魯書社，2015. 8
ISBN 978-7-5333-2820-7

Ⅰ. ①陶… Ⅱ. ①黄…②黄… Ⅲ. ①古典詩歌—詩集—中國—清後期②古典散文—散文集—中國—清後期 Ⅳ. ①I215. 22

中國版本圖書館 CIP 數據核字(2015)第 158347 號

責任編輯 武良成
版式設計 李 生 郭 靚

陶樓詩文輯校
(清)黄彭年 著 黄 益 整理

主管單位	山東出版傳媒股份有限公司
出版發行	齊魯書社
社　　址	濟南市英雄山路 189 號
郵　　編	250002
網　　址	www. qlss. com. cn
電子郵箱	qilupress@ 126. com
營銷中心	(0531)82098521　82098519
印　　刷	金壇市古籍印刷廠有限公司
開　　本	787mm×1092mm　1/16
印　　張	36. 75
插　　頁	3
字　　數	737 千
版　　次	2015 年 8 月第 1 版
印　　次	2015 年 8 月第 1 次印刷
標準書號	ISBN 978-7-5333-2820-7
定　　價	**185. 00 圓**

圖書在版編目(CIP)數據

陶樓詩文輯校／(清) 黄彭年著；黄益整理．—濟南：齊魯書社，2015.8
ISBN 978-7-5333-2820-7

Ⅰ.①陶… Ⅱ.①黄…②黄… Ⅲ.①古典詩歌—詩集—中國—清後期②古典散文—散文集—中國—清後期
Ⅳ.①I215.22

中國版本圖書館 CIP 數據核字(2015)第 158347 號

責任編輯 武良成
版式設計 李 生 郭 覲

陶樓詩文輯校

(清)黄彭年 著 黄 益 整理

主管單位 山東出版傳媒股份有限公司
出版發行 齊魯書社
社　　址 濟南市英雄山路 189 號
郵　　編 250002
網　　址 www.qlss.com.cn
電子郵箱 qilupress@126.com
營銷中心 (0531)82098521 82098519
印　　刷 金壇市古籍印刷廠有限公司
開　　本 787mm×1092mm 1/16
印　　張 36.75
插　　頁 3
字　　數 737 千
版　　次 2015 年 8 月第 1 版
印　　次 2015 年 8 月第 1 次印刷
標準書號 ISBN 978-7-5333-2820-7
定　　價 **185.00 圓**